Anne Goldberg

Remember when Love was new

Weitere Titel der Autorin

Only One Song
Only One Letter
Only One Note

Remember when Dreams were born

Titel auch als Hörbuch erhältlich

Über die Autorin

Anne Goldberg wurde 1986 in einer beschaulichen Kleinstadt geboren. Nach dem Abitur trieb es sie nach Berlin, wo sie seither unter dem Regime ihrer vierbeinigen Mitbewohner lebt und arbeitet. Schon im Vorschulalter dachte sie sich dramatische Geschichten von Marienkäfern aus, die große Hürden zu überwinden hatten, um auf Blumen zu klettern. Ihre kleinen Protagonisten kämpften mit Regen, Wind und neugierigen Hunden. Damals wurde ihre Großmutter zur wortgetreuen Mitschrift abkommandiert. Mittlerweile schreibt Anne ihre Geschichten selbst, und ihre Charaktere trotzen größeren Herausforderungen als dem Wetter. Neben dem Schreiben hat Anne eine große Vorliebe für Konzerte, die britischen Inseln und für Schnee.

Anne Goldberg

Remember when Love was new

lübbe

Dieser Titel ist auch als E-Book erschienen

Die Bastei Lübbe AG verfolgt eine nachhaltige Buchproduktion. Wir verwenden Papiere aus nachhaltiger Forstwirtschaft und verzichten darauf, Bücher einzeln in Folie zu verpacken. Wir stellen unsere Bücher in Deutschland und Europa (EU) her und arbeiten mit den Druckereien kontinuierlich an einer positiven Ökobilanz.

MIX
Papier | Fördert gute Waldnutzung
FSC® C014496
FSC www.fsc.org

Vollständige Taschenbuchausgabe
der bei Bastei Lübbe erschienenen E-Book-Ausgabe

Redaktion: Stephanie Röder
Lektorat: Anna-Lena Meyhöfer
Covergestaltung: Birgit Gitschier, Augsburg unter Verwendung von Motiven © shutterstock.com: Phatthanit | Annmarie Young | PrasongTakham
Satz: 3w+p GmbH, Rimpar
Gesetzt aus der Adobe Caslon Pro
Druck und Verarbeitung: GGP Media GmbH, Pößneck
Printed in Germany
ISBN 978-3-404-18871-0

5 4 3 2 1

Sie finden uns im Internet unter luebbe.de
Bitte beachten Sie auch: lesejury.de

Für Ellen und für Hannah
Hört um Himmels willen niemals auf, Unsinn zu machen.

Ende

Dumpfes Klirren.

Das scheint sich zu widersprechen, ich weiß. Aber das tut es nicht.

Dumpfes Klirren … so klingt ein Herz, wenn es zerbricht. Wenn es auf dem rauen Boden der Wirklichkeit aufschlägt und in tausend Teile zerspringt.

Als ich das herausfand, war ich achtzehn Jahre alt und stand im Getränkelager unseres Pubs. In meiner Hand hielt ich den Zettel, auf dem alles stand, was ich nach vorn zum Tresen bringen sollte. Ich weiß noch, dass der Zettel kariert war und außerdem zerknittert, weil ich ihn für die paar Meter zum Lager in die Tasche meiner Jeans gesteckt hatte.

Ich weiß auch noch, dass ich eine Flasche Craft Beer in der Hand hielt, als ich das Vibrieren meines Handys spürte. Das Bier hielt ich in der einen Hand und angelte mit der anderen nach dem Telefon, das in derselben Tasche steckte, aus der ich Mums Zettel gezogen hatte.

Ich ahnte, dass er mir geschrieben haben musste. Vor einer Viertelstunde hatte ich ihm die Frage geschickt, ob es dabei blieb, dass er am Wochenende in der Stadt sein würde. Und nun bildete ich mir ein, spüren zu können, dass die neue Nachricht seine Antwort war.

Mit achtzehn spürt man ziemlich viel. Den rasenden Puls zum Beispiel, mit dem man die Nachricht des Menschen öffnet, mit dem man fast jedes erste Mal geteilt hat, das von Belang ist. Nicht nur die guten …

Seine wenigen Worte waren nicht die Antwort auf meine

Frage. Sie waren ein weiteres erstes Mal. Während ich sie dreimal, viermal, fünfmal las, glitt das Bier aus meinen Fingern.

Wenn eine volle Flasche auf Beton aufschlägt, klingt es anders als bei einer leeren. Da ist kein kristallklares Zerbersten von Glas. Stattdessen kann man genau hören, wie die Flüssigkeit durch die Risse dringt und das Geräusch, mit dem alles zerspringt, ertränkt. Als würde das alles unter Wasser passieren … und viel, viel langsamer. Dabei ist das Unsinn. Wenn volle Flaschen auf dem Boden aufschlagen, zerbrechen sie genauso schnell wie leere. Nur die Sauerei ist größer.

Mit Herzen verhält es sich ganz genauso. Es kann gar nicht anders sein. Sie schlagen auf der Realität auf, zerbrechen, und alle Gefühle und Träume und Hoffnungen ergießen sich auf den Boden. Das geht schnell und passiert immer mit einem dumpfen Klirren. Ausnahmslos.

Einfach, weil leere Herzen gar nicht wirklich kaputtgehen könnten.

Wenigstens glaube ich das.

Sechzehnjähriger Aberfeldy

Aileen

Die Lebensdauer von Geheimnissen beträgt durchschnittlich drei bis vier Monate. In einer Kleinstadt wie Stonehaven überleben sie allerdings nicht länger als maximal fünf Tage. Diese Stadt ist noch nie der natürliche Lebensraum für Geheimnisse gewesen. Als würden sie an den Klippen zerschellen oder bei der nächsten Flut im Meer ertrinken – wie ein Betrunkener, der den Pier entlangtorkelt, stolpert und in die Wellen fällt.

Was sich hier allerdings schon immer wohlgefühlt hat, sind Neuigkeiten und Gerüchte. Es ist, als würden sie mit jedem Lippenpaar, über das sie kommen, und mit jedem Ohr, in das sie geflüstert werden, mehr an Kraft gewinnen.

Ich weiß das. Wenn die eigenen Eltern den ältesten Pub der Stadt besitzen, weiß man solche Dinge. Ich hatte mein Leben an einem Ort verbracht, der gleichermaßen Quell und Knotenpunkt solcher Geschichten ist. Für ein Kind war das paradiesisch, und als Teenager hatte ich mich geradezu mächtig gefühlt mit all dem Wissen, das ich vor jedem anderen hatte. Und als Erwachsene … Nun, der Blick auf manche Dinge ändert sich mit der Zeit.

Beim Gläserpolieren bekam ich mit, dass Sean Gillanders nicht auf einer monatelangen Geschäftsreise in Amerika war, sondern auf Entzug. Das wusste ich, noch ehe ich so richtig verstand, was ein Entzug überhaupt ist.

Mit zwölf war ich eine der Ersten gewesen, die wussten, dass Samantha Craig eine Affäre hatte, und erfuhr es sofort, als herauskam, mit wem.

Dann war da noch die Geschichte von Marshall McHay, der beim Jahreswechsel vor sechs Jahren so betrunken gewesen war, dass Robin Findlay spontan hatte einspringen und an seiner Stelle den Feuerball bei der Parade schwenken müssen.

Sechs Tage später hatte ich bereits gewusst, dass Robins Frau gestorben war, während die Gäste im Pub noch immer davon sprachen, was für eine tolle Figur er an Hogsmanay gemacht hatte – wie in seinen besten Jahren. Ich hatte Mühe gehabt, ihnen nicht zu sagen, dass das nun keine Rolle mehr spielte.

Als drei Tage später sein Sohn in der Stadt aufgekreuzt war, hatte mir das niemand sagen müssen. Manche Neuigkeiten brauchen keine Worte. Ihnen genügt so ein ganz bestimmter Blick von Menschen, die einen kennen und mögen.

Vor allem Mum trug diesen Gesichtsausdruck mit Vorliebe. Jedes Mal, wenn Hamish Findlay in der Stadt war, sah sie mich auf diese von Mitleid und Vorsicht geschwängerte Art an. Es war nie von Belang, wie oft ich versicherte, dass es mir gut ging. Dieser Gesichtsausdruck war Granit. Töchterliche Beteuerungen konnten nichts daran ausrichten.

An jenem Märzabend begleitete er Mums Mimik schon seit dem Betreten des Pubs – und zwar auf die unangenehmste Art, die es gab: ungetrübte Sorge in ihren Augen ohne auch nur ein Wort, das dazu über ihre Lippen kam. Ich konnte diesen Blick sogar spüren, während ich am Stolpertisch saß und Kronkorken sortierte. Diesen inoffiziellen Namen hatte der Tisch direkt rechts am Fenster schon gehabt, als ich vier gewesen war. Er hatte noch nie gerade gestanden, weil der Dielenboden an dieser Stelle uneben war. Also war er gestolpert. Ganz einfach.

Abgesehen von dieser charmanten Eigenschaft lag der Tisch direkt im Schein der Straßenlaterne draußen. Durch den dichten Nebel sickerte nur wenig Licht bis zu mir, doch ich bildete mir ein, dass es mehr war, als die gedimmten Lampen im Pub hergaben. Außerdem war die Alternative ein Platz am Tresen – in direkter Konfrontation mit Mums perfektioniertem Blick der sorgenumwobenen Neuigkeiten.

»Wie lange brauchst du noch? Ich will die Spülmaschine anstellen.«

»Ich bin gleich durch.« Mit etwas Glück war ich schneller, als Mum den Mut gefasst haben würde, mich auf die Ursache ihres Mienenspiels anzusprechen.

»Das hast du vor einer Viertelstunde schon gesagt. Was willst du überhaupt mit den ganzen Dingern?«

»Rasseln«, murmelte ich und hielt einen weiteren Kronkorken ins Licht. Seine Zacken waren beim Öffnen der Tonicflasche, zu der er gehört hatte, völlig verbogen worden. Also sortierte ich ihn zu den ungeeigneten Exemplaren.

Mum seufzte. »Ich bin vermutlich selbst schuld, wenn ich frage, hm?«

Der nächste golden glänzende Flaschenverschluss war einigermaßen intakt und landete in dem Plastikkorb vor mir. Ich beschloss, dass dieser der letzte sein würde, um die Geduld meiner Mutter nicht überzustrapazieren. Es war spät, Dad hatte an diesem Abend nicht helfen können, weil er zu große Schmerzen hatte, und ihre Tochter verlangte ihr nicht nur ab, Müll zu sammeln, sondern zögerte mit der Begutachtung dessen auch noch den wohlverdienten Feierabend hinaus.

»Meine Kollegin will mit ihrer Klasse Rasseln basteln. Und dafür braucht sie die Dinger. Und da ich an der Quelle sitze …« Ich deutete auf den Korb vor mir, in dem noch viel zu wenige Verschlüsse lagen. Und ich Idiotin hatte Debbie versprochen, mich darum zu kümmern. »Siebenundzwanzig Kinder und je eine Rassel mit zehn Kronkorken. Wir brauchen also eine Menge. Ich fürchte, die hier werden nicht reichen.« Ich wandte mich zu Mum um, die gerade mit einem Tuch über das alte Schild des Pubs wischte. Seinerzeit hatte es noch draußen gehangen – ein altes Holzbrett, auf das die Form einer Distel eingebrannt worden war. Die Geschichte hatte ich in meiner Kindheit so häufig gehört, bis sie zu meiner eigenen geworden war. Wie gute Geschichten es nun einmal tun.

»Und dafür ist es wichtig, dass die Kronkorken perfekt aussehen?«

»Das sind Neunjährige. Es wird schon genug Gejammer geben, weil nicht jeder nur goldene kriegt oder rote oder was auch immer in Debbies Klasse gerade angesagt ist.« Solche Trends waren tagesaktuellen Schwankungen unterworfen. Ich würde also ohnehin keine Chance haben, das zu berücksichtigen. Lediglich den Zustand der Kronkorken konnte ich beeinflussen. Mit allem anderen musste meine Kollegin sich dann selbst rumschlagen.

»Ich könnte Samstag aushelfen«, bot ich an und schnappte mir den Korb mit den auserwählten Exemplaren sowie die Tüte mit denen, die weg konnten. »Den Unterricht für nächste Woche habe ich eh fast fertig vorbereitet. Und den Test kann ich auch Sonntag korrigieren. Also …« Ich stutzte, als Mum sich der Bar zuwandte und die Hand nach etwas ausstreckte. »Gibt es was zu feiern?«

Sie hatte zwei Tumbler aus dem Regal gezogen – und die Flasche Aberfeldy. Den sechzehnjährigen, nicht den zwölfjährigen. So gern ich diesen Scotch mochte, ich hoffte inständig, das Mum ihn nicht konsultierte, um zu thematisieren, was auch immer ihr auf der Seele lag. Oder *wer* auch immer.

Sie schnaufte. Ich war nicht sicher, aber ich glaubte zu sehen, wie sie dabei sogar die Nase rümpfte. »Wenn du mich fragst, dann ganz im Gegenteil.« Bis zu dem Punkt hatte ich noch vermeintlich ahnungslos den Müll entsorgen und den Plastikkorb in die Spülmaschine stellen können. Diese Scheinheiligkeit endete mit dem Moment, in dem Mum eines der Gläser vor mir auf der Arbeitsplatte abstellte. Das andere behielt sie in der Hand. »Es gibt Neuigkeiten.« Während sie das in einer unglaublich bedeutungsschweren Tonlage sagte, goss sie mir einen Doppelten ein und sich selbst etwa die Hälfte.

Ich sah auf das großzügig gefüllte Whiskyglas vor mir. »Hm.« Was sollte ich auch sonst darauf erwidern? Vor mir stand ein doppelter Scotch. Nicht der beste, den das *Black Thistle* führte, aber definitiv einer der guten. Das war mehr Aufwand, als sie sonst betrieb, um mir mitzuteilen, dass meine Jugendliebe in der Stadt war. Whisky, Neuigkeiten und dieser Gesichtsausdruck bedeuteten in Kombination nie etwas Gutes. Vor allem bedeuteten sie ernsthaftere Dramen als längst verheilten Herzschmerz. »Mum, ist alles okay?«

Mum atmete tief durch die Nase ein. Ihre vollen Lippen hatte sie zusammengekniffen, was ihr Gesicht zu einem vollendeten, wütenden Gesamtbild gestaltet hätte, wären ihre Gesichtszüge nicht so weich geraten, dass das fast unmöglich war. Ich wusste das – ich hatte fast das gleiche Gesicht. Wahrscheinlich würden nicht einmal meine Schüler meinen Zorn ernstnehmen, wenn ich nicht exzessiv wütende Blicke geübt und perfektioniert hätte. Mein Badezimmerspiegel musste eine Zeit lang angenommen haben, ich würde ihn abgrundtief hassen.

»Ich habe heute gehört, dass er wieder zurück ist.«

»Im Ernst?« Ich keuchte. Vor allem vor Erleichterung. Es gab überhaupt keine schlimmen Neuigkeiten. Offenbar hatte meine Mutter lediglich eine neue Vorliebe für maßlose Übertreibung entwickelt. Sechzehnjähriger Aberfeldy, verdammt noch mal. War ihr nicht klar, was für einen Schrecken sie mir damit einjagte? »Sein Dad wohnt hier. Natürlich ist Hamish hin und wieder da. Das ist nun wirklich kein Grund …« Ich deutete auf das Glas. »Ehrlich, Mum. Die letzten Male bin ich ihm nicht mal begegnet. Hättest du mich nicht die ganze Zeit angesehen, als würde ich jeden Moment in Tränen ausbrechen, hätte ich gar nicht gewusst, dass er da ist. Das alles ist dreizehn Jahre her – eine Ewigkeit.« Ich schüttelte den Kopf. Allein schon, um Mums Blick auszuweichen und stattdessen zur Spülmaschine zu schauen, die sich obendrein hervorragend dazu eignete, um in ihre Richtung zu deuten und damit einen Themenwechsel einzuleiten. »Also noch mal wegen Samstag. Ich hätte Zeit auszuhelfen und kann noch ein paar von den Dingern abgreifen. Und einer von euch kann sich einen freien Abend genehmigen. Was meinst du?«

Mum reagierte überhaupt nicht, sondern sah mich weiter nur mit diesem Blick voller *»Ich weiß, das ist hart für dich. Du kannst mir das sagen«* an. Manchmal glaubte ich, dass ihr Herz damals noch ein kleines bisschen mehr gebrochen war als meins. Sie hatte den hochgeschossenen, dürren Bengel wirklich gern gehabt und sich in ihm getäuscht. Vielleicht nahm sie ihm diesen Hochverrat übler als die Tatsache, dass er mit einer SMS aus fünfzehn Wörtern mit mir Schluss gemacht hatte. *»Leena, es tut mir leid. Aber das mit uns funktioniert nicht mehr. Es ist vorbei.«* Drei kurze Sätze. Drei Sätze, die geklungen hatten wie das lieblose Resultat aus dem »Wie mache ich mit meiner Freundin Schluss«-Baukasten für Anfänger.

»Also?«, hob ich noch einmal an und nippte wenigstens an dem Scotch. Er war zu gut, um ihn zu Demonstrationszwecken wegzukippen. »Was sagst du nun zu einem freien Samstag?«

Herrgott, konnte sie endlich aufhören, mich so anzusehen? »Laut Catherine ist er nicht nur zu Besuch hier. Anscheinend ist er wieder bei Robin eingezogen. Eingezogen, Aileen. Sie hat gesehen, wie er Kisten ins Haus getragen hat.«

»Vielleicht muss er ja irgendwas lagern. Ein altes Kinderbett oder so. Müssen wir wirklich darüber spekulieren?«

»Sie sagt auch, dass er den Jungen mit dabei hat.«

»Dann machen sie einen Männerurlaub bei Grandpa.« Ganz toll. Nun spekulierte ich doch. Und das nicht mal besonders gut. Ich schob lediglich die Optionen weg, die ich beschissen fand. Hamish, der mit Kaleigh und seinem kleinen Sohn nach Stonehaven zurückzog, um ... Keine Ahnung, wieso. Dreizehn Jahre hin oder her, ich hatte wirklich keine Lust, ständig dem Dreiergespann einer Vorzeigefamilie über den Weg zu laufen. Falls nicht sogar schon Sprössling Nummer zwei auf dem Weg war.

»Männerurlaub? Mitten im Schuljahr?«

»Mum, das geht uns nichts an.«

»Wie du meinst. Mir war nur wichtig, dass du es nicht als Letzte und durch einen blöden Zufall erfährst. Und wenn dieser Kerl auch nur einen Fuß durch diese Tür setzt ...«

Da war sie also endlich – die unvermeidbare Kastrationsdrohung. »Hm«, machte ich nur und nahm einen weiteren Schluck vom Scotch – eine Eigenart, die ich mir von Dad abgeguckt hatte. Wenn man nichts Sinnvolles zu sagen hat, einfach Grunzen und Scotch trinken.

Und Mum hatte gelernt, diese Stille auszuhalten. Ohne ein weiteres Wort stellte sie die Whiskyflasche zurück ins Regal. Dann lehnte sie sich neben mir gegen die Arbeitsplatte hinter der Theke und nahm einen Schluck aus ihrem eigenen Glas. »Falls dein Angebot mit Samstag noch steht ... Ich hätte wirklich große Lust, mal wieder bei meinem Buchclub vorbeizuschauen. Da war ich zwar drei Wochen nicht, aber vermutlich hängen sie immer noch beim selben Buch fest.«

»Das mit dem ... Mann?« Das war nicht sehr präzise, aber

mir fiel beim besten Willen der Titel nicht ein. Ich glaubte, mich daran zu erinnern, wie Mum mir etwas von der Lebensgeschichte eines Mannes erzählt hatte. Teils fiktiv, teils real. Aber ich kam einfach nicht auf den Namen, weil mein Kopf viel zu beschäftigt damit war, sich zu fragen, wie er mittlerweile aussah. Hamish. Nicht der halbrealistische Mann.

Das letzte Mal hatte ich ihn auf der Beerdigung seiner Mutter gesehen. Er hatte einen Bart gehabt, ein Baby und nicht mehr als ein halbes Lächeln zustande gebracht, als ich ihm gesagt hatte, dass es mir leidtat. Ich hatte Mary gern gehabt. Es war unfair gewesen, dass sie gestorben war – und furchtbar, dass ihr Sohn trotz des Bartes und des Babys ausgesehen hatte wie der Teenager, in den ich mich verliebt hatte. Und der so unbedingt hatte stark sein wollen für seine Mutter, die damals das erste Mal gegen den Krebs gekämpft hatte.

Wie lange war das jetzt her? Ich wusste noch, dass ich für die Beerdigung extra nach Stonehaven gefahren war, obwohl ich erst zwei Wochen zuvor meinen Job in Aberdeen angetreten hatte. Für drei Jahre, ehe Dads Unfall passierte … Also war Marys Beerdigung sechs Jahre her. Oh Gott, sechs Jahre, die vorbeigegangen waren wie zwei. Aber auch sechs Jahre, in denen sich vielleicht Hamishs Haare gelichtet hatten wie die seines Vaters. Möglicherweise war er dick geworden oder einfach nur ein riesiges Arschloch. Großstädte konnten das mit Menschen machen. Und für einen Jungen aus Stonehaven war Edinburgh definitiv eine ziemlich große Stadt.

»Moira ist ja der festen Überzeugung, dass alles davon reine Fiktion ist, aber Edina hatte sich die Mühe gemacht …«

Ich konnte Mums Ausführungen kaum folgen. Da waren sechs Jahre, die viel präsenter waren. Sechs Jahre war es her, dass ich Hamish das letzte Mal begegnet war. Richtig begegnet. Seither hatte ich ihn ein paarmal aus der Ferne gesehen. Zweimal war ich sogar umgedreht, um eine ebensolche Begegnung zu vermeiden. Ich konnte wirklich gut damit leben, meiner ersten großen Liebe nie wieder über den Weg zu laufen.

Was mir schwerer fiel, waren das höfliche Lächeln oder ein förmlicher Händedruck. Oberflächlichkeiten und der Austausch von Phrasen mit einer Person, der man einmal alles anvertraut hatte – alle Gedanken, alle Gefühle, den eigenen Körper … Das war schwieriger. Doch wenn Catherine recht behielt, würde ich nicht darum herumkommen, mich genau daran zu gewöhnen.

Fuck.

»Jolyn hat letztens vorgeschlagen, dass wir rein experimentell natürlich vielleicht mal andere Lektüre …«

Sechs Jahre.

Ich versuchte, mich zu erinnern, wie alt Hamishs Kind bei Marys Beerdigung wohl gewesen war. Es war kein Neugeborenes mehr gewesen, definitiv nicht. Aber ob nun ein halbes Jahr oder ein ganzes … Keine Ahnung. Es war schier unmöglich, sich klare Erinnerungen ins Gedächtnis zu rufen, während eine Befürchtung langsam in mein Bewusstsein sickerte. Oder klatschte. Denn Befürchtungen bestehen aus nichts Geringerem als Matsch. Und egal, wie gut man sie mit rationalen Gedanken wegwäscht, irgendwo bleibt immer noch etwas in den Haaren kleben.

Sechs Jahre. Sechs Jahre und ein paar Monate. Es war Herbst gewesen, das Kind war schon einige Monate alt und … Platsch.

Oh fuck. *Fuck, fuck, fuck.*

»Was meinst du?«

Ich sah meine Mutter an und traf auf einen neugierigen und abwartenden Blick. »Was?«

»Was du dazu sagst?«

Scheiße, wie waren wir von Büchern zu einer Frage gekommen, auf die ich eine Antwort geben musste? Bücher waren das

Thema, bei dem Mum ewig erzählen konnte, ohne dass irgendjemand je zu Wort kommen musste. Nicht einmal, wenn er es gewollt hätte.

Immerhin tat sie mir den Gefallen, nachzuhelfen, wenn auch nicht allzu viel: »Dein Dad ist von der Idee ja sehr begeistert, aber ich bin etwas skeptisch. Und wenn wir ehrlich sind, bleibt die meiste Arbeit an mir hängen, wenn er sich nicht einen zweiten Arm wachsen lässt.«

Wie? Aber wir hatten doch gerade über Bücher gesprochen … Was für eine Idee meinte sie? »Vielleicht …« Ich räusperte mich und versuchte, diesen Gedanken wegzutreiben, der sich längst klumpig in meinen Eingeweiden breitmachte. »Vielleicht sollten wir das eher zu dritt besprechen? Pro und Kontra zusammenführen und … Ich kann ja helfen, wenn ich Zeit habe. Also bei der Durchführung. Nicht nur bei der Pro-Kontra-Liste.«

Ich fand mein Ausweichmanöver eigentlich einigermaßen elegant. Doch ich konnte von Mums Gesicht ablesen, dass es nicht nur wackelig, sondern krachend zusammengestürzt war.

»So sehr in Gedanken, hm?« Und – zack – als hätte jemand einen Schalter angeknipst, war da wieder dieser sorgenvolle Blick. »Ich habe überhaupt nichts von einer Idee erzählt. Ich wollte nur wissen, ob du zuhörst.« Ihr Mundwinkel zuckte für ein leichtes Ach-mein-Mädchen-Lächeln, dann streckte sie ihren Arm nach dem Aberfeldy aus und öffnete ihn wieder. Mein Glas war bereits leer. Doch das Brennen in meinem Hals war nicht stark genug, um die matschigen Befürchtungen aus meinen Gedärmen zu spülen. Mum goss mir noch einen Doppelten nach und sich selbst diesmal auch. »Willst du drüber reden?«

Auf gar keinen Fall. Ich wollte ja nicht mal daran denken.

Sechs Jahre.

Ich schüttelte den Kopf und nahm einen großen Schluck

von dem Whisky. So, wie man es tat, wenn er wirken und nicht schmecken sollte. Ich brauchte keinen Genuss, sondern etwas, das in der Lage war, simpelste Mathematik auszulöschen. Doch es gelang nicht. Stattdessen brodelte der Matsch jetzt in meinem Inneren wie Lava und spuckte mir hypothetische Szenen ins Gesicht, von denen ich nicht wollte, dass sie in die Realität rutschten.

Ein winziger Hamish, der vor mir in der Klasse saß. Ein großer Hamish, der gelangweilt einen Elternabend über sich ergehen ließ und mich mit Miss Harris ansprach. Er und seine Frau bei einer Schulaufführung, auf der ihr Sohn die Hauptrolle bekommen und den Text vergessen hatte. Ich würde ihre Hände schütteln und ihnen sagen, dass es mir leidtat.

Genauso wie vor sechs Jahren.

Als dieser kleine Junge noch auf einem Beißring rumgekaut und gesabbert hatte. Als er nicht genau das richtige Alter gehabt hatte, um vielleicht, mit nur ein bisschen Pech in meine Klasse zu kommen.

Sechs Jahre später allerdings …

Ich leerte das Glas mit einem einzigen Zug und seufzte.

Fuck.

»Leena«

Aileen

Der Beutel mit dem Kräutertee ertrank in dem dampfenden Wasser, das sich über ihn ergoss. Er kämpfte nicht einmal, sondern sackte augenblicklich kraftlos auf den Grund der Tasse.

Und ich stand da, an das winzige Regal mit Kaffee, Tee und Gebäck gelehnt, und sah dieser kummervollen Szene zu. Mehr als das brauchte es nicht, um Deborah Galbraith in schallendes Gelächter ausbrechen zu lassen. Es war dreckig und gehässig und aufrichtig. So, wie man es von dieser Frau zu erwarten hatte.

»Wie schlimm ist es? Eins bis zehn.«

Ich zuckte mit den Schultern und sah den Teebeutel an, dessen Schicksal sicher fataler war als die Mail meines Rektors, die mich vor zwei Tagen erreicht hatte. Genau einen Tag, nachdem ich mit Mum gesprochen hatte. Wenn man es so wollte, hatte sie mich in letzter Minute vorgewarnt: *»Liebe Miss Harris, ich möchte Ihnen mitteilen, dass Sie einen neuen Schüler in Ihrer Klasse begrüßen werden …«* Und so weiter und so fort.

»Vier«, antwortete ich Debbie und sah ihr dabei sogar in die Augen – sie mir allerdings nicht. Stattdessen taxierte ihr Blick mich von oben bis unten.

»Vier«, schnaufte sie. »Wer's glaubt. Keine Strickjacke, aber ein Blazer. Kein Kaffee, sondern lächerlicher Tee. Und was zur Hölle ist mit deinen Haaren passiert? Das ist keine Vier, das ist eine Elf.«

»Das sind Locken«, stellte ich klar. »Die sind nicht neu, die hab ich immer.«

»Mh«, machte Debbie und ließ es sehr eindeutig nach einem belustigten »Soso …« klingen. »Und weil die immer mühelos so aussehen, bindest du sie sonst zusammen. Verstehe …«

»Ach, halt die Klappe.« Meine Schlagfertigkeit war an diesem Morgen definitiv nicht auf der Höhe.

Debbie nippte an ihrer Kaffeetasse und grinste mich über den Rand hinweg an. »Keine Bange, ihm werden die Augen rausfallen, und er wird sich auf der Stelle in dich verlieben. Ich sehe jetzt schon vor mir, wie Herzchen aus seinen Augen purzeln.«

Ich verdrehte die Augen und ließ mir ein genervtes Aufstöhnen nicht nehmen. »Er ist verheiratet. Ich will keine scheiß Herzen. Ich will nur …« Ich seufzte. Ich wollte mich nur nicht fühlen wie das verletzte achtzehnjährige Mädchen, das sich fragte, warum sie nicht mehr gut genug für ihn war. Ich wollte nicht einmal ein paar Sekunden von diesem Gefühl zurück.

»Ich versteh schon.« Debbie stellte sich neben mich und stupste mich mit ihrer Schulter an. »Weißt du, ich habe nie so umwerfend ausgesehen wie an dem Tag, als Daniel und ich die Scheidungspapiere unterzeichnet haben. Ich wollte ihn nicht zurück. Aber manchmal braucht man das … Für sich selbst. Ich kann das nachvollziehen. Aber dieser Tee macht mich fertig …«

»Leb damit. Ich …« Ich verstummte, als die Tür zur Lehrerküche sich öffnete und Drew in Begleitung ihres allgegenwärtigen Gähnens den Raum betrat. Debbie hatte die Theorie, dass unsere Kollegin zur passiven Aggressivität neigte – und zwar allen Menschen gegenüber, die sich nur mit fremden, aber nicht mit eigenen Kindern herumplagten und damit automatisch ein unerschöpfliches Maß an Freiheit, Freude und Schlaf genießen mussten. Das war eine Einschätzung, die ich nicht teilte, was Debbie meist mit dem Kommentar honorierte, ich würde solche Nuancen deutlicher hören, wenn ich erst einmal ihr historisches Alter von 43 Jahren erreicht hätte.

»Guten Morgen ihr zwei«, seufzte Drew und wandte sich dann direkt der Thermoskanne mit frischem Kaffee zu. »Gott sei Dank. Ich wäre verloren, wenn ihr nicht schon Kaffee gekocht hättet.«

Höchst aggressiv. Ganz klare Sache.

Ich lächelte, wünschte einen guten Morgen und entsorgte den ersoffenen Teebeutel. Allein damit, ihn an einem Löffel auszuwringen, beschäftigte ich mich unnötig lange, um nicht in einen Dialog über Frühblüher verwickelt zu werden, während mich ganz andere Themen beschäftigten.

Mr Glenn hatte mir nicht viel über meinen neuen Schüler verraten können. Dominic Findlay, sieben Jahre alt. *»Sein Vater hat mich eindringlich darauf hingewiesen, dass der Junge zurückhaltend ist. Er bittet um etwas Geduld mit Dominic, falls der etwas länger braucht, um aufzutauen.«*

Ich konnte mir gut vorstellen, wie Hamish meinem Chef sehr eindringlich genau das mitteilte. Allerdings sah ich dabei den Teenager vor mir, der es gehasst hatte, sich an irgendwelchen »super aufregenden und spannenden« Projekten beteiligen zu müssen. Und nun stand er hier und versuchte, seinen Sohn vor allem zu bewahren, was dem Kleinen zuwider sein könnte.

Debbie hingegen interessierte es einen Scheiß, ob der Junge ein Chaot oder ein Sensibelchen war oder wie sehr mich diese wenigen Informationskrümel an den jungen Hamish erinnerten, den ich kannte. Sie brannte für die Frage, was zur Hölle er eigentlich in Stonehaven zu suchen hatte. Ihre Theorien begannen bei einer Affäre seiner Frau, gingen weiter zu einer Affäre seinerseits, was sie dann aber als »lückenhaft« wieder fallen gelassen hatte. Scheidung war ein Thema oder genau das Gegenteil, und die Familie war in Hamishs Heimat zurückgekehrt, um hier Wurzeln zu schlagen. »Oder er hat seine Frau umgebracht. Hat die schon wer gesehen?« Das war ihre liebste Theorie, ohne Frage.

»Und was wird dein Ferienprojekt?«

Ich schreckte hoch und riss meinen Blick von den Reflektionen der Lampe auf der Oberfläche meines Tees los. »Wir … ähm … Tiere.« Ich schüttelte den Kopf und widerstand dem Drang, meine Augen zu reiben. Make-up, erinnerte ich mich. Ganz blöde Idee.

Debbie neben mir lachte leise. »Ich hab ihr schon gesagt, dass es dämlich ist, den Kaffee wegzulassen. Tee …« Es folgten ein Schnaufen und ein dazu passendes Kopfschütteln.

»So?« Auf einmal leuchteten Drews Augen, wie Augen einer geplagten Mutter wohl immer leuchteten, wenn sie glaubte, eine zukünftige Mitleidende vor sich zu haben. »Gibt es etwas, was du erzählen möchtest?«

»Definitiv nicht, nein«, sagte ich so deutlich, wie die Freundlichkeit es gerade so noch zuließ. Ich wusste mittlerweile, dass man in diesen Dingen unmissverständlich sein musste. Es hatte zwei angebliche Schwangerschaften, eine vermeintliche Hochzeit und drei mutmaßliche Kündigungen gebraucht, bis ich diese Lektion gelernt hatte. »Wir basteln Tiere. Heute wollen wir abstimmen, was für welche.«

»Oh, das klingt großartig.« Aus irgendeinem Grund war dieser Glanz in Drews Augen immer noch nicht ganz verschwunden. Hervorragend. »Falls ihr irgendwo noch Schuhkartons habt oder andere Kartons mit Deckeln, ich bin dankbarer Abnehmer. Meine Klasse will unbedingt Erinnerungsboxen basteln, ehe es nächstes Jahr in die Sekundarstufe geht. Als ob sie sich dann nie wiedersehen würden …« Sie zuckte mit den Schultern.

»Wir werden Ausschau halten«, versprach Debbie, woraufhin Drew sich mit ihrem Kaffee und zu vielen Dankesworten auf ihre ganz offensichtlich aggressive Art und Weise verabschiedete.

»Wir sollten auch los, hm?« Debbie sah auf ihre Uhr und stürzte den restlichen Kaffee herunter, während ich meinen Tee noch nicht einmal angerührt hatte. »Wie sieht es jetzt aus? Eins bis zehn.«

Ich sah auf meine Tasse und war unschlüssig, ob ich den Tee wegschütten oder mitnehmen sollte. Meine Hände wären beschäftigt – Vorteil. Allerdings war die Tasse so ziemlich die hässlichste, die wir zu bieten hatten. Allein, dass ich überhaupt darüber nachdachte, ließ wohl keine Antwort unter Fünf übrig. »Sieben?«

»Hm. Sieben kann ich akzeptieren«, meinte Debbie. »Denk dran, was wir gesagt haben: Sechs Jahre sind ewig. Und er hat ein Kind und eine Frau. Mehr als genug Gründe, um viel zu schnell und schlecht gealtert zu sein. Ganz im Gegenteil zu dir, du sexy Lockenkopf.«

»Ich bin so dankbar für deinen Beistand.«

»Na los … Und lass den Unsinn hier, wenn du kein Gerede willst.« Damit nahm sie mir die Tassenentscheidung ab und kippte meinen Tee weg, ehe sie mir meine Tasche in die Hand drückte und mich aus der Küche dirigierte. »Ich verspreche, ich werde ihn nicht anglotzen, falls er schon dasteht.«

»Das setze ich ehrlich gesagt voraus.«

»Ich werde ganz normal wirken«, flüsterte Debbie mir zu, während wir den Gang entlangliefen und um die Ecke zu unseren Räumen bogen. »Du kannst mir ja kurz erzählen, wie viele

Kronkorken du für meine Kids schon … Oh. Okay. Wer hätte gedacht, dass all deine Wünsche *so* sehr erhört werden …«

Debbie wäre fast stehengeblieben, als mein Klassenzimmer in Sichtweite kam und damit der kleine Dominic Findlay und seine Begleitperson. Lichtes Haar, ein deutlicher Bauchansatz und ein Bart, den so viel Grau durchzog, dass es kaum etwas von dem Braun übrig gelassen hatte, das ich kannte.

»Das ist Hamishs Vater«, raunte ich Debbie zu. »Offenbar ist sich der werte Herr zu fein, seinen Sohn selbst herzubringen.«

Sie lachte nur verhalten, womit sie völlig recht hatte. Ich hatte genervter geklungen, als ich es war. Dabei war das erste Gefühl, das ich gehabt hatte, Erleichterung mit höchstens einem winzigen Funken Enttäuschung gewesen. Nicht Wut.

»Aufsicht in der ersten Pause?«, fragte sie nur und schubste mich damit zurück in die Normalität eines Schultages.

»Aufsicht in der ersten Pause.« Ich lächelte ihr dankbar zu und steuerte dann das Duo aus Robin und Dominic Findlay an. Hamishs Vater nickte mir zu, ein Lächeln in seinem Gesicht, aber keine Überraschung.

Hamish hat ihm gesagt, dass ich hier sein werde, dachte ich. Er hat es gewusst und seinen Dad geschickt. Mehr muss man eigentlich nicht wissen, mh?

Ich grüßte Robin mit einem Nicken, einem Händeschütteln und einer Phrase, die ich schon vergaß, kaum dass sie mir über die Lippen gekommen war. Dann wandte ich mich der eigentlichen Hauptperson zu und beschloss, dass es gut war, dass Hamish nicht hier war. Es ging um seinen Sohn und darum, dem Kleinen einen guten Start zu bereiten. Das war leichter, wenn ich mich nicht fragte, ob ich beobachtet wurde und weshalb.

»Hi.« Ich ging in die Hocke, bis ich etwa auf Augenhöhe mit Dominic Findlay war. Dieselben aschblonden Haare. Dieselben blaugrauen Augen mit demselben entschlossenen Blick. Mich hätte nicht gewundert, hätte ich auch dieselbe Narbe an seiner linken Augenbraue entdeckt. »Hi, ich bin Miss Harris, deine Klassenlehrerin. Und wie nennen wir dich?«

Der Junge sah kurz zu seinem Großvater auf, dann nahm er die Hand, die ich ihm entgegenstreckte. »Nick.«

»Freut mich, Nick.« Ich erwiderte den zarten Händedruck und ließ seine Hand dann wieder los. »Du kannst dir aussuchen, wie wir es machen. Du und ich können zusammen in die Klasse gehen oder ich hole Ben kurz her. Ben ist sieben, und er liebt Mathe. Er hat den Platz neben dir und wird dir alles zeigen und dir deine Mitschüler vorstellen. Ich weiß, er freut sich schon, dich kennenzulernen. Die anderen übrigens auch. Also, was sagst du? Willst du mit mir in die Klasse gehen oder lieber mit Ben?«

Diesmal schaute Nick nicht zu seinem Großvater, sondern zu der offenen Tür hinter mir, aus der ich das Stimmengewirr meiner Klasse hörte. Gut möglich, dass längst ein oder zwei der Kinder hinter meinem Rücken um den Türrahmen schielten, um einen ersten Blick auf den neuen Jungen zu werfen.

»Lieber mit Ben«, war die abschließende Entscheidung.

»Gute Wahl«, versicherte ich und erhob mich wieder. »Warte kurz hier, und in der Zwischenzeit kannst du schon überlegen ob du lieber Kraken magst oder Mäuse oder Raupen. Das werde ich euch nämlich gleich alle fragen.« Ich schenkte ihm und auch Robin ein kurzes, zuversichtliches Lächeln, dann ging ich in den Klassenraum, um nach dem kleinen sympathischen Rotschopf Ausschau zu halten, den ich als Nicks Paten bestimmt hatte.

Benedict McLean stand neben dem Aquarium, das die Klasse als Gemeinschaftsprojekt betreute. Als ich ihn ansprach, wandte er sich nicht einfach zu mir um, sondern wirbelte regelrecht in meine Richtung. »Ist er da?«

Ich nickte. »Das ist er. Sein Name ist Nick, und ich glaube, er ist ein bisschen nervös.«

Ben winkte mit der Souveränität eines altklugen Siebenjährigen ab. »Das ist ganz normal«, sagte er gewichtig. »Ich sag ihm einfach, dass er keine Angst haben muss. Und ich hab zwei blaue Stifte dabei, falls er seinen vergessen hat.«

Falls Nick seinem Vater im Wesen auch nur annähernd so sehr ähnelte wie im Aussehen, dann war ihm der blaue Stift vermutlich herzlich egal, aber er würde zu schätzen wissen, dass jemand für ihn daran gedacht hatte.

»Vielleicht zeigst du ihm erst seinen Platz und wie er seine Tasche an den Tisch hängen kann. Und danach noch die Bücher oder die Fische, bis es klingelt. Einverstanden?«

Ben nickte nur und flitzte ohne ein weiteres Wort nach draußen. Als ich selbst ihm etwas gemächlicher folgte und den Flur vor dem Klassenzimmer wieder betrat, sah ich längst, wie er freudestrahlend auf den kleinen Nick einredete, der interessiert zuhörte und sich ohne ein Wort des Abschieds an seinen Großvater von seinem neuen Klassenkameraden entführen ließ.

Robin sah ihm mit einem Kopfschütteln und einem tiefen Seufzen nach. »Er ist ein bisschen zurückhaltend«, murmelte er, als würde er mir gestehen, er hielte seinen Enkel für etwas zurückgeblieben. »Aber er ist ein guter Junge.«

»Mh, den Hinweis hat Hamish bei der Anmeldung schon gegeben. Keine Sorge, ich denke, wir werden bestens auskommen«, versicherte ich und deutete unnötigerweise in Richtung Klassenzimmer. »Ben ist ein Schatz. Ich wüsste kein Kind, das nicht mit ihm befreundet sein will. Er wird Nick helfen, sich hier einzufinden. Wir kriegen das hin. Gibt es …« Ich stockte kurz. Das war eine ganz normale Frage, die ich jedem Eltern- oder Großelternteil stellen würde. Nur bei ausgerechnet diesem fühlte es sich an wie die triefende Neugier einer Ex-Freundin.

Da halfen weder der Blazer noch die Locken. »Gibt es irgendetwas, das ich außerdem wissen sollte? Themen, die ich lieber vermeide oder Fragen, die ich besser nicht stelle.«

Robin sah mich an, und ich konnte erkennen, dass er zu einer Antwort ansetzte, ehe er schließlich doch den Kopf schüttelte.

Ich nickte. »Alles klar.« Das war wohl die herkömmliche Antwort auf eine Lüge.

»Außer vielleicht ... Es wäre schön, wenn er sich selbst der Klasse vorstellen kann. Er ist sehr nervös, aber ihm ist das wichtig. Wir haben das gestern Abend mit ihm geübt, bis er zufrieden mit sich war.« Wieder sagte er das, als wäre es eine Information, die man nicht gern teilte. Warum? »Und er hat dieses Gespenst dabei. Er sollte das nicht, aber er fühlt sich sicherer damit. Hamish ist heute in Edinburgh und erst am Abend zurück. Das macht Nick immer ein bisschen unruhig. Deswegen durfte er es mitnehmen. Das ist hoffentlich in Ordnung. Er weiß, dass das Ding in seiner Tasche bleiben soll.«

»Das ist absolut in Ordnung. Solange er die anderen nicht damit ablenkt ...«

»Das wird er nicht«, versicherte Robin mir und sah noch einmal etwas wehmütig zu der Tür, hinter der sein Enkel verschwunden war. Ob es seltsam für ihn war, Nick ausgerechnet in meine Obhut zu geben?

»Ich pass auf ihn auf«, versprach ich. »Falls dir noch etwas einfällt, was ich bei Nick beachten soll, dann ruf einfach an. Das Sekretariat gibt mir das dann weiter.«

»Das werde ich.« Er brummte zustimmend und löste seinen Blick von dem Eingang zum Klassenzimmer. »Das werde ich.« Dann reichte er mir seine Hand zum Abschied. »Es war nett, dich mal wiederzusehen, Leena.«

Leena.

Wann hatte mich das letzte Mal jemand Leena genannt?

Der Spitzname war irgendwie mitsamt meiner Schulzeit verschwunden. Die Menschen, die mich so genannt hatten, waren meine Freunde gewesen, die sich nach unserem Abschluss in alle Himmelsrichtungen verteilt hatten. Und Hamish.

Dreizehn Jahre.

Dreizehn Jahre, ein Blazer, bestmöglich hergerichtete Locken und Make-up. Alles Nonsens. Für Robin Findlay war ich immer noch Leena – das Mädchen, das aufkreuzte, wenn sein Sohn einen schlechten Tag hatte und unausstehlich war. Das Mädchen mit den zerrissenen Jeans, den blondierten Haaren und dem angesteckten Nasenpiercing, weil sie sich ein echtes nicht traute.

Und für einen kleinen Moment waren diese dreizehn Jahre nie vergangen, und ich keinen Tag älter als achtzehn.

Es ist schon erstaunlich, was so ein einfacher Name mit der Zeit anstellen kann.

Glitzernde Missetaten

Aileen

Ich sah zwei kleinen Händen dabei zu, wie sie sich hinter dem durchgedrückten Rücken des Jungen gegenseitig hielten. Nick hatte sich vor die Klasse gestellt, ohne dass ich ihn dazu aufgefordert hatte. Und nun sah der Junge sich einem viel größeren Publikum gegenüber, als er es von zu Hause kannte.

Größer, aber nicht halb so beängstigend, flüsterte ich ihm in Gedanken zu. Das kriegst du hin.

Tatsächlich räusperte er sich und atmete dann ein Mal tief ein, hielt die Luft an und ließ sie wieder aus seinen Lungen. »Ich heiße Dominic Findlay. Aber alle nennen mich Nick. Hallo.« Er lächelte und löste seine linke Hand von der anderen, um sie zu einem kurzen, schüchternen Gruß winken zu lassen und dann gleich wieder hinter seinem Rücken zu verstecken. Vermutlich hatte er es genau so geübt. Mit Sicherheit sogar.

»Ich bin sieben Jahre und vier Monate alt. Also fast siebeneinhalb. Mein Lieblingsessen diese Woche ist Toffee Pudding. Und meine Lieblingsfarbe ist Blau. Aber das ist sie immer.« Noch einmal praktizierte er das Räuspern mit dem darauffolgenden tiefen Atemzug. Aber so recht ließ sich die Unsicherheit wohl nicht abschütteln. Seine Hände hielten sich hinter seinem Rücken noch fester als vorher. »Ich bin erst vor ein paar Tagen nach Stonehaven gezogen, aber mein Grandpa wohnt schon immer hier. Er hat eine alte Katze. Sie heißt Smudge, aber ich glaube, sie mag den Namen nicht. Aber sie heißt eben so.« Er zuckte mit den Schultern, als wollte er sagen »Tja, nichts zu machen«. Smudge gab es also immer noch …

»Am liebsten mag ich Rechnen und alles über Tiere. Und die Gruselgeschichten von meinem Dad.« Noch ein tiefes Durchatmen, das diesmal ohne ein Räuspern auskam. »Fertig.«

Ben war der Erste, der klatschte, und während die anderen es ihm nachmachten, reckte er schon ungeduldig seinen Arm in die Höhe. »Miss Harris? Miss Harris?«

»Ja?«

»Können wir uns jetzt auch alle vorstellen? Damit Nick weiß, wer wir sind?«

Die soziale Ader dieses Jungen konnte ohne Anstrengung ganze Unterrichtstage sprengen, wenn man es zuließ. »Das würde etwas zu lange dauern. Vorschlag: Jeder schreibt seinen Namen auf ein Schild. In seiner Lieblingsfarbe. Und das stellt ihr vor euch auf den Platz. Dann weiß Nick schon ziemlich viel über euch.«

Die ersten Kinder holten auf meinen Vorschlag hin ein Blatt Papier hervor, um es zu einem Schild zu falten, während Ben sich zu seinem neuen Kumpel beugte und so laut flüsterte, dass ich es verstand. »Meine Lieblingsfarbe ist auch Blau.«

»Cool.« Nicks Raunen verstand ich nicht, aber es ließ sich leicht von seinen Lippen ablesen.

Ich ließ den beiden diesen emotionalen Moment und wandte mich dem braungelockten Mädchen in der zweiten Reihe zu. »Sarah, ich habe Nick vor der Stunde erzählt, dass er überlegen soll, ob er lieber Oktopusse mag, Mäuse oder Raupen. Willst du noch mal für alle erklären, warum ich das wohl gefragt habe?«

Sie nickte, aber was aus ihrem Mund purzelte, war nicht die

Erklärung, nach der ich gefragt hatte, sondern Worte, die unfassbar aufgeregt klangen. Wie Worte eben klingen, wenn eine Siebenjährige sie viel zu lange für sich behalten musste. »Wir haben heute die gleichen Haare, Miss Harris.« Sie breitete ihre Hände aus und riss ihre Augen auf, um ihr Staunen nicht nur hörbar sondern für alle sichtbar zu machen. »Ge-nau. Gleich!«

»Deine sind noch ein bisschen länger«, stellte ich fest. »Meine gehen nur bis hier.« Mit der Handkante deutete ich die Höhe kurz unterhalb meiner Schulter an, wo meine Haare nun einmal endeten. Der Stolz der Kleinen, dass ihre ihr bis zu den Schulterblättern reichten, war unübersehbar. »Wo wir das nun geklärt hätten. Weißt du noch, worum ich dich gebeten hatte?«

»Ja, natürlich.« Ihre Entrüstung war regelrecht spürbar. »Die Ferientiere.« Mit dieser Erklärung wandte sie sich zur Seite und sah in Richtung Nick und Ben. »Wir basteln alle ein Ferientier und geben ihnen Namen. Heute stimmen wir ab, was für ein Tier wir alle basteln, damit wir alle das gleiche haben und keiner traurig ist. Und dann nimmt ein anderer es mit in die Ferien und hat ganz viele Abenteuer mit dem Tier. Und die können wir dann eine Stunde lang erzählen, wenn Ostern vorbei ist. Eine ganze Stunde!«, betonte sie noch einmal. »Das ist spezifisch lange, um ganz viele Abenteuer zu erzählen.«

Spezifisch. Das war das Wort, das sie seit dem Wochenende so häufig nutzte, dass es hin und wieder sogar am richtigen Platz landete. Aber eben nur hin und wieder.

»Und, Nick? Was meinst du? Machst du mit?«

Er nickte heftig und sagte brav »Ja, Ma'am.« Und ich wollte mir einbilden, dass sein Dad ihm das beigebracht hatte. Einfach nur, weil er die Vorstellung zum Totlachen fand, wie sein Sohn mich mit Ma'am ansprach. Ich ertappte mich dabei, dass ich diese Idee wirklich mochte, weil das hieß, dass es ihn beschäftigte, dass Nick in meiner Klasse landete und nicht in Debbies oder Drews oder irgendjemandes sonst.

»Die anderen hatten seit gestern Zeit, um zu überlegen, für welches Tier sie sich entscheiden wollen. Bist du auch bereit?«

Diesmal beschränkte sich seine Antwort auf ein vorfreudiges »Ja«. Es zog das erste strahlende Grinsen mit sich, das dieser Junge zeigte. Es war nicht dasselbe Grinsen wie das seines Vaters. Da waren sympathische Grübchen in seinen Wangen, die Hamish nicht hatte. Das Strahlen in den Augen allerdings …

Ich schob das Gefühl beiseite, das sich leise anbahnte wie das Knarren, mit dem alte Holzkisten sich öffneten. Solche, die voll sind mit alten Erinnerungen und zerschlagenen Wünschen.

Ich schob es beiseite und ergab mich stattdessen der Erleichterung darüber, dass Robin Findlay seinen Enkel wohl richtig einschätzte. Ein guter Junge. Und ich ließ ein innerliches Aufatmen darüber zu, dass wir bestens miteinander auskommen würden. Genau, wie ich es versprochen hatte.

Nun, wäre ich nicht so feige gewesen und hätte dieses Knarren wenigstens einen Moment lang ausgehalten, vielleicht wäre wenigstens eine Erinnerung hindurchgeschlüpft. Möglicherweise sogar jene, die die Erkenntnis in sich trug, dass auch gute Menschen Schwierigkeiten bedeuten konnten.

Manchmal sogar ziemlich große.

Zwei Tage.

Es brauchte nur läppische zwei Tage, um jene leise Ahnung in mir zu wecken, für die mein Beruf mich in den letzten sieben Jahren sensibilisiert hatte. Die Indizien waren die üblichen: Stifte und Lineale, die bei einigen Kindern verschwanden. Namensschilder, die plötzlich am Geburtstagskalender fehlten. Fischfutter, das erst nach langem Suchen hinter einer Reihe mit Kinderlexika auftauchte. Sarah und Timothy waren bereits panisch geworden und hatten den Fischen im Aquarium versichert, dass sie nicht verhungern würden, während Ben wild entschlossen war, auf dem Schulhof Würmer auszugraben, um den akuten Mangel an bunten Futterflocken auszugleichen. »Wie beim Angeln. Wir dürfen sie nur nicht an einen Haken machen, sonst beißen die Fische auf die Spitze drauf und sind tot.« Das war die pragmatische Einschätzung des Sprosses einer der Fischerfamilien im Ort.

Insgesamt waren das zu viele Vorkommnisse für zwei Tage. Allerdings fehlte mir noch der finale, sachdienliche Hinweis, um meinen Verdacht zu besiegeln.

»Du bist ein feiges Huhn.« Das wiederum war Debbies Sicht auf das Geschehen. »Wer soll es sonst sein, wenn nicht der kleine Findlay? Hat alles angefangen, als er in die Klasse gekommen ist.« Sie warf einen argwöhnischen Blick zu den Schaukeln, neben denen Nick stand und Ben und Sarah dabei zusah, wie sie versuchten, mit den Zehenspitzen die Wolken zu berühren.

»Seamus«, murmelte ich, was ich tatsächlich nicht für allzu abwegig hielt. »Der und Freddie sind eigentlich bekannt für so einen Unsinn. Vielleicht halten die das für einen guten Zeitpunkt – jetzt, wo jeder den Neuen verdächtigen würde.«

Debbie schnaubte. »Sind die meisten Sachen nicht hinter den Büchern wieder aufgetaucht? Als ob Seamus Webb und Freddie Allen sich je freiwillig in die Nähe von Büchern begeben würden. Die zwei hätten versucht, die Stifte das Klo runterzuspülen. Aber Bücher sprechen eher für … He!«, rief sie in Richtung Rutschturm. »Samara Murphy! Runter geht es über die Leiter oder die Rutsche. Zweite Warnung!« Die Viertklässlerin mit dem blonden Pferdeschwanz rutschte wieder von dem Geländer, das die Kinder eigentlich vor einem Sturz bewahren sollte, falls die sich nicht gerade für zu cool hielten, um sich an solche Belanglosigkeiten zu halten. »Noch so ein Ding, und ich muss deiner Mum wieder eine Nachricht schreiben. Verstanden?«

Ich glaubte, ein vielleicht eingeschüchtertes, womöglich aber auch angepisstes »Ja, Mrs Galbraith« zu hören, mit dem Debbie sich zufriedengab.

»Oder sie stiften Nick an«, nahm ich den Faden wieder auf. »Er ist ein ziemlich ruhiges Kind. Vermutlich ist er leicht zu beeinflussen, und die machen sich einen Spaß daraus, ihm Mutproben aufzugeben.«

»Feiges Huhn. Gib einfach zu, dass du keine Lust auf Probleme mit dem Bengel hast. Ich meine ... Allein die Vorstellung, Elterngespräche mit dem Ex und seiner Frau ...« Sie schüttelte sich etwas zu theatralisch, traf den Nagel aber auf den Kopf.

Mit Glück waren solche Dinge mit einem Gespräch unter vier Augen erledigt. Nicks und meinen Augen. Meistens folgte allerdings noch mindestens eine Wiederholung, die eine Nachricht an die Eltern nach sich zog. Und wenn ich ehrlich war, hatte ich schon auf diesen Schritt keine Lust. Ich kannte Nick doch erst seit Mittwoch. Das waren zwei Tage, in denen ich ehrlich froh gewesen war, den Jungen nicht die ganze Zeit anzuglotzen wie etwas, das man einfach nicht fassen konnte. Da war ein Siebenjähriger, der seine Augenbrauen ganz genauso zusammenzog wie sein Dad, wenn er etwas beobachtete, was er dämlich fand. Ob das nun Mädchen waren, die in Dreiergruppen neue Tänze auf dem Hof übten oder ein Constable, der eine Gruppe frisch Volljähriger ermahnte, nur weil sie ein Sixpack Bier mit sich führten. Der Blick war in beiden Fällen derselbe, und ich hatte mich noch nicht genug daran gewöhnt, um in Nicks Schulheft Sätze zu schreiben wie: *»Sehr geehrter Mr Findlay, Nick ist in der Schule dadurch auffällig geworden, dass er Eigentum von Mitschülern sowie das Fischfutter des Aquariums entwendet hat. Ich war eigentlich der Meinung, dass Nick* *ein netter Junge ist, aber hey, das dachte ich bei Ihnen ja auch, hm?«*

»Andererseits stell ich mir das auch großartig vor«, sinnierte Debbie weiter, und ich erkannte ein unübersehbar süffisantes Grinsen auf ihrem Gesicht. »Lass dich einfach mal ganz kurz drauf ein, ja? Elterngespräch – du und die Findlay-Eltern. Mummy Findlay und Daddy Findlay sitzen auf diesen Winzstühlen für die Schüler und du siehst aus wie vorgestern. Mit Rock. Das betont deine Beine, wenn du dich super autoritär an deinen Tisch lehnst. Mummy Findlay wird dich hassen – allein schon, weil Daddy Findlay aus dem Sabbern nicht rauskommt. Was nebenbei bemerkt entsetzlich abturnend aussieht. Denn wir erinnern uns: schütteres Haar, das er sich in einem viel zu tiefen Scheitel über den Kopf kämmt, weil er denkt, er könnte damit irgendwas vertuschen. In meinem Kopf schwitzt er auch die ganze Zeit. Vermutlich irgendeine Stoffwechselstörung, aber auch Nervosität. Also, wenn das nicht …«

»Vor allem ist es ziemlich explizit«, stellte ich fest, konnte mir ein Grinsen jedoch nicht verkneifen.

»Alles Erfahrungswerte. Ich würde sogar wetten, er trägt …«

»Miss Harris?« Die Dringlichkeit, mit der Finola Calhoun mich ansprach, zerschlug meine Hoffnung darauf, mir Debbies Vorstellungen von Hamishs Outfit anzuhören.

»Ja, Finola?«

»Miss Harris, ich muss dir was ganz Wichtiges sagen.« Die Atemlosigkeit in ihrer Stimme machte deutlich, *wie* wichtig es war, dass sie mir mitteilte, was sie auf dem Herzen hatte.

»Ist etwas passiert?« Ganz automatisch ging ich in die Hocke und ließ meinen Blick über die klassischen Stellen für mögliche Verletzungen gleiten. Stirn, Knie, Hände. Kein Blut. Nicht einmal Dreck. Allerdings hatte ich hier auch Finola Calhoun vor mir, für die diese Schule wohl noch den Award für den gepflegtesten Umgang mit ihrer Uniform ins Leben rufen würde.

»Ja! Etwas Desaströses!« Ja, das klang mir ganz nach einem Lieblingswort ihrer Mutter.

Ich nickte geduldig und wartete auf Finolas Ausführungen zu dieser desaströsen Beobachtung, stattdessen interpretierte sie meine Stille aber wohl so, wie ihre Eltern ihr beigebracht hatten, Schweigen von anderen Menschen zu deuten: »Das ist etwas ganz Schlimmes!«

Ich beobachtete aus dem Augenwinkel, wie Debbie sich die Hand vor den Mund schlagen musste und sich abwandte, um den Kontrollgang ohne mich fortzusetzen. Na herzlichen Dank auch.

»Ich weiß, Finola. Willst du mir auch erzählen, was passiert ist? Was ist so schlimm? Ist jemand verletzt?« Ein schwacher Versuch, diesem Kind den Unterschied zwischen apokalyptischen Notfällen und unerfreulichen Ereignissen beizubringen.

»Ja, Lizzy ist hingefallen. Aber es ist nicht so schlimm. Mr McCoy hat das gesagt.«

Ich nickte und wartete geduldig auf die Pointe ihrer Ankündigung. »Aber Davinas Stift ist verschwunden! Der mit dem Glitzer und den Federn! Weißt du, welcher Stift?«

Wieder nickte ich. »Den kenne ich, ja.« Das Ding war ihr ganzer Stolz und hatte leider die entsetzliche Angewohnheit, Glitzer an ihren Fingern zu hinterlassen. Feenstaub, wie sie meinte. Dummerweise verteilte dieser Feenstaub sich dann auch auf ihrem Tisch, ihren Haaren oder wahlweise in meiner Schultasche, wenn dort ein Test landete, den die Kleine ganz schrecklich unbedingt mit diesem Stift hatte schreiben müssen, weil sie mit einem anderen Stift die Antworten nicht wusste. »Davina ist sicher sehr traurig, dass der Stift weg ist. Habt ihr denn schon hinter den Büchern nachgesehen? Die meisten verschwundenen Sachen sind dort ja wieder aufgetaucht.«

Finola schüttelte den Kopf. »Nicht bei den Büchern. Er war oben bei der Rutsche!« Das verkündete sie mit einem Tonfall, der klarmachte, dass dieses desaströse Level wohl kaum noch zu überbieten war. »Und, Miss Harris? Ich hab noch was gesehen.« Jetzt senkte sie ihre Stimme, und ihre Miene verlor die Aufregung einer Siebenjährigen und legte eine Ernsthaftigkeit an den Tag, die mich viel zu sehr an ihre Mutter erinnerte.

»Was hast du denn noch gesehen?«

»Glitzer.« Mit einem kleinen Zeigefinger deutete sie zu den Schaukeln. »An Nicks Hose.«

Ach, Scheiße. Das war er dann wohl, der sachdienliche Hinweis, auf den ich auch gut und gern hätte verzichten können. »In Ordnung.« Erst, als ich das sagte, merkte ich, dass es wie ein resigniertes Seufzen klang. »Ich werde mit ihm reden, aber erst nach dem Unterricht und in Ruhe. Falls er den Stift versteckt hat, hat er es bestimmt nicht böse gemeint.«

»Aber das war ziemlich böse von ihm. Davina hat geweint!«

»Das hat er bestimmt nicht gewusst.« Hervorragend. Nun akzeptierte ich Nick schon als Verantwortlichen für das Ganze und nahm ihn gleichzeitig in Schutz. *Na, kommt dir das bekannt vor, … Leena?* »Tust du mir einen Gefallen und tröstest Davina? Ich rede mit Nick. So hat jede von uns eine wichtige Aufgabe.«

Finola nickte. »Na gut.« Dabei seufzte sie mit einer Inbrunst, die deutlich machte, dass Trost wohl eher zu den lästigeren Bürden als Freundin gehörte.

Kurz sah ich ihr nach, bis sie ihre Mitschülerin erreicht hatte, die den schmerzlich vermissten Stift festhielt und noch immer ganz rote Wangen hatte. Ich beobachtete, wie sie dem Mädchen eine Hand auf die Schulter legte und dann genauso zu den Schaukeln deutete wie eben. Finola Calhouns Zeigefinger war einfach wie dafür gemacht, auf andere zu zeigen.

Beispielsweise auf einen siebenjährigen Jungen, der neben

der Schaukel stand und seinen neuen Freund anfeuerte, noch höher zu schaukeln. Der nicht rumnörgelte, dass er selbst auch an der Reihe sein wollte, sondern jubelte, als Ben es wirklich noch ein klitzekleines Stück höher schaffte.

»Täter überführt?« Debbie stand wieder an meiner Seite und folgte meinem Blick.

»Mh.«

Meine Freundin stieß mich sachte mit der Schulter an und beugte sich zu mir. »Dann ist der kleine Findlay also wirklich der Quell all dieser desaströsen Taten. Das heißt übrigens schlimm. Falls du das nicht weißt …«

»Ach, halt die Klappe.« Ich grinste und schüttelte den Kopf, während ich beobachtete, wie Ben seinen Schwung vorsichtig ausbremste und dann Nick den Platz auf der Schaukel anbot. Der schüttelte nur den Kopf und wich sogar einen Schritt zurück, um seinem Freund den Vorrang zu lassen.

»Was für ein Arschloch«, flüsterte Debbie neben mir. »Man sieht förmlich das Blut an seinen Händen kleben.«

»Glitzer«, berichtigte ich. »Ich fürchte, diesmal ist es Glitzer.«

Das Pfützen-Prinzip

Aileen

In der Regel genügt der allererste Blick, um zu wissen, ob man einen Übeltäter vor sich hat oder nicht. Seit ich die magischen Worte ausgesprochen hatte – »Nick, bleibst du bitte noch kurz hier?« –, saß der Junge wie erstarrt an seinem Platz – inmitten seiner Mitschüler, die aufgeregt um ihn herumwuselten und aus dem Klassenzimmer strömten.

Er war keines der Kinder, die sich nach dem ersten Schockmoment gelassen und cool gaben. *So, wie Hamish es getan hätte.* Dominic Findlay drückte seinen Rücken durch und starrte auf seine Hände, die vor ihm auf dem Tisch lagen. Es wirkte, als wappnete er sich für ein Donnerwetter und nicht nur einen Tadel seiner Lehrerin. Während ich den übrigen Kindern ein schönes Wochenende wünschte und sehr gemächlich meine Tasche packte, schweifte mein Blick immer wieder zu dem kleinen, ängstlichen Delinquenten. Und ich fragte mich, wie zur Hölle meine Kollegen in Edinburgh solche Streiche geahndet hatten, dass die Aussicht auf einen Anschiss ihm so eine Angst machte.

»Miss Harris?« Ben stand vor meinem Schreibtisch und sah sorgenvoll zwischen seinem Sitznachbarn und mir hin und her. »Kriegt Nick jetzt doll Ärger?«

»Mal sehen«, sagte ich und bemerkte, wie Nick leicht den Kopf hob und vermutlich lauschte. »Das kann er dir ja Montag erzählen, hm?«

»Ich kann auch draußen auf ihn warten.« Seine Augen weiteten sich ein wenig, als wäre ihm genau damit der rettende Einfall gekommen. Mit seiner neuen Erkenntnis wandte er sich an Nick. »Soll ich draußen auf dich warten?«

Nick sah Ben kurz an, dann schüttelte er den Kopf mit der Endgültigkeit eines Mannes, der jeden Moment den Kuss einer Guillotine in seinem Nacken erwartete. Die Worte, die er dazu mehr nuschelte als sagte, wollten nicht so recht zu diesem Bild passen. »Mein Dad holt mich ab.«

Mein Magen machte einen unnötigen, aber dennoch spürbaren Hüpfer nach vorn. Fast wie damals, als ich in der Klasse gesessen und Hamishs Stimme schon gehört hatte, noch ehe er den Raum betrat und zielsicher sein Grinsen in meine Richtung warf. Damals war dieses Gefühl aufregend gewesen, neu und das Allergrößte.

Und dreizehn Jahre später? Nun, da war es lästig, albern und überflüssig. Aber davon ließ sich so ein hüpfender Magen nicht beeindrucken.

Ich wartete noch einen Moment, bis Ben auf den Flur hinausgetreten war, und schloss dann die Tür zum Klassenzimmer. Kurz überlegte ich, ob ich an meinem Tisch stehen bleiben sollte, aber nach den letzten Tagen schätzte ich Nick nicht als einen Schüler ein, der dieses kleine nonverbale Extra an Autorität brauchte. Also setzte ich mich stattdessen neben ihn auf Bens freien Platz. »Nick, ich will kurz mit dir über etwas reden. Weißt du vielleicht schon, worüber?«

Natürlich wusste er das. Die unübersehbar geweiteten Augen, als ich ihn gebeten hatte zu bleiben, waren Beweis genug. Doch der Junge zuckte mit den Schultern und schwieg. Vielleicht würde das Gespräch also doch nicht so schnell zum Ziel führen, wie ich mir das erhofft hatte.

»Du hast sicher mitbekommen, dass in den letzten Tagen immer wieder Sachen von den anderen Kindern verschwunden sind, oder?«

Diesmal nickte er und starrte dabei konsequent weiter auf seine Hände. Wusste er, wie verräterisch seine Mimik war?

»Davina war heute sehr traurig, als ihr Stift weg war. Sie hat sogar geweint, Nick.« Ich sah ihn an und glaubte zu erkennen, dass er nun die Luft anhielt. »Jemand hat mir erzählt, dass du Glitzer an deiner Hose hattest. Ich frage mich also, ob du vielleicht weißt, wie der Stift zur Rutsche gekommen ist.«

Wieder ein Schulterzucken. Und wenn ich nicht irrte, sah ich ein leichtes Zucken, mit dem Nicks Kinn sich bewegte.

»Wirklich keine Idee? Möglicherweise war es ja ein Gespenst, das die Klasse ein bisschen ärgern will, könnte das sein?«

Nicks Kopfschütteln war deutlicher als seine bisherigen Reaktionen. »Sir Boo ärgert keinen. Er ist immer in meiner Tasche. Er kann ja auch gar nichts anfassen, weil er ein durchsichtiges Gespenst ist.«

Genau genommen war Sir Boo ein Nachtlicht. Ich hatte bisher zweimal beobachtet, wie Nick es aus seiner Tasche holte, kurz anschaltete und wieder verstaute. Keine Ahnung, was genau das Gespenst ihm bedeutete, aber es schien ihm wichtig zu sein. Sein Anker. Kinder, die Veränderungen durchmachten, hatten oft einen solchen Ankerpunkt, der ihnen in der neuen Umgebung oder in der neuen Situation Halt gab. Das war meist ein Gegenstand – ein Spielzeug oder ein Bild. Vor zwei Jahren hatte ich ein Mädchen unterrichtet, das ein altes Opernglas mit sich herumgetragen hatte, nachdem ihre Grandma verstorben war.

Und für Nick war es eben dieser kleine, leuchtende Geist.

»Und könnte es sein, dass Sir Boo in deiner Tasche auf ein paar Sachen aufpasst, die dort gar nicht sein sollten?«

Keine Reaktion.

»Namensschilder vielleicht? Oder der Pinsel, den Marcus immer noch sucht?« Wobei dieser Junge immer irgendetwas suchte. Dafür brauchte es keine diebischen Mitschüler. »Wenn ich Sir Boo jetzt frage, was würde er mir wohl verraten?«

»Sir Boo ist keine Petze wie Finola.« Nicks Stimme klang belegt, als er das klarstellte. Das mit Finola hatte er also mitbekommen. Oder das Mädchen hatte es sich nicht nehmen lassen, ihn selbst auf ihre Beobachtung hinzuweisen. Beides hielt ich für wahrscheinlich.

Ich neigte meinen Kopf etwas zur Seite und suchte Nicks Blick, doch der starrte weiter verbissen auf seine kleinen Fäuste. »Nick, sieh mich bitte an.«

Das tat er auch – mit bebender Unterlippe und glänzenden, blau-grauen Kulleraugen.

»Ich möchte nicht, dass du mich anlügst, okay?«

Er nickte und gab sich allergrößte Mühe, die Tränen wegzublinzeln. Ach Scheiße, ich wollte nicht, dass er heulte. Er sollte doch nur seine kleinen Missetaten zugeben und mir versprechen, damit aufzuhören. Und sich daran halten. Nichts weiter. Stattdessen sahen mich diese Augen durch einen Tränenschleier hindurch an, und ich fragte mich, ob mein Herz denselben kleinen Knacks spüren würde, wenn es andere Augen wären, die mich so anschauten.

»Nick, hast du die Sachen von den anderen versteckt?«

Auf meine Frage hin schafften Nicks Tränen den Weg auf seine Wangen und kullerten ungehindert über die gerötete Haut. Und er nickte.

»Verrätst du mir auch, warum du das gemacht hast?«

Statt einer Erklärung gab er mir eine Frage, mit der ich so nicht gerechnet hatte. »Rufst du jetzt die Polizei?«

»Die Polizei?«

»Wenn man was wegklaut, dann kommt die Polizei und …« Er räusperte sich, atmete tief ein und wieder aus. Das gleiche Schema, das ich schon bei seiner Vorstellung beobachtet hatte und bei jeder Gelegenheit, zu der er ein kleines bisschen nervös gewesen war. Nur diesmal blieb der Kloß in seinem Hals. Er war unüberhörbar, als Nick weitersprach. »Dann kommt die Polizei und schnappt dich und bringt dich ins Gefängnis. Komm ich jetzt ins Gefängnis?«

Um Himmels willen, der kleine Kerl zitterte ja. »Nein«, sagte ich schnell und streckte meine Hand aus, um sie auf seine Schulter zu legen und sie kurz zu drücken. »Nein, du kommst nicht ins Gefängnis. Nur böse Menschen kommen ins Gefängnis. Und ich glaube, du bist ein ziemlich netter Mensch, hm?«

Nick zuckte nur mit den Schultern, als wäre er nicht sicher, ob er ein netter Kerl sei. Dabei schniefte er herzzerreißend.

»Aber du hast anderen Kindern Sachen weggenommen, was sie sehr traurig und wütend gemacht hat. Ich denke, du verstehst, dass das nicht geht. Ich weiß, du bist ein liebes Kind, nur wenn du Unsinn machst, muss ich trotzdem schimpfen. Ich hole keine Polizei, aber ich möchte, dass du damit aufhörst. Dann können wir die Sache vergessen, und ich muss nicht einmal mit deinen Eltern darüber reden, was du angestellt hast. Kannst du mir also versprechen, den anderen Kindern nichts mehr wegzunehmen?«

Wieder nickte er – heftiger diesmal, während noch mehr Tränen über seine Wangen rollten. »Ich versprech's, aber bitte, bitte nicht Daddy sagen.« Die Vorstellung schien ihn noch mehr zu ängstigen als die Aussicht auf eine Verhaftung und Gefängnis.

Was zur Hölle …?

»Du darfst das nicht meinem Dad …« Er schluchzte verzweifelt auf und verschluckte sich fast an den neuen Tränen, die nun über sein Gesicht stürzten. »Bitte nicht sagen.«

»Ich sage niemandem irgendwas«, lenkte ich ein. »Solange du ab jetzt nichts mehr machst, was die anderen Kinder ärgert. Versprochen?« Ich wusste selbst, dass ich haarscharf an der Grenze zur Unprofessionalität schrammte. Aber Fuck, der Junge war völlig aufgelöst bei der bloßen Vorstellung, sein Vater könnte von den Vorfällen in der Schule erfahren. Also pfiff ich auf das bisschen Professionalität und versuchte, den Druck auf dieses Kind etwas abzumildern. Wenigstens, solange ich keine Ahnung hatte, woher zum Teufel das kam. »Versprochen?«

Nick sah mich an und ließ sich meine Frage einen Moment durch den Kopf gehen. Das war okay. Ein Versprechen, über das man nachdachte, zählte mehr als eines, das man leichtfertig gab. »Okay«, sagte er dann so leise, dass ich ihn kaum verstand.

Ich nickte. »Okay.« Dann ließ ich ein tiefes Seufzen zu, mit dem ich ein aufmunterndes Lächeln auf mein Gesicht legte. »Na los, ab nach Hause mit dir. Und Montag starten wir einfach ganz frisch. Ich glaube, die anderen Kinder mögen dich gern. Vor allem Ben. Und sie mögen dich bestimmt noch mehr, wenn du keine Streiche mehr spielst, hm?«

Er wischte sich mit dem Handballen über seine Wangen und zog geräuschvoll die Nase hoch, dann sah er zur Tür und wieder zu mir. »Kann ich noch bei dir bleiben?«

»Willst du nicht nach Hause? Dein Dad wartet doch …«

»Aber ich hab geweint.«

Ich runzelte die Stirn. »Das ist doch nicht schlimm. Man weint eben manchmal, wenn man ein bisschen traurig ist oder wütend oder ganz viel durcheinander.«

Ein Kopfschütteln war die Antwort und zwei tiefe Atemzüge, mit denen Nick offenbar dagegen ankämpfte, noch mehr

Tränen zu vergießen, ehe er seinem Vater wieder unter die Augen trat.

Einen Moment lang sah ich ihm dabei zu, während in meinem Kopf längst rote Alarmleuchten blinkten. Was sollte denn diese Scheiße? Brachte Hamish seinem Sohn ernsthaft bei, dass Jungs nicht weinten? Wieso? Weil man ihm auch immer abverlangt hatte, tapfer zu sein? Sollte er es nicht besser wissen? Gerade er? Verdammt noch mal, sein Sohn war erst sieben! Ich hatte keine Ahnung, was er durchmachte, aber es war definitiv mehr als eine alberne Schramme am Ellenbogen.

»Weißt du was?« Ich sah mich um und hatte Gott sei Dank direkt die Lösung im Blick, die ich brauchte. »Ich muss den Futterautomaten im Aquarium noch für das Wochenende füllen. Du kannst mir dabei helfen. Und deinem Dad kannst du sagen, dass du mir den Gefallen noch getan hast und deshalb ein bisschen später dran bist.«

Das fühlte sich entsetzlich bescheuert an. Ich sollte Nick an die Hand nehmen, mit ihm zu seinem Vater marschieren und den Holzkopf fragen, ob er noch alle Tassen im Schrank hatte. Vermutlich hatte er dem Kleinen sogar diesen Unsinn mit der Polizei und dem Gefängnis in den Kopf gesetzt. Warum? Damit er so richtig schön Angst davor bekam, bei Dummheiten erwischt zu werden? Gott, ich hatte so große Lust, wütend auf Hamish zu sein. Weil seinetwegen ein kleiner Junge hier bei mir war und sich nicht raus zu seinem Vater traute. Weil genau dieser Junge mir seit drei Tagen gegenübersaß und mir mit seiner bloßen Anwesenheit diese elende Frage ins Gesicht schleuderte, die jahrelang Ruhe gegeben hatte.

Wie wäre es wohl gewesen, wenn …?

Ich fand, dass das eine der beschissensten Fragen war, die man sich stellen konnte.

Und wenn ich mehr wie eine Deborah Galbraith gewesen wäre, hätte mich kein Verhaltensmaßstab davon abgehalten, mit Nick aus der Schule zu marschieren, um seinen Vater zu fragen, was für einen Mist er seinem Sohn da in den Kopf gesetzt hatte.

Nur war ich nicht wie Debbie. Kein bisschen. Ich war nur Leena, die stattdessen die Abdeckung vom Aquarium abnahm und einem kleinen Jungen zeigte, wie man einen Futterautomaten befüllte. Und die diesem Kind dabei zusah, wie es fasziniert und mit wahnsinniger Akribie seine Aufgabe erledigte und genauso froh war, sich darin verstecken zu können, wie sie selbst.

»Bereit?« Ich steckte die Abdeckung wieder auf das Glasbecken und sah Nick prüfend ins Gesicht. Die Spuren seiner Tränen waren kaum noch zu erkennen, ein richtiges Lächeln wollte ihm allerdings auch noch nicht gelingen.

»Mach dir keine Sorgen wegen Montag. Wenn keine Sachen mehr verschwinden, haben das alle ganz schnell vergessen, hm? Außerdem …« Ich schulterte meine Tasche und schaltete das Licht aus, während ich darauf wartete, dass Nick einen letzten prüfenden Blick in seinen Rucksack geworfen hatte – vermutlich nach seinem gespenstischen Begleiter – und das Ding vom Haken an seinem Tisch nahm. »Außerdem basteln wir bald die Oktopusse. Da freuen sich alle schon drauf, und niemand wird mehr an einen verschwundenen Glitzerstift denken.«

»Mh«, machte Nick nur, was besser war als erschrockene Blicke und Tränen. Aber auch nicht richtig gut. Ziemlich weit weg von gut sogar, wenn ich an die Pause dachte, in der er Ben beim Schaukeln angefeuert hatte.

War es auch in den letzten zwei Tagen so gewesen, wenn der Unterricht beendet war? Ich hatte keine Ahnung. Ich hatte einfach nicht darauf geachtet. Und nun hatte ich hier ein Kind, das wenig motiviert war, nach Hause zu gehen, das geweint hatte bei der Vorstellung, ich könnte seinem Dad von seinen

Missetaten erzählen. Und ich hatte keine Ahnung, ob ich ein Warnsignal vor mir hatte oder einfach einen beschissenen Tag für einen Siebenjährigen.

Während ich das Klassenzimmer abschloss, sah ich Nick nach, wie er sich sehr viel Zeit ließ, auf den Ausgang zuzulaufen. Nur ein beschissener Tag, sagte ich mir. Und ein Dad, der mit Sicherheit unsensibel sein konnte. Fordernd. Vielleicht streng. Aber doch kein Verdachtsfall. *Du kennst Hamish. Er kann ein Arschloch sein, aber er ist kein schlechter Mensch.*

Nur waren dreizehn Jahre eine unfassbar lange Zeit. Im Prinzip hatte ich keine Ahnung, was für ein Mensch Hamish Findlay mittlerweile war. Dreizehn Jahre können ziemlich viel mit jemandem machen – nur um sich zu ungeeigneten Zeitpunkten wieder zurückzuziehen und einem vorzugaukeln, sie wären nie vergangen.

»Und ich dachte schon, du schwänzt.« Mit diesen Worten begrüßte Debbie mich, als ich das Lehrerzimmer betrat. Sie saß bereits an ihrem Arbeitsplatz und trug ihre Brille, die sie am Rechner brauchte.

Ich warf meine Tasche vor den Bildschirm ihr gegenüber. »Nick und ich hatten noch unser Gespräch«, seufzte ich und schaltete den Computer ein. Außer uns war das Lehrerzimmer komplett verlassen. Wie jeden Freitagnachmittag. Also hatten wir es uns zur festen Tradition gemacht, nach Unterrichtsschluss die Ruhe zu nutzen und den Unterricht für die kommende Woche vorzubereiten, Tests zu korrigieren oder an viel zu vielen dieser Nachmittage einfach nur mit einem Kaffee dazusitzen und zu quatschen.

»Und wie lief's?«

Ich hob unentschlossen die Schultern und meldete mich an dem Arbeitsplatz an. »Also, er ist geständig, und ich glaube auch einsichtig. Ich denke nicht, dass er weiter Probleme macht. Jedenfalls keine großen. Allerdings … Er war ziemlich aufgelöst. Hattest du schon mal ein Kind, das richtig Schiss davor hatte, dass du die Polizei rufst und es ins Gefängnis muss? Mit Tränen und allem … Der Kleine tat mir richtig leid.«

»Ach du Scheiße.« Debbie lachte, wenn auch verhalten. Offenbar war die Vorstellung von einem Kind mit dieser Befürchtung amüsanter, als die Realität sich angefühlt hatte. »Mir war ja klar, dass du dich durchsetzen kannst, wenn du musst, aber so …«

»Ich war super lieb«, beteuerte ich. »Ehrlich. Ich hab eher das Gefühl …«

»Nein!« Debbie hatte mir offenbar gar nicht zugehört. Sie starrte an mir vorbei aus dem Fenster. Und ich meine es genau so: Sie starrte. Und ergänzend dazu wedelte sie ganz hektisch mit der Hand. »Komm, komm schnell rum.«

Also stand ich auf und lief um unsere Tische herum, bis ich hinter ihr stand und in dieselbe Richtung schauen konnte wie sie. Und auf dasselbe Bild von einem hochgewachsenen Mann in Jeans und einem schwarzen Kapuzenpullover. Er hielt einen Kaffeebecher in der Hand und nippte daran, während ein Knirps mit derselben Haarfarbe in seine Richtung trottete.

»Ist das Daddy Findlay?«, raunte Debbie mir zu.

Ich sah zu, wie Nick seinen Schulrucksack hinter sich her schleifte, anstatt ihn auf dem Rücken zu tragen. Mit der anderen Hand fummelte er an seinem Hals rum, bis er die Krawatte gelöst hatte, die zu seiner Uniform gehörte. Er schmiss das Ding in einer ausladenden, zutiefst frustriert wirkenden Geste auf den Bürgersteig, der vom letzten Regen noch immer nass war. Sein Vater beobachtete das Ganze, rührte sich aber nicht. Lediglich seine Augenbrauen hoben sich zu einem Blick, bei dem ich aus der Entfernung unmöglich deuten konnte, ob er belustigt oder überrascht war.

»Ja«, flüsterte ich, was über die Maßen albern war. Als könnte er mich hören, wenn ich zu laut redete. »Ja, das ist Hamish.« Und genau das schien er wirklich zu sein. Hamish, wie ich ihn gekannt hatte. Er war viel erwachsener geworden, aber nicht die glatzköpfige, sabbernde Fantasie von Debbie. Scheiße, hätte er mir nicht wenigstens diesen Gefallen tun können?

»Shit.« Debbie zog ihren Fluch in die Länge. So lang, dass sogar ein Kichern darin Platz fand. »Der ist nicht fett, und er hat auch noch seine Haare.«

Nun, er war etwas breiter geworden, seit ich ihn das letzte Mal gesehen hatte, aber auf eine Art, die ihm stand, und die er vermutlich sogar beabsichtigt hatte. Sein Vollbart war Stoppeln gewichen, die vielleicht drei, vielleicht fünf Tage seit der letzten Rasur markierten.

Als Nick ihn erreichte, sah er zu seinem Jungen hinab und sagte etwas, woraufhin der Kleine nur mit den Schultern zuckte. Auf diese Geste hin streckte Hamish seine Hand aus und verlor noch ein paar mehr Worte.

Ein weiteres Zucken bewegte die Schultern des Jungen, dann übergab er seinem Vater den Rucksack und marschierte ein paar Meter den Bürgersteig entlang bis zu einer Stelle, an der die Fahrbahn sich neben dem Bürgersteig etwas absenkte. Eine große Pfütze hatte sich dort gebildet und auf Hamishs auffordernde Geste hin sprang Nick mitten hinein.

»Okay …« Ich konnte Debbies Stirnrunzeln regelrecht hören, während wir beobachteten, wie Nick fast bis zu den Knöcheln in dieser Pfütze stand und seinen Dad ansah. Der rief ihm etwas zu, das wir nicht verstanden. Aber der Junge nickte und sprang, um seine Füße noch einmal mit aller Kraft in die Pfütze zu donnern. Wieder und wieder und wieder.

Hamish sah ihm in aller Seelenruhe dabei zu und trank seinen Kaffee, bis Nick nach einer Weile genug hatte und aus der Pfütze watete. Er atmete schwerer als eben noch, dafür trug er ein unendlich befreites Grinsen auf dem Gesicht, das er seinem Dad schenkte. Kein Monster, dachte ich. So strahlen Jungs ihre

Väter an, wenn sie sie vergöttern und wissen, dass das erwidert wird. Aber woher war dann diese Angst gekommen?

Hamish nickte dem Kleinen zu und deutete dann auf den Weg, der zurück in Richtung Schuleingang führte. Dabei hob er den Kaffeebecher noch einmal an seine Lippen und wandte sich zum Gehen. Nick flitzte schnell in die Richtung, die sein Dad ihm gewiesen hatte. Dorthin, wo er seine Krawatte auf den regennassen Bürgersteig geworfen hatte. Er las sie wieder auf und holte seinen Vater ein. Es wirkte wie die natürlichste Geste der Welt, als Hamish mit seinen Fingern durch Nicks Haare fuhr, bis die zerstrubbelter waren, als ohnehin schon, nur um dann die kleine Hand, die sein Sohn ihm entgegenstreckte, mit seiner festzuhalten.

Während ich wie eine grenzenlose Idiotin aus dem Fenster gaffte. Ich wusste, dass ich einfach an meinen Platz gehen und mir den Kaffee nehmen sollte, den Debbie mir bereitgestellt hatte. Vermutlich wäre er längst kalt, dafür aber mit Whisky veredelt. Und Scheiße noch mal, einen Whisky konnte ich gerade gut gebrauchen.

Whisky war wie dafür gemacht, die Frage zu beantworten, die mich in diesem Moment heftiger attackierte als in den ganzen letzten Tagen. Sie ging mir nicht einfach nur durch den Kopf, sondern fraß sich durch meine Lungen bis tief in meine Bauchhöhle, wo sie loderte wie eine Stichflamme, weil irgendein Idiot Öl in das Feuer hatte kippen müssen.

Wie wäre es wohl gewesen, wenn …?

Das ist keine Frage, die leise im Hinterkopf murmelt. Sie zischt. Und wenn man ihr zu nahe kommt – und sei es nur ein kleines bisschen – dann verbrennt sie einen.

»Mittelfinger« oder: Der Zauber alter Gesten

Aileen

Dumpfes Klirren.

Ich hörte das Geräusch durch das Stimmengewirr der Gäste hindurch. Irgendwo hinter dieser Mauer aus Unterhaltungen war eine volle Flasche zu Bruch gegangen. Vermutlich Bier. Immerhin kein Herz, dachte ich. Bier lässt sich leichter aufwischen.

»Ach, Scheiße!«, stieß ich aus und donnerte den Geschirrspüler wieder zu, in den ich gerade Gläser hatte einsortieren wollen. »Dad?« Ich wandte mich nach links, wo mein Vater einen Pint nach dem nächsten zapfte. »Hast du gehört, woher das kam?«

»Vier oder fünf«, rief er mir zu, knallte das frische Bier vor Harry auf den Tresen und stellte das nächste Glas unter den Zapfhahn. Bemerkte er selbst, wie er seine linke Schulter dabei bewegte, als müsste er seinen Arm ausschütteln? Er hatte mir mal erklärt, dass es sich manchmal anfühlte, als wäre sein Arm nur eingeschlafen und nicht weg. Offenbar gehörte dieser Abend zu jenen, an denen Dads Körper sich etwas zu deutlich an das erinnerte, was nicht mehr da war, und ein Hallo ans

Gehirn aussandte. Solange es bei einem Kribbeln blieb, kam Dad meist gut damit klar. Die Schmerzen waren das, was ihm zusetzte. »*Ich würd das Ding dann am liebsten abhacken, aber das geht ja nicht mehr.*« Wie oft hatte ich diesen Satz schon gehört? Etliche Male, und nicht ein einziges Mal davon hatte ich Dad das aufgesetzte, lockere Grinsen dabei abgekauft.

Er schien meinen Blick auf sich zu spüren, sah mich an, schnaufte und straffte seine Schultern, um sie dann ruhig zu halten. »Wenn du nicht gehst, geh ich. Aber das dauert dann eine Weile …«

Also schnappte ich mir Schaufel, Besen und Wischmopp und trat hinter dem Tresen hervor, um bei Tisch vier oder fünf die Sauerei zu beseitigen, weil ein betrunkener Idiot sein Bier lieber neben die Tischplatte anstatt darauf gestellt hatte.

»Aus dem Weg, John, sonst muss ich dir das Ding hier über den Schädel ziehen!«, brüllte ich über den Lärm hinweg, und tatsächlich machte John McGeen mir genug Platz, um mit meinen Utensilien an ihm vorbei zu passen. Ich hörte ihn lachen und den Namen meiner Mutter sagen. *Ganz wie Isla …* Dabei tat ich nur, was jedes Kind tat: Ich imitierte das Verhalten meiner Mum, weil ich mich damit bestens gegen den einen oder anderen Betrunkenen durchsetzen konnte, der sich außerstande fühlte, seinen Hintern von selbst aus dem Weg zu bewegen.

Es war Tisch vier, von dem ein übermäßiger Geruch nach Bier ausging. Die Pfütze und die Scherben sah ich, sobald ich ihn erreicht hatte.

»Ey, sorry!«, wurde ich begrüßt – von einem etwa Mitte zwanzigjährigen Typen, der zu seiner halbgaren Entschuldigung auch noch blöd grinste – genau wie seine zwei Freunde, die bei ihm saßen. »Der Tisch hat gewackelt.«

»Sicher.« Es gab im ganzen Pub genau einen Tisch, der wackelte, und der stand an der anderen Fensterfront. »Vielleicht hattest du auch einfach genug. Bist du mit dem Auto hier?«, fragte ich, während ich mit dem Fuß die gröbsten Scherben zusammenschob und dann auf die Schaufel kehrte.

»Nee, aber mein Kumpel hier, der fährt uns nachher.«

»Wohin?«

Seine zwei Freunde kicherten wie alberne Mädchen. Gemessen an der Zahl leerer Gläser, die sich an Tisch vier schon angesammelt hatten, war das wohl kein Wunder. »Kempstone, Süße. Willst du mitkommen?« Sein Grinsen wurde dabei breiter und das alberne Geräusch, das sein Chauffeur machte, wandelte sich in ein Prusten, das aber nur durch die Nase entweichen konnte, weil der Typ sich eine Hand auf den Mund presste. Hatten die wirklich nur Bier intus?

»Dachte ich mir, dass ihr nicht aus der Stadt seid.« Ich hielt dem Fahrer meine Hand entgegen. »Wie weit ist das? Drei Meilen? Wird ein netter Spaziergang. Schlüssel her.«

»Ey, das kannst du nicht …«

»Und ob ich das kann.« Ich deutete zum Tresen. Keine Ahnung, ob die drei Harry von hier aus erkennen konnten. »Seht ihr den Kerl mit den dunklen Haaren und dem Bier? Seargent Phearson. Hat zwar Feierabend, aber er erklärt euch sicher gern noch mal, wieso ich euch nicht mehr fahren lasse. Und seht es positiv. Wer ohne Schlüssel von uns heimgeschickt wird, kriegt immer ein Bier für den Weg mit. Morgen könnt ihr …« Ich stockte, als ich ein Klopfen hörte, das ich nicht direkt zuordnen konnte, schüttelte den Kopf und fuhr fort. »Morgen könnt ihr den Schlüssel ab elf Uhr …« Noch ein Klopfen. Diesmal energischer. Ich blickte auf und zu der Scheibe, an der dieser Tisch stand. Nur sah ich dort zuerst nicht mehr als mein Spiegelbild und das dieser betrunkenen Herrenrunde. Erst nach einem Moment entdeckte ich den glühenden Punkt, der auf der anderen Seite des Fensters schwebte und hinter dem sich in der Restdämmerung schemenhaft ein Gesicht abzeichnete – markante Züge, die mein Körper noch schneller erkannte als ich.

Oh nein. Nein, nein, nein.

»Dein Lover?«, fragte Betrunkener Nummer eins. Sein Grinsen zog sich dabei nur noch mehr in die Breite. Nummer zwei drückte mir immerhin endlich den Autoschlüssel in die Hand.

»Geht doch«, murmelte ich und wandte mich wieder von der Fensterscheibe ab, um die Bierpfütze wenigstens grob aufzuwischen und dann zum Tresen zurückzukehren. Die Scherben entsorgte ich in den Müll, packte den Mopp beiseite und versuchte, mir bei all dem genauso viel Zeit zu lassen, wie ich sie immer brauchte. Was auch immer Hamish wollte, es konnte unmöglich so wichtig sein, wie mein dämlicher Puls es mir weismachen wollte.

»Hier.« Ich schob Dad den Autoschlüssel zu. »Tisch vier. Der Fahrer ist der Rothaarige mit dem Bart. Vielleicht diskutiert er nachher noch mal. Aber ich hab ihnen gesagt, sie können sich den morgen Mittag wieder abholen.«

»Hm«, machte Dad und ließ den Schlüssel in der Kassenschublade verschwinden. »Was will er?«

»Seinen Schlüssel«, sagte ich noch einmal, diesmal langsamer. »Wie viele Schmerztabletten hast du schon genommen?«

Er schenkte mir genau den Blick, den ich für diesen lahmen Spruch verdiente und garnierte das Ganze noch mit einer in die Höhe gezogenen Augenbraue. Mit einem Nicken deutete er nach draußen. Hamish stand als dunkler Schatten unter einer der Straßenlaternen vor dem Pub. Ich konnte sein Gesicht nicht sehen. Das war auch gar nicht nötig. Man muss Blicke nicht sehen, um sie zu spüren.

»Seid ihr verabredet?«

Verabredet … Wir hatten seit sechs Jahren kein Wort mehr

miteinander gewechselt und diese Worte waren Phrasen gewesen.

Es tut mir so leid.

– Danke.

Doch ich hatte es so gemeint, und ich glaube, er auch. Genau aus dem Grund waren mir die Worte auch im Gedächtnis geblieben – Phrase hin oder her.

Ich schüttelte den Kopf. »Sind wir nicht.«

»Hm.« Dad füllte das nächste Glas mit Ale und strich den Schaum ab. Mittlerweile wirkten all diese Bewegungen mit einer Hand genauso geschmeidig wie vorher noch mit zwei. Er stellte das Glas vor eine Frau um die vierzig, kassierte und sah mich wieder mit dieser nach oben gezogenen Augenbraue an, während ich nun endlich die ganzen Gläser in die Maschine räumte. »Also lässt du ihn zappeln.«

Ich zuckte mit den Schultern. Ja, vielleicht. Und vielleicht war das albern. Genauso albern, wie es unhöflich war, einfach hier aufzukreuzen und zu erwarten, dass ich augenblicklich nach draußen stürzte, nur weil er hier war. Das war vielleicht früher so gewesen. »Ich hab hier noch zu tun«, murmelte ich.

Dad nickte und ließ ein weiteres »Hm« hören – eines, in dem ein leichtes, lächelndes Summen mitschwang. Das Geräusch vom Stolz eines Vaters auf seine Tochter. Manchmal fragte ich mich, ob er und Mum wussten, was damals passiert war. Oder ob sie nur Ahnungen hatten, von denen vielleicht eine oder zwei an der Wahrheit schrammten.

»Wenn deine Mutter mich fragt, hast du ihn über eine halbe Stunde draußen stehen lassen«, raunte Dad mir zu, als ich einsehen musste, dass der Geschirrspüler voll und nichts Akutes mehr zu tun war. Jedenfalls nichts, das nicht so lange warten konnte, bis ich Hamish auf die Tür hingewiesen hatte, über die das *Black Thistle* verfügte. »Und deine Mutter erfährt mit Sicherheit hiervon. Mindestens vier Leute glotzen schon.« Mit einem Nicken deutete Dad in die Richtung, wo Hamish noch immer unter eine Straßenlaterne stand und rauchte und wartete.

Ich seufzte. »Na schön.« Gott, wie gern hätte ich ein Geschirrtuch in der Hand gehabt, um es mit einer beiläufigen Geste vor mir auf die Anrichte zu pfeffern. Alles, was mir blieb, war nach der Fleecejacke zu greifen, die neben der Bar hing, sie mir überzuziehen und John noch einmal darauf hinzuweisen, dass er ehrlich im Weg stand.

Es war nicht weit bis zum Eingang der Bar. Als ich sechs oder sieben gewesen war, hatte ich zwischen Zapfanlage und Tür genau neunzehn Schritte gemessen. Richtige Schritte. Ich hatte nicht die Geduld für den Unsinn mit »Ferse an Zehen« gehabt, wie ich es bei den Kindern in der Schule oft beobachtete. Aber es hatte mich geärgert, dass es nicht glatte zwanzig Schritte waren, von denen ich geglaubt hatte, dass ich sie mir besser merken würde. Dabei war genau dieser Frust wohl der Grund, dass ich auch mit einunddreißig Jahren noch immer wusste, dass es neunzehn Schritte waren. Neunzehn Schritte, die man eigentlich schnell hinter sich gebracht hatte, wenn man sich nicht zwischen Gästen hindurchschlängeln musste. Denn dann dauerten sie ewig – oder wenigstens lang genug, um nervös zu werden – auf die absolut nervigste Weise, auf die man nervös werden kann.

Ich musste sogar einmal tief durchatmen, ehe ich die Tür öffnete. Allein das war absurd. Die Luft hier drin war stickig. Hinter der Tür wartete frische, kalte Meeresluft auf mich. Aber nein, ich atmete lieber Bier und Staub und Schweiß ein, um meine Aufregung damit zu ersticken.

Es klappte nicht. Kein bisschen.

Ich hätte mir auch all die Mantras vorbeten können, die ich mir für Nicks ersten Schultag bereitgelegt hatte. *Es ist ewig her. Er ist genauso ein Mann wie die, die du in den letzten Jahren kennengelernt hast. Nicht mehr und nicht weniger. Deine Erinnerungen verblenden das alles nur. Das ist normal, aber absoluter Bullshit.*

So war es den ganzen Morgen gegangen, an dem ich zu nervös für Kaffee gewesen war und einen Blazer getragen hatte. Und Make-up, verdammt noch mal. Und jetzt waren es ein Flanellhemd, eine viel zu große Fleecejacke und ein Nest aus ungeordneten Locken, die ich mir irgendwie zusammengebunden hatte.

Die Mantras konnte ich also vergessen.

Was half, war die Erkenntnis, dass das Bild, das ich abgab, nur alberner wurde, je länger ich an dieser Tür stand und den Knauf festhielt. Dieser Gedanke gab mir den letzten Ruck, um endlich nach draußen zu treten.

Der Geruch nach Bier und Zuhause wurde abgelöst von dem nach Salz und Algen. Vor allem Salz. Es war also Flut …

»Weißt du«, hob ich an und wandte mich dem Schatten zu, der noch immer unter der Straßenlaterne stand. Mein Herz trommelte gegen meine Stimmbänder. Vermutlich war es bloße Magie, mit der meine Worte noch wie Worte klangen und nicht wie das Echo meines Pulses. »Der Pub hat eine Tür – ganz leichte Funktionsweise, die sich in den letzten Jahren nicht geändert hat. Es besteht wirklich kein Grund dafür, super mysteriös auf der Straße rumzulungern.« *Super mysteriös …* Meine Güte. Statt alte Luft zu atmen, hätte ich vielleicht mal einen Gedanken an meine Worte verschwenden sollen.

Hamish nickte und nahm noch einen Zug von seiner Zigarette, während ich die Tür hinter mir zuzog. »Hab ich nicht vergessen.« Seine Stimme klang noch genauso rau wie früher. *Als wäre er gerade erst aufgewacht – nur den ganzen Tag lang.* Doch sie war tiefer geworden. Älter. »Ich dachte, dir wäre lieber, wenn ich dich nicht vor dem Pulk da drin frage, ob du noch alle Tassen im Schrank hast.« Er warf den Rest seiner Zigarette auf den Boden und trat sie aus, um dann nichts mehr zu tun zu haben, als mich niederzustarren.

»Was?« Ganz automatisch zog ich die Jacke enger um mich. Dass ich die zwei Stufen hinabstieg, bis ich auf dem Bürgersteig stand, lief dafür nicht von ganz allein. Ich musste mich wirklich dazu zwingen, und beinahe wäre ich dabei über meine eigenen Beine gestolpert. Mein linker Fuß schrammte am Knöchel des rechten. Es hatte nicht viel gefehlt, und er wäre einfach daran hängen geblieben. »Wovon redest du?«

Hamish schnaufte. »Ich rede davon, dass ich Nick gerade ins Bett gebracht habe. Der ist seit gestern schon schräg drauf. Und jetzt erzählt er mir, dass er Ärger mit seiner Lehrerin hatte und die ihm damit gedroht hat, alles seinem Dad zu erzählen. Was soll die Scheiße?« Seine Stimme war ein dunkles Grollen geworden – vermutlich, um nicht zu schreien.

Ich atmete die Luft aus, die ich angehalten hatte. »Das hat er dir so erzählt?« Ironischerweise fiel es mir jetzt leichter, ruhig zu sein. Mein Puls raste noch immer. Der kapierte noch nicht, dass das hier eine Situation war, die ich bestens kannte. Ein aufgebrachter Vater, der sein Kind ungerecht behandelt wähnte. Ein Klassiker. Nichts, womit ich nicht fertig wurde.

»Ob er …« Hamish presste seine Lippen zusammen und atmete scharf durch die Nase ein. Ich sah, wie er die Kiefer aufeinanderpresste und kurz zum Pier sah, als könnte er den Anblick besser ertragen als mein Gesicht. Na, herzlichen Dank. »Nick lügt nicht«, zischte er, als er sich wieder dazu überwunden hatte, mich anzuschauen. »Ich kenne meinen Sohn, und der erzählt keine scheiß Lügen.«

Noch ein Klassiker, dachte ich, hielt aber den Mund. Ich wusste, was ich zu sagen hatte, aber ich wartete auf den geeigneten Zeitpunkt dafür. Hamish war stinkwütend, und wenn er sich in den letzten Jahren nicht grundlegend geändert hatte, war gegen diese Wut erst anzukommen, wenn sie aus ihm raus war.

Wie mit der Pfütze. Er muss erst ein paarmal hineinspringen, ehe er mir zuhören kann.

»Er macht gerade genug mit. Da braucht er keine Lehrerin, der nichts anderes einfällt, als ihm zu drohen, nur weil er ein bisschen Unsinn baut. Was soll die Scheiße? Bringen die euch nichts anderes bei, um Kinder in den Griff zu kriegen? Er ist sieben, verdammt noch mal. Sieben!« Jetzt wurde er doch laut. Nicht sehr, aber genug, dass ich mir Mühe geben musste, mich nicht darüber zu ärgern. Gleichzeitig begrüßte ich diesen Ärger ein bisschen. Mit dem konnte ich besser umgehen als mit Nervosität, die mich Sachen sagen ließ wie »super mysteriös«. »Seit gestern schleppt er das mit sich rum«, donnerte Hamish weiter. »Und jetzt heult er Rotz und Wasser, weil er Schiss hat, dass seine scheiß Lehrerin ihn bei mir verpfeift!«

Scheiß Lehrerin, also. Wow.

»Was zur Hölle denkst du dir dabei?«

Ich schwieg, die Arme noch immer vor meiner Brust verschränkt – mittlerweile aber nicht mehr nur, um meine Jacke zuzuhalten, statt mich mit dem störrischen Reißverschluss abzumühen. Ich schwieg und wartete auf den Nachsatz, der bei dieser Art von Vätern immer folgte.

»Ich hab dich was gefragt, Leena!«

Leena. Seltsamerweise war der Stich, den mir dieser Name versetzte, spürbarer als bei der scheiß Lehrerin. Hamish hatte den Namen noch nie so wütend ausgesprochen, jedenfalls nicht mir gegenüber. Das hier war ein ziemlich mieses erstes Mal. Vielleicht sogar desaströs …

Ich brauchte einen Atemzug, ehe ich antworten konnte. *Salz und Algen.* »Und jetzt hörst du mir zu, wenn ich dir antworte? Ehrlich?«

Hamish hob nur die Augenbrauen und gestikulierte mit einer knappen Handbewegung, ich solle reden und mein Glück versuchen. Die perfektionierte Geste eines arroganten Wichsers.

»Nick hat Sachen von anderen Kindern geklaut und versteckt. Das ist Kleinscheiß, klar. Kavaliersdelikte. Aber für manche der Kinder war das ein riesiges Drama. Also hab ich ihm gesagt, dass das so nicht geht, weil es einfach so ist: Das geht so nicht. Punkt.« Ich würde mit Hamish nicht über die Gewichtung von Missetaten debattieren. »Ich wollte nur, dass er mir verspricht, das in Zukunft sein zu lassen. Nichts weiter. Weißt du, wie er reagiert hat?«

»Wie denn?« Er schaffte es hervorragend, diese knappe Frage wie eine Herausforderung klingen zu lassen. *Arschloch.*

»Er hat Rotz und Wasser geheult. Und aus irgendeinem Grund hatte er panische Angst davor, dass ich die Polizei rufe und die ihn in den Knast bringen. Kannst du dir vorstellen, wie das klingt? Als hätte er einen Dad, dem nichts Besseres eingefallen ist, um sein Kind in den Griff zu kriegen … Nein, du hörst mir jetzt zu!« Ich deutete sogar mit dem Finger auf ihn, als er dazu ausholte, was zu sagen. Wie so eine Lehrerin. Bei einer anderen Gelegenheit hätte ich über mich selbst gelacht. Aber diese hier war einfach nicht dafür gemacht. »Er hat geheult und mich gefragt, ob er ins Gefängnis kommt. Natürlich hab ich ihm gesagt, dass ich nicht die Polizei rufe. Aber dass das aufhören muss, weil es die anderen Kinder traurig macht. Wenn das aufhört, bleibt die Sache unter uns, wenn nicht, muss ich seinen Eltern davon erzählen. Das ist keine Drohung, Hamish. Ich habe ihm gesagt, welche Konsequenz es hat, wenn er sich weiter danebenbenimmt und ihm die Möglichkeit gegeben, selbst zu entscheiden, ob er das in Kauf nehmen will oder nicht. Ganz normal. Was aber nicht normal ist, war seine Reaktion. Anscheinend hat er noch mehr Angst vor dir als vor dem Gefängnis. Als das Gespräch nämlich zu Ende war, hat er sich nicht zu seinem Dad getraut, weil er geheult hat. Das hat er dir vermutlich nicht erzählt, hm?«

Hamish antwortete nicht. Er sah mich nur an. Und Scheiße, sein Blick wirkte, als fehlte nicht viel, bis er mich einfach packte und die paar Meter zum Wasser schleifte und hineinwarf. Ich hatte keine Angst vor dem Wasser oder vor den neugierigen Blicken, die uns bestimmt durch die Scheibe beobachteten. Aber ich wollte, dass er aufhörte, mich so anzusehen. Wieso war ausgerechnet er einer von den Vätern, die nicht kapierten, dass wir im selben Boot saßen?

»Ich glaub dir, wenn du sagst, dass Nick kein Kind ist, das lügt.« Ich neigte sogar meinen Kopf etwas zur Seite und versuchte mich an einem versöhnlichen Lächeln. »Er hat dir eben das gesagt, was ihn heute Abend am meisten beschäftigt hat. Und mir hat er das erzählt, was ihn *gestern* am meisten umgetrieben hat. Er ist sieben. Das ist ganz normal und hat nichts mit Lügen zu tun. Das ist normal«, wiederholte ich mit Nachdruck. »Genauso wie völlig normal sein sollte, dass ich dir nicht unterstelle, dass du ein unsensibles, sexistisches und vielleicht sogar narzisstisches Arschloch bist, nur weil dein Sohn ein paar Sachen sagt, die dich in ein komisches Licht rücken. Und andersrum. Wir sind alte Freunde und sollten es eigentlich besser wissen, meinst du nicht?«

Na komm schon, dachte ich. Krieg dich wieder ein. *»Ich bin nicht das Problem. Ich bin nur hier.«* Schon vergessen? Was ist nur los bei dir, dass du *das* wirklich vergessen hast? Ist es wirklich so schlimm?

Aber Hamish ließ nur seinen Blick an mir hinabgleiten und wieder hinauf zu meinem Gesicht. Dann kramte er in der Innentasche seiner Jacke nach irgendetwas, das sich schließlich als Zigarettenschachtel herausstellte. Er klopfte eine Zigarette heraus und zündete sie sich mit einem Zippo an. Wie früher. Es war schon damals ein Zippo gewesen. Weil der Wind hier einfach so stark ist, dass ein normales Feuerzeug nicht ausreichen würde, hatte er immer erklärt. Aber mir war klar gewesen, dass er es in Wahrheit einfach nur cooler fand.

Hamish nahm einen ersten Zug, sah mich dabei an und schnaufte – begleitet von einem unscheinbaren Kopfschütteln. Was sollte das denn jetzt bedeuten? »Gute Nacht, Leena«, war alles, was er noch sagte, ehe er sich abwandte und ging.

Der Idiot ging einfach, ohne das Thema abschließend geklärt zu haben. Oder hatten wir es geklärt? Es fühlte sich nicht geklärt an. Ich wusste, dass ich recht hatte, und ich glaubte, dass er das auch wusste. Es passte ihm nur nicht in den Kram, also ging er einfach, nachdem er sich aufgeführt hatte wie ein cholerischer Vollidiot.

Sehr erwachsen, Hamish, echt.

»He, Hamish!«, rief ich ihm nach und gab mir keine Mühe, den Frust aus meiner Stimme herauszufiltern, der sich längst meine Kehle hinaufzwängte.

Er blieb stehen und wandte sich wieder halb zu mir um. Das musste reichen.

»War richtig reizend, dich mal wieder zu sehen.« Ja, das klang bissig. Na und? Nach seiner *scheiß Lehrerin*, die er noch immer nicht zurückgenommen hatte, war das mein gutes Recht.

Hamish sah mich an. Seine Augenbrauen zogen sich zusammen, und er sah aus, als würde er nicht nur zögern, sondern überlegen. Wirklich überlegen. Dann verzogen sich seine Lippen, bis ein breites Grinsen auf seinem Gesicht lag – während er seine Hand hob und mir einen ausgestreckten Mittelfinger präsentierte.

Wie früher.

Oh scheiße, genau wie früher. Er weiß das noch …

Diese Gedanken schien Hamish meinem Gesicht ablesen zu

können, denn für den Bruchteil einer Sekunde wurde sein Grinsen noch etwas breiter, dann drehte er sich um und ging.

Und ich blieb stehen – im Lichtschein, der durch die Fensterscheiben aus dem Pub fiel. Im Duft von Salz und Algen und mit dem Klang der Schiffsglocken im Ohr, die hin und wieder anschlugen, wenn die Wellen einen Kutter stark genug anstießen. Ich blieb stehen, sah dabei zu, wie Hamish von den Schatten verschluckt wurde, und vermisste ihn.

Blut und Tränen

Aileen

»Da müssen Sie sich keine Gedanken machen, Mr Glenn.«

»Genau, Sie wissen ja, wie manche Eltern sind. Mr Findlay gehört wohl eher zum überbesorgten Schlag.«

»Um Himmels willen, nein. Das ist lieb, Mr Glenn, aber ich komme damit klar. Sie müssen kein Gespräch führen.«

Es gibt wohl kaum einen schlechteren Zeitpunkt als den Montagmorgen, um seinem Chef solche Sätze aufsagen zu müssen. Außer vielleicht ein Montagmorgen, nachdem man bis zwei Uhr in der Nacht noch hinter dem Tresen eines Pubs gestanden hat.

Dads Arm hatte ihm irgendwann ab neun oder zehn Uhr so große Probleme gemacht, dass er trotz drei Schmerztabletten kapituliert und mir unter vielen Diskussionen seinerseits das Zepter überreicht hatte. Es war der linke Arm gewesen, wie es immer der linke Arm war. Der, der nicht mehr da war. Dinge, die verlorengegangen sind, bereiten oft die größten Probleme.

In diesen Momenten zu helfen, war manchmal schwierig – ein Kampf gegen eine seltsame Kombination aus Stolz und schlechtem Gewissen. Und wenn man ihn gewann, saß man am nächsten Tag an seinem Tisch, sah Kindern dabei zu, wie sie Rechenaufgaben lösten, und ging einen Dialog mit dem

Chef durch, den man schon zur Hälfte vergessen hatte, obwohl er keine Stunde her war.

»Miss Harris, aus dem Kollegium ist mir zu Ohren gekommen, dass Sie eine Auseinandersetzung mit dem Vater eines unserer Schüler hatten …«

Ich hatte keine Ahnung, ob Mr Glenn mir meine Beteuerungen abgekauft hatte. Der Kaffee hielt mich zwar wach, aber auf diese merkwürdige Art, in der ich mich fast wie betrunken fühlte. Keine Chance, da sicher einzuschätzen, welche Außenwirkung meine Versicherungen hatten. Vor allem dann nicht, wenn ich irgendwelchen umständlichen Unsinn hatte sagen müssen anstatt einfach frei heraus zu erklären, was ich dachte.

Er hat sich Sorgen um sein Kind gemacht. Mich hätte nicht überraschen sollen, dass er da impulsiv reagiert. Er musste das loswerden, und nun ist alles wieder in Ordnung.

Er brauchte einfach nur eine Pfütze, in die er reinspringen konnte.

Das war früher schon so. Wenn ihm alles zu viel wurde, war er ein Arschloch. Wenn seine Mum schlechte Ergebnisse hatte oder auch nur eine Erkältung, die sie nicht gut wegsteckte. Allein das Warten auf Antworten der Ärzte … Er kann das nicht besonders gut, wissen Sie? Warten … Ich war damals ganz gut darin, ihm dabei zu helfen, Pfützen zu finden. Vielleicht bin ich einfach aus der Übung? Vielleicht ist das alles schon zu lange her …

Das sind auf gar keinen Fall Erklärungen, die man seinem Chef gibt. Gleich gar nicht im kaffeebetrunkenen Zustand.

Ich rieb mir die Augen und versuchte, nicht mehr daran zu denken – weder an mein Gespräch mit Mr Glenn noch an meine Begegnung mit Hamish. Daran, wie er sich aufgeführt hatte – eine Glanzleistung als klischeeumwobener Arschlochvater, an deren Existenz man erst glaubt, wenn man ihnen selbst begegnet. Ich dachte daran, wie erwachsen er mittlerweile aussah und wie viel älter er klang.

Oder war das nur seine Wut gewesen?

Und ich dachte an die letzten Sekunden. An das Grinsen, das trotz all der anderen Veränderungen genauso ausgesehen hatte wie früher. An seine Geste, die unsere gewesen war, bis es *uns* nicht mehr gegeben hatte. Und ich fragte mich, was es zu bedeuten hatte, dass er …

Shit, ich war eine Idiotin gewesen, den Kindern Aufgaben zu geben, die es mir leichter machten, meine Müdigkeit zu überspielen. Das war ja eine nette Idee, aber Ruhe tat nicht nur einem brummenden Kopf gut, sondern teilte auch allen Gedanken, die darin schwirrten, mit, dass es gerade ganz viel Aufmerksamkeit zu holen gab.

Mit einem Seufzen stand ich auf, um wenigstens eine Runde zwischen den Tischen hindurch zu gehen und zu schauen, ob irgendwer Hilfe brauchte. Tatsächlich beobachtete ich Sarah, wie sie mit einem Stirnrunzeln auf ihre Hände starrte, die zu Fäusten geballt waren. Nach und nach öffnete sie einzelne Finger, während ihre Lippen sich beim Zählen stumm mitbewegten.

»Hey«, flüsterte ich leise und hockte mich vor ihren Platz. »Reichen die Hände nicht mehr aus?«

Sie schüttelte den Kopf. »Die Zahlen sind einfach zu groß für meine Finger.«

»Brauchst du mehr Hände?«, fragte ich, bereit, ihr kurz meine beiden zur Verfügung zu stellen, um die Addition auf 82 zu Ende zu bringen. Auch, wenn wir dafür mehr Hände brauchen würden als vier. »Aber ich hab nur zwei. Das sind nur zehn Finger …«

»Du hast ganz viele«, hörte ich ein Flüstern neben uns. Ich wandte mich um und sah Nick, der Sarah ganz aufgeregt seine Hände entgegenstreckte, auch wenn er etwas ganz anderes meinte. »In deinem Kopf drin. Du musst sie dir nur in deinen Gedanken angucken und zählen. So.« Mit diesem Hinweis demonstrierte er, was er meinte, indem er seine Augen kurz sehr fest zukniff und sie dann wieder zu einem erwartungsvollen Blick öffnete, mit dem er Sarah ansah. »Soll ich noch mal machen?« Dann schaute er zu mir und sein Blick veränderte sich schlagartig. Seine Augen weiteten sich, und er schlug die Hände vor den Mund. »Nicht quatschen«, presste er zwischen den Fingern hervor. Als wäre ihm meine Anordnung von eben gerade wieder eingefallen. Vermutlich war es auch genau so. »Tut mir leid, Miss Harris, ich wollte nicht quatschen. Ich wollte Sarah nur zeigen, wie sie im Kopf zählen kann«, erklärte er ganz aufgeregt. Mein Tadel setzte ihm offenbar noch immer zu. Am Morgen war er vor der ersten Stunde zu mir gekommen, um sich noch einmal für Freitag zu entschuldigen. Und im Gegenteil zu seiner Vorstellung am Mittwoch hatte es sich nicht angehört wie ein einstudierter Text.

»Schon gut«, flüsterte ich ihm zu. »Das war ja ein wirklich guter Tipp. Sarah, willst du das mal ausprobieren?«

Sie nickte und kniff schon hoffnungsvoll ihre Augen zu. Mal sehen, wie lange sie brauchen würde, bis sie merkte, dass hinter ihren Augenlidern nicht automatisch beliebig viele Hände zum Zählen von Fingern auftauchen würden. Aber vielleicht unterschätzte ich ihre Vorstellungskraft auch. Schließlich gehörte ich mittlerweile zu dieser merkwürdigen Spezies der Erwachsenen. Und was wussten die schon von Fantasie?

Nick schenkte ich noch ein kurzes Lächeln, von dem ich hoffte, dass es ihm klarmachte, dass wirklich alles okay war. Er erwiderte meine Geste etwas schüchterner und wandte sich wieder seinem eigenen Blatt zu – jedoch nicht, ohne vorher noch einen prüfenden Blick auf seine Uhr zu werfen. Er hatte sie den ganzen Tag schon auf seinem Platz liegen. Um sie zu tragen, war diese Männeruhr viel zu groß. Immer wieder schaute er kurz darauf, zählte etwas – Stunden? – und machte dann mit dem weiter, was seine Aufgabe war.

Ich hatte ihn fragen wollen, was die Uhr bedeutete, ob er sie von seinem Grandpa hatte. Oder von seinem Dad. Ab diesem Gedanken war mir die Frage zu neugierig vorgekommen und ich hatte es bleiben lassen, sie zu stellen. *Feiges Huhn.* Mir vorzustellen, wie Debbie mir das zuflüsterte, brauchte nur homöopathische Mengen an Fantasie – gerade so viel, wie ich als Erwachsene aufzubringen imstande war.

Sarah hatte hingegen genug von diesem kostbaren Gut, um sich mit realen und fiktiven Händen durch ihre Rechenaufgaben zu arbeiten. Das gab mir die Gelegenheit, mich anderen Schülern zu widmen und sie durch die gnadenlose Herausforderung zweistelliger Addition bis hundert zu begleiten – so lange, bis das Klingeln der Pausenglocke ertönte. Gott, ich hatte diesem Geräusch seit Ende meiner eigenen Schulzeit selten so sehr entgegengefiebert wie an Montagen, denen ein Abend hinter dem Tresen vorausging.

»Du wirst alt.« Das war Debbies Einschätzung, als sie kurz in meinem Klassenzimmer vorbeischaute. Die Kinder waren allesamt nach draußen gerannt, um ihre große Pause auf dem Hof zu genießen. Es schien sogar die Sonne und schenkte diesem Tag eine Illusion von Frühling.

»Ich *bin* alt«, korrigierte ich und ließ mich auf meinem Platz nach vorn kippen, bis meine Stirn auf der Platte des Lehrertischs lag. »Früher waren kurze Nächte doch auch kein Problem. Vier Stunden Schlaf und dann Schule … kein Thema.«

»Waren das vier Stunden Schlaf, weil du gearbeitet hast oder weil du nicht in deinem Bett aufgewacht bist, hm?«

»Beides. Macht keinen Unterschied.«

»Macht keinen Unterschied …«, schnaufte Debbie, und zeitgleich hörte ich, wie eine Tasse neben mir abgestellt wurde. »Da du jetzt ja wieder Kaffee trinkst … Extra stark.«

»Oh mein Gott, danke.« Ich richtete mich wieder auf und zog die Tasse zu mir. »Du rettest mich.«

»Danke nicht mir, danke meiner Neugier. War ein netter Versuch, dich heute Morgen in deine Klasse zu verkrümeln, aber du dachtest doch nicht etwa, dass du so leicht davonkommst.«

Kopfschüttelnd schwieg ich und nippte an meiner Tasse.

»Das Geschwätz geht so weit, dass er dich richtig angeschrien und dich bedroht haben soll. Das würde meine Theorie mit der umgebrachten Frau untermauern. Wobei Peter was von einer Affäre gehört haben will. Und von Knast. Und davon, dass Hamish den Jungen einfach entführt hat und hierher geflohen ist.«

»Entführt? Hierher? Wo sein Vater lebt? Clever«, raunte ich und nahm noch einen Schluck von der schwarzen Brühe. »Hier wird ihn niemand vermuten.«

»Mir gefällt der Mord auch immer noch am besten. Hast du ihn gefragt, wie er es gemacht hat?«

»Nein, hab ich nicht. Ich war zu beschäftigt, ihm klarzumachen, dass er sich aufführt wie ein Arschlochvater.«

»Mh«, machte Debbie und ließ ein klein wenig Anerkennung durchklingen. »Mit Erfolg?«

Ich zuckte die Schultern und rief mir das Grinsen ins Gedächtnis. Den unmissverständlich in die Höhe gestreckten Mittelfinger. »Er hat sich entschuldigt.« Denn so war es immer gewesen, nicht wahr? Wenn meine Worte ihn zwar erreichten, er es jedoch noch nicht ganz schaffte, sich von seinem Groll zu befreien.

»Entschuldigt?« Debbie seufzte etwas zu theatralisch. »Kein Wunder, dass sich das nicht durchgesetzt hat. Das klingt entsetzlich langweilig.«

Ich schenkte ihr ein halbes Lächeln über den Rand der Tasse hinweg. Dabei dachte ich daran, wie ich einmal mit ihm in

Geschichte gesessen hatte. Er hatte Mr Davies mit seinen Provokationen so weit gebracht, dass er Hamish aus der Klasse geworfen hatte. Ich hatte es keine zehn Minuten ausgehalten, ehe ich unserem Lehrer erklärte, ich müsse auf Toilette. Hamish hatte ich ein paar Meter weiter den Flur entlang gefunden. Ich weiß nicht mehr, was genau ich ihm gesagt habe. Doch die Reaktion waren ein Schnaufen gewesen, das Krachen der Spinte, gegen die er sich mit dem Rücken fallen ließ, und der Anblick seines in die Höhe gereckten Mittelfingers. Sein stummes *»Ich weiß, du hast recht. Aber ich brauch noch einen Moment, um das zu akzeptieren.«*

Nach der Schule waren wir an die Küste gegangen – zu der Bucht beim Kriegsdenkmal. Und es war genau so gewesen, wie mein Dad es mir schon von klein auf beigebracht hatte: *»Es ist leichter, über schwierige Dinge zu reden, wenn man dabei aufs Meer schauen kann.«* Es ist auch leichter, gemeinsam zu schweigen. Das wiederum war etwas, das ich an Hamishs Seite gelernt hatte.

Wie oft hat er diesen Ort wohl schon aufgesucht, seit er wieder da ist? War er überhaupt schon dort?

»Mh«, machte ich und stellte die Tasse vor mir ab. »Ich weiß. Richtig öde.«

»Und sonst nichts? Nur eine Entschuldigung?«

Ich überlegte, Debbie davon zu erzählen, wie nervös ich gewesen war, als ich den Bürgersteig betreten hatte, um auf Hamish zu treffen. Oder davon, wie ich ihm noch nachgesehen hatte, als ich ihn längst nicht mehr in den Schatten hatte ausmachen können. Oder davon, wie mein Herz minutenlang ein wummerndes »Oh mein Gott. Oh mein Gott. Oh mein Gott« durch meine Adern gejagt hatte, weil ich es nicht hatte fassen können, dass diese alten Gesten immer noch Gültigkeit hatten.

Ich hatte wirklich Lust, diese unfassbar überforderten Mädchendialoge mit ihr zu führen. Aber in Ruhe, mit einem Whisky. Und wach.

Also nickte ich. »Nur eine Entschuldigung und dann ist er gegangen. Kein Wort darüber, wie er seine Frau zur Strecke gebracht hat.«

»Wenn es so wäre, würdest du es mir doch …« Sie stockte, als die Klingel ertönte, quittierte das Signal mit einem Schulterzucken und schließlich einem Seufzen.

»Wenn ich brandheiße News höre, bekommst du sie zuerst«, versicherte ich, während aus dem Flur schon das Getrappel von Kinderfüßen zu hören war, aufgeregtes Geplapper und … Schreie.

»Ach Scheiße, was ist denn da schon wieder …«, hob sie an, während ich mich von meinem Stuhl erhob und zeitgleich ein blonder Wirbelwind in den Raum fegte.

»Miss Harris, Miss Harris, du musst mitkommen!«

»Was ist denn los?« Aber ich war schon bei Emilia, die auf der Stelle hüpfte vor lauter Unvermögen, ruhig zu bleiben.

»Finola! Sie verblutet!« Nun schrie sie fast schon und schnappte meine Hand, um mich mit sich zu ziehen. Doch das musste sie gar nicht. Das Bild, das sich einige Meter weiter den Flur entlang bot, beschleunigte mein Tempo von ganz allein. Meine Schülerin lag auf den Bodenfliesen, umringt von einer Handvoll Mitschülern. »Sie ist hingefallen!« Keine Ahnung, wer von den Kleinen mir das zurief, während ich mich zu dem Mädchen kniete. Ihr blondes Haar war an der Seite von frischem Blut verklebt. Scheiße, das konnte doch nicht wahr sein …

»Mrs Galbraith?«, rief ich Debbie zu. »Rufst du bitte einen Krankenwagen? Und ihr …« Ich deutete auf zwei herumstehende Mädchen. Davina und eine Schülerin aus einer anderen Klasse. Linda? »Ihr zwei lauft wie der Wind zum Lehrerzimmer und sagt, dass ich Kompressen brauche, damit Finolas Kopf aufhört zu bluten. Könnt ihr euch das merken?«

»Kompressen«, murmelte das ältere Mädchen, nickte, nahm Davina an der Hand und rannte mit ihr den Flur entlang. Erst in diesem Moment sah ich ihn still in der Ecke stehen. Wie eine dunkle Gestalt im Licht einer Straßenlaterne … Nur dass Nick nicht dort stand und zusah und wartete. Er zitterte und schluchzte bitterlich.

»Nick«, sprach ich ihn an. Herrgott, er musste aufhören, so entsetzt zu gucken, sonst war es nur eine Frage von Sekunden, bis Finola fest mit ihrem Ableben rechnete. »Nick, hey!«

Erst jetzt sah er mich an, falls er mich durch die Tränen hindurch überhaupt sehen konnte.

»Kannst du mir sagen, was passiert ist?«

Auf diese Frage folgte ein weiteres Schluchzen und noch mehr Tränen. Und ein Geständnis. »Ich wollte das nicht. Ich dachte … Ich hab doch nur ein bisschen … Ich wollte nicht, dass es so doll ist.« *Oh fuck. Nicht schon wieder. Ausgerechnet …*

In dem Moment war Debbie schon wieder an meiner Seite, mit Kompressen in der Hand, die ich sofort auf Finolas Wunde drückte. Die Kleine hatte vor Schreck noch gar keinen Ton sagen können. Dafür drang das aufgeregte Geplapper unzähliger anderer Kinder zu mir durch, die Debbie nach und nach in ihre Klassen dirigierte. Bloß der kleine, zitternde Schatten blieb an Ort und Stelle, starrte auf das Unheil, das er angerichtet hatte, und murmelte die immer selben Sätze wie eine Zauberformel »Ich wollte ihr nicht wehtun. Ich hab das nicht gewollt.«

Nur leider ist die Magie von solchen Wünschen oft machtlos. Egal, wie oft ein kleiner Junge die Worte sagt, die den Zauber wirken sollen, schlussendlich versinken sie in einem Meer aus bitteren Tränen.

… Weil Mädchen stärker sind und uns das heimzahlen.

Hamish

Ich starrte auf das Bild, das in einem der Fenster klebte. In manchen der Scheiben hingen Kritzeleien von Schülern, die den Anblick des grauen Schulgebäudes kein Stück erbaulicher machten. Und das, was ich da betrachtete, war der hässlichste Regenbogen, der mir je untergekommen war.

»Aber Mr Clark besteht darauf, Sie heute noch zu sprechen.«

Ich seufzte und spielte einmal mehr mit dem Gedanken, das Telefonat zu beenden und mein Handy auszuschalten. »Und ich habe Mr Clark gesagt, dass ich morgen wieder erreichbar bin.«

»Aber er meint, es sei ein Notfall.«

»Dann soll er die 999 anrufen. Einen Angebotsvergleich für seine Tankkarten kriegt er morgen bis 10 Uhr auf den Tisch.«

»Das kann ich ihm nicht so sagen, Hamish. Sie wissen doch, wie Mr Clark ist.«

»Und Sie …« Ich ließ meine Hand mit dem Telefon für einen Moment sinken und stieß ein unwirsches Knurren aus, das nichts in den Ohren einer Sekretärin zu suchen hatte. Anschließend hob ich mein Handy wieder ans Ohr. Nicht mehr der Boss, sagte ich mir. Du wolltest das so, jetzt leb damit.

»Hamish? Sind Sie noch dran?«

»Verbindungsstörung«, murmelte ich. »Sandra, ich hab hier einen familiären Notfall. Und falls die Welt untergeht, wenn Mr Clark sein dämliches Angebot nicht kriegt, ist Kiran genauso kompetent wie ich und kann ihm den Scheiß in einer Stunde fertig machen.«

»Aber Mr Clark wird nicht gern von Kiran betreut. Der indische Akzent …«

»… ist nicht mein Problem. Und seine Tabellen sind bestechend akzentfrei.«

Ich hörte ein Seufzen am anderen Ende der Leitung, das ich besser ausnutzte, ehe Sandra zu einem weiteren unsicheren »Aber« ansetzen konnte. »Ich danke Ihnen. Schönen Feierabend nachher.« Damit legte ich endlich auf, schaltete das Telefon aus und marschierte an drei weiteren Fenstern vorbei zum Eingang der Schule, um meinen Sohn abzuholen.

»Es hat einen Vorfall gegeben. Nick geht es gut, aber er wird den übrigen Tag nicht mehr am Unterricht teilnehmen können.« Das waren die spärlichen Informationen gewesen, die die Schulsekretärin mir mitgeteilt hatte. Rückfragen wie das auf der Hand liegende »Was ist überhaupt passiert? Wieso soll er abgeholt werden?« hatte sie nur mit einem unbefriedigenden »Das kann Ihnen Nick dann selbst erzählen« beantworten können.

Das war vermutlich das Resultat, wenn die Lehrerin diesen Anruf an die Sekretärin übertrug. Weil sie entweder keine Zeit dafür gehabt hatte, oder weil sie mir aus dem Weg gehen wollte. Das Ergebnis war das gleiche: Ich trat ahnungslos durch die Eingangstür und wandte mich nach rechts zum Sekretariat.

Ich erreichte mein Ziel in der ersten Etage, klopfte an und trat ein, ohne eine Antwort abzuwarten. An der Rückseite des

Monitors, hinter dem die Sekretärin sich versteckt hielt, hing ein gezeichnetes Porträt von ihr. Irgendein Kind hatte sich wohl die Mühe gemacht und dabei mehr Talent bewiesen als der Regenbogenverunstalter. Diese Zeichnung war allerdings auch der einzige Farbklecks in diesem Raum, der ansonsten in abgegriffenen Braun- und Grautönen das verkörperte, was ich mir immer unter »erwachsen« vorgestellt hatte. Trist und einschüchternd – wie es sich für den Ort gehörte, an den man kleine Straftäter brachte oder jene, die sich ereiferten, solche zu werden.

Nick saß links von mir auf einem von drei Stühlen, die an der Wand standen wie in einem Wartezimmer – in der Hand hielt er sein Gespenst. Als ich die Tür schloss, schaute er auf. Ich hob nur meine Augenbrauen und machte ihm mit meinem Blick klar, dass er und ich hierzu ein ernstes Gespräch führen würden.

Keine Dummheiten mehr. Das war der Deal gewesen. Und nun saß der Bengel hier im Sekretariat, hatte kein Fieber, keine Bauchschmerzen und keine Verletzungen. Also kamen nur Dummheiten infrage.

»Hamish Findlay. Das ist meiner«, sagte ich der Frau, die ungerührt an ihrem Rechner saß und bis eben auf Nick aufgepasst hatte. »Ich soll ihn abholen.«

Ein Augenpaar, das durch die Brillengläser hinweg viel zu groß wirkte, musterte mich über den Rand des Bildschirms hinweg. Der Frau reichte diese kurze Inspektion, dann nickte sie. Offenbar brauchte es hier für den Nachweis des Verwandtschaftsgrades weder Ausweis noch Vaterschaftstest. Der begnadete Blick einer Sekretärin ersetzte derlei Maßnahmen vollumfänglich. *Willkommen zurück in Stonehaven, Mr Findlay.*

»Gut, dass Sie da sind«, entgegnete sie mit derselben nasalen Stimme, mit der sie mich in der vergangenen Woche durch

Nicks Anmeldung gelotst hatte. »Nehmen Sie noch kurz Platz.«

Ich runzelte die Stirn. Nick sollte abgeholt werden, ich war hier. Ich nahm Nick mit nach Hause. Das war ziemlich simpel, und ich fand keinen Punkt in dieser Abfolge, der verlangte, dass ich länger als nötig hier rumsaß. »Wozu?«

Offensichtlich war das eine grenzenlos dumme Frage. Sie nahm sogar ihre Brille ab, um mir das klarzumachen. »Ihr Sohn war in einen Zwischenfall verwickelt.« Das sagte sie, als hätte Nick ein paar Kilo Koks an Erstklässler vertickt und mindestens drei Viertklässler ausgeschaltet, um sich dieses Monopol zu erschließen. »Seine Klassenlehrerin möchte mit Ihnen darüber reden.« *Oh Scheiße, nein.* »In sieben Minuten ist Pause. Ich gebe ihr dann Bescheid, dass Sie hier sind.«

Ich sah zu Nick und schnaufte. *Schönen Dank auch, Kleiner. In was für einen Mist hast du mich da jetzt reingeritten?*

Ich beließ meine Antwort bei einem genervten Grunzen und einem Nicken, ehe ich mich zu Nick setzte, um mit ihm gemeinsam die zermürbende Aura dieses hässlichen Raums auf mich wirken zu lassen. »Also …«, flüsterte ich ihm zu, und sofort schnellte sein Blick in meine Richtung. Große Augen in derselben Farbe wie meine und Tränen, die sich darin sammelten. Keine Ahnung, was sich die Natur dabei gedacht hat, Kinder so zu konstruieren. Disziplinarische Gespräche hat sie definitiv nicht berücksichtigt. »Willst du mir erzählen, was passiert ist? Deine Lehrerin sagt es mir vermutlich eh gleich …«

Noch mehr Tränen. Ach Scheiße … Aber da mussten wir jetzt wohl durch. »Finola hat geblutet. Am Kopf! Der ganze Fußboden war voll mit Blut!« Er schniefte und wischte sich den Rotz mit dem Ärmel von der Nase. »Ich will nicht, dass Finola aussterben muss! Aber Davina sagt … Sie sagt, wenn ein Kopf kaputt geht, dann sind Menschen tot. Kinder auch.« Der letzte Punkt schien ihn richtig zu treffen, während ich noch an dem Wörtchen »aussterben« festhing und stark hoffte, dass Nick hier nur übertrieb und nicht wirklich ein anderes Kind ausgeschaltet hatte – nur eben keinen Viertklässler, der seinem Drogenkartell im Weg stand, sondern die Petze, die ihn wegen so ein paar dämlicher Stifte angeschissen hatte.

»Und warum hat Finolas Kopf geblutet? Ist sie hingefallen?«

Er nickte und wischte sich mit dem Rotzärmel nun über das ganze Gesicht, um die Tränen zu trocknen. Damit war das ganz klar einer der Momente, in denen Kaleigh fehlte – sie und ihre Handtasche, in der einfach alles zu finden war. Feuchttücher oder wahlweise auch Starterkabel oder eine Flasche Gin. Gott, was hätte ich für einen Gin gegeben. Oder ein Bier. Oder einfach nur einen Kaffee.

»Hast du sie geschubst?« Natürlich hatte er. Wieso sonst saß ich hier und wartete darauf, ein Gespräch mit *seiner Klassenlehrerin* zu führen?

An dieser Stelle endete Nicks Kooperation mit einem Seitenblick auf die Frau am Schreibtisch. Als ob die nicht längst wüsste, was passiert war. Vermutlich würde sie sich später die alten Aufzeichnungen zum Vater dieses hochgradig gefährlichen Jungen heraussuchen, um dann bei Kaffee und Gebäck ihren Kolleginnen zu berichten, dass sie gar nichts mehr wunderte … Wie viele Schlägereien würde sie in den Akten wohl finden, falls die immer noch existierten? Und falls nicht, gab es sicher das eine oder andere Urgestein, das nur allzu auskunftsfreudig wäre …

Mit dem Klingeln erhob sie sich von ihrem Stuhl und verschwand mit einem herrischen »Ich hole Miss Harris. Sie bleiben hier.«

Ich wartete, bis sie die Tür wieder hinter sich zugezogen hatte, und wandte mich Nick wieder zu. »Okay, raus mit der Sprache. Hast du Finola geschubst?«

Nicks Unterlippe bebte und er schluchzte. Doch statt einer

Antwort zuckte er mit den Schultern. Im Ernst? Was sollte das denn jetzt? Wofür hielt er sich? Einen abgeklärten Mafioso, der jeder noch so intensiven Befragung standhielt? Ausgerechnet er, der sein Nachtlicht jeden Abend so ausrichtete, dass es den Schrank im Blick hatte, in dem Monster lauern könnten?

»Und warum hast du sie geschubst?«

Noch ein Schulterzucken. Hervorragend. Wir hatten also zum denkbar ungünstigsten Zeitpunkt die Sache mit dem Trotz entdeckt.

»Weil sie eine blöde Petze ist?«

Kein Schulterzucken, dafür pressten sich seine Lippen zusammen und weitere Tränen kullerten. Na schön ... Dann schwiegen wir uns eben so lange an, bis einer von uns das Reden begann. Nick würde bald mitkriegen, dass er sich dafür das falsche Gegenüber gesucht hatte. Starren und schweigen konnte ich ausgezeichnet, und er war dafür definitiv nicht gemacht. Ich wusste das, und ich gab ihm maximal bis zur Bettzeit, bis ihm das auch wieder einfiel. Es gibt keine Zeit, zu der es Kindern schwerer fällt, Geheimnisse für sich zu behalten, als der Moment, in dem sie schlafen sollen.

Tatsächlich sank Nicks Blick schon nach ein paar Sekunden auf seine Hände, die in seinem Schoß lagen und sich an Sir Boo festhielten. Der hilft nur bei Monstern, dachte ich. Aber nicht bei einem Schlamassel, den du dir selbst eingebrockt hast, Kumpel.

Die Tür zu dieser innenarchitektonischen Kostbarkeit öffnete sich ziemlich bald wieder. Offenbar hatte die Herrin jener vier Wände den Verdacht gehegt, dass ihre zwei Gefangenen entlaufen könnten. Sie wirkte sogar ein wenig außer Atem, wie sie da auf Nick und mich deutete und ein »Da sind die zwei« schnaufte. Als hätte ich höchstselbst dieses Mädchen zu Fall gebracht.

»Danke, Sandra.«

Leena hat also auch eine Sandra. Wer hätte gedacht, dass mir meine lieber ist … Das war mein erster Gedanke. Der zweite kam zusammen mit dem Blick, der mich traf – nicht wütend, nicht besorgt und definitiv nicht so unsicher wie am Samstag. Ihr Gesichtsausdruck war sachlich mit der leichten Nuance zu einem freundlichen Lächeln, die ich gerade so erahnen konnte – und das vermutlich nur, weil ich diese Lippen kannte. *Oder auch nicht Leena.* Das war der zweite Gedanke. *Eher Miss Harris.*

Leena war das Mädchen gewesen, das mir dabei geholfen hatte, meinen betrunkenen Dad aus dem Pub ihrer Eltern zu schaffen. Ein Mädchen mit zerrissenen Jeans, blondierten Haaren und dunkel geschminkten Lippen, das genauso gut mit den Augen rollen wie küssen konnte.

Und nun betrat diese Frau den Raum, die noch vor zwei Tagen an Leena erinnert hatte, doch heute … Alles an ihr schrie nach »Miss Harris«. Die schwarzen Jeans, die nicht kaputt waren. Das Shirt, auf dem nicht das Logo einer Band oder dergleichen prangte. Sie trug eine Strickjacke, was ich tatsächlich noch nie an ihr gesehen hatte. Es hatte immer nur richtige Jacken gegeben oder Pullover, die eigentlich meine waren. Und scheiße, es stand ihr. Fuck. Miss Harris zu sein stand ihr sogar besser, als mir lieb war.

Sie trat auf mich zu und streckte mir ihre Hand entgegen. »Danke, dass Sie sich kurz die Zeit nehmen, Mr Findlay.« *Oha.* Ich sah noch einmal kurz zu Nick und fragte mich, was zur Hölle in dieses Kind gefahren war, dass ich mich jetzt in einer »Mr Findlay«-Situation mit meiner Ex wiederfand.

Ich erhob mich, nahm ihre Hand und drückte sie kurz. War sie schon immer so klein gewesen? »Sicher …« *Miss Harris.* Sie verlangte doch nicht wirklich von mir, dass ich sie so nannte, oder?

Ehe ich umständlich nach irgendwelchen Phrasen suchen

musste oder in die Verlegenheit kam, Dinge zu sagen wie »Warum nur muss ich ständig meine Familie bei dir einsammeln?«, übernahm sie das Gespräch wieder.

»Ich würde Sie gern kurz unter vier Augen sprechen. Dauert nicht lange, nur …« Sie sah über meine Schulter hinweg. »Sandra, kann ich kurz den Kopierraum missbrauchen?«

»Natürlich, Liebes«, antwortete diese Frau, bei der ich nie auch nur annähernd für möglich gehalten hätte, dass sie solche Koseworte aussprechen könnte, ohne dabei elendige Schmerzen zu spüren. »Ich weiß ja – der Flur hat Ohren.«

»Danke … Mr Findlay?« Leena – oder Aileen oder Miss Harris – sah mich an und deutete auf eine Tür, die von diesem Raum abging. »Das ist etwas unkonventionell, aber alternativ müsste ich Sie extra noch einmal für ein Elterngespräch herbitten.«

»Sicher«, sagte ich. Schon wieder. Blieb abzuwarten, wie weit ich es mit diesem einen Wort durch das Gespräch schaffte. Kurz wandte ich mich zu Nick um. »Ich bin gleich wieder da. Keine Dummheiten, verstanden?«

»Du gehst weg?«

»Bin gleich wieder da …«

Nicks Blick überraschte mich nicht. Dennoch hatte ich gehofft, dass dies eine der Gelegenheiten wäre, in denen er mir erspart blieb. Die erschrocken aufgerissenen Augen, aus denen tonlos, aber umso lauter herausschrie: *»Nein, nicht weggehen! Dann kommst du nicht wieder, und ich bin allein.«* Besten Dank auch, Kaleigh, dachte ich, beschränkte mich aber auf ein tiefes Seufzen und beugte mich zu Nicks Rucksack. Was ich suchte, würde ich in der rechten Außentasche finden. Es sei denn, mein Sohn hatte nun nicht nur beschlossen, Unruhe zu stiften, sondern auch alle anderen Wesenszüge zu löschen.

»Mr Findlay?«

»Gleich«, sagte ich nur – vielleicht etwas zu schroff.

Ich fand die alte Taucheruhr dort, wo sie immer war. Um das Ziffernblatt herum ließ sich ein Teil des Rahmens so drehen, dass ich den Pfeil auf jede beliebige Zahl zeigen lassen konnte. Ich sah kurz auf die Uhrzeit und rückte die Markierung auf die drei. »Hier. Wenn der Minutenzeiger da ist. Verstanden? Diesmal der große Zeiger.«

Nick sah kurz auf die Uhr, die ich ihm in die Hand drückte, dann nickte er und schöpfte immerhin genug Vertrauen in meine Rückkehr, um mich ohne Tränen gehen zu lassen.

Der Kopierraum, in den ich geführt wurde, war größer, als ich angenommen hatte. Und doch standen darin nicht mehr als ein Kopierer und eine Kaffeemaschine auf einem Sideboard. Und ich hatte das Nebenzimmer für wenig einladend gehalten …

»Wieso ich mit Ihnen sprechen wollte, Mr Findlay …«, hob Miss Aileen-Leena-Harris an und schloss dann die Tür hinter uns, um wesentlich leiser fortzufahren. Anscheinend hatte nicht nur der Flur Ohren. »Okay – kurz und knapp: Nick hat ein Mädchen geschubst oder gestoßen, als sie von der Hofpause reingekommen sind. So was passiert ständig, und ich würde deshalb eigentlich nicht so einen Wirbel machen. Ich bin nicht mal sicher, ob das Absicht war, wenn ich ehrlich bin. Aber das Mädchen ist blöd mit dem Kopf aufgeschlagen. Platzwunde.« Sie hob ihre linke Hand, um an ihrer eigenen Stirn eine unsichtbare Linie nachzuziehen. Der Ärmel ihrer Strickjacke rutschte dabei ein wenig nach unten und gab feine Linien einer Tätowierung frei, die von ihrem Unterarm aus fast bis an ihr Handgelenk reichte. Das war neu … »Wir mussten sie mit dem Rettungswagen abholen lassen. Das ist Standard bei Kopfverletzungen. Möglich, dass sie auch eine Gehirnerschütterung hat, aber sie packt das schon. Nick allerdings …« Sie atmete einmal tief durch und sah zu der Tür, hinter der mein Sohn wartete und vermutlich zusammen mit Sir Boo den Zeiger seiner Uhr dabei beobachtete, wie er viel zu langsam weiterzog. »Der war völlig fertig. Er hat definitiv nicht gewollt, dass das Mädchen sich wehtut. Das wollen Kinder selten, sie können die Folgen für ihr Handeln noch nicht richtig einschätzen und …« Sie stockte kurz und runzelte die Stirn. »Das weißt du selbst. Du bist ein Dad …« Ihr verkniffener Gesichtsausdruck machte einem Nicht-zu-fassen-Lächeln Platz, mit dem sie mich wieder ansah. »Ich hab Nick erklärt, dass seine Mitschülerin wieder auf die Beine kommt und bestimmt morgen oder übermorgen schon wieder hier sein wird. Aber er hatte richtige Angst und hat sich sogar übergeben. Deshalb hab ich dich anrufen lassen. Es hätte keinen Sinn, wenn er sich jetzt durch die letzten zwei Stunden quält. Vielleicht … Vielleicht kann er sich zu Hause etwas besser beruhigen, wenn du mit ihm redest. Okay?«

Ich nickte und sah nun selbst zu der geschlossenen Tür neben uns. »Okay.«

»Hamish, ich frag dich das jetzt auch noch mal: Gibt es irgendwas, das ich zu Nick wissen müsste? Ich hab das deinen Dad schon gefragt, aber …« Sie zuckte mit den Schultern. »Nick hat wirklich sehr emotional reagiert, als er gesehen hat, dass Finola verletzt ist. Das hat ihm mehr zugesetzt, als das üblich ist. Weißt du, woran das liegen könnte?«

Oh, das mochte daran liegen, dass Nick kein rücksichtsloser Wichser war, sondern eine größere soziale Ader hatte, als ihm guttat. Das war schon immer so gewesen. »Er ist normalerweise nicht so. Also Nick«, erklärte ich. »Er hat mal aus Versehen den Füller eines Mitschülers eingesteckt und hatte so ein schlechtes Gewissen deshalb, dass wir dort angerufen haben, damit er versichern kann, das Ding nach dem Wochenende wieder mitzubringen. Er ist nicht …« Ich senkte die Stimme etwas. Zur Sicherheit. Wer wusste, wie nah sich diese Sandra an der Tür herumdrückte. »So ungern ich es auch zugebe, aber er ist nicht wie ich. Keine Ahnung, was grade mit ihm los ist.« Und dann kam der Part, den ich nur zähneknirschend eingestand: »Vermutlich fehlt ihm seine Mum.«

»Mh«, machte Leena, und ein leichtes Zucken spielte um ihre Mundwinkel. »Jungs machen manchmal schräge Sachen, wenn es um ihre Mum geht.«

Das wusste ich. Und wie ich das wusste. »Ich rede mit ihm.«

Sie nickte, sah zur Tür und nickte noch einmal, als müsste sie sich die Vorstellung davon, dass ich ein Gespräch mit meinem Sohn führte, mehrmals durch den Kopf gehen lassen, ehe sie sie absegnen konnte. »In Ordnung. Aber mach das auch wirklich, ja?«

»Versprochen.« Ich streckte meine Hand schon nach der Klinke aus, als ein »Hamish, warte« aus ihr herausbrach wie ein Atemzug, den man zu lange angehalten hatte. Also wartete ich, während Leena nur dastand, mich mit ihrem Stirnrunzeln und den zusammengepressten Lippen musterte und dabei sogar die Hände in die Hüften stemmte. »Shit, ich sollte dir das eigentlich gar nicht sagen …«

»Was sagen?«

Einen Moment lang unterzog sie mich noch diesem Blick, der irgendwie nicht richtig hierher passen wollte. Er gehörte an unsere Bucht. Er gehörte zu Worten wie »Willst du mir erzählen, was los ist?«. Vor allem gehörte er dem Jungen, der ich vor dreizehn Jahren gewesen war. Nicht mir.

Leena gab sich einem tiefen Seufzen hin, dann schob sie in einer Übersprunghandlung ihre Ärmel nach oben und verschränkte die Arme vor der Brust. Disteln. Jetzt erkannte ich die Zeichnungen auf ihrem linken Unterarm. Feine, schwarze Linien zeichneten Disteln auf ihre Haut, die sich bis zum Ellenbogen um ihren Arm rankten und vermutlich noch darüber hinaus. Wie weit mochten diese Zeichnungen wohl reichen?

Bis zum Oberarm? Zur Schulter? Über ihr Schlüsselbein? Weiter?

Erst jetzt merkte ich, dass ich ihr quasi auf die Brüste glotzte, einfach nur, weil ihr tätowierter Arm direkt darunter war und sie leicht anhob … *Fuck*.

Sofort riss ich meinen Blick von dem Bild los und bereitete mich auf ein empörtes, bestenfalls amüsiertes Gesicht vor. Doch Leena schien die kleine Entgleisung gar nicht mitbekommen zu haben. »Sagen wir, Nick hat die absolut unglücklichste Wahl getroffen.«

»Mh?«

»Mit der Entscheidung, wen er schubst«, erklärte sie. »Ich kann keine Namen nennen. Aber … Ich hatte innerhalb einer halben Stunde nach dem Vorfall einen Anruf von dem Vater der Schülerin. Er war natürlich sehr aufgebracht, wollte wissen, wer seiner Tochter das angetan hat, und möchte übermorgen ein Gespräch mit mir führen. Es soll um Maßnahmen gehen, wie solche Zwischenfälle zukünftig zu vermeiden sind. Es fielen Worte wie Fahrlässigkeit und Schädelhirntrauma. Vermutlich kann ich mir Mittwoch also noch alle möglichen Verletzungen anhören, die hätten passieren können.« Sie seufzte. »Arzttochter.«

Ich konnte mir ein Grinsen nicht verkneifen. So einen Typen hatte es auch in unserem Jahrgang damals gegeben. Ich hatte zum Glück nur einen Kurs mit ihm gehabt, aber Leena hatte sich ausgerechnet in Biologie mit diesem Kerl herumschlagen müssen, der sein Ego mit irgendwelchen Fachbegriffen aufpoliert hatte, von denen keiner gewusst hätte, ob sie überhaupt zum Thema passten oder nicht. Noch dazu war ihre damalige Freundin wohl unsterblich in den Idioten verliebt gewesen, der sich mit einer Tochter aus einem normalen Arbeiterhaushalt aber nicht abgab. Und da Leena ein Quell an Solidarität war, hatte die nie nur mir gegolten, sondern ohne

Ausnahme jedem, der ihr am Herzen lag. Während ich nicht einmal mehr wusste, wie der Name dieser Freundin gewesen war.

»Klingt nach unserem Martin Mein-Daddy-ist-Chefarzt Calhoun, hm?«

Leena sah mich nur an. Ihre Augenbrauen waren leicht nach oben gezogen wie zu einer Frage, die sie gar nicht gestellt hatte. Also …

»Nein!«, stieß ich aus und kassierte dafür sofort ein »Ssssht!« von ihr.

»Ich darf dir das überhaupt nicht sagen.«

»Du hast mir auch gar nichts gesagt, nur … Fuck! Dein Ernst?«

»Ich fürchte, schon.« Dabei verzog sich ihr Gesicht, als wäre es ihre Schuld. »Ich sag das nur … Also … eigentlich sag ich es nicht, aber … Ach, du weißt schon. Er ist einfach genau wie sein Dad. Spätestens beim nächsten Elternabend wird das ein Thema. Dann bist du vorgewarnt.«

»Ich rede mit ihm.«

»Was? Nein! Bist du irre? Ich hab gerade gesagt, er ist wie sein Vater. Da kannst du nicht einfach … Doch nicht du!«

Vielleicht hätte ich beleidigt sein sollen, stattdessen musste ich lachen. Ich sah Leena an, dass sie mir dabei am liebsten den Mund zugehalten hätte, was nichts besser machte. »Ich krieg das schon hin …«

»Hamish … Nein. Ich hätte dir überhaupt nicht sagen dürfen … Gott, das war bescheuert.«

»Nick hat mir längst gesagt, dass es Finola war. Mit dir habe ich darüber nie geredet. Dann weiß er eben auch ihren Nachnamen. Na und? Ich mach das schon.« Tatsächlich brannte ich darauf, einem hochnäsigen Arschloch den Wind aus den Segeln zu nehmen und ihn glauben zu lassen, das alles wäre zu seinem Vorteil. Wie zu den Zeiten, als mein Job noch Spaß gemacht hatte.

»Ehrlich. Wenn deinetwegen noch mal ein Dad vor dem Pub auftaucht und mich blöd anmacht, zieh ich dir die erste Flasche über den Schädel, die ich greifen kann.«

Als ob … »Betrachte es einfach als eine Art Wiedergutmachung für Samstag.«

»Wieder…« Sie stockte und neigte ihren Kopf zu diesem ganz bestimmten prüfenden Blick zur Seite. Jener, der mit einem Grinsen einherging. Und dieses Grinsen … An dem hatte sich tatsächlich nichts verändert. »Hamish Findlay, ist das etwa eine Entschuldigung?«

Schwachsinn. Ich hatte mich doch schon entschuldigt. Mehr oder weniger. »Ein Angebot«, stellte ich klar. »Sind wir beide dann …« Ich deutete zur Tür.

Sie seufzte, nickte aber. »Bau bitte keine Scheiße.«

Ich grinste nur und drückte die Klinke hinunter, ehe ich mich noch mal zu ihr beugte und meine Stimme senkte. Das konnte ich mir einfach nicht verkneifen. »War richtig reizend, dich mal wieder zu sehen, Leena.« Zugegeben – ihr Tonfall vor zwei Tagen war ein völlig anderer gewesen, aber Leenas Gesicht verriet überdeutlich, dass sie ihre Worte wiedererkannte.

»Jetzt zisch endlich ab«, murmelte sie mit einem Augenrollen.

Ich folgte ihrer Aufforderung, öffnete die Tür und sah schon aus dem Augenwinkel, wie Nick von seinem Stuhl aufsprang.

»Noch mal vielen Dank, dass Sie sich die Zeit genommen haben, Mr Findlay«, hörte ich Leena hinter mir. »Und wir sehen uns morgen, Nick, okay? Dann sieht die Welt bestimmt schon wieder anders aus.«

Nick hängte sich seinen Rucksack über die Schultern und griff nach meiner Hand. In der anderen hielt er noch immer

Sir Boo fest. Einmal mehr fragte ich mich, mit was für Monstern er in der Schule bitte rechnete. Dabei hatte ich ihm extra gezeigt, wo die Ungeheuer wohnten …

»Bis morgen, Miss Harris«, murmelte er. Sein Griff um meine Hand wurde dabei noch etwas fester.

Oh nein, Kumpel, dachte ich. Sie ist nicht das Monster. Aber vor dieser Finola solltest du dich in Acht nehmen … Ich dirigierte ihn zur Tür, nicht aber, ohne mich noch einmal umzuwenden und mich mit einem Nicken bei den beiden Damen zu verabschieden. »Miss Harris, Miss … Sandra …«, murmelte ich und fing Leenas Blick auf. Wenigstens für die eine Sekunde, bis mir etwas anderes auffiel. Sie stand mit dem Rücken zur Sekretärin, hatte die Arme vor der Brust verschränkt und … diesmal waren es nicht die Disteln, die meine Aufmerksamkeit auf sich lenkten und auch nicht ihre Brüste. Wobei, die ein bisschen. Doch nur so lange, bis mir auffiel, dass die linke Hand, die an ihrem rechten Oberarm lag, mir einen eindeutigen Mittelfinger präsentierte.

Ich spürte das Grinsen, das ganz geschmeidig auf mein Gesicht glitt wie eine alte Gewohnheit, die direkt die Erinnerung an ganz andere alte Gewohnheiten nach sich zog. *Scheiße, Nick, in was hast du mich hier reingezogen?*

Erst im Erdgeschoss schaffte ich es, diesen Frohsinn aus meinem Gesicht zu verbannen. Gerade rechtzeitig, ehe ich mit meinem Sohn das Schulgebäude verließ und wohl oder übel ein Gespräch anstimmen musste. Wussten Kinder, wie sehr man als Erwachsener mit sich rang? Oder war es nur ich, der diese Stimme im Kopf hatte, die einem zuflüsterte: *»Du bist der Bestimmer. Du kannst auch einfach entscheiden, dass ihr ein Eis essen geht und dann nach Aberdeen ins Kino fahrt. Du musst gar nichts!«* Was mich anging, war es eine der größten Herausforderungen am Vatersein, diesen inneren Sirenengesang zu ignorieren.

»Ich hab mit Miss Harris gesprochen«, setzte ich an. Sehr gut. Wenn man nicht weiterweiß, einfach mal mit Dingen anfangen, die alle Gesprächsbeteiligten ohnehin längst wissen. Ich hatte große Lust, wütend zu werden, ehrlich. Auf Nick, weil er Scheiße baute, obwohl wir erst gestern ein Gespräch wegen der Stifte geführt hatten. Keine Dummheiten mehr. Er hatte es mir versprochen und das nach gerade mal einem Tag wieder gebrochen. Vor allem aber war das einer der Momente, an denen ich Kaleigh am liebsten erwürgen würde, weil sie uns in diese Situation gebracht hatte. Ich konnte einem Siebenjährigen nur bedingt vorwerfen, dass ihm seine Mutter fehlte, aber ich konnte sehr wohl sauer auf diese Mutter sein, weil sie nicht da war. Oh ja, und wie ich das konnte.

Und dann war da noch ich selbst. Auch wenn ich das gern vergaß.

»Finola hat ein Loch im Kopf«, erklärte ich so ruhig wie möglich weiter. »Vielleicht hat sie auch eine Gehirnerschütterung. Sie wird aber auf jeden Fall wieder gesund, hörst du?« Ich sah ihn sogar an und wartete, bis er meinen Blick erwiderte und ich sicher sein konnte, dass er wirklich zuhörte. »Finola wird nicht aussterben.« Ich sparte es mir, ihm erklären zu wollen, dass wir hier noch eine kleine Diskrepanz mit dem Vokabular hatten. Seitdem er erfahren hatte, dass die Dinosaurier ausgestorben waren, hielt sich dieses Wort. Kaleigh hatte es wahnsinnig gemacht, was mich ausreichend motiviert hatte, meinem Sohn in seiner Argumentation recht zu geben: *»Wenn es keine Dinosaurier auf der ganzen Welt mehr gibt sind sie ausgestorben. Und Muffin von Mrs McNeal ist auch weg auf der ganzen Welt. Ausgestorben.«* Und mit dieser Kausalitätskette war die Katze unserer Nachbarin zu einer erloschenen Spezies geworden.

»Hey.« Ich drückte Nicks Hand, als er nicht gleich reagierte.

»Hörst du mir zu? Finola wird wieder gesund. Alles halb so wild.«

Er nickte und wischte sich mit dem Ärmel seiner Hand, die Sir Boo hielt, über die Wangen. »Hast du noch mal mit Miss Harris geschimpft?«

Was zur Hölle … »Nein, ich habe mich ganz normal mit ihr unterhalten, wie …« Samstagabend. Vor dem Pub ihrer Eltern. *Fuck!* Wie ich diese Stadt hasste …

Wenigstens schien Nick mein Gestammel zu genügen. Er nickte und schniefte und drückte Sir Boo an seine Brust. »Ich wollte nicht, dass Finola sich wehtut.«

»Weiß ich«, sagte ich. Und das war nicht einfach nur eine Phrase. Auch wenn mein Sohn gerade sehr seltsame Verhaltensmuster an den Tag legte – er war niemand, der irgendwem Schaden zufügen würde. Nicht absichtlich. Himmel, der Kleine war fast panisch geworden, als ich die Spinne in der Küche in den Vorgarten packen wollte. Das arme Ding hätte dann kein Zuhause mehr. Also hatte ich ihm lang und breit erklärt, dass eine Spinne sich sehr wohl ein neues Zuhause bauen konnte und eigentlich ein Tier war, das in der Natur lebte … Kurzum: Die Spinne lebte noch immer in unserer Küche und hieß nun Spidy.

»Weißt du noch, wieso du sie geschubst hast?«

»Sie ist eine Petze.«

»Mh«, machte ich. »Also finden wir sie doof. Kapiert. Aber ein gewisser Dominic Findlay scheint vergessen zu haben, dass wir anderen nicht wehtun.« *Außer, sie schlagen dir zuerst in die Fresse.* Aber das war eine Lektion für später.

»Vor allem keinen Mädchen«, nuschelte Nick, was wir ihm beigebracht hatten. »Weil Mädchen stärker sind und uns das heimzahlen.«

»Gut, du hast es ja doch nicht vergessen. Also halt dich in Zukunft dran, klar?«

Er nickte. Das würde mir für den Moment wohl reichen müssen.

»Und jetzt …« Ich seufzte und sah kurz zum Himmel. Die Wolkendecke war dicht, aber nicht grau. Vielleicht hielt sich das noch eine oder zwei Stunden. »Wollen wir zur Monsterhöhle spazieren? Wir können gucken, ob sie grade offen oder zu ist.« Tatsächlich hatte ich nichts gegen einen Ausflug an die Bucht. Ich konnte mir Geschichten über die Ungeheuer ausdenken, die in der Höhle lebten, die ich Nick gezeigt hatte. Das war eine so viel bessere Vorstellung als Nick zu Hausaufgaben zu verdonnern und vielleicht doch noch Mr Clark anzurufen, um größere Übel abzuwenden, die mich sonst am nächsten Morgen treffen würden.

Doch mein kleiner, niederträchtiger Sohn schüttelte den Kopf und zerschlug die eindeutig bessere Option. »Ich bin müde.« Dann schien er kurz über seine Aussage nachzudenken. »Nein, eigentlich bin ich wach. Aber meine Augen sind furchtbar müde. Die können jetzt gar nicht bis zur Monsterhöhle gucken.«

»Hm«, machte ich. »Kommt vermutlich vom Weinen.«

Er nickte, als wäre er ein alter Mann, der sich an alte Kriegsgeschichten erinnerte. Dann schaute er zu mir auf und sah mich hochgradig überrascht an. Von wegen müde Augen …

»Hast du auch schon mal geweint?«

So, wie er das fragte, schien die Vorstellung regelrecht absurd zu sein. Und fast hätte ich der Versuchung nachgegeben, abzuwinken oder irgendwas zu sagen wie »Ja, früher als Kind«. Aber ich sah Kaleigh vor mir, wie sie die Schiebetür zu unserer Terrasse zuschob, damit Nick uns nicht hören konnte. Als wäre das Ding nicht durchsichtig. Und als wäre unser Sohn blöd.

»Ja genau, bring ihm denselben sexistischen Scheiß bei wie

dein Vater dir. Damit er genau so ein großes Arschloch wird. Hervorragend.« Ich hasste es, wenn sie recht hatte.

»Hm«, machte ich also. »Hab ich schon mal.«

»Wann denn?« Allein die Vorstellung schien gleichermaßen entsetzlich wie aufregend zu sein.

Fast hätte ich dazu angesetzt, das erste Beispiel zu nennen, das mir in den Sinn kam. Weil es das letzte Mal gewesen war – und naheliegend. Doch dann fiel mir gerade rechtzeitig ein, dass ein »Als meine Mum gestorben ist« keine gute Erklärung für einen Jungen war, der seine eigene Mutter vermisste. Also griff ich nach der nächstbesten Alternative. Es war ewig her, aber in diesem Moment fühlten die Erinnerungen sich ziemlich frisch an. Was so eine simple Begegnung anrichten konnte … »Ich hab auch mal einem Mädchen wehgetan, als ich jünger war«, gestand ich ihm. »Und dann hab ich gemerkt, wie blöd das war.«

»Und da hast du geweint?«

Ich musste ehrlich gegen den alten Stolz des Teenagers ankämpfen, der ich mal gewesen war, und der sich dagegen sträubte, dass ich jetzt nickte. Mehr als dieses Nicken brachte ich auch nicht zustande. Doch das reichte Nick, um meine Geste mit all dem Verständnis zu imitieren, zu dem dieser Junge imstande war.

Mehr Fragen stellte er nicht. Und so liefen wir den übrigen Weg schweigend nebeneinander her und sinnierten einträchtig über die Glanzstunden unserer Männlichkeit.

Martin – Fick dich – Calhoun

Aileen

»War richtig reizend, dich mal wieder zu sehen, Leena.«

Ich hatte immer noch Hamishs Stimme im Ohr. Die Worte spielten überhaupt keine Rolle, immerhin waren sie meine eigenen. Aber die Art, wie seine Stimme sie getragen hatte … Das war jetzt zwei Tage her. Zwei Tage und ein paar Stunden. Und meinem Körper reichte noch immer die bloße Erinnerung, um den wohligen Schauer, der mir Montagnachmittag über den Rücken geglitten war, in einem leiseren Echo noch einmal heraufzubeschwören. Als hätte er diese Reaktion noch von früher abgespeichert und konnte trotz all der Zeit, die vergangen war, nicht anders, als auf diesen alten Reflex zurückzugreifen.

Trotz des dumpfen Klirrens.

Wenn Hamishs raue Stimme diesen warmen Ton anschlug, war es nicht, als würden Fingerspitzen sanft über meinen Rücken streifen. Das Gefühl war zärtlich, durchaus, aber mehr wie eine Hand, die sich zielsicher meinen Oberschenkel hinaufschiebt.

»Du bist so am Arsch«, murmelte ich kopfschüttelnd und befand, dass ich keine weiteren Kopien mehr machen würde. Die letzten fünfzehn Minuten bis zu meinem Gespräch mit den Calhouns würden auch vergehen, ohne dass ich zig Arbeitsblätter vervielfältigte. Ganz bestimmt. Aber ich musste aus dem Kopierraum raus, ehe mir noch mehr Gesprächsfetzen in den Sinn kamen und mich an diese kurze Begegnung zurückdenken ließen, als hätte hier mehr stattgefunden als ein Austausch zwischen Vater und Lehrerin mit – zugegeben – ein paar freundschaftlichen Nuancen.

Nichts weiter.

Hörst du, Aileen? Nichts. Weiter!

Ich schnappte mir den Papierstapel für den nächsten Englischtest – »Schreib fünf andere Wörter für *gehen* auf.« – und verließ schleunigst den Raum. Sandra, die gerade ihren PC runterfuhr, wünschte ich im Vorbeigehen einen schönen Feierabend und trat meinen Weg ins Lehrerzimmer eher gemächlich an. Ich wusste, dass die Calhouns immer pünktlich waren, aber nie zu früh. Als schien ihnen die Vorstellung einer anderen Person, die auf sie wartete, Genugtuung verschaffen.

Nachdem ich den Stapel Testbögen auf meinem Arbeitsplatz abgelegt hatte, blieben mir noch neun Minuten, die ich dafür nutzte, langsam zu meinem Klassenzimmer zurückzukehren und mich auf dem Weg dahin nicht entscheiden zu können, ob ich meinen Blazer lieber offen oder geschlossen tragen wollte. Debbie war das Ding am Morgen natürlich aufgefallen. Ihre Augen hatten geleuchtet, als sie gefragt hatte, ob ich wieder einen gewissen Daddy Findlay erwartete. Umso größer war die Ernüchterung gewesen, als ich mich mit dem Calhoun-Termin erklärt hatte. Mit Mr und Mrs Calhoun. Nicht mit Martin und seiner Frau. Mein ehemaliger Mitschüler bestand auf die förmliche Anrede, da er es für unprofessionell hielt, ihn mit dem Vornamen anzusprechen, aber seine Frau nicht. Wenigstens ersparte er mir den Doktortitel.

Ich begrüßte die beiden und ließ ihnen den Vortritt in das Klassenzimmer, dann schloss ich die Tür hinter uns. Die beiden nahmen an Finolas Tisch Platz und schafften es, trotz der kleinen Stühle die geschäftsmäßige Mimik aufzubehalten, was das Bild nur grotesker machte. Ich sah das Paar an und wünschte mir sofort, ein Foto von diesem Moment schießen zu können, um es Hamish zu zeigen – nur um mich gleich darauf zu fragen, was zur Hölle dieser Gedanke bitte sollte. Der hatte überhaupt nichts in meinem Kopf zu suchen.

Dreizehn Jahre, erinnerte ich mich stumm. Egal, wie vertraut sich ein Gespräch oder eine dämliche Geste angefühlt haben – dreizehn Jahre sind lang. Vertrautheit ist eine verlogene Bitch, vergiss das nicht. Im Prinzip ist Hamish ein Mr Findlay. Martin hat das begriffen, also kannst du das auch endlich kapieren. Herrgott noch mal.

»Das Wichtigste zuerst: Wie geht es denn Finola?«, begann ich das Gespräch. »Ich habe gehört, dass sie Freitag wieder am Unterricht teilnehmen kann?« Ich hatte das Gefühl, einen Text aufzusagen, an den ich mich nicht mehr richtig erinnern konnte. Allerdings spielte das mit den Calhouns auch kaum eine Rolle. In der Regel war kategorisch falsch, was ich sagte, es sei denn, ich stimmte ihnen zu.

Martin – Mr Calhoun – tauschte einen kurzen Blick mit seiner Frau aus und übernahm dann das Wort. So war es meistens. »Sie ist auf dem Weg der Besserung. Gott sei Dank hat sie sich nur diese Platzwunde und eine Beule zugezogen.« Ich beobachtete, wie Mrs Calhoun nach seiner Hand griff und sie drückte. »Natürlich hätte das Ganze viel schlimmer ausgehen können. Ihre Wunde musste mit fünf Stichen genäht werden. Wir hoffen nun, dass keine Narbe zurückbleibt.«

Ich nickte und behielt für mich, dass Finola sich am Freitag sicher über sehr viel Anerkennung ihrer Mitschüler würde freuen dürfen. Fünf Stiche! Damit war sie für diesen einen Tag so was wie die Queen. Falls sie es richtig anstellte und ihre Karten gut ausspielte, konnte sie es sogar zu einer einwöchigen Legende bringen. Fünf Stiche waren sagenhaftes gesellschaftliches Potenzial. Traurig, dass ihren Eltern das entging, nur weil fünf Stiche nicht aussahen wie ein neuer Porsche.

»Der Test am Freitag allerdings ... Wir gehen davon aus, dass Finola keine Nachteile aus ihrer unverschuldeten Abwesenheit entstehen werden.«

»Definitiv nicht«, versicherte ich. »Davina hat ihr den Stoff der letzten Tage ja zukommen lassen. Ich werde Finola am Freitag fragen, ob sie sich den Test zutraut oder ihn lieber in der nächsten Woche nachholen will. Allerdings sind das Aufgaben, die wir schon seit zwei Wochen üben, und mit denen sie nie Probleme hatte. Da mache ich mir gar keine Sorgen.« Ich meinte, was ich sagte, und gleichzeitig wusste ich, dass man mir diese Worte vorhalten würde, sollten Finola ein paar Flüchtigkeitsfehler unterlaufen, die ihr das A verhagelten.

»Schön.« Mr Calhoun nickte und warf seiner Frau erneut einen Blick zu. Das war nie ein gutes Zeichen. Nach solchen Blickaustauschen war die Wahrscheinlichkeit groß, dass es Vorwürfe hagelte oder Wörter wie »Anwalt« oder was auch immer man im Vorfeld abgesprochen hatte. »Hören Sie, Miss Harris. Mir ist klar, dass die Kinder nicht unter Ihrer Aufsicht waren, als es zu diesem unglücklichen Vorfall kam.«

Wie bitte? Das war ihm klar? Seit wann interessierte sich ein Martin Calhoun denn für solche nebensächlichen Details?

»Dennoch wünschen wir uns, dass solchen Zwischenfällen zukünftig vorgebeugt wird.«

Ich nickte. Nicht, weil ich ihm zustimmte, sondern weil das viel mehr nach ihm klang.

»Wir denken, dass Kinder wie Dominic Findlay besondere Betreuung benötigen. Nicht nur zum Schutz für andere sondern auch für sich selbst.«

Ich atmete ein, um zu widersprechen. Mir egal, ob ihm das in den Kragen passte. Aber ich kannte Arschlochkinder. Nick gehörte nicht dazu, nur weil Mr Calhoun seinen Dad so in Erinnerung hatte. Obendrein ging es ihn nichts an, was Nick vielleicht brauchte und was nicht.

»Wir haben Dominic ja kurz kennenlernen dürfen.«

Sie hatten … was?

»Und wir denken, dass er ein sehr sensibles, vielleicht sogar empathisches Kind ist. Ich denke … Meine Frau und ich denken, dass seine Entschuldigung von Herzen kam.«

Seine Entschuldigung? Aber wann … Und dann wurde mir alles klar. Oder vielleicht nicht alles, aber eine Menge … Hamish. *»Ich rede mit ihm.«* Er hatte es ja angekündigt. Nur hatte ich mir Wut vorgestellt, vielleicht eine gebrochene Nase und unendlich viele Beleidigungen.

Dreizehn Jahre, Aileen. Schon vergessen?

»Für empathisch halte ich ihn auch«, pflichtete ich Martin Calhoun bei. Es war regelrecht seltsam, ihm aus vollem Herzen in einer Sache zuzustimmen. »Es war ganz klar nicht seine Absicht, dass Finola in irgendeiner Weise zu Schaden kommt.«

»Das denken wir ebenfalls.«

Warum war das so leicht? Ich spürte, wie die Anspannung in mir wuchs, weil ich diesem bisher unkomplizierten Gespräch nicht traute.

»Allerdings scheint der Junge große Probleme zu haben.«

Ich setzte dazu an, ihn darauf hinzuweisen, dass sein Eindruck sicher fundiert sein mochte, aber nicht seine Angelegenheit. Sondern die seines Vaters, seines Großvaters und vielleicht auch der Lehrkräfte. Doch dann redete er weiter und ließ mich diesen Einwand einfach vergessen.

»Meine Frau und ich verstehen das. Dominic hat seine Mutter verloren und damit eine unschätzbare Bezugsperson für ein Kind. Der Tod seiner Mutter … das muss traumatisch für ihn gewesen sein. Verhaltensweisen, die nicht seinem üblichen Charakter entsprechen, gehören zu diesem Prozess dazu.«

Seine Mutter verloren? Sie war tot? Natürlich war das eins der Gerüchte, die kursierten. Doch es wurde so viel geredet, ständig. Und niemand machte sich die Mühe, der Sache richtig auf den Grund zu gehen oder die Menschen zu fragen, um die es ging. Vor allem das nicht. Ich hatte wirklich nicht gedacht, dass … Oh fuck! Hamish war Witwer, und ich hatte nichts Besseres zu tun, als mir Gedanken darüber zu machen, was seine Stimme mit mir anstellte.

»Ja, er macht eine schwierige Zeit durch«, sagte ich und hoffte, dass man mir meine Überraschung nicht anmerkte. »Aber das sollte kein Thema zwischen Ihnen und mir sein. Ich suche natürlich noch das Gespräch mit Mr Findlay, um zu sehen, wie wir Dominic weiter unterstützen können.« Das musste ich wirklich. Das musste ich sogar unbedingt. Wieso hatte er mir davon nichts gesagt? Er hatte erwähnt, dass Dominic seine Mum vermisste, aber das konnte alles bedeuten. Der Tod eines Elternteils … so etwas musste man mir doch mitteilen! Gerade mir hätte er das erzählen können.

Ich war so oft bei ihm gewesen, wenn seine Angst um seine eigene Mutter zu groß geworden war, um sie allein zu tragen. Ja, das war ewig her. Aber man verlernt nicht, solche Dinge zu verstehen. Man verlernt es auch nicht, da zu sein. Oder war es genau das, was er nicht wollte? Dass ich da war?

Mr Calhoun tauschte noch einen Blick mit seiner Frau aus. »Wir verstehen, dass eine einzelne Lehrkraft das nicht bewerkstelligen kann. Ich denke, das Thema sollten wir bei der nächsten Elternversammlung dringend debattieren. Anonym, selbstverständlich. Damit wir gemeinsam überlegen können, wie wir es schaffen, Kinder, die besondere Fürsorge brauchen, in ein Klassenkollektiv zu integrieren, ohne es zu stören.«

Ich war mir sicher, dass er den Part vorbereitet hatte, aber das war mir ehrlich egal. »In Ordnung«, murmelte ich – allein, um das Gespräch möglichst zügig zu einem Abschluss zu bringen. Die nächste Elternversammlung würde erst nach den Osterferien stattfinden. Und im Moment war mir völlig gleich, was nächste Woche stattfand. Oder in der nächsten Stunde.

Nicks Mutter war tot … Das war, als würde sich alles von damals wiederholen. Nur zu früh. Viel mehr zu früh, als es das bei Hamishs Mum gewesen war.

»Es freut mich, dass wir uns da einig sind.« Mr Calhoun nickte, und seine Frau machte es ihm nach, ehe sie sich an mich wandte und die wenigen Worte äußerte, die ihr an solchen Abenden wohl zustanden: »Danke, dass Sie sich die Zeit genommen haben, Miss Harris. Finola freut sich schon, am Freitag wieder in der Schule zu sein. Es wird sie beruhigen, dass sie den Test nicht ablegen muss, falls sie sich noch nicht fit genug fühlt. Aber sie wäre untröstlich, noch einen Tag Unterricht zu verpassen.«

»Bestimmt wäre sie das.« Es gelang mir sogar, das ohne auch nur den Hauch von Ironie zu sagen. Erstaunlich, was möglich war, wenn das Denken gar nicht mehr richtig an dem Gespräch teilnahm, in dem man steckte.

Zum Glück bestand der Rest davon nur aus ein paar Floskeln und einem kurzen Umriss von Finolas aktuellem Notenstand. Schließlich konnten sich die beiden ausgewachsenen Menschen endlich von den zu kleinen Stühlen erheben, Hände wurden geschüttelt und die Tür zu meinem Klassenzimmer abgeschlossen.

Nicks Mum ist tot.

Während ich zum Lehrerzimmer lief, um meine Tasche und meinen Mantel zu holen, spürte ich, wie dieser Klumpen unter meiner Lunge pulsierte und gegen meinen Magen drückte. Gott sei Dank. Ich war ehrlich gesagt ein wenig erleichtert, dass ich nicht froh über diese Nachricht war. Vielleicht wäre es so gewesen, wenn nur eine Scheidung im Raum gestanden hätte. Als wäre die nicht schlimm genug für einen Siebenjährigen.

Aber gestorben … Das war beschissen.

Der Tod war in einem so großen Maß beschissen, dass ich es deutlich in meinem Magen spürte. Warum um alles in der Welt hatte er mir nichts davon gesagt? Je öfter ich mir diese Frage stellte, umso wütender wurde ich darüber. Ich hatte gar keine Chance gehabt, mich für Nick darauf einzustellen und fragte mich, ob ich irgendwann etwas geäußert hatte, das ihm wehgetan haben könnte. Und ja, ich war verletzt – weil ich es nicht wusste, aber Martin Calhoun. Er und seine Frau wussten davon, während ich … Nun, ich war wohl nur die scheiß Lehrerin.

Ich wollte meinen Rechner gerade herunterfahren, beschloss dann aber, mich doch noch einmal einzuloggen. Die Klassenliste hatte ich schnell gefunden und kramte mein Handy aus der Tasche, um Hamishs Nummer abzutippen. Nur für den Fall … Falls ich auf dem Heimweg oder nach einem Whisky den Mut finden würde, ihn darauf anzusprechen. Oder in ein paar Tagen …

»Sind Sie fertig?«

Ich schaute auf und direkt in George McHills Gesicht. Der graue Bart verzog sich über dem Lächeln des Hausmeisters.

»Bin ich.« Wie, um das zu demonstrieren, schaltete ich den Rechner aus.

»Was stehen Sie dann noch hier rum? Ich will abschließen.«

»Bin schon weg.« Ich nickte, dann schüttelte ich den Kopf, um meine Gedanken zu vertreiben. Wenigstens weit und lange genug, um an Mr McHill vorbei und aus der Schule herauszukommen. Doch sie holten mich ein, kaum, dass ich ihm einen schönen Feierabend gewünscht und ein paar Meter des Flurs hinter mich gebracht hatte.

Noch im Gehen zog ich mein Handy hervor und schaute auf Hamishs Nummer, als ob die wie durch Zauberhand hätte verschwinden können. Sie war immer noch da, prangte regelrecht aufdringlich auf meinem Display. Der Button mit dem grünen Hörer darunter zog mich magisch an, während in meinem Kopf so unendlich viele Fragen flüsterten. Ich glaubte nicht, dass auch nur eine von ihnen mich loslassen würde, solange ich sie nicht stellte.

Was ist mit den Calhouns passiert? Warst du das?

Ist Nicks Mum wirklich tot?

Und du? Bist du okay? Oder bist du auch ein bisschen gestorben?

Warum erzählst du Martin davon, aber mir nicht?

Ich habe jedes deiner Geheimnisse für mich behalten. Immer. Auch das eine, das nur uns beiden gehört hat. Ich war mal der Mensch, dem du am meisten vertraut hast, weißt du das nicht mehr?

Sind dreizehn Jahre wirklich so lang?

Was wäre, wenn …?

Aileen

Ich hörte gerade die schwere Schultür hinter mir ins Schloss fallen, als ich auch schon eine Nachricht in mein Handy tippte.

»Was hast du mit den Calhouns angestellt?«

Mehr nicht. Ich wusste, dass ich auch anrufen konnte, doch es war noch nicht die Zeit, zu der Zweitklässler im Bett lagen. Gut möglich, dass ich einen ungünstigen Zeitpunkt erwischte. Und all die anderen Fragen, die mir durch den Kopf gingen, waren keine, mit denen man Menschen überrumpelte.

Vor allem aber kannte Debbie mich sehr gut und hatte zweifelsohne recht mit ihrer Einschätzung, dass ich ein feiges Huhn war. Denn obwohl ich eine grenzenlos ungefährliche Frage gestellt hatte, sah ich dem Cursor hinter dem Fragezeichen eine ganze Weile beim Blinken zu, ehe ich sie abschickte. Mein Zögern ließ nicht einmal nach dem Versenden von mir ab. Ich musste mir immer wieder sagen, dass es okay so war. Ein leichter Einstieg, der mir ein vorsichtiges Herantasten ermöglichte. Kein Überfall, kein …

Ich blieb stehen, als mein Handy einen eingehenden Anruf anzeigte. Ich hatte seine Nummer noch nicht gespeichert, aber ich wusste, dass es Hamish war. Dabei war ich doch erst … Ich drehte mich um. Die Schule lag vielleicht zweihundert Meter hinter mir. Wieso rief er schon an? Wieso rief er *überhaupt* an? Er hätte doch einfach schreiben können.

Ich atmete die kühle Abendluft tief ein, die selbst hier, zwei Meilen entfernt von der Küste, leicht nach Salz roch. Dann nahm ich den Anruf entgegen. »Hey«, sagte ich. Mehr nicht. Viel lieber hätte ich ihn gefragt, ob er etwa zu den Menschen gehörte, die die ganze Zeit am Handy hingen. Und das, obwohl er sich leidenschaftlich gegen Smartphones ausgesprochen hatte, als die ersten Mitschüler mit diesen seltsamen Telefonen angegeben hatten.

Aber scheiße noch mal, seine Frau war tot.

»Hey«, antwortete er, und ich glaubte, ein Lächeln in seiner Stimme zu hören, vielleicht sogar ein Grinsen. Wie nur konnte er lächeln, nachdem …

Genau so, wie alle Menschen wieder lächeln und atmen und weitermachen, nachdem ihnen etwas Schlimmes passiert ist, Aileen. Schau dir doch nur Dad an.

»Du hast das perfekte Timing«, redete er weiter – völlig unbeeindruckt davon, dass ich keinen weiteren Ton herausgebracht hatte. »Ich habe Nick gerade geparkt. Er darf eine Folge *Super Monsters* gucken. Das macht exakt zweiundzwanzig Minuten. Also … Wie lief das Gespräch?«

Zweiundzwanzig Minuten … wie sollte ich in der kurzen Zeit von *Super Monsters* zum Tod seiner Frau kommen? Und ich musste mit ihm darüber reden – allein schon wegen Nick. Ganz gleich, wie Hamish und ich zueinander standen – für seinen Sohn war es wichtig, dass ich als seine Klassenlehrerin solche Dinge wusste. Wäre ich nur das gewesen – seine Lehrerin – ich hätte seinen Vater direkt danach gefragt. Allerdings war ich nicht nur das. Irgendein Teil von mir war nach wie vor Leena. Und dieser Teil machte mir unmissverständlich klar, dass Hamish genug durchgemacht haben musste. Es kam überhaupt nicht infrage, Wunden aufzureißen, schließlich …

»Hey, bist du noch dran?«

Ich nickte und räusperte mich. *Die Calhouns. Der leichte Gesprächseinstieg, schon vergessen?* »Ich bin dran, ich bin nur immer noch fassungslos.« Das konnte man wohl so sagen. »Ich hatte eben ein Gespräch mit einem sehr besorgten aber genauso verständnisvollen Elternpaar. Ehrlich gesagt hatte ich Vorwürfe erwartet. Gegen meine Kollegen und mich und die Schule im Allgemeinen wegen unterlassener oder mangelhafter Erfüllung der Aufsichtspflicht. Und auch gegen Nick. Stattdessen waren die beiden wirklich reflektiert. Wie hast du das gemacht?«

Ich hörte das Klicken, mit dem eine Tür ins Schloss gezogen wurde. Hatte er den Raum gewechselt? Oder saß er auf der Terrasse, die nach hinten in den kleinen Garten hinausführte? Gott, wie oft hatten wir früher gemeinsam dort gesessen? Und wie oft er allein, wenn er mit mir telefonierte und nicht wollte, dass ihm irgendwer außer mir zuhörte? Dort, wo er mich das erste Mal geküsst hatte, nach Wochen, in denen ihm der Mut dazu gefehlt hatte. Und mir auch.

»Mit einer Entschuldigung.«

»Was?« Ich hatte den Faden verloren – irgendwo in der Erinnerung an diese Terrasse.

Gott sei Dank interpretierte der erwachsene Hamish meine Nachfrage als Unglaube und nicht als das, was es war. »Nick hat Mist gebaut«, erklärte er mit einem zarten Hauch an Widerwillen. »Also sind wir hingefahren, damit er sich entschuldigen kann. Rein strategische Maßnahme, um größtmögliches Unheil abzuwenden. Außerdem …« Er seufzte. »Außerdem war es Nick enorm wichtig. Dabei kann er Finola nicht mal leiden.«

»Sich bei jemandem entschuldigen, den man nicht mal leiden kann … Das hat er nicht von dir, oder?« Normalerweise hätte ich bei dieser Frage vielleicht sogar gelacht. Doch noch während die letzten unbedachten Silben über meine Lippen kamen, fiel mir auf, dass ich mich hier auf Glatteis begab. Wenn Nick diesen Charakterzug nicht von Hamish hatte, dann zwangsläufig von seiner Mutter … Gott, ich war so bescheuert.

»Eher nicht, nein.«

Danach schwieg er und ließ mich für ein paar Sekunden in dem Gefühl versauern, in einen fürchterlich großen und fürchterlich tiefen Fettnapf hineingefallen zu sein. Ich suchte nach Worten, die mir heraushelfen konnten, doch alles, was Hamish von mir hörte, war das Geräusch meiner Absätze auf dem Asphalt.

Das war es auch, dem er schließlich antwortete. »Du bist noch auf dem Heimweg, hm?«

Oh Gott, ich musste richtig tief in den Fettnapf gesunken sein, wenn ihm so eine nichtssagende Frage lieber war, als Stille zwischen uns auszuhalten. Und während ich in all dem Fett ersoff, fragte ich mich, wie weh ich ihm damit getan hatte, als ich hineingefallen war. »Mh«, machte ich nur. Mehr ließ mein schlechtes Gewissen einfach nicht zu.

»Zu Fuß?«

»Ich … Ich wohne ja nicht mehr draußen bei meinen Eltern, sondern …« Meine Güte, das war so entsetzlich belanglos. »Fünfzehn Minuten weg von der Schule, höchstens zwanzig. Du kennst noch den alten Haushaltswarenladen von den Greens? Die Wohnung darüber.«

»Mh.« Diesmal war es Hamish, dem nicht viel mehr einfiel als das. »Den Laden gibt's immer noch?«

»Nein. Da ist jetzt eine Bäckerei drin. Seit zwei Jahren. Ein halbes Jahr habe ich mich aus Solidarität zu den Greens geweigert, da reinzugehen. Das erste Mal war im Prinzip auch ein Notfall … Na ja und jetzt sitze ich an der Quelle für hervorragendes Gebäck, so ungern ich das zugebe.« Dafür, dass ich es so ungern zugab, redete ich ziemlich viel darüber.

»Die Greens werden es dir sicher nachsehen.«

»Mr Green ist letztes Jahr gestorben. Seine Frau sehe ich manchmal am Pier und … egal.« Ich machte es nur schlimmer.

Tatsächlich gab Hamish nur noch ein Grunzen von sich, das Bedauern ausdrücken mochte, vielleicht aber auch eigenen Schmerz. Oder einfach gar nichts. Ich war völlig aus der Übung, ihn zu deuten. Noch dazu am Telefon … Als ich hörte, wie er tief Luft holte, bereitete ich mich innerlich auf einen Abschied vor und einen Abend voller Selbstvorwürfe, Whisky und Wut über mich selbst, weil ich genauso gut offene Fragen hätte klären können, wenn ich eh schon dabei war, in Wunden rumzustochern. Doch Hamish verabschiedete sich nicht. »Ich muss dich was fragen«, war, was er stattdessen sagte. Und allein diese Ankündigung genügte, um mein Herz bis kurz unter meine Kehle springen zu lassen. Ab diesem Moment würde ich nicht einen Ton von mir geben können, der nicht hörbar unter meinem Puls vibrierte. Hervorragend. »Wie offen kann ich mit dir reden?«

Dass mein Herzschlag kurz aussetzte, gab mir die Gelegenheit, schnell zu antworten, ohne dass ein verrückt gewordenes Organ gegen meine Stimmbänder donnerte. »Na ja, ich bin im Feierabend, also …«

»Das meine ich nicht.« Das war unmissverständlich und gleichermaßen irritierend geschäftsmäßig. Wann hatte Hamish gelernt, so zu klingen? War ihm klar, wie sehr er sich dabei wie ein gewisser Mr Calhoun anhörte? Es fehlte nur, dass er mich auch mit Miss Harris ansprach.

Ich atmete genauso tief durch, wie er es eben getan hatte. Ich glaube, ein tiefer Atemzug gehört zu solchen Fragen dazu – ebenso zu ihren Antworten. »Hamish, es verletzt mich ein bisschen, dass du wirklich denkst, du müsstest das fragen …« Da war viel Ironie in meiner Stimme. Wie eine zarte Schutzschicht, die sich über alles legt, was man vollkommen ernst meint.

»Okay …« Schon wieder war da so ein ausgiebiger Atemzug. Ich bildete mir sogar ein, dass er dabei nickte. Keine Ahnung, wieso, aber ich hatte das Bild vor Augen, wie er durchatmete und dabei langsam nickte. »Als ich gestern bei Martin war …« Ich hörte ein zartes, metallisches Klicken und kurz darauf ein weiteres Einatmen, nur anders diesmal. Doch erst, als Hamish ausatmete, wusste ich, dass es nicht nur Luft war. Ich fragte mich, ob er zumindest versucht hatte, mit dem Rauchen aufzuhören, als Nick auf die Welt gekommen war. »Er und seine Frau haben ziemlich viel arroganten Scheiß von sich gegeben. Ich hätte viel dafür gegeben, dem Kerl einfach in die Fresse zu schlagen. Was für ein überheblicher Wichser.«

Okay, ja … das klang deutlich offener als eben noch. So sehr, dass ich einen Moment brauchte, um meine Gedanken um diese Offenheit herum zu sortieren und nicht direkt antworten konnte.

»Unter anderem haben sie behauptet, ich dürfe dir nicht trauen.«

»Wie bitte?« Ich pfiff auf geordnete Gedanken. Wie zur Hölle kamen die Calhouns dazu, so einen Unsinn zu reden?

»Martin hat mir anvertraut, dass er denkt, du kannst ihn nicht leiden. Was ja auch stimmt, wenn wir ehrlich sind.«

»Wie bitte?« Ich wiederholte mich, nur dass ich diesmal Hamish mit meiner Empörung meinte. »Und du hast grade gesagt, du hättest ihm gern eine runtergehauen.«

»Aber ich trage keine Verantwortung für seine Tochter …«, gab er zurück und nahm hörbar einen weiteren Zug von seiner Zigarette. Am liebsten hätte ich ihm das Ding aus der Hand geschlagen. Auch aus meiner Position mitten im Fettnapf heraus. Was auch immer er da andeutete, war nicht fair. Ich musste mir den Unsinn nicht bis zu Ende anhören, um das zu wissen. »Er ist der Meinung, dass du ihre Begabungen absichtlich kleinhältst, weil du ihn noch nie leiden konntest. Vielleicht auch aus Neid, weil du selbst es nicht so weit gebracht hast, wie seine Tochter es bringen könnte. Du hast deinen Abschluss in den Sand gesetzt und konntest nicht auf dieselbe Uni wie wir. Und nun zahlst du es seiner Tochter heim, dass du hinter erfolgreicheren Menschen wie ihm und mir zurückgeblieben bist.«

»Ich …« Weiter kam ich nicht. Die Sprachlosigkeit hatte mich eingeholt, ehe ich das hätte sagen können, was mir schon beim bloßen Gedanken die Kehle zuschnürte. Scheiße, dabei war es so lange her … *Ich bin nicht zu dämlich für Bio und Geschichte, Hamish. War ich auch damals nicht. Ich hatte zu den Prüfungen nur zufällig die bis dahin beschissenste Zeit meines Lebens. Das kannst du nicht ernsthaft vergessen haben!*

»Martin meint, bei mir hättest du noch viel mehr Gründe, mich zu hassen und Nick das spüren zu lassen. Womit er recht hat. Also mit den Gründen. Zum Rest hab ich ihm gesagt, dass das Schwachsinn ist. Du solltest außerdem wissen, dass dieser Monolog allein exakt drei Gelegenheiten hatte, bei denen ich mir bildlich ausgemalt habe, wie hübsch sein Gesicht mit einer zertrümmerten Nase aussehen würde. Die Sache ist nur … Ich würde gern von dir hören, dass ich recht habe.«

»Mit der gebrochenen Nase?«

»Mit Nick.« Da lag kein Grinsen in seiner Stimme, nicht mal ein Lächeln. Scheiße, das war ihm wirklich ernst. *Ich war mal der Mensch, dem du am meisten vertraut hast, weißt du das nicht mehr?* »Mir ist ehrlich egal, ob du immer noch sauer auf mich bist. Ich weiß durchaus, dass ich mich damals wie ein Idiot verhalten habe. Aber die Leena, die ich kenne, lässt das meinen Sohn nicht spüren …« Er nahm noch einen Zug von seiner Zigarette, während ich ganz automatisch in die Straße einbog, in der ich wohnte. Auf den Weg achtete ich längst nicht mehr. »Als ich Martin gesagt habe, dass es Schwachsinn ist, was er da sagt … Ich will sicher sein, dass ich mich da nicht getäuscht habe.« *Sind dreizehn Jahre wirklich so lang?*

»Ich bin ehrlich gesagt irritiert, dass du ihn immer noch Martin nennen darfst – nach all der Zeit.«

Eine Pause trat ein, nach der Hamishs Stimme etwas kühler klang als eben noch. Nicht kalt, nur wie die eines Mannes, der zu wissen glaubte, wo er stand. »Ist das deine Antwort?«

»Nein, ich …« Ich seufzte und bemerkte, dass ich viel langsamer lief als noch vor ein paar Minuten. »So was sagt man halt, wenn …«

»Wenn … was?«

Wenn man verletzt wird. Okay? Wenn man denkt, dass man erwachsen geworden ist, und dann kommst du und gestehst einem genauso viel Reife zu wie einem Teenager mit Liebeskummer. Ich geb's nicht gern zu, aber das tut weh.

Ich sog die Luft in meine Lungen und ließ das Salz darin die Worte ersticken, die ich nicht sagen wollte. Denn es war genau so, wie es durch meinen Kopf spukte: Ich wollte ihm nicht sagen, dass es wehtat. Also behielt ich diese Sätze für mich und versuchte, mich darauf zu konzentrieren, dass ich hier mit dem Vater eines Schülers redete. Nicht mit Hamish. »Martin ist ein arrogantes, überhebliches Arschloch«, sagte ich. Das war weder elegant noch professionell, aber ich fühlte mich sicherer damit als mit der Vorstellung, verletzte Gefühle einzugestehen. »Er kann nicht mit der Tatsache umgehen, dass seine Tochter – der Spross seiner begnadeten Lenden – kein hochbegabtes Wunderkind ist, egal, wie oft er und seine Frau es ihr einreden. Sie ist eine gute Schülerin und fleißig. Und hin und wieder macht sie kleine Fehler, die ihr das A versauen. Weil sie eben ein Kind ist und nicht … was weiß ich, was er da von seinem Genpool erwartet hat. Natürlich ist es leichter, die Schuld einer angeblich frustrierten Lehrerin in die Schuhe zu schieben. Manche Väter sind so … Aber …« Ich schnaufte und hoffte, dass Hamish noch wusste, welcher Blick üblicherweise damit einherging. Die stumme Frage, ob er wirklich so ein Idiot war … »Ja, du hast dich damals verhalten wie ein mindestens genauso großes Arschloch. Ich hab das zu dem Zeitpunkt nicht verstanden, und ja, ich war verletzt und sauer. Aber das ist ewig her. Wie kannst du denken … Glaubst du ehrlich, mir wäre nicht klar, dass unsere Beziehung schon früher zu Ende war? Vor deiner SMS? Die übrigens ausgesprochen albern war …«

Er schnaubte, aber ich glaubte, dass sich ein verhaltenes Lachen hineinmischte, das in einem gequälten, aber warmen »Mh« ausklang.

»Ich habe lange darüber nachgedacht, weil das eben das ist, was Mädchen so tun. Und für mich ist klar, dass es eigentlich schon ab Aberdeen zu Ende war. Wir haben eine Entscheidung durchgezogen, die für dich die richtige war und für mich eben nicht. Es ist einfach doof gelaufen, okay? Wenn du mir jetzt unterstellst, ich würde deinen Sohn deshalb in irgendeiner Weise benachteiligen … Das ist nicht okay.« Ich seufzte noch einmal und blieb vor der Bäckerei stehen. Meine Hand griff schon nach meiner Tasche, um darin nach dem Schlüssel zu suchen. Doch ich zog sie wieder zurück und setzte mich stattdessen auf die zweite der vier Steinstufen, die zum Hauseingang hinaufführten. »Sei bitte nicht wie Martin, ja?«

Sei bitte nicht so ein überheblicher Lackaffe, der denkt, ich käme in meinem Leben nicht klar, nur weil es etwas anders aussieht als beim Durchschnitt. Natürlich denke ich an damals, wenn ich Nick sehe. Ich denke daran, wie ich in Aberdeen aus dem Gebäude gekommen bin, in dem man den Eingriff durchgeführt hat. Daran, wie erleichtert du ausgesehen hast, ehe du mich gefragt hast, ob alles okay ist, und daran, wie wenig sich in diesem Moment okay angefühlt hat – nicht einmal du. Dabei war deine Nähe immer ein Garant dafür gewesen, mich gut zu fühlen.

Nur warst du erleichtert, während ich krampfhaft versucht habe, nicht zu weinen und zurückzulaufen und die Ärztin anzuflehen bitte, bitte, bitte alles wieder rückgängig zu machen.

Das war nicht deine Schuld.

Und wenn ich mich hin und wieder frage, wie unser Kind ausgesehen hätte, dann ist das niemals Nicks Schuld. Bitte unterstell mir nicht, dass ich das nicht wüsste.

Fünf Stiche

Hamish

Der Rauch kroch über meine Zunge in meinen Rachen. Ich atmete ihn bewusst langsam ein. Trotzdem schmeckte er nicht. Es war, als hätte ich kalte, abgestandene Asche im Mund. Asche, die immerhin meine Hände beschäftigte und meine Nerven beruhigte.

»Wir haben eine Entscheidung durchgezogen, die für dich die richtige war und für mich eben nicht. Es ist einfach doof gelaufen, okay? Wenn du mir jetzt unterstellst, ich würde deinen Sohn deshalb in irgendeiner Weise benachteiligen … Das ist nicht okay.« Sie atmete aus, wie sie es schon früher getan hatte, wenn sie sich dazu durchgerungen hatte, Dinge zu sagen, die sie für unbequem hielt. Vor der Klasse, ihrer Mum und manchmal auch mir. »Sei bitte nicht wie Martin, ja?«

Wie Martin … Mir fiel absolut nichts ein, was mich mit diesem Idioten einte. Unsere Kinder hatten dasselbe Alter. Und an diesem Punkt hörte es auch schon auf. Ich entschied also, diese Bemerkung zu ignorieren. »Hast du das vorbereitet?«

»Was?«

»Deine Ansprache gerade. Das klang, als hättest du damit gerechnet, sie zu halten.«

Eine kurze und, wenn mich nicht alles trog, ertappte Stille trat ein, ehe Leena ein Schnaufen vernehmen ließ. »Das war im Prinzip ein Medley aus all den imaginären Dialogen, die ich mit dir geführt habe, nachdem du mich abserviert hast. Ich war achtzehn und du warst ein dämlicher kleiner Wichser mit einer dämlichen kleinen SMS. Bild dir bloß nichts darauf ein.«

»Geht klar«, murmelte ich und nahm einen weiteren Zug von meiner Zigarette, nach dem ich beschloss, dass es für heute genug war. Ich drückte die Glut neben mir auf der Stufe aus und ließ die Kippe dann durch den Spalt fallen, den die alte Holztreppe zwischen der untersten Stufe und der darüber hatte. Die Dinger hatte ich schon als Teenager dort verschwinden lassen. Als wären meine Eltern blind gewesen und hätten nicht gewusst, was ihr Sohn trieb. Sie hatten nur nicht mehr die Kraft gehabt, sich damit auseinanderzusetzen.

Stattdessen war ich mit dem konfrontiert gewesen, was Krebs aus Menschen macht – aus den Patienten wie den Angehörigen. Scheiße, wie oft hatte ich Anrufe aus einem Pub bekommen, ich solle meinen Dad dort abholen? Und wie oft hatte Leena mir dabei geholfen? »Um das abzuschließen: Was ich Martin gesagt habe … dass er sich seine Meinung über dich in den Arsch schieben kann …«

»Damit hattest du völlig recht.«

»Gut.«

»Wenn du ihn nächstes Mal siehst, sei so nett und richte ihm ein gepflegtes ›Fick dich‹ für mich aus, ja? Mit Mittelfinger oder Kinnhaken. Je nachdem, wie gut dein Anwalt ist.«

Der war in Ordnung, glaubte ich. Immerhin saß ich nicht im Knast, nicht wahr? Trotz allem hatte ich nicht mehr als eine horrende Geldsumme abzubezahlen. Und das, obwohl meine Unterschrift auf Dokumenten zu finden waren, die mich genauso gut auch in weit misslichere Lagen hätten bringen können.

Vielleicht konnte ich also etwas riskieren ... »Kinnhaken«, sagte ich. »Da muss ich überhaupt nicht nachdenken. So intime Gesten wie den Mittelfinger teile ich nicht mit Martin Calhoun.« Was hätte ich dafür gegeben, dieses Versprechen wahr zu machen. Über eine Stunde hatte ich mir das Gerede von diesem Pfosten angehört. Genau zwei Erkenntnisse hatte ich daraus gewonnen: Entschuldigungen vollbrachten in privaten Konflikten genau denselben gewinnbringenden Effekt wie in der Kundenbetreuung. Und zweitens: Mit einem derart unerschöpflichen Maß an Bullshit über Leena Harris konnte man mir nach wie vor zuverlässig auf den Sack gehen. Und zwar so richtig.

»Was? Keine Intimität mit Martin?« Sie zog seinen Namen ungeniert in die Länge. Und sie grinste dabei. Das konnte ich genau hören.

»Fragt das wirklich ausgerechnet die Frau, die eben von – wie war das? – seinen begnadeten Lenden gesprochen hat? Gab es da etwa Berührungspunkte?«

»Oh Gott«, keuchte sie. Wobei es weniger ein Keuchen war als vielmehr eine Kombination aus erschrockenem Aufschrei und Würgelaut. Zusätzlich gab sie ein Geräusch von sich, als würde sie die bloße Vorstellung dringend abschütteln müssen.

»Also nicht?«, schlussfolgerte ich, und erst jetzt fiel mir auf, dass ich keine Schritte mehr hörte. Also war sie beim Laden der Greens angekommen, der so lange der Laden der Greens bleiben würde, bis ich mich mit eigenen Augen vom Gegenteil überzeugt hatte.

»Nein! Berührungspunkte mit Mr Calhouns Lenden? Bist du wahnsinnig?« Es war richtiggehend reizend, wie sie sich über die Vorstellung empörte. »Ich musste einmal auf einer Party bei so einem Spiel mit ihm knutschen. Und ich wusste noch nicht, dass Zoe in ihn verknallt war.« Zoe. Genau. So hieß diese Freundin ... »Du kannst dir nicht vorstellen, was das für ein Drama war. Sie hat mir natürlich keinen Ton geglaubt, als ich ihr gesagt habe, dass er hundsmiserabel küsst. Sie dachte, ich sage das nur, um … Oh fuck. Ich klinge, als wär ich wieder achtzehn, oder?«

»Eher wie fünfzehn«, befand ich. »Wenn nicht gar nur …«

»Daddy?«

Erschrocken fuhr ich herum – als wäre ich ein halbwüchsiger Trottel, der von seinem Dad beim Rauchen auf der Terrasse erwischt wurde oder beim Rummachen mit seiner Freundin. Es dauerte eine Sekunde, bis mir wieder bewusst wurde, dass ich einunddreißig und damit die Autoritätsperson war. Mein Sohn stellte lediglich das infantile Talent unter Beweis, genau dann aufzukreuzen, wenn es interessant wurde.

»Bleib kurz dran«, sprach ich ins Telefon und nahm es vom Ohr, ehe ich mich Nick ganz zuwandte. »Ist die Folge zu Ende?«

Er nickte. »Kann ich noch eine?«

Ich hob meine Augenbrauen. »Was glaubst du wohl, mh? Wir hatten eine Abmachung, schon vergessen?«

Er seufzte und nickte und ich fragte mich, ob er seine verpasste Chance bemerkte. Er hätte locker noch eine Folge schauen können, und es wäre mir nicht einmal aufgefallen. Hin und wieder war sein mangelndes Talent dafür, solche Gelegenheiten auszunutzen, gleichermaßen erschreckend wie beruhigend.

»Pyjama und Zähneputzen«, sagte er, als wäre es die schlimmstmögliche Bürde, der man ihn aussetzen konnte. »Und dann Sauri.« Dieser Punkt hingegen weckte seine Lebensgeister wieder.

Seit zwei Tagen begleitete uns dieses Buch über den tollpatschigen Dinosaurier. Vor allem die Stelle, an der er sich den Kopf an einem Baukran anschlug, war höchst ergreifend. Bei der Verarztung im Krankenhaus gab es drei Stiche, ein Pflaster und einen Lolli. Zwei Stiche weniger als Finola …

»Und dann Sauri«, bestätigte ich. »Kriegst du Pyjama und Zähne allein hin?«

»Ich bin doch kein Baby.« Das war der Enthusiasmus, den ich hören wollte.

»Gut, fünfzehn Minuten. Dann treffen wir uns bei dir.«

Nick kramte in seiner Hosentasche und zog seine – eigentlich meine – Uhr heraus. Wirklich? Wegen fünfzehn Minuten?

Ich seufzte und sah kurz auf mein Telefon. Das Display leuchtete nach wie vor, Leena schien bisher nicht aufgelegt zu haben. Mal sehen, wie lang ihre Geduld noch reichte. »Okay, komm her …« Mit der Aufforderung streckte ich meine Hand in Nicks Richtung aus. Sofort eilte er an meine Seite und hielt mir die Uhr hin.

»Fünfzehn Minuten«, wiederholte ich und tippte mit meinem Finger auf das Glas über dem Ziffernblatt. »Das kannst du allein einstellen. Du kannst die Uhr.«

Doch statt die Markierung zu drehen – hochkonzentriert und immer mit herausschauender Zungenspitze – oder mit mir zu diskutieren, dass ich das viel besser und schneller konnte als er, schaute Nick an mir vorbei. Ich folgte seinem Blick und sah auf das Handy in meiner Hand.

»Telefonierst du mit Mummy?«

Shit. Die Frage war übel – vor allem mit der Hoffnung, die dabei in seiner Stimme mitschwang. Ich hatte nie Probleme damit gehabt, die Hoffnung auf mehr Eis, mehr Fernsehen oder einen Hundewelpen zu zerschlagen. Aber es war etwas anderes, bei der Frage nach seiner Mutter den Kopf zu schütteln.

»Sorry, Kumpel. Das ist nicht deine Mum.«

Er nickte, wie er es jedes Mal tat – mit zusammengekniffenen Lippen und gestrafften Schultern. Ein tapferer Krieger in seinem eigenen Kampf gegen die Sehnsucht. Es war beschissen.

»Was hältst du davon, wenn ich nach Sauri nachher aus Versehen die Tür auflasse? Vielleicht will Smudge wieder in deinem Bett schlafen. Das muss nur unser Geheimnis vor Grandpa bleiben.« Ich machte mir keine Illusionen, dass Nick dieses Geheimnis allzu lange für sich behielt. Vielleicht bis zum Porridge am nächsten Morgen, vielleicht auch nur so lange, bis er meinem Vater gute Nacht sagte.

»Okay«, hauchte er, immerhin etwas zuversichtlicher. »Damit Grandpa nicht denkt, du bist ein Schussel.«

»Ganz genau. Na los, gib her …« Ich nahm ihm die Uhr ab und drehte den äußeren Ring so, dass er exakt auf halb acht stand. »Großer Zeiger, denk dran.« Ich wartete sein Nicken ab, dann gab ich ihm das Ding zurück. »Und jetzt ab mit dir. Und vergiss nicht, Sir Boo aus deinem Rucksack zu holen. Ich will ihn nachher nicht suchen müssen.«

Ich sah ihm noch dabei zu, wie er wieder zurück zur Terrassentür und von dort in die Küche trabte. Nach zwei Metern im Raum fiel ihm auf, dass er etwas vergessen hatte. Er lief die paar Schritte zurück und drückte die Tür gewissenhaft wieder zu … Zweifelsohne. Dieses Kind war ein rebellischer Unruhestifter, vor dem sich alle Calhounsprösslinge dringend in Acht nehmen sollten.

Ich gönnte mir noch ein tiefes Seufzen, schob den Wunsch nach einer Zigarette beiseite und hob mein Handy wieder ans Ohr. »Entschuldige«, murmelte ich und fühlte mich dabei mit einem Mal wahnsinnig alt. Eben noch hatte ich breit gegrinst bei der Vorstellung, dass Leena irgendwann mal mit Martin Calhoun geknutscht hatte. Und nun war ich ein Vater, der Deals mit seinem Sohn schloss, um sein eigenes Gewissen zu verarschen.

»Alles gut«, hörte ich Leena murmeln. Irgendetwas in ihrer

Stimme klang, als hätten auch sie die letzten Jahre wieder eingeholt. »Smudge mag Nick also mehr als dich?«

Ich nickte. Sie wusste also noch, wie sehr mich diese Katze früher gehasst hatte. »Definitiv. Aber mit mir kommt sie auch besser klar. Ihr den Erstgeborenen zu opfern, hat unser Verhältnis stark verbessert.«

Leena lachte nicht. »Mh«, war alles, was sie von sich gab. Und es lag nicht einmal ein Lächeln darin. Ich war sicher, dass ich nach wie vor raushören konnte, ob sie lächelte oder nicht. Dieses »Mh« war ganz klar ein ernstes gewesen und das hieß, dass darauf möglicherweise eine ganze Weile nichts mehr folgte. Ich hasste das, hatte ich schon immer. Es machte mich nervös, wenn sie schwieg, und ich genau wusste, dass sie über irgendetwas nachdachte. Und jedes Mal hatte ich das Gefühl, dass es meine Schuld war. Dabei war ich doch höchstens fünf Minuten abgelenkt gewesen. Fünf Minuten, in denen absolut nichts passiert war, außer, dass ich meinen Sohn genauso an die abendliche Routine erinnert hatte, wie ich es wohl noch für weitere zehn Jahre würde tun müssen. Nichts weiter außer … Ach, Scheiße. *»Wir haben eine Entscheidung durchgezogen, die für dich die richtige war und für mich eben nicht.«* War das wirklich immer noch ein Thema?

»Hamish, ganz ehrlich …«, hob Leena an – früher, als ich es erwartet hätte, aber mit einem Unterton, der nach Vorwurf klang. »Wie offen kann ich mit dir reden?«

Ich runzelte die Stirn. Was sollte das denn jetzt? »Hatten wir das nicht gerade geklärt?« Ganz automatisch sah ich mich nach dem kleinen Gartentisch um, der neben Dads klischeehaftem Schaukelstuhl stand. Meine Zigaretten lagen dort, genauso das Feuerzeug.

»Wir hatten geklärt, dass du offen zu mir sein kannst, aber das war ja eigentlich nie anders. Bei dir allerdings …« Sie atmete geräuschvoll aus und ließ mich für einen Moment ahnungslos zurück. Wovon redete sie da bitte? Was war mit mir? Was zum Teufel deutete sie da an? »Ich weiß, wie du reagieren kannst, wenn du … wenn man dir zu nah kommt und du das nicht willst.«

»Zu nah … wovon zur Hölle sprichst du?«

Ich presste meine Antwort etwas schärfer heraus als gewollt. Aber ich war nicht laut geworden. Leena schwieg dennoch, und ich konnte förmlich vor mir sehen, wie sie die Arme vor der Brust verschränkte und mich mit diesem Blick ansah, der mir sagen sollte: »Genau das meine ich. Merkst du selbst, mh?« Das war Schritt eins, wenn ich sie anfuhr. Danach folgte jener Satz, den sie im Pub ihrer Eltern gelernt hatte, um aufmüpfige Gäste zur Raison zu bringen. *»Ich bin nicht das Problem, okay? Ich bin einfach nur hier.«* Dieser zweite Schritt war immer der gewesen, der mich tief durchatmen und schweigen ließ. So lange, bis ich wieder etwas sagen konnte, ohne einen aggressiven Ton anzuschlagen. Denn egal, wie überfordert und sauer ich gewesen war, Schritt drei hatte ich nie gewollt.

Schritt drei hieß, dass Leena aufhörte, *hier* zu sein.

Ich wartete einen Moment, ob Leena ihr Schweigen selbst brach, oder ob das hier wirklich ein erster Schritt war. Meine Güte, nur weil ich geflucht hatte. Damals hatte sie mehr Geduld mit mir gehabt. *Mag sein, aber damals war sie ein verknalltes Mädchen und du hast sie nicht vor ihrem Pub zusammengefaltet.*

Ich schüttelte den Kopf und erhob mich. Kurz erwog ich, Leena zu sagen, dass sie mich nicht behandeln musste wie einen achtzehnjährigen Idioten. Stattdessen griff ich nach der Schachtel mit den Chesterfields und steckte mir eine Zigarette an. Sie schmeckte nicht besser als die letzte, aber sie tat ihre Wirkung. »Na los«, sagte ich möglichst ruhig. »Spuck's schon aus.«

Leena zögerte noch eine Sekunde, ehe sie etwas sagte. »Weiß Nick, wo seine Mum ist?«

Das war weder eine Frage, die ich befürchtet, noch eine, mit der ich gerechnet hätte. »Was?«

»Ich hab gehört, wie er gefragt hat, ob du mit ihr telefonierst. Tut mir leid, ich wollte nicht lauschen, aber …«

Ich atmete den Rauch aus und sah ihm dabei zu, wie er sich vor der dunkler werdenden Kulisse des kleinen Gartens verlor. »Natürlich weiß er, wo seine Mutter ist.«

»Und … Und versteht er auch, was das heißt?«

Was? Wie sollte ich einem Siebenjährigen bitte die Komplexität dieser Zusammenhänge erklären? Und wozu? Er vermisste seine Mum. Vor allem vergötterte er sie. Nur, weil ich schon vor einer Weile damit aufgehört hatte, sah ich keinen Grund, wieso er mir das nachmachen sollte.

»Ich meine …«, redete sie weiter. Sie tat sich ganz offensichtlich schwer damit. »Viele Kinder haben Schwierigkeiten, die Endgültigkeit wirklich zu verstehen. Ich dachte … vielleicht ist das einer der Gründe, weshalb er sich gerade anders verhält als sonst. Möglicherweise ist das sein Weg, damit umzugehen, vielleicht sogar, um Lösungen zu finden. Kinderlogik muss nicht immer mit unserer Logik übereinstimmen.«

Ich schüttelte den Kopf und rieb meine Augen. »Leena, ich hab ehrlich keine Ahnung, was du mir da sagen willst.« Konnten wir nicht einfach wieder über diese Sache mit Martin Calhoun sprechen? Ich würde wirklich viel lieber mit ihr über diese Geschichte lachen. Oder über andere.

»Ich respektiere, wenn du denkst, dass mich das nichts angeht, als … na ja, als Leena. Aber ich bin Nicks Lehrerin, also wäre wichtig gewesen … Ach, Scheiße.«

Großartig. Leena rang mit sich, und ich stand auf der Terrasse meines Elternhauses, hasste die Zigarette, die ich rauchte, und war weiterhin ahnungslos, worüber wir hier sprachen.

»Als die Calhouns bei mir waren, hatten sie sehr viel Verständnis für Nick. Ein kleiner Junge, dessen Mutter gestorben ist … Offenbar haben da selbst die beiden ein Herz. Ich …«

»Moment …«, ging ich dazwischen, aber Leena ließ mich nicht.

»Ich verstehe, wenn du deine Gründe hattest, mir das nicht zu erzählen. Du musst auch nicht mit mir darüber reden. Aber du hättest wenigstens … Ein Post-it oder so. Damit ich einfach Bescheid weiß und besser mit Nick umgehen kann.«

Ich nickte, dann schüttelte ich den Kopf. »Wie kommst du darauf, dass Kaleigh tot ist?«

»Was? Ich … Martin meinte … Er hat gesagt, du und Nick, ihr wart bei ihnen. Und ihr habt geredet. Und dass Nick besondere Aufmerksamkeit bräuchte, weil seine Mum verstorben ist. Das waren die Worte, die er … Genau diese Worte! Woher soll er sie sonst haben?«

»Vermutlich aus dem Gerede, mit dem sich die Stadt beschäftigt. Wenn es das ist, was alle denken … bitte. Ich habe ihm einen Scheiß über Kaleigh gesagt. Das geht ihn nichts an.«

»Also ist sie nicht tot?« Leenas Frage klang wie ein erleichtertes Aufatmen. Als hätte sie höchstselbst meiner Frau einen Spaten über den Schädel gezogen und nun Angst vor der Konsequenz.

»Scheiße, nein! Sie ist nur … nicht hier.« Ich wusste selbst nicht, wieso ich es Leena nicht einfach sagte. Vielleicht wegen der übrigen Geschichte, die an dieser Sache dranhing. Und wegen des Parts, den ich dabei spielte. Ich hatte die urteilenden Blicke deshalb so satt. Und Leena gehörte zu den letzten Menschen, auf deren Gesicht ich diesen Blick sehen wollte.

»Nur … nicht hier«, wiederholte Leena gedehnt. »Was auch immer das heißt.« Täuschte ich mich, oder klang sie verletzt?

Egal, dachte ich. Und wenn schon. Es geht sie nichts an. Du hast ein scheiß Glück, dass Kaleigh deinen Namen damals nicht angenommen hat. Niemand in diesem Kaff interessiert sich genug für die Sache, um eine Googlesuche anzustoßen, die über »Hamish Findlay Ehefrau« hinausgeht. Gerüchte sind zu spannend für Recherche, und in ein paar Wochen oder Monaten gibt es neue und alles ist vergessen. Verspiel das nicht, nur weil es Leena ist.

»Es heißt: Nicht tot«, hielt ich fest. Das war das Wesentliche. »Allerdings wäre ich dir sehr verbunden, wenn du das Martin gegenüber nicht richtigstellst.«

Sie schnaufte, was nur zum Teil belustigt klang. Aber immerhin … »Auf keinen Fall. Versprochen. Seine Betroffenheit ist ja nicht nur zu deinem Vorteil, sondern vor allem zu Nicks. Ich bin durchaus gewillt, meine moralischen Bedenken für ihn über Bord zu werfen.«

Für Nick, hm? Ich seufzte und drückte die Zigarette im Aschenbecher aus. »Danke.« Und das meinte ich auch genau so.

»Kein Problem. Ich kann ja eine Abmachung mit Nick treffen: Er hilft Sarah weiter in Mathe, dafür hab ich mehr Zeit dafür, ihm dämliche Wichser vom Hals zu halten.«

»Schließt das mich ein?«

»Wenn es sein muss …«

»Mh …« Ich schmunzelte, und aus irgendeinem Grund fühlte ich mich an diese eine Party erinnert, zu der Leena mich geschleppt hatte. Ich hatte keinen Bock auf diesen Schwachsinn gehabt – nur war Leena in den vorangegangenen Wochen zu einer Freundin geworden. Und die Vorstellung, sie würde allein dorthin gehen … Also war ich mitgekommen und hatte es gehasst. So lange, bis sie sich zu mir gesetzt und gesagt hatte:

»Abmachung: Ich bleib hier sitzen, damit du nicht so einen erbärmlichen Eindruck machst. Dafür holst du mir Nachschub, wenn mein Bier alle ist. Ich hab echt keinen Bock auf diese Idioten.« Mit ihrer Flasche hatte sie auf fünf oder sechs aufgepumpte Typen gezeigt, die das Revier um die Bierkästen für sich beanspruchten. Ich hatte zugestimmt und einen ziemlich guten Abend gehabt, an dessen Ende mir der Mut gefehlt hatte, sie zu küssen.

»Hamish?«

»Hm?«

»Du musst mir nicht antworten, okay? Aber … Ich frage mich, ob es dir gut geht.«

Im Moment oder allgemein? Das war die Gegenfrage, die ich meist stellte, ein Grinsen auf den Lippen und startklar, abzuwinken und eine schwachsinnige, aber gesellschaftstaugliche Antwort zu geben. Nur war das hier Leena. Mit jeder Minute machte sie deutlicher, dass sie genau das immer noch und trotz allem war. Und Leena konnte ich Dinge verheimlichen, aber verarscht hatte ich sie noch nie.

Ich sparte mir also meine Standarderwiderung und warf stattdessen einen Blick auf die Uhr. »Ich muss in einer Minute bei Nick sein.«

Sie seufzte ihr Hab-nichts-anderes-erwartet-Seufzen. »Alles klar.«

»Kann ich dir die Frage auch wann anders beantworten? Bei einem Drink? Oder besser zwei. Ab dem dritten erzähl ich dir vielleicht sogar, was Kaleigh angestellt hat.« *Nein, du Idiot! Eben noch wolltest du ihr auf gar keinen Fall davon erzählen. Ein bisschen Fürsorge für deinen Sohn und schon verrätst du einer Frau alles, was du abhaken wolltest? Im Ernst? Hast du sie noch alle?*

»Oh Gott, das klingt, als müsstest du mich danach umbringen.«

Dich nicht, aber mich selbst vielleicht. »Also?«

Sie ließ sich einen Moment Zeit, ehe sie antwortete. Einen Moment, der mich leicht nervös machte, so ungern ich mir das auch eingestand.

»Okay.«

Ich nickte. »Okay. Gut …« *Fuck, und jetzt?* »Ich könnte in einer Stunde bei dir sein und dich abholen. Oder eineinhalb. Also, falls du …« Was zur Hölle tat ich hier? Mir war zwar klar gewesen, dass diese ganze Situation mich allmählich wahnsinnig machte. Aber war das wirklich schon so weit fortgeschritten? Ich war noch mindestens zwei Telefonate mit meinem Anwalt davon entfernt, alles kurz und klein zu schlagen. Vielleicht sogar drei, wenn ich mich zusammenriss. Mir war klar. dass ich in absehbarer Zeit durchdrehen würde, wenn ich nicht mit irgendwem redete. Mit jemandem, der nicht mein Vater war, der sich ständig hinter diesem elenden »Mr Knight wird schon wissen, was richtig ist« versteckte. Aber doch nicht mit Leena. Ausgerechnet …

Oder gerade mit Leena. Sie hat dir schon deutlich öfter den Arsch gerettet als Rupert Knight.

»Ich … okay. Aber ich hab nur Whisky hier.«

Ich nickte. Ich nickte sogar eine ganze Weile, um dieses scheiß Chaos in meinem Kopf zu sortieren. Aber was sollte schon passieren, nicht wahr? Sie war Leena und damit das Mädchen, das vermutlich mehr Geheimnisse von mir aufbewahrte, als ich selbst überhaupt noch wusste.

»Whisky ist okay«, meinte ich dann. »Falls ich dich umbringen muss, wäre es nur gerecht, wenn du die Drinks wählst.« Und vielleicht hatte Mrs Calwins Laden noch auf und ich konnte dort auf dem Pier noch ein Bier für mich besorgen. »Ich muss jetzt rein. Nick kann das Buch immer noch nicht auswendig, und …« Ich seufzte. Weil ich nicht fassen konnte, was ich hier gerade tat. »Also bis gleich?«

»Bis dann. Grüß Smudge von mir.«

Auf gar keinen Fall würde ich dieses alte Biest auch nur ansprechen. »Bis gleich, Leena.« Ich legte auf, schnappte mir Handy, Zigaretten, Feuerzeug und Aschenbecher und ging rein. Den ganzen Kram legte ich neben die Spüle in der Küche, dann schlug ich den Weg zu meinem alten Kinderzimmer ein, das nun Nicks Reich war. Als ich eintrat, stand Sir Boo bereits an seinem Platz neben Nicks Bett und war eingeschaltet. Sein milde lächelndes Gesicht zeigte in Richtung Kleiderschrank, auf den ich deutete. »Soll ich den später checken oder jetzt gleich?« Vielleicht war es sogar einer der Abende, an denen mir die Kontrolle des Schranks erspart blieb. Monster witterten Unsicherheit, also wäre ich ein willkommenes Opfer.

Nick sah von dem Buch auf, das er schon vor sich aufgeschlagen liegen hatte. Beide Zeigefinger hatte er sich an die Stirn gehalten und ließ sie auch nicht sinken, als er mich ansah. »Später.«

»Okay …« Ich ging zu ihm ans Bett und setzte mich auf die Kante der Matratze. Seine Pyjamahose passte nicht zum Oberteil. Er hatte mir mal erklärt, dass das so sein musste. Schließlich hätte man ja auch am Tag keine Hose mit demselben Muster wie das Oberteil an. Ich hatte keinen Zweck darin gesehen, ihn vom Gegenteil zu überzeugen. Seine Mum hätte etliche Argumente gefunden, aber sie war nicht hier, nicht wahr?

»Was genau hast du damit vor? Richtest du deinen Empfang zum Heimatplaneten aus?« Ich deutete auf seine Finger.

»Nein«, kicherte er. »Sauri hat drei Stiche.«

Natürlich. Sauri. Nick hatte die Seite mit der Kopfverletzung aufgeschlagen. Das Thema ließ ihn nicht los.

»Drei Stiche sind so lang.« Er führte seine Finger etwas dichter zueinander, bis sie in etwa denselben Abstand hatten, wie diese Kinderbuchzeichnung es bei einem Dinosaurier vorsah. »Also sind fünf Stiche so lang, oder?« Er zog die Fingerspitzen wieder etwas auseinander.

Ich sah zu dem Buch und dann zu Nick und verkniff mir zu sagen, dass ich einen Brachiosaurus für eine eher unglücklich gewählte Referenzgröße hielt. »Ja, das kommt wohl hin«, meinte ich stattdessen. Falls ich zugab, dass ich keine beschissene Ahnung hatte, würde Nick nach Antworten suchen wollen, die belastbar waren. Und die Zeit hatte ich einfach nicht …

»Das ist ziemlich lang«, raunte er ehrfürchtig, und ich hoffte inständig, dass er nicht wieder seinem schlechten Gewissen anheimfallen würde. »Dad?«

Oha. Dad … Das war die Anrede, mit der Nick die ernsten Männergespräche anstimmte. »Sohn?«, erwiderte ich, wie ich es daraufhin immer tat – einfach, weil er bei diesem kleinen Insider ausnahmslos jedes Mal gluckste, als hätte ich einen dreckigen Witz gemacht, den er schon verstand. Fürze waren beispielsweise ein Thema, das derzeit ein Garant für Lachanfälle war.

»Das Mädchen, das du geschubst hast …« Er tippte sich an die Stirn, während ich noch überlegte, welches Mädchen ich geschubst haben sollte. Gott sei Dank gab es noch eine Sache, die Nick nicht so richtig losließ, sodass er es sich nicht nehmen ließ, mir einen wesentlich aufschlussreicheren Hinweis zu geben. »Wo du geweint hast …«

Ah ja … Das …

»Wie viele Stiche hat sie gekriegt, damit es wieder heilt?«

Ich setzte an, etwas zu antworten. Doch dann fiel mir auf, dass ich es nicht wusste.

»Keine Ahnung«, gestand ich. Das sind die Momente, die man als Vater hasst: Die, in denen man sein Superheldencape ablegt und seinem Kind gesteht, dass man hin und wieder auch nur ein Idiot wie alle anderen ist. »Ich hab sie noch nicht gefragt.«

Kopflose Ponys

Aileen

»Ich schreib dir das nur, damit du nicht über den Buschfunk irgendwelchen Quatsch hörst. Hamish holt mich gleich ab. Nur Drinks und reden. Vielleicht erzählt er mir, was mit seiner Frau passiert ist, dann musst du dir nicht weiter Mordszenarien überlegen. Kann aber auch sein, dass du mit allem recht hast, und ich bin sein nächstes Opfer. Für den Fall: Sucht meine Leiche zuerst bei der Strathlethan Bay. Da waren wir früher öfter. Möglich, dass er mich dorthin lockt, und er wird sich wohl kaum die Mühe machen, meinen Leichnam noch durch die Gegend zu schleifen, wenn er das Meer direkt vor der Nase hat. Ich wäre untröstlich, wenn man meinen Körper erst findet, wenn er eklig und aufgedunsen ist. Tust du mir den Gefallen?«

Klare Sache: Meine Nachricht an Debbie hätte auch eine Dreizehnjährige schreiben können, die mit einer Hysterie liebäugelte. Wenn meine beste Freundin nach der Lektüre meiner Nachricht an einem Lachanfall erstickte, ging das definitiv auf mein Konto und auf niemandes sonst.

Ich las meine Nachricht noch ein drittes und viertes Mal und schüttelte genauso oft meinen Kopf über mich selbst, ehe ich meinen Flachmann aus meinem Küchenschrank holte. Der Whisky stand schon auf der Anrichte vor mir. Dad hatte ihn mir von der letzten Messe im November mitgebracht. Für besondere Anlässe, hatte er gemeint. Und ich befand, dass dieser Abend definitiv ein besonderer Anlass war – besonders genug, um einen Hamish Findlay dafür büßen zu lassen, dass er mich in ein albernes Nervenbündel verwandelte. »Whisky ist okay«, hatte er gemeint und dabei vermutlich an das milde Zeug gedacht, mit dem ich ihn damals hatte auf den Geschmack bringen wollen.

Ich setzte gerade den Ausgießer am Flaschenhals an, als mir in den Sinn kam, dass Hamish mit Drinks vielleicht nicht dasselbe meinte wie früher. Selbst gemixte Getränke oder Bier und das Meer. Was, wenn er in den Pub wollte, weil er sich mittlerweile für zu erwachsen hielt, um auf beheizte Räume und eine sozial besser akzeptierte Kulisse zu verzichten?

Egal, erinnerte ich mich. Du hast dich ein Jahr lang immer an das angepasst, was Hamish Findlay wollte – nur, um dann mit einer dämlichen SMS abserviert zu werden. Der Groll darüber ist vorbei, das ist gut. Aber dieses Maß an Aufopferung sollte es auch sein. Du bist nicht zu alt für Bier am Meer, aber für Selbstlosigkeit allemal. Dafür ganz unbedingt.

Also drückte ich den Ausgießer in den Hals der Whiskyflasche und setzte sie vorsichtig an dem Trichter des Flachmanns an. Feines Raucharoma strömte in meine Nase. Und fast wäre es deutlich intensiver geworden. Mit dem *Pling*, das aus meinem Handy tönte, zuckte ich leicht zusammen und hätte um ein Haar den Flachmann umgerissen. Ich warf einen kurzen Seitenblick auf das Display. Hamish. *»Bin da. Kommst du runter?«*

Gott, das fühlte sich so sehr wie früher an, dass ich fast den Whisky weggekippt und stattdessen nachgesehen hätte, ob ich nicht doch noch irgendwo eine Flasche Wodka hatte. Nicht, weil Hamish mich je darum gebeten hätte, sondern nur aus dem Grund, dass ich wusste, was ihm lieber war.

Ich stellte die Flasche kurz ab, antwortete ihm mit einem knappen *»Fünf Minuten«* und beendete dann meine Mission, flüssigen Rauch in eine flache Metallflasche umzufüllen. Hamish war etwas früher dran, als er es angekündigt hatte. Aber das ersparte mir nervöses Rumwarten. Auch gut.

So wenig hektisch wie möglich verstaute ich den Whisky in einer der Taschen meiner Jacke, schlüpfte in meine Schuhe und ertappte mich bei einem letzten Abstecher ins Bad dabei, wie ich den Versuch tat, meine Locken noch etwas zurechtzukneten. Der Versuch misslang, weshalb ich meine Haare kurzerhand zusammenband, mir meinen Schlüssel schnappte und die Wohnung verließ. Auf dem Weg nach unten hörte ich ein weiteres Pling – diesmal dumpf aus meiner Innentasche. Ich zögerte, blieb dann aber doch stehen und zog mein Handy hervor. Womit ich gerechnet hatte, war vielleicht Hamishs Nachfrage, wo ich blieb, oder ob ich noch was mitbringen konnte. Wie früher … *»Habt ihr noch welche von diesen Erdnüssen da? Du weißt schon … die aus der grauen Packung? Oder versteckt dein Dad die jetzt im Thistle?«*

Doch was ich auf meinem Handy fand, war keine hoffnungsvolle Nachfrage nach dem liebsten Snack, den unser Pub zu bieten hatte, und den ich vielleicht etwas zu oft für Freunde hatte mitgehen lassen. Stattdessen schlug mir Debbies Gelächter aus jeder Zeile entgegen, die ich las. Und dafür brauchte diese Frau nicht einmal Smileys, sondern nur ein paar pointierte Sätze und meine Einsicht, dass ich mir ihre Belustigung wohl redlich verdient hatte. *»Oh mein Gott, ich hab mich fast an meinem Essen verschluckt, Mädchen! Wie unfassbar niedlich bist du denn bitte? Ich erwarte Bericht. Keine Details. Aber Bericht.«*

Ich antwortete ihr mit einem knappen *»Bis morgen«* und wollte den Ton ausschalten, als noch eine weitere Nachricht von Debbie einging: *»Aber denk dran: Es gibt immer noch Hen-*

ry Cavill. Dass du zufällig im selben Zeitalter wie dieser Mann geboren wurdest und dann noch im perfekten Alter – das verspielt man nicht, nur weil da ein Typ ist, der dir als Teenager mal den Kopf verdreht hat. Henry Cavill ist der Maßstab. Verstanden?«

Ich nickte. Verstanden. Woher auch immer sie diese seltsame Zuversicht nahm, ich hätte eine Chance bei Henry Cavill, aber das Wesentliche hatte ich verstanden. Das Wesentliche war der Grund, aus dem ich Whisky dabeihatte und keinen Wodka.

Ich schickte Debbie ein kurzes Okay, während ich die letzten Stufen nach unten lief, und wappnete mich dafür, durch diese Haustür zu treten, Hamish gegenüberzustehen und trotzdem nicht zu vergessen, dass ich genauso gut Henry Cavill haben konnte.

Doch als ich durch die Haustür trat, waren da weder Henry noch Hamish. Ich musste erst über die Schwelle treten, ehe ich ihn entdeckte – den Schotten, nicht den Engländer. Er stand etwa fünfzig Meter weiter auf der anderen Seite der Bäckerei, die nicht mehr der Laden der Greens war, hielt zwei Flaschen in seiner Hand und wartete geduldig. Erst, als ich die Tür hinter mir ins Schloss fallen ließ, fuhr er herum, sah mich an, schaute wieder zu der falschen Tür und deutete sogar darauf. Im Schein der Straßenlaterne konnte ich deutlich sehen, wie er dazu ausholte, etwas zu sagen, ehe er dann aber doch nur den Kopf schüttelte. »Egal …«, befand er schließlich und kam dann auf mich zu. »Ich bin etwas aus der Übung, wie läuft das jetzt? Umarmung? Handschlag? Verbeugung?«

Mein Grinsen war von ganz allein da, als ich das vertraute, spitzbübische Schmunzeln in Hamishs Gesicht sah. »Kniefall, wenn es ein offizieller Besuch ist«, antwortete ich. »Kopfnuss bei alten Nachbarn und Kinnhaken bei neuen. Gott, die Liste ist endlos und fürchterlich unüber…« Mein Geplapper brach ab, als Hamish mich erreichte und ich mich augenblicklich in seiner Umarmung wiederfand. Die Art von Umarmung, mit der man Kollegen zum Geburtstag gratuliert oder alte Freunde beim Klassentreffen begrüßt. Sie war schneller vorbei, als ich sie richtig erwidern konnte. Nur eine Sekunde, in der seine Hand sanft über meinen Rücken strich und ich den Duft seines Aftershaves wahrnahm, das ein anderes war als früher. Und doch roch es unverkennbar nach Hamish. Das war nicht nur unlogisch, sondern völlig bescheuert. *Hervorragend, Aileen. Eine Umarmung und du drehst durch. Kannst du dir das nicht für Henry Cavill aufheben?*

Bloß stand nicht irgendein englischer Schauspieler vor mir, sondern ein ungehobelter Schotte, der versonnen lächelte, während er mich musterte, obwohl es da überhaupt nichts zu mustern gab. Darauf hatte ich extra geachtet. Jeans, ein grauer Hoodie und ein zu großer Parka, in dessen Taschen mehr reinpasste als in einen Überseerucksack. Selbst meinen Turnschuhen sah man an, dass sie zuweilen mit Erde und Gras und Sand in Berührung kamen. Mir blieb daher gar nichts anderes übrig, als meine Stirn zur runzeln und Hamishs Lächeln mit einem irritierten Blick zu begegnen. »Ist irgendwas?«

Er schüttelte den Kopf. »Du siehst einfach wieder aus wie Leena und nicht wie eine Miss Harris. Das ist gut. Weniger beängstigend.« Er grinste und reichte mir eine der Flaschen. »Hier. Ist schon offen.«

Kopfschüttelnd nahm ich das Bier. Es brauchte nicht viel Licht, um das Pony auf dem Etikett zu erkennen. Lerwick. Ach Scheiße, wieso reichten solche Kleinigkeiten aus, damit mein Puls sich an einem Seufzen verschluckte? »Immer noch deine Marke?«, fragte ich und hoffte, dass das Seufzen damit Ruhe gab und sich nicht noch über meine Kehle zwängte. »Oder versuchst du, dich einzuschleimen, weil mein Dad dich damals auf Craftbeer gebracht hat?«

Hamish schnalzte mit der Zunge und bedachte mich mit einem abschätzigen Blick. »Ist das, was Mrs Calwin im Laden hatte. Seit wann schleime ich mich irgendwo ein, hm?«

»Martin Calhoun? Du hast von einer Entschuldigung gesprochen …«, erinnerte ich ihn.

Und tatsächlich stieß Hamish einen Laut aus, der irgendwo zwischen genervt und schmerzgeplagt lag, und den er mit einem Schluck aus seinem Bier ertränkte. »Das war strategisch wichtig und hätte fast in einer Schlägerei geendet. Was für ein scheiß … egal.« Er kniff sich kurz in die Nasenwurzel, atmete tief ein. »Wollen wir?« Mit einem Nicken deutete er die Straße hinab in Richtung Meer.

Ich nickte und war gleichzeitig unglaublich frustriert, dass mir auf die Schnelle nichts Besseres als ein einfaches »Klar« einfiel, mit dem ich mich in Bewegung setzte. Ein paar Schritte lang – vier oder fünf – wartete ich ab, ob Hamish etwas sagen würde. Schließlich war er hier, weil ich ihm eine Frage gestellt hatte, die er mir nicht auf die Schnelle am Telefon hatte beantworten wollen. Oder können. Keine Ahnung. Vielleicht war ich auch nur ein guter Vorwand für ihn, um mal rauszukommen.

»Also …«, hob ich an, als Hamish nichts weiter tat, als neben mir herzulaufen, sein Bier zu trinken und zu schweigen. Darin war er definitiv besser, als mir lieb war.

»Also?«, hakte er nach, und ich spürte seinen Seitenblick auf mir. Als ich aufsah, erkannte ich sogar die Ahnung eines Grinsens in seinen Augen.

Ich nippte noch einmal an meinem Craftbeer und fand damit den Mut, meine Frage von eben zu wiederholen. »Also … Wie geht es dir?«

Erst jetzt zuckten auch seine Mundwinkel und gruben kurz Falten in seine unrasierten Wangen, die ich nicht sah, aber von denen ich wusste, dass sie da sein mussten – einfach, weil es immer so gewesen war. Zu diesem zaghaften Grinsen stieß Hamish nicht mehr aus als ein »Hm«, das vielleicht, vielleicht aber auch nicht die Antwort auf meine Frage war.

Ich nickte, als hätte ich alles verstanden, was er mir damit mitteilen wollte. In Wahrheit wurde mir klar, dass ich vor dreizehn Jahren wohl nicht nur alle schmerzhaften Erinnerungen genommen und aus meinem Bewusstsein verbannt hatte, sondern auch das Talent, Hamish Findlays Grunzen mit größtmöglicher Präzision zu interpretieren. Vermutlich verstaubte diese Gabe in irgendeiner alten, kitschig verzierten Kiste in den Untiefen meiner Erinnerung – gemeinsam mit ein paar verletzten Gefühlen und diesem unsäglichen *»Wie wäre wohl alles verlaufen, wenn …«*.

Es brauchte also einen Blick in seine Richtung, um zu wissen, ob es bei diesem »Hm« bleiben würde. Hamish hatte noch immer kein weiteres Wort gesagt, dafür war der ernste Blick, den er vor uns auf den Boden gerichtet hielt, ziemlich laut, genauso wie die Falten auf seiner Stirn. Was mir regelrecht entgegenschrie, war seine Hand, die das Bier hielt. Keine Ahnung, ob Hamish es selbst überhaupt bemerkte, aber sein Daumennagel kratzte nervös an dem Etikett der Flasche. Eine gute Ecke des Labels fehlte bereits, sodass das Pony beinahe kopflos war. Das war die Art, mit der Hamishs Nervosität sich schon immer Raum verschafft hatte, wenn seine Hände sich nicht mit einer Zigarette beschäftigen konnten. Hatte er die nur vergessen, oder ließ er das Rauchen meinetwegen bleiben?

Fast hätte ich meine Hand nach seiner ausgestreckt, um sie festzuhalten und das Pony, das so heroisch das Craftbeer präsentierte, vor üblerem Schaden zu bewahren. Fast wäre ich auf diesen alten Impuls hereingefallen. Stattdessen griff ich nach Worten – den erstbesten, die mir einfielen. »Wenn du nicht willst, musst du nicht antworten. Wir können auch einfach unser Bier trinken und still vor uns hin grübeln.«

Hamish nickte mit noch immer viel zu ernstem Blick, obwohl seine übrigen Züge ein wenigstens schwaches Lächeln zeigten. Dann atmete er tief ein, hielt kurz die Luft an und stieß sie mit einem Räuspern wieder aus. Wie Nick, dachte ich. Ob ihm klar war, dass sein Sohn genau die gleiche Geste an den Tag legte, wenn er versuchte, etwas Mut zu schöpfen? »Du brauchst solche Informationen, oder?«

Ich sah ihn fragend an.

»Wegen deines Jobs«, präzisierte er. »Lebensumstände deiner Schüler …«

Das meinte er also … »Ja, das …« Ich zögerte kurz. Auf keinen Fall wollte ich Druck aufbauen, doch mich beschlich die Ahnung, dass Hamish genau das brauchte. Nicht Druck, aber einen völlig pragmatischen Grund dafür, mir zu erzählen, was los war. Etwas Sachliches, das er besser greifen konnte, als das bloße Bedürfnis, mit jemandem zu reden. »Das macht die Zusammenarbeit mit Kindern leichter. Wenn etwas in ihrem Privatleben passiert, das sie beschäftigt, zeigt sich das auch in ihrem Verhalten in der Schule. Wenn ich das besser einordnen kann …«

Hamish nickte. Er nickte, trank einen Schluck von seinem Bier und nickte noch etwas weiter. Offenbar hatte ihm noch niemand verraten, dass Gedanken sich so eher selten sortierten. »Genügt dir dafür ein grober Umriss der Situation?«, fragte er dann, als müssten wir aushandeln, wie viel er mir erzählen sollte.

Fast hätte ich noch einmal wiederholt, dass er mir gar nichts zu sagen brauchte, wenn er nicht wollte, aber alles sagen konnte, was er loswerden musste. Doch damit hätten wir wieder am Anfang gestanden, nicht wahr? »Ein grober Umriss wird reichen.«

In der Zwischenzeit hatte das Pony auf Hamishs Bier seinen Kopf längst eingebüßt. Aber da musste es wohl durch. Genauso wie ich wohl durch diesen prüfenden Blick durchmusste, dem Hamish mich nun aussetzte.

Diesmal wusste ich ganz genau, was das sollte. So sehr aus der Übung war ich wohl doch nicht. »Oh bitte«, stieß ich aus und rollte etwas zu theatralisch mit den Augen. »Wann hab ich je irgendwas rumposaunt, was du mir erzählt hast, hm?«

Er zuckte mit den Schultern. »Na ja, das ist alles ziemlich lange her.«

»Ist es nicht«, widersprach ich. »Nicht bei so was. Ich bin immer noch genauso wenig eine Quasselstrippe wie du ein ausgeglichener Gemütsmensch bist. Oder Whiskytrinker. Kannst du mittlerweile wenigstens Auto fahren?«

Hamish lachte. Nicht gerade ausgelassen, aber ehrlich. Ich sah, wie sich seine Hand dabei aus der Jackentasche zog, und hätte schwören können, dass er sie fast nach mir ausgestreckt hätte. Das war wohl einer von *seinen* alten Automatismen. »Kann ich«, betonte er. »Sogar ausgezeichnet.«

Ich schüttelte ungläubig den Kopf – einfach, weil mein siebzehnjähriges Ich das von mir verlangte. Und ich dachte an den jungen, heillos überforderten Hamish zurück, der das erste Mal seinen Dad aus einem Pub abholen musste und keine Ahnung gehabt hatte, wie man einen Betrunkenen in ein Auto verfrachtete, geschweige denn, wie man dieses Auto fuhr. Und trotzdem hatte ich erst mit diesem stolzen Dickkopf diskutieren müssen, ehe er mir die Autoschlüssel überlassen hatte.

»Wirklich«, betonte er. »Sogar mit Schaltung und exakt nach Geschwindigkeitsvorschrift. Nick achtet da penibel drauf. Vor allem zurzeit und … Ach, scheiß drauf.« Da war es wieder – das tiefe Einatmen, Luftanhalten, Räuspern. »Kaleigh hat Scheiße gebaut.«

Jetzt rückt er also doch mit der Sprache raus, dachte ich. Ich nickte vorsichtig und antwortete nicht mehr als ein leises »Okay«. Und ich musste mich ehrlich anstrengen, Hamish dabei in die Augen zu sehen und nicht zu seiner Hand, die das Etikett seiner Flasche noch mehr traktierte.

»Wir haben beide für diesen Verein gearbeitet. *A Pinch of Pixie Dust.* Lach nicht.«

Das hatte ich gar nicht vorgehabt. Ich hatte nicht mal die Miene verzogen. Um ehrlich zu sein, hatte ich sogar gewusst, dass Hamish für einen Verein arbeitete, der vor allem Kindern und Jugendlichen letzte Wünsche erfüllte. Soweit ich wusste, war diese Organisation die bekannteste dieser Art in Schottland, vielleicht sogar in Großbritannien. Ich hatte erfahren, dass Hamish in einer leitenden Position dort arbeitete, aber keine Ahnung, worin genau seine Aufgaben bestanden. Vermutlich hätte ich es leicht herausgefunden, aber weder wollte ich wissen, welches Licht solche Nachfragen auf mich werfen würden, noch war ich mir sicher gewesen, ob ich diese Informationen überhaupt haben wollte.

»Ich hab schon vor Nicks Geburt dort gearbeitet, und als vor vier Jahren ein Posten in der Buchhaltung frei wurde … Na ja, Kaleigh wollte immer irgendwo beschäftigt sein, wo es mehr Sinn hat als bei dem alten Unternehmen und … Egal. Fakt ist, sie hat Scheiße gebaut und Gelder veruntreut. Und vor einem Jahr …« Er atmete tief durch. Mittlerweile konnte ich schon das Meer riechen. Das würde helfen, dachte ich. *»Es ist leichter, über schwierige Dinge zu reden, wenn man dabei aufs Meer schauen kann.«* Vielleicht half der Geruch ja auch schon ein bisschen. »Vor einem Jahr kam das raus. Ich hätte nie gedacht, dass sie sie so hart verurteilen würden. Ich meine, es ist nur Geld, und sie hat ein Kind, das seine Mum braucht. Aber es kamen noch ein paar andere Dinge raus, mit ihrem alten Betrieb und … egal. Jedenfalls hat sie vor vier Wochen ihre Haftstrafe angetreten.«

»Oh Shit«, entfuhr es mir. Die Worte waren schneller auf meiner Zunge als in meinem Kopf. In dem kreiste das Bild von

Nicks großen, tränenüberschwemmten Augen, als er mich fragte, ob er ins Gefängnis müsse. Wegen ein paar versteckter Stifte. Ich hatte nicht ein einziges Mal ernsthaft daran gedacht, dass dahinter mehr stecken könnte als etwas, was Kinder eben aufschnappten oder im schlimmeren Fall – womit Eltern ihnen drohten, wenn sie ans Ende ihrer pädagogischen Mittel kamen. Ich hatte nicht einmal erwogen … Fuck.

Hamish nickte. »Etwas mehr als ein Jahr muss sie noch da bleiben, wenn ihr Anwalt keine Wunder bewirkt. Aber … Na ja, sieht nicht gut aus.«

»Oh Shit.« Mehr gab mein Kopf einfach nicht her.

»Du wiederholst dich«, stellte Hamish fest und rang sich ein sehr bemühtes Lächeln ab.

»Ich weiß«, sagte ich. Viel lieber hätte ich ihm gesagt, dass er nicht so cool tun sollte. Das Tier auf seiner Flasche hatte längst keinen Kopf und keine Schulter mehr. Der vordere Huf fehlte. Das war zu viel Verstümmelung, um ihm Coolness auch nur ansatzweise abzukaufen. »Das ist ziemlich lange, ich meine … Scheiße! Hätte sie nicht Bewährung … oder Sozialstunden … irgend so was?« Gott, ich hatte absolut keine Ahnung von Strafmaßen, aber über ein Jahr Gefängnis wegen ein paar gestohlener Pfund?

»Ihr Anwalt findet, sie wäre noch glimpflich davongekommen. Ich meine, wäre sie ein Politiker, der Millionen an Steuergeldern hinterzieht, hätte es auch eine Fußfessel getan. Aber eine Mutter, die ihren Arbeitgeber hintergeht …« Seine Stimme klang bitter, was er versuchte, mit einem großen Schluck Bier runterzuspülen. »Jedenfalls sind Nick und ich deshalb jetzt hier. Er musste aus dem Umfeld raus, in dem jeder Bescheid wusste und ihn auf seine Mum angesprochen hatte. Und ich ehrlich gesagt auch. Außerdem bin ich durch die ganze Sache meinen Job los, der ziemlich geil war, egal, wie albern dieser Name ist. Jetzt verkaufe ich Tankkarten an jedes noch so kleine

Unternehmen, das einen Fuhrpark hat. Es ist beschissen. Aber ich kann von zu Hause arbeiten, mich um Nick kümmern und kriege gute Provisionen, um die ganzen Schulden irgendwie … Egal. So sieht es jedenfalls aus.« Er schnaufte und schüttelte den Kopf. »Ich bin wieder in Stonehaven, Nick hat mein altes Zimmer und ich die Couch im Wohnzimmer. Ich hab erst überlegt, mir was Eigenes zu suchen, aber Dad hilft mit Nick und … Keine Ahnung.«

Ich konnte zusehen, wie seine Schultern etwas nach unten sackten. Wahrscheinlich hätte er beide Hände in seinen Hosentaschen vergraben statt nur einer, hätte er kein Bier gehalten. Er sah so sehr aus wie der Siebzehnjährige, der versuchte, lässig zu wirken, wenn er den Pub meiner Eltern betrat, um seinen Dad abzuholen. Dabei hatte er das nie. Lässig gewirkt. Sondern kleiner, viel kleiner, als er eigentlich war.

»Und wie kommt er damit klar? Also Nick?«

Wieder zuckte Hamish mit den Schultern und trank von seinem Bier. »Manchmal ist alles okay. Manchmal weint er, weil er sie vermisst. Meistens versteht er, dass er sie nicht einfach so sehen darf. Er kommt klar, aber es gibt Tage, da ist es beschissen. Dann kann ich nicht mal einkaufen gehen, ohne dass ich auf seiner Uhr einstellen muss, wann ich wieder da bin.«

»Mh«, machte ich. »Das hat es also mit dieser Uhr auf sich …«

Hamish nickte. »Kaleigh … Sie hat sich nicht verabschiedet. Wir haben das letzte Jahr getrennt gelebt. Damit hatte er zuerst ein paar Schwierigkeiten, aber dann haben wir einen guten Therapeuten für ihn gefunden. Er hat ihm und uns dabei … egal. Jedenfalls hat Nick sich irgendwann in die Routine eingelebt, dass er manchmal bei seiner Mutter und manchmal bei mir … Sie sollte ihm sagen, dass er eine Weile nur bei mir bleiben würde. Sie sollte ihm das erklären. So war es abgemacht.

Und ich bin davon ausgegangen … Aber sie hat es nicht hingekriegt, und der Scheiß blieb an mir hängen. Und für Nick war aus heiterem Himmel seine Mum verschwunden. Klar, dass er Schiss hat, dass ihm das auch mit seinem Dad passiert. Seine Mum hat ihm ja auch gesagt, dass sie ihn einfach nur zu mir bringt …« Er atmete scharf ein. Allein das war Zeichen genug, dass dieses Thema eines war, das er üblicherweise in einem anderen Ton und vermutlich auch in einer andren Lautstärke diskutierte. »Wie auch immer … An die Uhr halte ich mich strikt, und damit geht es einigermaßen. Vorhin hab ich ihm erzählt, dass ich noch eine Freundin besuche. Die Uhr liegt unter seinem Kissen, damit kein Monster aus dem Schrank sie heimlich verstellen kann. Das mit den Monstern ist auch …« Hamish seufzte und schüttelte den Kopf. Trotzdem erkannte ich ein zartes Lächeln auf seinen Zügen. »Nick ist keine vier mehr. Er weiß, dass es Monster nur in Filmen und Albträumen gibt. Aber ich hab mit seinem Therapeuten gesprochen, und der meinte, das sei okay so. Quasi ein Insider zwischen Nick und mir, der ihm noch ein bisschen zusätzliche Sicherheit gibt. Und es hilft, also …« Hamish zuckte mit den Schultern.

»Also ist Nick immer noch bei seinem Therapeuten?«

Er schüttelte den Kopf. »Der ist in Edinburgh, das ist zu weit weg. Ich ruf nur manchmal an, weil … Irgendwie hab ich noch nicht die Zeit gefunden, jemanden in der Gegend zu finden. Und im Moment kommt Nick gut klar, denke ich, also …« Diesen Satz beendete er mit dem tiefen Atemzug eines Mannes, der es eigentlich besser wusste, aber den genau das unfassbar müde machte. Mit dem Ausatmen setzte er die Flasche an seine Lippen an, um sie gleich darauf mit einem Fluch wieder sinken zu lassen.

»Leer?«, murmelte ich und deutete auf seine Flasche.

»Hm.« Dieses »Hm« kannte ich noch – eine unverkennbare und gleichzeitig frustrierte Bestätigung.

»Hier.« Ich reichte ihm meine Flasche, in der wenigstens noch die Hälfte drin war und vor allem … »Da hast du auch noch einen kompletten Aufkleber, den du vernichten kannst.«

Hamish runzelte erst die Stirn und sah dann seine Flasche an. Seine Augenbrauen zogen sich dabei unübersehbar zusammen. Ihm war also nicht mal aufgefallen, was er diesem armen Pony antat.

»Alternativ hab ich auch was Stärkeres dabei.«

»Whisky wäre hervorragend.«

»Aber du magst keinen Whisky.«

»Stimmt«, murmelte er und sah mich mit diesem etwas schiefen Schmunzeln an, dem ich damals jedes verdammte Mal rettungslos verfallen war. *Nicht. Henry. Cavill.* »Außer in besonderen Situationen. Jetzt gib schon her.«

»Wirklich? Du wirst das bereuen.«

»Vermutlich, ja.«

»Ganz wie du willst …« Ich zog den Flachmann aus einer der unzähligen Taschen meiner Jacke. Ich schraubte den Deckel auf und hielt ihm den Whisky dann entgegen. Ich hatte angenommen, er würde nur daran riechen und dann dankend ablehnen. Dieser Trottel aber nahm den Flachmann, setzte an und nahm einen Schluck.

Wobei – nein. Er schluckte nicht, sondern behielt die Flüssigkeit im Mund, während sein Kopf sich ruckartig zu mir drehte und sein Blick mich stumm fragte, ob das mein verfickter Ernst war.

Ich grinste, weil ich bei diesem Anblick gar nichts anderes tun konnte als genau das. »Spucken oder schlucken.«

Hamish gab ein ersticktes Geräusch von sich, das klang, als würde der Whisky in seinem Mund von innen gegen seine zusammengepressten Lippen und gleichzeitig in seine Nase donnern. Hastig würgte er den Alkohol herunter und verschluckte sich daran, was ihn fürchterlich husten ließ.

»Miststück«, schnaufte er, als er wieder etwas Luft bekam.

Erst, als ich sicher wusste, dass er nicht ersticken würde, erlaubte ich mir mein schadenfrohes Lachen. »Ich hab dich gewarnt.«

»Das da ist doch kein Whisky!«, schimpfte er.

»Oh doch. Ziemlich teurer, sogar. Schmeckt nach Haselnuss und Vanille.«

»Willst du mich verarschen?« Er hustete und nahm diesmal doch mein Bier, als ich es ihm hinhielt. »Das schmeckt höchstens wie die Asche vom Haselnussbaum, den irgendwer verbrannt hat.«

»Strauch«, korrigierte ich. »Haselnuss ist ein Strauch. Du warst wirklich zu lange in der Großstadt.«

Hamish schüttelte nur den Kopf und nahm zwei große Schlucke von dem Bier. Dabei ließ er es sich nicht nehmen, mir seinen Mittelfinger entgegenzustrecken.

»Besser?«, fragte ich, obwohl ich die Antwort längst kannte. Auch wenn er hier unnötig theatralisch zur Schau gestellt hatte, dass ihm der Whisky die Kehle und vermutlich auch seine Nasennebenhöhlen zerfressen hatte … Damit schien es ihm besser zu gehen als mit der Geschichte um seine Frau.

Weil in diesem Flachmann eben nicht einfach nur flüssiger Rauch steckte, sondern jene Pfütze, die ich ihm hatte geben können, um reinzuspringen, dann tief durchzuatmen und weiterzumachen.

Der tiefe Atemzug kam jedoch erst nach einem weiteren Schluck Bier, der hoffentlich endgültig den Rauchgeschmack des Whiskys wegspülte. »Danke.«

Bei diesem einen Wort klang Hamishs Stimme wieder so sanft, dass ich nicht anders konnte, als ihn irritiert anzusehen. »Dafür, dass ich dich fast mit Whisky umgebracht habe?«

»Dafür, dass du mir mitleidige Blicke oder irgendwelche albernen Lösungsvorschläge ersparst. Wegen Kaleigh und …« Er räusperte sich kurz. »Und wegen der ganzen Situation.«

Ich nickte und dachte eigentlich, dass ich dabei bestenfalls eine gleichmütige Miene, schlimmstenfalls ein aufmunterndes Lächeln auf dem Gesicht trug, um nicht zu verraten, was ich eigentlich dachte. Dass Hamish kein Mitleid brauchte. Aber vielleicht ein bisschen Hilfe. Und dass ich hoffte, dass er die nicht erst annahm, wenn ihm alles über den Kopf wuchs.

Anscheinend verriet mein Gesicht mehr davon, als mir lieb war. Hamish legte seinen Kopf etwas schief. »Guck mich nicht so an«, sagte er. »Ich hab dir das gesagt, damit du gar nicht erst auf die Idee kommst, so einen Quatsch nachzuholen.«

»Hab ich nicht vor«, beruhigte ich ihn. »Aber ich überlege …« *Komm schon, Aileen, lass dir was einfallen. Er wird schon den Mund aufmachen, wenn er dich braucht. Ist immer so gewesen …* »Debbie wird bitter enttäuscht sein.«

Hamishs verwirrten Blick hatte ich mir redlich verdient, also redete ich schnell weiter.

»Debbie, meine Kollegin«, erklärte ich. »Sie war eine der größten Verfechterinnen von der Theorie, dass du Kaleigh umgebracht hast.«

»Umgebracht?« Er schien noch nicht recht zu wissen, ob er irritiert oder belustigt sein wollte.

»Oh ja. Andere Möglichkeiten, die kursierten, waren ihr zu langweilig … Ein anderer Mann, für den sie dich verlassen hat, zum Beispiel. Irgendwer meinte mal was von einem Zeugenschutzprogramm …«

»Bei meinem Dad?«

»Das hab ich auch gesagt … Jedenfalls mag Debbie die Sache mit dem Mord am liebsten und hat einige Theorien, wie der vonstattengegangen sein könnte. Es ist ehrlich beängstigend, wie viel Kreativität sie dabei an den Tag legt. Du wirst mir also irgendeinen Modus Operandi geben müssen. Mit der Wahrheit brauch ich ihr nicht zu kommen.«

Hamish grinste und nickte, und ich merkte, dass er langsamer wurde. Dabei hatten wir das Wasser doch fast erreicht. Hin und wieder konnte ich sogar hören, wie eine Schiffsglocke anschlug. »Ich denk mir was aus.«

»Das wäre wirklich eine enorme Hilfe, danke.«

»Und diese Debbie …«, hob er an, »… ist wirklich nur eine Kollegin?«

»Und eine Freundin. Mit andren Kollegen würde ich wohl kaum darüber reden, ob du Kaleigh jetzt die Kellertreppe runtergestoßen oder aus einem fahrenden Bus geschubst hast.«

Allerdings war das nicht, was Hamish gemeint hatte, wie mir seine nächste Nachfrage verriet. »Nur eine Freundin?«

»Was?« Gott sei Dank hatte ich mein Bier an ihn abgetreten, sonst hätte ich mich weniger an der Frage, als vielmehr daran verschluckt, wie ernsthaft er sie stellte.

»Martin meinte, du wärst jetzt mit einer Frau zusammen …« Er zuckte mit den Schultern und nippte etwas zu betont gelassen an seinem Bier.

»Und dann dachtest du dir, dass du das einem Martin – Fick dich – Calhoun direkt mal glaubst?« Ich schüttelte den Kopf, wie meine Mutter es hin und wieder gern tat. Doch es war zu spät, als ich mich dabei ertappte. »Hamish Findlay, das enttäuscht mich.«

»Okay, dann verrat mir, welches von den ganzen Gerüchten ich glauben darf. Wer ist Aileen Leena Harris mittlerweile? Die verrückte Frau mit den dreißig Katzen? Die alternde Jungfer kann ich ausschließen. Dann hätten wir noch die depressionsgetriebene Nymphomanin und …« Er schnaufte. »Ehrlich gesagt klingt alles, was ich bisher gehört habe, ziemlich frustrierend und beschissen … Überhaupt nicht nach meiner Leena.« *Deine Leena, hm?* Prompt fragte ich mich, ob das Absicht gewesen war oder eine alte Gewohnheit, die sich eingeschlichen hatte. »Ich wüsste nur gern … Weil du vorhin meintest …« Er atmete tief ein, hielt die Luft an und sah mich an. Spätestens, als seinen Worten auch ein Räuspern vorausging, war mir klar, dass wir nicht mehr über dreißig Katzen oder Hunderte Liebhaber sprachen. Die Frage war nur, worüber dann … »Du hast gesagt, dass wir … dass unsere Entscheidung damals für dich die falsche war. Das war mir nicht klar und ich …« Noch ein Räuspern. Schon das zweite. Das bedeutete wohl doppelte Verunsicherung.

Der Drang, ihm da rauszuhelfen, war riesig, aber ich konnte nichts sagen. Nicht gleich. Ich konnte nur nicken. Meine Kehle braute einen Kloß im Hals zusammen, von dem ich überzeugt gewesen war, er wäre verschwunden. Eigentlich war er das auch. Meistens. Aber nun packte Hamish auf einmal dieses Thema auf den Tisch, und ich war nicht darauf vorbereitet. In seinen Gedanken mochte es schon eine Weile gespukt haben, aber ich … Ich hatte es schlicht nicht kommen sehen. Genauso wenig wie diese zarte Erkenntnis, die mich etwas verspätet erreichte. Aber als sie da war, konnte ich mich an ihr festhalten.

Er hat mir wirklich zugehört. Er war aufgebracht, und trotzdem hat er mir zugehört. Und es beschäftigt ihn.

»Eigentlich will ich nur … Mich geht überhaupt nichts an, was du treibst, ich will nur sicher sein, dass das heute nicht mehr … Also, dass du okay bist.«

Hätte ich zu seinem Bier geschaut, mit Sicherheit hätte ich beobachtet, wie das nächste Pony seinen Kopf verlor. Aber ich sah nicht hin. Die Gefahr war zu groß, dass ich diesmal vielleicht doch meine Hand nach seiner ausstreckte. »Ich bin okay«, versicherte ich.

Hamish nickte. »Okay, gut.« Die Worte waren da, nur das Durchatmen, das eigentlich zu ihnen gehörte, fehlte noch.

»Nur dass das abschließend geklärt ist«, hob ich also an,

»ich hab das nicht deinetwegen durchgezogen. Ich dachte wirklich, dass ich das auch will, aber in Wahrheit war ich nur verunsichert und ehrlich gesagt auch zu jung für so eine Entscheidung. Es war bescheuert, meinen Eltern nichts davon zu sagen. Aber das war mir erst danach klar. Nur war es dann zu spät, und als ich das begriffen habe …« Ich seufzte. Tränen, Schuldgefühle, Leere. Trauer um etwas, das nie richtig dagewesen war. Der verzweifelte Wunsch, alles wieder rückgängig machen zu können. »Es war einfach scheiße. Ich glaub, ich hab mich nie so furchtbar gefühlt. Weder vorher noch später. Damals dachte ich, das müsste so sein, wenn man …« Wenn man schwanger gewesen war und sich dazu entschlossen hatte, diesen Zustand zu beenden, obwohl man vor lauter Angst gar nicht richtig darüber nachgedacht hatte. »Ich dachte, es wäre normal, dass es einem so beschissen geht. Und heute weiß ich, dass ich ziemlich dumm war. Aber ich nehme mir das nicht mehr übel, falls es das ist, was du wissen willst. Dir übrigens auch nicht.« Ich hob meine Augenbrauen zu der stummen Frage, ob das angekommen war. »Und ehe du fragst … Ja, das ist auch aus dem Medley nie geführter Dialoge.«

Hamishs linker Mundwinkel zuckte leicht. Nicht genug für ein Lächeln, aber es reichte, um die Grüblerfalten auf seiner Stirn etwas zu glätten. »Du hast nie was gesagt …«

»Ich weiß.« Und ich ahnte, dass das der Grund war, weshalb er sich jetzt durch seine Frage quälte. Weil ich sonst vielleicht nichts gesagt hätte. Das war neu. Trotz all der Dinge, die sich in den dreizehn Jahren nicht verändert hatten, war Hamish Findlay also doch ein Stück weit erwachsen geworden. »Ich bin wirklich okay«, betonte ich noch einmal. »Das ist den Leuten vermutlich nur zu langweilig.«

»Mit Sicherheit«, stimmte Hamish mir zu, und ein zaghaftes Grinsen fand den Weg zurück in sein Gesicht. »Mord an meiner Frau …« Er schüttelte den Kopf.

»Was hältst du …« Ich deutete nach links den Pier entlang, den wir gerade erreichten. Dorthin, wo der Pub meiner Eltern sich in die Ecke einer schmalen Gasse schmiegte, die weiter hinten zum Strand führte. »Ich glaube, ich könnte einen richtigen Drink gebrauchen.«

Hamishs Seufzen nahm seine Antwort vorweg: »Unbedingt.«

Also schlugen wir den Weg zum *Black Thistle* ein. Keine Ahnung, ob wir an einem Mittwochabend noch einen freien Platz finden würden. Überhaupt war es ein befremdlicher Gedanke, mit Hamish an einem Tisch zu sitzen. Hatten wir das je gemacht? Auch nur ein Mal? Trinkend hinter dem Tresen stehen und quatschen oder rumknutschen, statt aufzuräumen, wobei er mir eigentlich helfen wollte, das schon, nur …

»Wie seltsam ist es, wieder hier zu sein? Ganz ehrlich …«

Hamish lachte stumm, schaute zu den Anlegestellen rechts von uns und dann wieder zu mir. »Es ist unheimlich, wie wenig sich verändert hat. Ich meine, der Stein fehlt immer noch.«

Ich lachte. Nicht stumm, sondern richtig. Die hüfthohe Mauer, die den Shorehead entlang zum Alten Pier verlief, trennte die kleine Straße von dem schmalen Strandstreifen dahinter. Und sie hatte einen eitlen Siebzehnjährigen davor bewahrt, den Transporter seines Vaters vom Parkstreifen direkt auf den Sand und vielleicht sogar ins Meer zu befördern. Bei dieser Maßnahme hatte die Mauer einen Stein eingebüßt, und diese Narbe war bis heute geblieben. Sie erinnerte mich fast jedes Mal an diesen Abend, als ich beobachtet hatte, wie sich der Wagen von Robin Findlay bewegte und ungebremst in die Mauer knallte. Ich hatte gerade zurück zu meinem Dad gehen und ihm beim Aufräumen helfen wollen. Doch als ich mich noch einmal kurz umgedreht hatte, um zu sehen, ob Hamish klarkam, nachdem wir zusammen seinen Vater auf die Rückbank verladen hatten … Es hatte fürchterlich gescheppert.

»Sicher, dass du klarkommst?«

»Bestens! Verzieh dich einfach, okay?«

Damit und mit Hamishs demonstrativ in die Höhe gestrecktem Mittelfinger hatte alles angefangen. Außer für den Stein, der sich aus der Mauer gelöst hatte.

»Nur, dass das klar ist …«, hob ich an und stieß Hamish sanft mit meiner Schulter an. »Dass du Autofahren kannst, glaub ich dir erst, wenn ich es sehe. Mit Kuppeln und allem.«

»Kein Problem.« Er grinste und trank sein – mein – Bier aus. Tatsächlich hatte dieses Pony nicht ganz so viel Schaden genommen wie das andere. Doch unbeschadet hatte es Hamishs Nikotinentzug auch nicht überstanden. »Wenn du willst, kann ich sogar den Warnblinker anstellen.«

Ich raunte ehrfürchtig. »Oder hupen?«

»Hupen ist meine Spezialität. In drei verschiedenen Aggressionsleveln.«

Ich lachte. »Das kann ich mir vorstellen. Oh Gott, vermutlich sitzt Harry demnächst bei uns im Pub und beklagt sich über vermehrte Beschwerden wegen Ruhestörung, weil ein Hamish Findlay mit einem Tobsuchtsanfall durch die Stadt … Was ist? Kommst du?«

Ich war die Stufen zur Tür des Pubs hochgelaufen und hatte schon die Hand auf den Türknauf gelegt. Hamish aber stand noch immer auf dem Bürgersteig. Er schaute an mir vorbei, vermutlich durch die große Fensterfront nach innen. Dann schüttelte er den Kopf. »Ich kann da nicht rein.«

»Schwachsinn. Irgendwo finden wir schon einen Platz.«

»Nein«, sagte er sehr bestimmt und sehr ernsthaft. »Isla ist da. Ich setz da keinen Fuß rein.«

»Verarschst du mich?«

»Nein.«

Ich sah zu dem Knauf in meiner Hand, dann wieder zu Hamish, der im Licht der Ecklaterne stand, und dessen Blick unmissverständlich klarmachte, dass er ernst meinte, was er sagte.

»Du hast Schiss vor meiner Mum?«

»Ich habe sehr tief empfundenen Respekt für deine Mum«, korrigierte er, was mein belustigtes Grinsen aber nicht aufhalten konnte. »Außerdem dachte ich …« Mit den zwei leeren Bierflaschen deutete er den Weg zurück, den wir gekommen waren und meinte vermutlich die Klippen, die noch ein Stück weit die Küste hinab lagen. »Seit wann hängen wir im *Thistle* rum?«

Ich nickte und ging die Stufen wieder zurück, bis ich vor ihm stand und ihm meine Hand entgegenstreckte. »Dann her mit den Flaschen, ich hol uns Nachschub.«

Täuschte ich mich, oder hörte ich da ein erleichtertes Aufatmen, als er mir die leeren Craftbeerflaschen in die Hand drückte, und seine Hände in den Jeanstaschen verschwinden ließ

»Feigling.«

Diesen Kommentar ließ Hamish unbeeindruckt über sich ergehen und rührte sich nicht von der Stelle, während ich mit den zwei niedergemetzelten Ponys mein zweites Zuhause betrat.

Mum bemerkte mich erst, als ich zu ihr hinter den Tresen huschte. Sie zapfte gerade ein Bier und brauchte zwei kurze Seitenblicke, ehe sie begriff, dass ihre Tochter da ein paar leere Glasflaschen bei dem übrigen Leergut verstaute und dann eine der Kühlschubladen aufzog.

»Hab ich was verpasst?«, fragte sie, strich den Schaum ab und zapfte noch mal nach. »Wolltest du heute aushelfen?«

»Nicht aushelfen«, korrigierte ich. »Ich wollte euch mal wieder beklauen …« Ich zog die angefangene Literflasche Cola aus der Schublade, die noch zu etwa zwei Dritteln gefüllt war. Perfekt. »Kann ich die nehmen? Dann hast du noch zwei volle …«

»Sicher. Aber nimm den Glenfiddich – den Zwölfer.«

Als ob ich das gute Zeug in Cola kippen würde. Ein Mal hatte ich mir diese Dekadenz erlaubt. Mums Gedächtnis war in diesen Dingen unnachgiebig. »Kein Whisky«, sagte ich. »Ich brauch Wodka.«

Mum stellte das Bier auf den Tresen und sah mich mit hochgezogenen Augenbrauen an. Den Zehner, den ihr John entgegenstreckte, ignorierte sie. »Wodka?« Ihren skeptischen Blick behielt sie auf, als sie zu den Fenstern schaute. »Mit wem bist du da?«

Ich seufzte nur. Wie viele Menschen kannten wir denn, die eher Wodka als Whisky mit Cola mixen würden? Statt einer Erklärung öffnete ich den Tiefkühler und zog zwei Flaschen hervor. »Welchen darf ich nehmen?« Als ob mich das vor Mums Urteil hätte bewahren können.

Sie hatte sogar die Hände in die Hüften gestemmt, während sie mit finsterem Blick nach draußen sah – falls ihr das über die Köpfe der Gäste hinweg überhaupt gelingen konnte. »Und er hat nicht mal die Eier, selbst reinzukommen?«

Ich zuckte mit den Schultern und entschied mich dann eben selbst für eine Flasche. »Er hat Angst vor dir. Freu dich.«

Tatsächlich schob sich ein zufriedenes Lächeln vor ihre finstere Miene. »Schön. Der Bengel soll es nicht wagen, einen Fuß … Doch nicht den Valt!« Sie nahm mir den Wodka aus der Hand, kaum, dass ich ihn geöffnet hatte. »Nicht für Hamish Findlay. Nimm den Smirnoff.«

Ich seufzte – schon wieder –, tauschte aber die Flasche um. »Ist das nicht etwas albern? Du hattest ihn mal gern, weißt du noch?« Die Colaflasche stellte ich geöffnet vor mich hin und kramte nach einem Trichter, um sie mit Wodka aufzufüllen.

»Ich hab ihn immer noch gern«, stellte Mum klar, was mich nun doch überraschte. »Aber dich noch ein bisschen mehr.«

Gut zu wissen … »Dir ist schon klar, dass da draußen ein

erwachsener Mann steht, der sich wegen diesem bisschen mehr nicht in unseren Pub traut, ja?«

Mum sah mich an, wie nur eine Isla Harris dreinschauen konnte – mit vor der Brust verschränken Armen und loderndem Stolz in ihrem Blick. »Gut so. Das heißt dann wohl, dass er es ernst nimmt.«

»Dass er *was* ernst nimmt?«, hakte ich nach.

Aber Mum schüttelte nur den Kopf. »Das soll dir der Junge mal schön selbst erklären.«

Der Weg zur Monsterhöhle

Aileen

Das dunkelblonde Haar zerzaust und die Hände in den Hosentaschen. An einem Juniabend vor fast vierzehn Jahren hatte Hamish genau so vor dem Pub gestanden und darauf gewartet, dass ich endlich rauskam – mit einem Rucksack voll Cola, Whisky und Wodka für die Party am Strand.

Er hatte unter dieser Laterne gestanden, anstatt ganz selbstverständlich in den Pub zu kommen, wie er es später getan hatte. Nachdem er auf der Terrasse seines Zuhauses endlich den Mut gefasst hatte, mich zu küssen. Dabei hatte ich schon an jenem Abend im Juni fest mit einem Kuss gerechnet, als ich mit dem viel zu schweren Rucksack die Treppenstufen möglichst elegant hinabstieg. Immerhin trug ich ein Kleid, und Hamishs Blick nach zu urteilen, fiel ihm das auch sofort auf.

Aber alles, was er sagte, war: »Startklar?«

Also hatte ich genickt. »Du hast keinen Bock, oder?«

Ein Schulterzucken war die Antwort gewesen. Das war seine Art von diplomatischem Geschick: Er tat nicht so, als könnte er sich nichts Besseres vorstellen, als mich zu dieser Party zu begleiten. Aber er ersparte mir auch den Hinweis darauf, wie wenig Lust er darauf hatte. Vor allem ersparte er wohl sich selbst die Nachfrage, warum er mich dann begleitete.

Seine Kapitulation vor den gesellschaftlichen Pflichten eines Siebzehnjährigen beantwortete ich, indem ich mich bei ihm unterhakte. »Vielleicht wird es ja gar nicht scheiße.«

»Martin und Ted haben sich das ausgedacht.«

»Dann wird es großartig«, hatte ich verkündet und kurz Hamishs Arm gedrückt. »Reiche Schnöseleltern. Vielleicht gibt es ein Pferderennen. Oder Stripperinnen oder … oh! Vielleicht hat Martin den Porsche von seinem Dad dabei? Wir könnten ein Wettrennen die Küstenstraße runter machen … Also du nicht, klar. Du kannst mein Beifahrer sein, wenn du willst.«

Ich war so aufgeregt gewesen, als ich das gesagt hatte. Genau, wie ich in seiner Nähe immer aufgeregt gewesen war. Aber nie ängstlich. Es war einfach so abwegig gewesen, dass Hamish mir mehr antun würde als einen dämlichen Streich. Dass er mir das Herz brechen könnte und meine Mum genug Groll gegen ihn hegte, um ihm den guten Wodka nicht zu gönnen? Undenkbar. Völlig ausgeschlossen.

Und nun stand er Jahre später wieder vor dem *Black Thistle* – die dunkelblonden Haare zerzaust, die Hände in den Hosentaschen. Seine Schultern waren breiter und das Gesicht unrasiert, während ich kein Kleid trug, sondern eine Literflasche mit Cola-Wodka-Gemisch und aufpasste, dass ich nicht über die Stufen stolperte, weil so viele Erinnerungen darauf lagen, in denen meine Füße sich verfangen konnten.

»Wodka«, verkündete ich und hob die Flasche etwas an. »Ich hoffe, du kannst mit Smirnoff leben. Mum hat den guten nicht rausgerückt. Hier.«

Ich reichte ihm die Flasche, Hamish öffnete sie und war diesmal vorsichtig genug, kurz daran zu riechen, ob ich ihm nicht doch wieder verbrannten Haselnussbaum unterjubelte. Erst nach dieser Prüfung nickte er, prostete mir mit einem feierlichen »Slàinthe« zu und nahm einen ersten Schluck. Diesmal stieß er kein ersticktes Husten aus, als er die Flasche wieder absetzte, sondern ein kehliges Lachen. »Ich hab vergessen, wie großzügig deine Mischungen sind.«

»Slàinthe, ja?« Ich nahm ihm die Flasche ab und kostete selbst von dem Wodka-Cola-Mix. »Wen willst du damit beeindrucken? Dad ist nicht da.« Mit einem Nicken deutete ich zu der Scheibe, vor der wir standen.

»Der nicht. Aber deine Mum.«

»Sie kann uns gar nicht hören. Sehen auch nicht«, stellte ich klar. »Da sind viel zu viele Leute, die größer sind als sie.«

»Hm«, machte Hamish nur unbeeindruckt und wandte sich mit mir vom Pub ab, um zurück und in Richtung der Klippen zu laufen. »Ich geh lieber auf Nummer sicher.«

Ich lachte. Ging gar nicht anders. »Das ist jetzt schon das zweite Mal, dass du dich einschleimst. Erst Martin – Fick dich – Calhoun und nun meine Mum.«

»Ich hab dir doch schon erklärt, dass das mit Martin eine strategische Maßnahme war. Kein Schleimen. Ich hab nur seine Frau gegen ihn ausgespielt. Sieht ein Blinder, dass der Kerl in seiner Ehe nichts zu sagen hat. Und ab der Nummer mit der abwesenden Mum und ein paar Phrasen von mir, wie traumatisch so etwas für einen Jungen ist, hatte Martin keine Chance mehr.«

»Du meinst ab der Nummer mit der toten Mum«, korrigierte ich ihn.

Hamish zuckte mit den Schultern und nahm mir die Flasche ab. »Vielleicht haben sie ein paar Dinge interpretiert, und ich habe nichts erzählt, das sie nichts angeht. Nicht mein Problem.«

»Hm«, machte ich, als müsste ich erst noch die Glaubwürdigkeit seiner Worte abwägen. Dabei stand die überhaupt nicht infrage. Vor allem war mir Martin ziemlich egal im Vergleich zu *»Doch nicht den Valt! Nicht für Hamish Findlay. Nimm den Smirnoff«*. »Okay, raus mit der Sprache.« Ich sah Hamish unverwandt an und gab mir Mühe, dabei nicht gegen eine der Laternen zu laufen, die hier noch genug Licht spendeten, um wenigstens ein bisschen aus seiner Mimik lesen zu können. Sobald wir hoch in Richtung Küstenstraße laufen würden, war die Chance dafür vertan. Ich hatte zwar diese winzige Taschenlampe in der Tasche links über meinen Rippen, aber ich würde den Teufel tun, Hamish damit ins Gesicht zu leuchten.

Ich wartete, bis er meinen Blick erwiderte – standesgemäß mit leicht gehobenen Augenbrauen und einem perfektionierten Keine-Ahnung-wovon-du-redest-Blick.

»Was läuft da zwischen dir und meiner Mum?«

»Was zwischen uns läuft?« Seine Lippen verzogen sich zu einem breiten Grinsen. War ja klar, dass er meine Frage lieber auf den Arm nahm, als ihr zu antworten. »Definitiv nichts, worüber Tavish oder du sich Sorgen machen müssten.«

Ich seufzte das genervteste Seufzen, das ich in meinem Repertoire finden konnte. »Komm schon. Was ist da passiert? Du traust dich nicht in den Pub. Wie so ein Dämon, der nicht über Salz treten kann. Und Mum hat sofort gewittert, dass ich mit dir unterwegs bin, sobald ich nur nach dem Wodka gefragt habe. Wieso?«

Hamish trank, verzog leicht das Gesicht und sah mich dann wieder an. »Was glaubst du wohl, hm? Ich hab ihr Baby verlassen und das nicht auf …« Er atmete tief durch. Ohne ein Räuspern diesmal, aber viel fehlte nicht. »Das hattest du so nicht verdient. Logisch, dass sie mich hasst. Ich versteh das. Sollte irgendwer Nick mal so abservieren, ich würde bis an mein Lebensende dafür sorgen, dass ihre oder seine Lieblingsschaukel immer besetzt ist. Und wenn ich da selbst drauf sitzen muss.«

So, Debbie. Und jetzt sag du mir bitte, wie ich Henry Cavill die Treue halten soll, wenn dieser Typ hier mir solche Bilder in den Kopf setzt.

Ich grinste über die Vorstellung von Hamish, der auf einer

Schaukel saß und Finola klarmachte, dass sie es vergessen konnte, je wieder auf diesem Ding zu schaukeln. Aus irgendeinem Grund war es Finola, die ich dabei vor Augen hatte … »Ich finde, du solltest wissen, dass Mum dich nicht hasst.«

»Ach …«

»Hat sie mir gerade gesagt. Dass sie dich immer noch gern hat, aber mich hat sie nun mal lieber als dich. Also sollst du es nicht wagen, einen Fuß in ihren Pub zu setzen. Aber es schien sie zu freuen, dass du das ernst nimmst – was auch immer …«

»Ist das eine indirekte Frage?«

»Keine Ahnung«, gestand ich und bog mit Hamish zwischen die Häuserzeilen in den Weg ab, der uns hoch zur Küstenstraße führen würde. »Nur, wenn mich die Antwort was angeht. Sonst nicht. Sonst war mir nur wichtig, dass du das weißt.«

Er nickte, sagte »Okay« und beließ es dabei.

Na schön. Dann eben nicht. Vermutlich war es ohnehin zu viel. Wie lang waren wir unterwegs? Eine halbe Stunde? Eine ganze? Es war leichter und schöner gewesen, als ich es gedacht hätte. Und gleichzeitig schwieriger. Man konnte nicht dreizehn Jahre an einem einzigen Abend aufholen. Aber diese Jahre und das eine, das ihnen vorausging, konnten sehr wohl immer wieder Fallstricke über den Weg spannen, den man entlanglief. Es war vermutlich ein Wunder, dass wir uns bisher nur leicht verheddert hatten, aber noch nicht auf die Schnauze geflogen waren.

»Dein Job«, sagte ich also. Das war schlicht die nächstbeste Stelle, von der ich glaubte, dass wir von dort besser weiterkamen als von *»Was genau ist zwischen dir und Mum vorgefallen?«* »Ich bin neugierig. Was ist aus Hamish Findlay geworden? Du hast immer nur gemeint, du willst später auf keinen Fall Anzug und Krawatte tragen müssen. Und dass du irgendwas mit Sinn machen willst …« Mir war schon damals klar gewesen, dass ich Lehrerin werden wollte, aber vermutlich im Pub meiner Eltern hängenbleiben würde. Hamish allerdings hatte größere Pläne gehabt. Unkonkrete, kein bisschen durchdachte, aber große Pläne.

Süße achtzehn waren wir da gewesen. Und nun mit einunddreißig sah Hamish mich mit einem Blick an, der sich nicht zwischen Belustigung und Resignation entscheiden konnte. »Täuscht das oder redest du mehr als früher?« Erst, als seine Mundwinkel zu einem amüsierten Lächeln zuckten, entschied sich auch das übrige Gesicht. »Nervös?«

Ich besah ihn mit einem stummen »Dein Ernst?«, an dem meine gesamte Mimik teilnahm, nicht nur meine Augenbrauen. »Nervös …«, wiederholte ich und überlegte kurz, ihm die Colaflasche abzunehmen und auf das angegriffene Etikett zu deuten, um die Frage zurückzugeben. Nur war ich noch nie gut darin gewesen, Hamish in seine eigenen Unsicherheiten reinzuschubsen. Ich war immer diejenige, die ihn dort herausholte. »Wieso sollte eine Frau denn nervös sein, wenn sie nachts allein mit irgendeinem Mann unterwegs ist? Was, wenn du mir nur Mist erzählt hast und in Wahrheit doch deine Frau auf dem Gewissen hast? Und die Arme verrottet jetzt im Keller eures alten Hauses.«

Das war etwas weit ausgeholt, aber Hamish lachte leise und schüttelte seinen Kopf. »Ich bin nicht sicher, ob so ein Keller der cleverste Ort dafür ist.«

Ich zuckte mit den Schultern. »Niemand hat behauptet, du wärst clever. Und nur, dass du es weißt: Debbie ist informiert, dass ich mit dir unterwegs bin. Sollte ich morgen nicht auftauchen, wird sie bei der Bucht nach meiner Leiche suchen lassen.«

»Hm …«, brummte Hamish. »Das macht die Sache jetzt natürlich kompliziert …« Kurz sah er über seine Schulter. Nicht zurück dorthin, woher wir gekommen waren, sondern in die

Richtung, in der das Haus seines Vaters lag. »Dann werde ich wohl das Auto brauchen …«

»… das du angeblich fahren kannst«, ergänzte ich.

»Das ich ganz hervorragend fahren kann«, berichtigte er mich. »Das muss ich also holen und dich … du kennst dich besser aus: Wo würden sie zuerst nach dir suchen?«

»Ich bin nicht sicher … So, wie ich Harry kenne, würde er die Küste absuchen und dann die Waldstücke in der Gegend …«

»Also werde ich wohl irgendeinen Acker nehmen …« Er nickte, als müsste er sich an den neuen Gedanken gewöhnen. Dann sah er mich an. Es war fast dunkel, doch seine Stimmlage verriet mir die Art von Blick, mit dem er mich bedachte. Prüfend, aber warm. »Du hast nicht wirklich extra einer Freundin Bescheid gegeben, nur weil du mit mir unterwegs bist, oder?«

Ich zuckte mit den Schultern – wie man das eben so macht, wenn man die sehr realistische Befürchtung hat, dass man gerade rot wird. »Doch, natürlich.« Ich räusperte mich – nur aus einem anderen Grund, als Hamish das immer tat. »Ich sag ihr immer Bescheid, wenn ich mich mit fremden Männern treffe.« *Oder mit dir. Du glaubst doch nicht ernsthaft, dass ich ihr nicht erzählt habe, dass ich ausgerechnet mit dir unterwegs bin? Du kennst mich besser, Hamish. Früher warst du derjenige, dem ich alle aufregenden Dinge sofort erzählen musste. Und heute bist du eben selbst die aufregende Sache. Das muss dir doch klar sein …*

»Bei denen hat das auch Sinn. Aber ich bin doch nicht irgendein fremder Mann.«

Es ist dir also nicht klar … Fast hätte ich darüber gelacht, wie recht er mit seinen Worten hatte. Er war kein Fremder. Er war immer noch derselbe begriffsstutzige Hamish von früher. Die Erleichterung darüber war so groß, dass ich fast über sie gestolpert wäre, als wäre sie eine dieser Erinnerungen, die versuchten, mir hin und wieder ein Bein zu stellen. »Du hast ja selbst gesagt: Das ist alles ziemlich lange her.«

Ich hörte Hamish neben mir sehr geräuschvoll einatmen. Was folgte war kein Luftanhalten und auch kein Räuspern, sondern ein unverhohlenes Schnaufen, das vielleicht genervt klingen sollte, vielleicht eingeschnappt, möglicherweise aber auch ertappt. So, wie ich Hamish kannte, ging das Letzte immer mit einer der beiden anderen Optionen einher. »Du willst also mehr über Tankkarten wissen, ja?«

»Oh, scheiße, nein!«, stieß ich aus. »Aber über den anderen Job. Den geilen …«

Mittlerweile hatten wir die Küstenstraße erreicht und folgten ihr bergauf. Hamish ließ sich ein paar Schritte lang Zeit, ehe er mir antwortete. »Ich hatte ein Team von vier Leuten, und unsere Aufgabe waren die Deals. Der offizielle Name dafür ist Vertrieb, aber in Wahrheit hatten wir den besten Job von allen.«

»Also die coolen Kids?«

Er lachte. »So cool, dass selbst die Lehrer mit ihnen befreundet sein wollten.« Er stieß mich sachte mit der Schulter an, aber ich glaubte, das Grinsen, das ich auf seinem Gesicht erahnte, galt der Erinnerung und nicht mir. »Du weißt ja … Letzte große Wünsche für Kinder und Teenager. Man sollte meinen, dass das etwas ist, wobei viele Leute helfen wollen, aber ehrlich gesagt ist das alles nur Business. Wenn Disneyland einem Kind mit Pflegeteam kostenfreien Eintritt gibt und ein paar Studenten in Kostümen abstellt, um den kleinen Patienten zu bespaßen, machen die das nicht aus purer Nächstenliebe. Kein Star besucht eine krebskranke Fünfzehnjährige im Krankenhaus, ohne dass der Agent vorher das Maximum an Gage oder Prestige rausgeholt hat. Und kein Unternehmen spendet Unsummen für solche Zwecke ohne eine Gegenleistung. Wäre schön, wenn es so wäre, aber …« Er zuckte mit den Schultern. »Dann hätte ich nichts zu tun gehabt, hm?«

»Also hast du … was? Die Verträge ausgehandelt?«

»Ganz genau. Und je größer das geldgeile Arschloch, umso mehr Spaß bei den Verhandlungen.«

Ich nickte. Ich nickte eine ganze Weile, dann schüttelte ich den Kopf. »Keine Chance. Der Hamish, den ich kenne, haut Arschlöchern aufs Maul. Das passt überhaupt nicht, ich meine … Gelten blutverschmierte Verträge überhaupt?«

»Man kann solchen Wichsern auch verbal aufs Maul hauen. Sobald man einmal weiß, wie das geht … Im Prinzip war die Argumentation immer dieselbe. Egal, ob es um Spenden oder die Wunscherfüllung ging. Man muss den Leuten einfach nur klarmachen, worüber man da eigentlich redet, und sie aus ihrem Elfenbeinturm schubsen. Ab dort ist der Rest ein Kinderspiel und …« Er seufzte sehr, sehr tief. »Na ja und jetzt erkläre ich Einkaufsleitern von mittelständischen Unternehmen die Vorteile einer Premiumkarte, die volle Flexibilität zwischen Treibstoffanbietern gewährleistet.«

»Hättest du nicht … Es gab keine Option, deinen alten Job zu behalten?«

Er schüttelte entschieden den Kopf, während er einen großen Schluck aus der Colaflasche nahm. »Nein. Kaleigh und ich haben zwar nicht den gleichen Namen, aber … Die müssen die Veruntreuung offiziell machen. Wenn das anders rauskommt als auf offiziellem Weg … Und ich war Hauptansprechpartner bei den Spendern, die die richtige Kohle eingebracht haben. Früher oder später wird man die Verbindung zu Kaleigh herstellen. Die können sich nicht erlauben, mich dann noch zu beschäftigen. Das hat man mir ziemlich deutlich gemacht.«

»Also Tankkarten …«, schlussfolgerte ich.

»Also Tankkarten.« Hamish nickte. »Du glaubst nicht, was

für eine Wohltat es war, Martin – Fick dich – Calhoun einen Besuch abzustatten.«

Fast hätte ich gekichert. Einfach, weil Hamish diesen Namen übernommen hatte und es klingen ließ, als hätte unser ehemaliger Mitschüler nie anders geheißen. »Doch, so langsam bekomme ich eine Ahnung, wieso ... Hey, wo willst du hin?«

Wir hatten längst den Weg erreicht, der von der Küstenstraße abging und zu den Klippen führte. Doch Hamish war einfach daran vorbeigelaufen. *Das ist alles ziemlich lange her ...*

Hamish sah mich einen Moment lang nur irritiert an, als er sich zu mir umwandte. Mit demselben Blick besah er auch die Flasche in seiner Hand und schüttelte den Kopf. »Scheiße, mit Nick dauert das Herlaufen immer viel länger, deshalb ...« Noch ein Kopfschütteln, dann hielt er mir die Wodka Cola entgegen. »Hier. Du musst aufholen.«

Mit Nick, also ... Vielleicht war der Wodka schuld daran, dass sich dieser zarte Druck der Melancholie auf meinen Magen legte. Trotzdem trank ich, um ihn etwas zu mildern. Ich wusste, dass Hamish ein Kind hatte. Das wusste ich seit Jahren. Dieses Kind saß in meiner Klasse und sah aus wie er. Und ich mochte den Jungen. Alles. War. Okay. War es die ganze Zeit gewesen.

Nur war ich diese ganze Zeit lang nüchtern gewesen. Nüchtern ließ sich »Aus den Augen, aus dem Sinn« hervorragend umsetzen. Selbst dann, wenn es nicht mehr zutraf. Und nun verwischte dieser Schutzwall. Der Mann, der neben mir zu den Klippen trottete, war Hamish. Er war erwachsen geworden. Und doch war er noch immer so sehr derselbe, dass er mir fehlte. Scheiße, wir verbrachten nach Jahren das erste Mal wieder Zeit miteinander, und er fehlte mir, als wäre er nicht da, sondern gerade aufgebrochen, um mich zurückzulassen. Vielleicht für die nächsten dreizehn Jahre.

»Ihr seid öfter hier?«, hörte ich mich fragen. Zeitgleich rollte ein Teil von mir mit den Augen. *Ja, Aileen. Frag ruhig noch nach und mach es schlimmer. Bravo!* »Lass mich raten, die Monsterhöhle?«

»Selbstverständlich. Nick liebt Monster und alles, was ich mir dazu … Moment mal. Du kennst die Monsterhöhle?«

Ich nickte, nahm noch einen Schluck von der Cola, in der ich den Wodka nicht einmal mehr schmeckte, und atmete tief durch. Täuschte ich mich, oder wurde das wehmütige Gefühl langsam leichter? Vielleicht war es ja nichts anderes als der Effekt, den es hat, wenn man auf eine schmerzende Stelle drückt. So lange, bis der Schmerz gar nicht mehr da ist. »Logisch kenn ich die. Mein Dad hat mir zig Geschichten davon erzählt. Ich hab mich als Kind nur zum Spazierengehen überreden lassen, wenn es zu den Monstern ging, und wir auch in die Flüsternische geklettert sind.«

»Welche Flüsternische?«

Unmöglich. Unmöglich konnte er die nicht kennen. »Vielleicht nennt ihr die anders … Die Einbuchtung im Felsen? Wo man die Monster hört? Bei diesem Balkon? Wir haben es immer Balkon genannt …«

Er schüttelte den Kopf. »Keine Ahnung, was du meinst.«

»Aber …« Ich sah nach vorn zu den Klippen, die einen großen Bogen um die Bucht schlugen. Hier vom nördlichen Ende konnte man die Höhle sehen, die in den Felsen lag – dort, wo die Klippen sich im Süden wieder ins Meer verjüngten. Bei Flut verschwand sie fast vollkommen im Wasser, dafür war das Gurgeln und Zischen umso lauter, wenn die Wellen in diesem Hohlraum wüteten. Wenn man am südlichen Zipfel stand, konnte man es deutlich hören. Und hin und wieder klang es, als würde ein Monster brüllen. In dieser Nische im Felsen aber hörte man sie sogar flüstern und knurren. »Die Flüsternische ist das Beste daran. Du musst doch … Komm mit.« Ich streckte meine Hand nach Hamish aus und hätte fast nach seiner gegriffen. Stattdessen berührte ich nur kurz seinen Unterarm mit einem entsetzlich unbeholfenen und unnötigen Tätscheln. Oh Gott … Ich konnte fast hören, wie mein siebzehnjähriges Ich mich anschrie, dass das abnormal peinlich war. Aber das war gut. Das war besser, als der ersten großen Liebe nachzuheulen, während die verdammt noch mal neben einem her lief.

»Du willst jetzt wirklich bis zur Höhle laufen und Monster belauschen?« Hamish ließ es sich nicht nehmen, wie ein belustigter Teenager zu klingen, der nun wirklich zu cool für so einen Scheiß war.

»Angst?«

Er schnaufte. Er schnaufte sogar so empört, dass es richtig niedlich war, während wir den Rand der Küste erreichten und auf den Weg einbogen, der an ihr entlangführte. Ich lief voraus und Hamish leicht versetzt hinter mir. Wie früher. Nur, dass seine Hand nicht an meiner Taille ruhte, falls ich strauchelte und Gefahr lief, den Abhang links von uns hinunterzustürzen. Was würde wohl passieren, sollte ich diesmal stolpern? Würde er mich festhalten oder fallen lassen, weil er vergessen hatte, wie genau man das verhinderte?

»Schwachsinn. Erzähl nur Nick nicht, dass wir ohne seinen Geist hier sind. So viel Fahrlässigkeit wäre zu viel für ihn.«

»Du meinst Boo?« Wenn ich mich richtig erinnerte, nannte Nick das Nachtlicht so.

»*Sir* Boo«, korrigierte Hamish. »Das ist wichtig.«

»Nick legt also Wert auf Titel, hm?«

Hamish seufzte auf diese leicht verlegene Art, die manchmal mit einem Kopfschütteln, manchmal mit einem Lächeln daherkam. Ich war sicher, dass es diesmal ein Lächeln sein musste, da es immer noch auf seiner Stimme zu hören war, als er erzählte. »Sir Boo war ein Ritter, als er noch ein Mensch gewesen ist. Deshalb kennt er sich ziemlich gut mit Monstern aus.«

Oh Shit. *Henry Cavill, Henry Cavill, Henry Cavill. Henry. Cavill.*

»Das klingt wirklich süß.« Keine Ahnung, ob Hamish mich über die Brandung hinweg überhaupt verstand. Meine Stimme war leise, weil ich Schiss hatte, dass sonst nicht mehr als ein albernes Krächzen rausgekommen wäre. Es gab einfach zu viele Gründe dafür, wieso sie kapitulieren konnte.

Hamish schien mich verstanden zu haben. Er antwortete mit einem eher leidenschaftslosen »Hm« und rang sich erst mit einem tiefen Atemzug zu ein paar mehr Worten durch. »Als Kaleigh ihm das Ding geschenkt hat, wollte Nick den Geist nur Boo nennen. Aber seine Mutter war der Meinung, in *ihrem* Sohn würde mehr stecken als ein albernes Boo. Also hat sie ihm erklärt, dass Geister die Seelen von Menschen sind, die mal gelebt haben. Und dass Menschen nicht Boo heißen … Pass auf, da kommt gleich …«

»Ich weiß.« Es war wohl gut, dass er mein Gesicht nicht sehen konnte. Das verriet mit Sicherheit zu deutlich, wie sehr ich mochte, dass er daran dachte – an diese Stelle des Weges, wenn man an den Felsen mit dem gelben Ginster vorbei ist. Dort, wo der ausgetretene Pfad eine steile und steinige Stufe nach unten macht. Einmal hatte ich nicht daran gedacht und hatte mir einen ordentlich aufgeschürften Unterarm zugezogen, als ich mich abgefangen hatte. Vielleicht hielt Hamishs Hand mich nicht fest, wie damals. Aber das hieß nicht, dass er vergessen hatte.

»Also«, nahm ich seine Erzählung wieder auf und setzte behutsam meine Schritte diese Stufe hinab. »Boo heißt immer noch Boo, nur mit Adelstitel. Also hat Nick sich durchgesetzt?«

»Der Junge wusste überhaupt nicht, was sie von ihm wollte«, erzählte Hamish weiter und nahm diese Unebenheit mit großen, sicheren Schritten, als wäre ausgeschlossen, dass er ausrutschen könnte. Bisher hatte er damit immer recht behalten, was ich schon mit siebzehn angeprangert hatte. »Vermutlich hätte Kaleigh sich nur mit einem Barnaby oder so was zufriedengegeben. Was auch immer der Scheiß sollte.« Er schnaufte, holte zu mir auf und streckte seine Hand in meine Richtung aus, um nach der Flasche zu greifen. »Also hab ich ihr recht gegeben, wie ein guter Mann das macht, und festgelegt, dass Nicks Monster dringend einen Geist brauchen, der früher mal ein Ritter gewesen ist. Und wer zum Ritter geschlagen wird, bekommt einen Titel. Also Sir Boo.« Hamish ließ sich ein leises, gehässiges Lachen nicht nehmen, während er die Flasche an seine Lippen setzte. »Gott, Kaleigh war so sauer …«

Verstehe, dachte ich. Also ist der Titel nicht für Nick wichtig, sondern für dich. Nur wusste ich nicht, was ich sagen sollte. Ich würde den Teufel tun, auch nur ein Wort über Hamishs Frau zu verlieren. Gleich gar nicht, während eine ganz, ganz leise Stimme in meinem Kopf sich fragte, ob es anders gelaufen wäre. Zwischen ihm und mir. Wenn wir nicht … *Stopp, Aileen. Kein Wodka mehr für dich. Und auch keine Fragen, auf die es gar keine Antwort geben kann.*

Hamish schien mein unsicheres Schweigen gar nicht zu bemerken. Er nutzte es, um weiterzureden. »Aber ich glaube … Kaleigh hat ihm den Geist geschenkt. Und was der Therapeut sagt, mit den Monstergeschichten und dem Verbindung knüpfen, das klingt logisch. Ich bin nur manchmal nicht sicher, ob Nick die Monster nicht eher vorschiebt, um einen Grund zu haben, dieses Nachtlicht rauszukramen, das er von seiner Mum bekommen hat. Um ihr näher zu sein oder so … Egal. Ist nur so ein Gefühl, weil …« Er stockte, und ich hätte meinen Flachmann darauf verwettet, dass er auch die Stirn runzelte, während er die Flasche in seiner Hand mit einem Kopfschütteln ansah. Dann hielt er mir das Ding entgegen. »Scheiße, ich vertrag echt nichts mehr. Das sollte ich dir alles gar nicht erzählen.«

»Schon gut«, murmelte ich und nahm ihm die Flasche wieder ab. Dabei war ich mir sicher, dass nicht der Wodka die Schuld daran hatte, dass Hamish so viel erzählte. Und auch nicht an dem, woran ich nicht denken wollte. Vielleicht passierte das einfach, wenn man etwas weiter spazierte, als dreizehn Jahre reichten. Plötzlich war die Zeit egal, und man stellte sich Fragen, die längst verblasst sein sollten. Oder man erzählte Dinge, die den anderen nichts angingen. Weil man einfach vergessen hatte, dass es so war. Ich glaube, manchmal ist Zeit nicht so konstant, wie wir immer denken.

Aber das konnte ich Hamish so nicht sagen. Das war mir klar. Also nickte ich bloß und schenkte ihm ein Schmunzeln. »Das nächste Mal bleiben wir einfach beim Bier.«

Er sah mich an, erwiderte mein eher vorsichtiges Lächeln, nickte und sagte »Okay.«

Ich war mir sicher, dass ihm klar war, wie bescheuert das war. Dass er wusste, dass mir ganz andere Antworten und Fragen durch den Kopf gingen. Und dass er dankbar war, dass ich sie für mich behielt.

Von wegen du verträgst nichts mehr … Wie lange ist es her, dass du mit jemandem reden konntest? Richtig reden …

Ist es okay für dich, dass ausgerechnet ich es bin, bei der du ein bisschen was los wirst? Früher war es auch so, aber früher ist so lange her … Für mich ist es in Ordnung so, aber was ist mit dir?

Wie geht es dir, Hamish? Du hast mir so viel erzählt, aber diese Frage hast du mir immer noch nicht beantwortet.

James fucking Blunt

Hamish

»Es geht ihm gut. Wirklich. Das Lieblingsessen diese Woche sind mal wieder Spaghetti mit Ketchup. In der Schule kommt er gut mit. Ich glaube, in Edinburgh waren sie schon etwas weiter.«

»Glaubst du?«

»Ja.«

»Und das kannst du seine Lehrerin nicht fragen, um sicher zu sein?«

»Ist das wirklich wichtig, solange er klarkommt?«

»Natürlich ist das wichtig. Du weißt, wie sehr ihn das frustriert, wenn er schlechte Noten schreibt.«

»Weiß ich. Und ich weiß auch, wer ihm den Schwachsinn eingeredet hat, Kaleigh. Wie dem auch sei: Er geht gern in die Schule. Er erzählt immer von einem Ben und einer Sarah. Also findet er Freunde. Scheiß auf die Noten.«

»Sieht seine Lehrerin das genauso?«

»Ich muss das hier nicht machen. Das weißt du, oder?«

Das Aquarium im Klassenzimmer, gemachte Hausaufgaben und neue Freunde. Das war, was ich Kaleigh letzten Donnerstag bei unserem wöchentlichen Telefonat erzählt hatte. Kein Wort über den Albtraum in der Nacht davor, bei dem Nick ins

Bett gemacht und dann bei mir auf der Couch geschlafen hatte. In seinem Traum war ich von Monstern aufgefressen worden. Und nachdem seine Tränen versiegt waren, hatte er sich Sir Boo geschnappt und war mit ihm zu mir ins Wohnzimmer gezogen. Zur Sicherheit. Am nächsten Tag hatte ich meinen Nacken kaum bewegen können, weil dieses elende Sofa schon für mich allein zu schmal war. Nichts davon hatte ich Kaleigh erzählt. Weil ich sicher war, dass alles davon direkt bei ihrem Anwalt gelandet wäre.

Ich atmete tief ein und schüttelte den Kopf. Mit Kaleigh konnte ich mich morgen wieder auseinandersetzen. Pünktlich um halb eins, wie jeden Donnerstag. Das war noch genug Zeit, um zu entscheiden, wie viele Details aus der vergangenen Woche ich ihr erzählen wollte. Nicks kleine Diebstähle? Dass er ein Mädchen geschubst und dabei verletzt hatte? Dass er seitdem eine eklatante Faszination für Wundnähte entwickelte? Dass er mich erst Sonntag den letzten Nerv gekostet hatte, weil er heulend in seinem Zimmer gesessen hatte und einfach nicht hatte sagen wollen, was zur Hölle mit ihm los war? Dass ich ihr die Schuld daran gab, dass es so war, und trotzdem lieber seiner *Lehrerin* davon erzählte als seiner Mum?

Dabei war ich mir nicht einmal sicher, ob das okay war. Nicht generell, sondern für sie. Ich hatte keine beschissene Ahnung, ob sie damit klarkam, wenn wir über Nick redeten, und trotzdem tat ich es einfach. Weil es leicht war, mit ihr zu reden.

»Hamish?«

»Hm?« Ich musste ein paarmal blinzeln, ehe ich mich von meinen Gedanken losgemacht hatte und Leena ansehen konnte.

Sie trug dieses bestimmte Lächeln auf dem Gesicht, das so aussah, wie ein wehmütiges Seufzen klang. Früher hatte sie mich nie so angesehen, ohne dabei die Hand nach mir auszustrecken und mit ihren Fingern über meinen Nacken oder durch meine Haare zu streichen. Ihr stummes »Ich weiß«, mit dem sie meiner Stille geantwortet hatte. Auch die erwachsene Leena streckte mir ihre Hand entgegen – die mit der Colaflasche.

»Du siehst aus …«, hob sie an, brach den Satz aber mit einem unsicheren Schulterzucken ab. »Ich kann dich grübeln hören. Also dachte ich … hier. Auch, wenn du's nicht mehr verträgst. Scheiß drauf, hm?«

Ich schmunzelte, weil Leenas Bemerkung alte Erinnerungen weckte. *»Ich kann hören, wie du nachdenkst. Also, was ist los?«* Und ich nahm die Flasche, weil sie sonst nie damit aufgehört hätte, sie mir entgegenzuhalten. Die Hartnäckigkeit, mit der sie früher aus mir herausbekommen hatte, was mir durch den Kopf ging, legte sie nun wohl in die Aufgabe, mich abzufüllen.

»Ich hab nur …« *Denk nach, Mann. Lass dir irgendwas einfallen.* »Ich hab mich nur gefragt, wie wir es geschafft haben, ständig hier zu sein, und trotzdem wusste ich nicht, dass du die Monsterhöhle kennst.« Genauso gut hätte ich sie fragen können, wieso sie ihre Haare jetzt nicht mehr blondierte und ihre Locken nicht mehr glättete. Oder wie es gewesen war, Martin – Fick dich – Calhoun zu küssen. Unterm Strich musste ich wohl festhalten, dass Denken an diesem Abend nicht mehr zu den Stärken gehörte, auf die ich mich verlassen konnte.

Leena nickte langsam. Sehr, sehr langsam. Ihr war völlig klar, dass ich Schwachsinn redete. »Wenn dich *die* Frage wirklich derart beschäftigt, dann … Also, dann fürchte ich, dass du sogar noch weniger verträgst, als du denkst. Wir waren Teenager, auf dem Zenit unserer Weisheit. Da redet man nicht über so eine Kinderkacke wie Monsterhöhlen.« Sie ließ mir mein dämliches Ausweichmanöver also durchgehen. Und scheiße, sie gab sich sogar richtig Mühe damit.

»Monsterhöhlen sind keine Kinderkacke«, entgegnete ich.

Und nichts weiter. Meine Fresse, man konnte meinen, ich hätte in meinem ganzen Leben noch nie eine Unterhaltung geführt. Vor allem nicht mit einer Frau und gleich gar nicht mit dieser. Das war doch beschissen. Ich konnte die emotionale Überheblichkeit einer Mrs Calhoun im Handumdrehen einfangen oder Geschäftsführern von Großkonzernen fünf- und sechsstellige Beträge für einen guten Zweck aus den Rippen leiern. Aber Leena Harris ließ ich gegen eine Wand aus Themen laufen, die sie überhaupt nichts angingen. Als gäbe es nicht genug, die sie betrafen und die obendrein mehr Klärungsbedarf hatten als ein scheiß Nachtlicht.

Leena war das Mädchen, das ich geschubst hatte. Selbst Nick hatte genug Courage gehabt, um zuzugeben, dass das dumm gewesen war. Er war zum Haus des Mädchens spaziert und hatte nicht mal gezögert, ehe er auf die Klingel gedrückt hatte. Der kleine Kerl hatte ihr sogar ein Bild gemalt. Während ich … Nun, ich war achtzehn Jahre alt gewesen und hatte es gerade einmal fertiggebracht, zum Telefonhörer zu greifen und schlechtes Timing zu beweisen. Es konnte doch nicht sein, dass ein Siebenjähriger dickere Eier hatte als ich.

»Ja, aber ich glaube, man muss erst erwachsen werden, um das zu kapieren. Mit siebzehn oder achtzehn ist man zu geblendet von der eigenen Coolness. Du zuerst.« Sie deutete auf den Zaun, der den offiziellen Weg am Klippenrand beendete und die Touristen wie brave Herdentiere in Richtung Dunnotar Castle leitete. Die Einheimischen allerdings … Sagen wir, wir brachten unseren Kindern immerhin bei, dass sie hinter diesem Zaun nichts ohne einen Erwachsenen verloren hatten.

Ich schlüpfte zuerst hindurch. Aus irgendeinem Grund war ich immer der Erste gewesen, um dann auf der anderen Seite zu stehen und Leena dabei zuzusehen, wie sie sich ihre Kapuze über den Kopf zog. Ich hatte ihr mal unterstellt, dass sie das nur tat, um zwielichtiger aussehen zu lassen, was ohnehin jeder hier machte. Ihre Behauptung war, dass sie nur mit den Haaren nicht am Draht hängen bleiben wollte.

Auch an diesem Abend zog sie sich die Kapuze ihres Pullovers über den Kopf, kletterte zwischen den zwei Drähten hindurch und ich … Es war eine alte Gewohnheit. Davon hatte ich an diesem Abend schon zu viele ignoriert, also ließ ich wenigstens diese eine zu. Meine Hand streckte ich fast automatisch nach Leena aus und bekam die Bänder ihrer Kapuze gerade rechtzeitig zu fassen, ehe sie sich den Stoff wieder vom Kopf geschoben hatte. Ich zog an den Enden – nicht so stark wie früher, aber genug, dass ihre Augen hinter dem Saum verschwanden und ich nur noch sehen konnte, wie ihre Lippen sich zu einem schiefen Lächeln verzogen.

»Sehr erwachsen, Hamish.«

Dieselben Worte. Und genauso wie damals schlug ihre Hand in meine Richtung und verfehlte mich, ehe sie sich die Kapuze vom Kopf streifte und mich ansah. »Spinner …« Es folgte ein Kopfschütteln, dann marschierte sie weiter die Klippe entlang und ich folgte ihr. So, wie es immer gewesen war. Offenbar verloren sich solche Details nicht in der Zeit. Und ich fragte mich sofort, ob das auch für alles andere gelten mochte, bei dem wir aufeinander eingespielt gewesen waren. Ob auch beim Sex alles noch genauso ablaufen würde … Vermutlich nicht. Wir waren beide erwachsen geworden und hatten dazugelernt. Und Scheiße, ich musste mir eingestehen, dass ich neugierig war, worauf Leena mittlerweile … *Stopp. Falscher Zeitpunkt, falscher Ort. Falsche. Frau.*

»Deine Mum«, setzte ich an und musste mich kurz räuspern, ehe ich weitersprach. Diesen Faden hatte ich schon vor dem Zaun aufgreifen wollen. Dort hatte ich noch meine Bedenken gehabt, aber nun schien mir dieses Terrain sicherer, als meinen Gedanken weiter freien Lauf zu lassen. »Hat sie dir je erzählt, dass ich angerufen habe?«

Zugegeben, der Einstieg war weder elegant noch zielführend. Dass Leena sich nur mit einem irritierten »Hm?« zu mir umdrehte, hatte ich mir also selbst zuzuschreiben.

»Eine oder zwei Wochen nach …« *Nachdem ich dich geschubst habe.* »Nach der SMS. Ich hab bei dir angerufen, aber du bist nicht an dein Handy gegangen.«

Leenas Augen weiteten sich, was ich sogar in der Dunkelheit erkennen konnte. »Oh Shit, stimmt ja! Das hatte ich ganz vergessen. Ich hab mich so geärgert, dass ich … Und dann hab ich mich mit Zoe beraten, bis wir zu dem Schluss gekommen sind, dass du noch mal anrufen wirst, wenn du es ernst meinst.«

Okay, den Seitenhieb hatte ich wohl verdient. »Ich hab noch mal angerufen«, gestand ich. »Bei euch zu Hause. Fand ich wahnsinnig clever, weil ihr immer noch dieses uralte Telefon hattet, das keine Nummern … egal. Deine Mum war dran.«

Leena lachte leise – wie man lacht, wenn jemand hinfällt und man noch nicht sicher ist, ob derjenige sich nicht vielleicht doch was gebrochen hat.

»Ich glaube, ich bin noch nie so zusammengefaltet worden. Sie hat mich beschimpft und mir Hausverbot im *Thistle* erteilt. Ich darf da erst wieder rein, wenn ich sie überzeugt habe, dass ich es ernst meine.«

»Und was genau heißt das?«

»Keine Ahnung. Kutsche, Pferde, Antrag, Orchester. Vermutlich so was. Ich weiß es wirklich nicht … Ich meine …« An dieser Stelle musste ich selbst lachen. Manchmal hat das eigene Versagen einen gewissen Humor, wenn es lange genug zurückliegt. »Ich hab ihr schließlich gesagt, dass ich es wirklich ernst meine.«

»Gesagt?«, hakte Leena nach. »Nicht am Telefon, oder?«

»Oh doch. Und Isla hat mir sehr deutlich gemacht, dass das

nicht die Art und Weise war, die sie im Sinn hatte. Sie hat Flüche gebraucht, von denen ich noch nie gehört hatte.«

»Und deshalb traust du dich nicht in den Pub?« Ich hatte den Eindruck, dass Leena amüsiert klang, bis ich ihr Seufzen hörte.

»Isla war sehr konkret mit den Drohungen.« Das stimmte, aber das war eine beschissene Ausrede. *Na los, sogar Nick kriegt das hin. Und der hat Angst vor dämlichen Monstern im Schrank.* »Ich fürchte, sie ist … Ich glaub nicht, dass sie immer noch sauer auf mich ist, weil ich dir eine bescheuerte SMS geschickt habe.« Ich hoffte, dass Leena das reichte, um sich zu denken, dass ich ein dämlicher Feigling gewesen war, der nicht mehr als diesen einen Versuch getan hatte, um es wiedergutzumachen.

Tatsächlich nickte sie und griff nach der Colaflasche in meiner Hand. Der Schluck, den sie nahm, war so groß, dass ich mir sicher war, dass sie verstand. Es war schon immer ihre Gabe gewesen, nicht nur das zu hören, was ich sagte, sondern auch das, was ich wegließ. »Warum … Warum hast du überhaupt versucht, mich anzurufen?«

Weil ich ein dämlicher, kleiner Wichser war, der in seinem Selbstmitleid ersoffen ist. Ich musste selbst mit den Augen rollen, als ich daran zurückdachte. »Ich hatte so eine Band entdeckt. Nordiren, die genauso klangen wie Green Day. Und da hab ich kapiert, dass ich dir so was nicht mehr erzählen kann. Ab da sind mir noch ein Haufen anderer Dinge eingefallen. Ich meine …« Ich schnaufte, weil ich wusste, wie albern das alles klang. Aber genau das war es ja auch gewesen. Albern. »Du warst meine beste Freundin. Aber Makenzie Russel wollte ein Date mit mir, und ich habe die Chance gewittert, ein Model zu vögeln. Weiter hab ich nicht gedacht. Und ich wollte mir nicht nachsagen lassen, ich würde fremdgehen, also …«

»Also hast du mir eine SMS geschickt.«

Der belustigte Tonfall in ihrer Stimme klang zu bemüht. Zu viel, dachte ich. Das war jetzt diese eine Info zu viel. Dabei sollte Leena klargewesen sein, dass eine andere Frau eine Rolle gespielt haben musste. Oder nicht? Welchen anderen Grund hätte ein achtzehnjähriger Bengel denn haben sollen?

Ich zögerte also, ehe ich einen Seitenblick nach links warf, wo Leena schweigend neben mir herlief und mir dabei zusah, wie ich mich hier durch dieses Thema kämpfte, um es endlich abzuschließen. Und sie grinste. Scheiße, wieso grinste sie?

»Ich hab dir gefehlt.« Es klang gerührt, wie sie das sagte. Vor allem klang es ausschließlich danach. Der bemühte Unterton war verschwunden.

Ich nickte. Erleichtert. Viel zu erleichtert. So sehr, dass ich in die Falle dieses Gefühls tappte und dort die Fähigkeit verlor, meine Klappe zu halten. »Natürlich hast du mir gefehlt. Es war richtig erbärmlich.« Allein bei der Erinnerung musste ich lachen. Armseliges Würstchen. So hatte Isla mich unter anderem beschimpft, und wenn ich ehrlich war, traf es das ganz gut. »Mit Heulen und allem, was dazugehört. Es wäre ehrlich gesagt ziemlich bedenklich gewesen, wenn du diesen Haufen Elend zurückgenommen hättest. Ohne Scheiß, ich war so kurz vor einer ausgewachsenen James-Blunt-Phase.« Mit Daumen und Zeigefinger deutete ich einen Abstand an, in den nicht einmal ein vernünftiger Shot passte. Keine Ahnung, ob Leena das überhaupt sah. Aber sie lachte. Was hätte dieses Würstchen damals wohl gesagt, hätte es gewusst, dass ich seinem Mädchen nun all das fürchterliche Leid erzählte, das er ihretwegen durchlitten hatte, und dass wir beide darüber lachten? Und dass ich mich trotzdem nicht traute, meinen Arm nach ihr auszustrecken, obwohl es immer seltsamer wurde, genau das nicht zu tun.

»James Blunt?« Leena schüttelte den Kopf, doch ich hatte so

eine Ahnung, dass sie sich das viel zu gut vorstellen konnte. »So schlimm?«

»Goodbye my Lover. In Endlosschleife«, bestätigte ich. »Du kennst mich. Ich war ein Idiot, aber kein herzloses Arschloch, und du warst schließlich … Leena.« Das musste ich hoffentlich nicht weiter ausführen. Ihr musste klar sein, dass sie nicht einfach nur das Mädchen gewesen war, mit dem ich das erste Mal Sex gehabt hatte. Sie war der Mensch, zu dem ich gegangen war, wenn ich nicht mehr weiter gewusst hatte, wenn es mir gut gegangen war oder beschissen. Völlig egal. Es war immer und zu jeder Zeit das Richtige gewesen, zu ihr zu gehen.

Und nicht zum ersten Mal an diesem Abend kam mir der Gedanke, dass es für sie nicht das Gleiche gewesen sein konnte. Sonst hätte sie mir doch gesagt, wie schlecht sie sich nach Aberdeen gefühlt hatte. Nach dieser Entscheidung, die für mich die richtige gewesen war, aber für sie nicht … Sonst hätte sie verdammt noch mal was gesagt.

»Nie im Leben.« Leena nahm mir die Colaflasche ab und trank einen Schluck. »Bis James Blunt hattest du mich, aber das war etwas zu viel, mein Lieber. Ehrlich, es ist sagenhaft, wie viel du erzählst, nur damit du nicht sagen musst, dass es dir leidtut.«

Aber das hatte ich doch gesagt. Die ganze Zeit. »Du glaubst mir nicht«, stellte ich fest. »Als ob ich auch nur einen Titel von dem Typen wüsste, wenn …«

Leena blieb stehen – um mich prüfend anzusehen, wie ich dachte, doch dann deutete sie auf die Stelle, an der die Ebene, auf der wir standen, endete und in eine Felswand abknickte, die steil bis ins Meer führte. »Da geht's runter.«

»Hm.« Ich schaute an ihr vorbei zu dem Abgrund, auf den sie deutete. Wie viele Meter trennten uns von hier wohl bis zu den Wellen? Zwanzig? »Auf keinen Fall. James Blunt ist übel, aber nicht *so* übel.«

Amüsiert schüttelte sie den Kopf und lief dann selbst an den Rand der Klippe heran. Zu nah für meinen Geschmack.

Ganz automatisch machte ich den Schritt nach vorn, der mich von ihr trennte und griff nach ihrer Hand. Sie war kühl. Leenas Finger waren immer kühl, selbst im Sommer. Niedriger Blutdruck, hatte sie damals gemeint. Wie bei ihrer Gran. Und ich musste erst am Rand einer Klippe stehen und ihre Hand festhalten, damit mir das wieder einfiel.

»Ich fall schon nicht runter.«

»Ich weiß!«, entgegnete ich – etwas energischer als eben noch. Hier am Rand war das Tosen der Wellen noch lauter. Genauso wie das Brüllen aus der Monsterhöhle. »Ich will nur sichergehen. Wenn die deine Leiche hier finden, fällt das auf mich zurück.«

»Okay.« Damit ließ sie mir ihre Hand und kramte mit der anderen in ihrer Jackentasche, bis sie einen kleinen dunklen Stab daraus hervorzog, den ich erst als das erkannte, was er war, als sie den Schalter betätigte.

»Du hast eine Taschenlampe dabei?«

»Nicht nur die. Das ist meine Jacke für Schulausflüge. Falls du einen Nagelknipser brauchst …« Sie lachte, als sie meinen irritierten Gesichtsausdruck sah. Oder erahnte. »Für manche Kinder sind lose Fäden an ihren Klamotten eine riesige Tragödie. Dieser Knipser hat schon viele Nerven gerettet …« Dann zog sie mich noch ein Stück zu sich und leuchtete mit der Taschenlampe nach unten. »Wir müssen da runter. Siehst du den Vorsprung?«

Ich nickte. Der ragte etwa zweieinhalb Meter unter uns aus der Felswand und nicht viel breiter als vielleicht drei Meter und nur ein paar Fuß tief.

»Da ist die Flüsternische.«

»Verarsch mich nicht.«

»Mach ich nicht.«

Ich schnaufte. »Nie im Leben hat dein Dad dich da runter gelassen.«

»Oh doch. Wenn er schon auf dem Vorsprung war, konnte er mich ja einfach runterheben. Außerdem hat er mir vorher immer das Geschirr von unserem Hund umgebunden.«

Ich lachte, das klang schon viel eher nach dem Tavish Harris, den ich kannte. »Ich nehme nicht an, dass du so ein Ding auch irgendwo in deiner Jacke hast?«

»Ich fürchte nicht, aber ...« Sie lief zwei Schritte weiter nach rechts. Mich zog sie einfach mit, und ich hatte den Eindruck, als hielte sie meine Hand etwas fester, als sie ihren rechten Fuß über den Abhang schweben ließ und dann langsam absetzte, bis sie offenbar wieder Halt hatte. »Ha!«, stieß sie aus und richtete die Taschenlampe auf das, was sie meinte. »Gefunden. Hier geht's runter.«

Ihr Fuß stand auf einer Felskante, die etwa so breit war wie eine Treppenstufe. Sie führte schräg nach unten und ging nach ein paar Schritten in den Vorsprung über, bei dem sich wohl diese mysteriöse Nische befand. »Babyeinfach«, hatte ich Nicks Stimme im Kopf. Dennoch konnte ich nicht anders, als an der Kante vorbei nach unten zu sehen, wo Dunkelheit und Gischt gegen die Felsen krachten.

»Du musst nicht«, hörte ich Leena sagen. Vermutlich ist das der Satz, der den Stolz eines jeden Mannes anstacheln würde.

Und aus meinem Mund kamen auch genau die Worte, die ein angestachelter Stolz nun einmal verlangte: »Na los. Wenn's dir so wichtig ist ...«

Ich nahm Leena die Taschenlampe ab und leuchtete ihr den Weg aus, während sie sich langsam Schritt für Schritt hinab zu dem Felsvorsprung vorarbeitete. Als sie angekommen war, warf ich ihr die Taschenlampe zu und machte mich mit einem »Ich muss den Verstand verloren haben« daran, ihr zu folgen. Tatsächlich hatten meine Sohlen besseren Halt, als ich es erwartet hatte, und ich brauchte weniger Schritte als gedacht. Ich rutschte nicht aus, stürzte nicht ab, und mein Sohn wurde nicht von einer alten Katze großgezogen, die mich hasste.

»Also, wo ist jetzt diese … Dein Ernst?« Ich sah zu der Felsnische, auf die Leena deutete und mich dann ansah. Erwartungsvoll. Das Licht der Taschenlampe verriet mir dieses Detail. »Pass ich da überhaupt rein?«

»Du musst dich hinhocken. Und mit deinem Ohr musst du … hier.« Sie legte ihre Hand auf eine Stelle am Felsen, die etwa auf Hüfthöhe lag.

Ich sah diese viel zu kleine Spalte im Felsen an, Leenas Hand und dann Leena selbst. Meine Augenbrauen bewegten sich dabei keinen Millimeter von ihrem erhobenen Posten der Skepsis.

»Siehst du. Und deshalb hab ich dir das mit achtzehn nicht gezeigt. Du hältst dich ja jetzt noch für zu cool dafür. Obwohl du ein Kind hast, bei dem du damit angeben könntest.«

Ganz normal, dachte ich und bildete mir ein, dass ich heraushören würde, wenn Leena ein Problem damit hätte, Nick zu erwähnen. *Natürlich ist das normal. Sie weiß seit Jahren, dass du einen Sohn hast. Was hast du erwartet? Dass ihr heute plötzlich einfällt, dass das ein Problem für sie ist? Bullshit.*

»Ein Kind, aber kein Hundegeschirr«, entgegnete ich, schob mich aber an Leena vorbei zu dieser Flüsternische, die in Kinderaugen sicher eindrucksvoller aussah.

Etwas umständlich quetschte ich mich rückwärts in diese Nische und ging in die Knie, bis mein Kopf auf Höhe der Stelle war, auf die Leena gezeigt hatte. Mir wären in diesem Moment spontan nur wenige Gelegenheiten eingefallen, bei denen ich mir alberner vorgekommen war. Eine Steinkante drückte sich gegen meinen Rücken. Ich hatte wenig Spielraum, damit aus diesem etwas unangenehmen Gefühl nichts wurde, wofür es einen Chiropraktiker brauchte. Dass Leena vor mir stand und mir dabei zusah, wie ich versuchte mein Ohr genau an die Stelle zu halten, die sie mir gezeigt hatte, machte nichts besser.

»Du musst … Warte.« Sie schaute kurz nach rechts, wo dieser Felsvorsprung endete, und beschloss kurzerhand, dass der Platz genügte, um sich mir gegenüber hinzuknien. Dann streckte sie ihre Hand nach mir aus, legte sie an meine Schulter und zog mich etwas näher zu sich. »So müsste es eigentlich … ja. Dahinter ist der Hohlraum, der von der Höhle bis hier hoch geht. Hörst du es?«

Ich schüttelte den Kopf. »Wobei … Vielleicht … ein Zischen?«

Leena nickte wie man eben nickte, wenn man wusste, dass das Gegenüber Schwachsinn erzählte. »Du machst es nicht richtig«, schloss sie daraus. »Mach die Augen zu.«

»Wozu?«

»Weil es dann besser funktioniert.«

Ihre Worte klangen nachdrücklich, obwohl sie nicht weiter entfernt von einer aufschlussreichen Antwort hätten sein können. Also schloss ich die Augen. Warum auch nicht? Ich hockte nachts in einer Felsnische, weil ich darauf hoffte, Monster zu hören. Das war in einem so beeindruckenden Maße lächerlich, dass ich definitiv keine Verschlimmerung zu befürchten hatte, nur, weil ich auf Leena hörte.

Also hockte ich wie ein Idiot an dieser Klippe, hatte die Augen geschlossen und versuchte, mehr zu hören als das Tosen, mit dem die Wellen unter uns gegen die Klippen krachten. Mehr als das Gurgeln, das die Höhle ausstieß und das manchmal klang wie das Grölen eines Monsters, das … keine Ahnung. Scheißegal.

Mit einem Mal war ich weder einunddreißig Jahre alt, noch war ich Vater oder Ehemann, der öfter mit seinem Anwalt sprach als mit seiner Frau. Ich war dieses Würstchen von damals, das zuhörte, wie James fucking Blunt einer verflossenen

Liebe nachheulte. In dem winzigen Moment, als ich diese weiche, vertraute Berührung von kühlen Fingerspitzen an meinem Gesicht spürte, und begriff, dass das Leena sein musste, war ich exakt achtzehn Jahre alt. Jeder Muskel wartete angespannt darauf, dass ihre Finger weiter gleiten würden. Durch meine Haare, was eins der besten Gefühle war, die es gab. In meinen Nacken. Wo sie mich festhalten und näher ziehen würden. Wie Leena es immer getan hatte. Wie …

Früher.

Ich brauchte einen tiefen Atemzug und ein ausgiebiges Räuspern, dem nicht viel zu einem Husten fehlte, um wieder im Jetzt anzukommen. Und dieses Ankommen dauerte länger als dieser Sekundenbruchteil, der mich zurückgeschickt hatte.

Sie hält dir nur das Ohr zu, dachte ich. Nichts weiter. Weil du dich zu dämlich anstellst, zu finden, was man hier angeblich hören soll. *Reiß dich verdammt noch mal zusammen!*

Ich atmete tief durch und ließ meinen Kopf von Leena an genau die richtige Position schieben, bis ich … Und da war es. Es dröhnte direkt in dem Gestein, an dem mein Ohr lag, als würde ich an einer Wand lauschen. Und dahinter – ein tiefes, unheilvolles Knurren, das wirklich wie ein Knurren klang, dem ein ohrenbetäubendes Brüllen antwortete. Ich brauchte keine kindliche Fantasie, um mir in dieser Höhle weiter unten im Felsen streitende Raubkatzen vorzustellen. Aber mit der Vorstellungskraft eines Kindes … Monster. Wütende, blutrünstige Monster.

»Sie klingen stinksauer«, murmelte ich und grinste selbst darüber, wie ernst ich dabei klang. Meine Augen behielt ich noch einen Moment geschlossen. Nicht wegen der Geräusche. Aber ich war sicher, dass Leena ihre Hand wieder zurückziehen würde, sobald ich sie ansah. »Ich bin nicht sicher, ob es klug war, ohne Sir Boo herzukommen. Für so gefährliche Missionen braucht man einen Geist, der …«

Ich stockte und öffnete die Augen, als ich spürte, wie Leenas Daumen über meine Wange strich.

»Oh Shit.« Mit diesem Fluch riss sie ihre Hand von meinem Gesicht und ich sah, wie sie vor mir zurückwich.

»He, pass auf!« Ich bekam sie an ihrem Oberarm zu fassen und hielt sie fest. Keine Ahnung, ob sie sonst gefallen oder auch nur in die Nähe des Abgrundes gekommen wäre. »Das mit dem Geist war keine Aufforderung. Verstanden?«

»Verstanden.« Das war mehr ein Seufzen als eine Antwort, und ich glaubte zu erkennen, dass sie dabei nickte. »Tut mir leid. Ich weiß auch nicht, was das … Tut mir leid.«

»Schwachsinn.« Etwas behäbig schob ich mich wieder aus dieser Nische, während Leena immer noch auf dem Boden hockte und fassungslos war über … Ja, worüber überhaupt? »Wodka macht sentimental. Soll ich dir was gestehen?« Ich hielt ihr meine Hand entgegen und wartete ab, bis sie die ergriffen hatte, nicht aber ihre Antwort. »Ich dachte mir gerade, dass du mir das auch mit achtzehn hättest zeigen können. Möglich, dass du damit die eine oder andere körperliche Reaktion ausgelöst hättest, aber ausgelacht hätte ich dich nicht.« Was keine Lüge war. Die paar Momente eben hätten damals völlig ausgereicht, um mich danach mit einem ausgewachsenen Ständer auf einer scheiß Klippe wiederzufinden.

Leena lachte und ließ sich von mir nach oben ziehen, bis sie wieder fest auf ihren Beinen stand. Ihren Kopf schüttelte sie dabei noch immer. Also entschied ich, dass es besser war, ihre Hand wieder loszulassen. »Alles okay?«

Sie nickte. »Alles okay.«

»Dann komm.« Ich deutete zu dem Weg, den wir hier runtergekommen waren. »Dass eins klar ist: Meine Verantwortung, dich heil wieder nach Hause zu bringen, beginnt erst, wenn wir das da hinter uns gebracht haben.«

Schwarze Disteln

Leena

Zuhause.

Wenn man die Geschichte vom *Black Thistle* in einem Wort zusammenfassen müsste, wäre es wohl dieses: Zuhause. Damit meine ich nicht meine persönliche Geschichte mit dem Ort, an dem ich aufgewachsen bin, sondern *die* Geschichte. Die, die jeder kennt, der in Stonehaven großgeworden ist oder lange genug hier lebt.

Grey Cat. Das war der Name gewesen, den der Pub vorher gehabt hatte. Um die Zeit seiner Eröffnung hatte es wohl einen Streuner gegeben, der den Arbeitern immer wieder Streiche spielte. Zur Eröffnung hatte er meinen Urururururgroßeltern eine verletzte Maus zum Geschenk gemacht. Als ich klein gewesen war, hatte Dad mir erzählt, dass diese Maus wohl noch immer durch die Lagerräume kroch. Natürlich hatte ich nach ihr gesucht. Bei jedem seltsamen Geräusch, das die alten Rohre und Dielen von sich gaben.

Die andere Geschichte hatte er mir erst deutlich später erzählt. Man erzählt einer Vierjährigen nicht vom Krieg, wenn man es nicht muss. Man erzählt ihr nicht davon, wie 1940 zahlreiche Fischer aus unserem Ort mit ihren Kuttern zur französischen Küste aufgebrochen waren, um ihre Söhne nach

Hause zu holen. Oder fremde Söhne oder Väter, deren Kinder jung genug gewesen waren, um in der Heimat zu bleiben. Und man erzählt ihr nicht, wie ihr Ururgroßvater das alte Schild abgenommen und ein neues aufgehängt hatte. Ein großes Holzbrett, in das er eine Distel gebrannt hatte. Für Zuhause. Für Sicherheit. Für *»Egal, was du gesehen hast, Junge, es ist vorbei«*. Man erzählt ihr nicht, wie die Ururgroßeltern den Pub Tag und Nacht offen gehalten hatten – mit Whisky und Bier, mit warmen Decken und Kaffee. Damit jeder, der es zurückschaffte, einen Platz hatte, wo er ankommen konnte.

Mein Dad hatte gewartet, bis ich elf gewesen war, um mir zu erklären, was das Brett an der Wand unseres Pubs bedeutete. Das mit den Schnapsgläsern, die falsch herum darauf standen. Vier davon galten den Fischern, die aufgebrochen waren, um Leben zu retten, aber nie zurückgekommen waren. Er hatte mir alle ihre Namen genannt. So oft, bis ich sie selbst gewusst hatte.

Neben diesen vier Gläsern standen mittlerweile zwölf weitere. Eins für jeden, auf den getrunken worden war, nachdem er einen Kampf verloren hatte. Denn nicht jeder Kampf findet auf dem Schlachtfeld eines Weltkriegs statt, aber jeder einzelne ist brutal. Er ist schmerzhaft für die, die ihn kämpfen und grausam für die, die zurückbleiben, nachdem er verloren ist.

Während Mums Priorität war, über das alte Schild mit der Distel zu wachen, das aus diesem Pub ein Zuhause machte, war Dad derjenige, der immer wieder die Gläser polierte und Sorge dafür trug, dass jedes an seinem richtigen Platz stand. *»Es ist nicht unsere Aufgabe, auf diese Gläser aufzupassen, Aileen. Es ist eine Ehre. Verstehst du das?«* Ich war elf Jahre alt gewesen und hatte genickt und absolut keine Ahnung gehabt.

Ich glaube, ich habe es erst verstanden, als wir beinahe Dads Glas auf das Regal hatten stellen und umdrehen müssen. Wie oft hatte ich hinter dem Tresen gestanden, während Mum im Krankenhaus bei ihm gewacht hatte? Wie oft hatte ich das Regalbrett angestarrt und es beschworen? *»Du bist voll! Da ist gar kein Platz mehr. Noch ein Glas passt überhaupt nicht hin.«*

Der Sattelschlepper, der Dads Pick-up zerquetscht hatte, war nicht zum Grund für ein weiteres Glas geworden, aber er hatte Dad den linken Arm gekostet. Im Prinzip waren das nur gute fünf Kilo Knochen, Muskelmasse, Fleisch und Haut. Vor allem war es viel, viel besser als ein umgedrehtes Schnapsglas auf dem Regal in unserem Pub. Jedenfalls hatte ich das geglaubt.

»Er hat ewig daran zu knabbern gehabt. Manchmal immer noch. Ich weiß nicht, ob du ihn in den letzten Jahren mal gesehen hast, aber er weigert sich nach wie vor, die Prothese zu tragen, obwohl der Stumpf abgeheilt ist und …« Ich seufzte und zuckte mit den Schultern. Die Colaflasche, die Hamish in seiner Hand hielt, war mittlerweile leer. Das musste irgendwann um Hamishs Frage herum passiert sein, wie es mir eigentlich ergangen war.

»Du weißt jetzt alles. Von James Blunt bis zu den Tankkarten. Was ist mit dir? Wolltest du nicht raus aus Stonehaven?«

Das hatte ich gewollt. Mit ihm zusammen. Nach Edinburgh. Er kannte den Part, dass ich nicht hatte mitkommen können, weil meine Prüfungen zu miserabel gelaufen waren für unser Traumcollege. Überhaupt war alles zu miserabel gewesen, um mir einen neuen Plan zu machen. Also war ich eine Weile in Stonehaven geblieben, bis ich mich genug gesammelt hatte, um den Lehrerinnenplan wieder aufzunehmen und schließlich statt nach Edinburgh nach Aberdeen zu ziehen.

Und dann hatte Dad seinen Unfall gehabt. An den Punkt war ich gekommen, als wir vom Pier die High Street hinaufliefen, die uns in ein paar Hundert Metern zu meiner Wohnung führen würde.

»Und jetzt bist du wieder hier«, schlussfolgerte Hamish nickend. »Kommt Tavish klar?«

»Damit, dass ich wieder hier bin?«

Hamish schenkte mir einen schiefen Du-weißt-genau-was-ich-meine-Blick.

Ich zuckte nur mit den Schultern. »Schwer zu sagen. Meistens schon, denke ich. Die Phantomschmerzen machen ihm manchmal Probleme. Die und … Na ja, du kennst ihn. Er hat den Tresen auch mit einem Arm ganz gut im Griff, aber er packt keinen ganzen Abend allein, was ihn ankotzt.«

Hamish nickte und brummte etwas, das kein Wort war und doch unüberhörbar verständnisvoll.

»Am Anfang war es richtig schwierig. Nicht nur wegen der Schmerzen. Aber … Na ja, es gab eine Zeit, da wäre es ihm lieber gewesen, Harry hätte ihn nicht aus seinem Wagen gezogen. Und er hat keine Gelegenheit ausgelassen, das zu sagen. Ich hab noch nie mitbekommen, dass Mum seinetwegen geweint hat. Nicht mal, als man uns von dem Unfall erzählt hat und in der ganzen Zeit, als alles auf der Kippe stand. Aber … Du kennst Dad. Er ist der ausgeglichenste Mensch, den ich kenne.«

Wieder nickte Hamish nur, diesmal aber tonlos. Umso deutlicher spürte ich seinen Blick auf mir.

»Jetzt stell dir Dad vor, wie er mit beschissener Laune versucht, ein Glas mit einer Hand zu polieren oder ein Bier zu zapfen und es klappt einfach nicht. Und dann sagt er, ihm wäre lieber, dort auf dem Regal würde sein Glas stehen. Er hat das völlig ernst gemeint. Das hat Mum den Rest gegeben.«

»Und dir?«

Ich atmete tief durch. Das Salz in der Luft wurde allmählich weniger und die Schiffsglocken hörte ich nur noch, wenn ich nach ihnen lauschte. Umso bewusster war ich mir der Schritte neben mir und Hamishs Nähe. Allein schon, weil seine Schulter immer wieder gegen meine stieß. Als wäre der Bordstein zu eng, um nebeneinander herzulaufen. »Ich hab ihm erklärt, dass er halt üben muss. Und dass er vergessen kann, dass Mum und ich aufhören, ihn immer wieder zu unterstützen, bis er es allein kann. Aber …« Ich lachte trocken und schüttelte den Kopf. »Ich hab sogar den ultimativen Joker gezogen. Wusstest du, dass ich mich als Kind echt dämlich angestellt habe beim Schwimmen lernen? Mum hatte schon aufgegeben und sich damit abgefunden, dass ihr Kind irgendwann halt ersäuft, wenn sie nicht aufpasst. Aber Dad nicht, und irgendwann ist der Knoten geplatzt. Er liebt es, wenn ich ihm solche alten Geschichten erzähle. Aber nicht mal das hat geholfen.« Manchmal stecken Menschen nun einmal in einem Nebel fest, aus dem selbst die schönsten und hellsten Erinnerungen nicht heraushelfen. »Also hab ich …« Ich krempelte den Ärmel meiner Jacke hoch und hielt meinen Unterarm etwas nach oben, damit Hamish die Tätowierungen sehen konnte. Feine schwarze Linien zeichneten Disteln auf meine Haut, die sich über meinen gesamten linken Arm rankten. »Hat vier Wochen gedauert, bis alles fertig war. Du glaubst nicht, wie schwierig es war, das immer zu verstecken, damit Mum und Dad das vorher nicht sehen.« Okay, das klang, als wäre ich höchstens neun gewesen und hätte etwas gebastelt, das ich dringend vor meinen Eltern verbergen musste, ehe ich es ihnen geben durfte.

Hamish schien das gar nicht aufzufallen. Er grinste nicht und gab keinen dummen Kommentar ab. Er fragte auch nicht nach einem Warum. Wer sich mit achtzehn seinen Kopf rasierte, weil seine Mum die nächste Chemo antrat, der verstand das Prinzip von Solidarität. »Wie hat Tavish reagiert?«

Genau so, wie ich es mir erhofft hatte. »Er hat geweint. Und ich denke, er war stolz. Eine Therapie hat er trotzdem gemacht, klar, aber … Ich glaube, er hat sich gefreut.«

»Du glaubst, er hat sich gefreut …« Da waren sie, das Grinsen und der amüsierte Tonfall. »Tavish Findlay weint über die Geste seiner Tochter und die *glaubt*, er hat sich gefreut …« Ein belustigtes Schnauben begleitete sein Kopfschütteln, ehe er mich ansah. »Ich kann mich noch erinnern, dass du die Story mit der schwarzen Distel ziemlich pathetisch fandest. Wolltest du nicht sogar mal welche von den Gläsern vertauschen?«

»Ich hab drüber nachgedacht«, korrigierte ich. »Aber ich hab mich nicht getraut.«

»Hm.« Das Grinsen blieb auf Hamishs Gesicht, während er nickte und seinen Blick wieder über meinen Arm gleiten ließ, als müsste er sich jedes noch so winzige Detail einprägen.

»Ist wohl wie mit den Monsterhöhlen«, murmelte ich – einfach nur, um irgendwas zu sagen. »Zwischen dreizehn und Anfang zwanzig ist man einfach zu cool für solche Sachen, und dann versteht man sie irgendwann. Mittlerweile bin ich wie meine Mum und pampe jeden an, der die Gläser auch nur schief anguckt.«

»Kann ich mir vorstellen … Darf ich?«

Ich kapierte nicht gleich, was Hamish meinte, bis ich seine Fingerspitzen an meinem Arm spürte. Ganz vorsichtig nur, aber eine richtige Berührung hätte wohl kaum mehr Gänsehaut verursacht als diese zarte Ahnung von Hamishs Hand auf meiner Haut. »Klar.« Meine Stimme war direkt eine Oktave nach oben gesprungen. Dieses miese, verräterische Ding. Als konnte Hamish nicht schon meiner Haut ansehen, wie ich auf seine Frage reagierte. »Ist ja nur ein Tattoo, nichts Besonderes …«

»Mh …« Auf Hamishs Stirn zeigte sich eine zarte Grüblerfalte, während seine Finger über die Distelköpfe strichen. Viel zu zaghaft, viel zu zurückhaltend. Als hätte er Angst, mir damit wehzutun. »Ich bin neugierig … Geht das den ganzen Arm hoch?«

Ich lachte – verlegen und trotzdem etwas zu laut. Anspannung ist manchmal wie Luftanhalten. Wenn sie sich aus der Lunge löst, dann immer mit einem Mal. »Fragst du mich gerade, ob ich dir meine Tätowierung zeige?«

Hamish ließ seine Finger auf meiner Haut liegen, aber er hielt sie still und fuhr nicht mehr über die Zeichnungen. Und er schien kurz über seine Antwort nachzudenken. So lange, dass ich panisch überlegte, was ich gesagt hatte. »Nein«, sagte er schließlich und zog seine Hand wieder zurück, nicht aber seinen Blick. »Sagen reicht. Sonst denk ich ewig drüber nach. Meine Fantasie ist zwar begrenzt, aber sehr ausdauernd.«

Diesmal lachte ich richtig. Nicht dieses erstickte, schüchterne Krächzen von eben. »Um Himmels willen. Nicht auszudenken, dass du über die Tattoos der Lehrerin deines Sohnes nachdenkst. Wenn das einer mitkriegt … das Gerede …« Ich hob meine rechte Hand an die linke Schulter und zeichnete mit meinem Zeigefinger eine Linie von meiner Halsbeuge hinab, an meiner Brust vorbei zu meinem Rippenbogen. »Bis hierhin«, sagte ich dabei. »Aber es hört nicht abrupt auf, bis zu den Rippen reichen nur die letzten Ausläufer.«

Hamish nickte. Dabei presste er seine Lippen fest zusammen und wirkte vielleicht ein bisschen hilflos, vor allem aber viel jünger als den gesamten Abend über. Nicht wie achtzehn, das nicht. Aber viel fehlte nicht. »Danke«, brummte er dann. »Vielen Dank. Das war kein bisschen hilfreich.« Um das zu verdeutlichen streckte er seine Hand nach dem Ärmel meiner Jacke aus und zog ihn nachdrücklich nach unten zu meinem Handgelenk, während ich gar nicht anders konnte, als zu kichern.

»Oh bitte, du bist ein alter Mann. Du wirst dich doch wohl besser im Griff haben.«

»Hast du eine Ahnung …« Mit einem Kopfschütteln schenkte er seine Aufmerksamkeit einer Straßenlaterne, an der wir vorbeigingen. »Also …« Ein Räuspern. Da war es wieder.

Und dass es diesmal wohl mir galt, gefiel mir. Ich hatte keine Chance, das zu leugnen. Da sprudelte Wärme durch meinen Brustkorb, ehe ich den Satz »Aileen, reiß dich zusammen, du bist jetzt erwachsen« auch nur hätte denken können. »Also«, setzte Hamish noch einmal an. »Hast du jetzt vor hierzubleiben, oder geht es zurück nach Aberdeen?«

»Was?«

»Wenn dein Dad wieder komplett klarkommt ... Vielleicht mit einer Prothese, keine Ahnung. Bleibst du dann trotzdem hier?«

Ich nickte, was die Antwort auf seine Frage war, auch wenn ich es so nicht meinte. Ich hatte lediglich verstanden, wie dringend er das Thema wechseln wollte. Weil sonst ... ja, was genau passieren würde? Scheiße, ich war entsetzlich neugierig darauf, es herauszufinden, aber ... *Henry Cavill.* Ich seufzte.

»Ich denke, schon«, antwortete ich also. »Ich meine, die beiden sind Mitte fünfzig. Wie lange können sie den Pub noch ohne Hilfe schmeißen? Selbst, wenn Dad seinen Arm noch hätte oder mit einer Prothese klarkäme ... Zehn Jahre? Fünfzehn?« Ich zuckte mit den Schultern. »Außerdem hab ich hier eine Vollzeitstelle. Und ich denke, dass ich die flexibel anpassen kann. Je nachdem, wie ich im *Thistle* gebraucht werde ...«

»Isla und Tavish könnten jemanden einstellen. Oder es verkaufen ...«

»Auf keinen Fall. Also einstellen, vielleicht, aber verkaufen geht nicht. Das *Thistle* bleibt in der Familie. Da gibt es gar nichts ... Guck mich nicht so an.«

»Wie gucke ich denn?« Das fragte er, während er sich nicht mal die Mühe machte, dieses süffisante Grinsen aus seinem Gesicht zu wischen. Das »Hab ich dir doch gesagt« war nicht zu übersehen. So betrunken konnte ich und so dunkel konnte die Nacht gar nicht sein.

»Das weißt du ganz genau«, schnaufte ich. Ich würde den

Teufel tun, dieses Thema jetzt aufzuwärmen und ausführlich darüber nachzudenken, wie wir unsere Zukunft geplant hatten. Edinburgh war unser Plan gewesen, von Anfang an. Und doch hatte Hamish immer gemeint, dass wir irgendwann wieder zurückkommen würden.

»Du musst den Pub übernehmen. Wenn wir vierzig sind oder so.«

»Gar nichts muss ich. Selbst Mum sagt, ich kann mir den Job aussuchen, der mir Spaß macht.«

»Also wirst du eine Lehrerin, die glücklich am Thistle *vorbeiläuft, wenn es anderen Leuten gehört? Glaubst du doch selbst nicht.«*

Ich hatte ihn für sentimental gehalten, weil es seiner Mum seit ein paar Tagen wieder schlechter gegangen war, ihm das aber nicht gesagt. Und nun waren wir beide wieder hier. Niemand von uns hatte dafür vierzig werden müssen.

»Du könntest wenigstens zugeben, dass ich recht hatte.«

Das konnte ich. Das wollte ich sogar. Nur fiel mir etwas ein, das vielleicht noch etwas besser war, also hob ich nur meinen linken Arm. Der Ärmel der Jacke tat mir sogar den Gefallen, dabei ein bisschen zu verrutschen und mein Tattoo wieder preiszugeben, während ich den Mittelfinger in die Höhe streckte.

Hamish lachte schallend. »Ich wusste es. Irgendwann wirst du zur Wächterin des Schilds und der Gläser.« Es klang kein bisschen albern, wie er das sagte, sondern stolz. Keine Ahnung, ob auf seine richtige Einschätzung oder auf … ja, keine Ahnung. Vielleicht hätte ich es noch herausgefunden, wären wir einfach an meiner Haustür vorbeigelaufen und bei Gott, ich spielte wirklich mit dem Gedanken. Nur hatte Hamish sich den richtigen Eingang diesmal gemerkt und war selbst langsamer geworden.

»Das ist eine wichtige Aufgabe«, stellte ich klar, was überhaupt nicht infrage stand. »Vor allem die Gläser … Wusstest du …« Ich zögerte und fragte mich, wie dämlich ich eigentlich war, genau jetzt damit anzufangen. Wir waren nach Stunden wieder hier angekommen, wo Hamish mich mit zwei Flaschen Bier und Redebedarf abgeholt hatte. Zumindest ich hatte keine Ahnung, wie es ab hier weitergehen würde. Das war ein ziemlich ungünstiger Zeitpunkt für so ein Thema.

»Was wusste ich?«

Und es war ein noch schlechterer Zeitpunkt für Ausweichmanöver oder Lügen. Also atmete ich schwer ein und schenkte Hamish einen Blick, der ihm hoffentlich klarmachte, dass es mir leidtat, falls ich gleich etwas sagte, das er nicht hätte hören wollen. Nicht jetzt oder überhaupt nicht. »Weißt du, dass auch ein Glas für deine Mum bei uns steht?«

Er hatte keine Ahnung gehabt. Hamish musste gar keinen Ton sagen, damit ich das wusste. Sein abwartender, leicht neugieriger Gesichtsausdruck fiel einfach nach unten und krachte auf den Boden. »Wann … ich meine …«

»Eine Woche nach ihrer Beerdigung, etwa. Dein Dad war im *Thistle.* Harry war da, John auch, meine Eltern und noch zwei, drei andere. Ich meine … Die kennen sich alle seit der Kindheit. Also haben sie auf Mary getrunken. Ich war nicht da. Mum hat mir danach davon erzählt, weil …« Weil ich Mary gut gekannt hatte. Weil ich sie gemocht hatte. Sie hatte mich zu einem Teil ihrer Familie gemacht. Aber das alles war nichts, was mich zu einem Menschen machte, der mehr wissen sollte als ihr Sohn.

Hamish schien diesen Gedanken nicht zu haben. Er nickte nur, und während er das tat, lächelte er ein stolzes Lächeln, in das sich ein bisschen von der Wehmut mischte, die ihn schon immer begleitet hatte, wenn es um seine Mutter ging. Jedenfalls, seit ich ihn kannte.

»Also keine Verschwendung von Alkohol und Gläsern?«,

fragte ich vorsichtig. Das war es, womit Hamish diese Tradition damals bewertet hatte. Niemals offen, dafür hatte er meinen Dad zu sehr gemocht. Mich allerdings hatte er an der Wut eines altklugen Teenagers teilhaben lassen. Wut auf das Sterben im Allgemeinen und den Tod im Speziellen. *»Niemandem bringt es was, wenn ein paar Gläser einstauben. Davon wird keiner wieder lebendig. Macht mehr Sinn, auf Leute zu trinken, wenn sie noch da sind, oder?«* Also hatten wir auf Mary getrunken, als sie noch da gewesen war. Immer wieder.

Und nun stand Hamish vor mir und war alt genug geworden, um zu verstehen, dass es nie darum gegangen war, jemanden zurückzuholen. Auch nicht darum, jemanden zu retten. Er nickte und lächelte und wirkte, als könnte er noch eine ganze Weile damit weitermachen. »Wir haben ja schon festgestellt, dass ich damals hin und wieder ein paar Tendenzen zur Idiotie hatte.« Dann atmete er tief durch und schaute nach oben, zu dem Haus, in dem ich wohnte. Einen Moment lang ließ er seinen Blick auf irgendeinem Punkt dort ruhen, dann sah er mich wieder an. »Das mit dem Verabschieden scheint mir genauso herausfordernd wie die Begrüßung. Wie sehr bestehst du auf den Kniefall?«

Ich schmunzelte, obwohl ein kleiner Stich unter meiner Lunge mich daran hindern wollte. *Verabschieden, also.* »Gar nicht«, antwortete ich. »Ich bin eher ein Fan von Verbeugungen.«

»Hm.« Mehr sagte Hamish nicht dazu, ehe er mich wie vorhin in eine Umarmung zog. Diesmal in eine richtige. Er hielt mich fest und ließ mir alle Zeit der Welt, dasselbe zu tun. Mich festhalten. An ihm und an dem Gefühl, dass er mir fehlte. Das war so absurd. Je näher er mir war, umso mehr vermisste ich ihn. Und ich hatte keine Ahnung, wie ich dieses Paradoxon durchbrechen konnte. Ich hatte meine Arme um seinen Hals geschlungen. Meine Fingerspitzen streiften über seinen Nacken, der sich genauso warm anfühlte, wie Hamishs Körper, der meinen hielt. Selbst, als ich die Augen schloss, verflog diese unsinnige Sehnsucht nicht.

»Hamish?«, flüsterte ich. Einfach nur, um das Gefühl zu übertönen, dass er nicht hier war, obwohl ich seine Nähe doch körperlich spüren konnte. »Wenn du … Falls du irgendwann mal … Falls du wen brauchst. Zum Reden. Oder für Unterstützung. Dann sagst du Bescheid, okay?«

Ich spürte, wie er nickte und mich dabei noch etwas enger an sich drückte, ehe er mich losließ. »Okay.« Nur seine Hand lag noch auf meinem Oberarm und strich sanft darüber, während er noch einmal nickte und noch ein weiteres »Okay« von sich gab. Erst dann schlich sich ein Grinsen auf sein Gesicht. »War richtig reizend, dich mal wieder zu sehen, Leena.«

Ich lachte und trat einen Schritt zurück. Nicht, weil ich wollte. Ich hatte einfach das Gefühl, dass ich das musste. »Jetzt hau schon ab.«

Hamish nickte noch einmal, wobei sein Blick wieder über die Fenster in der ersten Etage streifte. Dann atmete er tief ein und stieß die Luft mit einem Räuspern wieder aus. Doch alles, was er sagte, war: »Gute Nacht.«

Das war nichts, was so einen tiefen Atemzug oder gar ein Räuspern erforderte. Trotzdem blieb es dabei, ehe er genauso wie ich einen Schritt zurücktrat, dann noch einen. Mit dem dritten drehte er sich um und lief die Straße hinab.

Meine Finger zitterten noch, als ich in meiner Jackentasche nach dem Schlüssel suchte, ihn fand und in das Schloss der Haustür steckte. Ich drehte ihn gerade, da hörte ich Hamishs Stimme. »Leena?«

Dass seine Schritte verklungen waren, hatte ich gar nicht bemerkt. Aber er war stehen geblieben, nur fünf oder zehn Meter entfernt. »Hm?«

Obwohl er extra stehen geblieben war, zögerte Hamish nun

doch, ehe sprach. »Dass es dir damals so schlecht ging … nach unserer Entscheidung …«

Oh nein. Bitte nicht. Keine Ahnung, warum dich das Thema nicht loslässt, aber das ist vorbei. Geh nach Hause. Es ist okay. Du kannst wirklich einfach nach Hause gehen …

»Mir war das nicht klar. Aber es tut mir leid, okay?«

»Das war nicht deine Schuld.« Das hatte ich ihm doch erklärt …

»Ich weiß. Aber es kotzt mich an, dass du da durch musstest. Und dass ich das nicht kapiert habe. Das hätte so nicht …« Er atmete tief durch. »Das ist beschissen.«

Ich weiß, aber das ist jetzt vorbei, weißt du? Für dich ist neu, dass es mir damals so schlecht ging, aber für mich ist das vorbei. Also sei so lieb und rühr in dem Thema nicht weiter rum, ja?

Ich hätte dir das schon eher sagen sollen, oder? Damals … Aber ich wollte dir nicht noch mehr aufbürden. Für einen Achtzehnjährigen war das schon mehr als genug. Und du warst so erleichtert, weißt du noch? So unfassbar erleichtert …

Und trotzdem bist du jetzt hier, und dir tut genau das leid. Ist dir eigentlich klar, dass Henry Cavill in genau diesem Moment auftauchen könnte, und es wäre mir scheißegal?

Zahllose Gedanken rasten durch meinen Kopf, aber ich brachte keinen von ihnen über meine Lippen. Alles, wozu ich fähig war, waren ein »Danke«, ein Nicken und etwas, das vielleicht, vielleicht aber auch nicht ein Lächeln war. Das überbrückte die Sekunden, bis Hamish seine Hand zum Abschied hob und mir noch einmal eine gute Nacht wünschte. Danach schaffte ich es gerade so, die Haustür aufzuschließen, in der der Schlüssel zum Glück noch steckte. Die Tränen kamen im selben Moment, als ich die Tür hinter mir schloss und mich dagegenlehnte.

Ich brach nicht schluchzend zusammen. Aber es tat weh – anders als damals. Nicht immer weint man wegen frischer

Wunden oder weil alte Narben aufreißen. Manchmal braucht es nicht mehr als die absolut richtigen Worte vom absolut richtigen Menschen – nur zu spät.

Und dann steht man in einem dunklen Hausflur und weint um das Mädchen, das man vor dreizehn Jahren gewesen ist. Und das diese Worte so dringend gebraucht hätte.

Paranoia

Hamish

Regentropfen.

Regentropfen, die gegen das Wohnzimmerfenster prasselten und das Wummern, mit dem mein Kopfschmerz dem Geräusch antwortete. Diese zwei Dinge schöpften die Kapazität meiner Konzentrationsfähigkeit vollumfänglich aus, während ich auf den Bildschirm meines Laptops starrte, der Kaffee in meiner Hand kalt wurde und ich dem Schwachsinn lauschte, den Mr Clark am anderen Ende der Leitung von sich gab.

»Ich sehe keinen Grund, weshalb der Verrechnungssatz sich erhöhen sollte, wenn die Karten für mehr Tankstellen gelten. Das heißt doch, dass die mehr genutzt werden und Ihnen mehr Umsatz generieren, Mr Findlay.«

Ich hasste es, wenn er mich mit Mr Findlay ansprach. Er schlug dabei immer einen Ton an, mit dem er mir zu verstehen gab, dass er mich für zu dämlich hielt, mir meinen eigenen Namen zu merken.

»Mr Clark«, sagte ich gedehnt. Meine Stimme klang dabei, als hätte ich den ganzen Tag über noch kein Wort gesprochen. »Wie Sie unseren Unterlagen entnehmen können, werden wir nicht an den Umsätzen der Tankstellen beteiligt. Der Aufpreis, den Sie meinen, ergibt sich aus der Flexibilität, die wir Ihnen bieten.« Ob er hören konnte, dass es mich einen Scheiß interessierte, was er in die Tanks seiner Autos füllte und wo und mit welcher Karte? Wahrscheinlich. Mit Sicherheit. Egal. Ich war froh, überhaupt sinnvolle Sätze zustande zu bringen. Sogar mit Nebensätzen, wenigstens hin und wieder. Das war mehr als genug dafür, dass ich gerade am eigenen Leib erfuhr, dass ich nicht nur älter geworden war, sondern definitiv zu alt, um Bier mit einer Menge Wodka zu mischen.

»Und ich soll Ihnen einfach glauben, dass Sie keinen Profit aus den von mir generierten Umsätzen ziehen …« Umsätze generieren. Diese Wortgruppe hatte ich im Laufe des Gesprächs nun schon wie oft gehört? Drei Mal? Vier Mal? *Wie Nick, wenn er eine neue Redewendung für sich entdeckt …*

Ich atmete tief ein. »Mr Clark, wir können über Preise verhandeln. Aber nicht auf der Basis von Annahmen, die Sie sich überlegt haben. Ich habe Ihnen das schon einmal gesagt, aber ich wiederhole mich gern: Ich bin ein fairer Geschäftspartner für Sie. Ich schenke Ihnen nichts, aber ich verarsche Sie auch nicht.« Wenigstens meine Standardfloskeln brachte ich komplikationslos heraus und wusste auch, welcher Argumentationsschritt mein nächster sein würde. Das gab mir einen Moment, in dem ich mich auf stumm stellen und wenigstens einen Schluck von meinem Kaffee trinken konnte, während Mr Clark sich in leeren Phrasen verlor.

Dabei blieb mein Blick nicht zum ersten Mal an diesem Vormittag an meinem Handy hängen. Und genauso wenig zum ersten Mal spielte ich mit dem Gedanken, Leena zu schreiben und sie zu fragen, ob es ihr genauso beschissen ging wie mir. Vermutlich nicht. Sie war in einem Pub groß geworden, und ich hatte noch nie erlebt, dass Alkohol ihr mehr angetan hatte als Übermut. Nur war sie genau wie ich keine achtzehn mehr. Es wäre beruhigend gewesen zu wissen, dass selbst eine Leena Harris mittlerweile wusste, wie sich ein Kater anfühlte.

Und es war beunruhigend, wie brennend mich das interessierte.

»Hören Sie, Mr Clark«, hob ich an, als ich bemerkte, dass mein Gesprächspartner nun endlich eine Atempause einlegte. »Wie mir scheint, haben sich mit uns beiden zwei Alphacharaktere gefunden. Ich schlage vor, dass wir unsere Debatte persönlich fortführen. In zwei Wochen bin ich für zwei Tage in Edinburgh. Falls Ihre Geduld bis dahin reicht, schicke ich Ihnen gleich einen Terminvorschlag. Denn wenn wir hier ein Vertrauensproblem haben, sollten wir das nicht am Telefon klären.«

»Hören Sie, Mr Findlay, ich habe wenig Zeit.« Aha. Ein Ausweichmanöver. Um ehrlich zu sein, war ich etwas enttäuscht. Ich hatte mehr von Mr Clark erwartet. »Aber ich denke, eine halbe Stunde kann ich einräumen. Senden Sie meiner Sekretärin den Termin zu, und sie wird prüfen, ob ich verfügbar bin.«

Seiner Sekretärin. Natürlich. Dieses Wort war wie ein Machtjoker, aber immerhin ließ er sich auf ein Treffen ein. Es wurde Zeit, dass ich diesen Deal endlich zum Abschluss brachte.

»Natürlich. Ich setze mich heute noch mit Amanda in Verbindung.« Es folgten ein paar übliche Floskeln des Abschieds, dann konnte ich endlich dieses scheiß Headset von meinem Kopf nehmen. Normalerweise war ich ein großer Freund von dem Ding, aber an diesem Tag schien alles an dieser Konstruktion nur zusätzlich gegen meinen Schädel zu drücken, während das Hämmern von innen immer stärker wurde.

Ich sah auf meinem Bildschirm, dass ein Anruf einging. Sandra. Ich ignorierte ihn und fragte mich gleichzeitig, ob Leena dasselbe auch mit ihrer Sandra tun würde … Und damit war das die nächste in der Reihe an Fragen, die ich mir stellte, und die keinen normalen Menschen interessierten. Ob Leena eigentlich immer noch schwarzen Kaffee trank, so wie ich, oder mittlerweile zu den Frauen gehörte, die meinten, ihrem Körper mit Tee einen größeren Gefallen zu tun. Wie es sein musste, mit Kopfschmerzen vor einer Klasse voller Siebenjähriger zu stehen, wenn mich schon Gespräche mit Erwachsenen an meine Grenzen brachten. Ob sie sich ähnlich bescheuerte Fragen stellte …

Du hättest sie ficken sollen. Ganz einfach. Du würdest dir diese ganzen Gedanken nicht machen, wenn du einfach mit zu ihr gegangen wärst.

Am Vorabend hatte ich mit dem Gedanken gespielt, Leena zu fragen, ob ich mit nach oben kommen konnte. Mehr als ein Mal. Es wäre nichts dabei gewesen, wir waren erwachsene Menschen.

Nur hatte sie mir den gesamten Abend sehr deutlich gezeigt, dass sie nach wie vor Leena war – und keine von diesen Frauen, die ich auf Tinder aufgabelte, um ihnen ein paar Drinks auszugeben und dann eine Nacht mit ihnen zu verbringen. Vielleicht war Leena das für andere Männer. Keine Ahnung. Das ging mich überhaupt nichts an. Genauso wenig wie die Frage, wie sie ihren Kaffee trank. Oder Tee. Oder frisch aufgebrühte Tränen eines Waldgnoms. Scheißegal. Für mich war sie Leena, was wohl hieß, dass ich sie nicht einfach nur vögeln und dann meine Ruhe haben konnte. Stattdessen machte sie mich zu einem sentimentalen Idioten, der kein bisschen reifer war als sein siebzehnjähriges Ich, das sich lieber den dröhnenden Kopf über eine Frau zerbrach, anstatt sie anzurühren.

Hervorragend. Ganz hervorragend.

Sandras Name ploppte nun zum dritten Mal auf, also nahm ich ab. Das war besser, als darüber nachzudenken, ob Leenas

Tätowierung bis an ihre Brüste reichte. Und wie die sich mittlerweile anfühlten. Oder wie bescheuert es gewesen war, ihr zum Abschied ungefiltert zu sagen, was mir durch den Kopf ging. Ich hatte nicht einmal richtig darüber nachgedacht – wie die beschissenste Übersprunghandlung, die man haben kann.

»Ja?«, meldete ich mich knapp.

»Hamish, Gott sei Dank. Ich weiß, Sie haben gleich Ihren Termin.« Meinen Termin … Fuck. Ich sah auf die Uhr. Kurz vor halb eins. *Oh scheiße, nein.* »Ich habe Ihnen nur gerade einen Link zugeschickt. Mr Saunders hat das Angebot bestätigt, aber Änderungen vorgenommen. Können Sie bis halb zwei einen Blick darauf werfen, ob wir die annehmen können?«

»Sicher. Ich schau mir das direkt danach an.«

Ich hörte mir noch kurz an, wie unangenehm es ihr war, mich damit belästigen zu müssen. Dabei hätte ich lieber zwanzig Angebote auf Anpassungen geprüft, wenn mir dafür das erspart blieb, was Sandra so euphemistisch meinen Termin nannte.

Tatsächlich stellte der sich auf die Minute pünktlich ein. Ich sah das Display meines Handys aufleuchten und erkannte die Nummer sofort. Pünktlichkeit hatte schon immer zu Kaleighs Vorzügen gehört. Vor acht Jahren hätte ich Dutzende davon aufzählen können. Mittlerweile musste ich schwer überlegen, um auf mehr als drei zu kommen. Pünktlichkeit, Intelligenz, Nick. Und ich wusste, dass sie attraktiv war. Ich wusste das, genauso wie ich wusste, dass Autos fuhren, indem sie Benzin verbrannten. Sehen konnte ich beides nicht.

Ich packte das Headset auf meine Tastatur und nahm den Anruf auf meinem Handy entgegen. »Hi.« Das musste genügen.

»Hi«, war Kaleighs knappe Antwort. Bei den ersten zwei Malen, als wir telefoniert hatten, waren Tränen geflossen. Ebenso bei dem einen Besuch, den ich ihr seitdem abgestattet hatte. Mittlerweile kam ihre Wut ohne Tränen aus, ließ aber nicht viele Worte übrig. »Wie geht es ihm?«

Ich hob meine Augenbrauen. Dass sie die Frage nach Nick derart unterkühlt stellte, war irritierend. Normalerweise war ihre Stimme dabei eher belegt. Er fehlte ihr, genauso wie sie ihm fehlte. Nur aus dem Grund hatten wir diesen wöchentlichen Telefontermin. Weil sie seine Mutter war und das eine der letzten Eigenschaften an ihr war, die ich nach wie vor bedingungslos schätzte. »Gut.« Meine Antwort klang mehr wie eine Frage. Scheiß drauf. »Alles klar bei dir?«

»Nett, dass du fragst …« Gott, ich hasste diesen Einstieg. Das hieß, dass es irgendetwas gab, in das sie sich über einen beliebigen Zeitraum hinweg reingesteigert hatte, um mich bei der ersten Gelegenheit dafür verantwortlich zu machen. Da die Gelegenheiten mittlerweile eher rar waren, reichte vermutlich, dass ich atmete. »Mr Bain hat jetzt das fünfte Mal eine Kontaktanfrage gestellt. Und sie wurde wieder zurückgewiesen.«

»Ich weiß.«

»Hamish, ich will nur meinen Sohn sehen. Ihr könnt nicht ernsthaft … Zum Wohle von Nicks emotionaler Unversehrtheit? Euer Ernst? Wie kriegt dein Anwalt so einen Schwachsinn durch? Als ob ich … Er ist mein Sohn!«

»Ich weiß«, wiederholte ich und stand auf. Das passierte ganz automatisch. Aufstehen, zu meiner Jacke laufen. »Das ist der Grund, wieso wir telefonieren. Damit ich dich auf dem Laufenden halte. Wovon mir Mr Knight übrigens auch abrät. Ich tu dir hier gerade einen Gefallen.«

»Einen Gefallen«, spuckte sie aus. »Du edler Samariter. Ist es auch ein Gefallen von dir, dass seit über zwei Wochen keine Briefe mehr ankommen?«

»Damit hättest du nun wirklich rechnen können.«

»Damit rechnen? Dein Anwalt wehrt in einer Tour ab, dass ich mit meinem Sohn spreche. Um ihn in seinem neuen Umfeld emotional besser zu stabilisieren und nicht zu verunsichern …« Den letzten Satz spuckte sie angewidert ins Telefon, als wäre er Galle. Ich hätte gelogen, hätte ich behauptet, ich würde das nicht verstehen. Mein Anwalt zog jedes Register, um Kaleigh von ihrem Sohn fernzuhalten. Teilweise, weil er durch diese Maßnahme Druck aufbauen wollte, von dem er uns Vorteile erhoffte, hauptsächlich aber auf meinen Wunsch hin, weil ich ihr nicht traute.

Ich räusperte mich. »Du weißt, was er damit meint. Würdest du mit Nick reden und dabei genauso rumheulen wie bei mir … Du weißt, wie ihn das verunsichert.« Das war eine ziemlich weit hergeholte Abwandlung von: *»Ich bin nicht sicher, ob ich das hier gerade versaue. Falls ja, würde Nick es dir verraten – absichtlich oder nicht. Und dann, Kaleigh? Du würdest mir alles um die Ohren fliegen lassen, das wissen wir beide.«*

»Soll das ein Scherz sein? Ich bin durchaus in der Lage, mich zusammenzureißen. Ich will Nick doch nichts schwerer machen, ich will nur mit ihm reden!«

»Du heulst jedes verdammte Mal, wenn wir telefonieren. Und das, obwohl ich dir scheißegal bin, Nick nicht.« Ehrlich gesagt hoffte ich, dass sie sich langsam mit dem Gedanken einer Therapie anfreundete.

Kaleigh atmete sehr tief und sehr zittrig ein, was wohl ziemlich deutlich zeigte, dass ich recht hatte. »Aber von andersrum war nie die Rede«, zischte sie dann. »Bei keinem der Beschlüsse! Er darf mir schreiben.«

Die Zigaretten fand ich in der rechten Jackentasche. Was fehlte, war das Feuer. Wo zur Hölle war das Feuerzeug? Ich klemmte das Handy zwischen Kinn und Schulter und suchte noch einmal alle Taschen ab, doch in keiner steckte das Zippo.

»Hamish!« Oh, jetzt klang sie richtig sauer.

»Tu nicht so naiv, Kaleigh. Wenn dein Anwalt Nicks Briefe

als belastendes Material vorlegt, dann gibt es eben keine Briefe mehr. Für Nick hast du Heimweh, das er nicht schlimmer machen soll. Ich kann ihm aber gern die Wahrheit sagen. Soll ich?«

Nick wusste, dass seine Mum Mist gebaut hatte und nun die Konsequenzen trug. Aber er wusste nicht, dass sie ein durchtriebenes Miststück war, das alles, was er unbedarft erzählte, dafür verwenden könnte, um mir richtig Ärger zu machen. Was er nicht wusste, war, dass sein Dad seine Mum wegen arglistiger Täuschung hatte anzeigen müssen, um nicht genauso im Knast zu landen wie sie. Was er nicht wusste, war, dass seine Mum überzeugt davon war, dass dieser Zug ihr zusätzliche Zeit aufgebürdet hatte, und dass sie damit vermutlich sogar recht hatte. Dass sie es seinem Dad heimzahlen würde, sobald sie die Gelegenheit dafür hätte.

Was Nick nicht wusste, war, was »Sorgerecht« bedeutete.

Für ihn waren Mum und Dad immer noch »Team Nick«. Wir waren nicht mehr verliebt und konnten deshalb nicht mehr verheiratet sein. Als Eltern würden wir allerdings immer ein Team für ihn sein. So hatten wir es ihm erklärt.

Tja, und dann hatte Kaleighs Anwalt einen Brief von Nick ins Spiel gebracht, an dem Textstellen markiert waren wie: *»Daddy ist ein Schussel, weil du nicht mehr aufpasst. Er hat gestern vergessen, Abendessen zu machen, also hat Grandpa Hamburger mitgebracht – aber er hat nicht gewusst, dass ich die Gurken nicht mag. Dann hab ich Daddys Pommes bekommen.«*

Nach dieser Aktion hatte ich Nick erklärt, dass Mum gerade ein bisschen Heimweh hatte und der Kontakt zu ihm das nur schlimmer machte. Und das Letzte, was Nick wollte, war, irgendetwas für seine Mum schlimmer zu machen.

Ich gab es auf, nach meinem Feuerzeug zu suchen, nahm meine Zigaretten und stapfte in die Küche. In irgendeiner der Schubladen mussten noch Streichhölzer sein. Nach meinem

Feuerzeug würde ich wohl Ausschau halten müssen, wenn ich mit Nick das nächste Mal bei den Monsterhöhlen spazierte. Gut möglich, dass mir das Ding dort aus der Tasche gefallen war. Vielleicht in dieser Nische, als ich dort gehockt hatte wie ein vertrauensseliger Idiot – mit geschlossenen Augen und ein Ohr am kalten Stein, während Leena mir das andere zugehalten hatte. Kurz dachte ich an das Gefühl, wie ihr Daumen über meine Haut gestrichen war. Aber das half nicht. Es trug nur dazu bei, dieses gegenwärtige Gespräch nicht weiter führen zu wollen.

»Du hast wirklich vor, ihn mir wegzunehmen, oder?«

Ich hatte eines von vier verbliebenen Streichhölzern entflammt und meine erste Zigarette dieses Tages angezündet, als Kaleigh diese Frage stellte. Diesmal klang ihre Stimme nach Tränen. Und während mir das früher noch ein schlechtes Gewissen gemacht hätte, erfüllte es mich jetzt mit einem Funken von Genugtuung. Und mir war herzlich egal, ob mich das zu einem schlechteren Menschen machte. »Nick soll nicht ohne Mum aufwachsen. Aber ich lass mich nicht von dir verarschen, Kal. Du hast Scheiße gebaut, das ist die Konsequenz. Das Prinzip kennst du ja mittlerweile.«

Ich nahm einen tiefen Zug und hielt kurz die Luft an, ehe ich den Rauch durch die Nase wieder ausblies. Mein Blick ruhte auf dem Stück Wiese unter dem Baum. Sobald es wärmer wurde, stand dort der Gartentisch, an dem immer genau so viele Stühle Platz fanden, wie man eben brauchte. Dort hatten Kaleigh und ich mit meinen Eltern gesessen. Dad hatte sich am Grill verausgabt und Mum war unendlich müde gewesen. Die letzte Chemo hatte sie viel Kraft gekostet. Doch das hatte ihrem Strahlen keinen Abbruch getan, als wir ihr und Dad erzählt hatten, dass Nick auf dem Weg war. Manchmal glaubte ich, dass Mum die letzten Monate nur für ihn weiter durchgehalten hatte. Sie hatte ihn kennenlernen wollen, und als sie das geschafft hatte, war da der Wunsch gewesen, ihn auch auf allen anderen Etappen seines Lebens zu begleiten.

Nun, Krebs ist stärker als Wünsche. Und ein halbes Jahr nach Nicks Geburt hatte Dad mit Freunden auf sie angestoßen. Ich dachte an das Regalbrett im *Thistle* und daran, wie lange es her war, dass ich es das letzte Mal gesehen hatte. Ewig. Ich war definitiv noch zu jung gewesen, um den Sinn von umgedrehten Gläsern zu kapieren. Mittlerweile war ich alt genug, starrte auf die Rasenfläche, auf der nächsten Monat wieder der Tisch stehen würde, und stritt mit meiner Frau um das Kind, für das Mum noch ein paar Monate länger durchgehalten hatte.

Bravo, Hamish. Du hast es eindeutig zu etwas gebracht. Vom jungen Kerl mit den großen Plänen zu einem Typen, der auf der Terrasse seiner Eltern steht, mit einer Frau telefoniert, die ihn verarscht hat, und der dabei seine Mutter vermisst, als wäre er ein sentimentaler alter Kautz wie sein Dad. Großartig.

»Was willst du, Hamish?«

»Was?«

»Was willst du?«, wiederholte Kaleigh und betonte dabei jedes einzelne Wort, als würde sie es mir am liebsten ins Gesicht schlagen. »Soll ich betteln, damit ich meinen Sohn sehen kann? Sag's mir. Ich mach alles, du hast gewonnen.«

Ich schüttelte den Kopf. »Lass den Scheiß. Willst du nun wissen, wie seine Woche war oder nicht?«

»Natürlich will ich das wissen, aber ich will, dass *er* mir das erzählt. Das kann doch so nicht die nächsten Monate weitergehen. Er ist mein Baby. Wenn wir keine … Wenn wir das nicht hinkriegen, ist er fast neun, wenn ich ihn wiedersehe.«

»Hm«, machte ich so unbeeindruckt wie möglich. »Quasi ein erwachsener Mann.«

»Ich meine es ernst. Ich hab nicht mit Mr Bain darüber gesprochen, was ich hier …« Sie schluchzte. So richtig. Das war nicht mehr ihr belegtes Gejammer mit ein paar Krokodilstränen. Ach, scheiße ... Konnte ich ihr nicht einfach davon erzählen, dass Nick in den Ferien Freunde hierher einladen wollte? Richtige Freunde. Und dass offenbar ein kleiner präpubertärer Rebell aus ihm wurde, der an manchen Abenden trotzdem nur einschlafen konnte, wenn ich mich mit zu ihm ins Bett legte. Sir Boo hatte seinem Dad noch nicht den Rang abgelaufen.

»Hamish, ich kann nicht mehr, okay? Ich dreh hier durch. Jedes Mal, wenn mir bewusst ist, dass ich hier bin und er ...«

»Und er ... was? Bei mir?«

»Nein, das ist nicht ... Du weißt genau ...«

Einen Scheiß wusste ich. Aber ich ließ sie weiterstammeln, während ich auf der Terrasse stand, zu diesem erinnerungsträchtigen Fleckchen Wiese starrte, rauchte und versuchte, ihr nicht richtig zuzuhören.

»Weißt du, was meine größte Angst ist?«

»Interessiert mich nicht.«

»Dass ich in etwas mehr als einem Jahr hier rauskomme und er eine andere Frau längst Mum nennt und nichts mehr von mir wissen will.«

»Oh mein Gott«, keuchte ich und rieb meine Stirn. »Schon wieder diese dämliche Paranoia?« Der Scheiß hatte begonnen, nachdem ich Kaleigh informiert hatte, dass ich mit Nick nicht in Edinburgh bleiben würde. Leena war ihr schon immer ein Dorn im Auge gewesen. Sie war nun einmal die Art von Ex-Freundin, die immer mal wieder durch Unterhaltungen gespukt war, wenn wir meine Eltern besucht hatten. Die erste große Liebe, der erste Sex, der erste Herzschmerz. Und leider hatte sie versäumt, irgendetwas zu tun, was meine Mum oder meinen Dad dazu veranlasst hätte, sie zu hassen. Sie hatte Mum sogar hin und wieder im Krankenhaus besucht – einfach, weil sie zwei Menschen gewesen waren, die sich gemocht hatten. Nichts weiter. Nur hatte Kaleigh das nie verstanden. Und genauso wenig konnte sie sich vorstellen, dass ich andere

Gründe gehabt hatte, hierher zurückzukehren, als die Absicht, meine Ex einmal durch die Stadt zu vögeln und zur neuen Mutter ihres Sohnes zu machen.

»Das ist nicht paranoid, Hamish, das …«

»Doch, Kaleigh. Das ist Bullshit. Du warst diejenige, die Scheiße gebaut hat, nicht ich. Wir hatten einen Deal. Du hast den gebrochen. Nicht. Ich.« *Offene Partnerschaft. Sex, mit wem wir wollten, aber keine neue Beziehung. Wir bleiben zusammen und versuchen, uns nicht die Köpfe einzuschlagen. Für Nick.*

Und es hatte funktioniert. Ich war sogar der Meinung gewesen, dass es ziemlich gut funktioniert hatte. Ich war viel besser mit Kaleigh klargekommen, nachdem wir nicht mehr krampfhaft versucht hatten, als Paar zu funktionieren, sondern als zwei Menschen, die eine gemeinsame Aufgabe hatten. Bis sie immer öfter über Nacht verschwunden war, ohne sich in Schale zu werfen. Also war ich misstrauisch geworden, weil ihr das nicht ähnlich gesehen hatte – es sei denn, sie kannte denjenigen, zu dem sie verschwand, sehr gut.

»Und du hältst den Deal gerade ein, ja?«

»Wir haben keinen Deal mehr«, stellte ich klar. »Du hast dich nicht an unsere Abmachung gehalten. Punkt. Dass du mir jetzt unterstellst, ich würde das Gleiche machen, ist ein Bilderbuchbeispiel für Paranoia.«

Nicht an unsere Abmachung gehalten … Wenn ich ehrlich war, war das reine Spekulation. Ich war sicher, dass ich damit richtiglag, aber Gewissheit hatte ich keine. Und es machte mich wahnsinnig, dass ich nicht halb so viel über Kaleighs Dummheiten wusste, wie ich wollte. Was ich wusste, war, dass sie Geld in großen Summen veruntreut hatte. Und ich wusste, dass meine Unterschrift auf einigen der damit verbundenen Dokumente war.

Was ich nicht wusste, war die Antwort auf die Frage nach dem Warum. Ich nahm an, dass sie sich auf einen anderen

Mann eingelassen hatte – richtig eingelassen. Genug, um seinetwegen oder für ihn so eine Scheiße zu bauen und dafür ihren Mann ans Messer zu liefern, der vielleicht ein Wichser war, aber einer, auf den sie sich im Gegenteil zu dem anderen Typen, verlassen konnte. Kaleigh schwieg zu alldem, was vermutlich besser war. Auch für mich. Vor allem für mich. Je weniger ich wusste, umso weniger angreifbar war ich.

Ich angelte mir eine zweite Zigarette aus der Schachtel. Eigentlich hätte ich mir drei Stück gleichzeitig anstecken müssen, um ruhig zu bleiben, während ich Kaleigh dabei zuhörte, wie sie heulte.

Ich kaufte ihr ab, dass Nick ihr fehlte. Nur war das auch das Einzige, was ich nicht infrage stellte. Vermutlich hatte sie sich sehr wohl mit ihrem Anwalt besprochen, wie sie mich weichklopfen konnte, um zu bekommen, was sie wollte.

»Ich kann dich nicht mit Nick reden lassen.« Ich gab mir richtig Mühe, ruhig dabei zu klingen, was ihr nicht entgehen konnte. Im Leben nicht. »Nicht nach allem … Du hast seinen Brief an deinen Anwalt weitergegeben. Scheiße, Kaleigh, was hast du dir dabei gedacht?«

Tränen. Das war die einzige Antwort, die ich bekam. Aber vermutlich hatte sie mir vorher schon gesagt, was sie befürchtete: dass ich ihr Nick wegnahm. Und allmählich begann ich ihr sogar zu glauben, dass sie mir genau das auch zutraute. Das war beschissen. Nur beruhte das auf Gegenseitigkeit. Und Misstrauen ist nichts, was einem Mann viele Auswahlmöglichkeiten für sein Handlungsspektrum gibt.

Das haben wir richtig gut hinbekommen, Kal, hm? Wir waren froh, jemanden gefunden zu haben, der ist wie wir selbst. Jemanden, der sich durchsetzt, der laut werden kann, wenn es drauf ankommt. Jemanden, der über Leichen geht für das, was ihm wichtig ist. Aber das geht nur so lange gut, wie man darauf bauen kann, nicht zur Leiche des anderen zu werden.

»Ich schlage vor, dass wir bei den wöchentlichen Terminen bleiben«, sagte ich sachlich. »Fürs Erste. Und dann sehen wir weiter.« Das hatte absolut nichts mit einem konkreten Verbleib zu tun, aber mehr als vages Gefasel brachte ich nicht über mich. Es war jetzt etwa ein Jahr her, als diese ganze Scheiße hochgegangen war. Ein Jahr, in dem ich gelernt hatte, zivilisiert mit Nicks Mutter umzugehen. Aber auch nur das. Meine Motivation für mehr war schlichtweg erschöpft.

Kaleigh antwortete nicht. Jedenfalls, wenn ich ihr Schluchzen nicht als Antwort durchgehen ließ. Sie machte nicht einmal mehr den Versuch, mit mir zu diskutieren. Keine Ahnung, ob ihre Haft das mit ihr machte oder die Trennung von ihrem Sohn, doch so kannte ich meine Frau nicht. Weinend, ja. Emotional sowieso. Aber wort- und haltlos schluchzend?

»Er hat Freitag einen Mathetest, für den er jeden Abend übt, obwohl er den Stoff längst drauf hat. Und du solltest wissen, dass ich Smudge manchmal bei ihm schlafen lasse. Ist jedes Mal ein Highlight für ihn, also komm mir nicht mit Hygiene.«

»Aber …«

»Kein Aber. Das alte Vieh ist kaum noch draußen unterwegs. Vermutlich fängt die sich eher bei Nick was ein als andersherum …« Ich ließ mich zu einem kurzen Kopfschütteln über die hingebungsvolle Liebe meines Sohnes für diese Katze hinreißen und fuhr dann fort. »Von Ben und dieser Sarah hab ich dir erzählt. Nick will die beiden in den Ferien hierher einladen für eine Pyjamaparty. Er plant jetzt schon, was wir unternehmen, und ich überlege, ihm eine Nachtwanderung zur Monsterhöhle vorzuschlagen. Aber ich bin noch nicht sicher, ob ich mir das mit drei Kindern antun will.« Ich sah auf meine Uhr und beschloss, dass ich Nicks Ausflüge in die abenteuerliche Welt der Kriminalität und Körperverletzung unterschlagen würde.

»Er soll an seine Mütze denken, wenn ihr … Wenn es windig ist und du weißt, seine Ohren …« Mehr brachte sie nicht heraus. Immer noch nicht.

»Macht er«, versicherte ich. »Da ist er gewissenhafter als ich.« Was Kaleigh vermutlich nicht überraschte.

»Okay.« Nichts weiter. Kein blöder Spruch, keine direkte Ablehnung, nur ein Okay.

Scheiße, Kal, es geht dir wirklich beschissen, oder?

»Also bis nächste Woche«, schloss ich und verbrauchte das letzte Streichholz aus der Schachtel an meine dritte Zigarette. Als keine Antwort mehr kam, legte ich auf.

Und für die Dauer dieser dritten Zigarette stand ich auf dem alten Holz der Terrasse, schaute noch einmal dorthin, wo bald dieser Tisch seinen saisonalen Platz einnehmen würde, und fragte mich, wann Nick je wieder mit seiner Mutter sprechen würde. Er fragte danach – seltener als noch vor zwei Wochen, dafür aber deutlich frustrierter über meine Antwort. Ich hasste es, diese Resignation an ihm zu sehen, ich wusste bloß nicht, wie ich seinen Wunsch erfüllen sollte, ohne in die Falle zu tappen, die Kaleigh für mich darstellte.

Ich atmete Rauch und Nikotin ein und war für ein paar Sekunden selbst nicht mehr als ein Sohn, dem seine Mum fehlte. Maryanne Findlay hätte eine Antwort auf dieses Dilemma gehabt. Sterbende wissen oft mehr über das Leben als wir anderen. Aber ihnen fehlt die Zeit, um uns alle Geheimnisse mitzugeben.

Also blieb mir nichts anderes übrig, als ahnungslos herumzustehen und den Impuls zu unterdrücken, die einzige andere Person zu fragen, die mir noch in den Sinn kam. Dabei war ich mir sicher, dass sie genauso wenig eine Antwort finden würde wie ich selbst – oder aber Antworten, von denen ich schon jetzt wusste, dass ich sie nicht hören wollte. Einfach, weil sie vieles mit anderen Augen sah als ich, was manchmal großartig war, aber nicht bei diesem Thema. Und ich war eindeutig zu nüchtern, um gut gemeinte Ratschläge in Angelegenheiten zu ertragen, die nur mich etwas angingen.

Mich und vielleicht auch Kaleigh.

Aber nicht die Frau, der ihre Paranoia galt.

Die Sache mit dem Apfel und dem Stamm

Leena

Hab ich dir ja gleich gesagt.

Es waren noch gut fünfzehn Minuten bis zur großen Pause. Ich war mit Debbie zu einem Kaffee verabredet und zuversichtlich, dass ich mir genau diese Worte würde anhören dürfen. *Hab ich dir ja gleich gesagt …*

»Ein Mathetest am Freitag? Bevor du mit ihnen diese Ferientiere bastelst? Was ist dein Plan? Den Klassenschnitt zu drücken?«

Mein Plan war lediglich gewesen, am Nachmittag direkt die Tests kontrollieren und den Kindern noch vor den Ferien zurückgeben zu können. Und nun ertappte ich den vierten meiner Schüler dabei, wie er verstohlen zu meinen Kisten blickte, in denen ich Füllmaterial für die Sockenoktopusse bereithielt. Daneben fanden sich noch verschiedene Knöpfe und Wolle, falls ein Kind nur daran gedacht hatte, sich eine hübsche Socke mitzubringen. Und selbst von denen hatte ich ein paar gekauft, um auf den Notfall vorbereitet zu sein. Jede Eventualität hatte ich bedacht – nur nicht die, dass die Kisten neben dem Sideboard stehen und sämtliche kindliche Aufmerksamkeit verschlingen würden wie ein schwarzes Loch.

»Fünfzehn Minuten habt ihr noch«, erinnerte ich. Das genügte, damit Patrick seinen Blick von den Bastelutensilien löste und sich wieder dem Test widmete. Parallel dazu bildeten sich auf Finolas Stirn zwei Plätze weiter tiefe Falten höchster Konzentration. Das Pflaster, das ihre Platzwunde hinter lilafarbenen Sternen versteckte, tat dem keinen Abbruch.

»Ben ...«, hob ich mahnend an und zog nur meine Augenbraue in die Höhe. Der Junge würde ganz genau wissen, wobei ich ihn gerade ertappt hatte. »Verwarnung.«

»Aber Nick kann das viel besser als ich. Wieso kann er nicht machen, was er besser kann und ich mache, was ich besser kann?«

Das war, wie Wirtschaft funktionierte. Glaubte ich. Aber definitiv nicht das geltende Schulsystem.

»Wenn jeder macht, was er schon kann, dann lernt ihr ja nichts Neues mehr, hm?«

Ben warf noch einen kurzen Seitenblick zu Nick, der diese kleine Debatte anscheinend gar nicht mitbekommen hatte, und akribisch den Aufgabenbogen ausfüllte. Seine Zunge lugte sogar leicht zwischen seinen Lippen hervor, was wohl verriet, dass er das Maximallevel seiner Konzentration auffuhr. Dabei müsste dieser Test ein Kinderspiel für ihn sein, denn Ben hatte durchaus recht – Nick konnte diese Sachen. Mathe lag ihm sogar ziemlich gut. Dennoch wirkte er den ganzen Tag schon, als würde ihm dieser bevorstehende Test enorm zusetzen.

Noch zehn Minuten, dachte ich. In zehn Minuten hat er es geschafft und mit Sicherheit fehlerfrei. Er unterschätzt sich vermutlich selbst und ist etwas nervös, weil Finola den ersten Tag wieder da ist und noch kein Wort mit ihm geredet hat.

Ben musste ich in dieser übrigen Zeit noch ein weiteres Mal ermahnen und mir erklären lassen, dass er ja längst fertig wäre und nur schauen wollte, ob Nick auch schon fertig war. Also ließ ich mir seinen Test aushändigen und erteilte ihm damit die Erlaubnis, hinzuschauen, wohin er wollte.

Mit dem Pausenklingeln trudelten nach und nach auch alle übrigen gelösten Aufgabenblätter bei mir ein. Ich achtete darauf, dass niemand vergessen hatte, den Namen auf die Lösungen zu schreiben, und lauschte dem einen oder anderen erleichterten Aufatmen, mit dem sich die Kinder in die große Pause verabschiedeten.

Alle außer Nick. Sein Test lag genauso auf dem Stapel wie die der anderen, nur war er seinen Mitschülern nicht nach draußen gefolgt, sondern hatte sich wieder auf seinen Platz gesetzt, wo er nun nichts weiter tat, als zu den Fischen im Aquarium zu schauen.

»Willst du nicht rausgehen? Ben wird bestimmt wissen wollen, was du bei den Aufgaben rausgekriegt hast.«

Nick schüttelte den Kopf und zog dabei ein Gesicht wie ein alter, resignierter Mann, der nun wirklich andere Probleme hatte als Matheaufgaben. Aber vielleicht hatte er das sogar. »Kann ich drinnen bei dir bleiben, Miss Harris? Ich glaube, ich hab Bauchweh …« So, wie er die Frage stellte, war mir klar, dass er sofort seine Jacke geschnappt und den Raum verlassen hätte, wäre es das, was ich von ihm verlangte. Ich glaubte nicht, dass er Bauchweh hatte. Vielmehr ahnte ich, dass heute vielleicht einer jener Tage sein könnte, von denen Hamish erzählt hatte. Solche, an denen Nick seine Mum mehr fehlte als sonst. Da wollte ich ihm nicht vorschreiben, rauszugehen und den fröhlichen Jungen zu mimen, wenn er genau davon mal eine kleine Pause brauchte.

»Okay. Aber sonst ist alles klar bei dir?«

Er sah auf und versagte auf ganzer Linie darin, den gelassenen Was-soll-schon sein?-Blick seines Vaters nachzuahmen, während er nickte.

»Okay …«, wiederholte ich und sah zur Tür. In ein paar Minuten würde Debbie hier aufkreuzen und keine Mühe damit haben, den kleinen Kerl nach draußen zu scheuchen, um mir zuerst zu sagen, dass sie völlig recht gehabt hatte und mich dann zu fragen, ob sein Dad mittlerweile etwas von sich hatte hören lassen. »Hör zu«, sagte ich zu Nick. »Ich husche nur kurz ins Lehrerzimmer und hol mir einen Kaffee. Kann ich dich einen Moment allein lassen? Oder sind die Bauchschmerzen zu schlimm?«

Er schüttelte den Kopf. »Geht.«

»In Ordnung.« Ich nickte und schnappte mir meinen Schlüssel und meine Tasche, um wenigstens einen Blick auf mein Handy werfen zu können, während ich einen sehr, sehr schnellen Kaffee mit Debbie trinken würde.

Drei Minuten, vielleicht vier. Ein bisschen Zeit, in der Nick in Ruhe zu den Fischen starren konnte und sich keine Mühe geben musste, seinen schlechten Tag vor irgendwem zu verbergen.

Das war, was ich mir dabei dachte. Kaffee, ein kurzes Update mit Debbie und eine kleine Atempause für ein Kind, das seine Mum aus Gründen vermissen musste, die er gar nicht richtig erfassen konnte.

Ich habe wirklich gedacht, es wäre eine gute Idee …

Etwa fünf Minuten hielt dieses Gefühl an. Ich verließ den Klassenraum, ließ die Tür aber offen. Auf dem Weg zum Lehrerzimmer zog ich schon mein Handy aus der Tasche wie … Ach, wem machte ich was vor? Wie eine Leena, die hoffte, eine Nachricht von einem Hamish bekommen zu haben. So was braucht keine Metaphern, sondern war aussagekräftig genug.

Es war mittlerweile zwei Tage her, dass wir uns gesehen hatten. Den gestrigen hatte ich mit leichten Kopfschmerzen zugebracht und hatte Hamishs Stille darauf geschoben, dass es ihm wohl ähnlich ging. Und darauf, dass er nun einmal Hamish Findlay war. Bier und Wodka waren geflossen und er hatte mir so viel erzählt. Vielleicht mehr, als ihm im Nachhinein lieb gewesen war. Das kannte ich von früher. Und ich wusste, dass er danach etwas Zeit brauchte, um sich wieder zu sortieren. Weil ich ihm die geben wollte, hatte ich mich eisern zurückgehalten, ihm irgendwas zu schreiben wie: *»Falls es das ist, worüber du die ganze Zeit nachgrübelst: Alles, was du mir erzählt hast, bleibt unter uns. Hat sich nicht geändert.«*

Ich wollte ihn nicht bedrängen. Vor allem aber wollte ich, dass er das gefälligst selbst wusste.

Auf Debbie traf ich, als ich um die Ecke in Richtung Lehrerzimmer einbog. Sie war mit zwei Tassen Kaffee auf dem Weg zu meiner Klasse gewesen. Also hatte ich es wirklich gerade so geschafft, sie abzufangen.

»Hatten wir nicht verabredet, dass ich zu dir komme?«

»Mh«, machte ich und nahm die Tasse entgegen, die meine war. Die, in der sich richtiger Kaffee befand und kein Halbhalb aus Kaffee und Milch. »Nick hat Bauchweh und ist drinnen geblieben. Ich geh gleich wieder zurück.«

»Na toll.« Debbie rollte sogar mit den Augen. »Der steckt doch mit seinem Vater unter einer Decke. Der liefert kein Material für Tratsch und der Junge keine Gelegenheit.«

Ich zuckte mit den Schultern und nippte an meiner Tasse. »Muss in der Familie liegen.« Daran und ein kleines bisschen an mir, die Debbie nur von einem schönen Abend erzählt hatte. Von einem Spaziergang und Gesprächen, die ich allerdings nur zensiert weitergegeben hatte.

Ich hatte Debbie nicht von meinen Tränen erzählt, sehr wohl aber von Hamishs Abschiedsworten, was ihr ein entzücktes Seufzen entlockt hatte. »Wer hätte gedacht, dass unser Pfützenbezwinger so viel Einfühlungsvermögen beweisen könnte …« Nur zog Entzücken eine gewisse Erwartungshaltung nach sich, und die erfüllte Hamish mit seinem Schweigen nicht einmal annähernd. Genau genommen fuhr er sie vielmehr gegen die Wand.

Als wäre er siebzehn und würde versuchen, den Wagen seines Vaters aus der Parklücke zu manövrieren.

»Ich hoffe doch, du bist wenigstens ein bisschen genervt davon, dass der werte Herr sich noch nicht gemeldet …«

»Aileen? Ist das dein Schüler?«

Ich hörte Debbie schon aufkeuchen, als ich mich noch zur Quelle dieser schneidenden Stimme umdrehte. Bram Forbes kam auf uns zu – und er hatte Nick im Schlepptau. Er hatte ihn nicht einfach dabei, sondern hielt den Jungen fest am Unterarm gepackt und zog ihn mit sich.

Lass ihn los, dachte ich. Wenn Hamish das sieht, bringt er dich um.

»Dominic ist in meiner Klasse, ja«, sagte ich ruhig und streckte meine Hand in Nicks Richtung aus, um ihn an die Hand zu nehmen. »Ich kümmere mich um ihn.«

»Gar nichts wirst du. Der Junge ist jetzt meine Angelegenheit. Es gibt genug Einträge zu ihm, um die du dich gekümmert hast. Mit dem Resultat, dass er versucht, sein Klassenzimmer abzufackeln.«

»Sein … Was? Unsinn. Ich war gerade noch bei ihm.«

Bram hob ein Buch in die Höhe und … war das Hamishs Feuerzeug? »Ich habe ihn gerade dabei erwischt, wie er versucht hat, dieses Buch anzuzünden.«

Ein Missverständnis. Das musste ein Missverständnis sein. Nick hatte nur irgendetwas von seinem Dad mitgehen lassen, das er bei sich haben wollte, weil er einen scheiß Tag hatte.

Ich warf dem Konrektor einen kurzen, aber deutlich skeptischen Blick zu, ehe ich mich an Nick wandte. »He, was war da los? Das ist das Feuerzeug von deinem Dad, oder?«

Ein zögerliches Nicken war die Antwort.

»Und warum hast du das heute dabei? Fehlt er dir?«

Diesmal schüttelte Nick den Kopf und hob seinen Blick. Er sah aus, als würde er sich für alles wappnen, was vielleicht auf ihn zukommen mochte. *Gefängnis*, schoss es mir durch den Kopf.

»Hast du wirklich versucht, das Buch da anzuzünden?«

Ich hab nur das Feuer angemacht. Wie Daddy. Ich will sein wie er, weil er Mum nicht so doll vermisst wie ich.

Das war die Antwort, mit der ich nicht rechnete, aber von der ich annahm, dass sie die richtige war. Doch Nick sagte nichts, was auch nur in diese Richtung deutete. Stattdessen nickte er.

»Du hast wirklich versucht, dein Mathebuch anzuzünden?«

Wieder ein Nicken. Und in seinem Blick schimmerten Tränen und Unsicherheit, allerdings auch der deutliche Ausdruck von *»Sollen sie doch kommen …«*. Als stünde eine viel, viel jüngere Kopie seines Vaters vor mir.

»Immerhin ist er kein Lügner«, schnaufte Bram. »Die Angelegenheit übernehme ich, das braucht eine autoritäre Hand. Sobald ein Erziehungsberechtigter eingetroffen ist, hole ich dich dazu. Wir müssen dieses Thema ein für alle Mal lösen, ehe dieser Teufelsbraten die Schule abfackelt oder Schlimmeres.«

»Bram, ich kann das selbst …«

»Kannst du nicht.« Gott, es schien ihm eine richtige Wohltat, das sagen zu können. Endlich hatte versagt, was wir jungen Dinger praktizierten und er so gern als Kuschelpädagogik bezeichnete. Endlich war die Stunde gekommen, in der er den Beweis dafür gefunden hatte, dass es heutzutage an Autorität und Respekt mangelte.

Scheiße, Nick, du hast wirklich ein Händchen dafür, dich mit den falschen Leuten anzulegen.

Nick wich meinem Blick aus, als ich ihn ansah. Letzte Chance, Kleiner, dachte ich. Letzte Chance, zu sagen, dass Mr

Forbes die Situation falsch einschätzt. Dein Dad kriegt eine Notiz von mir wegen des Feuerzeugs und du kannst mit den anderen Kids zusammen Oktopusse basteln. Keine große Sache.

Aber er starrte nur geradeaus und sah keinen von den Erwachsenen an. Na schön. Ich nickte. »Also bis gleich, nehme ich an?«

Bram nickte und warf einen weiteren abschätzigen Blick auf den mutmaßlichen Pyromanen. »In meinem Büro. Sobald seine Mutter eingetroffen ist.«

Oh nein. Nein, nein, nein. Natürlich gab Nick es nach diesem Kommentar auf, stur in den Gang zu starren. Stattdessen bedachte er den Mann, der ihn festhielt, mit einem hoffnungsschwangeren Blick. »Mum holt mich ab?«

»Und ich werde mit ihr über dein Verhalten sprechen müssen. Sie wird nicht erfreut sein, zu hören, dass ihr Sohn versucht hat, ein Buch anzuzünden. So was ist nicht nur eine Dummheit, sondern eine große Gefahr für alle.«

Der Kleine nickte, und mir war klar, dass ihm die Konsequenzen gerade am Arsch vorbeigingen. Seine Missetat war groß genug gewesen, dass dieser unangenehme Mann seine Mutter konsultieren wollte. Vermutlich hätte Nick jede Standpauke, jeden Hausarrest und jedes Fernsehverbot in Kauf genommen, damit das wahr wurde. Dabei hatte Bram Forbes gar keine Kompetenzen, um das Wirklichkeit werden zu lassen – egal, wie autoritär er wirken mochte. Er war lediglich in die Falle seiner Erfahrungswerte und einiger sexistischer Annahmen getappt.

»Sein Vater«, korrigierte ich also, ehe Nick sich in falschen Hoffnungen verlieren konnte. »Sein Vater wird ihn abholen. Die Mutter ist verhindert.«

»Das sehen wir ja dann. Bis nachher.« Mit diesen Worten

zog Bram Nick weiter den Gang entlang in Richtung seines Büros.

Ich sah den beiden nach. Meinem Kollegen, der vermutlich seinen kleinen Triumph über Unfug und moderne Pädagogik feierte, und dem Jungen, dem das Herz brechen würde, sobald er herausfand, dass der Mann neben ihm nicht so viel wusste, wie sie beide glaubten.

»Bis nachher« trat in Kraft, als ich mit der Klasse abmaß, wie lang die Tentakel unserer Sockenoktopusse werden sollten. Dafür hatte jedes der Kinder Füllwatte von mir bekommen, um die Größe des Kopfes abzuschätzen und so zu wissen, wie weit in die Socke geschnitten werden musste, um die Arme des Tieres zu gestalten.

Ich half Sarah gerade dabei, das mit Watte gefüllte Ende ihrer Socke mit einem Gummiband zu fixieren, als es vorsichtig an der Tür klopfte und gleich darauf meine Kollegin ihren Kopf in das Klassenzimmer streckte. Drew warf ein fröhliches Hallo in die Runde, das die meisten meiner Schüler und Schülerinnen umgehend erwiderten.

»Miss Harris«, sprach sie mich dann an. »Unser Boss braucht kurz deine Hilfe. Ich passe solange hier auf.«

Ich nickte. Bram hatte sie also in ihrer Freistunde dazu verdonnert, mich hier abzulösen, um weniger erquickliche Diskussionen zu führen als die, welche Knopffarbe sich wohl am besten für die Augen eines rot karierten Oktopusses eignete. Gelb. Gelb war die Entscheidung der Klasse gewesen, weshalb Seamus nun einen Oktopus mit Leberschaden basteln würde.

»Alles klar.« Ich prüfte noch einmal kurz, ob Sarahs Wattekugel ausreichend fixiert war und gab meiner Kollegin dann einen kurzen Umriss dessen, was die momentane Aufgabe war. Zwei Minuten, länger dauerte das Ganze nicht, ehe ich meine

Klasse noch einmal obligatorisch ermahnte, auf Mrs Stewart zu hören und sich zu benehmen.

Fünfzehn Minuten, dachte ich, als ich auf den Gang trat und die Tür hinter mir schloss. In fünfzehn Minuten ist der Spuk vorbei. Egal, wie seltsam das Gespräch mit Bram oder das Wiedersehen mit Hamish werden. In einer Viertelstunde ist deine einzige Sorge, dass kein Kind sich in den Finger schneidet. Und was sind schon fünfzehn Minuten?

Ich klopfte an die Tür, neben der ein schmuckloses Schild unübersehbar Brams Namen und seine Position auswies. Sein »Herein« folgte nahezu unmittelbar.

Hamish saß bereits auf einem der beiden Stühle, die stets gegenüber vom Schreibtisch meines Konrektors standen und nur auf Gelegenheiten wie diese warteten. Bram selbst thronte an seinem Platz, die Hände vor sich auf der Tischplatte verschränkt. Er schien der Einzige zu sein, der sich in dieser Situation pudelwohl fühlte.

Hamish erhob sich, als ich an den Schreibtisch herantrat und hielt mir seine Hand entgegen. »Miss Harris …«

Ich nickte, um nicht über seine Förmlichkeit zu schmunzeln oder mich gar auf einen Seitenblick zu meinem Kollegen hinreißen zu lassen und Hamish damit zu zeigen, wie unfassbar leid mir tat, dass er diese Bekanntschaft machen musste. Ich nickte nur und ergriff seine Hand, die sich sofort warm um meine schloss und sie ein bisschen länger festhielt als nötig. Oder? »Mr Findlay. Danke, dass Sie so schnell kommen konnten.«

»Mh«, war seine einzige Antwort. Damit ließ er meine Hand los und schenkte mir einen Was-bleibt-mir-anderes-übrig?-Blick.

»Ich habe Mr Findlay die Situation bereits geschildert«, hob Bram an, und ich trat hinter seinen Schreibtisch – mit dem gebührenden Abstand zu meinem Vorgesetzten, vor allem aber zu Hamish. Es hätte sich natürlicher angefühlt, neben ihm Platz zu nehmen. Auf dieser Seite des Schreibtisches kam es mir vor, als stünde ich an der falschen Front. »Er weiß, was Dominic beabsichtigt hatte, und dass zum Glück niemand zu Schaden gekommen ist. Wir sind uns einig, dass eine solche Situation sich nicht wiederholen sollte.«

Hamish bestätigte Bram Forbes Worte mit einem stummen Nicken. Aber ich konnte sehen, wie seine Kiefer sich dabei zusammenpressten. Sein rechter Zeigefinger trommelte ungeduldig auf die Lehne des Stuhls. Wie lange war er schon hier und wurde von meinem Kollegen festgehalten? Ich konnte mir gut vorstellen, dass der die Gelegenheit genutzt hatte, um zuerst unter vier Augen mit dem Vater dieses gemeingefährlichen Kindes zu sprechen.

»Aileen, was sagst du dazu?« Bram hatte sich zu mir umgewandt und sah mich erwartungsvoll an. Das war neu. Ich war darauf eingestellt gewesen, einem seiner Monologe zu lauschen und nicht auf wirkliche Beteiligung an diesem Gespräch.

Kurz huschte mein Blick zu Hamish, als könnte der mir verraten, worauf das hinauslaufen sollte, doch er hatte seine Augenbrauen nur zu einem ahnungslosen Blick in die Höhe gezogen und schwieg.

»Ich bin nicht sicher, ob ich dem noch viel hinzufügen kann«, gestand ich. »Es steht außer Diskussion, dass sich solche Vorkommnisse nicht wiederholen sollten.«

»Und welche Maßnahmen gedenkst du zu ergreifen, um das zukünftig zu verhindern?«

»Was?«

»Der Schüler war unter deiner Aufsicht, wie ich Mr Findlay bereits geschildert habe.« Er deutete unnötigerweise auf Hamish. Als hätte ich vergessen können, dass der uns gegenübersaß. »Ich nehme an, du hast dir Gedanken gemacht, wie du deiner Aufsichtspflicht zukünftig engmaschiger nachgehen kannst, um keine Gelegenheiten mehr zu schaffen, die ein Schüler dann ergreift.«

Nicht dein Ernst, dachte ich. Dafür der ganze Hokuspokus? Um mich bei einem Elternteil bloßzustellen wegen etwas, das jedem anderen genauso hätte passieren können? Selbst dir! »Wir sollten …« Ich unterbrach mich, als ich merkte, dass ich wirklich sauer klang. »Ich denke, das sollten wir in der nächsten Lehrerkonferenz thematisieren. Das geht das ganze Kollegium etwas an. Nick wollte gern im Klassenraum bleiben. Und ich persönlich möchte ungern ein Kind auf den Hof zwingen, nur damit die Pausenaufsicht es im Blick hat. Nicht, wenn es sich unwohl fühlt.«

»Wenn es sich so unwohl fühlt, dass es nicht an der Pause teilnehmen kann, hat es auch im Unterricht nichts verloren. Das ist eine Einschätzung die in der Verantwortung der zuständigen Lehrkraft liegt, Aileen. Wäre der Junge in die Pause oder nach Hause geschickt worden, hätte er nicht die Chance bekommen, seine Mitschüler sowie den Lehrkörper zu gefährden.«

Ich setzte gerade dazu an, Bram noch einmal darum zu bitten, das Thema auf den Fachbereich zu verlagern und nicht vor einem Elternteil auszutragen. Aber ich kam nicht einmal dazu, mit einem »Ich verstehe deinen Standpunkt« einzuleiten, als ich Hamishs genervtes Aufstöhnen hörte.

»Sind Sie etwa anderer Meinung, Mr Findlay?« Anhand von Brams Tonlage konnte ich deutlich hören, wie seine Augenbrauen sich dabei entrüstet anhoben.

Hamish sah kurz zu mir, ehe er sich auf seinem Stuhl etwas nach vorn beugte und wieder an meinen Kollegen wandte. »Hören Sie, ich bin sicher ein großer Freund konstruktiver Problemanalyse, aber das hier ist Bullshit.«

Bram räusperte sich. »Mr Findlay, ich denke, Sie meinten …«

»Ich meinte Bullshit«, stellte Hamish klar. »Nick ist kein Kleinkrimineller. Ansonsten wüsste er, wie man ein Buch so anzündet, dass es auch wirklich brennt.«

Oh Scheiße, ich hoffte, dass Bram sich nicht ausgerechnet in diesem Moment zu mir umdrehte und sah, dass ich mit einem Schmunzeln kämpfte. Zum Glück lag sein Fokus ganz und gar auf Hamish, der seine Ausführungen unbeirrt fortsetzte.

»Nick ist aber genauso wenig ein Idiot. Der weiß, was er gemacht hat. Und er zündet nicht aus Versehen etwas an, nur weil er fünf Minuten unbeobachtet ist. Andernfalls wäre ich obdachlos. Wir können also weiter Miss Harris an den Pranger stellen und unsere Zeit verschwenden, oder ich schnapp mir den eigentlichen Übeltäter und frag ihn, was die Scheiße sollte.« Seine Worte schloss Hamish ab, indem er seine Augenbrauen anhob und Bram mit einem ungeduldigen und stummen »Kann ich dann jetzt gehen?« ansah.

Danke, dachte ich. Du Holzkopf führst dich auf wie Samstag vor dem Pub, aber danke.

»Oh, ich kann Ihnen sagen, was der Übeltäter sich dabei gedacht hat.« Nun war Bram Forbes es, der sich etwas nach vorn lehnte. Seine Unterarme hatte er auf der Tischplatte abgestützt und setzte extra seine Brille auf, um viel zu demonstrativ einen Blick auf ein paar Notizen vor sich zu werfen. »Das ist nicht das erste Mal, dass ich beobachte, wie ein Kind falschen Vorbildern nacheifert. Das können Mitschüler sein, die als cool wahrgenommen werden, weil sie Schwierigkeiten machen oder auch Elternteile, die in ihrer Schulzeit selbst auffällig geworden sind. Ich habe mich erkundigt, und der Name Findlay ist meinen Kollegen in der Sekundarstufe sehr wohl noch ein Begriff …« Den Satz beendete er mit einem Zungenschnalzen – eine unnötige und über die Maßen arrogante Geste, derer er sich für meinen Geschmack viel zu gern bediente. Schon bei den Lehrerkonferenzen konnte ich mir ein Augenrollen selten verkneifen, aber hier ... Ich musste nur Hamish dabei zusehen, wie er mühsam seine souveräne Miene auf dem Gesicht behielt, während sein Daumen längst das Holz der Stuhllehne massakrierte.

»Was Sie nicht sagen ...« Hamish klang unbeeindruckt – auf diese bestimmte, angestrengte Art. Wie damals, dachte ich. Wenn irgendein Wichser seinen Dad als Säufer bezeichnet hatte. Mittlerweile war Hamish besser darin, wenigstens nach außen die Fassung zu bewahren, aber möglicherweise würde ich noch miterleben, wie mein Kollege einen Kinnhaken kassierte wie Tim Makenzie oder Lyall Brown.

»Ich habe von Prügeleien und vorlautem Verhalten gehört, Mr Findlay. Außerdem von Diebstählen und Vandalismus.«

»Führen Sie jetzt ein Disziplinargespräch mit mir oder geht es immer noch um meinen kriminellen Sohn?«

»Sie sollten die Angelegenheit lieber ernst nehmen, Mr Findlay. Solche Kinder wie Ihr Sohn habe ich schon sehr einschlägige Wege gehen sehen.«

Okay, dachte ich, gleich ist es so weit. Jeden Moment holen sie ihre Schwänze raus, packen sie auf den Tisch und vergleichen ihre Ausstattung.

»Ich rede mit Seargent Phearson«, ging ich dazwischen.

»Das wird nicht nötig sein«, winkte Bram ab. »Der Junge ist noch nicht strafmündig, und ich konnte Schlimmeres ja verhindern.«

Du Held ... »Das meine ich nicht. Ich denke einfach nur, dass Nick seine Grenzen austestet. Damit ist er nicht der Einzige. Ich frage Harry, er ist mir eh noch einen Gefallen schuldig. Und es wäre nicht das erste Mal, dass ein Polizist in der Klasse dem einen oder anderen Übeltäter ein neues Verständnis für Regeln mitgegeben hätte. Ich kann gleich Mr Glenn darauf ansprechen und ...«

»Das übernehme ich. Du begleitest Mr Findlay bitte zum Sekretariat. Dominic wartet dort darauf, dass er abgeholt wird.«

Von seiner Mum, schoss es mir durch den Kopf. Oh Gott, vielleicht hoffte er immer noch, dass es seine Mum war, die herbestellt wurde. Das musste ich Hamish unbedingt sagen, ehe …

»Danke, ich finde den Weg.«

… Ehe genau das passierte. Hamish sprang mit diesen Worten auf, nickte mir kurz zu und verzichtete auf jede weitere Abschiedsformalität, ehe er den Raum verließ und die Tür nicht donnernd, aber deutlich hinter sich ins Schloss zog.

Einen kurzen Moment zögerte ich. Ich konnte nicht einfach einem Vater nachlaufen, der nicht einmal die Höflichkeit besaß, sich zu verabschieden, nur … »Ich geh lieber auf Nummer sicher, dass er wirklich zu Sandra geht und nicht aus Versehen in ein Klassenzimmer platzt.«

Bram sah mit seinem angeborenen mürrischen Blick zur Tür, und es kam mir unendlich lange vor, bis er endlich nickte, »Tu das« murmelte und mich damit aus diesem beschissenen Gespräch entließ.

Hamish holte ich ein paar Meter vor dem Sekretariat ein. »Hey!«, rief ich ihm zu. »Hamish, warte!«

Er wartete, aber er wirkte genervt, als er sich zu mir umdrehte. »Was denn noch?«

Was denn noch … Mit dieser Attitüde räumte er Henry Cavill definitiv wieder Chancen ein. Ich hob nur meine Augenbraue und fragte ihn stumm, ob dieser Tonfall jetzt wirklich sein Ernst war.

Tatsächlich genügte das. Hamish atmete aus und gab sich wirklich Mühe, seine nächsten Worte sanfter klingen zu lassen. Es gelang ihm nicht wirklich, aber er versuchte es. »Was ist los, Leena?«

»Ich muss dir … Können wir noch mal zwei Minuten reden?« Und als ich sah, wie sein Blick unruhig zur Tür des Schulsekretariats huschte, ergänzte ich: »Es geht um Nick.«

… in einträchtiger Erinnerung an Staub und Blowjobs

Leena

Materialräume sind völlig nüchterne, staubige Räume. Hin und wieder findet man Schätze in ihnen, meist aber nicht einmal das, was man eigentlich sucht.

Als Zehnjährige war ich das erste Mal in so einem Raum gewesen, um mit ein paar anderen Mitschülern meiner Lehrerin dabei zu helfen, ins Klassenzimmer zu tragen, was wir brauchten. Mrs McRoy hatte sich das Bein gebrochen, und ich weiß noch, dass es mir beim Betreten des Materialraums vorgekommen war, als hätte ich eine geheime Schatzkammer entdeckt. Sogar ein Skelett hatte in einer Ecke gestanden, das war ja wohl Beweis genug.

Einmal war ich mit Hamish in einem solchen Raum gewesen. Er hatte entdeckt, dass die Tür offenstand. Einer der Lehrer musste vergessen haben, ihn abzuschließen, also waren wir hineingeschlüpft. Die Experimentierkästen, Skelette und Karten waren nicht mehr magisch gewesen, umso turbulenter aber unsere Hormone, als Hamish mich irgendwo zwischen Kopierpapier und Kisten mit Kreide gegen ein Regal gedrängt hatte.

Die Erinnerung daran, wie sich sein Körper schwer und

warm gegen meinen gedrückt, wie sich meine Hand in seine Hose geschoben hatte, flackerte kurz auf, als ich den Schlüssel in das Schloss steckte und drehte. Genau wie damals warf ich noch einen prüfenden Blick in den Flur hinein und ließ Hamish dann zuerst in den Raum eintreten, ehe ich ihm folgte und von innen wieder abschloss. Keine Ahnung, ob er dabei auch kurz an den vermutlich schnellsten Blowjob zurückdachte, den ich ihm je gegeben hatte. Sein Blick taxierte mich kurz, als ich mich zu ihm umdrehte, und er schob seine Hände in die Hosentaschen, ehe er den Kopf schief legte und mir in die Augen sah. »Also?«

»Also …« Ich räusperte mich kurz. *Gegenwart, Aileen. Das hier ist nur ein staubiger Raum, ist er die ganzen letzten Jahre gewesen. Daran ändert sich rein gar nichts, nur weil Hamish mit dir hier steht. Immer noch Staub. Überall.* »Ich glaube, mein Kollege hat Scheiße gebaut.«

»Ach? Ich dachte, wir hätten uns gerade darauf geeinigt, dass Nick Scheiße gebaut hat. Oder ich. Dein werter Kollege hatte offenbar seine Schwierigkeiten, sich da festzulegen.«

Der Impuls, mich für Brams Verhalten zu entschuldigen, war enorm. Doch wenn ich damit anfing, würde ich den Faden verlieren. Und dieser Faden war wichtig. »Weshalb ich mit dir … Ich hab keinem gesagt, wo deine Frau steckt. Du hast mir das im Vertrauen erzählt, also ist Bram … Ich fürchte, er ist davon ausgegangen, dass Nick von seiner Mutter abgeholt wird. Es sind eben meistens die Mütter, die … Egal.« Ich sah kurz über Hamishs Schulter hinweg zu dem Skelett und dann wieder in seine grauen Augen, die mich abwartend musterten. »Als er Nick vorhin erwischt hat, hat er ihm gesagt, dass er seine Mum anrufen und mit ihr darüber reden wird, was er angestellt …«

Das war die Stelle, an der Hamishs Blick meinem auswich

und dabei in Wut umschlug, mit der er die Tür hinter mir niederstarrte.

»Ich fürchte, Nick macht sich jetzt wirklich Hoffnungen, dass Kaleigh ihn abholen wird. Ich habe zwar deutlich gesagt, dass du es sein wirst, weil seine Mum verhindert ist, aber ... Du weißt, wie Kinder sind. Und Bram ist ... Die Kinder mögen ihn nicht, aber sie gehen davon aus, dass er alles weiß und alles entscheiden kann. Es könnte also sein, dass Nick gerade nicht mit dir rechnet. Ich dachte, das solltest du wissen.«

Hamish schnaubte nur, und ein Muskel an seinem Kiefer zuckte. Er sah aus, als wägte er ab, ob es lohnte, zum Büro meines Konrektors zurückzukehren und dem Typen einen Kinnhaken zu verpassen.

»Bram wusste nicht ...«

»Und wenn schon«, blaffte Hamish. »Der Typ ist ein Wichser.« Mit dieser Erkenntnis sah er mich wieder an. Er beugte sich sogar ein Stück weit zu mir runter. »Du willst mir doch nicht erzählen, dass so einer Rücksicht darauf nehmen würde, was in Nicks Kopf vorgeht.«

»Vielleicht ein bisschen ...« Und sei es nur, um sich selbst das Arbeitsleben nicht schwerer zu machen als nötig.

Aber das wollte Hamish überhaupt nicht hören. Er hatte seine Pfütze gefunden. Und ich glaubte zu verstehen, dass er ganz, ganz dringend darin herumspringen musste. Er war ein Vater, der sich mit einem Siebenjährigen durch eine Ausnahmesituation schlug. Er brauchte keine Vorträge über Vorbildwirkung und Verantwortung von einem Wichser, der keine Ahnung hatte, wie das Leben außerhalb von Schulmauern funktionierte. Hamish brauchte diese Pfütze.

»Vielleicht ein bisschen? Denkst du das wirklich? Dass dieser Forbes *vielleicht ein bisschen* Interesse daran hat, was ein Kind gerade mitmacht?«

Das dachte ich, aber das spielte keine Rolle. Also nahm ich

Hamishs Hand – nicht richtig, aber metaphorisch. Und ich sprang mit ihm in diese Pfütze. »Eigentlich nicht«, sagte ich. »Wenn ihm Nick wichtig gewesen wäre, hätte er die Situation an jemanden abgegeben, der den Schüler kennt. Ich hab versucht, ihm Nick abzunehmen, aber …«

»Oh bitte.« Hamish schnaufte verächtlich. »Als ob der Typ auch nur eine Chance auslassen würde, um sich zu profilieren. Ich kenne solche Männer, ich hab gerade erst wieder mit so einem … Und was sollte der Scheiß mit: Welche Maßnahmen gedenkst du zu ergreifen, um das zukünftig zu verhindern …« Diesen Satz spuckte er regelrecht aus, und ich versuchte, mich nicht darüber zu freuen, dass Hamish sich über dieses Detail aufregte. Das hier war seine Pfütze, das hatte vermutlich nichts mit mir zu tun. »Der hat dich doch nur dazugeholt, um dich bloßzustellen. Die typische Scheiße mit alten Säcken und attraktiven Frauen. Hatte ich mit zwei Kolleginnen aus meinem Team oft genug. Die Männer wissen genau, dass sie diese Frauen nie im Leben vögeln werden, und um das zu kompensieren …« Mit einer wütenden Geste deutete er über meine Schulter in Richtung Tür. »Der Wichser hatte mindestens einen Halbsteifen, weil er dachte, er kann deine Kompetenz vor einem Vater infrage stellen und sich selbst damit … Entschuldige.« Seine Hand hatte bei all dem inbrünstigen Gestikulieren meinen Arm getroffen – nicht sehr stark, aber genug, dass Hamish sich genötigt sah, seine Hand an diese Stelle an meinem Oberarm zu legen und dort liegen zu lassen. *Ach komm schon, ich hatte mich doch gerade wieder mit dem Gedanken an Henry angefreundet …* »Ich hoffe, dir ist klar dass du die Eier von diesem Kerl in der Hand hast …«

Ich lachte und schüttelte den Kopf. »Hamish, ich bin mir sehr sicher, dass ich die Eier von Bram nicht in der Hand haben will, geschweige denn irgendwo anders.«

Ein Schmunzeln huschte über seine Züge. Genauso gut hätte er schwer atmend und mit klatschnassen Schuhen aus der Pfütze treten können. »Und ich wette, das ist dem Kerl auch klar. Was glaubst du denn, wieso er sich so aufführt? Der Mann will sich selbst das Gefühl geben, seine Eier zurückzubekommen. Und deshalb wird er sich jetzt schön die Lorbeeren für deine Idee mit Harry einstreichen.« Noch ein Schnaufen, bei dem aber sein Daumen kurz über meinen Arm strich, ehe er seine Hand zurückzog und wieder in der Hosentasche verschwinden ließ.

»Alles klar. Die Theorie merk ich mir. Versprochen.« Debbie würde definitiv ihre helle Freude damit haben.

»Keine Theorie. Erfahrungswerte. Das heißt nicht, dass alle Männer jenseits der fünfzig so ticken. Aber bei dem hier bin ich mir ziemlich sicher.«

»Ja. Bram ist schon …« *Besonders.* Das war das erste Wort, das mir in den Sinn kam. Doch ich konnte nicht mit Hamish durch eine Pfütze springen und dabei diplomatisches Geschwafel von mir geben, nicht wahr? »Er ist ein Arschpimmel.«

Hamish lachte, grinste mich an und schüttelte den Kopf. Das war so viel besser, als alles, was Diplomatie zustande gebracht hätte. »Leena Harris, es ist erschreckend, welchen Einfluss die ganzen Minderjährigen auf dich haben.«

»Nur im Dienst«, stellte ich richtig und hob zur Veranschaulichung den Schlüsselbund in die Höhe, der mir unbegrenzten Zugang zu all den Schatzkammern gewährte, die es in einer Schule zu entdecken gab – Lehrerzimmer, Kopierraum, Toilette, Materialraum und natürlich zu meinem Klassenzimmer. »Wenn du dich mal wieder in den Pub traust, kannst du dir das Repertoire für Erwachsene anhören.«

»Okay.« Er nickte und grinste dabei, verlor jedoch kein Wort darüber, ob er je wieder einen Fuß ins *Black Thistle* setzen würde. Dann schaute er wieder über mich hinweg und seufzte. »Ich sollte Nick holen.«

»Solltest du. Er …« Ich seufzte ebenfalls – fast genauso schwer wie Hamish eben. »Ich bin sicher, er wird darüber hinwegkommen, dass du es bist, der ihn abholt. Eigentlich weiß er ja, dass es nur so sein kann.«

Hamish murmelte ein »Hoffentlich«, während ich den Schlüssel für diesen Raum raussuchte und die Tür wieder aufschloss. Ich streckte zuerst einen Kopf in den Flur, um zu sehen, ob ein Kollege oder eine Kollegin sich dort herumtrieb. Auf keinen Fall brauchte ich Gerede darüber, dass ich mit einem Vater im Materialraum verschwunden war. Nichts war nervtötender als Gerüchte, die aufregender waren als die Realität.

»Okay«, sagte ich dann leise und ließ Hamish an mir vorbei in den Flur treten, folgte ihm und schloss die Tür hinter uns wieder.

»Danke.« Seine Stimme war leise, als er das sagte. Und nah. Eine leichte Gänsehaut zog sich über meine Haut, als hätte diese raue Stimme mir ganz andere Dinge zugeflüstert als einen Dank. »Für die Vorwarnung«, ergänzte Hamish noch und grinste spitzbübisch, als ich mich wieder zu ihm umdrehte. Kurz huschte sein Blick zu der wieder verschlossenen Tür, ehe er mich noch mal ansah. »Auch, wenn unser letztes Mal in so einem Raum mehr Spaß gemacht hat.«

Ich lachte. Oh scheiße, er wusste das also auch noch. *Natürlich weiß er das noch. Was dachtest du denn?* Shit, mein Herz schlug heftiger um sich als damals, als wir zwischen staubigen Regalen verschwunden waren. Und das nur, weil meine Zunge die Antwort auf Hamishs Worte schmeckte, ehe ich wusste, ob das eine kluge Idee war. »Ein andermal …« Nur zwei vage Worte, die aber völlig ausreichten, um meinen Puls ausrasten zu lassen. Und um das vermutlich breiteste Grinsen in Hamishs Gesicht zu zaubern, zu dem dieser Mann nüchtern imstande war.

Er räusperte sich sogar, ehe er seinen Kopf leicht zur Seite neigte und ich sehen konnte, wie seine Zungenspitze kurz über seine Lippen fuhr. Sein Blick hielt sich dabei eisern an meinen Augen fest. »Ein andermal …«, wiederholte er und lief dabei schon einen Schritt rückwärts in Richtung Sekretariat. »Ich nehm dich beim Wort.«

»Mach das …« Gott, konnte mein Blutdruck endlich damit aufhören, sämtliche Blutgefäße sprengen zu wollen? Das war doch nur ein Flirt, wenn überhaupt. »Und viel Glück.« Mit einem Nicken deutete ich in die Richtung, wo Sandra gerade seinen kleinen Feuerteufel in ihrer Obhut hatte.

Hamish warf einen Blick über seine Schulter in genau diese Richtung. »Dir auch. Mit deinem Kollegen. Denk an meine Worte.«

»Lieber nicht.« Ich verzog das Gesicht, woraufhin Hamish leise lachte. Und mir wurde klar, dass ich mich würde umdrehen müssen, um diesen Abschied endlich zu beenden. Oktopusse, erinnerte ich mich. Vielleicht konnte ich vermeiden, dass mehr als einer eine kaputte Leber hatte, wenn ich rechtzeitig in meine Klasse zurückkehrte. »Also … bis irgendwann?«

Hamish nickte. »Bis bald, Leena.«

Marys Erbe

Hamish

Sir Boo. Der Geist war das erste Gesicht, das mir entgegenlächelte, als ich das Sekretariat betrat. Und es blieb bei diesem einen Lächeln. Leenas Sandra sah mich über ihren Monitor hinweg an und warf dann einen abschätzigen Blick auf Nick. Ja, genau der, dachte ich. Immer noch meiner. Und immer noch ein hochgradig gefährlicher Straftäter.

Ich nickte ihr nur stumm zu, was sie gern als einträchtiges Irgendwas zwischen zwei Erwachsenen interpretieren konnte. Eigentlich hatte ich einfach nur keine Lust, allzu viele Worte zu wechseln. »*Ein andermal.*« Das war, womit sich ein Großteil meiner Aufmerksamkeit am liebsten beschäftigt hätte. Doch die kleinere Ausgabe von mir, die zu meiner Linken auf einem der Stühle saß, war das, womit ich mich jetzt befassen musste. Für Dialoge mit einer Schulsekretärin war da kein Platz mehr.

Zwei Sekunden gab ich Nick, um auf mich zu reagieren. Ich zählte sogar. Einundzwanzig. Zweiundzwanzig. Sein Blick schaffte es, in dieser Zeit von seinen eigenen Schuhspitzen zu meinen zu wandern und blieb dort wohl an der Erkenntnis hängen, dass das die Schuhe seines Vaters waren. Nicht die seiner Mum.

Das ist ihre Schuld, Kumpel. Nicht meine. Ich versuch nur, uns beide so gut wie möglich durch diese Situation zu manövrieren, also mach es mir doch nicht so verdammt schwer, Mann! Was soll die Kacke?

»Dominic«, sprach ich ihn an – schärfer, als ich es vorgehabt hatte. Egal. Er sollte ruhig wissen, dass ich angepisst war.

Zuerst hoben sich seine schmalen Schultern, dann sein Blick, und er sah mich endlich an. Leena hatte mich vorgewarnt. *»Es könnte also sein, dass Nick gerade nicht mit dir rechnet.«* Ihre Warnung hatte mich darauf vorbereitet, dass Nick mit Überraschung reagierte, und daraus resultierend wohl auch mit Enttäuschung. Vor allem das Zweite kannte ich gut. Das tiefe Seufzen, nach jedem Nein, wenn er mich fragte, ob mein Anwalt uns jetzt vielleicht doch erlaubte, Mummy zu besuchen. Manchmal kam dieses Seufzen auch mit glänzenden Augen einher und Mundwinkeln, deren Zucken verriet, dass Nick gerade sehr tapfer gegen Tränen kämpfte.

Das war beschissen. Jedes verdammte Mal war das beschissen. Aber das war, was ich kannte. Doch der kleine Kerl, der jetzt zu mir hochschaute, wirkte vor allem müde und ratlos. Genau wie ein alter, resignierter Mann. Genau wie ich.

Scheiße, dieser Wichser hatte recht.

»Na los«, sagte ich und deutete zur Tür. »Abmarsch.«

Mein Sohn nickte, stand auf, verstaute Sir Boo im Rucksack und marschierte dann aus diesem erquicklichen Sekretariat hinaus auf den Schulflur. Natürlich schlurfte er mit den Füßen über den Boden, aber ich hatte ehrlich andere Prioritäten, als ihn darauf hinzuweisen, die Füße beim Laufen zu heben.

»Deine Chance«, sagte ich ihm, als wir das Gebäude verlassen hatten und die Straße ansteuerten. »Entweder du erzählst mir, was der Unsinn soll, oder ich halte dir eine Daddyrede. Aber dann wird das ein ziemlich langer Spaziergang für dich.«

Nick sah kurz zu mir, weshalb ich ihm ein paar Momente

Bedenkzeit einräumte. Doch er hielt den Mund und trottete einfach weiter neben mir her. Na schön.

»Du willst mir also nicht erzählen, wieso zur Hölle du mir mein Feuerzeug klaust und versuchst, die Schule abzufackeln?«

Diesmal reagierte er immerhin mit einem Kopfschütteln und einem genuschelten »Kann ich dir nicht sagen.«

»Geheimnisse«, raunte ich. »Verstehe. Hat nur wenig Sinn, wenn du dich dabei immer erwischen lässt, hm?« Keine Reaktion. Nick schob nur seine Hände in die Hosentaschen. Und es dauerte etwa vier weitere Schritte, ehe mir klar wurde, dass ich genau dasselbe tat, während ich neben ihm herlief.

Fuck, dieser Typ hatte wirklich recht.

Sieben Jahre lang hatte ich mir gewünscht, Nick wäre etwas mehr nach mir geraten. Und nun hatte er aus irgendwelchen Gründen beschlossen, mehr wie ich sein zu wollen, und mir fiel auf, was das für mich als Vater bedeuten würde. Noch mehr Gespräche mit Lehrern. Schlechte Noten, Gespräche mit Mrs Calwin, weil mein Sohn zu blöd war, etwas aus ihrem Laden zu klauen, ohne dass sie es mitbekam. Ich musste mit Verletzungen nach Mutproben rechnen, Elterngesprächen nach Prügeleien … Und das alles nur, weil … Ja, warum? Wenn ich von mir ausging, dann hatte ich hier einen Feigling, der alles gab, um als mutig und männlich und bestenfalls sogar gefährlich zu gelten.

Nur hatte mich selten Mut zu all dem Scheiß getrieben, den ich veranstaltet hatte. Bei Jungen und Teenagern ist es wohl nie Mut, sondern vielmehr Dinge, vor denen sie mehr Schiss haben als vor der eigentlichen Sache. Das können Mitschüler sein, die sie beeindrucken müssen, die Krankheit der Mutter oder Keith Fraiser.

»Hör zu, Nick«, hob ich an. »Wir machen es kurz, okay? Dieser Mr Forbes ist ein Ekelpaket, aber ich fürchte, er ist ziemlich clever.« Ja, so konnte man das wohl kindgerecht verpacken. Ausdrücke wie sexistischer Scheißwichser würden warten müssen, bis Nick wenigstens ein zweistelliges Alter erreichte. »Und dieser Mr Forbes ist außerdem ziemlich alt. Der weiß noch, dass ich als Kind auch ziemlich viele Dummheiten gemacht habe.« Das war dezent zurechtgebogen, aber das ließ ich mir durchgehen.

»So alt ist der?« Das war es also, was meinen Sohn zum Sprechen brachte – das Staunen darüber, dass es Menschen gab, die schon lang genug lebten, dass sie noch eine Ära erlebt hatten, in der Hamish Findlay ein Kind gewesen war.

»Ja, genau so alt. Wie dem auch sei …« Ich räusperte mich und versuchte, den Faden wieder aufzunehmen. »Er findet, dass du mir gerade ziemlich ähnlich wirst. Ich hab als Kind auch eine Menge Blödsinn angestellt und andere geärgert.«

»Wirklich?« Es war unglaublich, was dieses Kind so alles nicht fassen konnte. Ich war davon ausgegangen, dass er mir wenigstens Unfug zutraute, wenn schon keine Jugend.

»Wirklich.«

»Und was hast du gemacht?«

Kurz überlegte ich, entschied dann aber, lieber den Kopf zu schütteln. Sicher war sicher. »Ich bin doch nicht blöd und verrate dir das alles. Wenn man Blödsinn machen will, muss man schon allein drauf kommen. Aber …« Und damit griff ich in meine Jackentasche und holte meine Packung Zigaretten heraus. Eine klemmte ich mir zwischen die Lippen, was direkt merkwürdiger war, als ich es gedacht hätte. Nick wusste, dass sein Vater rauchte, trotzdem steckte ich mir in seiner Gegenwart nie eine Zigarette an. Nur war das eine besondere Situation, und die verlangte nach besonderen Maßnahmen. »Wie es aussieht«, murmelte ich, so gut man eben mit dem Filter zwischen den Lippen reden konnte, »trittst du jetzt in meine Fußstapfen. Das wird uns beiden sehr viel Ärger machen, aber da kommen wir wohl nicht drum herum. Also können wir das auch gleich richtig angehen. Hier.« Ich hielt ihm die Schachtel entgegen, bereit sie wegzuziehen, sollte Nick wirklich danach greifen und damit zunichtemachen, was ich mir hier selbst beweisen wollte.

Und scheiße, war ich erleichtert, als er nicht nur reagierte, wie ich es von dem Nick erwartete, den ich kannte, sondern sogar noch viel deutlicher. Er lehnte nicht nur ab, sondern sprang erschrocken einen halben Schritt zur Seite. »Aber ich bin doch noch ein Kind! Ich darf gar nicht rauchen!«

Da siehst du es, Forbes, du sexistischer Scheißwichser. Das ist mein Sohn. War nie anders, wird nie anders sein.

»Da hast du völlig recht«, pflichtete ich meinem Sohn bei, nahm meine eigene Zigarette aus dem Mund und packte sie zurück in die Schachtel und das Ding wieder in meine Tasche, ehe ich Nick an der Schulter festhielt und mich vor ihn hinhockte. »Du hörst mir jetzt mal zu, klar?«

Er nickte. Dabei trug er seinen Oh-es-gibt-Ärger-Blick. Der war mir viel lieber als das ach so geheimnisvolle Schweigen.

»Weißt du, ich kenn dich jetzt schon eine ziemlich lange Zeit. Und ich glaube, ich kenne dich auch ziemlich gut. Und deshalb weiß ich auch ganz genau, dass du nicht so ein Idiot bist wie ich. Egal, was Mr Forbes sagt. Du bist ein ziemlich netter Kerl. Deinetwegen möchte Smudge jetzt immer über die Schwelle getragen werden, wenn sie von der Terrasse reinkommt. So nett bist du, damit die alte Dame nicht stolpert. Und weißt du noch was?«

Nick schüttelte den Kopf.

»Es gibt extrem wenige Menschen, die so sind wie du. Dabei müsste es viel mehr geben.« Mir fielen genau zwei Personen ein. Eine von ihnen war tot und bei der anderen wusste ich nicht, ob sie je gehört hatte, wie wichtig es war, dass es sie gab. »Ich glaube, du hast das von meiner Mum geerbt – von deiner Grandma.« Und ich Idiot kapierte das jetzt erst.

»Von Grandma Mary?«, flüsterte Nick ehrfürchtig.

»Ganz genau.« Ich nickte und atmete tief durch. »Nick, ich hab keine Ahnung, warum du denkst, dass du auf einmal diesen ganzen Unsinn bauen musst. Kannst du mir das sagen?«

Er schüttelte den Kopf.

»Ärgert dich in der Schule irgendwer? Sind das Mutproben, die du machst? Hast du dich in irgendein Mädchen verliebt? Oder in einen Jungen …«, schob ich nach, als er bei der bloßen Erwähnung von Liebe zu einem Mädchen angeekelt das Gesicht verzog. »Wenn's so ist, kannst du mir das erzählen. Ich lach dich nicht aus, ich kann dir aber zeigen, wie man jemanden besser beeindrucken kann als mit Schubsen und so einem Unsinn.«

Wieder war die Antwort ein Kopfschütteln.

»Meinetwegen«, seufzte ich. »Aber versprichst du mir eins?«

Nick sah mich fragend an. »Was denn?«

»Mir ist klar, dass Kinder immer mal Blödsinn machen, egal, wie cool oder wie nett sie sind. Aber verlier nicht das, was du von deiner Grandma bekommen hast, okay? Darauf passt du auf. Auch, wenn dir irgendwelche blöden Arschpimmel erzählen wollen, dass das nicht cool ist.«

Nick grinste. »Du hast Arschpimmel gesagt.«

»Ja, ich weiß.« Ich zuckte mit den Schultern. »Also – versprichst du mir das?«

Er nickte und streckte mir seinen kleinen Finger entgegen. »Mit Findlay-Männer-Schwur?«

Ich grinste und hakte meinen eigenen Finger ein. »Perfekt.«

Scheiß auf Henry Cavill

Leena

Ich holte das Popcorn aus der Mikrowelle, füllte es in eine Plastikschüssel und stellte sie neben den Herd. Anschließend suchte ich nach der einzigen Pfanne, die für mein Vorhaben taugte, und kippte den bereitstehenden Zucker nach Augenmaß hinein. Das waren fünf sehr simple Schritte, die mich insgesamt über zehn Minuten kosteten, weil ich zu beschäftigt damit war, mein Handy zu observieren.

Vor einer Stunde musste Patricks Zug am Bahnhof angekommen sein, also hatte sich vor einer Stunde auch das Rätsel gelöst, warum Debbies sechzehnjähriger Sohn aus dem Internat zu seiner Mum fuhr. Für nur einen Samstagabend und einen halben Sonntag, ehe er sich wieder auf den Rückweg machte.

»Drück mir die Daumen, dass der Grund für seinen Besuch wirklich ein Mädchen ist. Oder ein Junge, mir egal. Die einzige Alternative, die mir einfällt, ist, dass mein Ableger die Schule abbrechen und ein Bordell eröffnen wird oder ein Drogenkartell oder einen Laden für Dudelsäcke. Alles dasselbe.«

Das war wohl ihre Art zu sagen: Ich bin scheiße nervös.

Noch vor ein paar Stunden hatte sie mich gefragt, wie meine Eltern damals reagiert hatten. Sie hielt viel von ihnen, also hatte ich ihr erzählt, wie Mum und Dad für sich behalten hatten, dass sie meinen ersten Freund nicht gemocht hatten. Dieses kleine Detail war mir erst verraten worden, als ich längst von Bastian getrennt und mit Hamish zusammen gewesen war. Der wiederum war mit einem herzlichen »Na endlich« kommentiert worden, nachdem wir aus lauter Feigheit wochenlang nur Freunde gewesen waren.

Da das nicht unbedingt anwendbar auf Debbies Situation war, hatte ich ihr von Mary erzählt. Wenn es eine absolut richtige Art gab, die Freundin des Sohnes willkommen zu heißen, dann war es die von Hamishs Mum. Jedenfalls war es für mich so gewesen.

Ich hatte Debbie von diesem nebligen Sommernachmittag berichtet, an dem Robin seine Frau aus der Klinik in Aberdeen abgeholt und nach Hause gebracht hatte. Eigentlich hatten Hamish und ich im Wohnzimmer auf seine Eltern warten wollen, doch seine Ungeduld war stärker gewesen als er. Kaum dass wir Robins Wagen auf der Auffahrt gehört hatten, war Hamish vom Sofa aufgesprungen – meine Hand in seiner.

Also hatte ich Mary noch auf dem Kiesweg vor ihrem Haus kennengelernt. Maryanne Findlay blieb gestützt am Arm ihres Mannes vor mir stehen und sah mich an. Für mich fühlte es sich falsch an. Sie sollte diejenige sein, die im Türrahmen stand und mich hereinbat – nicht andersherum. Ich kam mir vor wie ein Eindringling, der sich im Leben dieser Frau breitgemacht hatte, während sie eine Zeit lang nicht daran hatte teilnehmen können. Doch ihre Augen, die so grün waren wie das Tuch, das um ihren kahlen Kopf gebunden war, strahlten. Mit diesem Blick besah sie erst mich und dann ihren Sohn, ehe sie mir ihre Hand entgegenstreckte, die ich kaum wagte zu berühren. Hamishs Mum sah einfach so zerbrechlich aus.

Ihre Stimme war dafür umso fester. »Endlich lernen wir uns richtig kennen. Es ist ja ein Ding der Unmöglichkeit, aus diesen zwei Männern irgendetwas herauszubekommen. Aber das weißt du sicher längst, oder?«

Ich hatte gelacht, genickt und mich direkt wie eine Verbündete gefühlt. Erst viel später war mir klargeworden, dass Mary genauso aufgeregt gewesen sein musste wie ich. Dass sie diese Sätze vielleicht sogar vorbereitet hatte.

Doch im Prinzip spielte das keine Rolle, oder? Denn was sie da aufgesagt hatte, war ein Zauberspruch, der aus einem Eindringling ein Familienmitglied machte. Und Zaubersprüche muss man nun einmal üben, damit sie wirken.

Keine Ahnung, ob Debbie geübt oder ob sie sich überhaupt ein Beispiel an Mary genommen hatte. Ich wusste ja nicht einmal, ob Patrick nun allein aus diesem Zug gestiegen war oder nicht. Und das, obwohl meine angeblich beste Freundin diese Info seit einer Stunde haben musste.

Allmählich machte mich das aus reiner Solidarität genauso nervös, wie sie es die ganze Zeit gewesen war. Kein Wunder also, dass ich sofort den Kochlöffel fallen ließ und das Popcorn ignorierte, sobald mein Handy aufleuchtete. Endlich, endlich zeigte Debbie Gnade für meine Neugier. Ihre Antwort war kurz, enthielt aber alles, was ich wissen musste: *»Sie ist Zucker, Aileen. Purer, nervöser Zucker. Ich ruf dich später an.«*

Ich grinste, kippte das übrige Popcorn in die Pfanne und tippte eine Antwort an Debbie: *»Zucker klingt viel besser als Bordell! Ich will alles wissen! Ruf einfach an, wenn es geht, Henry macht sich dann auch im Standbild hervorragend. Da musst du keine Rücksicht nehmen.«*

Bis dahin war ich gekommen, als das Dialogfeld mit Debbie vom Display verschwand und mir stattdessen ein eingehender Anruf angezeigt wurde. Nicht von Debbie. Die Nummer, von der dieser Anruf einging, hatte ich noch nicht gespeichert. Trotzdem erkannte ich sie auf Anhieb. »*Ein andermal*«, schoss es mir durch den Kopf. Nach unserem Ausflug zu den Klippen hatte er sich zwei Tage lang nicht melden können, aber ein vager Flirt genügte Hamish Findlay, um mich schon am nächsten Tag anzurufen? Sein Ernst?

»Shit«, entfuhr es mir, als ich merkte, dass ich in meiner Schockstarre völlig vergessen hatte, das Popcorn weiter umzurühren. Schnell schob ich die Pfanne von der Herdplatte und ging ans Telefon. »Du ruinierst mein Popcorn!«

Er ließ sich einen Moment Zeit damit zu reagieren. Als er es schließlich tat, konnte ich sein Stirnrunzeln in jeder Silbe hören: »Falls das eine Metapher ist, kapier ich sie nicht.«

»Keine Metapher«, stellte ich klar und warf einen prüfenden Blick auf den Inhalt der Pfanne. Wie es aussah, hatte mir das Popcorn die kurze Missachtung nicht übel genommen. »Was ist los? Wieso rufst du an?«

Was folgte, war ein tiefer Atemzug, der unverhohlen ein Höchstmaß an Resignation preisgab. »Ich fürchte, ich brauche deine Hilfe. Ich komm hier nicht weiter.« Das klang nicht nach der Hoffnung auf »Ein andermal«. Das klang vielmehr danach, als hätte Hamish nicht vergessen, was ich ihm Mittwochabend gesagt hatte. *»Falls du wen brauchst. Zum Reden. Oder für Unterstützung. Dann sagst du Bescheid, okay?«* Gott, und ich doofe Kuh hatte nur an diesen dämlichen Materialraum gedacht.

»Keine Ahnung, wieso, aber ich krieg den verfickten Oktopus nicht hin.«

Ich runzelte die Stirn. »Redest du von dem Sockentier? Für Nicks Klasse?«

»Wovon sonst? Was zur Hölle soll ich denn mit einem scheiß Oktopus, wenn es nicht für Nick ist?«

»Okay«, sagte ich gedehnt und griff nach der Schüssel, die ich auf dem Küchentisch bereitgestellt hatte. »Das klingt, als hätte das Ding dich schon ziemlich fertig gemacht, hm? Du weißt schon, dass die Kinder das eigentlich allein basteln?«

»Kannst du mir jetzt helfen oder nicht?« Die Worte platzten richtig aus ihm heraus – nicht laut, aber grob. Als hätten Frust und Wut sie flüchtig aus seinem Vokabular gehackt, damit er sie mir entgegenwerfen konnte, ohne wenigstens die scharfen Bruchstellen abzuschleifen. »Bitte«, setzte er noch einmal an – ruhiger, fast schon sanft. »Ich hab gerade ein heulendes Kind ins Bett gebracht, nachdem wir stundenlang versucht haben, dieses Tier zu basteln. Nick ist verzweifelt, weil ihm eingefallen ist, dass er die Oktopusse verpasst hat und jetzt irgendein Kind ohne Tier in die Ferien muss. Und …« Er schnaufte hörbar. »Das war heute kein guter Tag, okay?«

Ich nickte, was Hamish unmöglich hören konnte, aber vielleicht wusste. Wenn er mich wenigstens noch halb so gut kannte wie damals, dann wusste er es. »Okay«, murmelte ich dann. »Wir kriegen das hin.«

Dem Aufatmen zufolge, das ich dann hörte, war dieser Tag nicht einfach nur kein guter gewesen, sondern einer von den richtig, richtig miesen. »Danke. Kann ich … wäre es okay, wenn ich dafür zu dir komme? Dad kann auf Nick aufpassen.«

»Sicher … Du weißt hoffentlich noch, welche Tür hier die richtige ist.« Noch während ich das sagte, ging ich in Gedanken meine Wohnung durch und überlegte, wie viel Unordnung ich bereinigen konnte, ehe Hamish hier wäre. Wie viel Zeit blieb mir, bis er hier war? Eine halbe Stunde? Das reichte immerhin für das Gröbste, was mit einschloss, mir vielleicht etwas Angemesseneres anzuziehen als die ausgebeulte Jogginghose und den größten Pullover, den ich besaß. Und einen BH.

»Ich denke nicht«, hörte ich Hamish antworten, und wenn ich nicht irrte, schwang in seiner Stimme immerhin ein leichtes Schmunzeln mit. »Zur Not stell ich mich einfach auf die Straße und ruf nach dir, bis du die richtige Tür aufmachst. Dann haben die Leute was zu reden.«

»Witzig. Also bis nachher?«

»Bis gleich.«

Bis gleich. Mir war nicht klar gewesen, wie ernst Hamish das gemeint hatte, bis es nach exakt dreizehn Minuten an meiner Haustür klingelte. Dreizehn Minuten. Das war weder die halbe Stunde, auf die ich spekuliert hatte, noch ausreichend Zeit, um meine Wohnung und mich auch nur annähernd in einen vorzeigbaren Zustand zu bringen. Den Abwasch hatte ich geschafft und eine kurze Nachricht an Debbie geschrieben. »*Vergiss Henry. Hamish kommt vorbei. Können wir morgen telefonieren?*«

Keine Ahnung, ob Hamish vorhatte, länger als die Viertelstunde zu bleiben, die ich für diesen Oktopus brauchen würde. Dreizehn Minuten reichten nun einmal nicht aus, um sich abschließend mit so komplexen Spekulationen zu befassen.

Ich lief gerade meine Wohnung ab und hielt Ausschau nach herumliegendem Gedöns, das weggeräumt werden musste. Vor allem meine Strickjacken hielten sich zu gern auf irgendwelchen Möbelstücken auf. Allein zwei hingen über der Klinke meiner Wohnzimmertür, als hätte ich weder Kleiderhaken noch einen Schrank. Ich hatte sie gerade erspäht, als das Schrillen meiner Klingel mich innehalten ließ.

Zwei Sekunden gab ich mir, um die Lage zu sondieren. Hamish war da. Ich sah noch immer aus, als könnte sich jeden Moment ein Vogelpärchen auf meinem Kopf häuslich einrichten. Der Abwasch war nicht abgetrocknet und ich hatte … keine Ahnung.

Leb damit, Hamish. Ich bin nur älter geworden, nichts weiter. Dasselbe Chaos wie damals.

Allein schon, um das noch zu betonen, hängte ich die Strickjacken zurück an die Klinke und eilte dann zur Wohnungstür, um den Summer für den Haupteingang zu betätigen und mich mit verschränkten Armen im Türrahmen zu positionieren. Ich plante, vorwurfsvoll zu gucken wegen dreister dreizehn Minuten, die keinem normalen Menschen genügten, um sich auf einen Besuch vorzubereiten. Und um meinen rasenden Pulsschlag zu überspielen, der sich nur noch beschleunigte, als ich schwere Schritte auf der Treppe hörte.

Diesen anschuldigenden Blick hielt ich aufrecht, bis ich Hamish in den letzten Treppenabsatz einbog und mich entdeckte. Er begrüßte mich mit einem entsetzlich müden Lächeln, das aussah, wie er eben am Telefon geklungen hatte. Darüber konnte auch nicht hinwegtäuschen, dass er im Gegensatz zu mir vernünftig angezogen war. Er trug Jeans und einen hellen Strickpullover, der gemütlich aussah und trotzdem ungeniert andeutete, dass der Mann, der ihn trug, Sport trieb. Mindestens hin und wieder. Mein Blick blieb dennoch an der Erschöpfung hängen, die sein Gesicht nicht einmal ein bisschen verbarg.

»Hey«, sagte ich, noch ehe er mich erreicht hatte. »Bist du hergerannt?«

Hamish schnaufte, aber sein Lächeln wurde dabei etwas breiter. »Ich weiß, du hast deine Schwierigkeiten damit, das zu verarbeiten, aber ich kann wirklich Auto fahren.«

»Das glaub ich erst, wenn ich es sehe.«

Er antwortete nur mit einem Grunzen und einem tiefen Durchatmen, während er sich zu mir beugte und mich zur Begrüßung in die Arme nahm. Gott, wie gern hätte ich noch eine ganze Weile so dagestanden und ihn einfach nur festgehalten. Doch ich glaubte, dass es etwas gab, das Hamish noch dringender brauchen konnte. »Du siehst beschissen aus. Bier?«

»Unbedingt.« Seine Antwort klang wie ein erleichtertes Aufseufzen. Hamish löste sich von mir und folgte mir in die Wohnung. Während wir durch den Flur liefen, deutete ich nur sporadisch auf die Türen, die von ihm abgingen. »Bad, Abstellkammer, Küche, Schlafzimmer, Wohnzimmer …«

Hamish schenkte meinen knappen Ausführungen jedoch keinerlei Aufmerksamkeit. »Ich sehe, du klaust also immer noch armen Männern ihre Pullover. Lass mich raten … Footballer? Boxer? Bodybuilder? Der Kerl muss riesig sein.«

Hervorragend, Aileen. Statt den dämlichen Abwasch zu machen, hättest du dich umziehen sollen. Du trägst ein Zelt aus Sweatstoff. Klar, dass Hamish völlig bescheuerte Schlüsse zieht.
»Ich hab mir das Ding selbst gekauft«, stellte ich klar und wollte ihn außerdem darauf hinweisen, dass er auch direkt fragen konnte, ob ich allein war. Oder Single. Oder worauf auch immer dieser Kommentar abgezielt hatte. Doch schon beim bloßen Gedanken an so direkte Worte zog sich eine Hitze über mein Gesicht, als wäre ich … Nun, als wäre ich Leena. Siebzehn Jahre alt und heimlich verliebt in den Jungen, von dem sie immer behauptete, er wäre nur ein Freund.

Hamishs Schmunzeln manifestierte sich zu einem ausgewachsenen Grinsen. Als wäre ich vor seinen Augen nicht nur leicht rot, sondern wirklich ein paar Jahre jünger geworden. »Selbst gekauft, also. Gut zu wissen …«

Und nun, Hamish? Was fängst du mit diesem Wissen an? Ich überlegte ganz kurz, ihm diese Frage zu stellen – mit einem Grinsen, bei dem meine Unterlippe für einen kurzen Moment zwischen meinen Zähnen verschwinden könnte. Nur, um zu sehen, ob sein Blick dabei immer noch genauso entglitt wie früher. Doch der Moment war verstrichen, ehe ich mich entschieden hatte. Was blieb, war ein Seufzen, mit dem ich auf die Tür links neben uns zeigte – die mit den Strickjacken an der Klinke. »Geh ruhig schon mal ins Wohnzimmer. Ich …« Damit deutete ich mit dem Daumen hinter mich. Zur Küche. Oh Gott, ich deutete ernsthaft mit dem Daumen über meine Schulter wie eine Halbwüchsige in einem Film aus den 2000ern, wenn sie ihren Freundinnen klarmachen wollte, dass sie jetzt zu einer irre wichtigen Sache aufbrechen würde. »Ich hol das Bier, und dann sehen wir, wie wir eure Socke retten können, okay?«

Hamish nickte und verschwand im richtigen Zimmer, während ich mich in die Küche flüchtete, um dort kurz durchzuatmen und vielleicht auch meine scheiß Metamorphose zu einem siebzehnjährigen Mädchen aufzuhalten. Herrgott noch mal, ich war über dreißig, Hamish war der Dad eines meiner Schüler und hatte eine Frage zu einem Projekt der Klasse, bei dem sein Sohn Unterstützung brauchte. Punkt. Das Bier, das ich ihm angeboten hatte, war ein Akt der Höflichkeit. Noch ein Punkt. Und dass mir auffiel, wie erledigt er aussah und ich das Bedürfnis hatte, ihn einfach nur in den Arm zu nehmen war freundschaftliche Fürsorge oder schlicht mein Helfersyndrom. Sagte Debbie mir das nicht ohnehin ständig nach?

Debbie. Vielleicht war sie meine Rettung. Ich griff nach dem Handy, das noch immer auf der Arbeitsplatte lag, in der Hoffnung eine Antwort von meiner Freundin zu finden, die mich daran erinnerte, dass ich verdammt noch mal eine erwachsene Frau war. Oder an Henry Cavill. Meinetwegen auch das.

»Hamish? DER Hamish kommt zu dir? In deine Wohnung? Du und ich, wir haben morgen ein Date. Zeit und Ort bestimmst du. Falls du nicht mehr laufen kannst, komme ich zu dir. Und dann überlegen wir gemeinsam, wie du das Henry schonend beibringen kannst. Plan?«

Das war süß, aber nicht hilfreich. Ich packte mein Handy wieder beiseite, nahm zwei Flaschen Bier aus dem Kühlschrank und entschied, dass auch die Schüssel Popcorn Hamish und mir Gesellschaft leisten würde.

Als ich mit meiner gesamten Ausbeute ins Wohnzimmer zurückkehrte, saß Hamish nicht wie erwartet auf dem Sofa, sondern stand ein paar Schritte weiter am Fenster und schaute nach draußen. Den Patienten hatte er bereits auf dem Couchtisch abgelegt – eine rot karierte Socke mit schwarzen Knöpfen, die etwas versetzt und unsauber angenäht worden waren.

Ich stellte das Popcorn daneben ab und sah dann zu Hamish. »Wollen wir?«

Er riss seinen Blick vom Fenster los, nickte, blieb aber dort stehen. Während er mich ansah, schien er kurz nachzudenken und beendete seine Überlegungen schließlich mit einem Schulterzucken. »Okay, mir egal, ob das jetzt albern ist, aber …« Er deutete auf das Fenster. »Man kann von hier aus mein Auto sehen. Genau da.«

Ich lachte nicht, ich kicherte. Einfach, weil das der vermutlich größte und gleichzeitig entzückendste Blödsinn war, den Hamish hätte von sich geben können. Und ich mochte diesen Blödsinn. Er war sichereres Terrain, auf dem ich mich nicht fragen musste, ob er an das Materiallager dachte und hoffte, dass wir den Funken von dort wieder aufgriffen.

Ich lief an der Couch vorbei zu Hamish, der schon das Fenster nach oben schob. So ernst war es ihm also. »Dann zeig mal her.« Zusammen mit dieser Aufforderung reichte ich ihm sein Bier, zog mir die Kapuze des Pullovers über den Kopf und lehnte mich dann nach draußen in den Regen, den der Wind fast senkrecht an den Häusern vorbeifegte.

»Der Vauxhall. Direkt gegenüber.« Er lehnte sich neben mich auf das Fensterbrett und zeigte in die Richtung, die er meinte. Als würde ich mich auf irgendwelche Autos konzentrieren können, wenn Hamishs Oberarm sich so dicht an meine Schulter drückte, dass ich sogar seine Körperwärme spüren konnte.

»Der dunkelblaue«, präzisierte Hamish noch mal. Anscheinend hatte meine Stille ihm in Erinnerung gerufen, dass mein Interesse für Autos gen null ging. »Bei der Laterne.«

Ich sah, welches Auto er meinte. Dennoch … »Dir ist schon klar, dass du von jedem Wagen hier behaupten könntest, es wäre deiner, oder?«

»Aber meiner steht hier sonst nicht«, argumentierte Hamish. Er klang regelrecht trotzig, als er das sagte. Wie damals, als er beteuert hatte, dass er bestens klarkam – direkt, nachdem er das Auto seines Vaters gegen die Steinmauer gefahren hatte.

Dieses winzige Echo genügte, um sofort den Wunsch zu wecken, Hamish zu berühren. Richtig, und nicht nur zufällig. Stattdessen hielt ich mich an meiner Bierflasche fest und beobachtete, wie er das Etikett auf seiner mit dem Daumennagel bearbeitete. Shit, das machte es bloß schwieriger, nicht die Hand nach seiner auszustrecken. Am Ende stieß ich ihn nur sachte mit meiner Schulter an und murmelte: »Komm schon. Du kennst mich besser. Ich würde nicht mal die Limousine vom Premierminister erkennen, wenn die vorfahren würde.«

Doch vielleicht waren diese Worte auch die genau richtigen. Ich konnte sehen, wie Hamishs Mundwinkel sich zu einem Grinsen verzogen. »Du bist immer noch ein hoffnungsloser Fall, hm?«

Ich zuckte mit den Schultern, was er unweigerlich spüren musste. »Absolut. Ich meine, ich erkenne den Wagen deines Dads immer noch nicht. Der neue hat keine Beulen mehr.« Genau genommen konnte von neu keine Rede mehr sein. Dreizehn Jahre … Gut möglich, dass Robin seither nicht nur ein Auto gefahren hatte, und ich hatte keins von ihnen erkannt, weil die Blessuren dieses einen bestimmten Abends fehlten.

Hamish lachte leise und sah mich dann an. Scheiße, er sah mich einen Moment lang an, als wäre es das Größte, dass ich immer noch genau dieser hoffnungslose Fall war. Das Mädchen, das nicht mal einen Bruchteil des Verständnisses für Autos aufbrachte wie ihr Freund. Und für diesen Moment sah er wieder aus wie jener Junge, der im Gegenzug keinen Wagen heile von A nach B manövrieren konnte.

Es war eigentlich perfekt, dachte ich. Und dann haben wir es so dermaßen versaut …

Hamish räusperte sich und tat mir damit den Gefallen, mich von diesem Gedanken wegzureißen, der nie zu etwas Gutem führte.

»Oktopus«, erinnerte er mich dann. »Nick ist das wirklich wichtig, und es hat ihn fertig gemacht, dass wir nichts Besseres hinkriegen als das …« Er deutete auf den Stoffklumpen, den er mitgebracht hatte. »Keine Ahnung, ob Bastelarbeiten beim Sorgerecht eine Rolle spielen, aber ich kann es mir nicht leisten, an so einem Unsinn zu scheitern.«

Tja, Leena. Herzlich Willkommen zurück in der Gegenwart, in der Hamish Auto fahren kann, ein Kind hat und obendrein noch eine Scheidung. Perfekt ist vorbei.

»Okay.« Ich trank noch einen Schluck von meinem Bier und nickte. Dann rappelte ich mich auf, ehe ich wieder in diese Falle tappte, in der ich den Mann, der direkt neben mir stand, vermisste. Das war so unendlich bescheuert. Nicht nur das, vor allem war es … dunkel.

Ich hatte meine Kapuze nicht schnell genug vom Kopf gezogen und war zu sehr in Gedanken gewesen, um Hamishs Hand kommen zu sehen. Schon damals hatten die Bänder meiner Kapuzen eine magische Anziehungskraft auf diesen Kerl ausgeübt, die sich anscheinend nicht in der Zeit verloren hatte.

Es war nur eine alte und hochgradig alberne Geste, die mein Herz schon Mittwochabend so heftig geschubst hatte, dass es dreizehn Jahre zurückgetaumelt und fast auf den Hintern gekracht wäre. Das klang fürchterlich kitschig, aber das war es nun mal, wonach sich solche alten Gewohnheiten anfühlten. Nach schubsen, taumeln, vom Weg abkommen und merken, wie schön es dort war.

Dass ich Hamishs Hand an meinem Oberarm spürte, den er sanft drückte, und sein Lachen dabei hörte, machte nichts besser. »Leb damit.« Erst, als ich die Kapuze zurückschob, sah ich auch das breite Grinsen, mit dem Hamish mich bedachte, und hörte es nicht nur. »Du traust mir nicht zu, Auto zu fahren, dann kannst du auch nicht erwarten, dass ich erwachsen geworden bin.«

»Wird eh überbewertet«, murmelte ich. Was stimmte. Das Pass-halt-besser-auf-deine-Kapuze-auf-Grinsen auf seinem Gesicht hatte Hamish deutlich jünger gemacht, als er es beim Betreten meiner Wohnung gewesen war. Und ich … Nun, ich saß doch sowieso noch dort, wohin mich seine Geste geschubst hatte, und hatte gar keine Lust, woanders zu sein.

»Meine Rede. Wenn wir ehrlich sind … Ach du Scheiße.« Hamish stand neben meinem Sofa und deutete auf den Couchtisch davor – genauer auf die Schüssel, die darauf stand. »Das Popcorn war also wirklich keine Metapher.«

»Wofür soll Popcorn bitte eine Metapher sein?«

»Keine Ahnung«, gestand Hamish und setzte sich neben mir auf die Couch. Die Schüssel zog er direkt zu sich, während ich nach der verunstalteten Socke griff, um sie genauer zu inspizieren. »Ich lebe mit einem kleinen, unfertigen Menschen zusammen, der cleverer ist, als mir lieb ist. Da braucht es für alles ein Codewort. Für Beleidigungen, Santa, Sex … Der ganze Erwachsenenkram halt.«

»Mh«, machte ich und inspizierte die rot karierte, geschundene Socke vielleicht etwas zu akribisch. Es gab diese Dinge, von denen man wusste und die okay waren, weil sie einfach okay zu sein hatten. Das hieß aber nicht, dass man sie sich allzu genau ausmalen wollte. Und die Vorstellung davon, wie Hamish und Kaleigh sich mit Metaphern zum Sex verabredeten, gehörte für mich wohl dazu. »Popcorn ist wohl das strategisch dümmste Codewort, das es gibt, oder? Damit kannst du doch nicht deine Frau fragen, ob du später noch auf deine Kosten kommst. Bei so einer Metapher will jedes Kind mitmachen.«

Hamish lachte. »Touché.« Damit nahm er sich die Popcornschüssel und ließ sich neben mir in die weiche Lehne des

Sofas sinken. Ich erwartete beinahe, dass er so tief in die Polster rutschen würde, bis er seinen Kopf auf meine Schulter legen konnte. Wie früher. Doch Hamish lehnte sich nur so weit zu mir, dass er mir bei meiner Inspektion zusehen konnte. Seine Schulter berührte meine dabei nicht einmal. Aber fast. »Was meinst du? Ist da noch was zu retten?«

»Kommt drauf an …« Ich zog an einem der Stoffstreifen, die Tentakel sein sollten. Hamish oder Nick hatte hier unfassbar schlechtes Augenmaß bewiesen. Manche der Streifen waren mehrere Zentimeter dick, andere wiederum viel zu schmal geraten. Außerdem hatte dieser Oktopus bereits neun Arme – eine Mutation, die möglicherweise dem Versuch entsprungen war, die Arme auf eine wenigstens ähnliche Breite zu bringen. »Wenn Nick morgen den Oktopus bekommt – wer soll ihn offiziell fertig gebastelt haben?« Ich wandte mich mit einem fragenden Blick zu Hamish um, der in diesem Moment von dem Sockenpatienten zu mir aufschaute. Nah. Nicht *zu* nah. Aber genug, dass es mich nervös machte. Vermutlich spielte also gar keine Rolle, wer diesen Oktopus fertigstellte. Wenn mein Nervenkostüm so weitermachte, konnte ich mir so viel Mühe geben, wie ich wollte, Nick würde keine Probleme damit haben, zu glauben, sein Dad hätte das Wunder vollbracht.

Hamish wirkte viel entspannter, als ich mich fühlte, während er mich ansah, nickte und seine Lippen zu einem Schmunzeln verzog. »Ich glaube, ich bin noch nie so subtil beleidigt worden.«

»Dann hat man sich bisher nicht genug Mühe gegeben. Also?«

Ich sah ihm abwartend dabei zu, wie er sich zwei Stück von dem Popcorn in den Mund schob und dabei die Socke in meiner Hand betrachtete. Er dachte richtig über seine Antwort nach, ehe er sie mir gab. Und als er das tat, klang es wie eine Entschuldigung. »Ich kann ihm nicht sagen, dass mir eine

Freundin geholfen hat. Er …« Mit einem Kopfschütteln stieß Hamish ein tiefes Seufzen aus. »Er war wirklich fertig, weil weder er noch ich es richtig hinbekommen haben, aber … weißt du, was er mir gesagt hat?«

Ich schüttelte den Kopf und hoffte, dass mein Blick nur gespannt wirkte und nichts von diesem winzig kleinen Stich durchließ, den es wohl mit sich brachte, wenn man realisierte, dass man ein Geheimnis war. »Nein, was denn?«

Er schmunzelte und schüttelte leicht den Kopf – die Geste eines Vaters, dessen Sohn so gar nicht nach ihm geraten war. Nur, dass er diesmal froh dabei wirkte, sogar ein wenig stolz. »Er hat mir gesagt, ich soll nicht traurig sein, dass ich es auch nicht hinbekomme. Auch Erwachsene kriegen manchmal Sachen nicht hin, dafür kann ich ja andere Dinge besser als jeder andere.«

»Oh nein«, seufzte ich. Das war er, der Junge, der einer Mitschülerin erklärte, wie sie sich ganz viele zusätzliche Hände denken konnte, um mit größeren Zahlen zu rechnen. Der kleine Kerl, der mit dem Spielen auf seinen Freund wartete, wenn der etwas länger für die Aufgaben brauchte.

»Oh doch«, bestätigte Hamish. »Er hat sich als Gute-Nacht-Geschichte sogar dieses alte Buch rausgesucht über diese Hundegang, die England unsicher macht … Egal. Haben wir ewig nicht gelesen. Aber ich habe einen ziemlich passablen Oxfordakzent, wenn es um diesen Bluthund mit Zylinder und Fliege geht.«

Ich gab mir Mühe, nicht zu sehr zu grinsen, während ich einen Blick darauf warf, wie viel Schaden Hamish oder Nick am Stoff der Socke verursacht hatten, als sie die Knöpfe für die tiefschwarzen Augen angenäht hatten. Das war etwas besser, als mir auszumalen, wie Hamish sich in verschiedenen Stimmlagen und Akzenten durch ein Kinderbuch arbeitete. Meine Güte, wo war Henry Cavill, wenn man ihn brauchte? »Ich gehe also davon aus, dass du eine glanzvolle Darbietung gegeben hast? Damit Nick sieht, dass sein Plan aufgeht, dein Ego zu pushen?«

Hamish setzte zu einer Antwort an, entschied sich dann aber um. Stattdessen sah er mich mit einem breiten Grinsen an und griff nach seinem Bier. »Dein Ernst? Den Hund mit dem englischen Akzent kannst du dir vorstellen, aber nicht, dass ich Auto fahre?«

»Na ja«, meinte ich. »Ich hab durchaus schon gesehen, dass du lesen kannst. Aber nicht ein einziges Mal, wie du einen Rückwärtsgang einlegst, ohne dem Getriebe wehzutun.«

Ich hörte Hamishs Schnaufen und sah aus dem Augenwinkel, wie seine Hand sich in meine Richtung bewegte. Ich konnte fast den leichten empörten Klaps an meinem Oberschenkel spüren. Oder seine Finger, die aus meinen Haaren ein noch viel größeres Chaos gestalteten.

Doch Hamish hielt in seiner Bewegung inne. Seine Hand schwebte eine Sekunde lang unentschlossen in der Luft. Lang genug, um zu denken: *Mach ruhig. Dir muss doch klar sein, dass ich nicht weglaufen würde. Oder?* Doch ich sprach den Gedanken genauso wenig laut aus wie Hamish mich berührte. Stattdessen deutete er auf die Socke, die ich festhielt. »Um auf diese Kreatur zurückzukommen … Meinst du, du kannst sie so retten, dass Nick mir abkauft, ich wäre das gewesen?«

Ich war nicht sicher, ob ich laut seufzte oder nur in meinem Kopf. Den Wunsch, seine Eltern stolz zu machen, kannte ich. Aber mir war nie klar gewesen, dass es andersrum genauso funktionierte. »Das wird schwierig«, gestand ich und zog an einem der viel zu breit geratenen und schief geschnittenen Tentakelstoffstreifen. »Aber wenn du mitziehst, kann ich daraus einen vernünftigen Oktopus machen und dir ein paar Handgriffe zeigen. Das kriegen wir hin. Sag ihm einfach, du hättest dir Videos auf YouTube angeschaut.«

Hamish dachte nicht einmal darüber nach, ehe er nickte. Dabei musste ihm völlig klar sein, was das für ihn hieß – lästige Handarbeit, für die er weder Talent noch Interesse hatte. Diese Art von Opferbereitschaft lernten Männer vermutlich in dem Moment, in dem sie Väter wurden. »Alles klar, was muss ich machen?«

Das beste Gefühl der Welt

Hamish

Folter.

Sicher, ich hatte deutlich schwierigere Situationen durchgestanden als diesen Abend auf Leenas Sofa. Diskussionen zwischen meinem Anwalt und dem meiner Frau, von denen ich nur die Hälfte verstand, obwohl sie entscheidend für mich waren. Persönliche Unterlagen und Gegenstände in eine Kiste packen und das Büro verlassen, in dem ich mir meine komplette zukünftige Karriere hätte vorstellen können. Die Beerdigung meiner Mutter, bei der mir unzählige Geschichten über sie erzählt worden waren, von denen ich noch nie gehört hatte. Die Hilflosigkeit bei der Geburt meines Sohnes, als sie Kaleigh in den OP geschoben hatten.

Alles davon war deutlich beschissener gewesen als auf einem entsetzlich gemütlichen Sofa zu sitzen und Popcorn zu essen, das mich seit etwa fünfzehn Minuten nicht mehr nur an Kino und Filme denken ließ. Nüchtern betrachtet war nichts schlimm daran, Bier zu trinken und dabei zuzusehen, wie die Frau neben mir das Ende eines Fadens in ihren Mund nahm. Auch nicht daran, zu beobachten, wie sie ihn langsam wieder herauszog, während sie ihre Lippen fest zusammenpresste. Ein Faden, verdammte Scheiße! Als wäre der repräsentativ für das, was sich in meiner Fantasie zwischen ihre Lippen schob und dann …

»Hier.«

»Hm?« Es kostete mich einige Willenskraft, um meine Aufmerksamkeit auf die Nadel zu richten, die Leena mir entgegenhielt. Sie hatte das Ding mit dem Faden versehen, der vermutlich auch lieber da geblieben wäre, wo er … *Meine Fresse, Findlay, reiß dich zusammen. Du bist kein scheiß Teenager mehr.*

»Das zweite Auge machst du, schon vergessen?« Mit der anderen Hand hielt Leena mir auch die Socke entgegen. Damit ich einen dämlichen Knopf annähte und dabei weiter so tat, als wüsste ich nicht, dass sie keinen BH trug. Weil ich Idiot sie hatte umarmen und mit meiner Hand über ihren Rücken streichen müssen.

Also ja – trotz all der anderen Gelegenheiten, die weit übler gewesen waren als dieser Abend, fühlte er sich verdächtig nach Folter an. Mein Tag war ziemlich frustrierend gewesen, also nahm ich mir das Recht auf derlei Vokabular einfach mal heraus.

»Okay, gib her«, brummte ich. Ich erinnerte mich schließlich sehr wohl an den Deal. Sie half mir mit diesem Sockenungetüm und zeigte mir sogar, wie genau sie das anstellte, damit ich vor Nick nicht in Erklärungsnot geriet. Genau genommen war das kein Deal, sondern ein Gefallen. Dass meine Gedanken immer wieder zu der Frage glitten, wie ich mich dafür revanchieren konnte, war nicht Leenas Schuld. Also nahm ich ihr das Ding ab, das sie liebevoll als Patienten bezeichnete. Die mühsam angenähten schwarzen Knopfaugen hatte sie entfernt und durch weiße ersetzt. Mit schwarzem Bindfaden war sie dabei so sehr eskaliert, dass er aussah wie eine Pupille. Sie war zweifelsfrei hochmotiviert, meinem Sohn entweder den Arsch zu retten oder ihn zum neuen Oberstreber seiner Klasse zu befördern.

»Dann wollen wir mal …«, murmelte ich und streckte meine Hand in Leenas Richtung aus. »Das Auge?«

Sofort spürte ich Leenas Fingerspitzen in meiner Handfläche. Den Knopf, den sie mir gab, nahm ich erst wahr, als ihre Berührung wieder verschwand. »Denk dran, es nicht zu weit weg vom ersten anzunähen. Der Stoff dehnt sich noch, wenn wir ihn mit Watte füllen, und Nick …«

»… will keinen Oktopus mit Glubschaugen. Hab ich nicht vergessen. Manchmal hör ich Menschen zu, wenn sie mir was erklären …«

»Manchmal, ja?« Ich konnte hören, wie Leena schmunzelte, aber ich verkniff es mir hinzusehen. Dabei zuzusehen, wie ihr Mund sich in dieser Art verzog … keine gute Idee. Es passierte dabei oft genug, dass ihre Unterlippe sich kurz zwischen ihre Zähne stahl, und wenn ich dieses Bild nicht nur in meinem Kopf, sondern live vor mir sah, standen die Chancen gut, dass ich den Kampf gegen diesen Knopf jämmerlich verlor.

»Manchmal«, bestätigte ich also nur und schob das weiße Plastikplättchen ziemlich planlos auf dem Stoff hin und her. »Wenn sie mir nicht auf den Sack gehen. So?« Mit dem Daumen hielt ich den Knopf an seiner Stelle und hob die Socke in die Höhe, damit Leena das Ding sehen konnte.

»Noch ein Stück … Darf ich?«

»Sicher, du bist der Boss.« Ich hielt ihr ihren Patienten entgegen.

Eigentlich war ich davon ausgegangen, dass sie mir das Ding abnehmen und bestenfalls beschließen würde, dass ich ein hoffnungsloser Fall war, dem man solche Aufgaben schlicht nicht übertragen konnte. Stattdessen legte sie nur ihre Hand auf meine, damit ich den Stoff nicht losließ, und schob meinen Daumen mit ihrem noch ein wenig nach links. »Hier«, sagte sie dann – sehr leise und sehr sanft. »Hier ist er perfekt.«

»Hm.« *Nur ein Knopf, Mann. Ein verfickter Knopf an einer dämlichen rotkarierten Socke. Ein Schulprojekt von deinem Sohn. Scheiße, wie untervögelt bist du eigentlich?* Dieses Mantra brüllte durch meinen Kopf, aber es war hoffnungslos. Leenas Finger lagen noch immer auf meinen und fixierten den Knopf, während ich die Nadel durch den Stoff führte und versuchte, nicht daran zu denken, wie sie früher meine Hand genommen hatte. Um mir zu zeigen, wo ich sie berühren konnte. Und sollte. Ich gab mir wirklich Mühe, mich nicht zu fragen, ob ihr dieselben Dinge Vergnügen bereiteten wie damals. Ob sie immer noch dieses zarte Keuchen von sich geben würde, wenn ich in sie eindrang. Als würde sie ihren Körper in Wasser tauchen, das ein bisschen zu kalt war und dann genau richtig. Und Gott, wie gern hätte ich gewusst, ob sie sich immer noch genauso anhörte und genauso anfühlte, wenn mir dieses »genau richtig« gelang.

Nur ein Knopf, erinnerte ich mich. Ein verfickter Knopf an einer dämlichen Socke.

Also starrte ich diese Socke nieder, während ich die Nadel durch den Stoff zog und Leenas Blick dabei auf mir spürte.

»Du siehst aus, als wärst du sauer auf die Socke«, flüsterte sie. Ein zartes und viel zu vorsichtiges Lachen schwang in ihren Worten mit.

Weil sie nervös ist, dachte ich. Die Leena Harris, die ich kannte, hätte keine Scheu davor, mir offen zu sagen, dass dieser Oktopus vielleicht auf einem Auge blind bleiben würde, wenn ich so weitermachte. Es sei denn, sie war nervös …

Genau, Kumpel, red dir das ruhig ein … Ich versuchte, meine nächsten Handgriffe etwas geduldiger auszuführen. »Diese Socke hat mich heute schon etliche Nerven gekostet. Glaub mir, sie hat Schmerzen verdient.«

Aus dem Augenwinkel sah ich, wie Leena nickte, dann hörte ich ihr Seufzen. Es war nicht die Art von Seufzen, die ich eben noch im Sinn gehabt hatte. Dennoch klang es vertraut, nur erkannte ich es erst, als ich die Worte hörte, die darauf folgten: »Nick hat recht, hm? Das setzt dir wirklich ein bisschen zu … Und … kann es sein, dass es nicht nur um den doofen Oktopus geht?«

Es war nicht die Frage, die Leena stellte, sondern die Art, wie sie das tat. Wie damals. *»Deine Mum hat ihre Ergebnisse bekommen, nicht wahr?«* Ich war vor dreizehn Jahren überzeugt gewesen, und ich bin es noch heute: Nur Leena konnte solche Fragen auf eine Art stellen, die nichts wissen wollte, sondern einem stattdessen sagte, was man hören musste: *Ich weiß, es ist scheiße. Du musst auch nichts sagen. Aber ich bin hier, okay? Nur, dass du das weißt …*

Ich konnte gar nicht anders, als genau dasselbe zu tun, wie jedes der anderen Male auch, die auf einmal keine dreizehn Jahre mehr her schienen, sondern bestenfalls Wochen. Ich starrte auf diese Socke und sagte nichts, sondern schnaufte nur und mühte mir ein halbgares Lächeln ab.

»Okay«, hörte ich Leena sagen, wie es immer ihre Antwort gewesen war. Das und … das Gefühl von Fingerspitzen, die über meinen Kopf strichen. Durch meine Haare bis in meinen Nacken und wieder zurück. *Das beste Gefühl der Welt.* Das war, wie ich diese Geste einmal bewertet hatte. Damals hätte ich stundenlang dasitzen können, während Leenas Finger durch meine Haare fuhren. An dieser Einschätzung hatte sich in dreizehn Jahren nichts geändert, kein Stück.

Im Heute kam ich an, als sich diese Berührung binnen zwei oder drei Sekunden schon wieder auflöste.

»Oh Gott, Shit! Es tut mir leid, ich … Das ist … Tut mir ehrlich leid.«

Wie bei dieser Flüsternische, als ihr Daumen über meine

Wange gestrichen war, weil … Keine Ahnung, warum. Vermutlich aus derselben alten Gewohnheit heraus, aus der mein Körper sich nach diesen Berührungen sehnte, wenn Leena in meiner Nähe war. Und nun saß sie neben mir und war erschrocken, weil sie von einem Echo eingeholt worden war, während ich mir wünschte, es hätte länger angehalten.

Ich stieß ein frustriertes Schnaufen aus und schüttelte den Kopf, ehe ich Leena ansah, wie ich sie früher immer angesehen hatte – auf der Suche nach meiner Antwort, ehe ich überhaupt eine Frage gestellt hatte. Vor dreizehn Jahren war mir dieses Kunststück gelungen – und selbst dann nur hin und wieder. Mittlerweile war ich eingerostet, und ich sah in Leenas Mimik nichts außer einer Entschuldigung.

»Das ist doch scheiße …« Ich atmete tief durch und wich Leenas Blick kurz aus, als ich sah, wie die Entschuldigung darin kein Stück zur Seite wich. Nicht einmal, als Irritation sich dazugesellte. »Wir sind erwachsen, oder? Ich kann offen mit dir reden …«

»Klar …« Sie runzelte die Stirn auf eine Art, der nicht viel fehlte, und Leena würde ihre Arme vor der Brust verschränken. *Ganz große Klasse, Hamish.* Solche *Blicke kannst du also noch deuten, ja? Fantastisch …*

Ich sah sie an und versuchte noch einmal mein Glück damit, auf ihrem Gesicht die Antwort auf eine eigentlich ganz simple Frage zu finden: *Können wir bitte endlich aufhören, uns so seltsam zu benehmen?*

Ich musste sehr tief einatmen. Irgendwo in meinem Kopf schrie der feige Teenager, der ich gewesen war, wild auf, und dieser Atemzug war die Hand, die sich auf seinen Mund presste und ihn zum Schweigen brachte, vielleicht sogar erstickte. Auch gut. Eine Hilfe war er mir nicht, denn … erwachsen und offen, nicht wahr? »Leena, ganz ehrlich: Kriegst du Ärger, wenn du was mit dem Vater von einem Schüler anfängst?

Weil … Wenn du mich fragst, ist das hier …« Ich deutete zwischen uns hin und her. »… extrem seltsam. Meinetwegen kannst du mich anfassen, so viel du willst. Dass du dich dafür entschuldigst, ist ernsthaft schräg. Falls du den Abstand wegen deines Jobs brauchst oder für dich oder für den Typen, dem dein Pullover gehört, dann ist das okay für mich. Aber wenn nicht, dann …« Ich zuckte mit den Schultern, als würden mir keine Optionen für dieses »Dann« einfallen. Allerdings hätte nichts davon zu einem auch nur halbwegs eleganten Abschluss geführt, also ließ ich es bleiben und lauschte stattdessen dem zarten Flüstern von Nervosität, das meinen Körper hinaufkroch.

Keine Ahnung, mit wie vielen Frauen ich geschlafen hatte, seit Kaleigh und ich unsere Abmachung getroffen hatten. Offen zu fragen, was man von einem Treffen erwarten konnte und was nicht, war nicht neu, sondern ein kleines, routiniertes Detail, mit dem ich sicherging, mich nicht wie ein Arschloch zu benehmen.

Nichts weiter.

Es bestand kein Grund dafür, deshalb mit einem Puls dazusitzen, als hätte ich eine Stunde auf dem Laufband verbracht. Absolut. Kein. Grund.

Außer der, dass das Leena ist, du Schwachkopf. Sie ist wie Luftholen, wenn alles andere richtig übel ist. Sie ist der Geschmack von Whisky, den du nur magst, wenn du sie küsst. Sie ist deine erste Erfahrung mit Stolz – weil sie deine Hand hält, deine Pullover klaut oder dir den Mittelfinger entgegenstreckt, was niemand sonst versteht. Sie ist nicht »nichts weiter«.

Aber klar, sag ihr ruhig noch mal, dass es dir zu albern ist, nur hier zu sitzen und sie nicht zu ficken.

»Vergiss, was ich gesagt habe«, stieß ich aus, nachdem Leena eine oder zwei Sekunden lang nichts weiter getan hatte, als mich erstaunt anzusehen. »Das war bescheuert.«

Mit dieser Einschätzung verschwand das Erstaunen auf Leenas Gesicht. Stattdessen neigte sie ihren Kopf zur Seite und sah mich an. Ich kannte den Blick. Gott, ich kannte ihn so gut – das Grinsen, das ihre Lippen nur ganz leicht berührte, aber umso lauter aus ihren Augen strahlte. Auf diese ganz bestimmte Weise, die sagte: *Er ist ein Idiot, aber damit muss ich wohl leben. Ist schließlich meiner.*

Das war sie also – meine Antwort. Von wegen eingerostet …

»Feigling«, lachte sie. Oder seufzte sie. Irgendwie war es von beidem etwas, während sie ihren Kopf schüttelte und mich ansah, als könnte sie es nicht fassen. »Du hast mir schon das letzte Mal keine zwei Sekunden gegeben, um nachzudenken …«

Weil ich das letzte Mal siebzehn war und mir stundenlang zurechtgelegt hatte, was ich dir sagen soll. Außerdem war ich panisch. Ich habe die unterschiedlichsten Szenarien in meinem Kopf abgespielt. Alle – vor allem, wie Keith Fraiser in die Situation platzt und mir zuvorkommt. Was ich nicht bedacht habe, war, dass du einfach nur neben mir sitzen und mich ansehen könntest, nachdem ich dir gesagt habe, dass ich dich gern küssen würde …

»Nachdenken? Bei so einer Frage musst du ernsthaft nachdenken?« Das Grinsen fiel mir ziemlich leicht. Meine Antwort hatte ich schließlich längst bekommen. Da waren Worte nur noch Makulatur, mit denen man seine Vorfreude auskostete.

Ich beobachtete, wie Leenas Zungenspitze kurz über ihre Unterlippe strich, ehe ihr Mund mein Grinsen spiegelte und sie den Kopf schüttelte. »Muss ich nicht. Und ich brauch auch keinen Abstand. Ich dachte, das wüsstest du.«

Woher zur Hölle hätte ich das denn wissen sollen? Ich hab dich geschubst, schon vergessen? Und ich hab immer noch keine richtige Ahnung, wie viele Stiche es gebraucht hat, um das wieder zusammenzuflicken.

»Schwachsinn«, murmelte ich und beugte mich zu ihr. »Als ob ich so was kapieren würde … Du kennst mich besser.« Damit endete meine Geduld für Vorfreude und Worte. Leenas zustimmendes Glucksen hörte ich zwar, vor allem aber spürte ich es, als ich sie küsste. Meine Lippen berührten ihre zuerst nur sanft. Eine Kostprobe, um herauszufinden, wie vertraut dieser Kuss noch schmeckte. Wie viel neu war. Das Gefühl, wie Leenas Nasenspitze sachte über meine strich, gehörte zu denen, die ich vergessen hatte. Dabei kündigte es das an, was mir wirklich, gefehlt hatte – Fingerspitzen, die meinen Nacken entlangfuhren, bis sie sich in meine Haare gruben und meinen Kopf tiefer in diesen Kuss zogen. Zu Leena und mitten in einen Strudel aus alten Gewohnheiten, in die ich mich endlich hineinstürzen konnte, anstatt ihnen weiter ausweichen zu müssen.

Und ich merkte, was für ein ahnungsloser Idiot ich mit siebzehn gewesen war. Das beste Gefühl war nicht, die Augen zu schließen, während Leenas Finger mir über den Kopf strichen.

Das beste Gefühl war es, alles zurückzubekommen, was mir diese Geste bedeutete.

Ein andermal

Leena

Hamish war verschwunden.

Nach Edinburgh und kurz darauf aus meinem Leben. Es hatte nur eine SMS gebraucht, und er war genauso weg gewesen, wie er die Monate davor dagewesen war – ganz und gar.

Das hatte ich vergessen. Irgendwann hatte es aufgehört wehzutun, und ich hatte nicht mehr ständig daran denken müssen, wie es davor gewesen war.

Doch nun war er hier. Ich konnte ihn schmecken, ihn berühren. Ich roch sein Aftershave oder sein Duschgel, keine Ahnung. Und ich hörte sein tiefes Seufzen, als ich meine Finger das tun ließ, womit sie mich eben noch überrumpelt hatten. Ich strich über seinen Kopf, durch seine Haare, über seinen Nacken und spürte, wie Hamishs ganzer Körper mir und unserem Kuss noch weiter entgegenkam. Wie ein Kopf, der sich an eine Schulter lehnt. Wie aufatmen.

Wie früher.

Du bist wieder hier, dachte ich, als ich zurücksank und mein Rücken sich tief in die Polster schmiegte. Hamish begleitete diese vertraute Bewegung, bis sein Gewicht auf mir lag. Mit seinem linken Arm stützte er sich neben meinem Kopf ab. Seine andere Hand lag noch einen Moment an meiner Wange.

Der Daumen strich über meine Haut und folgte ihr dann über meinen Hals und weiter hinab, wo noch viel zu viel Stoff war, der seine Berührungen viel zu weit von meinem Körper fernhielt.

Ungeduldig löste ich meine eigene Hand von Hamishs Nacken, fuhr mit meinen Fingern über seine Brust, über der sich der Stoff dieses Pullovers spannte. Ich wollte, dass er verschwand. Egal, wie gut er Hamish stand, er hielt mich von ihm fern und … Ich keuchte, als ich Hamishs Lippen nicht mehr auf meinen spürte, sondern an dieser zarten, empfindlichen Stelle an meinem Hals. Seine Bartstoppeln kratzten über meine Haut, aber an dieser Stelle spürte ich nur seine Lippen und das leichte Kitzeln seiner Zungenspitze.

Du bist wieder hier. Und du weißt es noch. Du hast es nicht vergessen.

Ich schmiegte mich in seine Berührung, während ich versuchte, mit meinen Händen zwischen uns zu kommen. Ich bekam den Saum seines Pullovers zu fassen und schob ihn bestimmt nach oben.

Und Gott, ich liebte dieses dunkle Lachen, mit dem Hamish darauf reagierte. »Wehe, du machst das jetzt nur, um dir das Ding unter den Nagel zu reißen.« Seine Stimme klang rau und genau danach, wie sein Körper mir antwortete. Ich konnte seine Reaktion spüren, als Hamish ein Stück nach oben glitt, ehe er sich aufrichtete und ich sein Grinsen sehen konnte. Und seinen Blick, mit dem er durch meine Klamotten hindurchzusehen schien, ehe er an meinen Lippen hängen blieb, weil …

Nun, weil ich gar nicht anders konnte, als dieses Grinsen zu erwidern und meine Unterlippe dabei zwischen meine Zähne gleiten zu lassen. Nur ganz kurz, aber lang genug, um in Hamishs Gesicht lesen zu können, dass solche Kleinigkeiten noch immer seine ganze Aufmerksamkeit im Sturm erobern konnten. »Aber der Stoff ist so weich …«, flüsterte ich und lockte ihn damit wieder aus dieser kleinen Starre.

Hamish lachte, ehe er sich an den Kragen des Pullovers fasste, um ihn sich über den Kopf zu ziehen. »Vergiss es.« Er grinste noch immer, als er sich wieder zu mir beugte, um mich zu küssen. Richtig, diesmal. Seine Zähne machten genau dasselbe mit meiner Unterlippe, wie ich selbst gerade. Nur besser.

Und diesmal ließ seine Hand sich nicht auf eine langsame Erkundung ein. Sie schob sich zielsicher unter meinen Pullover und meine Taille nach oben. Kurz verharrte sie auf meinen Rippen, als spürte sie die Tinte meiner Tätowierungen, die genau dort die letzten Disteln zeichnete. Als Hamishs Hand weiter hinauf fuhr, griff sie nicht nach meiner Brust, sondern fuhr nur mit den Fingerspitzen an ihrer Seite entlang.

Mein Körper antwortete dieser Berührung mit einer Gänsehaut. Zuerst dachte ich, das leise, triumphierende Lachen, das Hamish in unseren Kuss entließ, würde dieser Reaktion gelten. Nur sein Daumen strich über meine Brust, während seine Lippen sich auf meinen zu einem Grinsen verzogen. »Kein BH … Ich wusste es.«

Ich kicherte, weil es das war, was dieses Gefühl in meiner Brust von mir verlangte, wenn ich nicht wehmütig seufzen wollte. Diese warme Schwere hatte mich wiedergefunden. Die, die sich in den letzten Tagen immer angeschlichen hatte, wenn Hamish mir nah gewesen war. Aber nicht nah genug.

Ich zog ihn zu mir, um mir den Kuss zurückzuholen, der in seinem Grinsen und meinem Lachen etwas verlorengegangen war.

Du bist wieder hier. Und du bist immer noch du. Dreizehn Jahre, und du hast nicht aufgehört, du zu sein. Ich muss wissen, ob wir auch immer noch wir sind. Unbedingt, hörst du?

Ich sagte das nicht, aber ich machte es Hamish deutlich. Mit meinen Fingern fuhr ich über seinen Oberkörper nach unten. Auf direktem Weg. Keine Spielereien mit den Haaren auf seiner Brust oder der deutlichen Linie, die mich von seinem Bauchnabel zu meinem Ziel leitete. Den Knopf von Hamishs Jeans lösten meine Finger schneller, als ich es befürchtet hatte. Und der Bund seiner Shorts stellte kein Hindernis mehr dar.

»Oh, fuck.« Ich spürte den Fluch, der Hamishs Lippen entwich und mit einem Keuchen über meinen Hals strich. Für ein paar Augenblicke verharrte er so und genoss meine Berührungen, während ich genoss, wie sehr und wie schnell er auf mich reagierte. Seine Atemzüge gingen schneller, als sie meinen Hals und meine Schlüsselbeine streiften. Dort schien Hamish kurz zu zögern und entschied dann, dass er keine Geduld mehr hatte.

Er entzog sich mir und rückte ein Stück von mir ab – gerade genug, um meinen Pullover nur so weit hinaufzuschieben, dass der Stoff ihn nicht mehr von meinen Brüsten trennte. Ab diesem Punkt wurden mein Mund, mein Hals … all das für seine Küsse uninteressant. Seine Lippen, seine Zunge, sogar seine Zähne zeichneten jede Kontur meines Oberkörpers nach und malten ein Kribbeln auf meine Haut, das dazu ansetzte, sich bis in meinen Unterleib auszubreiten. Doch es verpuffte auf halber Strecke. Hamishs Finger waren viel schneller an diesem Ziel und eroberten es ohne Zögern. Das war kein zartes Kribbeln mehr, das er dort auslöste, wo er mich berührte. In mir und gleichzeitig an der genau richtigen Stelle, die andere Männer zu gern umgingen. Ich stöhnte auf, als sein Daumen immer wieder über diesen sensiblen Punkt strich, den ich ihm gezeigt hatte. Als wir jung gewesen waren. Und ein Mal so unendlich dumm ….

»Hamish …« Ich keuchte. Er konnte das nur missverstehen. Als hätte ich ihn dazu aufgefordert, krümmte er die zwei Finger in meinem Schoß und mein Körper reagierte sofort darauf. Alles Denken sackte an diese Stelle, die Hamish berührte.

»Stopp.« Keine Ahnung, wie ich das herausbrachte. Irgendwo war wohl noch ein letzter Funken Klarheit in meinem Kopf.

Und auch in Hamishs. Er hörte auf. Er zog sogar seine Hand zurück – so weit, bis sie an meiner Hüfte lag und dort wartete, bis er wusste, was ich meinte.

»Ist das dein Ernst?« Er klang irritiert. Nicht wütend. Sein Kinn lag dabei zwischen meinen Brüsten. Hätte ich ihn angesehen, vermutlich hätte ich auf jede Vernunft gepfiffen.

Ich nickte. Für eine richtige Antwort musste ich erst Luft holen, aber da hörte ich schon Hamishs frustriertes Brummen. »Scheiße, tu mir das nicht an.«

»Nein.« Ich keuchte immer noch, als ich das sagte. Von ganz allein fanden meine Finger Hamishs Kopf und gruben sich in seine Haare, ehe ich auch den Blick senkte und in das Grau seiner Augen sah. »Nein«, wiederholte ich. »Aber … Ich hab hier keine Kondome. Die sind im Schlafzimmer.«

Ich konnte der Erleichterung richtig dabei zusehen, wie sie sich auf Hamishs Gesicht ausbreitete. »Guter Punkt.« Er drückte seine Lippen sanft auf die Haut zwischen meinen Brüsten. Als wäre es die natürlichste Geste der Welt. Immer gewesen. Dann rappelte er sich eilig auf. Mit der Hand, die er abwartend an meine Hüfte gelegt hatte, gab er mir einen sanften Klaps auf den Hintern, ehe er sie mir mit einem Grinsen entgegenhielt. »Na los, hoch mit dir.«

Lachend ließ ich mich von ihm auf die Beine ziehen und in seine Arme. Sofort spürte ich wieder seinen Kuss auf meinen Lippen, seine Zungenspitze an meiner. Am liebsten hätte ich mich einfach wieder zurück auf das Sofa sinken lassen.

»Wo ist das Schlafzimmer?« Mit dieser Frage fand Hamishs Kuss wieder diese zarte Stelle an meinem Hals. »Ich war vorhin zu abgelenkt von diesem Ding hier …« Seine Hände griffen nach dem Bund meines Pullovers und nutzten die Gelegenheit umgehend, um mich von *diesem Ding* zu befreien. Dabei hielt ich seinen Blick fest – dieses Funkeln aus purer Vorfreude, die jede Unsicherheit von damals verloren hatte. Frei von der Angst eines Teenagers, sich dumm anzustellen oder Fehler zu machen. Vor mir stand ein Mann, der nur zu bereit war, sich ganz und gar nicht dumm anzustellen und ausschließlich Fehler zu begehen, die ihm und mir Vergnügen bereiten würden.

Bis zu dem Augenblick, als er mir den Pullover über den Kopf zog und auf den Boden fallen ließ. Der Blick, der über meine Brüste glitt, dann zu meiner linken Seite und von dort den Zeichnungen über meine Schulter meinen Arm hinab folgte … darin lag mehr als nur die Lust darauf, jedes Detail davon zu erkunden. Staunen, vielleicht. Ich fand mich zu schnell in einem Kuss wieder, als dass ich mir sicher sein konnte.

Irgendwie manövrierte ich uns aus dem Wohnzimmer und den Flur entlang. Meine Jogginghose verlor ich auf dem Weg und befreite Hamish aus seiner Jeans, sobald wir die Schwelle zum Schlafzimmer überschritten hatten.

Der Weg zu meinem Bett war kurz, aber lang genug, um auch das letzte bisschen Stoff loszuwerden, ehe ich neben Hamish auf die Matratze sank. Das war so viel besser als auf dem Sofa. Egal, wo ich ihn berührte, spürte ich seine Haut und keinen Stoff, fühlte die Hitze, die sein Körper ausstrahlte, sogar seinen Herzschlag, als ich meine Hand auf seine Brust legte.

Und doch war es nicht genug. Noch nicht ganz.

Also beugte ich mich über ihn hinweg zu meinem Nachttisch und zog ein Kondompäckchen hervor. Hamish nahm es mir ohne weitere Umschweife ab und riss es auf. Ihm stand genauso wenig der Sinn danach, das hier weiter in die Länge zu ziehen. Natürlich hatte ich große Lust, mehr von seinem Körper wiederzuentdecken. Zu fühlen. Zu schmecken. Alles. Aber später. Nicht jetzt.

Während Hamish sich das Kondom überrollte, schob ich

mich auf ihn, um mir zu nehmen, was ich jetzt brauchte. Doch er packte meine Hüften, ehe ich sie auf ihn senken konnte. Er hielt mich fest und zog meinen Oberkörper zu sich hinab, bis er mich küssen konnte. »Auf keinen Fall«, raunte er mir dann zu. »So rum halte ich keine zwei Minuten durch.«

Ich grinste und ließ es mir nicht nehmen, mit meinen Zähnen über seine Unterlippe zu streichen und zeitgleich mit meinem Unterleib ein kleines Stück hinab, bis ich fast … »Du kannst das ja dann wiedergutmachen.«

»Hm«, knurrte er nur und drückte mich noch etwas fester an sich, ehe er sich mit mir drehte und schließlich über mir lag. »Was auch immer dir da vorschwebt, kriegst du trotzdem.«

Versprochen?

Die Frage echote kurz durch meine Gedanken, schaffte es aber nicht über meine Lippen. Sie verpuffte in dem Moment, als Hamish sich in mich schob. Sie verschwand mit dem Keuchen, das meiner Kehle entwich und sich mit jedem weiteren Mal wiederholte. Es dauerte nur ein paar Momente, bis mein Körper den Rhythmus seiner Bewegungen gefunden hatte. Nur wenige Augenblicke, bis er sich erinnerte. Und bis alles nichts weiter war als genau richtig.

Du bist wieder hier. Du bist wirklich wieder hier. Wir beide. Und ich glaub nicht, dass ich noch mal vergessen will, wie das ist, wir zu sein. Bitte mach, dass ich das nicht wieder vergessen muss.

Sieben

Leena

Dunkelgrau und voller Katzenhaare. Das war der erste Hoodie, den Hamish mir je überlassen hatte. Über der Brust hatte der Bandname »Green Day« geprangt, das weiß ich noch. Es war das erste Oberteil gewesen, das Hamish in seinem Zimmer gefunden hatte, nachdem wir seinen Dad bis zur Couch gebracht hatten. Wir hatten Robin aus dem »The World's End« geholt – die Spelunke neben dem Bahnhof. Der Weg zum Pier war ihm an diesem Abend zu weit gewesen. Es war einer von den Abenden gewesen, an denen es ihn sauer machte, dass sein Sohn ihn aus einem Pub begleitete. In seiner alkoholgeschwängerten Bockigkeit hatte Robin sich geweigert, den halb vollen Pint stehen zu lassen und das Glas stattdessen mitgenommen. Der Inhalt hatte es nicht bis zum Auto geschafft, sondern sich beim erstbesten Stolpern über mich ergossen.

Also trug ich Hamishs Pullover, als ich auf der Terrasse von seinem Zuhause saß – dunkelgrau, mit dem Logo unserer Lieblingsband. Smudge hatte sich auf meinem Schoß breitgemacht, wie sie das oft tat. Sie fühlte sich an diesem Abend definitiv wohler als Hamish, der neben mir saß und ständig tief ein- und wieder ausatmete. Doch davon abgesehen schwieg er.

»Es ist echt nicht so schlimm.« Dasselbe hatte ich ihm

schon gesagt, nachdem wir seinen Dad auf die Rückbank des Wagens verfrachtet hatten und ich mich hinter das Steuer gesetzt hatte. Mein Shirt war zu einer zweiten Haut geworden, die sich eng und fast durchsichtig über alles spannte, wohin Hamish versucht hatte, nicht zu schauen. Es war ihm kein bisschen gelungen. »Wirklich, keine große Sache.«

»Doch, ist es«, brummte Hamish und tat dabei noch so einen von diesen tiefen Atemzügen. Schon mit siebzehn hatte ich kapiert, dass solche Atemzüge ein Ventil für Gefühle waren. Dann, wenn die anerzogene Tapferkeit ihres Besitzers keinen anderen Weg zuließ, um nach draußen zu finden. »Ich hab Dad extra gesagt, er muss sich heute zusammenreißen. Weil ich … Weil das ein wichtiger Abend ist und ich ihn nicht schon wieder irgendwo auflesen kann.«

Es war Mums 40. Geburtstag, und Hamish hatte mir dabei geholfen, den Tresen zu schmeißen, damit meine Eltern die Zeit hatten, um auch wirklich zu feiern. Als Hamish den Anruf aus dem »The World's End« bekommen hatte, war sofort klar gewesen, dass nicht nur er losmusste, sondern wir beide.

»Mum und Dad verstehen das«, versicherte ich Hamish und war mir dabei aus tiefstem Herzen sicher, dass das stimmte. Mum hatte auf meinen fragenden Blick hin sogar gemeint, dass ich anrufen sollte, falls wir Hilfe brauchten.

»Lass den Jungen damit nicht allein.« Das waren ihre Worte gewesen – nicht nur an diesem Abend, sondern auch an allen anderen.

Hamish gab wieder nur einen von diesen tiefen Atemzügen von sich. Mit den Fingern seiner linken Hand fummelte er an dem Knopf seines Hemdsärmels. Er hatte sogar ein Hemd angezogen, um im *Black Thistle* auszuhelfen.

»Hat Dad dir nicht sogar das Geld gegeben?« Dreißig Pfund hatte er mit Hamish vereinbart – für seine Unterstützung, oder eher für das Schleppen von Kisten und das Befolgen meiner Anweisungen.

»Es geht nicht um … Ich wollte eigentlich … Ach, Scheiße.« Der Atemzug, der darauf folgte, war einer von den ganz, ganz tiefen. »Ich wollte eigentlich mit dir reden.«

»Okay? Und worüber?« Ich spürte, wie mir das Herz bis zum Hals schlug. Meine Gedanken puzzelten längst alles zusammen, was sie greifen konnten: Hamish hatte mir im Pub geholfen. Er hatte es selbst vorgeschlagen. Und er hatte mit mir reden wollen. Das waren ziemlich viele ziemlich wichtige Sachen, die sich sofort auf meinen Puls niederschlugen.

»Über …« Er schnaufte und sah Smudge, die auf meinem Schoß langsam einschlief, an, als wüsste sie die Antworten auf alles und würde sie ihm vorenthalten. »Über Keith.«

Keith Fraiser war ein Mitschüler. Aber mehr als ein Referat hatte ich nie mit ihm zu tun gehabt. »Was ist mit ihm?«

»Die Party nächste Woche? An der Bucht?«

Ich nickte, weil ich wusste, welche Party Hamish meinte, aber nicht, worauf er hinauswollte.

»Gestern hat er in der Umkleide erzählt, dass er dich heiß findet und dich bei der Party … Keine Ahnung. Er steht auf dich und meinte, er will dich dort klarmachen.«

»Klarmachen?«

Hamish hob etwas hilflos seine Schultern, als wüsste er nicht richtig, was mit »klarmachen« gemeint sein könnte.

Und als hätte er keine scheiß Ahnung, mit was für einer Gewalt mein Herz gerade in meinen Magen donnerte. Er hatte mich vorwarnen wollen. Nichts weiter. »Okay«, murmelte ich und gab mir Mühe, dabei nicht allzu enttäuscht zu klingen. »Danke.«

»Mh«, machte Hamish. Er nickte dabei und fummelte weiter an diesem Knopf herum. »Ich hab … Weißt du, ich fänd es scheiße, wenn wir auf dieser Party sind und du mit Keith rummachst. Ist deine Entscheidung, aber …« Irgendwo in diesem Satz löste sich der Knopf von dem Hemd. »Ich dachte, ich sag dir vorher … Du solltest wissen, dass ich dich mag, und dass mir lieber wäre, wenn ich derjenige bin, mit dem du …« Ihm schien kein Wort einzufallen, das in diesen Satz passen wollte. Mir fielen dafür unglaublich viele ein. »Und nicht Keith«, schloss er.

Oh. Mein. Gott. Diese drei Worte schrien durch meinen Kopf. *Oh. Mein. Gott. Oh mein Gott. OhmeinGottOhmeinGottOhmeinGott!*

Zwei oder drei Sekunden lang starrte ich Hamish nur an, während mein Hirn nichts weiter hergab als das Echo der Euphorie, die in meinen Adern aufschrie.

Zwei oder drei Sekunden, die Hamish zu lang waren. »Egal«, platzte es aus ihm heraus, ehe ich auch nur die Chance hatte, richtig zu begreifen, was er mir gesagt hatte. Er blickte suchend über seine Schulter und hatte seinen Fluchtweg prompt gefunden. »Dein Shirt. Die Maschine ist bestimmt gleich …«

Ich küsste ihn. Es war ein ziemlich plumper Kuss. Meine Lippen drückten sich viel zu energisch auf seine – einfach, weil ich Angst hatte. Angst, dass er aufstand und zu dieser dämlichen Waschmaschine lief, nur weil mein Kopf nichts anderes hergeben wollte als: OhmeinGottOhmeinGottOhmeinGott. Bloß konnte ich das schlecht sagen, also küsste ich ihn. Und als Hamish diesen Kuss erwiderte, war es der beste Moment, den ich mit meinen siebzehn Jahren bisher erlebt hatte.

Ich saß auf dieser Terrasse, eine schlafende Katze auf dem Schoß. Aus der Küche hörte ich das Rumpeln der Waschmaschine, und in meinen Ohren rauschte mein Herzschlag. Auf meinen Lippen spürte ich Hamishs Kuss und an meinem Körper den Stoff seines weichen, dunkelgrauen Green-Day-Pullovers, der ab diesem Abend *mein* dunkelgrauer Green-Day-Pullover sein würde.

Und ich war so sicher, dass es perfekt war. Ich wusste einfach, dass »perfekt« sich so, und nur so anfühlen musste.

Nun ja – ich war siebzehn. Mit siebzehn haben solche Superlative noch eine Bedeutung. Und dann wird man älter und merkt, dass »perfekt« nicht existiert. Aber es gibt Momente. Und diese Momente sind so viel besser als jedes »perfekt«.

Mit Hamish hatte es unzählige gegeben. Momente.

Das Green-Day-Konzert in Edinburgh, auf das wir heimlich gefahren waren – mit dem Wagen seiner Mum, den sie sowieso nie nutzte. Wir hatten uns weggeschlichen, waren die knapp drei Stunden in Richtung Süden gefahren und hatten fast ganz vorn an der Bühne gestanden. Hamish war so aufgeregt gewesen und endlich einmal nur achtzehn Jahre alt. Da war keine totkranke Mum und erst recht kein Dad, der an dieser Situation kaputtging. Kein »Du musst stark sein«. Also hatte ich meinen Eltern und seinen geschrieben, wo wir waren. Nur, damit Hamish noch ein paar Stunden länger nur achtzehn Jahre und aufgeregt sein konnte, ohne sich mit besorgten Anrufen oder Nachrichten und am Ende mit seinem Gewissen befassen zu müssen.

Das stolze Grinsen, das er mir schenkte, kurz bevor er mich das erste Mal auf dem Schulflur küsste.

Unser erstes Mal in meinem Zimmer. Meine Eltern waren im Pub gewesen. Wir hatten nicht darüber gesprochen, aber als Hamish zu mir gekommen war – für Hausaufgaben – hatten wir beide gewusst, dass Hausaufgaben keine Rolle spielen würden. Er war so nervös gewesen, bis er mir gestanden hatte, dass er vorher noch nie mit einem Mädchen geschlafen hatte.

Und ich glaube, das gehörte zu den Momenten, die schon immer meine liebsten gewesen waren – die, in denen er mir diese Seite von sich zeigte, die unsicher war, verletzlich und manchmal hilflos. Es brauchte nicht immer Worte, oft waren es nur ein Blick oder eine Geste, die mich so nah an ihn heranließen. An den Hamish, von dem ich immer das Gefühl hatte, dass nur ich ihn sehen durfte, während er für die übrige Welt tapfer war.

Dreizehn Jahre änderten nichts daran, dass es immer noch diese Momente waren, in die ich mich verliebte. Ich war älter geworden, vielleicht sogar erwachsener, und ich genoss Hamishs Küsse, die intensiver waren als früher. Ich kostete diesen Sex aus, der viel besser war als damals.

Und dann gab es diesen Augenblick, in dem Hamish am Türrahmen lehnte – nackt – und mich ansah. Er hatte sich mit einem »Bin gleich wieder da« verabschiedet und das Kondom weggebracht. Irgendwo auf dem Weg zwischen dem Bett und dem Mülleimer musste er über die Zeit gestolpert sein, die uns von diesem gemeinsamen Damals trennte. Das macht Zeit hin und wieder. Sie liegt einfach herum und wartet, dass man sie vergisst und dann mit dem großen Zeh daran hängen bleibt. Manchmal tut das weh, hin und wieder fällt man sogar hin. Was auch immer bei Hamish passiert sein mochte, es sorgte dafür, dass er nicht einfach ins Bett zurückkehrte, sondern im Türrahmen stehen blieb und sich mit einer Hand über den Kopf fuhr.

»Wie ist das jetzt? Ich kann verschwinden, wie sich das für einen vernünftigen One-Night-Stand gehört. Allerdings ist da noch die Socke. Und die sieht immer noch beschissen aus.«

Ich nickte, als würde mir das Herz nicht genau so bis zum Hals schlagen wie damals, als Hamish unseren Mitschüler ins Spiel gebracht hatte. »Also, was mich angeht … Ich hab ehrlich keine Lust, jetzt noch mal aufzustehen. Die Socke krieg ich morgen früh auch in der Zeit hin, die du zum Duschen brauchst.«

Solche Dinge sagt man wohl, um nicht einfach alles aus sich

heraussprudeln zu lassen, was einem eigentlich durch den Kopf geht. *Du bist kein scheiß One-Night-Stand, also bleib hier. Wie soll ich sonst herausfinden, was das hier ist?*

Mir war klar, dass alles, was wir früher gehabt hatten, vorbei war. Mit 31 führt man nicht dieselbe Beziehung wie mit 18. Aber ich wusste auch, dass alles, was Hamish in mir auslöste, mir im Moment wirklich guttat. Ich hatte Angst davor, dass das irgendwann wieder aufhörte und dass es diesmal vielleicht noch mehr wehtun würde als letztes Mal. Natürlich hatte ich Angst. Aber das würde sich auch nicht ändern, solange ich nicht wusste, ob ich mich gerade noch einmal in Hamish verliebte oder ob ich mich einfach nur von der Vorstellung vernebeln ließ, etwas zurückzubekommen, was ich verloren hatte.

Hamishs Antwort war ein Nicken und – was noch viel wichtiger war – ein erleichtertes Aufseufzen. »Gott sei Dank«, stieß er aus und lief die paar Schritte zurück zum Bett, wo er sich neben mir auf die Matratze fallen ließ. »Ich kann diese Socke nicht mehr sehen und …« Mit dem Seufzen eines alten, müden Mannes drehte er sich auf die Seite, bis er mich sehen konnte. »Scheiße, ich hoffe, du bist nicht eine von den Frauen, die austicken, weil man ihre Frisur ruiniert hat. Falls doch, bin ich am Arsch.« Er streckte seine Hand nach mir aus und strich mir irgendeine Locke hinter das Ohr, die vermutlich keine Sekunde lang dort bleiben würde. Und ich lag da, spürte die Berührung seiner Fingerspitzen und sah in Hamishs Gesicht. Als er hier angekommen war, hatte er so erschöpft ausgesehen – so entsetzlich müde von allem, was sein Leben gerade ausmachte. Müde sah er noch immer aus, aber auf andere Weise, die nur leicht durch sein Grinsen hindurchschimmerte. Ein solches Grinsen, das strahlte und Hamish wie einen Jungen aussehen ließ, der gerade eine Dummheit angestellt hatte, die ihm kein bisschen leidtat. Der vor dem Unfug stand, den er angerichtet hatte, sich auf die Brust klopfte und sich voller Stolz sagte: »Das war ich.«

Und ich lag da – mit diesem Unheil auf meinem Kopf. Ich sah dieses Grinsen und fragte mich, ob ich mir dasselbe einbilden durfte. *Das war ich …*

»Bin ich am Arsch?«, hakte Hamish nach. In seiner Stimme schwang ein leises Lachen mit, während er das sagte. »Falls ja, hätte ich ein paar Ideen, um das wiedergutzumachen.«

Ich grinste etwas breiter, als ich es gewollt hatte. Nie im Leben konnte Hamish übersehen, was mir bei seinen Worten durch den Kopf ging. Er antwortete diesem Bild mit einem verschmitzten Lächeln, das auch auf seinen Lippen blieb, als ich ihn berührte, und er die Augen schloss, um diese eigentlich kleine Geste zu genießen. Meine Finger ließ ich seinen Hals hinabgleiten, bis zu seinem Schlüsselbein und wieder zurück. Genau so, wie ich es vorhin meiner Zungenspitze getan hatte. »Wiedergutmachung klingt fantastisch. Aber du bist jetzt ein alter Mann. Geht das überhaupt schon wieder?«

Hamish lachte dunkel. »Du hältst meine Fantasie für ziemlich begrenzt, kann das sein?«

Ich wollte ihm antworten, doch da spürte ich schon seine Hand an meinem Rücken und seine Lippen auf meinen. Sein Kuss verzichtete auf jede Illusion von Unschuld, sondern überrollte mich mit der nackten Direktheit seiner Absichten. Mein Körper reagierte sofort auf die Heftigkeit dieser Geste. Das warme Kribbeln, das sofort mein gesamtes Empfinden überschwemmte, spülte mich so nah an Hamish heran, wie es nur ging, ohne ihn auch in meinem Inneren zu spüren.

Hamish nahm meinen Oberschenkel und zog ihn zu sich, bis mein Bein über seiner Hüfte lag. So, wie sein Unterleib sich gegen mich drängte, war es fast, als wollte er mir sagen: »Spürst du das? Von wegen, alter Mann …«

Natürlich spürte ich das. Nur nicht dort, wo ich wollte. Mit einem halb gekeuchten, halb gehauchten »Moment« wollte ich mich von Hamish lösen. Bloß ganz kurz. Gerade lang genug, um meine Hand zum Nachttisch auszustrecken und nach einem Kondom zu greifen. Doch Hamish hielt mich fest.

»Noch nicht«, raunte er mir zu, packte mich und rollte sich auf den Rücken, bis ich auf ihm saß. Ich wollte gerade noch einmal dazu ansetzen, zu den Kondomen zu greifen und Hamish zu zeigen, dass ich mittlerweile ganz gut darin war, die Dinger mit meinem Mund überzustreifen. Doch seine Finger gruben sich in meinen Hintern und dirigierten mich weiter nach oben, weg von seiner Erregung.

Überrascht sah ich ihn an und begegnete einem vorfreudigen Grinsen und einem Nicken, mit dem Hamish zum Kopfteil des Bettes deutete, um mich dann mit hochgezogenen Augenbrauen stumm zu fragen, ob ich Lust darauf hatte. Darauf, dass ich zuerst in den Genuss dessen kam, was sein Mund mit mir anstellen konnte – ehe Kondome wieder eine Rolle spielten.

Das Ja zu Hamishs stummer Frage strömte durch meinen ganzen Körper, noch ehe ich nicken konnte. Es schlug Wellen, die von jeder noch so winzigen Stelle ausgingen, die seine Finger, seine Haut, seine Lippen berührten. Und hin und wieder krachten diese Wellen aufeinander und … surrten.

Ich hörte dieses Geräusch und dachte an ein Spielzeug, das Hamish vielleicht … Nur lagen seine Hände beide an meinem Hintern und dirigierten mich dorthin, wo er mich haben wollte. Also konnte er nicht …

»Ist irgendwas?«

Ich war in meiner Bewegung erstarrt – eine Hand schon am Kopfteil meines Bettes. Natürlich war Hamish das aufgefallen.

»Hörst du das?«, murmelte ich.

Er hörte es nicht gleich. Seine Hand streichelte über meine Haut, seine Lippen lagen noch immer an meinem Bauch, gleich unter meinem Bauchnabel. Und dort war es auch, wo ich spürte, als er die Luft anhielt und dann mit einem »Fuck!« wieder ausstieß. »Das kann doch jetzt nicht wahr sein.« Hamish schob mich von sich herunter – genauso behutsam wie eilig. Hektisch rappelte er sich auf und brauchte dann einen kurzen Moment, bis er seine Jeans gefunden hatte und sein vibrierendes Handy aus deren Tasche zog. Ich sah, wie er zögerte, als er auf das Display schaute, den Anruf dann aber doch entgegennahm. »Was?«

Ab diesem Wort, konnte ich zusehen, wie das Grinsen, das eben noch in Hamishs ganzem Gesicht gestrahlt hatte – *War ich das?* – von seinen Zügen fiel.

»Warte …«, murmelte er und rieb sich die Augen. »Warte, Kumpel, noch mal von vorn … Was für Monster?« Während er dem lauschte, was sein Sohn erzählte, sah er mich an. Seine Brust hob sich mit einem tiefen Atemzug, und ich nickte, weil ich verstand. Er konnte nicht hierbleiben.

Und ich würde nicht herausfinden, was das hier war, was wir da in meinem Bett angefangen hatten. Aber das war okay. *Ein andermal …*

Ich nickte immer noch und schob mich von der Matratze, während Hamish in seine Shorts schlüpfte. »Ich bin nicht … ich weiß. Nick, ich weiß, was ich versprochen habe. Hast du nicht die Uhr gesehen?« In der kurzen Pause, die Hamish machte, zog ich mir meinen Slip an und lief voraus ins Wohnzimmer.

»Bei Sir Boo.« Ich hörte Hamishs Stimme hinter mir – betont ruhig – und das Geräusch von Stoff. Vermutlich die Jeans, die er sich wieder anzog, genauso wie ich meinen überdimensionalen Pullover vom Wohnzimmertisch auflas und wieder hineinschlüpfte. Dann ließ ich mich auf die Couch fallen und begutachtete die Socke, um zu sehen, wo wir stehengeblieben waren. Gott, wir hatten es wirklich nur bis zum zweiten Auge geschafft?

»Ich hab die Uhr noch nie vergessen. Also guck bitte nach.« Mit diesen Worten kam er ins Wohnzimmer. Eine Hand presste das Handy gegen sein Ohr, mit der anderen rieb er sich die Stirn. Ich fing seinen Blick auf und hob kurz meine Augenbrauen an – ein stummes »Alles okay?«.

Hamish schnaufte, gab sich aber Mühe mit seinem tapferen Lächeln. Seltsam, wie freundlich Mauern manchmal aussehen …

Ich nickte und widmete mich wieder dem Oktopus auf meinem Schoß. Das zweite Auge hatte ich mittlerweile fertig angenäht.

»Wieso kannst du nicht in dein Zimmer? … Verstehe.« Dieses Verständnis äußerte sich in einem Seufzen, das nur noch mehr unterstrich, wie Hamish sich auf das Sofa fallen ließ. Mittlerweile trug er auch den Pullover wieder. Das Handy stellte er auf laut und legte es vor sich auf dem Tisch ab, um sich mit beiden Händen über das Gesicht reiben zu können.

»… und du hast gesagt, sie darf nicht in mein Zimmer. Aber wenn ich jetzt die Tür wieder aufmache, geht sie einfach rein.« Auf Nicks Stimme lagen noch immer die Tränen, die ihn vermutlich zu diesem Anruf bewogen hatten.

»Egal«, seufzte Hamish. »Die Uhr ist jetzt wichtiger. Außerdem wolltest du doch sowieso zu mir kommen zum Schlafen. Dann macht es nichts, wenn Smudge in deinem Zimmer ist.«

Ich verknotete den Faden und riss das übrige Stück einfach ab. Ehe ich nach dem Füllmaterial griff, strich ich kurz über Hamishs Rücken. Eine kleine Geste, auf die hin sich ein so tiefer Atemzug aus seiner Brust löste, als hätte sich durch diese winzige Berührung ein Knoten gelöst, der das Atmen wieder etwas leichter machte.

»Und? Hast du die Uhr gefunden?«

»Mh«, hörte ich Nick und griff nach dem Füllmaterial, um den Kopf des Oktopus' in Form zu bringen.

»Gut. Auf welcher Zahl steht der Pfeil?«

»Sieben.«

Soso … Ich warf Hamish einen Seitenblick zu, den er genau richtig verstand. Er hatte also schon bei seinem Aufbruch hierher einkalkuliert, dass er vielleicht erst am Morgen wieder zu Hause sein würde. Kurz musterte Hamish mein Gesicht, als wolle er sichergehen, dass ich ihm das nicht übelnahm, und entschied dann, dass er sich ein Grinsen wohl erlauben konnte. »Sieben, also«, sagte er und wandte sich dem Telefon wieder zu. »Und wie spät ist es jetzt?«

Die Antwort auf diese Frage brauchte einen Augenblick länger. Nick konnte sehr wohl die Uhr lesen, aber es dauerte einen kleinen Moment. Vor allem, wenn er gerade mitten in der Nacht aufgewacht war, vielleicht aus einem Albtraum, und hatte feststellen müssen, dass sein Dad fehlte.

In der Zwischenzeit hatte ich den Kopf seines Sockentiers mit Watte ausgestopft. Ich stieß Hamish sachte an und bedeutete ihm, das Ding festzuhalten, während ich den Kopf mit einem Wollfaden festband. Gleichmütig folgte er meinen stummen Anweisungen und beobachtete mit unverhohlener Freude, wie ich immer noch den Kopf schüttelte. *Sieben Uhr …*

»Es ist jetzt …« Nick stockte noch mal. »Null Uhr und vier.«

Hamish nickte, wie man nun einmal nickte, wenn man eine wichtige Information erhalten hatte. Dann sah er mich an und unterzog mich dem vermutlich kürzesten prüfenden Blick, dem ich je ausgesetzt gewesen war, ehe er entschied, dass meine Anwesenheit in Ordnung war oder mindestens nicht schlimm.

»Geisterstunde. Das ist gut«, befand Hamish und hielt den Kopf weiter fest, während ich zur Schere griff und kurz die sehr ungleichmäßig geschnittenen Tentakel begutachtete.

»Monster haben Angst vor Geistern. Du hast also gar nichts zu befürchten, okay?«

»Mh.« Mehr sagte Nick nicht dazu. Das Geräusch eines Siebenjährigen, der sich allergrößte Mühe gab, tapfer zu sein. *Gott, Hamish, er ist wie du. Er ist wirklich ganz genau wie du. Weißt du das eigentlich?*

Hamish sah mich an, als hätte er meinen Gedanken gehört, aber nicht richtig verstanden. Ein Stirnrunzeln zeichnete eine stumme Frage auf sein Gesicht, doch ehe ich hätte reagieren können, sprach er wieder mit seinem Sohn. »Ich bin zurück, bevor die Geisterstunde vorbei ist, okay? Und wenn du willst, bleib ich die ganze Zeit am Telefon. Ich muss nur schnell was fertig machen, dann komm ich nach Hause.«

»Was musst du denn fertig machen?«

»Na was wohl? Deinen Oktopus! Er sieht gut aus. Ich brauchte nur neue Knöpfe. Deshalb musste ich losfahren und die holen.«

Die Erklärung schien Nick zu reichen, oder aber seine Prioritäten lagen einfach auf einer ganz anderen Frage: »Und wann bist du wieder hier?«

»Mh«, machte Hamish und sah mich fragend an. Ich warf einen Blick auf die Socke, der ich gerade aus acht ungleichmäßigen Tentakeln 24 dünne Streifen schnitt. Dann hob ich meine beiden Hände mit ausgestreckten Fingern in die Höhe. Zehn Minuten.

Hamish nickte. »Okay, Kumpel, du hast deine Uhr, oder?«

»Mh.«

»Wo steht der Pfeil noch mal?«

»Sieben.«

Ich grinste und schüttelte den Kopf und spürte prompt Hamishs Ellenbogen sanft gegen meine Rippen stoßen.

»Sieben. Du drehst ihn jetzt bitte auf die Neun.«

»Noch weiter?«

»Richtig. Noch weiter. Aber für den großen Zeiger, nicht den kleinen. Na los.«

Aus dem Lautsprecher war ein Klappern zu hören. Offenbar hatte Nick das Telefon abgelegt, um die Aufgabe zu erfüllen, die sein Dad ihm gegeben hatte. Ich nutzte den Moment und reichte Hamish die Wolle und eine Schere.

»Acht Fäden. Ich flechte, du bindest fest.«

Erst, als ich begann, die ersten drei Streifen zu einem Tentakel zu flechten, verstand er und ging ans Werk.

»Fertig!«, verkündete Nick. »Auf der Neun!«

»Sehr gut. Und jetzt erzählst du mir noch mal von diesem Traum. Wie war das? Es waren vier Monster?« Ich erinnerte mich daran, was er mir am Mittwoch erzählt hatte. War es wirklich erst drei Tage her, dass wir zu den Klippen gelaufen waren und Hamish mir erzählt hatte, dass Monster nur in Geschichten und Albträumen vorkamen – und außerdem immer dann, wenn Nick ein kleines bisschen mehr Sicherheit brauchte. Ein bisschen mehr *»Dad ist da und lässt mich nicht auch allein«*.

»Nein, sechs Monster«, stellte er richtig. Und täuschte es, oder wirkte er allein dabei schon etwas gefestigter?

»Sechs«, raunte Hamish anerkennend. »Das sind viele. Mit vier hätte ich es aufnehmen können. Aber sechs …« Er pfiff ehrfürchtig. »Und die sind durch dein Fenster gestiegen?«

»Ja, weil Grandpa es aufgelassen hat.«

»Verstehe. Nick, weißt du noch, als wir an dieser Stelle waren bei der Klippe? Da, wo du die Monster gehört hast?«

Die Flüsternische. Er hatte Nick wirklich zur Flüsternische gebracht? Ich sah Hamish an, aber er war hochkonzentriert dabei, den nächsten Tentakel zu fixieren.

»Da, wo sie so laut geknurrt haben«, bestätigte Nick.

»Erinnerst du dich, was du gesagt hast? Warum sie knurren?«

»Weil ihnen was wehtut.«

Ich konnte mir ein Schmunzeln nicht verkneifen, und diesmal sah auch Hamish zu mir, verzog leicht seine Mundwinkel und zuckte mit den Schultern, als wolle er sagen: *»Ich weiß. Das hat er nicht von mir, aber so ist er halt.«*

»Richtig«, sagte er. »Du meintest, sie hätten Schmerzen. Richtig üble Schmerzen. Solche, die schlechte Laune machen. Und deshalb knurren sie. Willst du wissen, was ich denke?«

Wahrscheinlich nickte der Kleine nur. Es dauerte einen Moment, ehe ein hektisches »Ja« ertönte. Diesen Augenblick nutzte Hamish, um mir einen sehr deutlichen Wehe-du-lachst-jetzt-Blick zuzuwerfen. »Nehmen wir an, ihnen tut was weh. Was glaubst du, wie viele Leute vor dir das begriffen haben? Richtig. Keine Sau. Ich denke, dass die Monster das mitbekommen haben. Endlich hat jemand kapiert, dass sie gar nicht böse sind, sondern sich wehgetan haben. Also sind sie zu dir gekommen, damit du ihnen hilfst.«

»Aber der Große wollte dich fressen«, flüsterte Nick, als stünde das Monster noch hinter der nächsten Ecke und würde dabei lauschen, wie dieses Kind alles seinem Dad erzählte.

»Sicher, dass du ihn richtig verstanden hast? Vielleicht wollte er was ganz anderes sagen und wegen der Schmerzen ging das nicht. Vielleicht klang er ja etwa so …« Ich spürte Hamishs Seitenblick auf mir und sah dann, wie er sich leicht von mir abwandte und irgendetwas ins Telefon brabbelte, was vielleicht ein »Ich will deinen Daddy fressen« war, möglicherweise aber auch ein »Ich hab mir auf die Zunge gebissen.« Das tiefe Grollen, mit dem Hamish diesen unverständlichen Satz intonierte, ließ viel Interpretationsspielraum – vor allem aber ließ es sein Kind kichern und mich breit grinsen. Hamishs Reaktion waren der obligatorische Mittelfinger und ein Kopfschütteln.

»Oder er hat gesagt …«, hob Nick an und überlegte kurz,

ehe er irgendwas ins Telefon brabbelte, bei dem ich nicht mal erahnen konnte, was dieses Geräuschinferno sein sollte.

Davon ließ sein Dad sich allerdings nicht beeindrucken und nickte nur, während er den letzten Knoten band und dann den fertigen Oktopus begutachtete. »Ja, auch das wäre möglich«, antwortete er Nick. »Also, was meinst du: Wollte der mich wirklich fressen?«

»Nein«, gluckste es aus dem Telefon.

»Na siehst du.« Damit stand er auf, schnappte sich sein Handy und stellte den Lautsprecher aus. »Und jetzt stell dir mal das Monster vor, wenn du ihm gegen die Schmerzen eins von deinen Astronautenpflastern auf die Nase geklebt hast.«

Auch ohne Lautsprecher konnte ich Nick lachen hören und dann erzählte er irgendetwas, das ich nicht mehr verstand – vermutlich malte er sich und seinem Dad weitere solcher Bilder aus. Hamish lauschte ihm, sein Blick ruhte dabei jedoch auf mir. Er hob den Oktopus und ließ ihn mit einem tiefen Seufzen wieder sinken. *»Danke. Ohne dich wär ich aufgeschmissen gewesen.«* Das musste er nicht laut aussprechen, damit ich es verstand. Seine Geste genügte mir und ihm genügte ein Nicken als Antwort. Dabei hätte ich so viel lieber auch auf alles reagiert, was sein Blick noch sagte. Auf die Erleichterung, die sich neben der Dankbarkeit hindurchstahl. Und vor allem auf diesen winzigen Funken Hilflosigkeit.

Am liebsten wäre ich aufgestanden und hätte diesen Mann in den Arm genommen, der mich gerade so sehr an den ratlosen Jungen von damals erinnerte. Wie gern hätte ich ihm gesagt, dass er gerade Monster vertrieben hatte, als wäre es das Leichteste auf der ganzen Welt. Er würde auch alles andere hinbekommen, was von Belang war. Ich wusste, wie es aussah, wenn es schieflief. Das, was er und Nick da hatten, war eine schwierige Zeit, kein Versagen.

Nur wusste ich nicht, ob er das hören wollte – ausgerechnet

von mir. Vielleicht war ihm nicht einmal klar, wie viel mehr als ein bloßes Danke sein Blick mir verriet. Augen sind oft redseliger als Zungen.

»Ich fürchte, das wäre ein bisschen übertrieben«, antwortete Hamish den Ausführungen seines Sohnes. Mir lächelte er dabei zu und deutete noch einmal an, dass er nun wirklich gehen musste. Es war seltsam, wie viel schwieriger so ein Abschied wurde, nachdem man Sex gehabt hatte. Das klassische Szenario vor der Haustür nach einem gemeinsamen Abend war ein Scheiß dagegen.

»Ehrlich, Nick … Ich kann jetzt zwar Knöpfe, aber Kopfwunden sind doch eine Nummer … Ja, dann müssen sie zu einem Arzt.« Ich sah sein Schmunzeln und sein Augenrollen.

»Geh schon«, flüsterte ich ihm zu.

Hamish nickte. Er hatte sich schon halb zum Gehen gewandt, als er doch noch einmal innehielt und sich mit einem unwirschen Grummeln wieder umdrehte und die fünf Schritte zu mir zurückkam. »Warte kurz, Großer«, sagte er zu seinem Sohn. »Tu mir mal einen Gefallen, ja? Ich hab aus den Augen verloren, wie viel Zeit ich noch habe, bis der große Zeiger beim Pfeil ist. Zähl mal bitte die Minuten für mich, ja?« Er nickte kurz, dann legte er hektisch das Telefon auf den Tisch neben sich und deutete auf mich. »Zieh das aus.«

Ich blinzelte irritiert. Als er noch einmal umgedreht war, hatte ich mit einer Verabschiedung gerechnet – einer Umarmung oder einem Kuss. Aber doch nicht … Was glaubte er bitte, wie langsam sein Sohn zählte?

»Na los«, drängte er mich. »Ausziehen.« Sein Blick fragte mich unmissverständlich, was da bitte so lange dauerte, während seine Hände längst zum Kragen seines eigenen Pullovers griffen und er sich das Ding über den Kopf zog.

»Aber …«, setzte ich an, da warf er mir den hellen Strickpullover, den er getragen hatte, entgegen.

»Hier. Du hast doch gesagt, er sei weich. Also …«

Leise lachend schüttelte ich den Kopf und zog mir mein Zelt aus Sweat über den Kopf, um es ihm zu reichen und dafür in seinen Pullover zu schlüpfen. »Ehrlich?«, flüsterte ich ihm zu. »Nur, damit du noch mal meine Brüste siehst?«

Er grinste und zog sich den Hoodie über den Kopf, den ich mir wirklich selbst gekauft hatte. Aber ich ließ es bleiben, das noch mal zu betonen.

»Nicht nur wegen der Brüste«, erwiderte er. »Aber das war ein netter Bonus.« Dann griff er zu seinem Handy, hielt es aber noch einen Moment lang in der Hand. Diese Sekunde nahm er sich, um mich anzusehen, als säße ich nackt oder in den feinsten Dessous vor ihm und nicht mit einer Frisur, die er zerstört hatte, und in einem Pullover, der ihm jetzt vielleicht nicht mehr gehörte.

»Besser«, befand er – mit diesem stolzen Grinsen, das sich auf seinem ganzen Gesicht breitmachte und auch nicht von seinen Lippen wich, als Hamish sich zu mir beugte und mich ein letztes Mal küsste. »Gute Nacht, Leena. War richtig reizend, dich mal wieder zu sehen.«

Ich schüttelte den Kopf, um das Lächeln, das sich auf meine Lippen stahl, nicht zu debil wirken zu lassen. »Na los, hau schon ab.«

Genau das tat er auch. Ohne zu zögern, diesmal. Ich hörte noch, wie er Nick bestätigte, dass er es schaffen würde, binnen 27 Minuten bei ihm zu sein. Dann schloss sich die Wohnungstür, und ich blieb zurück auf meinem Sofa und in diesem viel zu großen, cremefarbenen Wollpullover, der nicht dunkelgrau und voller Katzenhaare war, aber von dem ich hoffte, dass er dasselbe bedeutete.

Die Tapferkeit der Findlay-Männer

Leena

»Wenn das so ist, müssen wir das Programm am Samstag noch ausweiten. Schade, ich hätte mich lieber auf andere Sachen konzentriert, die wir aufholen müssen. Fuck, Leena, das Fenster war doch so nah …«

Mein Kopfschütteln konnte das Grinsen auf meinem Gesicht nicht abschütteln. Aber ehrlich gesagt gab es sich auch gar keine richtige Mühe. Ich mochte diese Nachrichten von Hamish viel zu sehr, die mich jetzt den vierten Tag begleiteten, seit er zusammen mit dem Oktopus aufgebrochen war und mir dafür seinen Pullover zurückgelassen hatte.

Zuerst hatte er mir nur von Nicks Erleichterung über den genesenen Oktopus berichtet und sich für seinen überstürzten Abschied entschuldigt. In diesen Entschuldigungen hatte ein vages »Ein andermal« mitgeklungen, das völlig gereicht hatte, um ein kribbelndes Echo jener Erregung durch meinen Bauch zu schicken, die am Samstagabend viel, viel lauter durch meinen gesamten Körper getost war.

Doch seit dem letzten Abend gab es die Aussicht auf Samstag. Am Vorabend hatte Hamish mich angerufen. »Bitte sag mir, dass du Samstag nicht im Pub arbeitest.«

»Erst ab Montag. Wieso?«

»Nick hat mich gerade gefragt, ob er bei Ben schlafen kann. Um vier geb ich ihn ab. Bis Sonntag früh hab ich also alle Zeit der Welt für alles, wonach dir der Sinn steht.«

»Du meinst Popcorn?« Gott, ich hatte wirklich versucht, bei der Nachfrage ganz nüchtern zu klingen. Ich versagte kläglich.

Hamishs Antwort war ein leises Lachen. »Wenn das eine Metapher ist, dann ganz unbedingt, ja.«

Und seitdem war »Ein andermal« keine vage Idee, sondern greifbare Vorfreude. Gewesen. Bis Hamish sich heute Morgen darüber echauffiert hatte, dass ich seine Fahrkünste noch immer infrage stellte. Dabei hätte ich ihm am Samstag doch vom Fenster aus beim Ausparkmanöver zusehen können.

Ich las seine Nachricht noch einmal. *»Schade, ich hätte mich lieber auf andere Sachen konzentriert, die wir aufholen müssen.«* Oh, ich auch. Und ich rechnete fest damit, dass er seine Prioritäten überdenken würde, sobald er mich nackt sah.

»Oh Gott, das ist ja widerlich.«

Erschrocken riss ich meinen Blick von dem Display los und entdeckte Debbie, die im Türrahmen zu meinem Klassenzimmer lehnte und mir eine Tasse entgegenhielt. »Bitte, Aileen, mach irgendwas mit deinem Gesicht. Es widert mich an. Das ist ja schlimmer als Sonntag.« Es folgte ein Würgegeräusch und darauf ein Glucksen.

»Nur weil dich zwei Teenager etwas überdosiert haben, was …«

»Oh nein. Lass Juliette und Patrick da raus. Die beiden sind zuckersüß. Du bist eine erwachsene Frau in der Blüte ihrer Schönheit, der in den nächsten Wochen und Monaten der vermutlich beste Sex ihres Lebens bevorsteht. Und das noch mit einem hochgradig attraktiven Mann …«

Ich lachte und schloss meinen Klassenraum ab, um mit Debbie auf den Hof zu marschieren. Wir konnten Drew nicht ewig mit dem Chaotenhaufen da draußen allein lassen. »Neidisch?«

Debbie seufzte und nippte an ihrem eigenen Kaffee. »Und wie. Was meinst du, wie stehen die Chancen, dass Henry sich von mir trösten … Samuel! Auf den Treppen wird nicht gerannt!«

Der Drittklässler, der an uns vorbei nach draußen gestürzt war, bremste abrupt ab und nahm die letzten Stufen betont langsam, um uns unten angekommen sogar die Tür aufzuhalten.

Auf dem Hof machte ich Drew bei den Bänken aus. Eine Gruppe Mädchen übte daneben einen Tanz – vielleicht für den Unterricht, vielleicht aber auch einfach nur so. Drew winkte mir zu, und ich bedeutete ihr mit einer Geste, dass Debbie und ich den Bereich mit den Schaukeln und der Rutsche abdecken würden. Das war in der Regel etwas anstrengender als das Areal bei den Bänken, dafür waren wir zu zweit. Für uns drei Frauen war das ein fairer Deal. Dass es einer von der Sorte war, die einen gewissen Bram Forbes zur Weißglut bringen würde, machte es nur noch etwas interessanter.

»Und? Weißt du schon, wann ihr euch wiederseht?« Es war süß, wie Debbie versuchte, nicht zu klingen wie eine neugierige Fünfzehnjährige.

Ich nickte und merkte, dass ich genau dasselbe Problem hatte. Vermutlich hatte Debbie recht. Es war widerlich. Dabei wusste ich nicht einmal, was es war. Sex, Textnachrichten, eine Verabredung und ein Pullover. Das musste gar nichts bedeuten.

Es ist seltsam, wie vorsichtig wir werden, Bedeutung zuzulassen. Noch mit siebzehn hatte ein Blick die ganze Welt auf den Kopf stellen können. Und mit einunddreißig reichten nicht einmal Sex und ein Pullover aus, um sich ganz ehrlich einzugestehen, dass die Sache vielleicht groß war. Wenigstens ein bisschen.

Vielleicht wird man mit dem Alter gar nicht erwachsen. Möglicherweise wird man einfach nur feige.

»Am Samstag«, verriet ich Debbie und ließ dann doch das Seufzen raus, das schon ein paar Minuten auf meiner Brust gelegen hatte. »Ganz ehrlich – wie albern ist es, dass ich nervös bin?«

Debbie grinste. Natürlich grinste sie, und ich wich diesem Grinsen aus, indem ich einen prüfenden Blick zu den Schaukeln warf. »Nervös, ja?« Ihrem dreckigen Lachen hingegen konnte ich nicht entkommen, indem ich Ben dabei beobachtete, wie er versuchte, auf den Knien zu schaukeln statt sich normal auf die Sitzfläche zu setzen. »Reden wir über ein Nervös wie in: Oh Gott, ich hoffe, ich rutsche nicht mit den Zähnen ab, wenn ich ihm einen blase?«

Ich lachte und schüttelte den Kopf. Immerhin brachte die Feigheit des Erwachsenseins mit sich, dass ich nicht rot anlief. »Nein, ich meine das andere Nervös.«

Debbie nickte zufrieden. »Soso …«, murmelte sie. »Das andere Nervös … Widerlich. Aber das sagte ich ja bereits.« Sie stieß mich sachte mit der Schulter an und ich musste meinen Kaffee festhalten, um nichts davon zu verschütten. »Du musst mir nur verraten, was du von mir brauchst – Cheerleading, oder soll ich dich immer mal wieder ein bisschen ernüchtern? Wollen wir die Nachrichten analysieren, die du von ihm kriegst oder soll ich seinen kleinen Ableger verhören, ob sein Dad zu Hause schon heimlich Herzen in sein Tagebuch malt?«

»Als ob irgendwer ein Herz erkennen würde, wenn Hamish versucht, eins zu malen …« Vermutlich würde man das Gekrakel ähnlich gut identifizieren können wie den Sockenklumpen, mit dem er am Samstagabend bei mir aufgeschlagen war. Andererseits bewies sein Sohn genauso viel handwerkliches Geschick. Vielleicht hatte er ausgleichend ein gutes Gespür dafür, solche missglückten Versuche zu interpretieren. »Sag mal, wo steckt der überhaupt?«

»Hamish?«

»Nein, Nick.« Ich deutete vage in die Richtung der Schaukeln, während mein Blick bereits über den Rutschturm wanderte. »Bei Ben ist er nicht.«

»Mh«, machte Debbie. »Vielleicht ist er ja nur auf der Toilette, ich kann kurz Drew fragen, ob er sich bei ihr abgemeldet hat …«

»Nein, schon gut«, murmelte ich und ertappte mich selbst dabei, dass ich trotzdem am liebsten sofort losgegangen wäre, um nachzusehen. *Hervorragend, Nick. Nicht mal ein Trimester bist du hier, und schon reicht deine Abwesenheit, damit ich leicht panisch werde.* Vermutlich hatte Bram wirklich recht – Nick würde in Hamishs Fußstapfen treten. Hatte Mary nicht auch immer behauptet, ihr Sohn wäre vor seiner Schulzeit lammfromm gewesen? Vielleicht war das schlicht der Werdegang der Findlay-Männer – ein netter kleiner Kerl rutschte in eine ausgewachsene Arschlochphase, um seine Männlichkeit zu erproben oder den Umgang mit seinen Gefühlen, keine Ahnung. Und zwanzig Jahre später hatte er vielleicht – aber auch nur vielleicht – einen Mittelweg für sich gefunden.

»Komm schon, Nick«, murmelte ich. »Das ist doch scheiße …«

»Miss Harris, Miss Harris!« Es war Sarah, die mir von den Schaukeln aus entgegenrief. Ich wandte mich um, in der Erwartung Nick zu sehen und irgendein Kind, das blutete oder heulte oder über und über mit Glitzer bestäubt war. Aber Sarah hing nur bäuchlings über einer der Sitzflächen und hatte sich von ihrer Freundin dabei helfen lassen, sich so oft im Uhrzeigersinn zu bewegen, dass die Seile fest ineinander verdreht waren. »Miss Harris, guck mal!«, rief sie noch mal und hob ihre Füße, um sich von der Schaukel herumwirbeln zu lassen.

»Mach das noch drei Mal und dir wird schlecht«, rief ich ihr zu. »Ich sprech da aus …«

»Hey.« Debbie stieß mich an und deutete dann nach links – dort, wo der Nebeneingang zum Untergeschoss und zur Werkstatt des Hausmeisters war. In der kleinen Nische, die das Gemäuer dort bildete, sah ich eine Schulter und den halben dunkelblonden Hinterkopf meines Schülers.

»Was treibt der da?«

»Vielleicht pinkelt er McHill gegens Fenster?«

»Schwachsinn«, schnaufte ich. Und dachte: Doch nicht der kleine Kerl, der todtraurig war, weil er keinen Oktopus hinbekam und trotzdem Nachsicht mit seinem Dad hatte, dem das Geschick dafür ganz genauso fehlte. Andererseits war da auch der Junge, der ein Feuerzeug klaute und versuchte, sein Buch anzuzünden. Der Bengel, der Glitzerstifte klaute. Also überließ ich Debbie die Aufsicht über den Spielplatzbereich des Schulhofes und stapfte auf die Werkstatt zu.

Tatsächlich schien sie recht zu behalten. Schon von hinten konnte ich sehen, dass Nick seine Hände vor dem Schoß zusammenhielt, den Kopf leicht nach vorn geneigt.

»Das ist doch nicht dein …« Ernst. Und dann sah ich, was Nick in der Hand hielt, und mit einem Mal wär mir lieber gewesen, er hätte das Fenster zum Souterrain angepinkelt. *Du nimmst das wirklich ernst, oder? So zu werden wie dein Dad …*

Ich überbrückte mit großen Schritten die letzten Meter, bis ich bei ihm war. Als er sich erschrocken zu mir umwandte, streckte ich ihm meine Hand entgegen, mit der Handfläche nach oben. »Her damit.«

Nick reagierte nicht, sondern sah mich nur mit großen Augen an, in denen ein Ausdruck lag, als wären gerade alle Pläne, die er je gehabt hatte, genauso zerplatzt wie jene, die er vielleicht in Zukunft noch aushecken würde.

»Her damit«, wiederholte ich – nun deutlicher. »Na los.«

Für einen Moment schlossen sich seine Finger noch etwas enger um die Zigaretten, aber dann gab er sie mir. Ich zerbrach die Dinger demonstrativ und steckte sie in meine Jackentasche.

»Willst du mir sagen, was du damit vorhattest?« Vielleicht hatte Nick sie gar nicht rauchen wollen. Er war sieben. In dem Alter wäre er schon der krasseste Typ seiner Klasse, wenn er Zigaretten überhaupt dabei hatte.

Nick antwortete nicht, sondern sah nur zu der Tasche, in die ich sein Diebesgut gestopft hatte, dann schaute er mit denselben grauen Augen zu mir auf, wie ich sie von seinem Dad kannte. *Gott, Hamish, hättest du ihm nicht ein Muttermal vererben können? Mussten es unbedingt die Augen sein?*

»Rufst du jetzt meinen Dad an?«

Das sollte ich tun. Ich wusste, es wäre das Richtige. Im Prinzip war es das, was das Protokoll vorgab. Nur hatte das Protokoll hier bisher nichts weiter ausgerichtet, als Hamish auf die Nerven zu gehen und Nicks Fantasie anzukurbeln, was Dummheiten anging. Vielleicht war es ja genau das, was er damit erreichen wollte. Zu Hause bei seinem Dad sein …

»Nein«, entschied ich mit einem Seufzen. »Nein, diesmal nicht. Nach der Pause sollt ihr doch eure Oktopusse vorstellen, schon vergessen? Und du hast dir mit deinem so viel Mühe gegeben …« Tatsächlich hatte er dem Sockentier, das ich Hamish mitgegeben hatte, noch eine Fliege umgebunden und eine Brille aus Draht gebastelt. Es war also ein etwas versnobter Oktopus, der mich an Hamishs Erwähnung von dem Bluthund mit dem Oxfordakzent erinnerte. »Oder willst du das verpassen?«

Nick schüttelte den Kopf und sah betreten auf seine Füße.

»Dachte ich mir.« Kurz sah ich zu Debbie hinüber, die mit

einem fragenden Blick zu mir herüberschaute. Ich bedeutete ihr, dass alles okay war, dann kniete ich mich neben Nick auf den Boden. »Die Sache ist nur: Dein Dad muss trotzdem wissen, dass du seine Zigaretten dabei hattest. Nach den Oktopussen. Willst du es ihm selbst sagen? Oder soll ich?«

Nick schien wirklich darüber nachzudenken. Einige Sekunden schwieg er, bis seine Schultern unter der Last seiner Entscheidung nach unten sackten. »Selber.«

»Okay.« Das konnte ich mit mir vereinbaren. Nick sollte seinen Vorsprung haben – und die Chance, wenigstens seinem Vater zu erklären, was er mit den Zigaretten gewollt hatte, wenn schon nicht mir. Nur zur Sicherheit konnte ich Hamish heute Abend eine kurze Nachricht schicken mit der Frage, ob Nick mit ihm gesprochen hatte. Sowohl Pflichtbewusstsein als auch Loyalität sträubten sich zwar energisch gegen diese Vorstellung, aber vielleicht war es ja einen Versuch wert. »Weißt du, ich denke, ich weiß, warum du so viel Mist anstellst. Ich würd dir gern sagen, was ich denke, du musst auch nicht sagen, ob das stimmt. Okay?«

Nick sah mich an. Grau. Wie der Himmel, wenn ein Gewitter noch nicht ganz verzogen ist.

»Dein Dad hat mir erzählt, wo deine Mum ist, und dass sie gerade nicht bei euch wohnen kann. Ich denke, dass du sie ziemlich vermisst. Besuchen und Telefonieren ist nicht dasselbe wie kuscheln oder zusammen Quatsch machen. Und das Warten auf den nächsten Besuch ist bestimmt ziemlich schwer.« Wie das Warten auf Ergebnisse, dachte ich, auf das Ende der Chemo. Das Warten, bis der nächste Behandlungszyklus begann und dieses Mal hoffentlich endlich den Sieg brachte.

Nick runzelte die Stirn. Also hatte ich wohl irgendetwas gesagt, womit ich richtig lag. »Außerdem denke ich …«, fuhr ich fort, »dass dein Dad dabei viel, viel tapferer ist als du. Und dass du dir manchmal wünschst, du könntest auch so tapfer sein. Als ich klein war, wollte ich ganz unbedingt so tapfer und stark sein wie mein Dad.« Das war keine Lüge. In Nicks Alter hatte ich meinen Vater für unbesiegbar und perfekt gehalten. Das war vermutlich der Zauber dieses Alters. »Aber weißt du, dein Dad ist nicht tapfer, weil er raucht oder weil er vielleicht manchmal flucht. Das sieht nur so aus. Weißt du, was deinen Dad in Wirklichkeit tapfer macht?«

Ich fürchtete, dass diese Frage mich in die kleine Zwickmühle brachte, mir Beispiele einfallen zu lassen. Ich konnte ihm schlecht von dem Konzert erzählen, bei dem mich irgendein Idiot angegraben hatte, bis Hamish von der Bar zurückgekommen und dazwischengegangen war. Die Platzwunde, die der Typ ihm mit der Bierflasche zugefügt hatte, zog noch immer diese feine Narbe durch seine Augenbraue. Genauso wenig konnte ich Nick davon erzählen, wie viel Courage ein Siebzehnjähriger brauchte, um in eine volle Bar zu marschieren und seinen Vater dort abzuholen. Und vermutlich gehörte viel dazu, einem Mädchen aus seiner Schule einzugestehen, dass er weder einen Rückwärtsgang einlegen konnte, noch wusste, was zur Hölle er tun sollte.

Ich wollte gerade ansetzen, das alles kindgerecht zu verpacken, als Nick mir vor Augen führte, womit ich mich in die viel größere Bredouille gebracht hatte. »Du kennst meinen Dad?«

Hervorragend, Aileen. Jetzt reichen schon fünfzig Prozent von Hamishs Genen, um dein Denken zu blockieren, oder was?

»Ein bisschen«, gestand ich. »Als wir jung waren, sind wir zusammen in die Schule gegangen – wie du mit Ben und Sarah. Ist schon lange her.«

»Auch mit meiner Mum?«

Ich schüttelte den Kopf. »Die muss auf einer anderen Schule gewesen sein.«

Der Kleine nickte enttäuscht, als hätte es irgendetwas anders gemacht, hätte ich seine Mum gekannt.

»Sie fehlt dir ziemlich doll, hm?«

Noch ein Nicken. Dabei steckte er seine Hände in die Hosentaschen und presste seine Lippen aufeinander, um die Tränen, die sich in seinen Augen sammelten, mit bloßer, bockiger Willenskraft bei sich zu behalten. *Genau wie sein Vater …*

»Ich versteh das, Nick. Ich versteh das wirklich, aber …« Konzentration, Aileen, bleib beim Thema. Zigaretten auf dem Schulhof. Bei einem Siebenjährigen. »Egal, wie traurig du bist, das wird nicht besser, weil du so viele Dummheiten machst. Das bringt dir nur Ärger. Wenn du einen Tag mal ganz schlimm traurig bist, dann sag mir das ruhig. Und vor allem, sag das ruhig deinem Dad. Der würde sich bestimmt auch lieber ganz viel einfallen lassen, damit es dir ein bisschen besser geht, anstatt immer zu schimpfen.«

»Das geht nicht«, murmelte Nick und nahm einen sehr, sehr schweren Atemzug.

»Was geht nicht?«

»Ich kann das doch nicht meinem Dad sagen.« Dabei klang er, als wäre das die absurdeste Vorstellung überhaupt. Allein schon, daran zu denken …

»Das geht, glaub mir. Ich denke, dein Dad versteht besser als jeder andere, wie es ist, wenn du deine Mum vermisst.«

»Aber er hat Mum gar nicht mehr lieb.« Mit diesem Satz brachen die ersten Tränen aus ihm heraus, die er nicht mehr bändigen konnte.

»Oh«, stieß ich aus und dachte: du Holzkopf. Du bist nicht nur so tapfer wie dein Dad, du bist auch genauso dämlich. »Oh Nick, das spielt doch gar keine Rolle. Es ist doch nur wichtig, dass er dich lieb hat. Und da bin ich mir ziemlich sicher, meinst du nicht?«

Er schniefte und nickte – die Augen zusammengekniffen

und die Hände in den Hosentaschen. Nick stand vor mir, rang mit seinen Tränen und war in diesem Moment so sehr wie Hamish, dass es ihm unmöglich war, mit seinem Vater über das zu sprechen, was vermutlich ihre größte Gemeinsamkeit war.

Ich glaube, Tapferkeit gehört zu den seltsamsten Dingen, die Jungs anstellen, wenn sie ihre Mum vermissen.

Große Worte von kleinen Menschen

Hamish

»Nur, dass du es weißt: Ich breche mit dieser Nachricht ein Versprechen, das ich Nick gegeben habe. Wer hätte gedacht, dass meine Solidarität zu einem Elternteil mal größer ist als zu einem Schüler … Ich habe Nick heute mit Zigaretten erwischt. Er hat weder geraucht noch sonst etwas damit veranstaltet, er hatte sie nur dabei. Ich denke auch nicht, dass er vorhatte, sie zu rauchen. Ehrlich gesagt fürchte ich eher, dass Forbes recht hatte. Ja, ich weiß, ist scheiße, aber es leuchtet ein. Du sollst wissen, dass ich daraus keine große Sache gemacht habe, vor allem keine offizielle. Ich habe mit Nick geredet und ihm klargemacht, dass du davon wissen musst. Er wollte es dir selbst sagen, also habe ich versprochen, die Klappe zu halten. Aber ich kenn dich schon eine Weile und weiß, wie du sein kannst, wenn Dinge schieflaufen. Also dachte ich, es ist für euch beide besser, wenn du vorbereitet bist. Verrat mich bitte nicht, okay? Er hat diese Woche die Verantwortung über das Aquarium, und es wäre furchtbar, wenn Fische verhungern, weil er seine Lehrerin hasst.«

Irgendwen hasste Nick.

Das war offensichtlich, als Dad ihn nach Hause brachte. Ich hörte den alten Mann nur »He, deine Schuhe!« rufen, da sah ich aus dem Augenwinkel schon, wie die kleine Version von mir an der Tür zum Wohnzimmer vorbeihuschte. Hätte ich nicht von meinem Laptop aufgesehen, an dem ich gerade eine Präsentation für einen Potenzialkunden vorbereitete, ich hätte meinen Sohn nicht einmal zu Gesicht bekommen.

Das war nicht, was ich erwartet hatte. Nach Leenas Nachricht, die mich vor einer halben Stunde erreicht hatte, war ich davon ausgegangen, dass ein schuldbewusster Nick nach Hause kommen würde. Vielleicht auch einer, der sich eine Weile Mühe gab, normal zu wirken, bis seine Missetat aus ihm raussprudelte.

»Was ist los mit ihm?« Die Frage stellte ich meinem Vater, als er das Wohnzimmer betrat.

Dad schüttelte nur den Kopf und ließ sich mit einem Grunzen in die Polster des Sofas fallen. »Hat er nicht gesagt. Der Bengel ist die ganze Zeit ohne ein Wort neben mir hergelaufen und hat ein paar Blumen getreten.«

Ich runzelte die Stirn. »Blumen getreten?«

»Hm.« Das, ein Schulterzucken und ein vielsagender Blick waren die Antwort meines Vaters. Ein »Ich weiß genau, von wem er das hat«, das er nicht laut aussprechen musste.

»Abgesehen von der Gewalt gegen Pflanzen, hat er irgendwas gesagt?« Ich dachte an die Nachricht auf meinem Handy, die ich noch immer nicht beantwortet hatte, weil ich schlicht nicht wusste, wie. *»Danke für die Info. Aber könnten wir dann bitte wieder zur Detailplanung für Samstag übergehen?«* Wohl kaum.

»Was soll er denn gesagt haben?«

Ich zuckte mit den Schultern und deutete auf mein Telefon. »Leena meinte, es gab einen kleinen Vorfall in der Schule. Ich dachte, vielleicht hat er … Vergiss es.« Dad hätte mir gesagt, wenn Nick von Zigaretten und einem Gespräch mit seiner Lehrerin berichtet hätte. Und dass die Mimik meines alten

Herrn von einem fragenden Blick in ein wissendes väterliches Lächeln kippte, machte klar, dass alle weiteren Ausführungen sich ohnehin in der Erwähnung von Leena verlieren würden.

Dieses Lächeln war mir als Teenager schon auf den Sack gegangen. Allerdings war damals mein eigener Stolz heftig genug gewesen, um den meiner Eltern über mich ergehen zu lassen.

Mit 31 reichte der »Deine Mum wäre sehr glücklich darüber«-Blick meines Vaters, um die Flucht zu ergreifen. Mit 31 implizierte das die Frage nach einem »Und jetzt?«, die ich nicht beantworten konnte. Und mit 31 war Sex nicht mehr die Antwort auf diese Frage, er machte sie nur lauter.

Ich schüttelte den Kopf und wandte mich wieder dem Desktop zu. Eben noch hatte ich einen Überblick über die Zahlen und Raten und Prozente gehabt. Wie groß war wohl die Wahrscheinlichkeit, diesen Überblick wiederzufinden, während Dad sich neben mir in der Vorstellung von seinem Sohn und Leena sonnte und zwei Zimmer weiter mein eigenes Kind vielleicht gerade an seinem Klebestift schnüffelte oder die Gardinen abfackelte?

Mit einem Seufzen gab ich auf. »Scheiß drauf«, murmelte ich, klappte den Laptop zu und stand auf. »Ich rede mit ihm.«

»Hat er was angestellt?«

Ich zuckte mit den Schultern. Nicht, weil ich die Antwort nicht kannte, sondern weil die mich wieder dahin geführt hätte, wer mir davon erzählt hatte.

Nicks Zimmertür war geschlossen, was sie tagsüber nie war. Ich zögerte kurz, ehe ich an die Tür klopfte. Verlangten Zigaretten nach einer höheren Strafe als Brandstiftung? Scheiße, was wusste ich denn? Manchmal glaubte ich, dass die Autorität von Eltern allein von der Illusion ihrer Kinder lebte, Erwachsene wüssten solche Dinge. Meiner Meinung nach war das ein ausgesprochen fragiles Konstrukt.

Einen sehr ausgiebigen Atemzug gab ich mir noch Zeit,

dann klopfte ich an Nicks Tür. Keine Antwort. Natürlich. Wenn er es seinem Dad nachmachte, dann konsequent. Also tat ich dasselbe wie meine Mum früher. Ich öffnete die Tür, trat ein und lehnte mich daneben gegen die Wand. Bis zu dem Punkt war es ein Kinderspiel. Dann hatte sie geseufzt und einen Gesichtsausdruck aufgesetzt, der dieses Seufzen nur noch unterstrich. Mum hatte es jedes Mal hinbekommen, ohne Worte eine unmissverständliche Botschaft auszusenden: *Ich weiß, du hast gerade eine schwere Zeit, und wenn du willst, helfe ich dir da durch. Aber so kannst du dich nicht aufführen, Freundchen. Ich hab dich besser erzogen.*

Ich scheiterte schon an dem Seufzen, das nicht einmal ansatzweise klang wie das meiner Mutter damals, sondern eher nach mir selbst und dem, was ich dachte: *Was soll die Scheiße, Nick? Ich hab die Schnauze voll von dem Bullshit.*

»Alles klar, Kumpel?«

Nick sah nicht einmal auf. Er saß an seinem Schreibtisch und schrieb irgendwas. Oder malte. Das konnte ich nicht erkennen, sehr wohl aber, dass der Stift es nicht mehr lange machen würde, wenn der Kleine ihn weiter so energisch auf das Papier drückte.

Kurz ging ich meine Optionen durch: Wieder gehen und in einer halben Stunde zurückkommen, wenn er seine Wut auf wen auch immer künstlerisch aus sich herauskatapultiert hatte. Oder Konfrontation. Bei der hatte ich noch dazu die Wahl zwischen der direkten Thematisierung der Zigaretten und dem Klassiker.

Ich entschied mich für das Zweite.

»Nick, ich hab dich was gefragt.«

Aha. Der scharfe Ton tat immerhin noch seinen Dienst.

Nick hörte auf, den Stift zu quälen – oder das Papier. Was auch immer davon sein auserkorenes Opfer war, vermutlich hatten beide gerade keine gute Zeit. »Alles klar«, murmelte er.

»Hm«, machte ich und legte meinen Kopf schief, um darauf vorbereitet zu sein, wenn Nick vielleicht – hoffentlich – tat, was ich ihm nun sagte: »Sieh mich an und sag das noch mal.«

Tatsächlich schaute Nick von seinem Blatt Papier auf und sah mich an. Ich war ganz kurz vor einem innerlichen Triumphschrei – hätte der Kleine mir in dem Moment nicht noch ähnlicher gesehen als ohnehin schon. Komm schon, Nick, dachte ich. Du bist erst sieben. Ich dachte, wir hätten noch drei bis sechs gute Jahre, ehe diese Phase losgeht.

»Hab doch gesagt, alles klar.«

Und damit war der Moment gekommen, an dem ich mir wünschte, das Zimmer verlassen und zu Kaleigh gehen zu können, um ihr zu sagen »Dein Sohn. Viel Spaß«.

»Verstehe«, murmelte ich stattdessen, was völliger Schwachsinn war. Genau genommen verstand ich gar nichts. Dieses Kind sah aus wie mein Sohn, aber es verhielt sich wie ich in meiner besten präpubertären Phase.

Mit einem Schnaufen löste ich mich von der Wand und lief auf den Schreibtisch zu. Mir entging nicht, dass Nick das Blatt, das er gefoltert hatte, sofort umdrehte. Aber ich konnte mich nicht um irgendwelches Gekritzel kümmern, wenn ich hier einen offensichtlichen Lügner vor mir sitzen hatte. Ich hockte mich vor Nick hin und gab noch einmal mein Bestes mit einem Blick, der irgendwo zwischen Strenge und Fürsorge lag. Vermutlich scheiterte ich kläglich.

»Die Sache ist die: Dein Grandpa hat mir gesagt, dass du schlecht drauf warst, als er dich abgeholt hat. Du hast Blumen getreten. Ehrlich, Nick? Blumen? Was kommt als Nächstes? Schubst du Smudge? Nicht mal ich mach das.«

Nick schwieg. Langsam wurde er in dieser Scheiße richtig gut.

»Und dann stapfst du hier durchs Haus wie so ein mürrischer Troll. Es ist okay, wenn du schlechte Laune hast. Aber es ist nicht okay, dass du nicht mal Hallo sagst und mich auch noch anschwindelst, wenn ich frage, ob alles klar ist. Verstanden?« Irgendwo in meinem Kopf lachte mein Teenager-Ich schallend los. Aber dieser dämliche, feige Pisser konnte mal gepflegt seine Klappe halten.

Die siebenjährige Ausgabe von mir schob währenddessen seine Unterlippe trotzig nach vorn, nickte jedoch.

»Verstanden?«, wiederholte ich.

»Verstanden.«

»Gut. Also noch mal: Ist alles okay bei dir?«

Schweigen. Das war die Antwort. Klar – Schweigen war keine Lüge. Dieser clevere kleine Scheißer …

»Na schön.« Ich gab auf, weil ich merkte, dass ich dieses Gespräch nicht weiter führen würde, ohne laut zu werden. Nicht, wenn Nick den Mund nicht aufmachte. Also tat ich dasselbe wie in meinem Job: Sachlicher Rückzug mit einem konkreten Verbleib. »Meinetwegen. Du willst jetzt nicht darüber sprechen. Dann sortier dich erst mal und wir reden …« Ich sah mich um. Nicks Rucksack lag in der Ecke neben der Tür. Er sah aus, als hätte Nick ihn da richtig hingefeuert und vielleicht sogar nachgetreten. Meine Fresse, was war los mit dem Kind? Kopfschüttelnd kramte ich in der Seitentasche, bis ich die Uhr gefunden hatte und die Markierung auf halb sechs stellte.

»Hier.« Ich legte Nick die Uhr auf seinen Schreibtisch. »Dann reden wir. Falls du vorher mit mir sprechen willst, bin ich im Wohnzimmer. Komm einfach rüber. Ansonsten …« Ich tippte noch einmal auf die Uhr. »… haben wir einen Termin.«

Als Kind geht man davon aus, dass Erwachsene alles im Griff haben, dass sie alles wissen und dass sie emotional gefestigte, unerschütterliche Individuen sind. Man muss erst selbst groß werden, um zu kapieren, dass das der größte Blödsinn aller Zeiten ist.

Ich konnte mir sehr gut ausmalen, wie Nick in seinem Zimmer brütete und mit seinem Geständnis haderte und dabei glaubte, sein Vater säße vor dem Rechner und würde entspannt seiner Arbeit nachgehen. Er hatte keine beschissene Ahnung, dass ich eine simple Kalkulation noch mal von vorn beginnen musste, weil ich mich nicht darauf konzentrieren konnte.

Mittlerweile waren mir die Zigaretten scheißegal, aber es kotzte mich an, dass Nick nicht mit mir darüber sprach. Scheiße noch mal, wir hatten über Mädchen gesprochen, die wir geschubst hatten. Sogar darüber, dass wir deshalb geheult hatten. Zweimal nahm ich sogar mein Handy in die Hand, um besagtes Mädchen anzurufen. *»Hey, nachdem du jetzt wieder aufgestanden bist … Ich hab hier eine Sache, bei der ich etwas ratlos bin.«*

Nur war Leena nicht Nicks Mutter. Ihre Verantwortung für den Kerl hörte nach Schulschluss auf. Das waren klare Grenzen, die ich nicht eben mal so verwischen konnte, nur weil mein Sohn für ein Schweigegelübde probte. Also rief ich sie nicht an. Ich antwortete ihr nicht einmal auf ihren Hinweis, weil ich auch nach Stunden keinen blassen Schimmer hatte, wie ich darauf reagierte, ohne mit besagten Grenzen zu brechen. Die hatte ich genug überschritten, als ich mit dieser verunstalteten Socke bei ihr aufgekreuzt war. Mir war mehr als recht, wie der Abend verlaufen war, aber nicht mal ich war so stumpfsinnig zu glauben, dass es immer so laufen würde: Probleme mit Nick. Besuch bei Leena. Problem gelöst. Sex.

Also wartete ich. Allerdings nicht so, wie Nick sich das vorstellte. Statt abgeklärt meiner Arbeit nachzugehen, starrte ich die Uhr nieder und lauschte darauf, ob ich Schritte von kleinen Füßen hörte, die sich vorsichtig dem Wohnzimmer näherten. Denn das war es, was ich von meinem Sohn erwartete. Dass er noch eine halbe, vielleicht eine ganze Stunde seine Rage auslebte und sich dann an das Versprechen erinnerte, das er seiner Klassenlehrerin gegeben hatte.

Doch schließlich wurde es halb sechs – nach einer Ewigkeit, die unmöglich nur drei Stunden lang gewesen sein konnte. Es wurde halb sechs, und Nick tauchte nicht auf. Nicht einmal pünktlich zu dem Termin, den ich gesetzt hatte.

Nun hatte mein Sohn also beschlossen, sich dem fragwürdigen Verein kleiner Arschlöcher anzuschließen. Selbst zehn Minuten nach halb sechs tauchte er nicht auf, und ich beschloss, dass ich nicht länger warten würde, während mein eigener Frustpegel immer höher stieg. Es war wichtig, mit ihm zu reden, bevor meine Wut ein Level erreichte, bei dem das nicht mehr ging.

Diesmal öffnete ich die Tür ohne anzuklopfen. Nick saß immer noch an seinem Schreibtisch. Nur schrieb er nicht mehr. Vielleicht hatte sein Stift nun endgültig kapituliert, wahrscheinlicher war aber, dass Nick selbst es war, der aufgegeben hatte. Er saß an seinem Platz, den großen Kopf auf die kleinen Hände gestützt, die sich in seine Haare gruben und wirkten, als stünden sie kurz davor, ganze Büschel davon aus rauszureißen.

Scheiße, Kleiner, was ist los bei dir? Sag es mir doch einfach.

Ohne Nick aus den Augen zu lassen, lief ich zu seinem Bett und setzte mich darauf. Ich rechnete fest mit einem tränenreichen Ausgang für unser Gespräch, und sein Bett war ein guter Platz, um meinetwegen Stunden mit Nick dort auszuharren, bis er sich wieder beruhigte.

»Na los«, sprach ich ihn an. »Wir sind verabredet. Guck mich dabei wenigstens an, das ist nur höflich.«

Nick drehte sich auf seinem Schreibtischstuhl um. Der mit den Planeten, obwohl Kaleigh ihn zu einem unifarbenen hatte überreden wollen. Fast hätte Nick nachgegeben, um es seiner Mum recht zu machen. Und nun saß er auf dem Stuhl, für den er und ich gekämpft hatten, und konnte mir kaum in die Augen sehen.

Ich atmete tief ein, um über meinen Einstieg nachzudenken. Die letzten drei Stunden hatte ich damit verbracht, mir Kernpunkte dieses Gesprächs zurechtzulegen. Aber den Einstieg hatte ich dabei schlicht vergessen. So viel zu dem unerschöpflichen Allwissen der Großen. »Also noch mal … Was ist los mit dir?«

Nick zuckte mit den Schultern. Das war genau wie eben, nur dass er dabei eher mitgenommen und nicht trotzig wirkte. Vielleicht war das ja die bessere Basis.

»Ist heute irgendwas passiert, was du mir erzählen willst?«

Er schüttelte den Kopf.

Ich seufzte, was das Brodeln in meiner Brust etwas abkühlte. »Nick, ich weiß, dass du mich anschwindelst. Aber ich kapier nicht, wieso du glaubst, dass du das machen musst. Hast du Angst, dass es Ärger gibt?«

Nicks Augen weiteten sich ein wenig. Wenn mich nicht alles täuschte, war das der Anflug eines ertappten Blicks. Immerhin.

»Okay, Klartext.« Ich rutschte auf der Matratze etwas nach vorn und stützte meine Unterarme auf meinen Oberschenkeln ab. Damit war ich wenigstens in etwa auf derselben Augenhöhe mit Nick. »Mir fehlen Zigaretten. Und ich glaube, du weißt, wo die sind.« Kurz kam mir der Gedanke, dass Leena mir keine genaue Zahl genannt hatte und dieses Detail mir in meiner Beweisführung fehlen könnte.

Doch diese Angst war unberechtigt. Nicks Gesicht, dem nun auch die letzte Fassung entglitt, war nur das erste Indiz. »Miss Harris hat mich verpetzt.«

Das akzeptierte ich als Schuldeingeständnis, allerdings konnte ich das nicht einfach so bestätigen. Leena hatte meinen

Pullover. Da konnte ich nicht riskieren, dass mein Sohn entschied, sie zu hassen.

»Mit Miss Harris hab ich überhaupt nicht gesprochen. Ich kann zählen, Nick. Und mir fehlen Zigaretten in der Schachtel. Ganz einfach. Was hattest du damit vor?«

»Gar nichts«, murmelte er.

Gott, konnte diese scheiß Lügerei endlich aufhören? »Gut, wenn du nichts damit vorhast …« Ich streckte meine Hand in Nicks Richtung aus. »Dann hätte ich sie gern zurück. Die gehören mir.«

»Geht nicht. Miss Harris hat sie mir weggenommen.«

Das hielt ich für möglich, aber nach der ganzen Schwindelei heute war ich nicht sicher, ob ich dem blind glauben konnte. »Ich kann Miss Harris also anrufen und sie fragen, ob sie meine Zigaretten hat, ja? Oder soll ich lieber deinen Rucksack durchsuchen, ob ich da was finde?«

Nick schüttelte den Kopf und sah mich an. Ich konnte erkennen, dass er überlegte, was er mir als Nächstes sagen wollte, also gab ich ihm die Zeit. Nach zwei aufgeregten Atemzügen sprudelte seine Antwort so schnell aus ihm heraus, dass ich sie kaum verstand. »Kannst du Miss Harris wirklich jetzt anrufen?«

Ich runzelte die Stirn. Einerseits, weil Nicks Frage richtig hoffnungsvoll klang, was sie in diesem Kontext definitiv nicht sein sollte. Und andererseits, weil ich nichts weniger wollte, als Leena in ein solches Gespräch mit meinem Sohn hineinzuziehen. Sie gehörte hier nicht her. Und es war bescheuert gewesen, sie überhaupt ins Spiel zu bringen. »Ich werde sie das nächste Mal fragen, wenn ich sie sehe.« Was ich definitiv tun würde. Um auf Nummer sicher zu gehen.

»Nein, du musst sie jetzt gleich anrufen!«

»Das ist nicht nötig, Nick. Wichtiger ist, wieso du überhaupt …«

»Bitte!«, unterbrach er mich, und Scheiße, das klang fast schon verzweifelt. »Bitte, Daddy, kannst du Miss Harris anrufen?«

Nein, dachte ich. Auf gar keinen Fall rufen wir jetzt deine Lehrerin an. Es gibt hier eine klare Grenze zwischen Leena und Miss Harris, und die ist wichtig. Und genau das hätte ich wohl sagen sollen – Nein. Aber ich war dämlich und geblendet von der Dringlichkeit, mit der mein Sohn mich um diesen Anruf bat. Also fragte ich: »Wieso? Warum ist dir das so wichtig?« Ich Idiot.

»Weil …« Er stockte und holte noch einmal tief Luft. Wie ein Sprinter, der mit dem falschen Bein zuerst losgerannt war. »Sie hat gesagt, dass ich Mum vielleicht vermisse, weil die Zeit so lange ist und das Warten bis zum Besuch. Und dass Zigaretten nicht dasselbe sind wie tapfer sein, aber dass sie das versteht, weil Besuchen nicht ist wie …«

»Stopp«, ging ich dazwischen. Ich kapierte nichts von dem, was da aus Nick herausplatzte. Der Druck auf meinen Magen behauptete zwar, dass ich mindestens im Hinterkopf eine leise Ahnung hatte, aber das ignorierte ich. Ahnungen sind keine Fakten. Und ohne Fakten würde ich keinesfalls auf ein schlechtes Bauchgefühl reagieren. »Noch mal von vorn.«

Also holte Nick mit einer übertriebenen Langsamkeit noch einmal aus – nur um sicherzugehen, dass sein alter Herr auch begriff, wovon er redete. »Miss Harris hat gesagt, dass das Warten, bis ich Mum besuchen kann, manchmal bestimmt sehr lang ist. Und dass du in Wahrheit mit anderen Sachen tapfer bist.«

Rauschen. Das war alles, was mein Kopf hergab. Als wäre der bloße Gedanke zu abstrakt, um ihn zu greifen. Eine oder zwei Sekunden lang versuchte mein Hirn sich daran und stieß dabei immer wieder gegen eine Barrikade aus »Das kann nicht sein«.

»Was …« Ich räusperte mich. »Was hat Miss Harris genau zu dir gesagt? Das mit den Besuchen …«

»Sie hat gesagt, dass ich bestimmt traurig bin, wenn ich lange warten muss, bis ich Mum wieder besuchen kann oder anrufen. Sie hat besuchen und anrufen gesagt! Beides!« Allein die Vorstellung stimmte Nick richtig euphorisch. Dass er eigentlich gerade mitten in einem Gespräch über die Zigaretten mit mir steckte, hatte er völlig vergessen. Ich selbst zugegebenermaßen aber auch.

»Daddy, sie hat beides gesagt«, wiederholte er energisch. »Und Miss Harris weiß doch, dass ich ein Kind bin. Also ist das gar nicht verboten!«

Das hat sie nicht gesagt, schoss es durch meinen Kopf. Nick hat sie falsch verstanden. Nick *muss* sie falsch verstanden haben. Weil er genau das nun einmal hatte hören wollen. Ich verstand das, doch er lag falsch.

»Nein«, sagte ich, vielleicht etwas zu grob. Also machte ich dasselbe wie er vorhin. Ich holte noch einmal Luft und setzte erneut an. »Nick, es tut mir leid, aber das stimmt nicht.« Das war keine Floskel. Es tat mir leid. Es tat sogar richtig weh, dabei zuzusehen, wie die Euphorie und Hoffnung aus der Mimik meines Sohnes bröckelte. Und ich konnte ihm nicht einmal erklären, wieso. Was sollte ich ihm denn sagen? Dass seine Mutter ein scheiß Miststück war, dem ich nicht genug trauen konnte? Dass sie jedes noch so kleine falsche Wort, das er sagte, gegen mich verwenden würde, um ihn mir wegzunehmen? Mir blieb gar nichts anderes übrig, als ihm seine Mum vorzuenthalten oder das Bild, das er von ihr hatte, zu zerschlagen.

Mit einer fehlenden Mum konnte man klarkommen. Ich wusste das. Aber ich konnte nicht einschätzen, was die Alternative mit einem Kind machte.

»Kannst du nicht bitte Miss Harris anrufen? Sie kann dir das bestimmt erklären.« Er war sogar von seinem Stuhl aufgestanden und hatte sich vor mir aufgebaut. Seine kleine Hand griff nach meiner großen, als wolle er mir den Mut geben, über meinen eigenen Schatten zu springen. Aber die Schatten von Erwachsenen sind größer als die von Siebenjährigen. Viel, viel größer.

»Ich glaube, Miss Harris hat hier schon genug erklärt.« Ich konnte immer noch nicht fassen, dass sie diese Grenze überschritten hatte. Hatte sie noch alle Tassen im Schrank? Ich hatte ihr im Vertrauen von Kaleigh erzählt. Das war keine Einladung gewesen, um sich in meine Familie einzumischen. Das hier ging sie nichts an. Scheißegal, wie oft wir uns betranken, wie viele alte Erinnerungen wir teilten, wie oft wir fickten oder wie viele scheiß Pullover ich ihr überließ. Das waren Dinge zwischen ihr und mir. Nichts davon gab ihr das Recht, diesen Schritt weiter zu gehen. Das musste ihr doch klar sein. Wieso zur Hölle war ihr das nicht klar?

»Kannst du sie bitte …«

»Nein.« Das hätte ich vorher schon sagen sollen. Vor meiner Nachfrage nach dem Warum. Dann wäre ich weniger wütend gewesen. Und es wäre mir nicht so schwer gefallen, nicht laut zu werden wegen etwas, wofür Nick nichts konnte. »Ich werde Miss Harris nicht anrufen. Du weißt, dass ich mit Mr Knight darüber gesprochen habe, und er sagt, es geht nicht.«

»Aber vielleicht weiß Mr Knight ja gar nicht alles über Gefängnisse.«

»Aber Miss Harris, oder wie?«

»Ja!« Er nickte energisch. Was fragte ich auch so bescheuert? »Sie weiß auch, dass Eisbären schwarze Haut haben, dabei kann man das gar nicht sehen. Und … und …« Nick überlegte fieberhaft nach anderem beeindruckenden und völlig belanglosen Wissen, das Leena ihm beigebracht hatte, damit er mir jetzt damit das Leben schwer machen konnte. *Danke, Leena. Besten Dank, ehrlich.*

»Und sie weiß sogar, dass das Grün in den Blättern gar nicht Grün heißt, sondern Kolo … Chloro … Und dass das im Herbst leer geht und deshalb …«

»Nick, Stopp!«

»Aber Miss Harris …«

»Nein, Dominic. Stopp!« Meine laute Stimme und sein vollständiger Vorname taten ihre Wirkung. Nick hielt den Mund. Dafür sah er mich an, als hätte er gerade die Formel für den Weltfrieden entdeckt, und sein Arschloch von einem Vater hatte nichts Besseres im Sinn gehabt, als das poröse Stück Pergament an sich zu nehmen und es in tausend Stücke zu zerreißen. Aus purer Bosheit. Und aus keinem anderen Grund.

»Hör zu.« Ich seufzte, weil mir gar keine andere Möglichkeit mehr einfiel, um Luft zu holen. »Du weißt, dass ich mit Mr Knight gesprochen habe. Und er hat mir verboten, dich zu deiner Mum zu lassen. Das ist beschissen, ich weiß, aber …«

»Aber er ist nicht dein Daddy!«, unterbrach Nick mich. Lautstark. Die Tränen, die ich dabei auf seiner Stimme hörte, glänzten längst in seinen Augen.

»Nick, schrei mich nicht an.«

Aber davon ließ mein Sohn sich gar nicht beeindrucken. Er blieb laut und er blieb wütend. »Mr Knight ist nicht dein Dad!«, wiederholte er. »Er kann dir gar nichts verbieten!«

»So funktioniert das nicht. Ich hab es dir doch erklärt: Mr Knight ist mein Anwalt. Er hat aufgepasst, dass ich nicht ins Gefängnis muss, weil …« *Weil deine Mum mir einfach einen Haufen Dokumente vorgelegt hat, die ich unterschrieben habe. Weil ich so bescheuert war, einer Frau zu vertrauen, nur weil sie meinen Ring am Finger trägt und meinen Sohn auf die Welt gebracht hat. Als ob das heutzutage noch irgendwas zählt. Dein Dad ist ein naiver Idiot, Nick, und es tut mir leid, dass du das ausbaden musst, aber ich kann es auch nicht ändern, okay? Ich kann nur versuchen, dass es nicht völlig den Bach runtergeht, aber ich hab keine Ahnung, wie.*

»Aber vielleicht kann Miss Harris …«

»Nein!« Herrgott, wie oft musste ich das denn noch wiederholen? »Miss Harris kann uns hier nicht helfen, okay? Sie ist deine Lehrerin und keine Anwältin, keine Richterin und auch nicht die scheiß Zahnfee! Kannst du das verdammt noch mal bitte endlich kapieren?« Vermutlich galten diese Sätze eher mir selbst als meinem Sohn, aber es war Nick, dem ich sie ins Gesicht schleuderte. Nicht laut, aber dennoch so deutlich, dass er leicht zusammenzuckte und die Tränen in seinen Augen sich über seine Wangen ergossen. Scheiße, sogar seine Unterlippe bebte. »Nick, tut mir leid, ich wollte nicht …« Ich streckte meine Hand nach ihm aus, aber er schlug sie energisch weg.

»Mummy würde Miss Harris fragen …«, schniefte er. Und ich hasste, wie er mich ansah. Enttäuscht. Nicht sauer, nicht bockig oder trotzig, sondern enttäuscht. »Ich bin nicht sauer auf dich, ich bin enttäuscht«, ist eine ziemlich altbackene Phrase, die Eltern gern benutzen. Dabei sind es unsere kleinen, nervenaufreibenden Ableger, die uns damit so richtig zusetzen können.

»Glaub mir, Kumpel, Miss Harris ist die Letzte, die …«

»Ich will, dass Mummy nicht mehr im Gefängnis ist, ich will dass sie nach Hause kommt!«

»Ich weiß, ich …«

»Du sollst ins Gefängnis gehen!«

Ich hielt kurz die Luft an, um Nick nicht zu fragen, ob er den Schuss nicht gehört hatte, so was zu sagen. Ich hielt die Luft an und gab mir wirklich Mühe, mich daran zu erinnern, dass dieser Tag vermutlich nicht nur für mich der beschissenste seit Langem war. »Das meinst du nicht so.«

»Wohl mein ich das so! Ich will, dass du ins Gefängnis gehst!« Er schrie und schubste mich sogar. Und ich wusste, dass er all das tat, um seiner Wut auf die ganze Situation Raum zu geben. Sie war zu groß geworden für seinen kleinen Körper.

Ich wusste das. Deshalb hielt ich meine Klappe und ließ ihn.

Als ob mir auch nur ein pädagogisch sinnvoller Satz eingefallen wäre. Oder wenigstens ein Satz ohne »du undankbarer kleiner Scheißer«. Nur, weil ich größer war als er und theoretisch eine Menge wusste, hieß das nicht, dass seine Worte ihre Wirkung verfehlten. Sie taten genau das, wofür Nick sie mir an den Kopf feuerte.

»Mum kann viel besser auf mich aufpassen! Sie soll lieber hier sein! Sie kann viel besser …« Ein Schluchzen würgte ihn, aber er schluckte den ganzen Batzen Tränen einfach herunter. »Sie kann viel besser auf mich aufpassen! Und sie … sie … sie …« Er wischte sich die Tränen von den Wangen. Mit seinen Fäusten.

»Sie … was? Spuck's aus. Du wirst ja schließlich grade richtig warm, hm?« Schnauze, Findlay, dachte ich. Ironie kapiert Nick überhaupt nicht.

»Sie hat mich viel mehr lieb als du!«

Hat sie nicht! Sie hat Scheiße gebaut. Richtig üble Scheiße! Und das weißt du ganz genau. Und weißt du noch was? Deine Mutter ist ziemlich klug. Ihr war völlig klar, was passiert, wenn sie erwischt wird. Sie hat riskiert, dass du jetzt hier bei mir bist und mich anbrüllst, weil du nicht zu ihr kannst. In dem Moment, als sie die Scheiße gebaut hat, war ihr das egal. Ihr war egal, dass du jetzt hier stehen und heulen könntest, weil du die Welt nicht mehr verstehst und dir das dein kleines Herz bricht. Deiner Mum war das egal!

Aber ich kann dir das nicht sagen, weil ich versuche, kein riesiges Arschloch zu sein!

Ich atmete nur tief ein und sammelte die letzten Reste meiner verbliebenen Geduld zusammen, um nicht mehr rauszubringen als: »Nick, das stimmt nicht.«

»Doch, das stimmt!«, schrie er mich an. Seine Wangen waren mittlerweile überschwemmt von Tränen. »Du lügst! Du lügst, du lügst, du lügst!« Mit aller Kraft stießen seine zwei Hände gegen meine Schulter, als wollte er mich von seinem Bett schubsen. Mein Oberkörper wankte nur ein bisschen zur Seite. Trotzdem wäre mir jeder Kinnhaken von einem betrunkenen Schläger lieber gewesen. »Du lügst! Und Mr Knight lügt auch! Ich hasse ihn! Und ich hasse dich, Daddy!«

Als mich diesmal seine Fäuste am Oberarm trafen, stand ich auf. Es reichte. Mein Körper war um ein Vielfaches Größer als Nicks, aber auch meine Kapazitäten für Wut, Frust und Verletzung war begrenzt. Also musste ich dringend hier raus, ehe irgendetwas aus mir herausplatzte, das ich bereuen würde.

»Dein Grandpa bringt dich nachher ins Bett. Ich will heute nicht mehr mit dir reden.«

Ich hätte ihm sagen können, dass ich ihn lieb hatte – egal, was er gerade glaubte. Aber dass mich verletzte, was er mir da sagte. Vielleicht hätte ich ihm genau das wirklich sagen sollen – so, wie Kaleigh das immer gebetsmühlenartig gepredigt hatte. Nur war das kein »Ich hasse dich«, weil er keine Folge seiner Lieblingsserie mehr gucken konnte. Das hier war ein »Ich hasse dich«, bei dem ich Mühe hatte, diesen kleinen Kerl nicht anzuschreien.

Das Klicken, mit dem sich die Tür zu Nicks Zimmer hinter mir schloss und seine Schluchzer wegsperrte, war viel zu leise für das, was in mir vorging.

»Alles in Ordnung?«

Dad stand im Flur. Er sah mich an, als hätte er sehr lange hin und her überlegt, ob er mir diese Frage stellen sollte. Was glaubte er? Dass ich ihn genauso schubste wie Nick mich?

Ich deutete auf die geschlossene Tür hinter mir. »Ich will

den heute nicht mehr sehen. Mach mit ihm, was du willst. Gib ihm Essen oder lass es sein. Spielt irgendein dämliches Spiel, bestellt euch Nutten oder verpisst euch einfach. Mir egal.«

Dad runzelte die Stirn und sah kurz zu Nicks Tür. »Alles klar mit dem Kurzen?«

»Mir. Egal«, wiederholte ich. Was eine beschissene Lüge war. Genau das war ja das Problem: Wäre es mir egal, hätte ich es länger in diesem Zimmer ausgehalten.

»Und mit dir? Ist mit dir alles klar?«

»Dein Ernst?« Ich schnaufte und schob mich an ihm vorbei zu meiner Jacke. Meine Zigaretten fand ich sofort, genauso das Zippo, das mein werter Herr Sohn sich wohl gerade mal nicht unter den Nagel gerissen hatte.

Dad ersparte mir weitere Nachfragen und Kommentare und ließ mich einfach an sich vorbeistapfen – zur Küche und von da zur Terrasse. Die große Glastür war eine, die ich endlich mit einem lauten Donnern hinter mir zuziehen konnte. Das brachte gar nichts. Genauso wenig die Zigarette, die ich mir ansteckte.

Ich hasse dich, Daddy.

Dieser Satz schmeckte bitterer als Rauch. Und er war viel, viel lauter als jede knallende Tür.

Dumpfes Klirren

Leena

Es war nie Robin gewesen, der damals zum Hörer gegriffen hatte, sondern immer seine Frau. Ich weiß nicht mehr, wie viele dieser Anrufe es gegeben hatte, aber sie hatten stets denselben Grund gehabt. Hamishs Mum war es schlechter gegangen. Das konnte ein Zusammenbruch gewesen sein, manchmal waren es auch Untersuchungsergebnisse, die keine guten Neuigkeiten brachten.

Also hatte sie Hamish allein lassen müssen mit einer brennenden Wut auf diese Krankheit und einem Vater, dessen eigene Angst ihn zu sehr lähmte, um mit den Gefühlen seines Sohnes umzugehen. Manchmal glaube ich, dass sie mich anrief, weil sie selbst Angst hatte. Davor, ihren Sohn allein zu lassen. Richtig und endgültig. Ich glaube, dass diese Anrufe ihr Weg waren, diese viel zu greifbare Vorstellung etwas weniger schrecklich zu machen.

Und ich glaube, dass ich in all den Jahren, in denen ich sie kannte, nicht ein einziges Telefonat mit ihr geführt hatte, bei dem sie nicht im Krankenhaus gewesen war. Manchmal war es mir vorgekommen, als gehörte Mary gar nicht in ihr Zuhause. Nicht richtig. Als wäre es immer ihre Bestimmung gewesen zu fehlen.

Es war nicht wie damals mit siebzehn, als mich Robin anrief. Er begrüßte mich nicht mit einem fröhlichen und warmen Hallo, das nie nach einem Problem geklungen hatte, sondern immer nach ehrlicher Freude, mich zu hören.

Robin Findlay entschuldigte sich, als ich ans Telefon ging. Er entschuldigte sich sogar unzählige Male, bis es mir fast ein bisschen Angst machte.

»Ist irgendetwas passiert?«

»Isla hat mir deine Nummer gegeben, ich hoffe, das war in Ordnung. Falls nicht, sag mir das bitte.« Noch eine Entschuldigung, mehr oder weniger.

»Schon okay«, versicherte ich. »Aber was ist denn los?«

»Ich weiß, dass Mary dich immer angerufen hat, wenn sie dachte, dass der Junge jemanden zum Reden braucht. Und es sind ein paar Jahre vergangen, seitdem. Ich dachte nur … Ich denke, dass Mary dich heute auch anrufen würde, und ich hoffe, es ist in Ordnung …« Wenn er dieses Erbe antrat. War es merkwürdig für ihn gewesen, mich anzurufen? Waren solche Dinge ähnlich wie die Strickjacke, die man am Haken an der Garderobe bemerkte – Wochen, nachdem der Mensch gestorben war, dem sie gehörte?

»Robin, es ist okay«, sagte ich noch mal – diesmal in aller Deutlichkeit. »Aber langsam werde ich nervös. Ist was passiert?«

»Er und Nick haben gestritten. Ich glaube, es war übel, aber mehr weiß ich nicht. Er hat mir nur gesagt, ich soll auf den Kleinen aufpassen, also mache ich das. Aber …«

Aber er brauchte jemanden, der auf Hamish aufpasste. Also hatte ich mich auf den Weg gemacht und stand nun vor dem kleinen Reihenhaus in der Carron Den Avenue.

Wie früher.

Ich hatte Bier dabei – das gleiche, mit dem Hamish mich vor einer Woche abgeholt hatte. Das war nicht ganz wie damals, aber nicht alles von dem, wie es jetzt war, war schlecht, nicht wahr? Außerdem hatte ich keinen Wodka zu Hause gehabt …

Ich stand ganz links am Weg, der zur Haustür führte – von wo aus ich sehen konnte, dass in Hamishs altem Zimmer Licht brannte. Gleichzeitig wusste ich, dass man mich nicht sehen würde, wenn man von dort zufällig aus dem Fenster schaute.

Ein nervöses Kribbeln machte sich in meinem Magen breit. Nicht ganz Aufregung und auch nicht Angst. Vielleicht war es einfach das, was man spürt, wenn Gegenwart und Vergangenheit stärker aufeinanderprallen als sonst.

Die Bierflaschen in meiner Hand hielt ich etwas fester, als ich vorsichtig an die Tür klopfte. Es war fast, als hätte Robin direkt dahinter gewartet. Die Tür öffnete sich sofort und gab den Blick auf Hamishs Vater frei.

Er begrüßte mich mit einem erleichterten Aufatmen und einem Nicken. »Ich hol ihn. Am besten nimmst du ihn einfach mit nach … Wo auch immer ihr Kids euch früher immer rumgetrieben habt.« Mit einer etwas unbeholfenen Geste deutete er hinter sich ins Haus hinein. »Er muss mal raus, glaube ich.«

»Genau das hab ich vor.« Zur Bestätigung hielt ich die zwei Bierflaschen in die Luft und war direkt unsicher, ob das pietätlos war, aber Robin nickte nur zufrieden, murmelte »Gut, das ist gut« und verschwand in den Flur.

Kurz zögerte ich, dann beschloss ich, dass ich lieber wieder ein paar Schritte auf den Weg vor dem Haus zurücklief – aus dem Sichtfeld heraus, das ein Siebenjähriger haben könnte, der aus einem von hundert möglichen Gründen aus seinem Zimmer heraus und über den Flur spazierte.

Hamish sah mich daher nicht, als er auf die Tür zulief. Keine Ahnung, was Robin ihm gesagt hatte, weshalb er zum Hauseingang kommen sollte. Aber mich konnte er nicht erwähnt haben, denn als Hamish auf die Schwelle trat, blieb er stehen und sah mich fassungslos an. »Sag mal, bist du noch ganz dicht?«

Nicht wie früher. Ganz und gar nicht wie früher …

Statt einer Antwort hob ich das Bier in die Höhe. Als hätte Hamish es nicht längst gesehen. Und als würde es einen Unterschied machen, wenn er die Ponys auf den Etiketten sah.

Hamish nickte. Er verstand, wieso ich hier war, aber ich musste ihn nur ansehen, um zu wissen, dass das hier gerade gewaltig schieflief. »Dad hat dich angerufen.«

Das war keine Frage, trotzdem nickte ich. »Er dachte …«

»Ich kann mir schon denken, was er sich dabei gedacht hat.« Hamish zog die Tür hinter sich zu, blieb aber davor stehen und sah mich an, als hätte er Mühe, genau das zu tun – nur dort stehen und mich ansehen. »Mein Dad ist ein alter, sentimentaler Mann, der … Wieso zur Hölle dachtest du, es wäre klug, herzukommen, hm? Weil das damals immer so lief? Wenn der arme, traurige Hamish einen schlechten Tag hatte? Wie kommst du …« Er stockte. Was auch immer er mir hatte sagen wollen, erstickte er mit einem wütenden Grunzen. »Leena, verschwinde einfach.«

Aber ich war noch nie verschwunden, nicht wahr? Nicht ein einziges Mal, als er der arme, traurige Hamish gewesen war, der mit seiner Wut auf die Welt nicht umgehen konnte. Genauso wenig wollte ich jetzt einfach verschwinden. Nun, da Hamish und seine Wut größer geworden waren und die Welt irgendwie kleiner.

Wir müssen eine Pfütze finden, dachte ich. Die sind überall, wir müssen sie bloß finden und hineinspringen …

»Hamish«, setzte ich an. »Wenn du dir Sorgen wegen der Zigaretten machst, dann …«

»Gott, Leena, die Dinger interessieren mich einen Scheiß!«

»Okay, aber was ist dann …«

»Du!«, fuhr er mich an. »Du hast hier nichts verloren!

Scheiße, wir sind keine Kinder mehr. Du kannst nicht einfach …« Er sah zu dem Fenster. Jenes, das zu seinem alten Zimmer gehörte. »Wir sind erwachsen. Und ich hab einen Sohn, der eine schwierige Zeit hat. Das Letzte, was ich gebrauchen kann, ist …« Er deutete nur auf mich. Die Worte, die ihm längst auf der Zunge gelegen hatten, schluckte er herunter. »Geh einfach. Du hast genug angerichtet.«

»Angerichtet?« Jetzt ertappte ich mich selbst dabei, wie ich zu dem Fenster schaute. »Ich habe überhaupt nichts gemacht, außer ihm die Zigaretten wegzunehmen und mit ihm zu reden.«

»Und das war so unbedingt nötig, ja? Mit ihm zu reden …«

»Natürlich! Er ist sieben und hatte Zigaretten auf dem Schulhof mit. Oder wäre dir lieber gewesen, wenn ich dich schon wieder angerufen hätte, um ihn abzu…«

»Mir wäre lieber gewesen, du hättest einfach nur deine verdammte Klappe gehalten! Du bist nicht seine Mutter, okay? Du bist nur seine scheiß Lehrerin!«

Ich atmete tief durch. Ich versuchte es jedenfalls. »Scheiß Lehrerin, hm?« Das waren dieselben Worte wie an dem Abend vor dem *Thistle.* Nur konnte ich mich nicht erinnern, dass sie mich dort an derselben Stelle getroffen hatten. Also griff ich nach dem einen Satz, der immer geholfen hatte. Wie eine alte magische Formel: »Hamish, ich … ich bin nur hier, okay? Wie früher. Ich bin nur hier, ich bin nicht das Problem, also …«

»Doch, Leena!« Er schrie mich an. Nicht mit der Lautstärke seiner Stimme, aber mit ihrem Tonfall. »Das bist du! Was sollte die Scheiße mit seiner Mum, mh? Das geht dich nichts an!«

»Das …« Ich überlegte fieberhaft, was ich zu Nick gesagt hatte, dass es solche Wellen bei Hamish schlug. *»Wenn du einen Tag mal ganz schlimm traurig bist, dann sag mir das ruhig. Und vor allem, sag das ruhig deinem Dad.«* Vielleicht hatte Nick das getan – mit seinem Dad gesprochen. Und nun war eben dieser Dad damit überfordert. Das war nachvollziehbar, aber nicht meine Schuld. »Ich hab nur mit ihm gesprochen, okay? Wie ich mit jedem anderen Schüler auch sprechen würde, wenn er vor mir steht und fast heult. Ich versuche nur zu helfen.«

Hamish schnaufte verächtlich. »Dank deiner Hilfe hatte mein Sohn einen Tobsuchtsanfall, weil er seine Mutter besuchen will. Miss Harris hat ihm ja gesagt, dass das geht. Und offenbar hat die unfehlbare Miss Harris auch mehr Ahnung als sein Dad oder der Anwalt. Natürlich hat sie das, weil sie ihm Dinge erklärt, die er verstehen kann. Eisbären und so eine Scheiße. Das ist ziemlich simpel. Aber das ist dir vermutlich gar nicht klar, oder? Du …« Er zögerte. Ich sah es in seinem Gesicht, genauso wie ich sehen konnte, wie dieses Zögern in ein stummes *Scheiß drauf* kippte. »Ich reiß mir hier den Arsch auf, um Nick durch diese Zeit zu kriegen, ohne ihn mit Begriffen wie Sorgerecht zu belasten. Und vor allem ohne ihm klarmachen zu müssen, was für ein Miststück seine Mum ist. Dass ein falsches Wort von ihm dafür sorgen könnte, dass mir hier alles um die Ohren fliegt. Klar, dass sie ihm fehlt, weil er sie nicht sehen darf. Aber bis jetzt haben wir das hingekriegt. Und dann kommt seine scheiß Lehrerin mit ihren scheiß Eisbären, und jetzt hasst mich mein Sohn. Also, danke, Leena. Vielen Dank für deinen pädagogisch wertvollen Beitrag.«

Er schnaufte verächtlich und verschränkte die Arme vor der Brust. Dabei sah er mich an. Diesmal fiel ihm das nicht schwer. Er ging richtig darin auf zu beobachten, wie mir klar wurde, was ich angestellt hatte. Was ich Nick gesagt hatte.

»Ich …« Scheiße. *Scheiße, scheiße, scheiße!* »Hamish, es tut mir leid, okay? Aber ich wusste nicht … Wieso hast du nichts gesagt? Du hättest mir das doch …«

»Einen Scheiß hätte ich! Sag mal, hörst du mir überhaupt zu? Das Ganze geht dich verdammt noch mal nichts an!«

»Schwachsinn. Du kennst mich, du hättest …«

»Richtig, Leena. Ich kenne dich. Und ich hatte wirklich keinen Bock, mir von der ach so perfekten Aileen Harris irgendwelche Vorträge über Richtig und Falsch anzuhören, weil sie es einfach nicht lassen kann, die Welt zu retten und sich für edler zu halten als alle anderen …«

Das tat weh. Ich wollte mir einreden, dass er nur wild um sich schlug. Dass er überfordert war und das alles überhaupt nichts mit mir zu tun hatte. Nur waren seine Worte dafür etwas zu treffsicher.

Ich schwieg, weil ich sonst geheult oder zurückgeschrien hätte. Beides wollte ich nicht, weil das verdammt noch mal nichts brachte. Hatte es noch nie. Wieso wusste Hamish das nicht? Wieso bekam er es nicht auf die Reihe, sich seine scheiß Pfütze zu suchen, um sich abzureagieren, bevor er Dinge mit mir klärte?

Nur hatte er seine Pfütze längst gefunden, nicht wahr? Ich brauchte nur ein paar Momente länger, um das zu sehen.

»Ich kürz das gern für dich ab, Leena. Ja, ich bin ein scheiß Wichser, der auf seinen Anwalt hört. Und es ist mir scheißegal, ob du das in deiner kleinen idealistischen Welt verurteilst, weil du einfach keine beschissene Ahnung von der ganzen Sache hast. Also halt dich da raus! Das ist nicht zu viel verlangt.«

Er trat nach. Hamish nahm noch mal richtig Anlauf und donnerte seine Füße in das Wasser. Und trotzdem kapierte ich es nicht.

»Das ist doch Unsinn!« Konnte Hamish hören, wie meine Stimme über Tränen kratzte, die ich auf gar keinen Fall weinen wollte? »Ich bin doch nicht …« *Deine Frau.* Aber diese zwei Worte hielt ich gerade so noch zurück. Es reichte, wenn einer von uns zu weit ging. Wenn wir beide das taten, würden wir unweigerlich vom Weg abkommen und uns verirren – irgendwo in diesem Scheiß, in den wir hineingeraten waren. »Ich halte dich nicht für ... Wieso denkst du das? Hamish, wir sind Freunde, wie kommst du darauf, dass ...«

»Genau das meine ich, Leena! Bist du wirklich so naiv? Wir hatten Sex. Wir sind keine scheiß Freunde!« Er betonte jedes einzelne Wort. Wie richtig feste Tritte, mit denen man ins Wasser stampfte. »Du kannst nicht mehr einfach hier aufkreuzen und dich in mein Leben einmischen. Die Zeiten sind vorbei. Kapierst du das?«

Ich nickte. Weil ich kapierte. Aber ich brachte keinen weiteren Ton heraus. Weil mir mehr klar wurde, als das, was er mir gesagt hatte. Vor allem begriff ich endlich, was Hamish hier tat. Was er schon die ganze Zeit machte, und ich hatte es einfach nicht gesehen. Weil er recht hatte. Ich war naiv gewesen – oder mindestens blind.

Ich sah Hamish an und suchte nach irgendetwas in seinen Gesichtszügen, das mir zeigte, dass es ihm leidtat. Dass er endlich fertig damit war, Dampf abzulassen und nun sah, was er dabei angerichtet hatte.

Da war nichts. In seinem Blick lag kein Bedauern, nicht mal ein »Oh fuck«. Er sah mich einfach nur an und wartete ab, wie ich reagierte. Er wartete, dass ich ihm irgendetwas gab, worauf er mit seinen Worten einschlagen konnte.

Aber das kam überhaupt nicht infrage. Ich würde nicht weiter hier stehen bleiben und aushalten, dass er mit seiner Situation nicht klarkam. Durch meinen Kopf donnerten etliche Sätze, aber ich wusste, dass er sie nicht hören würde, wenn ich sie sagte.

Es tut mir leid, okay?

Das, was ich Nick gesagt habe, tut mir leid.

Dass nicht nur er durch diese Zeit muss, sondern du auch ... Das ist beschissen, weiß ich.

Ich bin da, wenn du mich brauchst. Aber nicht so, verstanden? Nicht. So!

Was du hier machst, ist nicht fair! Du führst dich auf, wie ein riesiges Arschloch. Ich weiß, dass du das nicht bist, aber ich kann nicht hier rumstehen und diesen Scheiß aushalten, bis dir das auch wieder klar wird.

Das tut mir weh!

Also hör verdammt noch mal auf damit!

Nur brachte ich keinen Ton heraus. Alles, was blieb, waren die Bierflaschen in meiner Hand. Ich ließ sie fallen und lauschte dem Geräusch, das all das zusammenfasste, was ich nicht sagen konnte. *Dumpfes Klirren.*

»Hast du jetzt völlig den Verstand verloren?«, fuhr Hamish mich an.

Ich schüttelte den Kopf und dachte: *Fick dich! Du kapierst es nicht, oder? Du kapierst einfach nicht, was du hier gerade machst.* Aber ich verstand es, genauso, wie ich verstand, dass Hamish nicht verdammt noch mal aufhören würde. Er würde immer und immer wieder in das Wasser springen, bis es das Wasser war, das nicht mehr konnte, und nicht er.

Und ich fragte mich, ob alle Pfützen so lange brauchten um zu verstehen, dass sie nicht mehr das Meer waren.

Die Liste

Hamish

Anarchie.

So hätte Kaleigh es wohl bezeichnet, wäre sie an diesem Morgen in die Küche gekommen. Ich sah auf den gedeckten Tisch und hatte direkt ihre Stimme im Ohr – ob ich wollte oder nicht. *»Bist du bescheuert? Dominic benimmt sich wie so ein verrückt gewordenes Wechselbalg und du belohnst ihn mit Pancakes?«*

In meinen Augen hatte dieses Frühstück mit Belohnung nichts zu tun. Für Nick war der vergangene Abend genauso beschissen und anstrengend gewesen wie für mich. Wir beide hatten uns also ein großartiges und ungesundes Frühstück verdient, um uns für das zu stärken, was ich für diesen Morgen plante.

Am Vorabend war ich unvorbereitet gewesen – sowohl auf Nick als auch auf Leena. Den Fehler würde ich nicht wiederholen. Ich hatte einen Plan, der Plan ergab Sinn, und ich hatte Kaffee. Das und die Pancakes würden dafür sorgen, dass die Lage wieder im Griff war, noch ehe ich meinen Sohn zur Schule fuhr.

Alles, was zur Umsetzung fehlte, war Nick.

Ich sah auf die Uhr. Kurz vor sechs. Der Wecker, der neben

Sir Boo stand, würde in etwa zehn Minuten zwitschern. Ja, zwitschern. Also schnappte ich mir meinen Kaffee und postierte mich vor Nicks Zimmer. Sicher, ich hätte mich auch neben sein Bett stellen können, um ihn im neuen Tag zu begrüßen. Allerdings fand ich allein die Vorstellung davon, neben dem Bett meines Sohnes auf ihn zu lauern, extrem fragwürdig und übergriffig. Nach dieser neuen Eskalationsstufe, die wir am gestrigen Abend für uns entdeckt hatten, erst recht.

Vor seinem Zimmer auszuharren, war auf andere Weise seltsam, wie ich feststellte. Unser Flur war einfach zu schmal und zu kurz und nur der Türrahmen zum Wohnzimmer gab genug Fläche her, um sich dagegenzulehnen und wenigstens den geringsten Anschein von Lässigkeit aufrechtzuerhalten.

Du bist der Erwachsene, erinnerte ich mich. Nick geht nicht davon aus, dass dir irgendwas wehtun kann – so ein kleiner Kerl wie er gleich gar nicht. Und er ist Nick. Dieser Junge weiß, wenn er Mist gebaut hat. Ihr könnt den Part, bei dem du ihm das sagst, einfach überspringen und gleich zum Plan übergehen. Das spart Zeit, in der ihr mehr Pancakes in euch reinstopfen könnt.

Und der Plan war eigentlich einfach. Ich wusste die Worte, mit denen ich einsteigen wollte, sobald Nick aus seinem Zimmer kam. »*Guten Morgen, Kumpel. Du hast fünfzehn Minuten, um dich anzuziehen und dir die Zähne zu putzen. Frühstück ist schon vorbereitet. Du und ich, wir müssen ein Männergespräch führen. Ich hab mir Gedanken über das gemacht, was du gestern gesagt hast, und darüber müssen wir reden.*« Dann würde ich noch einmal demonstrativ auf meine Uhr tippen und wiederholen, dass er eine Viertelstunde hatte, um sich fertigzumachen. Das verschaffte uns genug Zeit – vor allem, wenn ich ihn mit dem Auto zur Schule brachte, anstatt zu laufen.

Vielleicht hatte ich Glück und würde Leena begegnen. Mir war klar, dass ich mich wegen gestern entschuldigen musste, aber genauso sicher war ich mir, dass sie mir zuhören würde. Und wenn wir das aus der Welt geschafft hatten, konnte ich ihr sagen, dass ich sie brauchte. Denn sie war Teil des Plans. Sie war Miss Harris. Die Frau, der mein Sohn offenbar mehr glaubte als jedem sonst.

Ich war nach wie vor nicht sicher, was ich davon halten sollte. Es war gut, dass er sie mochte, aber meiner Meinung nach war sie zu weit gegangen, als sie mit ihm gesprochen hatte. Als Leena war sie damit definitiv zu weit gegangen. Wir lernten uns gerade erst wieder kennen, und das war gut. Meinetwegen konnte sie alles sagen und alles mit mir machen, was sie wollte. Aber mein Sohn war tabu.

Nur hatte nicht Leena mit Nick gesprochen, sondern seine Lehrerin, nicht wahr? Und es war im Gegenzug nicht Miss Harris gewesen, die mit Bier vor meiner Tür aufgetaucht war und meinen Frust abbekommen hatte … Gott, das war, als hätte ich es mit multiplen Persönlichkeiten zu tun. Wir mussten dringend ein Konzept finden, das in dieser Konstellation funktionierte.

Aber zuerst musste ich meinen Deal mit Nick schließen. Pancakes und die Vereinbarung, dass wir beide gemeinsam mit Miss Harris reden würden. Sie würde ihm erklären, dass sie auch nicht alles wusste, und dass es für Kinder manchmal verboten sein konnte, in ein Gefängnis zu gehen oder dort anzurufen. Ich würde mit Nick ausmachen, dass wir wieder Briefe an seine Mum schrieben und ihm versprechen, dass ich noch mal mit meinem Anwalt redete.

Das war nicht perfekt. Das war nicht einmal in der Nähe von »okay«. Um ehrlich zu sein kam mir das ganze Unterfangen vor, als würde ich versuchen, Ordnung in einem maroden Haus zu schaffen, das jeden Moment einstürzen könnte. Aber mit etwas Glück funktionierte das lange genug, bis Mr Knight und ich eine Lösung gefunden hatten, vielleicht sogar eine Einigung mit Kaleighs Anwalt.

Unterm Strich tat ich nichts weiter, als mir Zeit zu kaufen. Mit Pancakes und Leenas Hilfe, auf die ich fest zählte. Schließlich ging es hier nicht um mich. Für Nick würde sie kurz damit warten, bis sie mir die nächsten Bierflaschen vor die Füße warf. Was auch immer der Scheiß sollte.

Zwei Minuten, verriet mir meine Uhr. In zwei Minuten würde das künstliche Vogelgezwitscher starten, und Nick und ich konnten diese Sache endlich aus der Welt schaffen. Ich atmete tief durch, lehnte mich gegen den Türrahmen und trank meinen Kaffee, während ich mir immer wieder predigte, mich zusammenzureißen. Keine Flüche, keine Analyse vom gestrigen Tag. Nur der Plan. Was Nick mir gestern an den Kopf geworfen hatte, war ein Gefühlsausbruch gewesen. Und ich würde in Teufels Küche kommen, wenn ich versuchte, darüber eine Diskussion zu führen. Ich war reflektiert genug, um zu wissen, dass ich bei einer Debatte über emotionale Äußerungen nur verlieren konnte. Meine Stärke lag in den sachlichen Angelegenheiten. Meine Stärke lag beim Plan.

Nicks Wecker ließ pünktlich die Vögel frei und gleichzeitig meinen Puls, der mir klarmachte, dass dieser Plan funktionieren musste. Sonst war ich am Arsch. Ich lauschte nach dem Geräusch des Lattenrostes, das immer kurz ächzte, wenn er aufstand. Er mochte das. Es gab ihm das Gefühl, größer zu sein, als er war. Und ich wartete auf das Geräusch seiner Schritte. Meistens lief er direkt ins Bad, aber manchmal begegneten ihm auf dem Weg irgendwelche Spielsachen oder ein Buch, was dann dringlicher war als eine drückende Blase.

Allerdings war da kein lamentierender Lattenrost. Schritte konnte ich genauso wenig hören. Dafür schien dieses Gezwitscher immer lauter zu werden. »Na los, Kumpel«, murmelte ich und sah noch einmal auf meine Uhr. »Wir haben Pläne.«

Vor allem hatte ich meinen Plan. Bis eben hatte ich den für absolut kugelsicher gehalten. Wenn Nick nun aber meinte, eine neue Trotzstufe einzuläuten, indem er einfach seinen Wecker ignorierte und damit selbst grundlegende Dinge wie aufstehen, pinkeln, anziehen, Zähne putzen, Frühstück und Schule … Ich hatte ehrlich keine Lust, diesen Tag mit einem Streit über solche essenziellen Abläufe zu beginnen, nur weil er seine Macht demonstrieren wollte, nachdem ich ihm klargemacht hatte, wo die endete.

Hatte er nicht schon am Vorabend Theater gemacht, nur weil er sich seinen Pyjama anziehen und Zähne putzen sollte? Das war Dads Problem gewesen. Für diesen Abend war es Dads Problem gewesen, das ich mit Zigaretten und Kopfhörern auf der Terrasse so lange ignoriert hatte, bis mein Vater sich neben mich gesetzt hatte. »Ich hab gesagt, er soll dir noch gute Nacht sagen, aber das wollte er nicht.«

Und ich hatte nur mit den Schultern gezuckt, als wäre es mir egal.

Ich seufzte. Der Junge hatte jetzt eine ganze Nacht Zeit gehabt, um wieder zur Vernunft zu kommen. Das war, was ich gemacht hatte und hatte vorausgesetzt, dass Nick dasselbe tun würde.

Klar, Hamish. Seit wann kommt der Kleine nach dir, hm? Meinst du nicht eher, er ist da wie Kaleigh? Die sich nach einem Streit noch mal richtig schön in alles reinsteigert, was du dabei falsch gemacht hast? Vielleicht hält er dir auch gleich einen Vortrag darüber, wie furchtbar schlecht du kommunizierst, nachdem er derjenige war, der damit angefangen hat. Wäre das nicht reizend?

Nur ging das leider nicht. Ich hatte einen Plan und nur begrenzte Zeit, um ihn umzusetzen. Also trat ich an seine Tür heran, hinter der es immer noch klang wie in einem Vogelhaus im Zoo. Ich klopfte an – nicht laut, aber deutlich genug, dass es den Wecker übertönte. »Raus aus den Federn, Nick.«

Nichts. Keine Antwort, keine Schritte, kein protestierender Lattenrost.

Mir blieb gar nichts anderes übrig, als die Klinke zu drücken und nachzusehen. Innerlich wappnete ich mich dafür, einen trotzigen Siebenjährigen aus seinem Bett zu heben als wäre er drei und überwältigt von unüberwindbarer Unlust.

Das Bett war leer. Die Decke lag ordentlich darauf, wie Nick sie immer drapierte, ehe er zur Schule ging. Ich fand das albern, aber seiner Mum waren solche Dinge wichtig. Und wie jeder Junge, der seine Mum vermisste, hatte er sich das erst angewöhnt, seit sie weg war.

Erst nach diesem Detail fiel mir auf, dass das Fenster offen stand. Und der Regen draußen nahm diese Einladung gern an. »Scheiße«, stieß ich aus. Hektisch stellte ich die Tasse neben dem Wecker ab und stürzte zum Fenster, um es zu schließen. Der Boden davor war bereits klatschnass, genauso der Teppich neben dem Bett. »Was zur …« Hatte das Fenster etwa die ganze Nacht offen gestanden? Wieso? Weil Dad seinem Enkel gesagt hatte, dass es zubleiben sollte?

»Nick?«

Hervorragend. Ein scheiß offenes Fenster reichte, und schon war das erste Wort, das ich an meinen Sohn richtete, ein Brüllen. So viel zu meinem Plan.

»Hey, Nick!«

Ich stapfte aus seinem Zimmer heraus zum Bad. Vielleicht hatte ich nur nicht mitbekommen, dass er längst aufgestanden war. Aber das Bad war genauso leer wie das Gästezimmer, in dem mein Dad schlief und das Wohnzimmer, die Küche. Smudge saß auf einem der Stühle und beobachtete mich dabei, wie ich nach dem kleinsten ihrer Menschen suchte und nach dem einzigen, den sie leiden konnte, seit meine Mum nicht mehr da war.

Mum.

Natürlich.

Mums Zimmer, das eigentlich das Schlafzimmer meiner Eltern gewesen war, bis meine Mutter ihre letzten Tage darin verbracht hatte. Seither war es eine Art Mahnmal, das niemand ohne guten Grund betrat, und das für Nick mit einem Bann belegt war: »Da drin hast du nichts verloren.«

Was wäre besser geeignet, um Verbote zu erproben? Wenn selbst sein Dad mit sich haderte, auch nur die Tür zu diesem Raum zu öffnen, mit dem er Erinnerungen verband, die er lieber sehr weit in den Hintergrund verdrängte.

»Nick?« Ich flüsterte sogar, als ich die Tür zu Mums Zimmer öffnete und eintrat. Er lag nicht auf dem Bett oder saß auf einem der beiden Stühle, die noch immer daneben standen, und auf denen Dad und ich gesessen und gewartet hatten. »Begleiten«, hatte die Pflegekraft es genannt. Für mich hatte es sich nicht wie »Begleiten« angefühlt, sondern wie »eine Hand halten und Angst haben, sie kaputtzumachen, während man sich hundeelend fühlt«.

»Nick, komm schon, das ist nicht lustig.«

Ich sah sogar im Kleiderschrank nach. Eigentlich glaubte ich nicht daran, dass er sich ernsthaft zwischen Mums alten Mänteln versteckt haben könnte. Aber es war leichter, dort nachzusehen, als zu überlegen, wo zur Hölle mein Sohn sonst stecken könnte.

Allerdings waren zwei Kleiderschränke kein allzu großer Puffer, ehe ich mich genau so in diesem Raum wiederfand wie vor sechseinhalb Jahren – mit dem Gefühl von Panik, das in mir aufstieg, wie fettige Burger und Alkohol vom Vorabend, die man jeden Moment quer über den Boden kotzen würde.

Panik kam nicht infrage. Panik war die Akzeptanz, dass zuvor Undenkbares wirklich und wahrhaftig passieren konnte. Also blieb ich ruhig. Ganz einfach. Solange man Ruhe bewahrte, fanden die richtig üblen Dinge schlicht nicht statt.

Ich lief wieder zurück in die Küche und versuchte, dabei nicht zu rennen und ein Tempo an den Tag zu legen, das diesem Tag vorgaukeln konnte, dass er normal war. Wenn ich das lange genug durchzog, würde Nick vor der Tür stehen – vermutlich nass bis auf die Knochen, weil er seine Regenjacke vergessen hatte. Er würde auftauchen, weil er Smudge nicht gefunden hatte und glaubte, die alte Dame hätte sich verlaufen, obwohl sie auf seinem Platz am Küchentisch saß.

Ich griff nach meinem Handy auf der Ablage und rief zuerst bei der Arbeit meines Vaters an. Linda nahm den Anruf entgegen und verzichtete zum Glück auf zeitraubenden Small Talk, ehe sie meinen Dad ans Telefon holte.

»Ist Nick bei dir?« Das ergab wenig Sinn. Es war ein ganz normaler Schultag. Aber Nick stand wahnsinnig darauf, seinen Grandpa zu besuchen und sich immer wieder dieselben Details über Zerspanung und die Instandhaltung der Maschinen erklären zu lassen. Und wenn ich schon nicht bereit war, irgendwas von dem zu erwägen, was Panik mit sich brachte, dann wenigstens, dass Nick beschlossen hatte, auf Routinen wie die Schule zu pfeifen.

»Nick? Wolltest du nicht mit dem reden?«

Ich schnaufte und schloss die Augen. »Er ist nicht hier.«

Dad grunzte kurz nachdenklich. »Hast du schon nach ihm gesucht? Vielleicht lümmelt er nur irgendwo mit der Katze rum.«

»Suchen. Natürlich, Dad! Das ist mir noch gar nicht in den Sinn gekommen!«

»Er kann ja nicht weg sein …«

Ich war kurz davor aufzulegen. Ich brauchte Lösungen oder sinnvolle Vorschläge, am besten ein »Ja, der Bengel ist hier, wollte lieber mit zur Arbeit statt in die Schule. Hast du den Zettel am Kühlschrank nicht gesehen?« Das war, was ich wollte und keine sinnentleerten Bemerkungen, die es mir noch schwerer machten, ruhig zu bleiben und keine Panik auf den Fliesenboden zu erbrechen.

»Also ist er nicht bei dir«, versicherte ich mich noch mal.

»Nein. Bin um fünf los. Da war er noch nicht wach.«

»Hast du das gesehen?«

»Hm?«

Ich atmete tief durch und gab mir alle Mühe, ruhig zu klingen, während ich zu Nicks Zimmer zurücklief. »Hast du ihn heute Morgen im Bett liegen sehen?«

»Nein, die Tür war ja zu. Die Katze saß davor, aber du hast gesagt …«

»Ich weiß, was ich gesagt habe.« Keine Übernachtungen von Smudge mehr bei Nick. Als Strafe für die Aktion mit dem Feuerzeug. Wieso zur Hölle hielt Dad sich an meine Regeln? Waren Großeltern nicht dafür da, um genau damit zu brechen? »Hat er gestern noch irgendwas zu dir gesagt? Über den Streit oder … keine Ahnung.«

Dad ließ sich einen Moment Zeit mit seiner Antwort, die dadurch aber nicht minder ernüchternd ausfiel. »Nein, nichts. Seine Gutenachtgeschichte wollte er auch allein lesen. Er meinte, er sei kein Baby mehr und brauche keine Erwachsenen dafür.«

»Hm …« Ich stand in seinem Zimmer und starrte auf die Pfütze, die größer war, als sie mir eben vorgekommen war. Wie lange hatte das Fenster denn offen gestanden?

»Alles klar, Dad, danke. Ich melde mich, wenn ich ihn finde.« Damit legte ich auf und tat einen Moment lang nichts weiter, als die Pfütze auf dem Boden von Nicks Zimmer anzustarren. In Gedanken war ich schon einen Schritt weiter. Bens Eltern anrufen. Der Junge wohnte nur zwei Straßen entfernt, und Nick hatte mir vor ein paar Tagen damit in den Ohren gelegen, ob er und Ben nicht allein in die Schule laufen konnten – wie die größeren Kinder.

Vielleicht war er einfach losgezogen, um seinen Freund abzuholen und damit seinem Dad und sich selbst zu beweisen, dass Gutenachtgeschichten nicht das Einzige waren, bei dem er keine Hilfe von Erwachsenen mehr brauchte. Allerdings bekam ich es nicht auf die Reihe, nach der Nummer von Bens Mutter zu suchen und sie anzurufen. Was sollte ich ihr sagen? Dass ich es nicht hinbekommen hatte, auf meinen Sohn aufzupassen? Dass der jetzt verschwunden war? Und wenn Nick nicht dort war, dann …

Denk nach, sagte ich mir. Er will dir eins auswischen. Er ist sauer, aber er ist kein Idiot. Also, wohin ist er gegangen? Zu wem … Miss Harris. Natürlich. Miss Harris war in seiner Welt schließlich die letzte Person mit Durchblick, und wenn sein störrischer Dad sich weigerte, diese Person um Rat zu fragen … Das war logisch. Es war sogar in so hohem Maße logisch, dass ich erleichtert aufatmete. Buchstäblich.

Nick war zu Leena marschiert oder zur Schule, um sie da abzufangen. Vielleicht hatte er mal gesehen, aus welcher Richtung sie morgens kam. Und er würde mit ihr sprechen – ohne seinen dämlichen Vater, den er damit in eine beschissene Ausgangssituation brachte, um sich dafür zu entschuldigen, dass er zu weit gegangen war.

Scheiß drauf.

Und wenn Leena eine ganze Kiste voller Craftbeer nach mir warf, weil sie sich von meinem Sohn hatte anhören müssen, was für ein dämlicher Wichser sein Dad war, und ihm in allen Punkten recht gab.

Scheiß. Drauf.

Wichtig war nur, dass …

Mein Blick war über Nicks Schreibtisch gehuscht. Nicht das

erste Mal an diesem Morgen, aber das erste Mal, dass ich richtig hinsah. So was passiert vermutlich, wenn man aufatmet und wieder mehr wahrnimmt, als der Tunnelblick in so einer Situation zulässt.

Zum ersten Mal an diesem Morgen bemerkte ich die Schulbücher, die sich darauf stapelten, genauso wie die Hefter und Nicks Schreibmappe. Sogar die Brotdose, die er am Vortag nicht in die Küche gebracht hatte, lag dort – zusammen mit meiner alten Uhr, deren Markierung immer noch auf dem Zeitpunkt festhing, den ich gestern festgelegt hatte. Um mit Nick zu reden und es dann völlig in den Sand zu setzen.

Nicks Rucksack war nicht mehr da, aber sein gesamter Schulkram lag auf dem Tisch, gemeinsam mit diesem etablierten Stück Sicherheit, das uns beide verband. Und daneben war die Liste. Ich übersah sie mindestens zweimal, während ich mich hektisch in Nicks Zimmer auf und ab lief und dabei immer wieder in diese scheiß Pfütze trat.

Erst, als ich mich zwang, genauer hinzusehen, um zu wissen, was noch fehlte, fiel mir das zerknüllte Stück Papier ins Auge. Ich nahm es, faltete es auf und erkannte sofort alles wieder, was darauf stand. Jede einzelne Zeile, egal, wie energisch Nick sie durchgestrichen hatte.

~~Dibstal~~
~~Andre verlezen~~
~~Feur Anzünden~~
~~Zigarretten~~
~~Daddy fragen~~
~~Hin laufen~~
~~Ms Haris~~
Hin laufen

Die ersten sechs Zeilen hatte er versucht, mit einem grünen

Buntstift auszulöschen. Nur die letzte war fett und dunkelblau unterstrichen. Und über der Liste brauchte es lediglich ein Wort, um zu erklären, worauf das alles hinauslaufen sollte. Ein Wort, das ausreichte, um schlagartig zu vergessen, wie man Ruhe bewahrte. Wie man keine Panik zuließ.

Die Panik war da. Ich hatte gar keine andere Wahl, als das zu akzeptieren. Sie stand dunkelblau auf kariertem Hintergrund:
Gefengnis.

Keine scheiß Pfütze …

Leena

»Auf keinen Fall gehst du da dran!«

Das waren die Worte gewesen, mit denen Zoe mich vor dreizehn Jahren davon abgehalten hatte, Hamishs reumütigen Anruf entgegenzunehmen. Den einen Versuch, den er gewagt hatte.

Offenbar findet die Zeit Gefallen an manchen Momenten – so sehr, dass sie beschließt, sie Jahre später zu wiederholen.

Mein Handy klingelte als Debbie und ich schweigend in meiner Küche saßen und synchron überlegten, ab dem wievielten Whisky es zu einer ziemlich dummen Idee geworden war, unser kleines Trinkspiel weiterzuführen.

Das Klingeln meines Handys ließ mich nicht nur zusammenzucken, es schnitt auch in meinen Kopfschmerz, der es sich an diesem Morgen so richtig schön bequem gemacht hatte. Ich warf einen Blick auf das Display, und während entweder mein Herz oder mein Magen prompt nach unten sackte, konnte Debbie von meinem Gesicht ablesen, wer anrief. Sie schnaufte und wiederholte die Worte meiner besten Freundin vor dreizehn Jahren: »Auf keinen Fall gehst du da dran!«

Aber was, wenn er wieder nur dieses eine Mal anrief, ehe die nächsten dreizehn Jahre begannen? Ich wollte das nicht.

Und gleichzeitig machte es mir ein bisschen Angst, wie sehr ich das nicht wollte.

»Hey! Denk nicht mal dran!« Debbie ging richtig auf in ihrer Rolle als Schulterengel. »Was haben wir gestern abgemacht?«

»Dass er angekrochen kommen soll und nicht ich«, sagte ich und hielt ihr demonstrativ mein Handy hin. Er war derjenige, der sich meldete. Nicht ich.

»Ja, das war *ein* Punkt. Und was ist damit, dass du nicht zulassen darfst, dass man so mit dir umspringt? Weißt du, wie du gerade aussiehst? Dein Blick schreit nach: Ja, Schatz, du hast recht, ich bin ein dummes Stück Scheiße, also behandle mich bitte auch so. Ist nämlich meine Schuld, dass ich Dinge nicht wusste und dass du den Mund nicht aufmachst. Weißt du was, Schatz? Ich hab noch …« Sie sah sehr demonstrativ auf ihre Uhr. »Es ist jetzt zehn vor acht. Ich hab also noch fünfzehn Minuten, bis ich mich auf den Weg zur Schule machen muss. Meinst du, wir schaffen den Blow Job noch? Ich wäre untröstlich, wenn du bis heute Nachmittag auf meine Wiedergutmachung warten müsstest.«

Ich schaffte es, Debbie einen genervten Blick zuzuwerfen – den mit dem zur Seite geneigten Kopf und der erhobenen Augenbraue. »Ich weiß, dass das nicht meine Schuld war.«

»Na, das ist doch was. Du gehst da trotzdem nicht dran. Mag sein, dass er mit seiner Frau so umgegangen ist, und ja …« Sie zog dieses Wort in die Länge, weil sie es leid war, mir in meinem Verständnis für Hamish recht zu geben. »Vielleicht ist er es gewohnt, einen Streitpartner zu haben, der rumschreit und fies wird und hat das übernommen. Mag sein. Aber dich hat er wie eine Königin zu behandeln, und wenn er verlernt hat, wie das geht, ist das sein Problem und nicht deins. Muss ich wirklich noch mal an Henry Cavill erinnern, diesen wundervollen Mann mit der perfekten, wertschätzenden Streitkultur?«

»In deiner Fantasie …«, erinnerte ich.

»Spielt keine Rolle. Außerdem … So.« Debbie nickte zufrieden, als mein Telefon verstummte. »Sehen wir mal, ob er die Eier hat, noch mal anzurufen, oder du nur seine erste Option … Oh.«

Noch ehe sie den Satz beendet hatte, ging Hamishs zweiter Anruf ein. Also hatte die Zeit vielleicht ihren Spaß mit Wiederholungen, aber sie war dabei nicht allzu akkurat.

Meine Erleichterung darüber konnte ich vor Debbie nicht verbergen. Und sie reagierte darauf, wie eine beste Freundin es nun einmal zu tun hatte, wenn ein Mann beschissen mit ihrer Freundin umgegangen war. Sie rollte mit den Augen. »Wehe, du sagst auch nur ein nettes Wort, ehe er sich nicht entschuldigt hat. Du bist mehr wert. Wenn ihm das nicht klar ist, dann …«

»Henry Cavill, ich weiß.« Und ich wusste das wirklich. Vor allem wusste ich, dass Debbie recht hatte. Es gab so viel, was ich Hamish schon gestern Abend hätte sagen sollen. »Hör auf damit« oder einfach nur »Fick dich«. Aber ich hatte es ja gerade so geschafft, nicht zu heulen.

»Henry Cavill«, bestätigte Debbie und deutete mit einem Nicken auf mein Handy. »Na los, ich bin neugierig, ob ihm klar ist, wie dämlich er sich benommen hat.«

Also atmete ich noch mal kurz durch und nahm den Anruf entgegen. »Was willst du?« *Kein nettes Wort, ehe er sich nicht entschuldigt hat.* Immerhin beim Einstieg war mir das gelungen.

Zuerst hörte ich sein Aufatmen und erst als Zweites seine Stimme. »Leena, Gott sei Dank. Ich brauch deine Hilfe.«

Das konnte er nicht ernst meinen. Was zur Hölle war in den letzten Jahren schiefgelaufen, dass er mich als mentale

Pfütze benutzte und das nicht einmal mitbekam? »Meine Hilfe?«

»Ja. Du sagtest doch, du hast Kontakt mit Harry, oder?«

Seine Bitte um Hilfe war also kein unglücklicher Gesprächseinstieg zu einer Klärung, sondern pure Ignoranz. Es war ihm egal. Diese Erkenntnis war es, die sich gegen meine Kehle drückte, bis sie brannte. Es war nicht okay, wenn er sich aufführte wie ein Arschloch und an mir ausließ, dass er nicht klarkam. Aber solche Dinge konnte ich verstehen und irgendwann auch vergessen. Dass er sie aber nicht einmal sah, war brutal und tat mehr weh als aufgebrachtes, blindes Um-sich-schlagen.

»Leena, ich muss wirklich dringend mit Harry sprechen.«

»Ist das dein Ernst? Deshalb rufst du mich an?« Aus dem Augenwinkel konnte ich sehen, wie Debbie die Augenbrauen hob.

»Ich weiß nicht, wen ich sonst …« Nachdem die ersten Worte etwas ungehalten aus ihm herausgestolpert waren, hielt er inne und setzte noch einmal an. »Hast du seine Nummer?«

»Nein, Hamish!« Das war zu laut. Aber scheiße noch mal, was sollte das? »Also, ja, ich hab die Nummer, aber nein! So geht das nicht, okay? Ich …« Gott, ich hasste es. Ich hasste es so sehr, dass Wut jedes Mal auch Tränen mit sich brachte. Wie einen beschissenen Drink, um den Moment zu begießen. Aber alle meine Worte schwammen darin, und es war anstrengend, sie nicht einfach ertrinken zu lassen. »Du hast dich gestern aufgeführt wie ein riesiges Arschloch. Ist dir das eigentlich klar? Ich verstehe, dass du einen beschissenen Tag hattest, aber …« Ich überhörte Debbies Aufstöhnen. Schließlich war es so. Mir war klar, dass es Hamish nicht gut ging. Das war mir wirklich klar. Aber genauso wusste ich, dass das nicht meine Schuld war. Nicht ausschließlich. »Hamish, ich wollte nur helfen. Das ist schiefgelaufen, okay. Aber du kannst nicht einfach … Ich bin keine scheiß Pfütze, in die du reinspringen kannst, wenn du mal Dampf ablassen musst. Du bist … Gott, dir muss doch klar sein, dass du mir wichtig bist. Das kann dir unmöglich nicht klar sein. Und ich dachte eigentlich …«

Ja, Leena, was hast du gedacht? Dass ihr dreizehn Jahre ausradiert und du den Hamish wiederhaben kannst, den du nach dem Bierflaschenvorfall auf dem Green-Day-Konzert in die Notaufnahme gebracht hast? Dessen Hand du gehalten hast, während er selbst sich irgendwelche Taschentücher auf die aufgeplatzte Augenbraue pressen musste, weil du all das Blut nicht sehen konntest? Der dir in diesem Moment gesagt hat, dass er dich liebt und dabei so nervös war, als wäre das etwas, das dir nicht längst klar gewesen ist? Dachtest du wirklich, dass du dahin einfach zurück könntest?

»Keine Ahnung, was ich dachte. Es ist okay, wenn wir einfach Freunde sind. Es ist auch okay, wenn du hin und wieder vorbeikommst, ohne dass das mehr bedeuten muss. Wir sind erwachsen, das ist in Ordnung. Aber es ist nicht in Ordnung … Wenn du einfach nur jemanden brauchst, um dich abzureagieren, dann … Dann kann ich das nicht. Kapierst du das?«

Hamish antwortete nicht. Mir fiel auf, dass er die ganze Zeit nicht einen Ton von sich gegeben hatte. Keine Unterbrechung, nicht einmal ein genervtes Aufstöhnen. Ich hörte nur, wie eine Tür zuknallte und dann Schritte und ein Rauschen, das der Wind sein konnte.

»Hamish? Bist du noch dran?«

»Ich bin hier. Aber …«

»Aber … was? Wenn du mir jetzt sagen willst, dass ich übertreibe und mich nicht so haben soll, dann leg lieber auf.«

»Will ich nicht. Du hast recht, aber …« Ich hörte, wie Hamish Luft ausstieß, als hätte er sie für Minuten angehalten. »Aber ich kann jetzt beim besten Willen nicht *dieses* Gespräch mit dir führen. Ich …« Ein Krachen und dann Stille. War das eine Autotür gewesen? »Ich brauche wirklich dringend Harrys Nummer. Nick ist verschwunden und ich weiß nicht … Die Polizei war schon da. Sie wollen noch irgendwen mit Hunden vorbeischicken. Aber sie hören mir nicht zu. Sie hören mir einfach nicht zu! Und zu Harry stellt mich keiner durch, also brauche ich seine Nummer, damit …« Sein Satz starb ab, bevor seine Stimme dem zuvorgekommen wäre. Trotzdem hatte ich das leichte Wanken in seinen letzten Worten noch gehört.

»Was meinst du mit: Nick ist verschwunden?« Was für eine bescheuerte Frage. Mein Körper reagierte längst auf das, was Hamish mir gesagt hatte. Mir wurde kalt, und der Kopfschmerz schien sich in dumpfe, pochende Watte zu verwandeln, und trotzdem fragte ich nach, als hätte ich ihn nicht verstanden.

»Er war heute Morgen nicht in seinem Zimmer. Sein Rucksack ist weg. Und Sir Boo und sein Ritterschwert. Es ist …« Er räusperte sich und brauchte eine Sekunde zu lang, um danach weiterzusprechen. »Da lag eine Liste auf seinem Tisch. Es ist ziemlich klar, was er vorhat. Und trotzdem sind diese Idioten nur Schulfreunde und Nachbarn mit mir durchgegangen, um dort nach ihm zu fragen. Das ist Bullshit. Er ist nicht einfach zu Ben oder Sarah spaziert. Aber die hören nicht auf mich, also …« Noch ein Räuspern, nach dem er diesmal nicht weitersprach.

»Ich schick dir Harrys Nummer«, sagte ich sofort, und fast hätte ich ihn gefragt, ob er klarkam. Ob er klarkam, verdammte Scheiße. Damit, dass sein Sohn sich in Luft aufgelöst hatte. »Wo … Wo bist du gerade?«

»In meinem Auto. Ich … Dad ist zu Hause, falls Nick zurückkommt, oder die Polizei oder … keine Ahnung. Aber ich kann nicht …«

»Du kannst nicht einfach rumsitzen und warten.« Ich nickte. Darin war er schon damals beschissen gewesen. Das Warten auf das Ende von Marys Chemo. Das Warten bis zu ihrer nächsten. Auf meinen Termin in Aberdeen und darauf, dass dieser Termin vorbei war und damit das Warten und irgendwie auch alles andere. »Hamish, wenn du … Ich kann mich krankmelden, wenn du Hilfe bei der Suche brauchst.« *Oder dabei, nicht den Verstand zu verlieren. Du warst ein Arschloch, aber das heißt nicht, dass ich einfach nur meinem Alltag nachgehen kann, während ich weiß, was bei dir los ist. Und vor allem, dass du allein damit bist …*

Ich warf Debbie einen kurzen Blick zu. Keine Ahnung, wie viel von der Situation sie mitbekam, aber sie nickte. Also war es wohl genug.

Hamish sagte in der Zwischenzeit nichts. Ich hörte nur ein leises Klopfen im Hintergrund. Vielleicht sein Zeigefinger auf dem Lenkrad. Ich hatte ihn noch nie wirklich Autofahren sehen, aber ein Zeigefinger, der nervös und immer wieder gegen das Lenkrad tippte, war etwas, das Hamish ähnlich sah. Und in dem Takt dieses Klopfens hörte ich seine Gedanken. Dafür musste er keinen Ton von sich geben. Hamish war jemand, dessen Gedanken zuweilen sehr laut waren. Selbst am Telefon.

»Sag einfach, was dir lieber ist«, wiederholte ich, um ihm ein bisschen durch sein Zögern hindurchzuhelfen. »Wenn du dich allein auf die Suche machen willst und niemanden erträgst, ist das okay. Dann schick ich dir gleich Harrys Nummer. Aber wenn du jemanden brauchst, der …« Keine Ahnung. Was konnte ich überhaupt tun?

Hamish räusperte sich, dann hörte ich ihn tief durchatmen. Das Klopfen im Hintergrund verstummte. »Kannst du herkommen? Ich glaub, sonst dreh ich durch.«

… sondern das Meer

Leena

Hamish saß auf dem Bordstein vor dem Haus. Dieses Bild war so unendlich vertraut. Als würde Debbie mich mit ihrem Auto in eine alte Erinnerung hineinfahren, die ich durch das Fenster an der Beifahrerseite anschauen konnte. Wie Besucher in einem scheiß Zoo. Und auf der anderen Seite der Scheibe saß Hamish, das Telefon an sein Ohr gedrückt. Die linke Hand presste er gegen seine Stirn, ungeachtet der Zigarette, die zwischen seinen Fingern steckte und sich in zartem Rauch verlor. Das war kein Bild, an dem ich vorbeifahren und hinsehen und denken konnte: *Oh wie nett, genau wie früher.*

»Halt an.« Meine Stimme krächzte – von dem fehlenden Schlaf und dem Übermaß an Whisky am letzten Abend.

Noch ehe Debbie reagierte und den Wagen zum Stehen brachte, schnellte meine Hand schon zur Seite und löste den Gurt.

»Hey, tief durchatmen. Du bist keine Hilfe, wenn du durchdrehst.«

»Ich dreh nicht durch, ich will nur …«

»Tief durchatmen«, wiederholte sie energisch genug, dass ich genau das auch tat. Ich atmete tief ein. So tief, dass ich das Gefühl hatte, meine Lunge würde sich bis in meinen Magen ausdehnen. Doch vielleicht war das auch nur die Reaktion meines Körpers darauf, dass Hamish zu dem Auto aufsah, das mitten auf der Straße vor seinem Haus angehalten hatte. Seine Stirn lag in tiefen Falten, während er irgendetwas in sein Telefon sprach. Wütend. Gott, er sah so unendlich wütend aus.

»Versprich mir, dass du gehst, falls er fies wird.«

»Debbie, er hat gerade …«

»Mir egal. Du bist hier, um ihm zu helfen. Du bist nicht sein Punching Ball.«

Pfütze, dachte ich, es heißt Pfütze. »Debbie, ich muss wirklich …« Das war der Moment, in dem Hamishs Blick aufklarte. Er erkannte, wer in dem fremden Auto saß, und rappelte sich auf. Seine Zigarette ließ er fallen und trat sie aus.

»Na los«, seufzte sie. »Aber pass auf dich auf.«

Ich nickte hektisch, bedankte mich noch einmal und stieg aus.

Hamish kam mir schon entgegen, als ich die Autotür hinter mir schloss. Er hielt mir sein Handy entgegen, doch ich nahm nur wahr, wie er mich dabei ansah. Dieser Blick … »Red du mit ihm. Du kennst ihn besser, und ich …«

Und du … Du bist gar nicht wütend, kann das sein? Nicht nur. Das sah hinter dem Glas bloß so aus. In Wirklichkeit drehst du längst durch, oder? Dabei sollte ich doch herkommen, damit das nicht passiert. Und jetzt hast du einfach ohne mich angefangen.

Alles, was ich sagte, war: »Okay. Aber mit wem …«

»Harry«, erklärte Hamish, als ich sein Handy nahm und längst die Nummer erkannte, die ich ihm vor einer halben Stunde geschickt hatte. »Sie müssen … Sie verlieren Zeit damit, wenn sie hier alle Bekannten abgrasen. Nick ist wahrscheinlich schon die halbe Nacht da draußen gewesen. Und sie haben die Liste. Ich versteh nicht …« Er unterbrach sich kurz, um tief durch die Nase einzuatmen, und dann zu merken, dass ihm das keine Ruhe brachte. »Mir hört er nicht zu. Aber ich glaube, wenn du …«

Ich nickte und legte das Telefon an mein Ohr. »Harry? Hier ist Aileen Harris, ich bin bei …«

»Das gibt's doch nicht.« Das Schnaufen des Mannes, dem ich schon so oft sein Bier gezapft hatte, war unverkennbar. »Zieht er dich jetzt auch da rein?«

»Wo rein?« Ich lächelte Hamish kurz aufmunternd zu, was mir gleich darauf wie die dümmste Geste der Welt vorkam, dann wandte ich mich etwas ab, um mit Harry zu sprechen.

»Aileen, eine Bitte: Halt uns diesen Mann vom Hals. Wir tun, was wir können, um den Jungen schnellstmöglich zu finden. Verschwundene Kinder nehmen wir nicht auf die leichte Schulter, auch einfache Ausreißer nicht. Sag ihm, ich habe seine Liste, und drei Kollegen suchen längst die Straßen in Richtung Süden ab.« Er gab noch ein weiteres Schnaufen von sich. Eines von denen, die genervt waren, aber nicht wütend. »Ich verstehe seine Sorge, aber ich werde nicht sämtliche Protokolle überspringen, weil eine Zivilperson eine zerknüllte Liste und ein Bauchgefühl hat. Sag ihm, dass das für mich nicht das erste verschwundene Kind ist, für ihn schon.« Das würde ich Hamish auf keinen Fall sagen, aber ich fürchtete, dass er diese Worte von Harry längst gehört hatte.

»Harry, ich kann nicht …« Ich sprach etwas leiser, während ich aus dem Augenwinkel beobachtete, wie Hamish sich eine weitere Zigarette anzündete. »Er kann nicht einfach hier sitzen und auf einen Anruf warten. Gibt es … Wir müssen irgendwas tun können. Egal was.«

»Zuerst mal könnt ihr uns unsere Arbeit machen lassen. In der Zeit, die ich mit ihm geredet habe, hätte ich längst Scotrail alarmieren können, dass ein vermisster Junge vermutlich auf dem Weg nach Edinburgh ist. Ich muss die Überwachungsvideos vom Bahnhof organisieren und jemanden finden, der sie …« Und da war Schnaufen Nummer drei. »Halt ihn mir einfach vom Hals. Außer, ihm fällt noch etwas ein, das ein Hinweis sein könnte. Wenn er denkt, dass wir unsere Arbeit nicht richtig machen, kann er selbst auf die Suche gehen. Damit wäre er wenigstens eine Hilfe. Aber gerade sorgt er nur dafür, dass zumindest ich Zeit verliere. Das kann nicht in seinem Sinn sein.«

Ist es auch nicht, dachte ich. Nimm es ihm nicht übel. Er meint das nicht böse, er ist nur hilflos. Und er war noch nie gut darin, das auszuhalten. Ich such ihm eine andere Pfütze, in die er springen kann, versprochen.

»Am besten nimmst du Hamish das Handy weg und gehst mit ihm die Wege ab, die dem Jungen vertraut sind. Werft auch einen Blick in die Seitenstraßen. Kinder in dem Alter finden wir in der Regel in einem recht kleinen Radius wieder. Vermutlich hat er sich einfach auf den Weg gemacht, wurde vom Regen überrascht und hat sich bei der Suche nach einem Unterschlupf verlaufen. Seht dort nach, aber bleibt erreichbar.«

Ich nickte, weil Harry recht damit hatte, dass er wusste, was er tat, und mehr davon tun konnte, wenn man ihm den Raum dafür ließ. Das verstand ich. Doch ich nickte auch, weil ich gleichzeitig begriff, warum dieses Telefonat Hamish einen Schritt näher an den Punkt herangeführt hatte, an dem er den Verstand verlieren würde. »Alles klar. Ihr meldet euch sofort, wenn ihr …«

»Hamish ist der Erste, den ich anrufen werde.«

Natürlich war er das. Vermutlich stand das sogar im Protokoll, und indem ich überhaupt nur danach fragte, wurde ich wohl auch zu denen, die allmählich durchdrehten. Also atmete ich tief durch, erinnerte mich daran, was Debbie gesagt hatte – dass ich keine Hilfe wäre, wenn ich nicht ruhig blieb. »Danke, Harry. Also bis bald?«

Harry machte nicht den Fehler, Versprechen zu äußern. Er

sagte nicht, dass er den Jungen finden würde, weil er noch jedes Kind wiedergefunden hatte. Auch nicht, dass er überzeugt war, dass der Junge wohlauf war. Die Jahre hatten ihn gelehrt, nicht mehr zu sagen als »Ich melde mich, sobald es Neuigkeiten gibt. Dasselbe erwarte ich von euch«, und damit beendete er das Gespräch.

Ich überlegte noch, was ich Hamish sagen sollte, als ich ihm das Telefon wieder entgegenhielt. Keine Ahnung, was er sich davon erhofft hatte, dass ich das Gespräch für ihn übernahm. Vermutlich hatte er gar keine richtige Vorstellung davon gehabt, und am Ende war es wohl auch egal. Nick war nicht plötzlich wie durch Zauberhand wieder aufgetaucht. Er war immer noch weg.

Mit einem Nicken streckte Hamish seine Hand nach dem Handy aus. »Er hat dir gesagt, dass ich ihm auf den Sack gehe, oder?«

»Nicht wortwörtlich«, murmelte ich.

Er nickte noch einmal und schnaufte, was er besser beherrschte als unser Sergeant. »Väter, die sich Sorgen um ihre Kinder machen … so unfassbar lästig. Man sollte …« Hamish unterbrach sich selbst mit einem Kopfschütteln. Ich konnte sehen, wie seine Kiefer sich fest aufeinanderpressten. Sein Blick ging an mir vorbei nach irgendwo. Keine Ahnung, wem oder was er galt, doch für einen Moment sah Hamish genauso aus wie sein Sohn am Vortag. Als ich ihn mit den Zigaretten erwischt hatte und er so dagestanden hatte, die Hände in den Hosentaschen und mit einem eisernen Blick in den Augen, mit denen er versucht hatte, den Tränen zu trotzen.

»Harry sagt, wir sollen die nähere Umgebung absuchen«, hob ich vorsichtig an. »Wahrscheinlich ist Nick nur …«

»Hat er mir auch gesagt. Und ich hab ihm erklärt, dass das Schwachsinn ist. Nick ist keine streunende Katze, die irgendein Nachbar aus Versehen in der Garage einsperrt, er … Hier.«

Damit hielt er mir sein Handy wieder entgegen. Ich erkannte nicht gleich, was er mir zeigte. Auf dem Bild sah ich zunächst nur ein Blatt Papier und Gekrakel. »Du musst ranzoomen.«

Also tat ich genau das und erkannte die Wörter, die von Kinderhand geschrieben und dann durchgestrichen worden waren. Ich erkannte die Glitzerstifte, Finolas Platzwunde und Hamishs Zippo und seine Zigaretten … Und dass ich alles davon falsch verstanden hatte. »Scheiße«, stieß ich aus. »Und ich dachte … Gott, ich dachte die ganze Zeit, er ahmt dich nur nach, um tapfer zu sein. Aber …«

»Du siehst da dasselbe wie ich, oder?« Hamishs Frage klang viel zu hoffnungsvoll. Als würden sich alle Probleme seiner Welt in Luft auflösen, wenn ich ihm recht gab.

»Kaleigh ist in Edinburgh?«

Er nickte.

»Weiß Nick, wie er da hinkommt? Harry meinte, sie sehen sich die Überwachungsvideos vom Bahnhof an …«

»Er ist noch nie mit dem Zug gefahren. Ich kann mir nicht vorstellen … Wir waren immer mit dem Auto unterwegs. Ich denke, er weiß, in welche Richtung er aus der Stadt raus muss. Und dann geht es ja immer nur nach Süden.«

»Meinst du, er ist den Highway langgelaufen?«

»Keine Ahnung. Wahrscheinlich ist er in Richtung der Schilder … ich weiß es nicht. Aber ich weiß, dass es sinnlos ist, Bens Eltern zu fragen, wann sie Nick das letzte Mal gesehen haben, er …« Er atmete aus. Zu angestrengt, um ihm auch nur ein bisschen der Ruhe abzukaufen, mit der er weitersprach. »Ehe die mit Hunden hier sind, dauert das zu lange. Dad ist hier, ich hab Klamotten von Nick rausgesucht, aber die sind dann zu Fuß unterwegs, und … keine Ahnung, wie lange er schon …« Diesmal endete sein Satz mit einem Räuspern und einem Blick, der mich fast erschlug mit der Bitte, ihn jetzt nicht hängen zu lassen.

»Okay, dann scheiß drauf, was Harry gesagt hat. Wir fahren die Strecke nach Edinburgh ab.«

Hamish machte sich nicht die Mühe, seine Erleichterung mit Gelassenheit zu überspielen. Er streckte sogar seine Hände in meine Richtung aus, und für einen Augenblick glaubte ich, dass er mein Gesicht in die Hände nehmen und mich küssen würde. Einfach nur, weil ich da war und ihm zuhörte, was so wenig war, aber das Einzige, was ich gerade für ihn tun konnte.

Hamish küsste mich nicht. Seine Bewegung prallte gegen eine Mauer aus Zögern, die vermutlich noch von gestern Abend hier stand, als sie sich fast exakt an dieser Stelle zwischen uns aufgebaut hatte. Was von Hamishs Impuls übrig blieb, war ein inbrünstiges »Danke« und die Berührung seiner Hand, mit der er kurz über meinen Oberarm strich.

Ich nickte etwas zu energisch, um an dieser Mauer vorbeizudenken. An dem dumpfen Klirren, mit dem die zwei Bierflaschen gestern Abend nur zwei oder drei Meter weiter weg auf dem Boden aufgeschlagen waren. Das war nicht wichtig. Nicht jetzt. »Schlüssel«, sagte ich.

»Was?«

»Autoschlüssel. Ich fahre.«

»Das ist Schwachsinn. Ich kann Auto fahren. Jetzt ist echt nicht der richtige …«

Herrgott, als würde ich ihn ausgerechnet jetzt mit irgendwelchen albernen Witzen aufziehen. »Aber du kannst besser nach Nick Ausschau halten, wenn du nicht auf die Straße achten musst, außerdem …« Ich deutete auf ihn. Auf die Gesamtheit seiner Person, die wirkte, als bräuchte es nur einen kleinen Schubser, und Hamish würde explodieren oder in sich zusammenfallen. »Außerdem ist mir durchaus klar, dass du Autofahren kannst. An jedem anderen Tag, aber nicht heute und nicht so. Keine Widerrede.«

Ich klang, wie ich es mir von Mum abgeschaut hatte, um

betrunkenen Gästen den Autoschlüssel abzunehmen. Vielleicht war es also Mums geliehene Strenge oder wirkliche Einsicht – so oder so griff Hamish in seine Hosentasche. Zuerst holte er etwas anderes, Silbernes heraus. *War das Nicks Uhr?* Dann hatte er den Schlüssel in der Hand und gab ihn mir. »Aber ich sag, wo wir langfahren.«

»Logisch. Du weißt am besten, wo Nick langlaufen würde.«

»Okay.« Hamish warf noch einen Blick auf den Gegenstand in seiner Hand. Das war wirklich Nicks Uhr. Sieben, dachte ich und hatte mit einem Mal große Mühe, nicht einfach Hamishs Gesicht in meine Hand zu nehmen und ihm zu versichern, dass alles gut werden würde. Dass er keinen Idioten in die Welt gesetzt hatte, sondern einen kleinen Menschen, der ganz offensichtlich noch cleverer war, als ich angenommen hatte. Ich wollte ihm sagen, dass Nick nichts passiert war. Dass er sich keine Sorgen machen musste. Nicht jetzt und auch nicht in der Zukunft. Dass er es nicht versaute, auch wenn sich gerade alles nach dem Gegenteil anfühlte.

Aber ich hielt meine Klappe. Nicht, weil mir der Mut fehlte, sondern weil ich noch genug Verstand hatte, um zu wissen, dass Hamish nichts davon gerade gebrauchen konnte.

»Alles wird gut« ist vermutlich der dümmste Satz, den man jemandem sagen kann, für den gar nichts mehr gut ist. »Alles wird gut« muss passieren. Die Worte allein haben keinen Wert.

»Dunnottar oder Arduthie?« Das war besser. Hamish nach der Straße zu fragen, auf der er normalerweise die Autobahn ansteuerte, war definitiv viel, viel besser.

»Dunnottar«, antwortete er, lief um das Auto herum und stieg auf der Beifahrerseite ein. Er kommentierte nicht, dass ich den Sitz erst auf meine Körpergröße einstellen musste. Genauso wenig griff er nach seinem Handy, das ich zwischen uns auf die Mittelkonsole legte. Hamish saß nur neben mir, hielt Nicks Uhr in der Hand und drehte nervös an dem äußeren Ring mit der Markierung. Vielleicht, um sich zu konzentrieren, aber ich bildete mir ein, dass er sich große Mühe gab, mich nicht anzufahren, wieso ich so lange brauchte, und warum ich nicht einfach den Wagen in Bewegung setzte.

Als ich den Motor startete, glaubte ich, ihn erleichtert aufatmen zu hören. Tatsächlich sank er auch etwas tiefer in seinen Sitz. Für eine Sekunden oder zwei, bis die CD im Radio ansprang und lautstark mitten in den Refrain eines Kinderliedes einstieg. Über Piraten, die sich auf den Weg machten, einen Schatz zu finden – *Ahoi und Harhar* – und dabei keine Angst vor Seeungeheuern hatten.

Hamish zuckte in seinem Sitz regelrecht zusammen. Seine Hand schnellte sofort nach vorn, um das Radio auszuschalten, das ab dem Punkt eine Stille aussandte, wie sie wohl nur auf Kinderlieder folgen kann, die man unterbricht, weil man sie gerade nicht erträgt.

»Fahr einfach«, murmelte er, als er meinen Seitenblick auf sich spürte. Mehr Worte verlor er nicht über die Piraten und Seemonster. Nur der Ring an der Uhr drehte sich etwas schneller. Wie lange würde es dauern, bis Hamish dieser Uhr mehr antun würde, als sie nur zu verwirren?

»Du sagst mir, falls ich langsamer oder schneller fahren soll. Oder irgendwo abbiegen … Okay?«

Hamish nickte stumm, während sein Blick unruhig durch sämtliche Scheiben dieses Autos glitt. Augenblicklich tat mir leid, dass ich ihn nicht fahren ließ. Ich wusste, dass das besser so war. Nur hatte ich nicht daran gedacht, dass das Dasein als Beifahrer am Ende nichts anderes war als warten. Immer wieder warten, ohne selbst auch nur irgendetwas in der Hand zu haben, außer einer alten Uhr, an der man sich ein bisschen festhalten kann. Aber nie genug.

Ich fuhr etwas langsamer durch die Stadt, als ich durfte, um selbst immer wieder einen Blick in die Nebenstraßen zu werfen. Mit jeder, die wir passierten, hatte ich das Gefühl, eine Chance ungenutzt zu lassen, Nick zu suchen. Ging es Hamish genauso? Oder war er sich sicherer als ich, dass sein Sohn auf seinem Weg weiter gekommen war als nur bis zu The Carron oder zum Pier? War Nick an der Polizeistation vorbeigelaufen oder hatte er einen Umweg genommen, um nicht erwischt zu werden? Ich versuchte mir vorzustellen, wie ich es in seinem Alter getan hätte. Allerdings glaubte ich nicht, dass ich überhaupt den Mut aufgebracht hatte, nachts allein nach draußen zu gehen. Ich hatte ja sogar Angst gehabt, das Leergutlager zu betreten, weil es dort immer dunkel war. Der Lichtschalter war nicht direkt neben der Tür, man musste also erst ein paar Meter in den Raum hinein, um die Lampe anzuschalten. Hatte Nick dieselben Ängste überwinden müssen? Die vor der Dunkelheit und vor dem Alleinsein? Oder hatten sie ihn erst auf dem Weg eingeholt? Ich hoffte, dass er einfach um einiges mutiger war als ich in seinem Alter. Die Vorstellung, dass er sich irgendwohin verkrochen hatte, nicht wusste, wo er war, und nicht nach Hause zurück fand …

»Leena, warte!« Ich spürte Hamishs Hand an meiner Schulter, noch ehe seine Worte ganz bei mir angekommen waren. »Wir müssen da lang!«

Wir waren gerade an der Tankstelle vorbeigekommen und hatten die Linkskurve genommen, nach der die Hauptstraße zur Dunnottar Avenue wurde. Ich sah in die Richtung, in die Hamish deutete. Er zeigte auf die kleine Coastal Route, die links von der Hauptstraße abging. »Bist du sicher?«, fragte ich ihn.

»Bin ich.«

»Aber das ist nicht der Weg, den Nick nach Edinburgh kennt.«

»Gott, Leena, ich hab doch gesagt, ich …« Dann stockte er und sah mich an, statt an mir vorbei. Er wirkte sogar kurz erschrocken, als hätte er einfach nicht damit gerechnet, dass wirklich ich neben ihm saß. »Tut mir leid, ich … Ich weiß einfach, dass er dort lang ist. Ich erklär dir das auf dem Weg, aber …«

»In Ordnung.« Ich setzte den Blinker und bog ab. Eigentlich brauchte ich keine Erklärung. Hamishs Bauchgefühl reichte mir völlig aus. Also steuerte ich den Wagen nach links und betete, dass Hamishs Instinkte ihn nicht trogen. Und gleichzeitig ertappte ich mich dabei zu hoffen, dass er vielleicht doch falschlag. Es war dunkel gewesen, und es hatte geregnet. Auf Asphalt konnte da schon genug schiefgehen, aber auf schlammigem Boden am Rand von meterhohen Klippen …

Hamish räusperte sich neben mir. »Mir ist eingefallen, was ich ihm gesagt habe, als wir …« Er runzelte die Stirn, während er den Weg vor und neben uns akribisch dabei beobachtete, wie er an uns vorbeiglitt. »Ich glaub, das war vor zwei Wochen. Da hat er gefragt, in welche Richtung zu Hause ist. Wir waren gerade bei der Monsterhöhle, also hab ich ihm gesagt, immer am Meer lang. Das Meer auf der linken Seite und immer geradeaus …«

Ich nickte. Allein schon, weil Hamish mich kurz ansah, als bräuchte er mein Einverständnis für die Schlüsse, die er zog. »Klingt nach einer Wegbeschreibung, der ein Kind folgen würde. Also suchen wir den Weg an den Klippen ab?«

Hamish atmete einmal mehr tief ein. Wie lange konnte er das noch tun, ehe die Luft aufhören würde, seine Lungen zu erreichen? Eine Stunde? Zwei? Und wie lange würde ich dem noch zusehen können, ohne ihn zu fragen, ob er klarkam oder dem Drang nachzugeben, ihn in den Arm zu nehmen. Dabei wusste ich, dass beides nicht hilfreich war. Die erste Frage würde den Zyniker in ihm wecken und das Zweite … Nun, es gibt Momente, in denen Umarmungen keinen Halt geben, sondern den letzten Anstoß, um in sich zusammenzubrechen.

Also beschränkte ich mich auf das, was Hamish aushalten konnte. Ich fuhr den Wagen bis zu der Kurve, von welcher der Pfad abzweigte. Der, den wir vor nicht einmal zwei Wochen gemeinsam mit einer Flasche Wodka Cola und alten Erinnerungen entlangspaziert waren. Ich parkte so weit links wie nur möglich und hörte das Klicken von Hamishs Gurt schon, ehe ich auch nur irgendetwas hatte sagen können wie »Okay, los geht's«.

Was übrig blieb, war »Hey, dein Handy!«, was er aber schon gar nicht mehr hörte. Die Beifahrertür krachte bereits ins Schloss. Also griff ich mir sein Telefon, den Autoschlüssel und stieg aus. Ich musste einige Meter rennen, um Hamish einzuholen. Er lief den Kiesweg so schnell hinauf, wie es ging, ohne gerade so nicht zu rennen, während ich Mühe hatte, mit ihm Schritt zu halten.

»Was hältst du davon …« Scheiße, ich war jetzt schon ganz außer Atem. »Was hältst du davon, wenn wir die Bucht hier nach ihm absuchen und dann weiter nach Dunnottar fahren. Er ist bestimmt schon … Er ist bestimmt schon weitergekommen.«

Hamish reagierte nicht. Keine Ahnung, ob er mir überhaupt zugehört hatte. Sein Bauchgefühl sagte ihm, dass Nick hier sein oder hier entlanggekommen sein musste. Wie sollte er sich auf irgendetwas anderes konzentrieren als auf genau dieses Gefühl?

»Nick!« Hamish rief nach seinem Sohn, sobald wir an der Bucht angekommen waren. Als der Weg uns ein Stück bergab am Felsen vorbeiführte, schlitterte Hamish mehr, als dass er lief. Es war, als wüsste er, wie weit Nick schon gekommen war, und musste ihn jetzt unbedingt einholen. Dabei konnte er das unmöglich wissen.

Aber das war auch gar nicht nötig. Manchmal braucht es

nur eine Befürchtung, vor der man davonläuft. Und oft treibt die uns mehr an als ein Ziel es je könnte.

»Nick!« Diesmal war ich diejenige, die den Namen rief. Mit Hamishs Tempo konnte ich nicht mithalten, aber immerhin das konnte ich tun. Keine Ahnung, wie er hatte glauben können, ich wäre ihm eine Hilfe dabei, das hier durchzustehen. *»Kannst du herkommen? Ich glaub, sonst dreh ich durch.«*

Nur wusste ich nicht, was ich tun sollte, damit das nicht passierte. Alles, was ich gerade so fertigbrachte, war, mich nicht abhängen zu …

Hamish war mir längst zehn oder fünfzehn Meter voraus, als ich ihn sah – den kleinen, weißen Schimmer an der Stelle, wo man auf den Klippen stehen und das Grollen aus der Monsterhöhle hören konnte.

»Hamish?« Das war viel zu leise. Er hörte mich nicht, sondern lief weiter den Pfad entlang und rief nach Nick.

»Hamish!«

Er rutschte fast aus, als er stehen blieb und sich gleichzeitig zu mir umdrehte. »Hast du was gefunden?«

Ich deutete dorthin, wo ich den Schimmer entdeckt hatte. »Ich bin nicht sicher!« Ich ging auf ihn zu, bis ich ihn wieder eingeholt hatte. Von hier konnte man schlechter sehen, was ich meinte, aber es ging. »Siehst du das? Das Weiße auf den Steinen? Ist das …«

»Sir Boo.« Er keuchte diesen Namen mehr, als dass er ihn aussprach. Gleichzeitig rang sein Gesicht mit einem Ausdruck von Hoffnung, gleichzeitig aber auch mit panischer Angst. Ich sah nicht mehr, was davon schlussendlich überwog, als Hamish losstürzte, den übrigen Kiesweg hinab zu dem Trampelpfad, der die Klippe entlang bis dorthin führte, wo man Kindern Monstergeschichten erzählte.

Hamish rannte diesen Weg so schnell entlang, wie man ihn nur rennen konnte, ohne auf dem Schlamm auszurutschen und den Abhang hinunterzustürzen. Er hatte Sir Boo schon erreicht und rief mir zu, dass es wirklich Nicks Gespenst war, als ich noch durch die Drähte des Zauns kroch.

»Nick!«, hörte ich ihn rufen und sah, wie er mit diesem leuchtenden Nachtlicht in der Hand viel zu nah am Rand die Klippe entlanglief. Er verschwendete dabei keinen Blick mehr auf die Wiesen und Felder, die sich neben uns ausbreiteten, sondern sah nur nach unten. Dorthin, wo er nichts anderes finden konnte, als seine schlimmste Befürchtung. Bitte, Hamish, dachte ich. Bitte dreh jetzt nicht durch, ich weiß nicht, was ich mache, wenn du …

Ich blieb stehen, als ich die Vibration in meiner Jackentasche spürte. Es dauerte einen Moment, bis ich kapierte. Das Handy. Hamishs Handy. »Hamish!«, rief ich ihm zu und zog sein Telefon heraus. Doch er reagierte gar nicht, sondern lief weiter den Rand der Klippe ab, als suchte er gar nicht mehr nach Nick, sondern nach einem Beweis dafür, dass nicht das passiert war, was er befürchtete.

»Hamish, es ist Harry!«

Er schien mich überhaupt nicht zu hören, also beschleunigte ich mein Tempo, während ich den Anruf entgegennahm. Es kam gar nicht infrage, den zu verpassen. »Hey«, keuchte ich in das Telefon. »Habt ihr was Neues …«

»Aileen, ist Hamish bei dir?«

»Ja, er … ich hab nur sein Handy, weil … Egal. Habt ihr ihn gefunden?«

»Ich muss mit Hamish sprechen«, betonte er. »Oder mit einem anderen Familienmitglied. Aber …« Er zögerte, wenn auch sehr kurz, ehe er ein Ach-egal-Seufzen ausstieß. »Es sind gute Nachrichten.«

»Oh, Gott sei Dank«, stieß ich aus. Mehr musste ich gar nicht wissen. Mehr konnte er Hamish erzählen, sobald ich den eingeholt hatte. Gute Nachrichten, das war alles, was … »Oh Scheiße, nein, nein, nein, nein. Hamish, spinnst du?«

Ich sah, wie Hamish am Rand der Klippe in die Hocke ging, sich mit einer Hand auf dem Boden abstützte und sprang. An der Stelle, von der er noch vor ein paar Tagen nur mit viel gutem Zureden hinabgeklettert war, war er über den Rand gesprungen und hatte meinen Puls einfach mit sich in die Tiefe gerissen.

Panisch stürzte ich dorthin, wo Hamish verschwunden war, und keuchte erleichtert auf, als ich sah, dass er auf dem Vorsprung mit der Flüsternische stand. Er hatte sie nicht verfehlt, war nicht abgerutscht und dann … »Bist du bescheuert?«, fuhr ich ihn an. »Du kannst doch nicht einfach …«

»Was, wenn Nick sich hier verkriechen wollte? Vor dem Regen? Was, wenn er abgerutscht ist und …«

»Ist er nicht.«

»Das kannst du überhaupt nicht wissen! Wir müssen …«

»Nein!«, unterbrach ich ihn und hielt das Handy so, dass er es sehen konnte. »Müssen wir nicht. Ich hab Harry dran, er will mit dir sprechen.«

Hamish sah mich an, als hätte ich ihm mit der Faust ins Gesicht geschlagen, und nun wüsste er nicht, was er tun sollte. Dabei war es ganz einfach. Diesmal war es wirklich so simpel.

»Gute Nachrichten«, versicherte ich ihm und streckte ihm meinen Arm entgegen, damit er an das Handy rankam. Ich vertraute einfach darauf, dass Harry noch nicht aufgelegt hatte. Tatsächlich hörte ich nur, wie Hamish sich am Telefon meldete und sah dann, wie er nickte. Wie er immer wieder nickte und kein weiteres Wort mehr herausbrachte. Ich beobachtete das ein paar Sekunden lang, dann rappelte ich mich auf und lief zum Anfang der Schräge, die mich zu Hamish und der Flüsternische hinabbringen würde. Ganz ohne waghalsige Sprünge.

Hamish telefonierte noch immer, als ich den Vorsprung erreichte. Ich blieb mit so viel Abstand wie möglich dort stehen, wartete und sah ihm dabei zu, wie er immer noch nickte und hin und wieder ein ersticktes »Okay« von sich gab. Das tat er genau drei Mal, ehe er auflegte. Selbst, als er das Telefon in seine Hosentasche steckte, hörte er mit dem Nicken nicht auf.

»Alles in Ordnung?«, hakte ich vorsichtig nach. Harry hatte doch von guten Nachrichten gesprochen. Und ich war davon ausgegangen, dass es nur eine Möglichkeit von Nachrichten gab, die gut wäre. Nur eine einzige.

»Sie haben Nick gefunden.« Hamishs Stimme klang noch rauer als sonst. Nicht nur, als wäre er gerade erst aufgestanden. Sondern als hätte man ihn mitten in der Nacht geweckt. Aus einem Albtraum. Dem schlimmsten von allen. »In Catterline … Der kleine Scheißer ist bis nach Catterline gekommen und …« Seine Mundwinkeln verzogen sich zu etwas, das ein stolzes Grinsen hätte werden können. Aber es wankte und stürzte schließlich in Hamishs Räuspern ein.

»Ist er okay?«

»Er hat … sie bringen ihn ins Krankenhaus. Er muss irgendwo gestürzt sein und hat eine Kopfverletzung. Aber Harry meint, es geht ihm gut, das ist nur Routine, und … es geht ihm gut.«

»Also fahr ich dich jetzt ins Krankenhaus, hm?«

Hamish nickte. Nur kurz diesmal, ehe er seinen Blick abwandte – erst zum Meer, dann zu den Felsen neben sich, und schließlich starrte er das Nachtlicht an, das in seiner Hand noch immer leuchtete.

Ich hörte, wie die Monster unter uns brüllten und sah die Tränen in Hamishs Augen, gegen die er kämpfte. Wie ein trotziger Junge, der fand, dass er zu groß war, um zu weinen. Hatte ihm denn immer noch niemand beigebracht, wie dumm das war?

Ich glaube, es war dieser Moment. Der, in dem ich begriff, dass ich nicht hier war, damit Hamish nicht durchdrehte. Ich war hier für genau den Augenblick, in dem er damit aufhören konnte – mit der Panik, der Wut und der Angst. Ich war da, um festzuhalten, was von ihm übrig blieb, sobald diese Klammer ihn losließ.

»Komm her«, murmelte ich leise, weil mir nichts anderes einfiel. Dann entschied ich, dass meine Vorsicht dumm war. Dumpfes Klirren und unsichtbare Mauern hin oder her. Hamish stand vor mir. Er war immer noch er, genauso wie ich immer noch ich war. Das mit dem »Wir« war etwas, das wir später herausfinden konnten. Für den Moment war nur wichtig, diesen Mann, der immer noch derselbe war, in den Arm zu nehmen und festzuhalten. Hamish wich der Geste nicht aus, er winkte auch nicht in einem Anfall falscher Tapferkeit ab, sondern schloss seine Arme um mich, als wäre ich diejenige, die er fast verloren hätte, und nicht Nick.

Und er zitterte. Gott, das war nicht nur ein Beben von Schultern wegen der Tränen, die er nicht zurückhalten konnte. Er zitterte richtig, als würde die Panik ihm noch einen letzten Gruß schicken, nun, da sie das Schlachtfeld verlassen musste.

Also hielt ich Hamish noch etwas fester. Mit meinen Fingern strich ich sanft über seinen Nacken und seinen Kopf. Niemand von uns sprach ein Wort. Nicht ein einziges.

»Es ist leichter, über schwierige Dinge zu reden, wenn man dabei aufs Meer schauen kann.«

Es ist auch leichter, gemeinsam zu schweigen.

Die Aufpasserin

Hamish

Kein grauer Kasten.

Das war der erste Gedanke, der mir in den Sinn kam, als Leena den Wagen in die Zielstraße lenkte. Als würde es einen Unterschied machen, ob ein Betonklotz vor mir aufragte oder ein Komplex aus hellem Stein und Glas. Das Royal Aberdeen Children's Hospital blieb ein Krankenhaus. Und dennoch …

Kein grauer Kasten.

»Nicht ganz so beängstigend wie Marys Klinik, oder?«

Leena lehnte sich ein wenig nach vorn, dem Lenkrad entgegen, um einen besseren Blick auf das Gebäude zu bekommen, als würden diese wenigen Zentimeter irgendeinen Unterschied machen.

»Mh«, machte ich und atmete tief durch. Ich musste mich räuspern, ehe ich weitersprechen konnte. »Harry hat gesagt, wir sollen zur Notaufnahme kommen. Seine Kollegin wartet dort auf uns und … keine Ahnung. Ich hab nicht richtig zugehört.«

»Er hat bestimmt Maisie geschickt«, meinte Leena und bog nach rechts ab. Dorthin, wo das Schild, das ich völlig übersehen hatte, die Notaufnahme auswies. Es war erschreckend, wie mühelos und unabsichtlich sie mir zeigte, dass ich aufgeschmissen wäre ohne sie. Vor allem heute. »Ich glaube, wir sind da.« Sie deutete auf die automatische Tür, vor der ein Rettungswagen stand. Besonders eindeutig war vor allem das Schild »Notaufnahme« direkt über dem Eingang.

Ich nickte. »Ich denke auch.«

»Kommst du klar?« Leena sah mich mit diesem Blick an, der einem das Gefühl gab, sie würde einen umarmen, obwohl sie mich nicht einmal mit der Fingerspitze berührte.

»Logisch, ich muss ja nur … Moment.« Ich sah sie prüfend an. »Du kommst mit rein, oder?«

»Ich kann hier nicht stehenbleiben.« Sie zeigte in Richtung des Parkverbotsschilds, das ich geflissentlich ignoriert hätte, wäre ich selbst gefahren. »Ich parke den Wagen, dann komm ich her. Keine Angst, ich hau nicht mit dem Autoschlüssel ab.«

An den scheiß Schlüssel hatte ich nicht mal gedacht. Und vielleicht hätte ich ihr das sagen sollen. *»Wenn du einfach nur jemanden brauchst, um dich abzureagieren, dann … Dann kann ich das nicht. Kapierst du das?«* Ich hatte ihr durchaus zugehört. Und ich hatte kapiert. Wenigstens bildete ich mir das ein. Aber das Parkverbot vor einer Notaufnahme, in die man meinen Sohn gebracht hatte, war ein beschissener Ort und ein noch beschissenerer Zeitpunkt, um so was klarzustellen.

Also beugte ich mich zu ihr und griff an ihrer Rückenlehne vorbei zu dem Sitz dahinter. Sir Boo lag dort, seit Leena mich dazu aufgefordert hatte, ihn wegzupacken. *»Hör auf, an dem Gespenst rumzuspielen. Du machst es nur kaputt …«* Jetzt nahm ich mir das Ding zurück. Unmöglich konnte ich bei Nick aufkreuzen und ihm nicht Sir Boo zurückbringen.

»Bis gleich.« Damit und mit einem etwas unsicheren Lächeln verabschiedete ich mich von Leena und stieg aus. Sie wartete, bis ich die Tür zur Notaufnahme erreichte, dann fuhr sie weiter zu den Parkplätzen, während ich … Nun, ich sah die Anmeldung, den hellen Boden und das Licht, das freundlicher war als die grellen Neonleuchten damals. Vor allem aber roch ich das Desinfektionsmittel. Ich glaube, der Geruch von Krankenhäusern bleibt immer derselbe, ganz gleich, wie viel sich an ihnen verändert. Egal, wie warm die Wände gestrichen sind oder wie komfortabel die Stühle aussehen – man muss nur einatmen und weiß es besser.

Für den Bruchteil einer Sekunde ließ mich dieser Geruch wieder achtzehn Jahre alt sein. Ich stand in der Notaufnahme und hielt Ausschau nach meinem Dad, nachdem der mich angerufen hatte, weil er Mum hatte hierherbringen müssen. Ich stand da und hatte Schiss, dass es das jetzt war. Irgendwer – mein Dad oder ein Arzt – würde auf mich zukommen und den Kopf schütteln. Nichts weiter. Ein Kopfschütteln, und alles wäre klar.

»Mr Findlay?«

Ich blinzelte, was nicht ganz genügte, um mich in die Gegenwart zurückzubefördern, aber weit genug, um die Polizistin zu sehen, die sich vor mir aufgebaut hatte. »Sind Sie Hamish Findlay?«

»Der bin ich.«

»Dachte ich es mir. Ich bin Maisie Lambert.« Sie zeigte mir ihre Dienstmarke, auf die ich nur beiläufig schaute. »Und ich nehme an, Sie können sich ebenfalls ausweisen, Mr Findlay? Reine Formalität.«

Natürlich konnte ich. Im Zweifel hätte ich auch einen Kopfstand oder einen Salto mit Genickbruch zustande gebracht, wenn es das brauchte, um meinen Sohn zurückzubekommen. Scheiße, es war kaum eine Stunde her, dass ich drauf und dran gewesen war, ins Meer zu springen, wenn ich auch nur den winzigsten Hinweis darauf entdeckt hätte, dass Nick von der Klippe gestürzt war. Meinetwegen wäre ich zehn Mal im Salzwasser ersoffen, nur um meinen Sohn wieder bei mir zu haben.

Am Ende waren nur mein Ausweis, zwei Unterschriften

und ein kleines bisschen Geduld nötig. Mehr nicht. Maisie, deren Nachnamen ich bereits wieder vergessen hatte, begleitete mich zu einem Fahrstuhl und schließlich auf eine Station, deren Name mir genauso schnell entfiel wie der Nachname der Frau, die mich zu meinem Sohn brachte. »Dass Kinder von zu Hause weglaufen, passiert immer wieder, Mr Findlay. Seargent Phearson hat mich angewiesen, den Jungen nur an Sie zu übergeben und das war's. Es liegt keine Kindeswohlgefährdung vor, also spricht nichts dagegen. Aber vermutlich wird noch mal jemand vom Jugendamt auf Sie zukommen. Das ist Standard.«

Ich nickte bloß, weil es mich eigentlich nicht interessierte. Irgendwo auf dieser Etage war Nick. Ich wollte ihn sehen und sicher sein, dass er so weit okay war. Von mir aus hörte ich mir noch mal an, dass er mich hasste.

»Ah, der Vater vom Ausreißer?« Uns kam eine Krankenschwester entgegen.

Maisie bestätigte, dass ich Nicks Vater war und erklärte irgendetwas von Identifikation und erledigten Formalitäten, während ich danebenstand und darauf wartete, dass es endlich weiterging. Nach viel Nicken und für meinen Geschmack viel zu viel Gerede verabschiedete sich die Polizistin und überließ mich in die Obhut von Schwester Allison, wie mir ihr Namensschild verriet. Die Frau selbst verschwendete keine Zeit für Höflichkeiten.

»Dann kommen Sie mal mit«, waren die ersten Worte, die sie direkt an mich richtete. »Der Junge schläft momentan«, erklärte sie mir auf dem Weg. »Die Wunde am Kopf ist genäht worden. Sieben Stiche. Gibt sicher eine hübsche Narbe. Kleines Andenken an sein Abenteuer. Bis morgen bleibt er auf jeden Fall hier, damit wir ein Schädel-Hirn-Trauma ausschließen können. Der Arzt kommt nachher noch zu Ihnen, aber ich sag mal so: Wenn er die nächsten vierundzwanzig Stunden gut übersteht, ohne Erbrechen oder Schwindel oder dramatische

Kopfschmerzen, geht es morgen nach Hause. Wir haben ihn in ein Einzelzimmer gelegt, damit er Ruhe hat und …« Sie blieb neben einer Tür stehen und drückte die Klinke, hielt dann aber inne. Gott, worauf wartete sie? »Eine Bitte«, hob sie noch einmal an. Hätte sie das nicht genauso gut auch drinnen machen können? »Hören Sie ihr kurz zu, okay? Als Gegenleistung dafür, dass sie auf Ihren Sohn aufgepasst hat. Ihr bedeutet das die Welt.«

Sie? Wer zur Hölle war *sie?*

Ehe ich auch nur die Gelegenheit zu einem verwunderten Blick hatte, öffnete sie schon die Tür und schob zuerst nur ihren Kopf in das Zimmer. »Und? Wie geht es dem Patienten?«

»Ssshhhht«, hörte ich. »Er schläft immer noch!«

»Ach du grüne Neune. Das ist ja eine richtige Schlafmütze.« Dann wandte sie sich an mich. »Na los, rein mit Ihnen.« Neben ihrer Aufforderung legte Schwester Allison sogar ihre Hand an meine Schulter und schob mich sanft in das Zimmer herein. Als ob ich diesen Anstoß gebraucht hätte.

Nicks Bett stand auf der linken Seite des Raumes. Die dunkelblonden, zerzausten Haare waren das Erste, was mir ins Auge fiel. Nachdem ich Stunden damit zugebracht hatte, genau danach Ausschau zu halten und zu hoffen, diese Haare oder seinen Rucksack hinter irgendeiner Mauer, einem Müllcontainer, einem Felsen und am Ende sogar in der Brandung zu entdecken, war es fast absurd, Nick nun einfach nur in einem Bett liegen zu sehen. Ein Verband klebte auf seiner Stirn, entlang seines Haaransatzes, und ich sah ein paar Schrammen auf seinem Gesicht. Die Decke und das Kissen, die ihn einhüllten, waren cremefarben – keine Bettwäsche mit den Super Monsters oder Smudge, die sich neben seinem Kissen eingerollt hatte. Doch das waren auch die einzigen Indizien für die Zeit, in der ich mir schier alles ausgemalt hatte, was ihm hätte zustoßen können.

»Oh, Scheiße«, stieß ich aus, was mehr ein Keuchen war als Worte. Das Räuspern der Krankenschwester ignorierte ich. Mein Sohn kannte solche Wörter längst, und das Mädchen, das neben seinem Bett saß, schien mir alt genug, um sie selbst zu gebrauchen. Wenigstens hin und wieder.

Ich trat an das Bett heran und setzte mich an den Rand der Matratze. »Hey, Kumpel«, murmelte ich leise und strich Nick vorsichtig über die Haare, ehe ich meine Hand auf seiner Schulter liegen ließ. Er war da. Er war wirklich da und schlief und schnarchte sogar leise. Alles war okay. Alles war …

»Sie dürfen ihn nicht aufwecken. Er braucht seinen Schlaf.«

Diesen Hinweis bekam ich nicht von Schwester Allison, sondern von … ihr.

»Mr Findlay, das ist Emily.« Die Krankenschwester baute sich hinter dem Stuhl auf, auf dem das Mädchen saß, dem ich eben noch Flüche zugetraut hatte. Als ich Emily ansah, wirkte ihr Gesicht nicht älter als höchstens acht oder neun. Sie war lediglich recht groß für ihr Alter. Ihr braunes Haar war kurzgeschnitten und an der linken Seite ihres Kopfes zog eine unübersehbare Narbe eine Schneise durch die Frisur.

»Emily ist Stammpatientin bei uns«, erklärte Schwester Allison. »Und sie hat sich bereit erklärt, ein Auge auf Dominic zu haben. Genau genommen hat sie mich so lange genervt, bis ich Ja gesagt habe.«

Emily kicherte und wandte sich dann mit einem abwartenden Blick zu der Pflegekraft um. »Na los«, sagte die. »Gib uns deinen Bericht und dann ab mit dir zum Schwesternzimmer. Deine Tabletten warten.«

Das Mädchen nickte, straffte ihre Schultern und deutete dann auf meinen Sohn. »Der Patient hat die ganze Zeit geschlafen. Deshalb hat er nicht über Kopfweh geklagt. Und er schnarcht, aber das ist nicht schlimm, glaube ich. Man muss bei einer Gehirnerschütterung aufpassen, dass der Patient nicht kotzt, aber das hat er nicht gemacht. Er schläft einfach nur.« Diese Einschätzung unterstrich sie mit einem Schulterzucken. »Ich hab geprüft, dass er atmet und den Puls. Alles da.« Erwartungsvoll und mit unverhohlenem Stolz sah sie mich an, während ich nur wollte, dass die beiden mich mit Nick allein ließen. Das hier war kein Spiel für angehende Krankenschwestern. Mein Sohn war von zu Hause weggelaufen und lag nun in einem Krankenhaus.

Und dann war da diese Narbe am Kopf dieses Mädchens. Die Kleine wusste, dass Krankenhäuser kein Spiel waren. Also riss ich mich zusammen. Mir war erspart geblieben, von einer Klippe zu springen, weil ich im Wasser Nicks Körper treiben sah. Im Gegenzug würde ich es wohl hinkriegen, noch ein paar Sekunden Geduld aufzubringen. Ich nickte, sah noch einmal zu Nick – immer noch da – und dann wieder zu Emily. »Vielen Dank, dass du auf ihn aufgepasst hast. Ich nehme an, ich kann mich an dich wenden, wenn ich noch Rückfragen habe?«

Sie kicherte und schüttelte den Kopf. »Nein, ich bin doch kein Doktor. Ich bin nur Aufpasserin.«

»Ganz genau«, pflichtete Schwester Allison ihr bei und gab ihr einen sanften Klaps auf die Schulter. »Und zwar eine sehr gewissenhafte, die fast eine Stunde zu spät dran ist für ihre Tabletten. Also ab mit dir.«

»Kann ich nachher noch mal Hallo sagen, wenn er wach ist?«

»Das entscheiden wir später. Na los jetzt.«

Emily nickte und winkte dem schlafenden Nick noch einmal zu, ehe sie aus dem Zimmer verschwand.

»Danke«, seufzte Schwester Allison und schloss die Tür hinter dem Mädchen. »Sie liebt es, wenn sie uns helfen kann. Und glauben Sie mir, Sie finden auf der gesamten Neurologie keine bessere Eins-zu-eins-Überwachung bei einem Verdacht auf Gehirnerschütterung. Also …« Sie deutete auf den Nachttisch. »Alarmknopf liegt dort, sollte etwas sein. Wenn Dominic übel wird, er sich übergibt oder Kreislaufprobleme hat, rufen Sie bitte jemanden. Oder falls er Ihnen desorientiert vorkommt. Aber vermutlich wird er noch eine Weile schlafen. Die Kollegen haben ihm ein Beruhigungsmittel gegeben, also versuchen Sie bitte nicht, ihn zu wecken. Der Arzt kommt wie gesagt nachher noch zu Ihnen und ...« Sie deutete auf einen kleinen Tisch mit zwei Stühlen unter dem Fenster. »Das sind die Sachen, die er bei sich hatte. Die Jacke hängt an der Garderobe. Der Gummistiefel steht da auch. Er hatte nur den einen an.«

»Okay«, murmelte ich, ohne wirklich hinzusehen. Mein Blick lag allein auf Nick, der schlief, leise schnarchte und wirklich da war. Ich hatte ihn wirklich zurück. Und es ging ihm wirklich gut. Und das schien fast genauso unfassbar wie die Tatsache, dass er weg gewesen war.

Panik ist die Akzeptanz, dass zuvor Undenkbares wirklich und wahrhaftig passieren kann. Und wenn man diese Möglichkeit einmal anerkannt hat, dauert es einen Moment, um sich wieder von ihr zu lösen.

Das Mädchen, das ich geschubst habe

Hamish

Eine Wärmflasche voll mit Wasser.

Das T-Shirt mit dem Grasfleck, der nicht rausging, und das Nick trotzdem ständig tragen wollte.

Ein mintgrüner Oktopus, den ich nur als solchen erkannte, weil ich wusste, was diese zerschnittene Socke darstellen sollte.

Nicks Zahnbürste.

Die kleine Geldbörse mit seinem Schülerausweis und sechs Pfund und siebzehn Pence.

Sein Sparschwein samt Inhalt.

Das Ritterschwert, das er zum letzten Geburtstag unbedingt haben wollte, nachdem wir eine Burg mit ihm besichtigt hatten.

Drei Schokoriegel und das Papier von einem vierten.

Die zwei Trinkpäckchen, die ich ihm am Vortag für die Schule mitgegeben hatte.

Ein Reiseführer, von dem ich keine Ahnung hatte, wo Nick den ausgegraben hatte. Vermutlich hatte er ihn in Dads Bücherregal gefunden und beschlossen, dass er mithilfe von »100 Geheimnisse Schottlands, die selbst Einwohner nicht kennen« von 1998 den Weg nach Edinburgh finden würde.

Aus der kleineren Vordertasche von Nicks Rucksack zog

ich noch Einzelteile einer Taschenlampe. War die bei einem Sturz kaputtgegangen? Zwischen den Bruchstücken fand ich noch drei Schnürsenkel. Keine Ahnung, was zur Hölle Nick damit …

Als es leise an der Tür klopfte, zog ich schnell den Reißverschluss von Nicks Rucksack zu, als täte ich etwas Verbotenes oder überdurchschnittlich Unmoralisches, wenn ich nachsah, was mein Sohn bei seiner Flucht dabeigehabt hatte.

Die Tür öffnete sich nicht. Ein paar Sekunden lang sah ich ihr dabei zu, wie sie einfach verschlossen blieb, dann entschied ich, dass ich mich verhört haben musste. Gleichermaßen befand ich, dass ich Nicks Sachen in Ruhe lassen würde. Er konnte mir selbst erzählen, wie sich sein Abenteuer abgespielt hatte – vorausgesetzt, er hasste mich nicht mehr. Ehrlich gesagt brannte ich darauf, von ihm zu hören, wie er losmarschiert war, die Klippen entlang und zur Flüsternische. Warum hatte er Sir Boo dort gelassen? Hasste er den jetzt genauso wie seinen Dad?

Harry hatte mir erzählt, dass ein Rentner Nick in Catterline aufgegabelt hatte. Der war gerade mit seinem Hund unterwegs gewesen und dabei meinem Sohn über den Weg gelaufen. Vielleicht hätte der Mann Nick einfach weiterspazieren lassen, wäre da nicht die offensichtliche Platzwunde an seinem Kopf gewesen.

Wahrscheinlich war er gestürzt. Nicht ins Meer, aber wie knapp war das gewesen? Scheiße, wie viel hatte gefehlt, dass …

Das zweite Klopfen war noch leiser als das erste. Wieder wartete ich darauf, dass jemand hereinkam – eine der Schwestern, die sich nach Nick erkundigten. Oder der Arzt. Oder Leena. Doch nichts passierte, also warf ich einen prüfenden Blick auf mein Kind und öffnete die Tür dann selbst.

»Hey.« Leena stand mit etwas Abstand vor der Tür und

spähte kurz an mir vorbei, ehe sie mich ansah. »Ist er wach?« Sie flüsterte sogar.

Ich schüttelte nur den Kopf und trat einen Schritt zurück, um sie ins Zimmer zu lassen, aber sie blieb, wo sie war.

»Ich wollte nicht einfach reinplatzen und dich in Erklärungsnot bringen, aber … Hier.« Mein Autoschlüssel und mein Handy. Beides hielt sie mir entgegen, und mir wurde klar, dass mein Sohn in der Lage war, einen ganzen Rucksack für eine Flucht zu packen, und ich nicht einmal an die essenziellen Dinge dachte. »Wie geht es Nick? Ist er okay?«

Ich nickte. »Er schläft. Ich soll ihn beobachten, ob er sich übergibt oder irgendwas. Aber er schnarcht nur. Und vermutlich behält er eine hübsche Narbe.« Ich zeichnete die Stelle auf meiner eigenen Stirn nach. »Sieben Stiche, sagt die Schwester.«

Leena raunte anerkennend. Aber irgendetwas stimmte nicht daran. Es hörte sich einfach nicht an wie Belustigung, die jetzt wieder okay wäre. Die sogar ziemlich gut getan hätte. Wie Aufatmen, das eine andere Person für einen übernimmt. Leenas Raunen klang mehr wie etwas, von dem sie dachte, dass man es von ihr erwartete. »Das sind zwei Stiche mehr als bei Finola.«

»Ich weiß«, antwortete ich. »Er wird abartig stolz sein, wenn er das erfährt.«

Leena nickte nur, und statt eines Lächelns war da ein Grübeln auf ihrem Gesicht. Nicht nur die Falten, die sich senkrecht zwischen ihren Augenbrauen zeigten. Ihre gesamte Mimik machte mit. »Also geht es ihm gut? Im Großen und Ganzen …«

Ich nickte, zuckte aber mit einer Schulter. »Körperlich schon. Denke ich. Der Arzt kommt zwar noch, aber … Ich denke schon. Über alles andere muss ich mit ihm reden und …« Ich atmete tief ein. Dieser Punkt war mir erst in den letzten Minuten klar geworden. Dafür aber umso deutlicher.

»Und mit Kaleigh. Ob wir andere Lösungen finden.« Nicht, dass wir aktuell *irgendeine* Lösung hätten. Wir hatten einen Zustand. Und Nick hatte deutlich gemacht, was er davon hielt. »Scheiße, ich muss ihr überhaupt erst von der ganzen Sache erzählen. Morgen hab ich mein Telefonat mit ihr. Keine Ahnung, wie ich ihr das …« Ich seufzte und trat noch ein Stück beiseite. »Wollen wir nicht lieber drinnen weiterreden? Wir haben Publikum.«

Ich hatte sie nur aus dem Augenwinkel gesehen, aber ich war mir ziemlich sicher, dass es Emilys Kopf war, der neugierig aus einer Tür ragte – nur ein paar Zimmer weiter.

Leena sah sich kurz um und entdeckte die kleine Voyeurin. Und weil Leena eben Leena war, lächelte sie und winkte dem Mädchen kurz zu. Was sie nicht tat, war meiner Aufforderung zu folgen. Sie rührte sich nicht von der Stelle, während sie ihren Blick wieder auf mich richtete. Ich versuchte zu kapieren, was ich darin sah, doch ich hatte absolut keine Ahnung. So lange nicht, bis sie tief seufzte und den Kopf schüttelte. »Ich glaube, das ist keine gute Idee. Nick kann sicher jederzeit aufwachen, und dann musst du ihm irgendwie erklären, was Miss Harris hier zu suchen hat. Du hast ziemlich deutlich gemacht, dass du das nicht willst. Ich wollte eigentlich nur … Der Schlüssel und das Handy. Und ich wollte kurz sehen, ob ihr okay seid.«

Was redete sie da? Ich hatte nicht vergessen, wie es gestern Abend abgelaufen war, aber … Scheiße, ich hatte gerade noch mit ihr an einer Klippe gestanden. Ich hatte geheult und mich an ihr festgehalten wie ein kleiner Junge. Oder wie ein erwachsener Mann bei dem vielleicht einzigen Menschen auf der Welt, bei dem er glaubte, sich nicht zusammenreißen zu müssen. Und das hatte ihr nichts deutlich gemacht? Gar nichts?

»Du bist immer noch sauer, kann das sein? Wegen gestern …«

»Was? Nein, das …« Sie deutete an mir vorbei in das Krankenzimmer hinter mir und zu dem schlafenden Geflüchteten darin. »Das ist doch jetzt überhaupt nicht wichtig.«

Das sah ich anders. Drei oder vier Meter entfernt lag mein Sohn, der mir bei unserem letzten Gespräch sehr glaubhaft vermittelt hatte, dass er mich hasste. Und dann war er verschwunden. Keine Ahnung, ob das der Grund war oder die uralte Angst eines verliebten Teenagers, aber irgendetwas in mir war fest davon überzeugt, dass mir bei Leena dasselbe blühte. *Sie ist sauer. Du hast sie verletzt, und jetzt ist sie sauer. Wenn du sie jetzt gehen lässt, dann verschwindet sie, und vermutlich wird es Keith Fraiser sein, der sie findet. Du musst unbedingt mit ihr reden, bevor Keith es tut …*

»Mir ist klar, dass ich mich aufgeführt habe wie ein Arschloch. Und dass du das abgekriegt hast, war beschissen, aber …« Dieser kleine Schatten links neben mir … »Warte kurz«, murmelte ich und bedeutete Leena sogar mit meinen offenen Handflächen, sich bitte nicht von der Stelle zu rühren, ehe ich mich nach links wandte und auf den Türrahmen zuging, aus dem sich immer wieder ein neugieriger Kopf herausstreckte. »Emily«, sprach ich die Kleine an. Tatsächlich zuckte sie ertappt zusammen, besaß aber genug Mumm, sich nicht davonzustehlen. »Tu mir den Gefallen und hab kurz ein Auge auf den Patienten.«

Ihre braunen Augen wurden noch größer, als sie ohnehin schon waren. »Darf ich wirklich?«

»Ich wüsste nicht, wen ich sonst fragen sollte …«

Emily strahlte und nickte, und ich hörte sogar ein leises Jauchzen, als sie an mir vorbei zu Nicks Zimmer huschte. Manchmal war es so einfach.

Wenigstens war es das für mich – in dieser einen, kleinen, spezifischen Angelegenheit. Leena hingegen zog ihre Augenbrauen zu einem skeptischen Blick zusammen, als ich die Tür hinter Emily schloss. »Du lässt eine Neunjährige auf Nick aufpassen?«

»Sie ist eine Koryphäe auf dem Gebiet. Da lang.« Etwa zwanzig Meter von uns entfernt war ein kleiner Erker. Es gab drei davon auf diesem Flur. Alle waren mit Blick auf das Parkgelände der Klinik ausgerichtet und mit ein paar Stühlen ausgestattet. Keine Ahnung, ob für Wartende oder für Menschen, die andere gern beim Spazieren beobachteten. So oder so eignete sich diese Nische genauso gut auch für meine Zwecke.

Leena folgte mir. Dennoch war ihr Zögern deutlich. »Hamish, meinst du nicht, du solltest bei Nick …«

»Nick geht's gut«, unterbrach ich sie und trat gerade weit genug in den Erker hinein, dass ich vom Flur aus nicht mehr direkt zu sehen war. »Er schläft. Und ich bin zurück, ehe er aufwacht. Aber ich kann nicht … Ich kann dich hier nicht einfach rauslaufen lassen, ohne das geklärt zu haben.« *Was, wenn Keith Fraiser draußen steht und auf genau diese Gelegenheit wartet? Und dann sehe ich dich wochenlang nicht, weil Keith alle Zeit der Welt hat, dir das Hirn rauszuvögeln und dir nebenbei die Welt zu Füßen zu legen, während ich mich mit einem Siebenjährigen herumschlage und bete, dass der nicht die nächste Gelegenheit ergreift, um noch mal wegzulaufen.*

»Okay …« Leena nickte, aber sie verschränkte die Arme vor ihrer Brust. Es wirkte mehr wie eine schutzsuchende Geste, nicht wie eine Barriere.

Trotzdem entschied ich, schnell zum Punkt zu kommen. »Du bist keine Pfütze, klar?« Ich flüsterte, als würde ich Leena mein intimstes Geheimnis verraten. Und trotzdem klangen diese Worte in meinen Ohren nicht annähernd so albern, wie sie das wohl hätten tun sollen. »Keine Ahnung, wie du darauf kommst. Aber du bist Nicks Lehrerin und du bist …« *Der Geschmack von Whisky, den ich nur bei deinem Kuss mag. Das Gefühl von Stolz, weil du meine Pullover klaust.* »Du bist eben du. Und allein das ist zu kompliziert, um nur aus bloßer Geilheit mit dir ins Bett zu steigen. Wieso …« Wieso war ihr das nicht klar? Für wie schwanzgesteuert hielt sie mich? Aber ich hielt diese Fragen gerade so zurück. Ich wollte keine Diskussion. Ich wollte nur meinen Punkt klarmachen. »Ich weiß, wie Tinder funktioniert. Ich kann mir das wirklich leichter machen. Will ich aber nicht. Ich hab nur noch nicht herausgefunden, wie ich damit umgehen soll, weil …« Ich deutete in die Richtung, in der Nicks Zimmer lag. »Er hasst mich.«

»Er hasst dich nicht«, widersprach Leena. Den ganzen Rest hatte sie anscheinend einfach überhört. *Oder sie ignoriert ihn, weil sie meint, dass Keith die bessere Wahl wäre.* »Kinder sagen so was, wenn sie sauer sind, aber das heißt nicht …«

»Es heißt, dass er sauer genug ist, um mir Worte an den Kopf zu knallen, von denen er weiß, dass sie schlimm sind. Und er ist sauer, weil ihm seine Mum fehlt. An das Thema muss ich noch mal ran, aber Fakt ist, dass sich dieser Zustand noch eine Weile nicht ändern wird.« Und egal, wie sehr mir davor graute, eine Lösung für Nick zu finden, sobald Kaleigh wieder draußen war … So, wie es jetzt war, war es zum Kotzen. »Er ist frustriert. Und ich hab wenig Möglichkeiten, das zu ändern. Keine Ahnung, wie ich ihm da erklären soll, dass seine Miss Harris gleichzeitig meine Leena ist, ohne alles völlig durcheinander …« Ich stockte, als ich sah, wie Leenas Augen sich weiteten. *Das* hatte sie jetzt also gehört. War ja klar … »Ich fasse nicht, dass ich das gerade laut gesagt habe.«

Leena schüttelte den Kopf, und diesmal sah das Lächeln, das vorsichtig über ihre Lippen huschte, ehrlicher aus. Vor allem bildete ich mir ein, dass es sich außerdem in dem Glanz spiegelte, der sich deutlich über ihre Augen gelegt hatte. Tränen. Nicht die, bei denen man als Mann ratlos dastand und nicht wusste, wie man reagieren sollte. Nein, die gute Art.

»Ich verrat es keinem, versprochen …« Und dann sah ich,

wie ihre Hand sich von ihrem Arm löste und ein paar Zentimeter in meine Richtung bewegte. Es war gerade so etwas mehr als ein Zucken, auf das ein Zögern folgte, und schließlich legten sich Leenas Finger wieder an den groben Stoff ihres Jackenärmels statt auf meinen Arm, meine Schulter, mein … was auch immer sie vorgehabt hatte zu berühren.

»Hm«, machte ich, den Blick noch immer auf ihre Hand gerichtet. Und nickte. Weil ich glaubte, etwas zu begreifen. »Wir sind also wieder zurück an dem Punkt, wo wir nicht wissen, was das hier ist, mh?«

»Hamish, tut mir leid, ich …«

»Schon okay. Ich hab mir das selbst eingebrockt.«

»Nein, du …« Leena schüttelte den Kopf, seufzte und setzte noch einmal neu an. »Doch. Doch, das hast du. Aber … Shit.« Sie kniff die Augen zusammen und strich sich mit den Handballen über die Wangenknochen. Dabei waren die Tränen immer noch in ihren Augen. Ich konnte sie deutlich sehen, als Leena blinzelte, ehe sie mich wieder ansah. »Ich versteh es, okay? Die Situation, wie sie ist, ist ätzend. Und ich kapier, dass … Du kannst nicht einfach Nick von der Schule abholen und ihm sagen: Übrigens, deine Lehrerin, das ist *meine Leena.*« So, wie sie das betonte, hatte sie etwas zu viel Spaß daran, das zu sagen. Aber das war okay.

Ich antwortete ihrem Schmunzeln nur mit einem ertappten Grinsen.

»Können wir nicht …« Sie holte tief Luft und sah mich an. Ernst, diesmal. Ernst auf diese Lass-mich-das-bitte-nicht-bereuen-Art. »Du musst erst deine Situation mit Nick klären. Das ist wichtiger. Aber … Können wir uns einfach darauf einigen, dass wir beide wollen, dass das hier funktioniert? Und sobald du kannst, finden wir heraus, wie. So sehr ich auch …« Leena stockte, als ein Pfleger an uns vorbeilief. Er nickte uns grüßend zu, während er einen leeren Rollstuhl vor sich her schob. »Vielleicht war das dumm, so zu tun, als könnten wir einfach an früher anknüpfen. Mit Insiderjokes und Martin – Fick dich – Calhoun und Popcorn.«

Ich lachte, erstickte das aber sofort mit einem Räuspern, als ich sah, wie der Pfleger sich mit einem irritierten Blick zu mir umdrehte. »Entschuldige.«

Leena schüttelte nur den Kopf und sah sich selbst nach dem Pfleger um, ehe sie sich mir wieder zuwandte und ihre nächsten Worte nur noch flüsterte. »Mir wäre lieber, wenn wir noch mal zwei Schritte zurückgehen und ganz in Ruhe schauen, was von früher noch da ist und wo wir neu starten müssen. Ehe wir wieder in eine Situation kommen, in der du zum Arschloch wirst, weil dir alles zu viel wird, und ich zur Pfütze werde, die Bierflaschen zerschlägt, weil sie nicht weiter weiß. Geht das?«

Scheiße, Leena war schon immer die Klügere von uns beiden gewesen, aber wann war sie so erwachsen geworden? Ich nickte, ziemlich heftig sogar. Nicht nur, weil mir das tausendmal lieber war als andere Alternativen, sondern weil ich wirklich glaubte, dass es genau so gehen konnte.

»Okay.« Zur Sicherheit nickte ich sogar noch mal. »Okay. Solange du in der Zwischenzeit nur nicht mit Keith Fraiser durchbrennst, weil … keine Ahnung.«

»Keith Fraiser?« Sie grinste. Breiter, als ich es an ihr gesehen hatte, seit ich ihr meinen Pullover überlassen hatte. »Dein Ernst? Was soll ich mit dem Langweiler, wenn ich dich haben kann. Oder Henry Cavill. Ich meine …«

»Henry Cavill?« Wie bitte? Was zur Hölle hatte ich in den letzten Jahren verpasst?

Dass Leena den Kopf schüttelte, erleichterte mich ernsthaft. »Nein, das ist nur …«

»Mister?«

Ich zuckte zusammen. Manchmal weiß man intuitiv, dass man gemeint ist – auch, wenn es kein Junge ist, der »Daddy«

ruft, sondern ein Mädchen, das nach einem fremden Mann Ausschau hält.

Emily stand vor der Tür zu Nicks Zimmer, als ich aus der Nische trat. Sie entdeckte mich sofort und winkte mich zu sich.

»Ist er wach?«

Sie schüttelte den Kopf. »Nein, beim Aufwachen muss ich die Schwester rufen. Aber ich glaube, er hat einen schlimmen Traum.«

Ich nickte. Das war definitiv kein medizinischer Notfall, sehr wohl aber eine dringliche Daddy-Angelegenheit. Schwester Allison hatte recht behalten – die Kleine war sehr gewissenhaft bei der Erfüllung ihrer Aufgabe. Vielleicht sogar herausragend. »Ich bin sofort da«, versprach ich und wandte mich Leena zu.

Sie musste nur meinen Blick sehen, um meine unausgesprochene Frage zu beantworten. »Geh schon. Hier ist alles geklärt. Du kümmerst dich um Nick, und ich lauf nicht weg. Ich fahr nur nach Hause. Okay?«

»In Ordnung. Kann ich …« Ein weiterer prüfender Blick über die Schulter verriet mir, dass Emily noch immer im Türrahmen stand und dort auf mich wartete. »Kann ich mich nachher bei dir melden?« Wie viele Schritte genau wir zurück gehen wollten … Das hatten wir nicht besprochen. Nicht konkret. »Wenn Nick wach ist und wir … Keine Ahnung. Falls ich eine zweite Meinung brauche oder …« *Oder jemanden zum Reden. Oder um gemeinsam am Telefon über meine Ratlosigkeit zu schweigen. Wer weiß?*

»Unbedingt! Ich will alles hören. Wie es ihm geht und was er erlebt hat. Und erzähl mir dann, wieso er sein Gespenst zur Flüsternische gebracht hat. Ich kann ihn das nicht einfach fragen, aber …« Sie zuckte mit den Schultern, was fast schon schüchtern wirkte.

Aber du willst das unbedingt wissen, dachte ich. Du willst

das wirklich wissen … Wie zur Hölle bist du bloß auf die Idee gekommen, du wärst nicht mehr als ein belangloser Fick? Das ist Schwachsinn und noch dämlicher als deine komische Metapher dafür. »Mach ich«, sagte ich nur, während ich längst rückwärts auf Nicks Zimmer zulief. »Und du halt dich bitte von Henry Cavill fern. Ich trau dem Kerl nicht.«

Das war ein sensationell ungelenker Abschied – gerade für jemanden, der sich im Berufsleben gern einbildete, ein Händchen für Gesprächsführung zu haben.

Zum Glück war Leena hin und wieder eine etwas seltsame Frau. Keine Ahnung, was genau sie in meinem Gestammel erkannte, aber sie strahlte. Sie strahlte auf genau die bedingungslose Weise, die das war, was ich zuvor vermisst hatte. Die Art von Lächeln, die einem beim bloßen Hinsehen das Gefühl gibt, man würde aufatmen, obwohl man nicht einmal Luft holt.

Der größte Schwachsinn aller Zeiten

Hamish

Ich hatte eine Liste.

Hätte mich jemand gefragt, ich hätte demjenigen ohne zu überlegen und im Eifer inbrünstiger Überzeugung dargelegt, dass ich Listen für hirnverbrannten Schwachsinn hielt. Mit der passenden Laune hätte ich mich auch zu einer einigermaßen ausführlichen Erklärung hinreißen lassen, wieso. Alles lief darauf hinaus, dass Listen ein Plan waren und Pläne in der Gesprächsführung nur einschränkten und nie zum Ziel führten. Genau dieses Ziel, war alles, was man im Vorfeld kennen sollte – und zwar unbedingt. Für mich war das ein Fakt, der sich zu einer regelrechten Mentalität in meinem Team entwickelt hatte.

Nun, Fakt war auch, dass ich nicht mehr Teil dieses Teams war. Dass sich seit damals einiges geändert hatte, und dass ich dank all dieser kleinen und großen Umbrüche nun in einem Krankenhaus in Aberdeen saß, am Bett meines Sohnes, und eine Liste hatte.

- Du sprichst zuerst, ehe Nick dich mit Erklärungen oder Vorwürfen aus der Bahn bringt.
- Keine Vorwürfe.

- Bleib sachlich.
- Hau nicht wieder ab.
- Du brauchst nicht sofort Lösungen. Hör ihm zu und gib ihm die Sicherheit, dass du ihn ernst nimmst. Der Rest kommt später.
- Toxische Maskulinität. Kaleigh hat dir den Begriff so oft vorgeworfen, behalt ihn wenigstens im Hinterkopf.
- Und vor allem: Du bist sein Dad. Du bist keine Option, du bist seine Basis. Also verhalte dich auch so.

Bei all diesen Punkten hatte ich die Stimme von Nicks altem Therapeuten aus Edinburgh im Kopf. Mit Sicherheit hätte er sämtlichen Punkten zugestimmt – einige davon hatte er bei unseren Gesprächen sogar selbst benannt.

Vielleicht hätte mir das ein besseres Gefühl geben sollen, aber ein weiterer Fakt war, dass ich mir beschissen dabei vorkam, mich an einer imaginären Liste festzuhalten, die nicht mal klang wie meine eigene. Im Job hätte ich jeden infrage gestellt, der nicht nur eine Liste mit in ein relevantes Gespräch nahm, sondern auch noch eine, die jemand anderes für ihn erstellt hatte.

Kaleigh hat recht gehabt. Kaleigh hat die ganze Zeit recht gehabt.

Das war ein Gedanke, den ich in der Regel weit von mir wegschob und mit dem Bewusstsein überdeckte, dass Kaleigh es verbockt hatte, nicht ich. Dass ich das alles bestens allein hinbekam, scheißegal, was diese Frau sagte. Ich war kein schlechterer Vater, nur weil ich selbst lieber Rührei oder Pancakes zum Frühstück machte statt Haferflocken, oder weil mir egal war, ob Nicks Socken zusammenpassten.

Aber dann ist da dieser Moment, in dem man an einem Krankenhausbett sitzt und dabei zusieht, wie der Schlaf seines

Kindes zunehmend unruhiger wird. Man sieht das Pflaster, das die halbe Stirn des Jungen überdeckt, und die Schrammen auf seinem Gesicht. Die Angst davor, dieses Kind an einen beschissenen Unfall oder irgendein Unglück zu verlieren, ist ein wenig abgeklungen, aber sie lässt den glasklaren Gedanken zurück, dass man es versaut hat.

Kaleigh hatte recht. Du kriegst es nicht hin.

Ich lehnte mich auf meinem Stuhl zurück. Er knarrte, wie er bei jeder scheiß Bewegung knarrte. Der Arzt war vor zwanzig Minuten hier gewesen, hatte viel genickt, was besser war als Kopfschütteln, und von Ruhe gesprochen. Viel Ruhe. Nur dieser dämliche Stuhl hatte nicht zugehört.

Draußen hatte allmählich der Regen wieder eingesetzt und ich spielte mit dem Gedanken, Leena zu schreiben. Seit ich Dad angerufen und ihn über den Stand der Dinge informiert hatte, lag mein Telefon ausgeschaltet bei Nicks Sachen. Keine Strahlung. Noch etwas, das der Arzt betont hatte.

Aber ich konnte das Handy nehmen, damit vor die Tür gehen und Leena fragen, ob sie gut in Stonehaven angekommen war. Und bei der Gelegenheit bot es sich an, sie zu fragen, was ich Nick sagen sollte, weil ich keine beschissene Ahnung hatte, sondern nur einen bescheuerten Plan, der klang wie ein therapeutischer Gesprächsleitfaden.

Vielleicht bestand eine winzige Chance darauf, dass Leena wusste, wie man solche Gespräche führte. Vielleicht, ja. Sicher war allerdings, dass ich Leena erst gestern Abend vor den Kopf gestoßen hatte, weil sie mir zu nahe gekommen war. Sicher war außerdem, dass wir gerade erst beschlossen hatten, dass wir noch herausfinden mussten, wie wir das mit uns nun angehen würden. Und herausgefunden hatten wir bisher noch rein gar nichts. Außer das Ziel.

Scheiße, ich konnte Leena nicht in jede Situation hineinziehen, die mir über den Kopf wuchs. Nicht, wenn ich das mit ihr ernsthaft hinkriegen wollte. Also blieb mein Handy ausgeschaltet und irgendwo zwischen einem Sockenoktopus und »100 Geheimnisse Schottlands, die selbst Einwohner nicht kennen« von 1998 liegen.

Ein sehr tiefer Atemzug riss meinen Blick von dem Tisch los und zu Nick. Er hatte fast geklungen, als würde er nach Luft schnappen. Und vielleicht war es auch genau so gewesen. Irgendwo in seinem Traum, der ihn die Stirn so kraus ziehen ließ, wie es für eine siebenjährige Stirn nur ging. Mit einem Schnaufen zuckte er leicht zusammen. Meine Hand streckte sich fast von allein nach seiner kleinen Schulter aus und legte sich darauf, während ich … Nun, ich konnte nicht mehr tun als dazusitzen und Nick dabei zuzusehen, wie er in seinem Schlaf vielleicht die ganzen Abenteuer noch mal durchlebte, die er in der letzten Nacht bestritten hatte. Mit einer Menge Glück hatte Nick auf seinem Weg vergessen, wie sehr er seinen Dad hasste, und würde mir erzählen, was er …

Mit einem erschrockenen Luftschnappen fiel Nick aus seinem Traum heraus. Genau so sah es aus. Als hätte sein Traum ihn heftig getreten und aus dem Schlaf hinausbefördert. Der Schwung reichte so weit, dass Nick von seiner Seitenlage auf den Rücken rollte und sich mit den Händen im Bettlaken festkrallte. Heftiger war nur der erschrockene Ausdruck auf seinem Gesicht. Keine Ahnung, was Nick im Schlaf verfolgt hatte, aber er sah aus, als wäre es immer noch hinter ihm her.

»Hey«, murmelte ich und wusste schon an diesem Punkt nicht, ob das ein Fehler war oder nicht. Scheiße, wie sollte ich denn ein ganzes Gespräch mit ihm bestreiten, wenn ich schon beim Hallo zögerte? »Nur ein schlechter Traum, Kumpel. Es ist alles okay.« Wahnsinn, wie schnell man als Elternteil solche Behauptungen aufstellte …

Dabei wirkte Nick kein bisschen, als wäre alles in Ordnung. Er atmete noch immer etwas schneller, als wäre er eben vor irgendetwas weggerannt. Sein Blick huschte dabei unruhig durch das Zimmer. Zu mir, zum Nachttisch, von dem aus Sir Boo ihn mit seinem seltsamen, sanftmütigen Lächeln bedachte. Zum Fenster, gegen das der Regen prasselte. Es war, als holte jeder dieser Punkte ihn ein winziges Stückchen mehr aus seinem Traum heraus und in diese Realität herein. Und die war beschissen. Als Nick mich wieder ansah, konnte ich deutlich sehen, *wie* beschissen.

Dieser kleine, tapfere Kerl hatte in seinem Kampf gegen die Sehnsucht so viele Schlachten gekämpft. Gegen Tränen, gegen seine Wut, manchmal auch gegen mich. Nun lag er hier, nachdem seine finale und gewaltigste Mission gescheitert war, und sah mich an wie ein Krieger, der seine letzte Munition abgefeuert hatte und wusste, dass ihm außerdem das Wasser ausging.

Wie alle geschlagenen Männer versuchte er, tapfer zu sein. Er sah mich an und gab alles, die Tränen zurückzudrängen, die längst seine Augen fluteten.

Ich sah das und hatte keine beschissene Ahnung, was ich ihm sagen sollte. »Es ist alles okay«, war bescheuert. Es war ganz offensichtlich nicht alles okay. Dagegen konnte ich jetzt, in diesem Moment nichts tun, außer Nick in den Arm zu nehmen. Nur waren wir zuletzt mit einem *»Ich hasse dich, Daddy«* und einem *»Ich will heute nicht mehr mit dir reden«* auseinandergegangen.

»Hör zu«, sagte ich, ohne auch nur den blassesten Schimmer zu haben, wie ich nach diesem Auftakt weitermachen wollte. *Zuerst sprechen und den Standpunkt klarmachen … Sachlich bleiben …* Scheiß drauf. »Ich hab deine Liste gefunden mit dem Plan. Ich bin nicht sauer, aber wir müssen darüber reden – allerdings nicht jetzt. Es sei denn, du willst das. Wenn du mich immer noch hasst und willst, dass ich dich in Ruhe lasse, dann geh ich raus auf den Flur.« Ich seufzte. Nicks Lippen hatten sich bei meinen Worten noch fester zusammengepresst. Er kämpfte wirklich mit den Tränen. So sehr, dass es aussah, als würde es ihm wehtun. »Weißt du, wir können aber auch einfach zusammen traurig sein, dass alles so furchtbar schiefgelaufen ist. Mich frustriert das auch, ob du es glaubst oder nicht. Und ich könnte wirklich eine Umarmung gebrauchen.«

Es war seltsam, wie viel Überwindung es mich kostete, das laut zu sagen. Ich glaube, so ist es häufig mit Dingen, die man absolut ernst meint. Ich brauchte diese Umarmung vielleicht nicht so unbedingt wie Nick, aber doch dringend genug, dass ich erleichtert aufatmete, als der Kleine nickte und seine Arme in meine Richtung ausstreckte.

Ich zögerte keine Sekunde, ehe ich mich von meinem Stuhl erhob, ignorierte das alberne Knarren und beugte mich zu Nick. Seine Arme schlangen sich sofort um meinen Hals und hielten sich an mir fest. Sein Gesicht drückte sich an mich und die Art, wie sein Körper bebte, als ich ihn festhielt, machte deutlich, dass die Tränen nun gewonnen hatten. Sollten sie doch. Ich war jetzt hier, um sie aufzufangen.

»Komm her …«, murmelte ich und setzte mich auf den Rand der Matratze. Nick zog ich dabei auf meinen Schoß. Meine Hand legte ich auf seinen Kopf, wie man immer auf das aufpasst, was fast kaputtgegangen wäre. Ich drückte meine Lippen auf sein Haar und atmete tief ein. Er war hier. Er war wirklich hier. Es war nicht alles okay, aber für den Moment spielte das auch gar keine Rolle. »Scheiße, Großer, du hast mir einen riesigen Schrecken eingejagt«, gestand ich ihm. »Ich glaube, ich hatte in meinem ganzen Leben noch nie so viel Angst. Aber …« Ich seufzte. Kaleigh würde mir vermutlich die Eier für das abreißen, was ich ihm sagen wollte. Aber ich fand, dass Nick das ruhig wissen konnte. »Es war ziemlich dumm, einfach wegzulaufen. Das hätte richtig übel schiefgehen können. Aber es war auch ziemlich mutig. Ich glaub nicht, dass ich mich das mit siebeneinhalb getraut hätte.«

Das war die volle Wahrheit. In dem Alter war es eine Mutprobe gewesen, in das leer stehende alte Haus neben dem Bahnhof einzusteigen und dort in den Keller zu gehen. Zu dritt. Nachts mutterseelenallein nach Edinburgh marschieren? Keine Chance. »Verrat es nicht deiner Mum, aber ich bin ziemlich stolz, so einen mutigen Sohn zu haben.«

Ich spürte das Nicken, mit dem sich sein tränennasses Gesicht noch mehr an meinen Hals drückte. Ich Idiot. Vermutlich wollte Nick nichts lieber, als seiner Mum einfach alles zu verraten, was sie in den letzten paar Wochen verpasst hatte.

»Sie fehlt dir ziemlich, hm?«

Noch ein Nicken und irgendwo aus dieser Umarmung hörte ich ein ersticktes »Mh.« Wenn es um seine Gefühle ging, war Nick zuweilen genauso redselig wie ein alter Kriegsveteran in den Fünfzigern. Und ich fürchtete, dass ich einen ziemlich großen Anteil daran hatte.

»Tut mir leid, dass dein Dad so ein Dummkopf ist. Ich hätte mir mehr Mühe geben sollen, dass das mit dem Vermissen nicht so schlimm wird, ich …« *Ich hab es versaut. Kaleigh hatte recht. Ich krieg es nicht hin.* »Ich versuch, es ab jetzt besser zu machen. Versprochen. Ich lass mir was einfallen.« Noch hatte ich keine Ahnung, wie und was. Klar war nur, dass ich dieses Thema mit Kaleigh besprechen musste. Dass ich ihr sagen musste, was passiert war, dass ich mir ihr Gezeter anhören und sie dann darum bitten würde, mir bei der Lösung zu helfen. Ich hasste es. Ich hasste es beim bloßen Gedanken daran.

»Daddy?«

»Hm?« Ich strich mit meiner Hand über seinen Rücken. Dadurch konnte ich klar spüren, dass er sprach, aber ich verstand nur Genuschel und ein paar Wortfetzen wie »behalten«

und »erwachsen«, die ich mir beim besten Willen nicht zu einem logischen Bild zusammenbasteln konnte.

»Warte …« Ich schob Nick sanft von mir. Nur so weit, dass ich ihm ins Gesicht sehen konnte. Behutsam wischte ich mit dem Daumen die Tränen von seiner linken Wange. Doch neue nahmen direkt ihren Platz ein. »Noch mal. Was wolltest du sagen?«

»Du kannst aber nicht einfach ins Gefängnis gehen so wie ich.« Er nuschelte immer noch und beendete seinen Satz mit einem herzzerreißenden Schniefen. »Du bist schon erwachsen. Ich bin nur ein Kind. Mich behalten sie nicht.«

»Aber mich schon?«

Er wischte sich nun selbst über das tränennasse Gesicht. »Ja, Seamus sagt, Erwachsene werden im Gefängnis behalten, Kinder aber nicht. Nicht mal, wenn sie richtig schlimme Sachen machen.«

Ich nickte. Ich ließ Nick etwas zu lange auf eine Antwort warten, aber es dauerte nun einmal so lange, bis sich ein paar Bausteine in meinem Kopf final zusammengesetzt hatten. »Hast du mir deshalb nicht gesagt, wieso du den ganzen Unsinn in der Schule machst? Damit sie mich nicht mitverhaften?« Wegen Mitwisserschaft für Tatbestände wie Diebstahl von Glitzerstiften und Anzünden von Mathebüchern. Ich wusste noch in diesem Moment, dass dieser Gedanke etwas war, worüber ich später sehr lachen würde. Dann, wenn Nick dreizehn oder vierzehn war und ihm alles, was ich sagte und tat, grenzenlos peinlich sein musste, weil sein Hormonspiegel das von ihm verlangte. Aber noch war er sieben und hatte wochenlang Geheimnisse gehütet, um seinen Dad vor einer Strafe zu bewahren.

»Ich will gar nicht, dass du im Gefängnis bist.« Die nächsten Worte flüsterte er.

»Wirklich?«

»Wirklich«, gab ich zu. »Manchmal ist man einfach sehr wütend und dann sagt der Mund Dinge, die man gar nicht so meint. Das passiert Erwachsenen genauso.«

Nick sah mich beinahe fassungslos an, während er ein Raunen ausstieß, das Faszination bedeuten konnte oder wirklich schon die Erkenntnis, dass Erwachsene nicht perfekt und nicht allwissend sind. In Wahrheit sind wir nichts weiter als Kinder, die sich in Schlips und Krawatte werfen, mehr Rechte und Sex haben und Auto fahren dürfen.

Wir haben genauso wenig Ahnung von der Welt wie die Kleinen. Vielleicht sogar noch weniger, weil wir nicht mehr richtig hinsehen. Aber unsere Fehler – die sind gigantisch. Und weil uns der Mut unserer Kindheit abhandengekommen ist, schreiben wir Listen, um sie zu beheben.

Ist das nicht der größte Schwachsinn aller Zeiten?

Fuck

Hamish

12:25

12:26

Ich sah der Uhr auf dem Lenkrad dabei zu, wie sie umschlug und dann wieder nach vorn auf das Gebäude des Royal Aberdeen Children's Hospitals, das hinter einem Film aus Wasser verschwamm. Der Regen schlug an diesem Mittag sehr energisch auf Schottland und nicht zuletzt auf mein Auto ein.

Neben mir auf dem Beifahrersitz lag eine Papiertüte mit drei Muffins. Vanille mit Himbeeren für Nick und simple Schokolade für mich. Und sehr klassische Chocolate Chips für Emily. Sie war mit dem Kartenspiel vorbeigekommen, das ihre Eltern ihr geschenkt hatten – zusammen mit dem Versprechen, es an diesem Nachmittag mit ihr auszuprobieren, sobald sie von der Arbeit ins Krankenhaus fuhren. Nur reichte die Geduld einer Achtjährigen – das hatte ich mittlerweile herausgefunden – nicht für so viele Stunden. Also spielten Nick und ich mit ihr nun etwas, das mich schwer an Poker erinnerte – nur mit Sternenpunkten und Galaxien statt Wertchips.

Es war erschreckend einfach gewesen, die beiden mit einem »Wer hat Lust auf Muffins?« allein zu lassen und mich in meinem Auto vor etwas zu verstecken, vor dem ich gar nicht davonrennen wollte – und mich dafür etwas auszusetzen, worauf ich keine Lust hatte. Ich musste, das stand außer Frage. Kaleigh stand eine Information zu, und vor allem verdiente Nick einen ernsthaften Versuch, die Dinge besser zu regeln.

12:28

Vorsorglich nahm ich das Handy in die Hand. Zwei Minuten. Das war genug Zeit, um Leenas Nachricht von heute Morgen noch einmal zu lesen. Zu Hause und mit einem Kaffee in der Hand hatten ihre Worte mich grinsen lassen. Keine Ahnung, ob sie das auch schafften, während ich im Auto saß und auf den Anruf meiner Frau wartete. Aber einen Versuch war es wert.

12:29

»Vergiss, dass sie deine Frau ist. Sie ist Nicks Mum. Und als Nicks Mum will sie das Gleiche wie du. Simple Rechnung. Würde sogar Ben hinkriegen.«

Und:

»Falls sie das anders sieht und du recht behältst: Du versaust rein gar nichts. Dein Sohn ist abgehauen. Das muss geklärt werden, ja. Aber: Er ist bis Catterline gekommen. Nachts, allein und zu Fuß bei beschissenem Wetter. Von irgendwem muss er das haben.«

Ich las die Nachrichten zwei Mal. Sie taten gut, aber für ein Grinsen reichte es diesmal nicht. Und wenn nicht einmal Leenas Nachrichten das …

Kaleigh. Ihr Anruf ging ein paar Sekunden vor unserer Zeit ein. Fast, als hätte sie geahnt, dass es Nachrichten von Leena gab, die sie von meinem Display drängen musste.

Ich schob den Icon mit dem Hörer beiseite und nahm den Anruf entgegen. »Hey, Kaleigh.«

»Hallo, Hamish.« Sie seufzte, und ich ertappte mich direkt dabei, wie ich fieberhaft versuchte, aus diesen zwei Worten und einem Seufzen herauszuhören, wie ihre Stimmung war.

Jahrelang war ich fast blind dafür gewesen, selbst wenn sie direkt vor mir gestanden hatte, und jetzt wollte ich anhand dieser mickrigen Kostprobe ablesen, wie das Gespräch verlaufen würde? Netter Versuch … »Wie geht es Nick?«

So weit gut, dachte ich. Und fast hätte ich ihr diese Antwort auch gegeben, aber eine Viertelstunde war entsetzlich kurz, und ich hatte keine Zeit für solche Umwege.

»Er ist okay. Aber Kaleigh, wir müssen reden. Kannst du mir fünf Minuten einfach nur zuhören, ehe du irgendwas sagst? Bitte?« Das letzte Wort knirschte, aber ich fürchtete, dass ich es brauchte.

»Ist was passiert?«

Mein erster Impuls war, Nein zu sagen. Aber ich saß in einem Auto vor einer Kinderklinik mit drei Muffins neben mir. »Nein« traf es nicht so ganz, nicht wahr?

»Nick ist okay«, betonte ich noch mal. »Also hörst du mir jetzt zu oder nicht? Ja oder nein. Einfache Frage.«

Sie zögerte. Genau genommen sagte sie nichts, aber ich konnte ihr Zögern richtiggehend vor mir sehen. »Okay«, sagte sie schließlich leicht gedehnt. »Sprich.«

Allein bei diesem Tonfall hätte ich am liebsten meine Klappe gehalten. Aber ich führte dieses Gespräch hier weder für Kaleigh noch für mich, sondern ausschließlich für Nick. »In Ordnung«, begann ich und entschied im selben Moment, dass es nicht klug war, dabei auf das Krankenhausgebäude zu sehen. Scheißegal, wie sehr der Regen es verwusch. »Eins vorweg: Mein Anwalt weiß nicht, dass ich dieses Gespräch mit dir führe. Aber ich will, dass wir das mit Nick anders lösen. Wir müssen das dringend besser hinkriegen.«

Diesmal war ihr Zögern kürzer. Kurz genug, um etwas zu sagen, ehe ich mir überlegt hatte, wie ich weitermachen wollte. »Hamish, irgendwas ist doch passiert. Du klingst, als hättest du dir das aufgeschrieben.«

»Ich schreib mir keine Gespräche auf. Das ist bescheuert.«

»Aber du klingst so.« Es war beinahe, als wollte sie mir demonstrieren, dass sie ein besseres Gespür für Zwischentöne hatte als ich.

Ignorier das, dachte ich. Fünfzehn Minuten sind zu kurz. Komm auf den Punkt. »Nick hatte ein paar Probleme in der Schule. Nicht mit seinen Noten oder mit dem Stoff. Da ist alles okay. Aber er hat Dummheiten gemacht.«

»Was für Dummheiten?«

»Er hat Kleinigkeiten geklaut und versteckt und ein Mädchen geschubst. Ich will von dir jetzt wirklich nichts darüber hören, darum geht es nicht, die Angelegenheiten sind erledigt.«

»Lass mich raten, seine Lehrerin hat sich darum gekümmert?«

Und da war er – der eine Kommentar gegen Leena, der direkt sämtliche Motivation einstampfte, dieses Gespräch weiterzuführen. »Lass sie da raus, es geht um Nick. Ich kann genauso gut auflegen und alles bleibt, wie es ist. Dass ich das nicht will, kommt dir entgegen. Also spar dir deine Kommentare.«

Stille.

Gut, damit konnte ich arbeiten. »Er hat Ärger bekommen. In der Schule und von mir. Und er weiß, dass er Scheiße gebaut hat. Ich habe vorgestern herausgefunden, wieso: deinetwegen.«

»Wie kann das …«

»Lass mich ausreden, verdammt!« Gott, konnte diese Frau nicht wenigstens dieses eine Mal nur zuhören, ohne direkt alles zu bewerten? »Kurzgefasst: Dein Sohn vermisst dich. Und du kannst sicher sein: Wenn ich dir das so sage, dann stimmt das. Ich hab echt kein Interesse daran, dein Selbstwertgefühl aufzupolieren, aber es geht hier nicht um dich oder um mich, sondern um Nick.« Ich hatte den Faden verloren. Das merkte ich und tat den albernen Versuch, ihn wiederzufinden, indem ich einen Blick auf die Uhr warf.

12:37.

Scheiße, die Hälfte unserer Zeit war schon um. »Hör zu. Nick ist immer noch der Alte. Er dachte, er kann mit diesen Dummheiten ins Gefängnis kommen.«

»Ins Gefängnis?«

»Richtig. Er wollte zu dir. Mir hat er kein Wort gesagt, weil er Schiss hatte, dass ich mich dann auch strafbar mache. Er hat das wochenlang geheim gehalten, und als nichts funktioniert hat, hat er sich zu Fuß auf den Weg gemacht.«

»Was meinst du mit ›zu Fuß auf den Weg gemacht‹?«

Was sollte ich damit schon meinen? Außer genau das, was passiert war? »Er hat seinen Rucksack gepackt und ist nach Süden marschiert, um dich zu sehen. Das meine ich.«

»Allein?« Scheiße, sie klang, als hätte sie fest vor, hysterisch zu werden. Wir hatten keine Zeit dafür. Wir brauchten Lösungen.

»Ja, allein. Er ist abgehauen, Kaleigh. Er ist abgehauen, weil ihm seine Mum fehlt. Wir haben ihn gefunden, er ist wohlauf. Aber er hat klargemacht, dass er in dieser Situation, wie sie jetzt läuft, unglücklich ist.« Ich hörte, wie sie Luft holte, also sprach ich direkt weiter.

12:39

»Ich will jetzt nicht mit dir darüber diskutieren, wer Schuld hat, dass das passiert ist. Wir haben beide Scheiße gebaut und das ist schiefgelaufen. Aber Nick ist okay, also können wir ab jetzt dafür sorgen, dass es nicht noch mal schiefläuft. Okay?«

Stille. War das ihr scheiß Ernst? Wir hatten noch fünf Minuten und sie … Was? Kratzte gerade alles aus ihrer Erinnerung zusammen, was ich falsch gemacht hatte und was dazu geführt hatte, dass Nick abgehauen war? Oh, damit würde sie länger beschäftigt sein als fünf Minuten.

»Ich meine es ernst, Kaleigh. Mir ist scheißegal, wer hier welchen Anteil an irgendwas hat. Ich …« Ich sah zu den Muffins. Einer für mich, einer für Nick und einer für das Mädchen, das darin aufging, auf andere Acht zu geben. Möglich, dass der kleine Kerl gerade seine Leena gefunden hatte – oder sie ihn. Keine Ahnung. Aber ich mochte die Kleine. Es wäre nicht fair, ihr einen traumatisierten Idioten zu formen, nur damit sie später an ihm verzweifelte und komische Metaphern wie *Pfütze* dafür fand. »Ich sehe das so: Wir haben hier einen siebenjährigen Jungen, der seine Sachen packt und sich nachts auf eigene Faust auf den Weg macht, um einen Menschen zu sehen, der ihm wichtig ist. Er hatte sein Nachtlicht dabei und sein Schwert. Er hat es also wirklich ernst gemeint. Und er ist bis nach Catterline gekommen. Das sind siebzehn Meilen zu Fuß die Küste entlang. Zeig mir irgendeinen Jungen in seinem Alter, der die Eier hat, so was durchzuziehen. Kaleigh, wir haben richtig viel falsch gemacht, aber den Kerl haben wir ziemlich gut hinbekommen. Ich will das jetzt nicht versauen. Okay?«

12:41

Und Kaleigh schwieg. Wir hatten noch vier Minuten, das hier zu klären, und sie schwieg.

»Okay?«, hakte ich noch mal nach. »Kaleigh, wir haben …«

»Okay«, unterbrach sie mich. Sehr energisch und sehr …

»Heulst du gerade?«

»Seit wann interessiert dich das? Sag mir lieber, was du …« Ihre Stimme brach kurz weg. Keine Ahnung, wie Kaleigh das machte, aber als sie weitersprach, waren ihre Worte wieder klar. »Hast du dir überlegt, was genau wir anders machen sollen?«

Das hatte ich. Nicht besonders genau, aber grob. »Kriegst du es hin, deine Telefonzeit auf Sonntagvormittag zu verlegen? Dann kann ich einrichten, dass Nick daran teilnimmt.«

»Was?« Sie klang erstaunt. Wieso klang sie erstaunt? Was dachte sie denn, wie das aussehen sollte?

»Ich denke, das würde Nick guttun. Aber ich bin dabei. Dass das klar ist. Und wenn du auch nur den leisesten Versuch machst, ihn gegen mich aufzuhetzen …«

»Mach ich nicht. Definitiv nicht.«

Ich runzelte die Stirn. Das war zu einfach. Wieso war das so einfach? »Das ist kein Scherz. Kein Kommentar dazu, wieso er bisher nicht mit dir reden durfte, sonst …«

»Schon klar«, versicherte Kaleigh. »Scheiße, Hamish, wieso sollte ich Nick … Wieso sollte ich ihm das sagen? Gott, was hast du ihm denn bitte über mich gesagt? Hast du ihm etwa gesagt, dass ich eine blöde Schlampe bin, die seinen Dad fast in den Knast gebracht hätte?«

»Nein! Hab ich nicht, ich bin doch nicht bescheuert!«

»Aber ich, oder was?«

12:43

Ich schnaufte. Nein. Ich hielt Kaleigh für eine ganze Menge, aber nicht für bescheuert. »Meinst du, du kannst es diesen Sonntag schon einrichten? Wir sind eh zu Hause und bereiten alles vor, weil Dienstag ein paar Freunde von Nick bei uns übernachten.« Nach dem ganzen Trubel hatte ich dieses Spektakel lieber verschoben.

Wieder sagte Kaleigh nichts, nicht sofort. Aber diesmal gestand ich ihr den Moment zu, um über ihre Antwort nachzudenken. Ich wollte nichts weniger, als falsche Versprechen. »Ich muss ein bisschen, aber … Ja. Ja, ich denke, ich kriege Sonntag hin.«

»Gut.« Ich atmete aus. Scheiße, es fühlte sich an, als hätte ich seit dreizehn Minuten die Luft angehalten. »Gut. Nick wird … Vielleicht erzählt er dir von seinem Ausflug. Ich hab ihm gesagt, dass ich deshalb nicht sauer auf ihn bin. Ich denke, es wäre besser, wenn wir da auf einer Seite …«

»Okay.« Ich hörte Kaleigh genauso tief durchatmen, wie ich es gerade getan hatte. »Und du meinst das wirklich ernst? Das ist kein blöder Trick? Weil wenn doch, dann schwöre ich dir …«

»Kein Trick«, versicherte ich. »Ich will einfach nur … Ich hab einfach nur kapiert, dass Nick seine Mum braucht.«

»Also Sonntag?«

»Sonntagvormittag, genau.«

Scheiße, Leena, du hattest recht. Du hattest wirklich recht. Ich glaube, das kann funktionieren, wenn sie und ich uns darauf konzentrieren, nur Nicks Eltern zu sein.

12:44

»Hamish?« Kaleigh hatte ein paar Sekunden lang nichts mehr gesagt. Aber diesmal war das nicht dramatisch gewesen. Das Ziel für dieses Gespräch war erreicht.

»Hm?«

»Danke.«

Ich schmunzelte. Ich konnte gar nicht anders. »Das tat dir gerade richtig weh, oder?«

»Mh.« Das klang nach einer Zustimmung, aber gleichzeitig nach einem Lächeln. Und das ließ mich übermütig werden.

»Kaleigh, da gibt es noch was, das wir klären müssen.« Das gab es wirklich. Aber vielleicht hätte ich damit warten sollen. Ziemlich sicher hätte ich damit warten sollen. Jeder beschissene Anfänger wusste, dass man einen Erfolg niemals und unter keinen Umständen vergrößerte, indem man ungeduldig wurde. Man zerschlug ihn nur. Und ich Idiot rannte geradewegs in das Sirenengeheul meines guten Bauchgefühls hinein und schlug alles, was ich in der letzten Viertelstunde erreicht hatte, kurz und klein. Bravo.

»Wir müssen nicht sofort darüber sprechen«, sagte ich. Als würde das irgendetwas besser machen. Oder einfacher. »Aber wir sollten gemeinsam überlegen, wie wir es Nick erklären, wenn wir neue Partner haben. Ich will nicht, dass jemand anderes als du seine Mum ist, aber genauso wenig will ich, dass irgendein Typ …«

»Sag mal, willst du mich verarschen?«

»Nein, ich überlege, wie wir für Nick klare Verhältnisse …«

»So sagst du mir, dass du seine Lehrerin vögelst? Und jetzt willst du meine Hilfe dabei, oder was?«

»Nein, das krieg ich sehr gut …«

Ich hörte ein lautes Klappern und wie sie mit jemandem diskutierte. Aber ich verstand die Worte nicht. Sie klangen aufgebracht, und …

Und dann war der Anruf beendet.

12:45

Fuck.

Hallo, Nicky

Hamish

Ich sah Nick dabei zu, wie er eine Blaubeere wieder aus der Schüssel nahm, einen Blick auf die Anzeige der Küchenwaage warf, die Stirn runzelte und die Beere wieder zurücklegte.

»Das sind zu viele Gramm!«, verkündete er schließlich. »Aber wenn ich eine rausnehme, sind es zu wenig.«

»Ist ja verrückt.« Ich grinste. Vermutlich wäre mein Grinsen breiter gewesen, hätte nicht mein Handy neben mir gelegen, auf dem jeden Moment ein Anruf von Kaleigh eingehen konnte. Nick wusste nichts davon. Er ging voll und ganz in der kniffligen Aufgabe auf, Blaubeermuffins für den anstehenden Besuch seiner Freunde zu backen und dafür die richtige Menge Obst abzuwiegen. »Und jetzt?«

Er zuckte mit den Schultern und stemmte sogar die Hände in die Hüften, während er noch einen Blick auf die Küchenwaage warf. Dabei sah er aus wie sein Großvater, der meinte, eine Waschmaschine reparieren zu können, nur weil er bei seiner Arbeit Bauteile bei völlig anderen Maschinen austauschte.

»Wir können eine halbe Beere nehmen«, schlug Nick vor und nahm eine wieder raus. »Die muss ich zerschneiden.«

Das hielt ich für riesengroßen Blödsinn. Aber es waren seine Muffins, nicht meine. Nachdem er sich in den Kopf gesetzt hatte, welche für seine Freunde zu machen, hatten wir nach Rezepten gesucht. Mein Favorit waren die Muffins gewesen, die mit »super leicht« und »Backen mit Kindern ab 4 Jahre« betitelt worden waren. Nick hatte klargestellt, dass er schon sieben war und dabei keine Rücksicht darauf genommen, dass dafür die Backkünste seines Vaters keinesfalls die eines Vierjährigen überschritten.

Das Endresultat war, dass Nick die Muffins allein machte. Ich wohnte dem nur bei und passte auf, dass er die Küche nicht in Brand setzte. Und vielleicht würde ich mich dazu hinreißen lassen, ihm später mit dem Mixer zu helfen. Das wären dann immerhin ein paar Minuten, in denen ich mehr zu tun hatte, als auf das Klingeln meines Handys zu warten.

»Dann los, zerschneid die Beere. Aber pass auf, dass du auch die richtige … He! Nicht das große Messer!« Ich sprang von meinem Stuhl auf und stürzte zu Nick, der am größten Griff am Messerblock zog. Offenbar hatte der Kerl nach zweieinhalb Tagen zu Hause schon wieder Sehnsucht nach einem Krankenhaus. »Hier, du Spinner.« Ich gab ihm ein kleines Messer aus der Schublade.

»Aber im Fernsehen …«

»Mir egal, womit die im Fernsehen kochen. Kleine Hände, kleine Messer. Hier.«

Es folgte ein kurzer, intensiver Blickaustausch, an dessen Ende ich derjenige war, der mehr Konzentrationsfalten auf seiner Stirn vollbrachte und das Duell gewann. Nick ergab sich, nahm das kleine Messer und schnitt die einzelne Blaubeere nach einer kurzen optischen Inspektion in zwei Teile.

»Stunde der Wahrheit«, sagte ich und hielt ihm die Schüssel mit den übrigen Beeren entgegen. Eine der Hälften landete darin und ich ertappte mich bei einem stummen Stoßgebet, als ich die Schüssel wieder auf die Waage packte.

»Und?«

Den prüfenden Blick auf die Anzeige der Waage überließ ich Nick. Der beugte sich nur kurz über das Display der Waage und strahlte mich dann mit dem breitesten Grinsen an, das wohl je ein Pedant wie er zustande gebracht hat.

»Ich hab richtig geschnitten!«

Hatte er. Aber meine Aufmerksamkeit wurde magisch von diesem einen Zahn angezogen, der sich an seinem Platz sogar schon ein bisschen gedreht hatte.

»Wollen wir den Wackelzahn langsam mal ziehen? Nicht, dass der in einem Muffin hängen bleibt.«

Wie zu erwarten gewesen war, presste Nick sofort seine Lippen zusammen und schüttelte heftig den Kopf. Nachts allein nach Edinburgh marschieren? Kein Thema für diesen kleinen Helden. Aber wenn es um seine Wackelzähne ging, war er ein Schisser.

»Meinetwegen. Dann …«

Das Telefon klingelte.

Es brauchte bloß dieses Geräusch, damit mein Puls meinem Magen einen üblen Fausthieb versetzte. Vermutlich war es das, was in meinem Sohn vor sich ging, wenn ich ihn auf seine Wackelzähne ansprach.

»Ich muss die Beeren waschen.«

»Alles klar, dann …« Das Telefon. Ich musste an dieses scheiß Telefon, ohne dass Nick direkt kapierte, wer dran war. Die ersten ein oder zwei Minuten würde ich brauchen, um mit Kaleigh aus der Welt zu schaffen, was auch immer sich aus unserem Abschied am Donnerstag entwickelt hatte. »Hier.« Ich drückte meinem Sohn ein Sieb in die Hand. »Beeren rein und ab unters Wasser damit. Ärmel hochkrempeln.«

Da bei diesem Unterfangen wenig mehr schiefgehen konnte als ein Wasserschaden, beschloss ich, dass ich ihn damit allein lassen konnte, schnappte mir das Handy und ging damit auf den Flur. »Hi.«

Ich hörte das kurze Zögern am anderen Ende der Leitung, ehe Kaleigh mir mit einem »Hi« antwortete. »Ich hoffe, du hältst dein Versprechen, Hamish. Ich musste in viele Ärsche kriechen, um diesen Anruf machen zu dürfen. Wo ist Nick?«

»In der Küche«, sagte ich. »Er wäscht die Blaubeeren für … Egal. Kaleigh, hör zu …«

»Nein, Hamish. Ich hab keine Zeit, dir zuzuhören. Ich hab fünfzehn Minuten. Davon hast du jetzt schon eine verschwendet. Ich will mit meinem …«

»Gleich«, versicherte ich. Allein die Vorstellung daran war schlimmer als zehn Wackelzähne. »Was ich Donnerstag …«

»Hab ich kapiert. Ich bin nicht blöd, Hamish. Aber ich ruf nicht an, um deine Bettgeschichten mit dir zu besprechen. Ich will mit meinem Sohn reden.«

Herrgott noch mal, das wusste ich. Genauso wie ich wusste, dass ein falsches Wort reichen würde, um … Keine Ahnung. Was stellte ein *»Dein Dad hat mir verboten, mit dir zu reden, du hast mir so gefehlt«* mit einem Kind so an? »Alles klar, nur …«

»Ich erzähl ihm keine Scheiße«, zischte Kaleigh. »Glaub mir, ich würde gern. Du hättest dir das wirklich verdient. Aber Nick nicht, also …«

Was ich verdient hatte und was nicht, blieb wohl streitbar, aber nicht jetzt und nicht heute. Der wesentliche Punkt war klar und ich käme gut damit zurecht, wenn das in Zukunft der einzige Punkt sein würde, bei dem Klarheit zwischen Kaleigh und mir herrschte. Alles andere war nicht relevant.

»Warte«, murmelte ich, drängte mit einem tiefen Atemzug meinen Herzschlag etwas zurück und ging zurück in die Küche. Nick war noch immer dabei, akribisch die Blaubeeren zu waschen. Sein rechter Ärmel war wieder heruntergerutscht und klitschnass, was ihn vermutlich spätestens in ein paar Minuten fürchterlich nerven würde.

»Nick?«

Er schien mich gar nicht zu hören. Konzentration und Wasserrauschen waren wohl zu laut. Also trat ich an das Waschbecken heran und schaltete das Wasser aus.

»Aber es sind noch nicht alle Blaubeeren …«

»Egal«, unterbrach ich ihn und hielt mein Handy in die Höhe. »Ich hab hier einen wichtigen Anruf für dich.«

Ich konnte richtig sehen, wie sich hinter Nicks Stirn sämtliche Möglichkeiten abspielten. Sein Gesicht gab ungeniert preis, dass er mit allem rechnete – von Ben bis zum Weihnachtsmann. Ob seine Mum auch dabei war?

»Komm, wir setzen uns hin.«

Ich hätte die Geduld gehabt, darauf zu warten, dass Nick von seinem Tritt heruntergestiegen und zum Küchentisch gelaufen war, aber nicht mal ich konnte Kaleigh noch mehr Verzögerung antun. Also hob ich den Kerl einfach hoch, lief mit ihm zum Tisch und setzte mich mit ihm auf meinem Schoß an den Tisch. Das Handy legte ich vor uns hin und sah ihn fragend an. »Bereit?«

Er nickte, ohne zu wissen, wozu er bereit sein sollte. Mit sieben schlägt die Neugier noch sämtliche Bedenken, die man sich in seinem jungen Kopf so ausmalen kann. Selbst meine. Also nickte ich ebenfalls und stellte dann den Lautsprecher vom Handy an.

Erst passierte gar nichts. Kaleigh wartete, und ihr Sohn tat dasselbe. Da der mir in jeder Hinsicht näher war als seine Mutter, war er es auch, den ich anstupste und flüsterte. »Na los, sag was.«

Er runzelte die Stirn, was ich ihm nicht verübeln konnte. Sein alter Herr hatte ihn nicht einmal ansatzweise darauf vorbereitet, mit wem er sprechen musste. Also lehnte er sich nur zu dem Telefon und flüsterte ein vorsichtiges »Hallo?«

Stille.

Wieso antwortete sie nicht?

Scheiße, Kaleigh, sprich mit ihm. Das ist deine Zeit, mir egal, aber ab jetzt ist es auch seine. Versau sie ihm nicht, nur weil du …

»Hallo? Nicky? Wie geht es dir, mein Großer?«

Ich hörte die Tränen. Von wegen, sie würde nicht heulen … Und ich fragte mich, ob Nick sie auch hörte.

Der Kleine starrte mit aufgeklappten Mund das Telefon an, dann zu mir. Ich mühte mir nur ein Grinsen ab, das hoffentlich aussah wie »Na? Überraschung gelungen?« und nicht wie »Bitte lass mich das nicht bereuen«.

»Mummy?« Nick sprang nicht von meinem Schoß auf, aber er rappelte sich hoch, bis er auf meinen Beinen kniete und sich ganz nah an das Handy lehnen konnte. Das Ding einfach in die Hand zu nehmen, kam ihm in seiner Aufregung gar nicht in den Sinn. »Mummy, bist du das?«

»Natürlich bin ich das, wer nennt dich denn sonst Nicky, hm?«

Er strahlte. Scheiße, es sah aus, als hätte er sich alles Glück der Welt ins Gesicht geschaufelt, um es dort zur Schau zu stellen. »Bist du nicht mehr im Gefängnis drin?«

»Doch Nick, ich bin nur …« Drei Sätze. Drei Sätze hatte Kaleigh hinbekommen, ehe ihre Stimme brach. Das war mehr, als ich gedacht, aber weniger, als sie versprochen hatte.

Also übernahm ich kurz für sie. »Deine Mum ist noch im Gefängnis, und ich fürchte, sie muss da noch eine Weile bleiben. Aber weil du sie so sehr vermisst und sie dich natürlich auch, haben wir so lange überlegt, bis wir eine Idee hatten, wie ihr wenigstens reden könnt.«

»Hat Mr Knight das erlaubt?« Nick sah immer noch ganz aufgeregt zwischen dem Telefon und mir hin und her, als könnte er es nicht fassen. Vermutlich traf das auch zu.

»Mr Knight weiß gar nicht, dass wir uns das überlegt haben. Das ist jetzt quasi unser Familiengeheimnis. Meinst du, du kannst das für dich behalten?«

Er nickte heftig. Und es schien, als wäre dieses Telefonat damit nur noch aufregender geworden.

»Und wo ich jetzt deine Mum hier habe zur Unterstützung – Kaleigh?« Ich wandte mich dem Telefon zu. »Nick hat einen Wackelzahn, der sich sogar schon gedreht hat. Meinst du, wir sollten den endlich mal ziehen?«

»Nein!«, kreischte Nick und schlug sich eine Hand vor den Mund.

Kaleigh lachte. Ging doch. Und dieses Lachen steckte ihren Sohn automatisch mit einem Glucksen an.

»Der fällt irgendwann sicher auch von allein raus«, stand sie ihrem Sohn bei. »Vielleicht bleibt er einfach mal in einem Apfel stecken. Das ist mir mal passiert.«

»Oder in einem Muffin!«, entgegnete Nick. »Wir backen gerade Muffins. Ben und Sarah kommen uns übermorgen besuchen. Und da wollen wir ganz viele Muffins essen. Und Eis. Und Chips!«

»Gibt es auch irgendwas Gesundes?«

»Nein«, kicherte Nick. »Das ist doch eine Party.«

Ich grinste, weil ich gar nicht anders konnte. Ein bisschen hatte dieser Junge wohl doch von mir …

»Na los«, mischte ich mich ein. »Erzähl deiner Mum von deinem Abenteuer. Ich hab es ihr schon verraten, aber erzählen musst du allein.«

»Oh ja!« Die Euphorie in Kaleighs Stimme war echt. Aber sie schwamm. Vermutlich war es also besser, wenn Nick ihr seine Geschichte erzählen und darin aufgehen konnte, während sie nicht viel zu sagen hatte, was ihre Tränen durchblicken lassen könnte. »Erzähl mir alles!«

Also lehnte Nick sich noch ein bisschen nach vorn und flüsterte: »Daddy hat ganz viel Angst gehabt!« Nach einer

Nachtwanderung an der Monsterhöhle vorbei bis in ein völlig fremdes Dorf war das der beeindruckendste Aspekt, der bei Nick hängen geblieben war: Es hatte seinen Vater in Angst und Schrecken versetzt.

»War er etwa dabei?«

»Nein!« Er schüttelte den Kopf. »Aber danach. Und beim Erzählen. Ich bin ganz allein losgelaufen. Aus dem Fenster raus!«

»Aus dem Fenster? Du bist ja völlig verrückt! Warum machst du denn so was?«

»Na, um dich zu besuchen.« Für Nick war das eine völlig klare Sache. Während ich nur wieder darüber staunte, wozu dieser kleine Mensch fähig war, und seine Mutter schwieg und vermutlich weinte.

Also gab ich ihr Rückendeckung. Als zweiter Elternteil war das etwas, das mir nie schwergefallen war. Als Partner allerdings …

Ich legte meine Hand auf Nicks Rücken. »Und was hattest du alles dabei? Du musst wissen, Kaleigh – dein Sohn packt besser für eine Reise ein als ich.«

»Wundert mich nicht«, murmelte sie. Für einen Seitenhieb war das ziemlich schwach.

»Ich hatte zum Anziehen mit und mein Schwert. Und eine Wärmflasche. Aber die war dann kalt. Und Sir Boo.«

»Sir Boo auch?«

Er nickte heftig. »Ja, aber den musste ich bei der Monsterhöhle lassen.« Gott, es war herrlich, wie er dabei mit den Schultern zuckte, als wäre das nun mal genauso logisch wie Mathe und Physik.

»Und warum?«, hakte Kaleigh nach.

»Na, weil die Monster so laut waren. Damit sie nicht aus der Höhle kriechen. Daddy hat doch Angst vor Monstern.«

Und damit war es raus. Mein Sohn war groß geworden und

passte auf seinen Dad auf. Und bei der Höhle war ihm wieder eingefallen, dass er zwar sauer auf seinen Vater war und zu seiner Mum wollte, aber dass er Daddy auch nicht einfach allein mit den Monstern lassen konnte.

Also war Sir Boo zurückgeblieben, um in Stonehaven die Stellung zu halten, während Nick sich mit Schwert und Taschenlampe weiter nach Edinburgh durchgeschlagen hatte. Beim Zubettbringen am Vorabend hatte er mir allerdings gestanden, dass da noch die kleine Befürchtung gewesen war, die Monster könnten ihm folgen. *»Aber nur ein bisschen Prozent.«*

»Und du hattest gar keine Angst? Allein im Dunkeln?«

»Ich hatte ja noch die Taschenlampe«, erklärte Nick seiner Mum. »Aber die ist kaputtgegangen beim Hinfallen, und dann musste der Kopf genäht werden. Da war super viel Blut, auch auf meinem T-Shirt. Daddy hat das weggeworfen. Das blaue. Aber ich hab zwei Stiche mehr als Finola! Sieben!«

»Eine Platzwunde«, erklärte ich Kaleigh, ehe Nick ihr mit seiner gnadenlos fröhlichen Erzählweise zu viel abverlangte. »Oben an seiner Stirn. Vielleicht bleibt eine kleine Narbe, aber es sieht alles gut aus. Mehr als das und ein paar Schrammen hat er sich nicht zugezogen.«

Nick nickte hektisch und beugte sich wieder zum Telefon. Seine Verletzungen und dass es ihm gut ging waren nun wirklich nicht das Entscheidende. »Und dann haben wir mit Emily Karten gespielt und aufgepasst, dass ich keine Schädelerschütterung kriege.«

»Das war im Krankenhaus«, erklärte ich. »Nick hat neue Freunde gefunden. Vermutlich fahren wir Emily bald mal besuchen, ich hab ein paar Tage frei und …«

»Können wir Mummy auch besuchen?« Nicks Augen leuchteten bei der Vorstellung. Irgendwo hatte dieser Knirps noch ein Fünkchen Glück mehr gefunden, das er sich in sein Gesicht packen konnte. »Mummy?« Allmählich berührte er mit dem Gesicht fast schon das Telefon. »Können wir dich auch besuchen?«

Als Kaleigh nicht gleich antwortete, sprang ich wieder für sie ein. »Mal sehen, Großer. Telefonieren machen wir jetzt auf jeden Fall öfter. Versprochen. Und ich finde heraus, wie wir das vielleicht auch mit Besuchen hinkriegen. Was meinst du, Kaleigh?«

»Meinst du das ernst?«

Herrgott noch mal. Sie sprach gerade mit ihrem Sohn oder etwa nicht? Er war hier bei uns und hörte zu. Wieso sollte ich also so eine Frage stellen, wenn ich sie nicht so meinte? »Klar meine ich das ernst. Wenn Nick das möchte …«

Er nickte heftig. »Jetzt? Können wir jetzt hinfahren?«

»So einfach geht das nicht«, erklärte ich ihm. »Es gibt im Gefängnis feste Pläne, wann Besuche gehen. Das ist wie in der Schule. Mathe hast du ja auch nur, wenn es dran ist, hm?«

»Hm«, machte er und ließ nicht alles, aber doch eine Menge von dem Glück aus seinem Gesicht fallen.

»Ich guck auf dem Plan nach«, versprach Kaleigh ihm. Das klang deutlich einfacher, als es vermutlich war. »Und dann machen wir etwas aus, ja? Aber jetzt hast du ja erst mal deinen Besuch und deine Party und …« Sie seufzte. Sie seufzte sogar richtig tief und schwer und mit so viel Ballast, dass es mir Angst machte. Mach keinen Scheiß, Kaleigh, dachte ich. Du hast noch fünf Minuten, versau es nicht! »Und außerdem haben wir eine Mission. Du und ich, Nicky. Kann ich da auf dich zählen?«

Und ob sie konnte. Ihr hätte ein Blick in Nicks Gesicht gereicht, um das zu wissen. Sein inbrünstiges und bedingungsloses »Ja« wäre gar nicht nötig gewesen.

»Sehr gut, es geht nämlich um deinen Dad.« Nick schaute überrascht zu mir und sah dort ein eher ernstes bis skeptisches Gesicht. Was zur Hölle führte seine Mutter da im Schilde? »Er ist nämlich ein Feigling«, erklärte sie. »Weißt du, was er mir vorhin erzählt hat?«

Nick schüttelte den Kopf und sah das Telefon gebannt an.

»Sie kann dich nicht sehen«, erinnerte ich ihn.

»Nein«, sagte er also schnell. »Weiß ich nicht.«

»Er hat mir erzählt dass er sich neu verliebt hat.«

Oh Fuck.

Das war noch schlimmer als ein Wackelzahn. Ich hatte doch gesagt, dass wir uns erst einmal abstimmen mussten. Nicht unseren Sohn erschlagen. Scheiße, Nick sah mich mit riesigen Augen an, aus denen ich beim besten Willen nicht herauslesen konnte, was dahinter vor sich ging. Er sah nicht sauer aus und er blieb auf meinem Schoß knien. Keine Tränen, weil es nicht seine Mum war, in die ich … Wobei – was, wenn genau das seine Hoffnung war?

»Richtig doll verliebt?« Nick klang fassungslos. Das einte ihn und mich in dieser Situation definitiv.

»Das spielt doch jetzt gar keine …«

»Doch«, unterbrach Kaleigh mich. »Merkst du das, Nicky? Wie dein Daddy ausweicht, weil er ein Feigling ist?«

Er sah mich an und nickte dann mit einem zustimmenden »Mh«. Na besten Dank auch.

»Das dachte ich mir. Die Sache ist: Er traut sich nicht, das Miss Harris zu sagen, also musst du ihm da helfen. Ich sag dir, worauf du achten musst. Und wenn wir das nächste Mal telefonieren, kannst du berichten, wie es lief, okay?«

»Miss Harris?« Und ich Idiot hätte schwören können, Nicks Augen könnten nicht noch größer werden. Der Kleine sah mich mit offenem Mund an. Fehlte nur noch, dass er sich die Hände an die Wangen legte, um dieses Bild noch zu perfektionieren. Ich wappnete mich innerlich schon für eine Belehrung von meinem Sohn, dass ich auf keinen Fall mit seiner Lehrerin schlafen konnte. Oder andere Dinge mit ihr anstellen. Ihr eigene Pullover kaufen, zum Beispiel.

Doch Nicks Schock galt einem ganz anderen Punkt. »Aber Miss Harris ist doch ein Mädchen!«

»Hm«, machte ich. »Ist mir auch schon aufgefallen.« Aus nächster Nähe, aber das wären sowohl für ihn als auch Kaleigh zu viele Details.

Einen Moment lang sah Nick mich noch verwundert an, dann siegte seine liberale Ader, und er tat meine seltsamen sexuellen Neigungen mit einem Schulterzucken ab, um sich wieder dem Handy zuzuwenden. »Aber ich weiß gar nicht, wie man Mädchen verliebt macht«, gestand er mit der Resignation eines Mannes, der nach seiner vierten gescheiterten Beziehung zu diesem Schluss kam.

»Deshalb ist das ja auch eine Mission von dir und mir«, erklärte Kaleigh. »Ich weiß, was zu tun ist, und du passt auf, dass dein Daddy kein Feigling ist und das alles ganz genau so macht. Kannst du das? Darauf aufpassen?«

»Und wenn du dich dann verliebst, dann helfen dir Daddy und ich als Team?«

»Das klingt doch nach einem Plan.«

Und damit hatte sie recht. Mit Sicherheit spielte auch ein gewisses Maß an Diabolik eine große Rolle. Aber das, was Kaleigh da machte, schien sogar der perfekte Plan zu sein. Es würde nicht einfach nur neue Partner geben, sondern Missionen, die niemanden ausschlossen – weder Nick noch seine Mum oder seinen Dad. Scheiße, das war perfekt. Blieb nur zu hoffen, dass Kaleigh den Rest ihrer Viertelstunde für die Instruktionen verwenden würde. Andernfalls sah ich mich dazu gezwungen, ihr gegenüber einzugestehen, dass sie ziemlich clever war – und gleichzeitig sauer zu werden, weil sie diese Cleverness nicht früher und sinnvoller angewendet hatte.

»Also, Nicky, bereit? Dann sperr deine Lauscher auf und hör mir ganz genau zu …«

Slàinthe

Hamish

Ich stellte den Motor ab und schaute durch die Windschutzscheibe nach vorn. Das Motiv einer schwarzen Distel konnte ich selbst durch den Regen hindurch erkennen.

Zuhause. So hatte Leenas Vater mir die Distel mal erklärt. Eine alte Geschichte aus dem Zweiten Weltkrieg und ein Symbol, das man in Schottland tausendfach fand. Allerdings löste nur dieses eine, bestimmte Schild ein Gefühl von Heimkehr in mir aus. Nicht die Art, bei der man sich auf sein Sofa wirft und den Tag hinter sich lässt. Sondern auf die Weise, bei der einem keine andere Wahl bleibt. Man hat Mist gebaut und weiß nicht, wo man sonst hin soll.

Scheiße, Leena, hättest du nicht einfach in deiner Wohnung sein können?

»Du musst gar keine Angst haben.«

Ich sah nach hinten, wo Nick saß und mich stolz angrinste, weil er nun endlich die Gelegenheit gehabt hatte, das umzusetzen, was seine Mum ihm mit auf den Weg gegeben hatte: *»Und wenn dein Dad aussieht, als wäre er ein ängstlicher Pupser, sag ihm, dass er keine Angst haben muss.«*

Aber das half nicht. Weil dieser Unsinn nie half, und weil

meine geschätzte Gattin nie die Begegnung mit Isla Harris gemacht hatte.

»Hm«, machte ich also nur, und prompt schnallte Nick sich ab, um sich weit genug nach vorn beugen zu können, um meine Schulter zu tätscheln.

»Du schaffst das. Ich helf dir.«

Oh ja – und wie mir dieser kleine Motivationsspruchkalender auf zwei Beinen half. Im Auftrag seiner Mutter war er zu einem richtigen Tyrannen mutiert. Miss Harris musste sofort eingeladen werden. Wir mussten sie unbedingt überraschen. Außerdem war wichtig, dass wir etwas unfassbar Leckeres für sie kochten oder bei The Carron ein paar Portionen Fish and Chips orderten – wobei ich in dem Punkt eher vermutete, dass Nick mit den frittierten Schokoriegeln liebäugelte.

Alles musste sofort passieren und außerdem hochoffiziell. Leena anzurufen kam nicht infrage. Eine Nachricht schicken? Auf gar keinen Fall. Schließlich hatte seine Mum ihm gesagt, wie es funktionierte. Und da Kaleigh nicht nur wunderbare Lösungen für ihren Sohn strickte, sondern außerdem noch ihren Mann hasste, saß ich mit dem Zwerg nun in meinem Auto, starrte auf das *Black Thistle*, wusste um die selbstgebastelte Einladungskarte auf dem Rücksitz und hasste alles daran.

Alles außer der Gewissheit, dass diese Lösung Nick einen Heidenspaß bereitete – und Leena vermutlich auch.

»Okay«, murmelte ich also. »Dann los.«

Ich stieg aus und zog meine Kapuze über den Kopf, was absolut gar nichts brachte. Dann lief ich um das Auto herum, um Nick die Tür zu öffnen. Er kletterte aus dem Wagen und war mit seiner Regenjacke, die seit der Flucht seine Glücksjacke war, besser auf das Wetter vorbereitet als ich.

»Nick? Tust du mir einen Gefallen?«

»Hm?« Mit fragendem Blick sah er zu mir auf und musste dabei gegen den Regen anblinzeln.

»Kannst du Miss Harris sagen, dass du hergefahren bist, weil ich das nicht kann? Ich glaub, dann freut sie sich.«

»Aber das ist geschwindelt!«

Klugscheißer.

»Aber nicht schlimm. Eigentlich ist es nur ein Witz und ...«

»Die Einladung!« Nick war abrupt stehengeblieben. »Wir haben die Einladung vergessen!«

»Das ist nicht wichtig, ich hab im Kopf was da drauf ...«

»Doch, das ist wichtig!« Weil seine Mum ihm das so gesagt hatte. Und das Wort einer Mutter, die man vermisst, wiegt schwerer als das von zehn anwesenden Vätern. Das war eine Regel, die ich selbst nur zu gut kannte.

»Alles klar. Geh du schon vor, ich hol sie.«

Dass ich allen Ernstes zu meinem Auto zurückrannte, um eine scheiß Einladung zu holen, die ich auf ein gefaltetes A4-Blatt gekritzelt hatte ... Kaleigh hätte ihre helle Freude daran.

Nick holte ich auf den Treppenstufen zum Pub ein. »Startklar«, verkündete ich. »Rein mit dir.«

Der Kleine unterzog mich einem musternden Blick, als wolle er abschätzen, ob mein Nervenkostüm der bevorstehenden Belastung standhalten konnte. Offenbar bestand ich diese Prüfung. Er nickte fachmännisch und drehte an dem Knauf.

Die Tür allerdings blieb zu. *Shit.*

Ich sah auf die Uhr. Es war kurz nach drei. Der Pub öffnete erst in etwa drei Stunden. Aber es gab vorher schon Dinge dort zu erledigen. Ich hatte keine Ahnung mehr, was genau, das war zu lange her, und eigentlich hatte ich dabei nie was anderes gemacht, als Leena auf den Hintern zu glotzen und hin und wieder irgendwas von A nach B zu schleppen.

Wenig optimistisch rüttelte ich selbst an dem Knauf und setzte nach meinem Misserfolg dazu an, durch das Oberlicht zu spähen und nachzusehen, ob ...

»Nein, Daddy!« Nick schubste mich regelrecht zur Seite,

ehe ich auch nur einen Blick durch das Glas hätte werfen können. »Du kannst nicht … Miss Harris darf dich nicht sehen. Das soll doch eine Überraschung sein!«

»Ich bin sicher, sie wäre extrem überrascht, wenn sie mein Gesicht in der Scheibe entdeckt.« Letztes Mal war sie es gewesen. Als sie an dem Tisch mit diesen Kerlen gestanden und durch das Fenster nach draußen gesehen hatte. Das »Oh Fuck« hatte richtig auf ihrem Gesicht geleuchtet und ich hatte mich diebisch darüber gefreut. Das war kaum drei Wochen her, und nun war ein »Oh Fuck« das Letzte, was ich sehen wollte.

»Aber …«

»Dann guck du«, schlug ich vor. Was absoluter Schwachsinn war. Wenn sie Nick sah, flog ich sowieso auf.

Dieses Detail entging meinem Sohn allerdings. Er nickte, sagte »Okay« und ließ sich von mir nach oben heben, bis er durch das winzige Glasfenster oben an der Tür schauen konnte.

»Und? Was siehst du?«

»Da steht eine Lady.«

Eine Lady. Oha.

»Also nicht Miss Harris?« Das klang anders, als ich es gemeint hatte, aber das würde Nick hoffentlich nicht auffallen.

Er schüttelte den Kopf. »Nein, eine andere Lady.«

»Ist sie etwas älter? Und kleiner? Locken wie Miss Harris, aber länger?«

Diesmal nickte er heftig. »Ja, älter. Aber die Haare sind ganz kurz, nur bis …«

Nur bis zum Kinn. Das sah ich, als Isla die Tür öffnete und uns zwei Stalker misstrauisch beäugte. *Großartig, Kumpel. Du erzählst mir von ihrer Frisur, aber vergisst zu erwähnen, dass sie zur Tür läuft? Was bist du denn bitte für ein hundsmiserabler Komplize?*

Isla brauchte nur eine Sekunde, um in ihrem Gesichtsausdruck dieselbe Wut wiederzufinden, mit der sie mich damals ins Exil geschickt hatte. Dieses Telefonat war Jahre her, die ganze Situation war Jahre her, aber diese Wut hatte der Zeit eisern standgehalten. Selbst die Steilküste wurde von Zeit und Wind und Meer abgetragen, aber niemals der Groll von Isla Harris.

»Was willst du?«

Fuck, ich merkte, wie ich mit einem Schlag keinen Tag älter war als achtzehn oder neunzehn, unverhältnismäßig stolz auf meinen Bartwuchs und genauso unverhältnismäßig eingeschüchtert von dieser Frau, die ich immer gemocht hatte – bis zu dem Moment, in dem sie beschlossen hatte, mich für meine Blödheit zu hassen. *»Du hast gesagt, ich kann zurückkommen, wenn es mir ernst ist. Ist es. Hier, ich hab sogar eine Einladung selbst gestaltet. Darf ich reinkommen?«* Ich war so kurz davor, genau das zu sagen. Doch dann erinnerte ich mich wieder, dass ich ein Mann von einunddreißig Jahren war, der seinen Sohn auf dem Arm hielt, um ihn durch ein Oberlicht schauen zu lassen. Ich war quasi der Inbegriff von »erwachsen«.

Also räusperte ich mich und beschränkte mich auf ein knappes: »Ist Leena da?«

Isla nickte, nuschelte »Ist sie« und rührte sich nicht von der Stelle.

Das ließ mir nur wenig Möglichkeiten. Isla ging mir nur etwa bis zur Schulter. Ich hätte keine Mühe gehabt, sie einfach aus der Tür zu drängen und Leena zu suchen. Vermutlich im Lager oder beim Leergut. Nur mochte ich diese Frau, die mich schon damals als »Schande für Schottland« bezeichnet und mir dann doch einen Wodka statt ihres geliebten Whiskys eingeschenkt hatte. Und es gab einen Preis, den sie mir vor Jahren dafür genannt hatte, wieder über diese Schwelle treten zu dürfen.

Mit einem Seufzen zückte ich diese unfassbar hässliche Einladung, die zu allem Überfluss ein paar Regentropfen abbekommen hatte. »Nick und ich sind hier, um sie zum Essen einzuladen. Heute Abend. Sie meinte, dass sie erst ab Montag wieder im Pub aushilft, also dachte ich … Egal. Ich möchte sie einladen. Zu mir nach Hause. Zu einem Essen mit meinem Sohn und mir.« Wie viel ernsthafter konnten Absichten bitte sein?

Kurz sah Isla zu Nick, und wenn mich nicht alles täuschte, verlor ihr Gesichtsausdruck ein kleines bisschen seiner Härte. »Ihr wollt also seine Lehrerin zum Essen einladen, damit … was? Damit er bessere Noten bekommt?«

Ich setzte schon dazu an, sie zu fragen, ob das jetzt ihr Ernst war. Leena war eine erwachsene Frau. Mittlerweile war sie das, und sie konnte selbst einschätzen, was ihr guttat und was nicht. Wer sie wie eine Pfütze behandelte und wer nicht. Hatte sie diesen albernen Ausdruck von Isla?

Doch ehe ich auch nur ein Wort hätte sagen können, übernahm Nick für mich. Er kicherte, als wäre Bestechung von Lehrern die albernste Idee, von der er je gehört hatte. »Nein! Nicht für die Noten, für meinen Daddy!« Dann flüsterte er. »Wir wollen herausfinden, wie wir sie genauso verliebt machen wie Daddy. Mummy hat erklärt, wie das geht.«

Das war eine der unglücklichsten Formulierungen, die mir hätte einfallen können, aber auf Islas Gesicht zeichnete sich ein Lächeln ab, also beschloss ich kurzerhand, Nicks Intuition einfach zu folgen. Allerdings beschränkte ich mich auf ein Schulterzucken und auf ein »So sieht's aus«, das hoffentlich gelassener klang, als ich mich fühlte. Ich musste für Leenas Gunst nicht zwangsläufig an ihrer Mutter vorbei. Aber ich wollte. Ich wollte wieder eine Schande für Schottland, aber trotzdem willkommen sein.

Isla nickte, dann schüttelte sie den Kopf. Ihr Lächeln behielt sie bei. »Und dafür hast du jetzt so lange gebraucht?«

»Ich war verhindert«, erklärte ich und setzte Nick endlich ab. Das hielt ich für klüger, als auf ihn zu deuten. »Und ich musste eine Einladung malen. Unfassbar, wie lange so was dauert.«

Leenas Mum schüttelte nur den Kopf, schenkte Nick noch ein warmes und ehrliches Lächeln und sah mich dann mit einem Seufzen wieder an. Ihr Blick war eindringlich und unmissverständlich: Wehe, du versaust das noch mal.

Dann trat sie einen Schritt zurück und hielt uns die Tür auf. »Na los, rein mit euch. Ich hole Aileen.«

Ich ließ Nick den Vortritt – immerhin war das sein erster Besuch in einem Pub. Keine Ahnung, wie viele davon er später noch von innen sehen würde. Aber ich fand, dass das *Black Thistle* ein guter Start war. Mit großen Augen sah er sich in dem Raum um, in dem alles neu für ihn war, während ich … Nun, ich erkannte sofort die drei Tische, von denen ich Dad früher aufgelesen hatte. Es war immer einer dieser drei gewesen – der am Fenster mit Blick auf den Pier, der neben der Tür, durch die Isla verschwand, um Leena zu holen. Oder es war der Tisch, der kippelte. Ich wusste noch genau, an welcher Stelle er auf den Boden gekotzt hatte und an welcher Ecke hinter dem Tresen ich mit Leena geknutscht hatte, ohne dass man uns vom Fenster aus sehen konnte.

»Daddy?« Nicks Frage und die Berührung seiner Hand an meiner holten mich in die Gegenwart zurück. »Wer ist die Lady?« Bei seiner Frage deutete er auf die Tür neben dem Tresen, die nach hinten zu den Lagerräumen und später in den Keller führte.

»Das?« Ja, wie beschrieb man Isla Harris am besten? »Das ist die Mum von Miss Harris und die Königin von diesem Pub.«

»Woah«, stieß Nick aus und ließ seinen Blick noch einmal

durch den Raum schweifen, als würde er nun alles mit anderen Augen sehen. »Ihr gehört das alles?«

»Ihr und ihrem Mann.«

»Das auch?« Er deutete auf den Tresen und das Regal mit den Spirituosen dahinter, das bereits dezent beleuchtet war und aus seiner Perspektive ziemlich eindrucksvoll aussehen musste. Ich hockte mich neben ihn und – ja, der Blickwinkel machte noch mal einen gewaltigen Unterschied.

»Ziemlich cool, was?«

»Oh ja«, hauchte er. »Ist das Zutrinken nur für Große?«

»Worauf du einen lassen kannst. Also Finger weg, klar?« Ich deutete auf das alte Holzschild, das mitten in diesen Flaschen stand und das Privileg eines höchst eigenen Spotlichts genoss. »Siehst du das Schild da? Mit der schwarzen Distel?«

Nick kniff die Augen zusammen, dann nickte er. »Mh …«

»Wenn du Miss Harris' Mum einen großen Gefallen tun willst, fragst du sie, was das Schild bedeutet. Das hat nämlich eine Geschichte, die sie unfassbar gern erzählt.«

»Wie ihr Lieblingsmärchen?«

»Ganz genau, wie ihr …«

»Oh nein.«

Ich zuckte zusammen, als ich Leenas Stimme hörte – belustigt, aber zu überraschend, um nicht wenigstens ein bisschen zu erschrecken. Sie stand noch neben der Tür, die Arme vor der Brust verschränkt, und musterte mich mit schief gelegtem Kopf. »Erklärst du Nick gerade das Sortiment? Willst du das nicht jemandem überlassen, der auch Geschmack hat? Vielleicht ist der Junge ja noch zu retten … Hallo, Nick.«

Sie schenkte Nick ein strahlendes Lächeln und doch … die Art, wie sie da stand und wie ihr Blick wieder zu mir huschte, mit dem gleichen Lächeln, aber auch einer Frage darin – sie war nervös. Auf dieselbe Art, wie sie immer nervös gewesen war: mit zu vielen Worten und der leichten Röte auf ihren

Wangen. Und wie immer gab mir diese Erkenntnis meine eigene Ruhe zurück. Fast, als würde Leena mir die Bürde von Nervosität einfach abnehmen, weil sie damit weniger Dummheiten anstellte als ich.

»Hallo, Miss Harris!« Nick hingegen schien kein bisschen nervös, sondern aufrichtig euphorisch. »Ich bin dich mit meinem Daddy besuchen, weil er hat …« Dann schien ihm einzufallen, dass Kaleigh ihm gesagt hatte, dass Frauen Überraschungen mögen, und er bremste sich noch mal. »Weil er hat eine Überraschung. Er will dich zum Essen einladen. Du darfst aussuchen!« Vielleicht war er doch etwas aufgeregt. Vor allem legte Nick definitiv keine Vollbremsung hin, sondern tippte maximal sachte auf das Pedal. Fürs Autofahren würde er später wohl genauso viel Talent zeigen wie ich.

»Was darf ich aussuchen?«

»Was es zu essen gibt«, erklärte ich, ehe Nick mir zuvorkommen und Leena weiter mit unsortierten Informationen überschütten konnte. »Ich weiß, wir …« Gott, ich kam mir so albern vor, das zu erklären, während ich noch immer neben Nick hockte, also rappelte ich mich auf. »Ich weiß, wir wollten zusammen Lösungen finden, sobald ich Luft dafür habe, aber …« Ich hielt die Einladung in die Höhe, die sich mittlerweile Spuren vom Regen, aber auch von meiner Aufregung zugezogen hatte. Neben meiner Gestaltung machte sie das vermutlich zur hässlichsten Lösung aller Zeiten. Und in der Hand hielt sie ein Mann, der sich nicht darauf vorbereitet hatte, sie kurz und knapp zu erklären, während sein Sohn und Isla Harris ihm dabei zuhörten. »Seine Mum hatte die Idee, dass Nick dabei helfen könnte, diese Lösung zu finden. Er ist in solchen Dingen cleverer als ich und … Er gehört dazu. Ich kann das nicht ohne ihn machen.« Das waren Worte, die Nick und Leena völlig unterschiedlich verstehen würden – und hoffentlich jeder auf genau die richtige Weise. »Seine Mum hat ihm ein paar Tipps gegeben, und jetzt passt er auf, dass ich keinen Mist baue, was dich angeht.« Ich sah kurz zu Nick, und wenn mich nicht alles täuschte, war seine Brust vor Stolz extrem angeschwollen. »Das ist also der Plan«, schloss ich und versuchte, Leena telepathisch und mit Blicken zu übermitteln, dass ich ihr alles noch mal ganz in Ruhe erklären würde, wenn wir unter uns waren.

Sie nickte, obwohl sich ihre Augenbrauen dabei deutlich zusammenzogen. »Und das ist … eine Anleitung?« Dabei deutete sie auf eben jene unästhetische Lösung.

»Nein, das …« Ich lief auf sie zu. »Das ist die hochoffizielle Einladung zum Essen. Ganz spontan heute Abend, weil ich weiß, dass du die nächsten Tage hier aushilfst, also …« Ich übergab ihr den Zettel und vergrub meine Hände dann lieber in den Hosentaschen, um nicht auf die Idee zu kommen, ihr das Ding wieder wegzunehmen, weil sie vielleicht etwas zu amüsiert grinste. Oder ihr diese Locke aus dem Gesicht zu streichen, die sich aus dem Zopf gelöst hatte. Wir hatten uns darauf geeinigt, ein paar Schritte zurückzugehen. Und nur, weil ich dort nicht länger bleiben wollte als nötig, hieß das nicht, dass ich mich für diese Zeit nicht daran halten konnte.

Leena warf einen Blick auf die Karte, sah wieder mich an und schlug die Karte dann auf, während sie sich auf die Unterlippe biss. Nicht auf diese bewusste sexy Art, sondern auf die Weise, mit der man sich das Lachen verkniff.

»Hast du das selbst gemalt?« Sie deutete auf die Blumen, die den Rand verzierten. Nick war überzeugt davon gewesen, dass alle Frauen grundsätzlich und ohne Ausnahme Blumen mochten. Da ich wusste, dass Leena dann wohl keine Frau war, hatte ich versucht, irgendetwas im Stil ihrer Tätowierung zu kreieren, um sowohl meinen Sohn als auch sie zufriedenzustellen. Kurzum: nette Idee, mangelndes Talent.

»Mir wäre lieber, wenn wir das Thema einfach unter den Tisch fallen lassen könnten«, flüsterte ich.

»Kommt überhaupt nicht infrage.« Sie lachte, als sie die Rückseite der Karte sah. Die Adressdaten, wie sie auf jede ordentliche Einladung gehörten. Und da man die Nummer unseres Hauses von der Straße so schlecht erkannte, war ich nicht darum herumgekommen, mit einer Zeichnung zu visualisieren, welches dieser Häuser auf der Carron Den Avenue unseres war. »Sitzt da Smudge vor dem Eingang?«

Ich antwortete ihr mit einem Schnaufen und beugte mich etwas nach vorn, in der Hoffnung, dass nur sie meine Antwort hören konnte. »Ich denke, du weißt, welche Geste mir gerade durch den Kopf geht. Aber mein Sohn steht hinter mir, also …« Außerdem würde Isla es möglicherweise missverstehen, wenn ich ihrer Tochter den Mittelfinger zeigte. Diese Geste hatte sie schon damals nicht verstanden, gut möglich, dass sie sie außerdem vergessen hatte.

»Okay.« Leena nickte. Ihr Grinsen aber behielt sie. »Dreh dich um.«

»Was?«

»Dreh dich um.« Sie zog einen Kugelschreiber aus der Hosentasche und klappte die Einladung wieder auf. »Ich soll doch ankreuzen, oder?«

Liebe Leena, Nick und ich laden dich für heute Abend zum Dinner ein. Möchtest du kommen?
0 Ja
0 Nein
0 Ja, aber an einem anderen Tag

Es folgten die Fragen nach der Uhrzeit, nach dem Wunsch für das Essen und nach ihrem favorisierten Film für das Abendprogramm. Diese Karte war keine Einladung, sondern ein scheiß Multiple-Choice-Test. Aber Nick war wichtig gewesen, dass seine Miss Harris bei allen relevanten Punkten die Wahl hatte, also …

»Bitte kreuz Ja an«, raunte ich ihr zu. »Noch eine James-Blunt-Phase übersteh ich nicht.«

»Musst du nicht«, versicherte sie mir und das genügte völlig, um mich ihrem »Na los« zu ergeben und mich umzudrehen – zu einem Siebenjährigen, der hibbelte, als müsste er aufs Klo, und zu der älteren Version jener Frau, die diesen Zettel auf meinem Rücken ablegte. Ich spürte die Miene des Kugelschreibers und erlaubte mir genug Zuversicht, um Nick ein Daumen-hoch-Zeichen zu geben. Er strahlte und – scheiße noch mal – er stieß sogar eine Siegesfaust in die Luft. Vielleicht war Nick der schlechteste Wingman aller Zeiten, aber zweifelsfrei war er der engagierteste. Etwas, das er zweifelsohne von meiner Mum hatte. Mir fiel niemand sonst in seiner Blutlinie ein, der zu so purer Freude für andere in der Lage war.

Und dieser Gedanke war es, der meinen Blick magisch zu dem Brett lenkte, das an der gegenüberliegenden Wand angebracht war. Zu den Gläsern, die darauf standen.

»Weißt du, dass auch ein Glas für deine Mum bei uns steht?«

Ich fing Islas Blick auf, der meinem gefolgt war, und dann ihr zartes Lächeln. Vermutlich wurde ihr gerade bewusst, dass ich noch nie hier gewesen war und Mums Glas dort hatte stehen …

»Hamish?« Ich spürte, wie Leena sich leicht an mich lehnte. »Welches Essen wäre Nick am liebsten?«

Ich drehte meinen Kopf etwas, damit ich nicht zu laut sprechen musste, um ihr zu antworten. Dabei beobachtete ich aus dem Augenwinkel, wie Isla um den Tresen herumging und zu Nick lief. »Fish and Chips. Dann kann er sich noch so einen widerlichen Schokoriegel bestellen.«

»Und welcher Film?«

»Raya.« Nick liebte diesen Drachen, und ich hatte die leise Ahnung, dass das etwas war, das er und Leena gemeinsam haben könnten.

»Alles klar.« Sie setzte die zwei Kreuze und reichte mir die Einladung wieder. »Auch wenn ich die lieber behalten und rahmen … Was machen die da?«

Isla war vor Nick in die Hocke gegangen und erklärte ihm irgendwas, wobei sie viel, aber kein bisschen einleuchtend gestikulierte, während mein Sohn ihr fasziniert lauschte.

»Keine Ahnung«, murmelte ich. Und ehrlich gesagt fand ich das auch nicht wichtig. Für Nick war diese Unterhaltung offenkundig spannend, während ich Leenas Hand an meinem Oberarm spürte, als sie neben mich trat. Mein Kopf war also viel zu blockiert mit der Frage, ob das nun wieder okay war. Sie berühren. Vielleicht auch mehr als das. Doch dieser Moment hielt nur eine oder zwei Sekunden an – keineswegs lange genug, um so eine Frage abschließend zu klären.

»Daddy? Darf ich?« Nick stellte seine Frage in heller Aufregung und deutete dabei auf Isla.

»Was darfst du?« Mit der Frage meines Sohnes war Leenas Berührung von meinem Arm verschwunden. Aber sie selbst war immer noch da und stand direkt an meiner Seite, was sich gleichermaßen gut anfühlte wie seltsam, nun da Nicks Aufmerksamkeit wieder auf mich gerichtet war. Nähe in seiner Gegenwart war definitiv etwas, das Leena und ich erst noch würden lernen müssen.

»Die Bierfässer«, erklärte Isla. »Ich muss zwei neue anbringen. Deinem Sohn habe ich gerade erklärt, wie das geht, und dass ich dabei eine helfende Hand gebrauchen könnte. Allerdings …« Das Wort zog sie sehr in die Länge und sah Nick dabei an, als hätten sie längst eine Verschwörung geplant.

»Allerdings«, nahm er das Wort auf, brachte den Satz dann

aber doch auf seine Weise zu Ende. »Aber da ist Alkohol drin. Und ich bin noch ein Kind.«

»Hm«, machte ich und ahnte, dass das Vorhandensein dieser gefährlichen Substanz den Reiz an diesem Abenteuer nur noch größer machte. »Willst du das Fass direkt austrinken?«

»Nein.« Nick gluckste und schenkte Isla einen Manchmal-ist-mein-Daddy-so-dumm-Blick. Als ob sie das nicht wüsste.

»Na dann los, mach dich nützlich.«

Und da war sie wieder – die euphorische Siegerfaust. Allmählich fand dieses Kind wohl Gefallen daran. »Kommst du auch mit? Und Miss Harris?«

»Nein.« Isla war diejenige, die das sagte, noch ehe ich hätte zustimmen können, was ich ehrlich gesagt getan hätte. »Nein, dein Dad hat hier mit Miss Harris noch etwas zu erledigen.« Sie sah mich an, als sie weitersprach. »Das wird nämlich allerhöchste Zeit.« Mit einem Ächzen stemmte sie sich wieder hoch und ging zu dem Brett. Ich wusste, was sie meinte, noch ehe sie ihre Hand nach dem zweiten Glas von rechts ausstreckte. Sie drehte es nicht einfach um. Ich hatte noch nie beobachtet, dass irgendjemand diese Gläser einfach umdrehte. Man nahm sie immer zwischen Daumen und Mittelfinger und tippte sanft mit dem Zeigefinger auf den Boden. Ein kurzes Hallo, ehe man die Toten weckte, um mit ihnen zu trinken.

Gott, war mir das albern vorgekommen. Damals. Aber nun war ich erwachsen und verstand ein paar Dinge mehr als früher. Ich beobachtete, wie Isla das Glas umdrehte und sich dann an ihre Tochter wandte. »Nehmt den Valt. Für sie und für ihn.« Ihre nächsten Worte richtete sie an mich. »Eine Schande für Schottland. Du, genauso wie deine Mutter.« Aber sie grinste dabei und streckte dann eine Hand nach Nick aus. »Na komm.«

Nick ergriff ihre Hand und ließ sich von Isla an Leena und mir vorbeiführen. Ich hielt ihm die Einladung so hin, dass er im Vorbeigehen einen Blick auf Leenas Kreuze werfen konnte. Keine Ahnung, welches davon es war, das ihn so breit grinsen ließ, aber dieser Kerl hatte gerade den eindeutig perfekten Tag. Seine Mission glückte, es würde Fish and Chips geben, außerdem Bier und frittierte Schokoriegel und obendrauf noch seinen Lieblingsfilm.

Ich sah zu, wie er hinter der Tür verschwand und wollte dann dazu ansetzen, mich bei Leena zu entschuldigen. Dafür, dass wir sie so überrumpelt hatten. Doch sie kam mir zuvor.

»Es ist albern. Wenn du nicht willst, musst du das nicht machen.« Mit ihrer rechten Hand deutete sie nach vorn. Zu den Gläsern, von denen eins richtig herum stand. Bereit für einen ersten letzten Drink. Leenas linke Hand spürte ich an meiner. Sie umschloss sie nicht, sondern strich nur sanft mit den Fingerspitzen über meine Haut. Weil ihr klar war, dass nichts albern daran war, einen Drink mit einer Toten zu nehmen. Ich war derjenige, der nach kurzem Zögern seine Hand ausstreckte und meine Finger zwischen ihre schob.

»Doch, aber du trinkst mit«, beschloss ich. »Ich glaube, das hätte Mum gefreut.« Ich glaubte es nicht nur, ich war mir absolut sicher. Mum hatte nie ein schlechtes Wort über Kaleigh verloren, und Nick war in den letzten Monaten ihres Lebens alles für sie gewesen. Und dennoch … Ich war mir sicher.

»Aber mit Whisky«, stellte sie klar.

Meine Hand ließ Leena erst los, als sie hinter dem Tresen verschwand, um zwei Shotgläser, den Wodka und den Whisky zu holen. Für sich selbst und mich schenkte sie ein, dann übergab sie mir die eisgekühlte Flasche Valt. »Ich finde, das solltest du machen.«

Ich hielt die Flasche, fühlte das kalte Glas in meiner Hand und zögerte. Keine Ahnung, warum. Es ging nur darum, einen Drink einzuschenken – etwas, das ich unzählige Male gemacht hatte. Auch ein paarmal für meine Mum, um ihr dann dabei zuzusehen, wie sie an einem Shotglas lieber nippte, als den Inhalt hinunterzustürzen wie jeder andere. Dad hatte das immer fürchterlich genervt und jedes einzelne Mal dieselbe Antwort bekommen: *»Nur, weil es wenig ist, heißt das nicht, dass man es nicht genießen kann, oder?«* Das hatte bei ihr für alles gegolten – am Ende sogar für ihr Leben. Fuck, wie hatte ich das vergessen können? Natürlich fiel es mir ausgerechnet jetzt wieder ein, wenn ich eine Flasche ruhig halten musste, um Mum einen Drink einzugießen – das erste Mal, seit sie fort war.

Leena bemerkte mein Zögern. »Ich weiß«, flüsterte sie und stellte sich mit unseren beiden Gläsern an meine Seite. Nah genug, dass ihre Schulter meinen Arm nicht nur berührte, sondern sich sanft dagegenschmiegte. »Aber genau genommen kann nichts schiefgehen, außer, dass du Wodka verschüttest.« Das sagte sie so beiläufig, dass ich gar nicht anders konnte, als sie anzusehen und ihrem Blick zu begegnen. In ihm lag dasselbe Schmunzeln wie in ihrer Stimme. Es lag ganz dicht neben einem zarten Schimmer, der versprach, sich in Tränen zu verwandeln, sollte ihr dieser Moment noch nähergehen, als er es ohnehin schon tat.

»Und verschütten wirst du ihn ja eh, hm? Also mach schon, gib deiner Mum einen Drink aus.« Und da waren sie. Tränen. Nicht viele. Nur genug, um sie auf ihrer Stimme zu hören und in ihren Augen zu ahnen. Genauso wie Nick der engagierteste kleine Wingman war, hatte Leena mich in wichtigen Momenten nie allein gelassen. Nicht einmal dann, wenn mir gar nicht klargewesen war, dass ich einen solchen Moment gehabt hatte.

Ich nickte, sah kurz zu Mums Glas und entschied, dass es auf die Minute nicht ankommen würde. Als ich mich zu Leena beugte, zögerte ich nicht damit, meine Lippen auf ihre zu legen und sie zu küssen. Sanft nur. Das hier war keine Einleitung für irgendwas anderes. Aber es war ein deutliches »Ich bin froh, dass du hier bist, und ich will nicht, dass sich das ändert, klar?«, das noch nicht nach Whisky schmeckte, sondern nur nach Leena und ihrem Lächeln, mit dem sie den Kuss erwiderte.

»Ich hoffe, das ist okay?«, murmelte ich. Meine Lippen lagen dabei noch immer auf ihren. Diese Berührung war es auch, mit der ich Leenas Nicken spürte.

»Ja. Absolut okay.«

»Gott sei Dank.« Ich drückte meinen Mund noch einmal auf ihren und genoss ihr zartes Lachen, unter dem dieser Kuss vibrierte, ehe ich mich wieder von ihr löste. »Ich sollte …« Ich hob die Flasche etwas in die Höhe. »Ehe die beiden zurückkommen und Nick am Ende noch was abhaben will.«

»Sag Bescheid, wenn du denkst, du kriegst es nicht hin.«

Ich schnaufte. »Das ist Wodka, kein Auto«, brummte ich und schenkte einen Shot ein, Leenas gehässiges Lachen hinter mir. Ich verschüttete nichts davon – noch nicht – und stellte die Flasche neben mir auf einem Stuhl ab. Dann nahm ich mein eigenes Glas, das Leena mir reichte, hielt es in der Hand und war mit einem Schlag vollkommen ratlos.

Wie auf ihrer Beerdigung.

Mum hätte gehasst, wie es dort abgelaufen war. Kein Gelächter, keine Party. Maryanne Findlay war gestorben. Sie war nicht einmal fünfzig Jahre alt geworden. Und jeder war zu erstarrt gewesen, um auch nur einen Ton von sich zu geben. Außer Nick, der sich köstlich über den Schnauzer des alten Kollegen von Mum amüsiert hatte, der hinter uns gesessen hatte.

»Muss ich was sagen?« Ich flüsterte, als wäre außer Leena und mir irgendwer im Raum, der meine Ratlosigkeit hören konnte.

Sie schüttelte den Kopf. »Du kannst, aber du musst nicht. Weißt du …« Sie holte mit einem tiefen Seufzen Luft, und ich spürte zuerst ihren Blick auf mir ruhen und dann ihre Fingerspitzen, die sanft meinen Nacken berührten und von dort hinauf durch meine Haare strichen. »Das hier ist keine Beerdigung und auch kein Abschied. Wir stoßen einfach nur an und können das bei jedem Anlass wiederholen, der sich bietet.«

Ich nickte, schenkte Leena ein kurzes, aber dankbares Lächeln und entschied, worauf ich trinken wollte. »Slàinthe«, murmelte ich und hob mein Glas. Leena tat das Gleiche. Und wir tranken. Nicht auf Mum, sondern mit ihr. So, wie man es richtig machte.

Ich nahm das Glas meiner Mutter, hielt es einen kurzen Augenblick lang in die Höhe, und dann kippte ich es. Sehr, sehr langsam. Der Wodka brauchte etliche Sekunden, um auf dem Boden zu landen – genauso lange, wie mein Grinsen brauchte, um sich auf meinem Gesicht auszubreiten. Ich schenkte es Leena, die Mums alte Angewohnheit wiedererkannte. Sie lächelte. Aber sie hatte Tränen in den Augen, mit denen sie mich ansah, als täte ich das absolut Richtige, und als spielte es keine Rolle, dass ich so lange damit gewartet hatte. Vermutlich war das also ein weiterer der Momente, die Leena begriff, ehe ich sie auch nur sehen konnte.

Als Mums Glas leer war, stellte ich es zurück an seinen Platz – verkehrt herum. Ich hielt es dabei genau so fest, wie man es zur Begrüßung machte – mit Daumen und Mittelfinger. Einen kleinen Moment ließ ich verstreichen, dann tippte ich zwei Mal mit meinem Zeigefinger auf den Boden. Ein stummes »Mach's gut«, bei dem ich an das dachte, worauf ich mit Mum angestoßen hatte.

Auf das beste Gefühl der Welt.

Anfang

Dad saß an dem Tisch direkt am Fenster.

Wobei … Eigentlich saß er gar nicht richtig. Er hing eher über dem Tisch, und diese Frontscheibe gewährte jedem Passanten den spektakulären Ausblick auf Robin Findlay, der nicht mal mehr gerade sitzen, aber sein Glas festhalten konnte. Whisky. Es war immer Whisky, der ihm den Rest gab.

Ich hasste dieses scheiß Zeug.

Und ich hasste Dad dafür, dass er sich immer wieder damit …

»He, du bist der Findlay-Junge, oder?«

Ich schreckte zusammen und verschluckte mich an dem Rauch, den ich eingeatmet hatte. Meine Zigarette ließ ich reflexartig fallen und trat sie aus.

»Hättest du ruhig zu Ende rauchen können.« Mr Harris stand noch immer an der Tür zu seinem Pub und grinste. Scheiße, wenn er so gut drauf war, hätte er meinen Vater auch einfach selbst heimbringen können, statt mich anzurufen.

Gottverdammte Scheiße, ich hätte einfach nicht ans Telefon gehen sollen, als es zu Hause geklingelt hatte. Was wäre dann passiert? Hätten Sie Dad dort sitzen lassen wie in einem Schaufenster? *»Kommt rein, trinkt Whisky, habt den Spaß eures Lebens«?* Oder hätten Sie ihn vor dem Pub auf die Straße gelegt?

»Na los, komm rein, ich hab die Autoschlüssel in der Kasse.« Mit diesen Worten öffnete er die Tür so weit, dass es unmissverständlich war. Wie ein Schlund in eine Welt voller Rauch und Suff.

Ich schnaufte und marschierte ohne einen Ton an ihm vorbei. Meinen Dad würdigte ich dabei keines Blickes. Ich kannte diesen erbärmlichen Anblick. Vom Sofa. Vom Badezimmerboden … Da machte dieser dämliche Tisch am Fenster keinen Unterschied.

Mr Harris führte mich zum Tresen. Während ich davor stehen blieb und mich bemühte irgendwo anders hinzustarren als auf den schnarchenden Besoffenen hinter mir, ging er an irgendeine Schublade neben dem Zapfhahn und holte einen Schlüsselbund hervor. »Hier.« Damit knallte er das Ding vor mir auf den Tresen. Ich streckte meine Hand danach aus, aber Mr Harris hielt seine immer noch darauf. Ich sah ihn fragend an und bemerkte dabei, dass er dasselbe mit mir machte. »Kommst du damit klar, Junge?«

»Hm«, machte ich und deutete mit einem Nicken auf die Schlüssel. »Aber die brauch ich.«

Mr Harris sah mich noch einen Moment länger an. Definitiv zu lang für mich. Ich stöhnte genervt und schaute lieber auf die ganzen Flaschen hinter ihm, ehe ich ihn mit einem Augenrollen wieder ansehen konnte. »Krieg ich jetzt die Schlüssel?«

Er nickte, kniff die Augen zusammen und richtete sich dann auf – die Schlüssel noch immer in der Hand. Was sollte die …

»Aileen?« Er brüllte den Namen nach links. Dort war eine Tür, die offen stand. Ich hörte Schritte und Geschepper von Glas, dann tauchte ein Mädchen auf, das ich kannte. Scheiße, das war Leena Harris. Ich hatte völlig vergessen, dass ihre Eltern … Und der Pub … Fuck! Fuck, Fuck, Fuck!

Damit würde sich alles in der Schule rumsprechen. Wenn nicht morgen, dann in den nächsten Tagen. In weniger als einer Woche war ich der Trottel, der seinen Alki-Vater in der Stadt auflas. Und zwar nur das.

Fuck!

Leena sah mich, schenkte mir ein zögerliches Du-bist-der-

Typ-aus-Geschichte-oder?-Lächeln und knallte dann die Bierkiste, die sie mitgebracht hatte auf die Arbeitsplatte hinter dem Tresen. »Was ist?« Die Frage stellte sie ihrem Vater.

Er deutete erst auf mich, dann auf meinen Dad. »Sei so lieb und hilf mal dem Jungen, seinen Vater zum Auto zu bringen, ja?«

»Alles klar«, sagte sie.

Alles klar.

Als wäre nichts dabei. Als würde sie irgendeinem Kind was aus einem hohen Regal reichen. *Alles klar* … Tickte die noch ganz richtig?

»Ich brauch keine Hilfe«, stellte ich klar. »Ich brauch nur die Schlüssel.«

Leena sah mich an, als hätte ich sie persönlich beleidigt. »Hast du schon mal einen Betrunkenen irgendwohin gebracht?«

»Nein, aber …«

»Dann brauchst du Hilfe.« Das beschloss sie einfach so und marschierte schon mal auf meinen Dad zu.

Fassungslos sah ich ihr dabei zu, wie sie ihm einfach das Glas aus der Hand nahm und auf einem Stuhl abstellte, ehe sie sich zu mir umdrehte, die Hand an der verdammten Schulter meines Dads, und mich mit erhobenen Augenbrauen ansah. »Kommst du?«

Ich schaute zu ihrem Dad. Das kann nicht dein Ernst sein, Mann, dachte ich. Du kannst nicht zulassen, dass sich eins von den heißen Mädchen in so eine Sache einmischt. Das weiß demnächst jeder andere. Tu mir das nicht an!

Aber Mr Harris schob nur die Schlüssel über den Tresen und hob dann den Bierkasten auf den Boden. »Gute Nacht, Bursche. Bring ihn gut nach Hause, okay? Dein Dad macht gerade viel mit.«

Und was war mit mir? Ich hatte *diesen* Vater und jetzt auch noch *dieses* Mädchen am Hals. Ich trat energisch gegen einen der Hocker. Das Ding war schwer. Klar. Es hielt dem Wanken von Besoffenen stand und tat mir nicht den Gefallen, laut scheppernd auf den Boden zu krachen. Also blieb mir nichts anderes übrig, als ein beschissenes »Alles klar« auszuspucken und zu meinem Dad zu gehen.

Leena hatte bereits seinen Arm um ihre Schulter gelegt und hörte sich irgendwelches Genuschel von dem alten Mann an. Sie wirkte viel zu klein dafür, ihn einfach so von diesem Stuhl zu hieven. Also beschloss ich, mir einzureden, dass *sie* es war, der *ich* half. Und nicht andersherum. Sie musste einen ihrer Gäste zum Auto bringen und brauchte jemanden, der ihr etwas Gewicht von dem nassen Sack abnahm. Alles klar. Nichts weiter.

Ich brachte mich auf der anderen Seite meines Dads in Position, und Leena zählte bis drei, dann hoben wir ihn hoch. Bereits ab der ersten Sekunde begriff ich, warum sie mich gefragt hatte, ob ich je einen Betrunkenen irgendwohin gebracht hatte. Dad war kein nasser Sack. Er war nicht einfach nur schwere, leblose Masse. Er schwankte und kippte immer wieder in eine neue Richtung, aber nie in eine, die half. Dabei bewegte er seine Beine, als würde er mit uns mitlaufen, knallte mit seinen Füßen aber ständig gegen mein Schienbein, und vermutlich auch gegen Leenas. Scheiße.

Irgendwie manövrierten wir ihn durch die Tür und die Treppen hinunter. Sein Wagen stand zum Glück nur ein paar Meter weg neben der kleinen Steinmauer, die die Straße von den Anlegestellen trennte. »Gleich da vorn«, schnaufte ich, ohne auch nur annähernd die Möglichkeit zu haben, Leena die Richtung zu zeigen.

»Welches Auto?«

»Der Caddy.«

»Was?«

Sie mochte kräftig sein, aber sie war definitiv ein Mädchen. »Der Transporter. Bei der Laterne«, sagte ich also.

Die letzten Meter schleiften wir Dad mehr, als dass wir ihn vernünftig stützten. Er war einfach zu schwer und kein bisschen hilfreich. Am Ziel angekommen lehnten wir ihn gegen den Caddy. Leena stützte ihn noch etwas, während ich den richtigen Schlüssel herauskramte.

»Ich helf dir noch, ihn ins Auto zu wuchten.«

Ich sah sie an. Eine ihrer hell blondierten Strähnen klebte an ihrer Stirn und sie keuchte von der Anstrengung, meinen Dad bis hierher geschafft zu haben. Dass ihr rot geschminkter Mund dabei leicht offen stand … Scheiße. Das war heiß. Und dieses Heiß kollidierte fast mit dem Körper meines besoffenen, stinkenden Vaters, als der zur Seite kippte. Ich hielt ihn gerade so fest, und hätte ihn am liebsten angeschrien, warum er mich in diese beschissene Situation brachte.

»Ich komm klar«, war das, was ich schließlich zwischen meinen Zähnen hindurchpresste.

»Schwachsinn.« Leena legte eine Hand an Dads Schulter und schob ihn wieder in eine etwas aufrechtere Position. »Mach einfach das Auto auf.«

Du hilfst ihr einfach nur mit einem besoffenen Gast. Nicht andersrum.

Diese zwei Sätze betete ich mir kurz vor, dann schloss ich auf und schob die Tür auf.

Dad auf den Rücksitz zu hieven war etwa genauso ätzend, wie ihn die Treppen hinunter zu balancieren. Keine Ahnung, wie oft sein Kopf irgendwo gegen geknallt wäre, hätte Leena sich nicht dazu bereiterklärt, von der anderen Seite in den Wagen zu krabbeln und diesen benebelten Schädel festzuhalten, während ich den übrigen Körper irgendwie auf die Polster schob.

»Wenn du ihn zu Hause nicht rauskriegst, lass ihn einfach

im Auto schlafen. So macht es Mrs Callaghan immer mit ihrem Mann.« Das sagte sie, während sie längst die ersten Schritte zurück zum Pub lief.

Ich nickte, trotzdem fiel mir nichts Besseres ein als »Guter Tipp, danke«. Dann hob ich meine Hand und winkte ihr zum Abschied zu. Ich winkte. Ohne Scheiß. Wie so ein grenzdebiler Idiot, der kein Stück nüchterner war als der Mann, der auf dem Rücksitz vor sich hin stöhnte.

Leena grinste nur und wandte sich dann ab.

»Fuck«, stieß ich aus, trat gegen einen der Vorderreifen und stieg dann ein. Beinahe wäre ich aus Gewohnheit an der falschen Seite eingestiegen, aber ich landete dann doch vor dem Lenkrad und vor einer Armatur voller Anzeigen. Und vor allem bei drei Pedalen und einem Steuerknüppel, von denen ich nichts je bedient hatte.

»Das kann nicht so schwer sein«, murmelte ich, steckte den Schlüssel in das Zündschloss und drehte ihn. Nichts passierte. Ich hörte ein Klicken, aber nicht das Geräusch eines Motors, der ansprang. Fuck. Ich probierte es noch mal – so oft, bis ich sah, dass Leena vor dem Pub stehengeblieben war und sich zu mir umdrehte.

Scheiße! Sie sollte verschwinden. Ich würde schon herausfinden, wie das hier funktionierte, aber ich konnte nicht gebrauchen, dass mir dieses Mädchen dabei zusah, wie ich Dads Wagen nicht einmal starten konnte.

Dann fiel mir mein Kumpel James ein. Irgendwann hatte er erzählt, dass er zum Starten nicht mehr die Kupplung treten musste, sondern das Gas, seit sein Dad einen Automatik fuhr. Das hier war ein Schaltwagen, also tastete ich mit meinem linken Fuß nach irgendeinem Pedal, trat es durch und drehte den Schlüssel. Tatsächlich sprang der Motor an. Gott sei Dank. Ich merkte mir, wo die Kupplung war, hielt sie gedrückt und schaute auf dem Schaltknüppel nach, wo der Rückwärtsgang war, um aus dieser Parklücke zu kommen. Ich legte den Gang ein, löste meinen Fuß vom Pedal und krachte gegen die Steinmauer. Gleichzeitig ging der Motor aus. Gottverdammte Scheiße!

Dass Leena sich dem Wagen wieder näherte machte alles nur noch schlimmer. Hektisch startete ich den Motor wieder, legte den Gang ein und wieder sprang der Wagen das Stück nach vorn, das er eben wieder zurückgerollt war, und kollidierte mit der Mauer. Fuck!

Ich schaltete den Motor aus und wieder an und ... Klopfen. Da war ein unüberhörbares Klopfen an der Scheibe neben mir. Ich beschloss, es zu ignorieren, startete den Motor erneut, nur um das ganze Prozedere zu wiederholen.

»Fuck!« Diesmal sagte ich es laut. Ich brüllte es sogar. Gegen die Windschutzscheibe, das Lenkrad und vor allem gegen meinen Dad, der mich in diese beschissene Situation gebracht hatte, in der ich seinen Wagen zu Schrott verarbeitete und ein Mädchen aus meiner Schule dabei zusah.

Leena stand immer noch neben dem Wagen. Sie hatte nicht noch mal geklopft, aber sie stand da und sah mir dabei zu, wie ich versuchte, mich zusammenzureißen. Konnte sie nicht einfach verschwinden?

»Sicher, dass du klarkommst?«, rief sie mir zu – laut genug, dass ich es auch mit geschlossenen Fenstern verstehen konnte.

»Bestens!«, brüllte ich zurück und ließ meinen Kopf nach hinten gegen die Stütze knallen. Wieso war alles so beschissen?

Und da war es wieder, das Klopfen. War sie immer noch da?

Genervt ließ ich das Fenster herunter. »Verzieh dich!«

Einen Moment lang sah sie mich mit erhobenen Augenbrauen an, als wäre es eine Frechheit, sie auch nur anzusprechen. Dabei hatte sie doch damit angefangen. Und ihr musste klar sein, dass sie mir damit auf den Sack ging.

»Ich bin nicht das Problem, okay? Ich bin nur hier«, sagte sie dann. »Ich kann reingehen. Aber dann reden hier morgen alle darüber, wie du die Mauer zerlegt hast und Dad muss sich anhören, wieso er das nicht unterbunden hat. Alternativ …« Sie beugte sich zu dem Fenster, und ich richtete meinen Blick lieber nach vorn aufs Meer statt in den Ausschnitt ihres Trägertops. »Alternativ gibst du mir die Schlüssel und niemand wird je davon erfahren.«

»Als ob …«, schnaufte ich.

»Ich bin keine scheiß Tratschtante, okay? Wenn ich sage, niemand erfährt davon, dann meine ich das auch so. Du kannst dich auf mich verlassen.«

Ich hatte keine Ahnung, ob ich das wirklich konnte, aber so, wie die Sache aussah, hatte ich schlicht keine Wahl. Also stellte ich den Motor wieder ab, zog den Schlüssel aus dem Schloss und stieg aus. Das Ding ließ ich in ihre ausgestreckte Hand fallen, ehe ich es mir noch anders überlegen konnte. Schließlich musste ich Dad nach Hause bringen.

»Geht doch«, murmelte Leena und schloss ihre Finger um den Schlüsselbund meines Vaters. »Du hättest mir auch einfach sagen können, dass du nicht Auto fahren kannst. Das hätte ein paar Beulen gespart.«

Ich sah sie nur an, schnaufte und präsentierte ihr meinen Mittelfinger. Weil sie recht hatte, aber weil sie sich diesen Kommentar ehrlich hätte schenken können.

Leena warf nur einen Blick auf diese Geste und grinste. »Entschuldigung angenommen.« Und in einem etwas ernsteren Ton fügte sie hinzu: »Wir kriegen das hin, okay?«

Ich nickte. »Okay.« Das sagte ich, ohne darüber nachzudenken, weil ich noch nicht wusste, dass man dieses Versprechen nie nur für den Moment gibt. Und weil ich nicht verstand, was die Anwesenheit dieses penetranten Mädchens bedeutete – abgesehen davon, dass ich es jetzt doch irgendwie nach Hause schaffen würde.

Sie war nicht bloß anwesend und fuhr dieses Auto, als wäre es das Einfachste auf der Welt. Sie war da. Für mich.

Und Leena Harris war keine Person, die einfach wieder damit aufhörte.

Danksagung

Eine süße, simple und ganz softe Geschichte.

Das war, was ich erwartet hatte, als ich mit *Remember when Love was new* angefangen habe. Und dann kam Leena mit ihrem unfassbar großen Herzen, mit ihrer Sehnsucht, ihrem wahnsinnigen Helfersyndrom. Und Hamish mit seiner Wut, seiner Überforderung und allem, was er hinter seiner rauen Schale zurückgehalten hat.

Die beiden haben mich mit ihrer Intensität regelrecht erschlagen, und das war so nicht geplant. Und wie das nun einmal ist, wenn Dinge unplanmäßig verlaufen, ging das mit viel Verunsicherung bei mir einher. Ich glaube, ich habe noch nie so oft Szenen gelöscht und neu angesetzt, weil Hamish und Leena es anders wollten, als ich es vorgesehen hatte. Also habe ich auf die beiden gehört – ausnahmslos. Allerdings bin ich dabei ein kleines bisschen wahnsinnig geworden.

Danke an all diejenigen, die diesen Wahnsinn ertragen haben.

Im Detail sind das:

Lena, die Hamish schon zu ihrem Liebling erklärt hat, noch ehe sie auch nur eine Zeile von ihm kannte.

Steffi, die beste Komplizin, wenn es darum geht, ein paar Seiten wegzuküssen.

Jenny und Jenny, die sich von mir nach Stonehaven haben schleifen lassen, damit ich den Weg zur Monsterhöhle auch einmal ablaufen konnte.

Der Mann im Pub am Old Pier, der uns den Weg zu den Klippen erklärt hat. (Vor Entzücken über diesen wundervollen

Akzent haben wir zwar kein Wort verstanden, angekommen sind wir zum Glück trotzdem.)

Fam, die sich geduldig alle Sprachis angehört hat, die begonnen haben mit: „So, wie ich das wollte, klappt das nicht mehr, ich glaube, Leena will das eher so …"

Julia, die meinem Endspurt durch die letzten Kapitel im Lifeticker mit emotionalem Support und einer Heerschar an Herzchenaugensmileys beigestanden hat.

Susanne, die von all ihrer Unterstützung längst Hornhaut an den Fingern haben müsste.

Sarah, für ihre pädagogische Fachkompetenz.

Mein Testleserteam, das sich in Windeseile durch die neuen Kapitel gelesen hat, um meinem Wahnsinn mit Feedback etwas Einhalt zu gebieten (Vanessa, Maren, Ela, Kathleen, Luna, Mama, Susanne, Anja, Laura – vielen Dank an euch!)

Gina, danke für genau einen sinnvollen Hinweis und die Zigaretten. (Sorry, das musste jetzt sein.)

Tanita und Netto, die mir einen guten Laufplan für den Umgang mit verschwundenen Kindern im Krankenhaus und auch bei der Polizei geben konnten.

Und jeder und jede, die ich jetzt vergessen habe, weil besagter Wahnsinn mich vielleicht doch härter erwischt hat als gedacht.

Auch an dich liebe Leserin/lieber Leser dafür, dass du dich nach Stonehaven hast entführen lassen und immer noch an diesem Buch klebst – bis zum bitteren Ende der Danksagung. Da hast du dir ein eigenes Danke redlich verdient.

Nun denn – auf geht's zu Runde drei dieser Reihe.

Bereit, wenn ihr es seid.

Anne

„Eine Minute und zwölf Sekunden. Ich bin eine Minute und zwölf Sekunden lang tot gewesen."

Anne Goldberg
REMEMBER WHEN
DREAMS WERE BORN

384 Seiten
ISBN 978-3-404-18777-5

Vor acht Monaten riss ein schwerer Unfall Maggie aus ihrem Leben. Seitdem kämpft sie sich durch einen Alltag aus Frust und Schmerzen – bis sie Thomas begegnet. Er behandelt sie nicht wie etwas Zerbrechliches. Mit seiner Zuneigung gibt er ihr das Gefühl zurück, begehrenswert zu sein. Dabei trägt Thomas selbst schwere Schuldgefühle mit sich herum. Als er Maggie begegnet und sieht, wie stark die junge Frau ihr Schicksal meistert, wird er von seinen Gefühlen überwältigt. Aber wie nah darf er ihr sein, ohne alte Wunden wieder aufzureißen? Und wie viel Zeit bleibt ihm, ehe seine Geheimnisse ans Licht kommen?
Der erste Band der emotionalen neuen Reihe von Anne Goldberg.

Lübbe

»We're all born as dreamers ...«

Anne Goldberg
ONLY ONE SONG

ISBN 978-3-7413-0214-5

In einem Londoner Club lernt Theo den gutaussehenden Winston kennen. Der Kerl, den sie erst für die Thekenaushilfe und das perfekte Klischee eines Instagrammodels hält, entpuppt sich als Drummer einer aufstrebenden Band. Beide fühlen sich sofort zueinander hingezogen, doch Winstons Band steht kurz vor einer großen Tour. Deswegen scheut Theo sich davor, mehr als unverbindlichen Spaß mit dem sympathischen Schönling zuzulassen. Nur folgen Gefühle logischen Regeln nicht, und Theo lässt Winston viel näher an sich heran, als sie es vorhatte. Bis das große Auftaktkonzert seiner Europatour ansteht ... und noch ahnt niemand, dass dieser Abend anders enden wird als erwartet.

Die Liebe findet dich – auch wenn du nicht nach ihr suchst

Amy Baxter
HOLD ME FOREVER
Roman

288 Seiten
ISBN 978-3-404-18540-5

Nach einem schweren Schicksalsschlag braucht Aria einen Neuanfang. Da kommt die Stelle als Housesitter in einer Luxusvilla gerade recht. Hier an der Küste Floridas möchte sie wieder zu sich selbst finden. Doch plötzlich taucht der attraktive Tristan in der Villa auf. Aria ahnt nicht, dass ihr ungewollter neuer Mitbewohner ein berühmter Schauspieler ist und ihre Welt gehörig auf den Kopf stellen wird. Denn Tristan ist fasziniert von der jungen Frau, die ihn nicht zu erkennen scheint und ihm daher vollkommen unverstellt gegenübertritt. Und auch Arias Herz schlägt höher, sobald er in ihrer Nähe ist. Aber sind die beiden wirklich schon wieder bereit, sich auf echte Gefühle einzulassen?

Lübbe